KNAUR

Über den Autor:

Ingo Linsel wurde 1954 in Nordhausen geboren. Dort legte er auch 1973 das Abitur ab. Dem schlossen sich der Wehrdienst und danach ein einjähriges Volontariat bei der Erfurter Zeitung Das Volk an. Von 1977 bis 1981 studierte er in Leipzig Journalistik. Danach arbeitete er im Ressort Außenpolitik der Zeitung Das Volk, wo er nach deren Umbenennung in Thüringer Allgemeine von 1990 bis 2008 das Ressort Politik leitete. Ingo Linsel hat zwei Kinder.

Ingo Linsel

Der Schmied und die Marketenderin

Historischer Roman

KNAUR

FSC
www.fsc.org
MIX
Papier aus verantwortungsvollen Quellen
FSC® C083411

Dieses Werk wurde durch die Agentur Kolf vermittelt.
Redaktion: Franz Leipold
Covergestaltung: ZERO Werbeagentur, München
Coverabbildung: © FinePic®, München
Druck und Bindung: CPI books GmbH, Leck
ISBN 978-3-426-21566-1

Hätten sie aufgegeben, gäbe es uns nicht!

Erstes Kapitel
Der Krebsbach

Unter den Tannen verkroch sich das Licht. Nur wenn der Wind die Äste zauselte, fielen Sonnenstrahlen durch das Nadeldach wie Kerzenschein in einen düsteren Raum. Moosduft schwebte in der Luft. In ihn mischte sich der versiegende Atem faulender Nadeln und Blätter. Zersplitterte Stämme ragten klagend empor. Viele zerfielen bereits zu Schrot, im Inneren durchbohrt von den Larven der großen Bockkäfer. Von außen frästen die Spechte mächtige Kerben bis tief in das einstige Kernholz.

Über die Stümpfe der Holzruinen neigten sich die Kronen jener Bäume, die der Orkan des vorigen Herbstes mittendurch gebrochen oder mit der Wurzel aus der Erde gedreht hatte. Kletterpflanzen zogen sich an ihnen hoch und ummantelten sie feenhaft. Zwischen den Ästen spannten sich mächtige Spinnennetze, die neben Insekten auch Jagd auf die wenigen Lichtstrahlen zu machen schienen und jedes Mal hell aufleuchteten bei einem neuen Fang.

Grusel haftete diesem Wald an. In der Dämmerung oder bei Nebel wagte sich niemand hierher. Zu viele schreckliche Geschichten verflochten sich mit dem undurchdringlichen Gehölz, die allesamt ihren Anfang in dem zerbröselnden Mauerwerk der schon seit einem Menschenalter verlassenen Burg nahmen. Ihr dickwandiger Turm krallte sich hoch oben in den angrenzenden Berg und sah mit erloschenen Augen von seinen Zinnen herunter auf die alte Heerstraße, die sich von hier an ins Gebirge hinaufquälte.

Auf dem Waldboden duckten sich zwei Jungen hinter hüfthohem Gebüsch im Unterholz und hielten schon seit einer geraumen Weile Ausschau. Sie sprachen kein Wort, sondern lauschten still in das kleine Tal hinein, das sich der Bach gegraben hatte. Sein Glucksen drang nur ganz leise bis zu ihnen vor. Sie hielten Abstand davon, um weithin hören zu können, was um sie herum geschah.

»Alles ruhig«, durchbrach Volker schließlich das Schweigen.

»Nichts zu hören von Jägern, Hunden oder Holzknechten«, bestätigte Ide.

Beide warfen einander nochmals einen Blick zu, ehe sie durch das Farnkraut den Hang hinab zum Bachbett glitten. Einen Augenblick später verschwanden sie hinter einem grünen Spalier. Mannshoch reckten sich die riesigen Blätter der Pestwurz im sumpfigen Uferbereich und gaben von nun an den Jungen Deckung. Allerdings sahen sie selbst auch nur bis zur nächsten Bachbiegung. Dort türmte sich das angeschwemmte Geäst fast wie ein Biberbau und staute das Wasser. Biber gab es hier im Oberlauf aber noch nicht. Dafür wimmelte es von Bachforellen.

Die beiden versuchten gar nicht zu sehen, wie viele davon gegen die Strömung auf der Lauer standen. Sie waren sich sicher, dass die Fische sofort unter den Verhau verschwanden, sobald der Sumpfboden unter ihren Schritten zu schwanken begann. Geübt in der Fischjagd war aber nur der dreizehnjährige Volker. Sein vier Jahre jüngerer Bruder hatte bislang nur mit feuerroten Ohren zugehört, wenn die Älteren von ihren Erlebnissen erzählten. Lange schon quengelte er Volker, ihn endlich mitzunehmen. Der hatte bislang jedoch immer neue Ausreden gefunden. Verdrossen erinnerte er sich daran, wenn seine Freunde ihre kleinen Brüder mit anschleppten, deren

Verspieltheit und Heulsusigkeit bei jeder kleinen Blessur nur störten.

Missmutig schaute er nun zu Ide hinüber, der zwar vor Jagdeifer glühte, aber gleich zu spüren bekommen würde, dass dies hier kein Spiel war. Im ersten Moment entfuhr ihm auch ein leiser Schrei, als das kalte Wasser seine Waden umströmte. Die Sonne des ersten Julitages stand zwar fast schon im Zenit, das Quellwasser des Harzbaches lud dennoch nicht im Mindesten zum Baden ein. Fast wäre Ide lang in den Bach gestürzt, als er versuchte, den spitzen Steinen auf dem Grund auszuweichen, und nach jedem zittrigen Schritt auf noch schärfere Kanten trat. Volker stand längst schon im knietiefen Wasser vor dem ineinander verflochtenen Geäst und drehte sich vorwurfsvoll um.

»Ide, wo bleibst du denn? Hier müssen wir uns zu zweit die Fische zutreiben. Allein krieg ich keine«, zischte er.

Der kleine Bruder biss die Zähne aufeinander. So hatte er sich das nicht vorgestellt. Am liebsten würde er sich erst mal ans Ufer setzen und die strapazierten Füße kneten. Aber dann müsste er wohl lange warten, bis Volker ihn mal wieder mitnähme. Noch immer äußerst vorsichtig und begleitet von vielen »autsch« und »herrje«, watete er vorwärts.

»Du kommst von dieser Seite«, befahl Volker. »Ich greife von drüben unter das Holz. Du musst die Finger weit spreizen und darfst die Fische nicht durchlassen.«

»Ich sehe hier aber gar nichts«, maulte Ide. »Woher soll ich wissen, ob sie entwischen?«

»Du spürst sie«, versicherte Volker. »Los jetzt, sonst kommen wir am Ende mit leeren Händen nach Hause!«

Volker tastete das Bachbett unter dem Gehölz ab. Da war gar nichts. Langsam begann er, in die Hohlräume nach oben zu greifen. Er spürte nur den Hauch eines Schwänzelns, dann war die Forelle auch schon wieder weg.

»Ist sie jetzt bei dir?«, fragte er. Ide verneinte. Volker setzte nach, sosehr die Dornen und spitzen Äste auch schmerzten, und drang tiefer in den Verhau ein. Wieder spürte er den Fischschwanz. Diesmal aber fand die Forelle keinen Ausweg mehr und saß fest. Volker kniete längst. Das Wasser drang durch den Stofffetzen, den er sich als Lendenschurz umgebunden hatte. Er tastete sich weiter an dem Fischkörper vor zum Kopf hin. Richtig zugreifen konnte er aber nicht. Zu viele Zweige drückten sich zwischen die Finger.

Dann spürte er eine zweite Flosse und setzte nun auch mit der linken Hand nach. Mit ihr stieß er leichter durch das Gestrüpp, und schließlich bekam er die Forelle von unten her an den Kiemen zu packen. Die andere wand sich weiterhin und bohrte sich in das Geäst. Volker wusste, dass er sie kaum wiederfinden würde, falls er jetzt nachlassen und zuerst den anderen Fisch ans Ufer bringen sollte.

»Ide«, rief er. »Kommst du von deiner Seite an meine rechte Hand heran?« Auch der Jüngere kniete sich jetzt in das kalte Wasser und zwängte seine Arme durch das Astwerk. Er prustete, als es ihm eisig über den Rücken lief.

»Ich hab sie«, schrie er plötzlich auf und hatte tatsächlich bei der ersten Berührung einer Bachforelle gleich deren Kopf gepackt.

»Willst du wohl nicht so laut sein!«, haderte der Bruder. »Wehe, wir werden erwischt. Du weißt doch, was mit Wilddieben und Fallenstellern passiert. Die schneiden uns die Daumen ab und werfen den Vater vielleicht sogar aus seiner Schmiede. Halt also den Mund!«

Beide waren aber glücklich, auf Anhieb erfolgreich zu sein.

Volker griff in das geöffnete Fischmaul und bog den Kopf nach hinten, bis die Hauptgräte brach.

Dann knickte er einen herunterhängenden Ast einer Schwarzerle ab. Bis auf den stärksten am Ende entfernte er von ihm alle abgehenden Zweige und kürzte diesen auf Daumenlänge. Das dünnere obere Ende des Astes schob Volker schließlich durch den Kiemenbogen, bis es aus dem Maul herausschaute, und ließ dann den Fisch nach unten gleiten, wo er an dem verbliebenen Widerhaken hängen blieb. Er reichte Ide den Ast, damit er seine Beute ebenso auffädeln konnte.

Die Schmerzen in seinen Füßen hatte Ide längst vergessen. Stolz legte er die Forellen in ein Kissen aus Vergissmeinnicht am Ufer und konnte sich gar nicht sattsehen an dem Farbenspiel der mehr als handlangen, rot gepunkteten Fische und dem kräftigen Blau der Blüten. Volker riss inzwischen ein großes Blatt der Pestwurz ab und wickelte die Fische darin ein.

»So sieht man sie nicht gleich, falls wir von irgendwelchen hohen Herrschaften hier am Bach angetroffen werden und die badenden Kinder spielen«, wehrte er den Protest von Ide ab. Sie wateten weiter und trieben die Fische vor sich her bis zum nächsten Stau. Der aber war so tief, dass sie nichts fingen, obwohl sie ständig die Fische spürten, die ihnen in Panik gegen die Beine prallten.

Dem gemächlich mäandernden Bach folgend, stießen sie noch auf viele Hindernisse, in denen die Forellen Schutz suchten; dort waren sie allerdings viel leichter zu fangen als im offenen Wasser. Mittlerweile war zwischen den beiden ein Wettbewerb ausgebrochen, den der Ältere auf keinen Fall verlieren wollte.

»Was ist das?« Erschrocken sprang Ide ans Ufer, als vor ihm etwas mit peitschender Bewegung durch das Wasser schoss.

Nun wieder ganz der Überlegene, grinste Volker: »Na, eine Schlange!«

»Was, eine Schlange«, ängstigte sich Ide noch mehr. »Eine giftige?«

»Hatte sie eine Zickzacklinie auf dem Rücken und ein Kreuz auf dem Kopf?«, fragte Volker.

Ide überlegte. »Die war schwarz, rabenschwarz, sonst nichts.«

»Dann ist sie harmlos«, zeigte sich der Ältere sicher, »wahrscheinlich nur eine Ringelnatter.«

*

Der Jagdtrieb bei Ide war stärker als die Angst. Er durchfurchte wieder das Wasser und hielt Ausschau nach den Kiellinien der flüchtenden Fische. »Ich hab es genau gesehen, in diese Röhre ist eine gesaust«, rief er aufgeregt. »Da hab ich auch schon reingefasst, aber diese glitschigen Wände sind mir unheimlich. Wohnt da ein Tier drin, etwa wieder eine Schlange?«

Volker musterte die Röhre. »Das ist der Bau einer Wasserratte, der steigt meist nach einem kurzen Knick senkrecht nach oben«, wusste er. »Greif nur rein, die Forelle kann dir hier nicht entwischen!«, fügte er höhnisch hinzu.

»Und wenn die Ratte da noch drin sitzt, und ich sie in die Enge treibe, die beißt doch?«, schaute Ide verängstigt seinen Bruder an.

»Die beißt dir mit ihren kräftigen, gelben Zähnen glatt einen Finger ab«, sagte er trocken.

»Wirklich?«, stotterte Ide. »Traust du dich denn, da reinzufassen?«

Volker zögerte. Das hatte er noch nie riskiert, aber vor seinem jüngeren Bruder mochte er seine Furcht nicht zugeben. Er machte eine Faust, damit die Ratte nicht einen einzelnen Finger packen konnte, und schob sie in das Loch in der Uferwand. Plötzlich gluckste es.

»Wenn das der Fisch ist, dann guckt er bereits mit dem Kopf aus dem Wasser und kann nicht mehr atmen«, wisperte Volker. »Ist es die Ratte, dann wirst du mich gleich schreien hören.«

»Lass sein!«, forderte Ide ihn auf. »Wir kriegen auch so genug Fische.«

Doch Volker hatte bereits den weichen Fischschwanz an seiner Faust gespürt. Nur konnte er sie in der engen Röhre nicht öffnen. Er zog den Arm heraus und fingerte jetzt in das Loch hinein. Bald war er wieder an der Stelle, wo die Forelle festsaß.

Aber auch jetzt konnte er nicht zugreifen. Lediglich zwischen den Nägeln von Daumen und Zeigefinger ließ sich die Schwanzflosse einklemmen. Er zog vorsichtig, und tatsächlich folgte ihm der Fisch. Fast war er schon mit der ganzen Hand draußen und wollte mit der zweiten nachfassen, als sich das Tier aufbäumte und losriss. Ein lautes Klatschen drang aus der Röhre. Die beiden Jungen hörten beeindruckt die Geräusche aus dem Uferrand.

»Die muss groß sein«, waren sie sich sicher.

»Lass mich mal, ich habe schmalere Hände und kann sie vielleicht besser packen«, meinte Ide.

Gewiss hatte er recht, doch Volker sah bereits, wie der Kleine daheim mit seinem Fang prahlen würde und ihn die spöttischen Blicke des Vaters trafen. »Ich hab sie gleich«, wehrte er ab. Doch immer wieder befreite sie sich, sobald er mit der anderen Hand zupacken wollte. Schließlich ermüdete die Forelle, womöglich drohte sie in dem Rattenbau tatsächlich zu ersticken. Nach mehr als einem Dutzend erfolgloser Versuche zog Volker sie endlich heraus. Die Forelle reichte ihm fast bis zur Armbeuge. Eine so große wurde in diesem Bach mit der Hand selten gefangen.

Die Zähne des Räubers bohrten sich in die vom Wasser aufgeweichte Haut, als Volker zum üblichen Genickbruch ansetzte. Ein Finger begann sogar zu bluten. Ohnehin waren die Unterarme schon mit vielen Rissen und Stichen übersät, die er sich beim rabiaten Zugreifen in dem angeschwemmten Geäst zugezogen hatte.

Ohne darauf zu achten, schob er alle gefangenen Fische von der Rute, um den größten ganz unten baumeln zu lassen. Er erschien nun noch deutlich länger, als sein Kopf von den anderen Leibern verdeckt wurde. Doch bei all seinem Stolz wickelte Volker wieder umsichtig das Blatt um den Fang.

Neu angestachelt, tastete Ide das Ufer nach weiteren Rattengängen ab. Kaum hatte er den nächsten gefunden, versenkte er auch schon seinen Arm bis zum Ellbogen darin. Ohne jegliche Vorsicht verzichtete er auf die geballte Faust. Ging es doch jetzt nur noch darum, das bisherige Bestmaß zu übertreffen. Eindeutig saß ja wohl in den Höhlen die größte Beute.

Wie ein Blitzschlag eilte von der Hand durch den ganzen Körper jedoch die schmerzhafte Einsicht, vom Jäger zum Gejagten geworden zu sein. Ide wollte aufspringen, das hastige Aufbäumen verkeilte den Arm nun gänzlich. Wild schlug er mit dem anderen um sich. Statt glitschiger Fischhaut spürte er etwas Steinhartes, das ihm zuerst auswich, dann aber zuschnappte.

Als er sich endlich aus dem Rattenloch befreien konnte, hockte ein Dämon auf seiner Hand mit dicken, weit abstehenden langen Haaren, zornigen pechschwarzen Augen und zangenförmigen Greifern. Aus Leibeskräften schrie Ide und flehte den Wassergeist an, ihn zu verschonen. Sosehr er aber auch seine Hand schüttelte – weder das Wesen noch der Schmerz ließen nach.

Verzweifelt sah er sich nach seinem Bruder um, der ihm nicht zu Hilfe kam, sondern plötzlich auf den Rücken geworfen und von Krämpfen geschüttelt wurde. Er strampelte mit den Beinen, schlug mit den Fäusten auf den wabernden Sumpfboden und verfiel wie ein alter Ziegenbock in schauriges, abgehacktes Meckern.

Starr vor Schreck über den neuen, unsichtbaren Gegner, vergaß Ide sein eigenes Unheil. »Was ist mit dir?«, fragte er bang.

»Mit mir?« Erneut krümmte sich Volker, und erst jetzt erkannte Ide, dass sein Bruder vor Lachen völlig außer sich geriet.

»Haben dir die Wassernixen die Sinne vernebelt?«, stammelte der Jüngere.

»Ob sie *mir* die Sinne vernebelt haben, fragst du Spaßvogel?« Noch immer konnte Volker kaum an sich halten, rappelte sich nun aber hoch und griff nach der vom Dämon befallenen Hand. »Vater und Helena werden sich heute Abend kugeln, wenn ich das erzähle. Hast du noch nie einen Krebs gesehen?«, schnappte er nach Luft. »Mensch, dieser Bach heißt Krebsbach. Die Viecher hausen hier überall.«

Mit Lachtränen in den Augen löste er die Schere, packte das Tier und hielt es dem Bruder vor das angstverzerrte Gesicht. Er hatte solch ein Unwesen mit einem schwarzbraunen Panzer um den ganzen Körper, mehr als fingerlangen Fühlern und nach allen Seiten drehbaren Schneidscheren tatsächlich noch nie gesehen.

»Das also ist ein Krebs«, staunte er.

»Ja, das ist ein ganz gewöhnlicher Krebs«, wurde ihm bestätigt. »Manche kochen diese Biester weich und essen sie sogar.«

Angewidert drehte sich Ide weg. »Das ist ja, als ob man riesige Spinnen isst«, ekelte er sich.

Krachend zersplitterndes Holz ließ die Jungen zusammenfahren. Sofort warfen sie sich auf die Erde und pressten sich furchtsam wie junge Hasen an den Boden. Um sie bebte der Sumpf.

»Ein Bär!«, japste Ide.

Die Hand seines Bruders drückte ihm den Kopf herunter, er sollte still sein. Wieder krachte es direkt gegenüber im Weidenholz. In schweren Sätzen entfernte sich ein großes Tier. Erleichtert erhoben sich die beiden.

»Bären wurden hier schon seit vielen Jahren nicht mehr gesehen, nur noch weit oben in den Bergen«, belehrte Volker den Kleinen. »Das wird ein mächtiger Geweihträger gewesen sein, den wir aufgeschreckt haben. Lass uns weitermachen!«

Ide steckte das Krebsungeheuer aber noch in den Gliedern. Weit vorsichtiger stupste er von nun an erst jedes Tier an. Seine Fangquote sank, was Volker aufatmen ließ.

*

Unvermittelt wechselte der Bach seine Gestalt. Die satt gelb blühenden Sumpfdotterblumen, die flammigen Orchideen, der dunkelgrüne Sauerampfer und vor allem der schützende Saum der Pestwurz wichen zurück vor dem Dunkel der Waldschlucht. Statt der Hindernisse aus dichtem Gestrüpp stellten sich dem Bach fortan Steinblöcke in den Weg, die er umkurvte und unterspülte; manchmal warf er sich über sie, um dahinter mit Getöse hinabzustürzen.

Unter den Steinen fiel das Fangen leichter. Zumeist führten zu den Hohlräumen nur ein oder zwei Zugänge, die sich gut mit den Händen versperren ließen, sodass kaum Fluchtmöglichkeiten blieben. Zunehmend füllte sich der Stock mit Fischen und wurde schwerer. Allerdings lebten unter den Steinen kleinere Forellen als weiter oben auf der vor Insekten nur so kribbelnden Sumpfstrecke.

Auf einer großen Steinplatte liegend, hatte Volker schon mehrere Flossen gespürt, aber die Arme reichten nicht weit genug. Mit aller Kraft presste er seine Brust gegen den Stein, um noch tiefer unter ihn greifen zu können.

Dabei passierte es. Mit einem Ruck senkte sich die lose liegende Platte. Sie drückte die Arme des Halbwüchsigen tief auf den Grund und zog seinen Kopf unter Wasser. Er konnte nicht mal mehr schreien und seinen Bruder um Hilfe rufen. Verzweifelt strampelte er mit den Beinen und versuchte, die Arme wieder freizubekommen. Doch der Felsblock war zu schwer. In Panik entwich ihm die Luft aus den Lungen.

Hinter Ide gurgelte einer der Wasserfälle. Die Düsternis der Waldschlucht und die ausbrechende Übellaunigkeit des bislang friedvoll plätschernden und nun rumorenden Baches, der durch zahlreiche Zuläufe an Stärke zugenommen hatte, beunruhigten ihn. »Ganz sicher hausen hier Waldgeister«, flüsterte er zu sich selbst. »Ihnen die Fische zu stehlen, ist bestimmt gefährlich.« Er musste Volker dazu bringen, schleunigst Schluss zu machen und den Heimweg anzutreten.

Wo aber war er eigentlich? Plötzlich überkam ihn die Angst, allein zu sein. Seine Rufe blieben Gefangene der zischenden und quirlenden Wirbel. Sie drangen kaum vom Mund bis zu seinem Ohr. Nur dünn vernahm er die eigene Stimme.

Japsend vor Aufregung sprang er über die Steine und entdeckte den matt im Wasser liegenden Bruder.

Mit all seiner Kraft griff er unter die Steinplatte, und es gelang ihm, sie ein winziges Stückchen anzuheben, aber Volker zog seine Hände nicht hervor. Verzweifelt stemmte er sich nochmals gegen den Stein und trat mit einem Bein gegen die Schulter des Ertrinkenden. Er bekam ihn frei, griff ihn so, wie er im Wasser lag, mit dem Gesicht nach unten und schleppte ihn an die Wand der Waldschlucht. Ohne zu wissen, was er tat, umklammerte er Volkers Körper, presste ihn und schluchzte.

»Volker, lebst du noch?« Und wieder drückte er die Brust zusammen und stammelte: »Volker, was ist mit dir, hörst du mich denn nicht?« Er drehte ihn um und schlug mit den Fäusten auf seine Brust. »Du kannst mich doch nicht einfach allein lassen; du hast geschworen, mich immer zu beschützen!«, schrie er ihn an und hämmerte weiter auf ihn ein.

Aber der Bruder blieb stumm. Ide kniete sich auf ihn wie zum Gebet und wimmerte: »Komm zurück! Ich tue alles für dich, mein ganzes Leben lang, aber komm wieder zu dir.«

Ein Ruck ging durch Volkers Brust. Heftig hustend, rang er nach Luft und spuckte Wasser.

Im selben Moment flog lautes Gekläff über die Schlucht. Kein Bauer wagte sich mit einem Hund hierher, das konnte nur jemand von der jagenden Obrigkeit oder von deren Wildhütern sein, die gnadenlos jeden straften, der auf eigene Faust versuchte, etwas Essbares aus dem Wald zu holen.

»Die hacken uns die Finger ab!« Bebend vor Angst, presste

Ide seinem Bruder die Hand auf den Mund, um das Husten zu dämpfen. Der aber lag in Zuckungen und nahm ihn nicht wahr. Ide duckte sich an die Felswand. »Sehen können die uns nicht, aber die Hunde hören dich«, raunte er beschwörend.

Wieder keuchte Volker, und Ide schaute verängstigt über sich, wo ein zweites Tier drohend knurrte. Dann fiel sein Blick auf die Steinplatte mitten im Bach, und er erbleichte, als er darauf die Forellen liegen sah. Das große zusammengerollte Blatt verhüllte sie zwar, doch inmitten der grauen Steinwelt zog die grüne Tarnung den Blick erst richtig auf sich. Schaute man genauer hin, weckte der herausragende Stock noch mehr Neugierde.

Der Mann aber schien nichts davon wahrzunehmen oder hatte zumindest keine Lust, wegen der Geräusche und des seltsam gerollten Blattes die steile Felswand hinunterzuklettern. Schimpfend zog er die widerstrebenden Hunde mit sich fort, die geifernd mit den Pfoten scharrten und unbedingt sehen wollten, was dort unten am Bach vor sich ging. Ide hielt die Luft an, als Volker in einen neuen Hustenkrampf fiel und Bachwasser ausspie, aber das Gebell wurde leiser und blieb schließlich ganz weg.

Mit noch glasigen Augen schaute Volker zu seinem Bruder: »Das wäre beinahe schiefgegangen. Wärst du auch nur ein bisschen später gekommen, hätte der sicher seinen Spaß dran gehabt, auf die Steinplatte zu springen und zu warten, bis ich endgültig hinüber bin.«

Ide saß der Schreck nicht minder noch im Nacken. Er zitterte am ganzen Leib, wahrscheinlich aber auch wegen der aufsteigenden Kühle in dieser Waldschlucht. »Lass uns verschwinden«, bat er.

Mit noch unsicheren Schritten wollte Volker die Forellen

holen. Doch ihm knickten die Beine ein. »Ich brauche noch ein bisschen, um mich zu erholen«, murmelte er. Beide schwiegen lange und hingen ihren Gedanken nach, wie das Ganze hätte enden können.

Auch als sie schließlich aufbrachen, wechselten sie kein Wort. Ide trug die Beute. Vom oberen Teil des Baches hatte er noch eines der großen Blätter mitgebracht und sich wie einen Sonnenhut aufgesetzt. In ihm kribbelte der Stolz. Schließlich war er der Held des Tages und hatte sogar dem großen Bruder das Leben gerettet.

Sie kletterten mehr, als sie liefen. Durch die umgestürzten und ineinander verkeilten Stämme führte kein Pfad. »Suchen wir den Weg zur Sägemühle und gehen von dort zum Dorf zurück?«, fragte der Jüngere.

Er erhielt ein Kopfschütteln. »Wir laufen jetzt besser querfeldein, um nicht noch mal jemandem zu begegnen, auch wenn das beschwerlicher ist«, riet Volker.

Sie stießen auf eine Lichtung und ließen sich erst mal ins Gras fallen. An Halmen kauend, verfolgten sie die irren Fluchten der Wasserdampfschäfchen am Himmel, die sich vom Hütewind immer enger zu einer großen dunklen Herde zusammendrängen ließen. Unmerklich kroch auch unten auf der Erde die Düsternis aus der Schlucht und sprang von Baumschatten zu Baumschatten weiter vor. Aus der Ferne grummelte Gewitterstimmung.

*

Ide aber nahm dies kaum wahr, er strahlte vor Vorfreude auf den triumphalen Einzug daheim. So schaute er sich um, ob nicht noch ein paar Hände voll süßer Himbeeren seinen Erfolg krönen könnten. Dabei stieß er auf die großen dunkelbraunen Kappen am Boden. »Hier wachsen schon Pilze, dabei ist erst Anfang Juli«, jubelte er. »Oh, sieh mal die großen braunen mit dem grünen Schwamm auf der Unterseite.« In seinen Sonnenhut sammelte er die Pilze ein. Er wusste, dass sich der Vater darüber freuen würde. Er brachte selbst oft welche aus dem Wald mit, und Helena, die ältere Schwester, kochte mit etwas Mehl daraus eine vortrefflich schmeckende Suppe.

Auch Volker lief das Wasser schon bei dem Gedanken im Mund zusammen. »Pilze und Forellen, das gibt ja ein richtiges Festessen«, freute er sich und half beim Suchen. »Schau mal, diese hier haben einen roten Schwamm.« Er drehte sich zu Ide um. Plötzlich hielt er inne. Das gelbliche, feste Fleisch des abgebrochenen Stiels verfärbte sich vor seinen Augen im Nu in dunkles Tintenblau.

Gleichsam wechselte Volker die Farbe. Graugrün im Gesicht, kauerte er sich hin und schaute erschrocken um sich. »Wir sind verloren!«, quiekte er hysterisch. »Uns hat eine Hexe gefangen.«

Ide schaute völlig entgeistert auf den Stiel in der Hand seines Bruders. »Oh weh, das hat Oma immer gesagt«, stimmte er Volker flüsternd zu. »Wenn Beeren sich plötzlich lila oder Pilze blau färben, dann seid ihr in einen Hexenkreis getreten. – Lauf!«, schrie er und warf seine Pilze in hohem Bogen von sich.

Nur kurz währte ihre Flucht, dann verfingen sich beide in stachligen Brombeerranken und stürzten. Geistesgegenwärtig umklammerte Ide aber weiterhin den Stock mit den Forellen. Sie rappelten sich auf und kämpften sich durch das Unterholz, bis sie mit ihren Kräften am Ende waren. Japsend, mit fliegendem Puls hielten sie ein. Volker legte den Finger auf den

Mund und lauschte angespannt. Er hatte einen Vogel aufgescheucht, der vor ihm her von einem Baum zum nächsten flatterte und plötzlich die Stille mit einem Gesang durchbrach, der klang wie: tschied, tschied, tschied, tschied, ich bin ein schöner Bräutigam. Vater hatte sie die Buchfinkenhähne so zu hören gelehrt, und immer mussten sie fortan lachen, wenn sie deren Balzruf hörten.

Jetzt waren sie dankbar für diese friedvolle Melodie. Etwas quietschte fast metallisch, aber auch dieses Geräusch war ihnen vertraut. So rieb sich Rinde an Rinde, wenn ein Baum in einen anderen gefallen war, und sich beide im Wind wiegten. Dessen Rauschen erfüllte inzwischen den ganzen Wald und vertrieb die unheimliche Stille. Dennoch drehten sich beide beständig furchtsam um.

Am Waldrand fanden sie ihre versteckten Hosen und waren erleichtert. Sie würden heute Abend strahlend am Abendbrottisch sitzen und ihre Abenteuer vortragen.

Wie ausgestorben lag der Ort Herrmanns Acker an der Südseite des Gebirgsrückens, als die beiden Jungen Einzug hielten, die umwickelte Fischrute zwischen sich, um sie vor neugierigen Blicken abzuschirmen. Niemand nahm von ihnen Notiz. Das war beunruhigend.

Die alten, bereits verfallenen Befestigungen des mit Steinen und Lehm verstärkten Zauns erinnerten noch an die Vorkriegszeiten, in denen die Dörfer Kraft zur Gegenwehr zeigten. Nach nunmehr schon über zwei Jahrzehnten ständig neuer Gemetzel, herumvagabundierender Söldnerhaufen und völlig entwurzelter Raubbanden würden intakte Tore und Wälle dieses Gesindel anziehen wie Honig die Wespen. Denn wo jemand etwas verteidigt, da muss auch noch was zu holen sein in der weithin ausgeplünderten und verwahrlosten Region.

Also blieb alles offen stehen, um weithin anzuzeigen, hierher lohnt der Weg nicht.

Dennoch, irgendjemand hätte sie bemerken und anrufen müssen.

*

Das Donnergrummeln kauerte nach wie vor am Horizont, als sammle es Kraft zum Losschlagen. Ein paar Hühner badeten in Erdlöchern und verschafften sich Linderung vor den Bissen der Plagegeister im Gefieder. Trotz ständig neuer Einquartierungen oder zu leistender Bestechungen für herannahende Furagiere, um dieses Mal verschont zu bleiben, fand der Lebenswille erstaunlicherweise immer wieder Wege, Vieh und neues Saatgetreide aufzutreiben.

Träge hockte seitwärts ein Hahn mit halb geschlossenen Lidern. Bis zum Schutz bietenden Stall waren es schließlich nur ein paar Schritte, die er noch hoheitsvoll schreiten konnte, selbst wenn bereits die ersten Regentropfen aufschlugen. Ein Sperling tschilpte auf der Suche nach einem Unterschlupf. Der auffrischende Wind trug einen Schmetterling mit sich, der für kurze Zeit Halt an einer Distelblüte fand. Als er die Flügel öffnete und sofort wieder zusammenklappte, schoss er wie einen Pfeil den Blick aus einem gierig aufgerissenen blauen Augenpaar ab. Was andere Tiere abschrecken sollte, begeisterte dagegen Ide. »Schau!«, rief er. »Das ist das gleiche Blau wie das der Vergissmeinnicht am Bach.«

In den Gassen duckten sich die Katen der Landarmen und schielten schräg aus windschiefen Fensterchen. Sie hielten es genauso wie ihre Bewohner und würden am liebsten gänzlich im Boden versinken und unsichtbar bleiben. Denn obwohl die apokalyptischen Reiter mit brutal marodierendem Soldatenvolk, reißendem Hunger und der trockenheiß keuchenden Pestilenz mehrfach schon durchs Dorf galoppiert kamen, wurde es bislang von einer Furie des Krieges verschont: der Brandfackel.

Die Jungen stiegen den anderen Hang des kleinen Tales wieder hinauf, in das sich der Ort verkroch. Am höchsten lag die Schmiede des Vaters: gleich am Dorfeingang, unweit der Kirche, die allein sich hoch aufzurichten wagte und deren Turm um göttliche Gnade bittend das Kreuz über all das Elend zu seinen Füßen in den Himmel emporhob.

Schwanzwedelnd kam Waldmann herangestürzt und sprang an den Beinen hoch. Er verzog sich aber sofort wieder in seine Hütte. Nur die feucht glänzende Nase des Rüden blieb sichtbar, dessen Rasse sich im Gemisch der Hunde des Südharzes verlor. Als hätte es die Kinder erkannt, begrüßte auch das Schmiedefeuer die Eintretenden und warf ihnen seine Wärme entgegen. Züngelndes Gelb und dunkles Rot spiegelten sich auf ihren Gesichtern wider. Vaters Hammer lag auf dem Amboss, aber niemand reagierte auf das Rufen von Volker und Ide.

Wie am Ortseingang beschlich sie ein unheimliches Gefühl, denn nie blieb das Funken sprühende Feuer ohne Aufsicht. Mehr als einmal hatten die Jungen erlebt, wie eine Holzkohle zerbarst und ein Feuerregen auf der Suche nach neuer Nahrung über den Steinboden bis zur nächsten Wand stob. Großvater hatte einst mit der Hilfe des ganzen Dorfes die Schmiede neu errichten müssen, nachdem sie vom Feuer verschlungen worden war.

Auch auf erneutes Rufen meldete sich niemand. »Es ist etwas passiert«, raunte Ide, und Volker nickte stumm. »Wenn schon wieder Soldaten hier sind, müssten wir sie doch aber gesehen haben.«

»Vielleicht waren alle gewarnt und konnten sich retten, während die Landsknechte auf der Lauer liegen, bis sich die ersten zurückwagen«, warf Volker ein. »Wir sollten auf jeden Fall das Schmiedefeuer löschen, bevor diese Brandstifter mit unserer Glut ihr höllisches Spiel treiben.«

Ide stimmte zu und rannte zum Brunnen. Beide Holzeimer ließ er nacheinander an der Winde hinunter und zog sie bis zum Rand gefüllt wieder hoch. Hastig schleppte er das Wasser in die Schmiede und goss es in die Glut. Schlagartig stand er in einer Nebelbank und musste sich an der Wand entlang zur Tür zurücktasten. Als er vor das Haus trat, riss Volker fassungslos die Augen auf und wies auf den Riesen aus Wasserdampf, der sich durch die Esse nach draußen zwängte. Von den Winden immer höher in den Himmel hineingezogen, nahm er beständig neue Gestalt an und gab unheilvolle Zeichen.

»Oje, haben wir nun alles noch schlimmer gemacht?«, wisperte Ide.

Die Marketenderin

Auf den Äckern der Harzvorlandschaft wuchs schon der nächste Hunger heran. Erst Ende April war der Winter aus den starren Böden gewichen. Kaum aber, dass die Natur im Eiltempo aufholte, in nur wenigen Wochen die Saat austrieb und die Obstbäume zum Blühen brachte, kehrte der Frost zurück und schlug mit klirrenden Ketten auf alles ein. Über Nacht schwärzte er die unschuldige weiße Blütenpracht sowie das aufkeimende Grün. Seit Langem schon drängte sich der Winter immer tiefer in das Jahr hinein. In den Hütten redeten die Menschen bang von einer neuen Eiszeit und bekreuzigten sich.

Nur dünn stand auch diesmal die Hirse auf dem Feld. Doch die Landmänner, die sonst jedes geknickte Hälmchen wieder aufrichteten und hegten, gaben jetzt keine Acht auf die zertrampelten Pflanzen. Sie waren bis zum Feldrand gekrochen und schauten mit nackter Angst in den Augen hinüber zum nächsten Dorf.

Ein schmaler Hain, der nicht gerodet worden war und wie eine spanische Wand die Siedlungen voreinander verbarg, nahm die direkte Sicht. Aber trotz der Gewitterstimmung hoben sich deutlich über den Baumkronen dunkle Rauchschwaden ab. Buchholz musste bereits an mehreren Stellen brennen. Früher, in einem anderen Leben, wären aus sämtlichen Nachbardörfern die Leute gelaufen gekommen, um beim Löschen zu helfen. Doch inzwischen nahm jeder Reißaus vor dem heranskriechenden Heerwurm, der sich weithin sichtbar durch die auf die Dächer geworfenen Fackeln ankündigte. Selbst an den Kirchen vergriff sich die mordende Meute. Wie sollte sich Gott da nicht abwenden und alle strafen mit Tod, Pest und Missernten!

»Tönges«, rief einer der Bauern, »kannst du irgendwas sehen?« Der Angesprochene drehte sich zu der Seite, woher die Stimme kam, und schüttelte den Kopf. Er unterschied sich von den anderen. Während sie sich die Harzkappe übergeworfen hatten, einen ärmellosen, gräulichen Kittel, den sie mangels Gürteln mit einem Strick um die Hüfte festbanden, trug er eine rußschwarze Lederschürze. Sie ließ den muskulösen Rücken völlig nackt, erst ab der Taille überlappte sie sich auf der Rückseite und bedeckte seine Blöße. Außer der Schürze trug er nichts auf dem Leib. In der Reihe derjenigen, die nun kniend aus dem Getreide herausschauten, erschien er kaum größer, aber die Bewegungen des etwa Fünfunddreißigjährigen wirkten kraftvoller und geschmeidiger. Fast spielerisch balancierte er in seiner rechten Hand einen zwei Ellen langen, an der Spitze umgebogenen eisernen Feuerhaken.

»Wir müssen näher ran«, rief er zurück und zeigte mit dem Eisen in Richtung Buchholz.

Die Männer schlichen durch den schmalen Waldsaum, knieten sich erneut hin und stützten sich dabei auf ihre Holzgabeln. Etwas Stabileres, um sich zu verteidigen, besaßen die meisten nicht. Unter sich im engen Tal konnten sie von hier aus nur einige Hütten sehen. Diese zumindest brannten nicht. Trotzdem waren Fremde im Dorf. Lässig hatten sie sich Piken über die Schulter gelegt, einem steckte ein doppelhändiges Schwert in der Scheide; ihre halb zerlumpten Gewänder verrieten aber nicht, ob es Kaiserliche oder Schweden waren.

Offenbar handelte es sich um das Räubergesindel, das üblicherweise den Tross bevölkerte und nicht minder brutal Nachschub eintrieb. Gewöhnlich war es nicht stark bewaffnet und wenig kampferfahren. Doch fühlte sich die Bande sicher, weil jeder wusste, dass Gegenwehr eine Strafexpedition nach sich ziehen würde, die dem gesamten Dorf den Todesstoß versetzte.

Auch diesmal wagte niemand, sich dem marodierenden Haufen zu widersetzen. Plötzlich aber gab es Geschrei. Aus einer der Hütten zerrten die Kerle ein Mädchen und wollten es mit sich fortschleppen. Doch es wehrte sich, trat barfuß einem Landsknecht mit solcher Wucht zwischen die Beine, dass er stöhnend zusammensackte, riss sich los und rannte auf die Bäume zu. Zwei Männer setzten ihr nach, die anderen lachten und zogen weiter in das Dorf hinein. Schweine, Ziegen und Hühner waren für sie wichtiger.

Kurz vor den Bäumen wurde das Mädchen abgefangen. Verzweifelt schrie es, während die Kerle hohnlachend das Hemd in Fetzen herunterrissen. Mit geübten Griffen warfen sie das Mädel auf den Rücken. Während der eine die höchstens Fünfzehnjährige würgte, machte sich der andere über sie her.

Doch sie hielt nicht ruhig und bäumte sich röchelnd auf. Von ihr in die Hand gebissen, zog einer der Peiniger empört seinen Dolch und hieb ihn dem Mädchen bis zum Griff in den Leib. Rundum färbte ihr Blut das Gras ein und machte die beiden noch rasender. Wieder zückte der Mörder seinen Dolch, umklammerte eine Brust und trennte sie über den Rippen ab. Ein Schnitt musste in die Lunge eingedrungen sein. Glucksend drückte das Blut in den Mund des Mädchens. Mit letzter Kraft spie es dem auf ihr Liegenden ins Gesicht. Der genoss sichtlich mit weit aufgerissenen Augen seine Macht über Leben und Tod und verfolgte jedes Zucken im Gesicht der Gepeinigten.

»Tönges, um Himmels willen, halt dich zurück!«, zischte es aus dem Schatten der Bäume. Aber der Mann in der Lederschürze ertrug es nicht länger, tatenlos den Todeskampf zu verfolgen. Mit dem Schürhaken versetzte er dem Mörder einen solchen Hieb auf den Rücken, dass das Eisen in ihm stecken blieb. Fast wäre der andere noch dazu gekommen, seinen Katzbalger aus der Scheide zu ziehen, aber das Eisen war schneller und traf ihn mit voller Wucht gegen den Kopf. Tonlos kippte er um.

Ein gellender Hilfeschrei des zuerst Getroffenen ließ Tönges herumfahren. Erschrocken reckte er den Kopf, um unten den Weg einsehen zu können. Der blieb zum Glück menschenleer. Alle Mordlust war aus den Zügen des nun um Gnade winselnden Landsknechts gewichen, als sich der Arm mit dem Schürhaken über ihm in die Schwärze des Himmels bohrte und nach weitem Ausholen auf ihn niedersauste. Es wäre ein gnädiger Schlag geworden, hätte er sich nicht mit den Füßen abgestoßen, um dem Hieb im letzten Moment auszuweichen. So drang die metallene Spitze unter seine Bauchdecke und riss sie auf. Aus der klaffenden Wunde wälzte sich das Gedärm heraus.

Feuergeädert zuckte grelles Licht. Als wollte er das gesamte Himmelsgewölbe einstürzen lassen, folgte ihm mit ohrenbetäubendem Getöse der Donnerschlag. Er hallte nach wie der Schuldspruch des Jüngsten Gerichts. Erstarrt umklammerten die Bauern ihre Forken. Auch Tönges fand langsam zu sich zurück. Beide Dörfer schwebten nun in höchster Lebensgefahr. Hastig zog er die Toten unter die Bäume. Niemand kam ihm zu Hilfe. In seinem Nacken spürte er das stumme Einverständnis der anderen, ihn sofort preiszugeben, sobald die Plünderer den Tod ihrer Kumpane bemerkten.

Da traf ihn auch schon ein Blick unten vom Weg so kalt wie Eis. Eine Frau verharrte dort, erstarrt zu einer Säule. Sie war keine aus dem Dorf und von auffallend hohem Wuchs. Als hätte sie im Regenbogen gebadet, flossen ihr die Farben über den Körper. Wie eine vom fahrenden Volk trug sie mehrere bunte Röcke übereinander, unter deren oberem Saum und einem aus Lederriemchen geflochtenen Gürtel ein Hemd in einem schreienden Grün steckte. Um den Kopf schlang sich ein Tuch in flammendem Rot. Goldfarben funkelten kreolische Ohrringe.

Sie winkte bereits nach den anderen und holte Luft, um sie lautstark herbeizurufen, als sie im letzten Moment, nur aus den

Augenwinkeln heraus, die blutverschmierten, noch zuckenden Beine des geschändeten Mädchens aus dem Gebüsch ragen sah. Mitten im Ruf hielt sie inne, streckte die Hände weit vom Körper ab und signalisierte damit: Bleibt, wo ihr seid, falscher Alarm.

Vorsichtig kam sie den Hang herauf zu dem Mann, der zwar hoch aufgerichtet stand in seinem Lederschurz, dem aber die Knie bebten in der Gewissheit des nahen Todes. Noch immer mit ausreichendem Abstand musterte die Frau den blutüberströmten Tatort und sah neben dem Toten, dessen Wegschleifen sie beobachtet hatte, noch einen zweiten der Ihren erschlagen im Gras liegen.

Erneut fauchte der Blitz durch die Wolken. Phosphoreszierend hüpften Lichtpunkte über den grünen Seidenstoff der Fremden wie unheilvolles Sankt-Elms-Feuer. Furchterregend stürzte die Donnerlawine ins Tal.

»Deine Tochter?« Ein fremdländischer, dunkler Ton schwang in ihrer Stimme, während sie auf die Beine des Mädchens wies. Sie wusste, dass sie von unten beobachtet wurde und dass die Bauern, die sich hier oben versteckten, es nicht wagen würden, sie anzugreifen. Sie schritt noch näher auf Tönges zu; nun, da sie vor ihm stand, überragte sie ihn sogar. »Deine Tochter?«, durchschnitt erneut ihre Frage die aufgeladene Luft. Wiederum erfolgte keine Antwort. Nun musterte sie die Schürze und den Feuerhaken. »Bist du Schmied?«, setzte sie lauter werdend nach.

Tönges röchelte ein Ja und schaute an ihr vorbei auf die Meute, die sich auf dem Weg sammelte und zu ihnen heraufäugte.

Mit dem nächsten Donnerschlag stürzten schwere Regentropfen vom Himmel. Die Männer riefen vom Weg herauf, dass sie weiterwollten. Jetzt musste die Entscheidung fallen über Leben und Tod. Doch die Frau zögerte und rang mit sich.

Seit Langem ging ihr ein Plan durch den Kopf, raubte ihr oft bis tief in die Nacht den Schlaf. Allein konnte sie ihn nicht ausführen. Beständig wartete sie auf ein Zeichen, das sie zu ihrem Helfer führte. Gerade in dem Moment, als sie angesetzt hatte, ihre Begleiter herbeizurufen, um den Erschlagenen zu rächen, nahm sie den herbeigesehnten heimlichen Hinweis wahr: den ihr im schneeweißen Licht eines Blitzstrahls präsentierten Mann, der Rache für den Tod eines Mädchens genommen hatte und dessen Leben jetzt allein in ihrer Hand lag.

Wie durchgehende Pferde rasten die Gedanken durch ihren Kopf. Sie merkte, wie ihr die Stimme zu entgleiten drohte, als sie den Fremden mehr beschwörend als drohend aufforderte, ihr zu folgen.

»Ich kann nicht«, widersprach abgehackt der Schmied. »Meine Frau ist nicht mehr da, meine Kinder brauchen mich.«

Im selben Moment kam jemand von hinten durch die Bäume herangestürzt: »Die Schmiede brennt!«, keuchte er atemlos. »Eine riesige Rauchfahne steigt über ihr auf.« »Tönges, du hast nichts mehr zu verlieren«, drängten ihn jetzt die anderen aus ihrem Versteck heraus. »Sollten deine Kinder noch leben, kümmern wir uns um sie. Geh jetzt mit dieser Frau, sonst überleben wir alle diesen Tag nicht!«

Wie in Trance setzte der Schmied einen Fuß vor den anderen. In seinem Kopf dröhnte es: Lene, Ide, Volker, was mochte mit ihnen geschehen sein? Lag seine Tochter womöglich ebenso auf der Erde wie das misshandelte Mädchen hinter ihm? Hatten seine Söhne mit dem Leben dafür bezahlt, sie beschützen zu wollen? Wenn er das je herausfinden wollte, musste er jetzt dieser Zigeunerin folgen, die mit einer Daumenbewegung über sein Schicksal entscheiden konnte. Was sie von ihm wollte, war ihm in diesem Moment noch völlig gleichgültig. Doch tief ins Hirn brannten sich schrecklichste Visionen über den Untergang seiner Familie ein, die ihn noch jahrelang schweißgebadet aus dem Schlaf rissen.

Hektisch deckten die Bauern das tote Mädchen und die beiden Erschlagenen mit Feldsteinen zu, die nach jedem Pflügen aufgesammelt und an den Feldrain getragen wurden. Gedankenschwer richteten sie dabei ihre Blicke hinüber nach Herrmanns Acker.

Immer wieder kam jedoch der Haufen ins Rollen und gab Körperteile frei. Noch mehr Steine wurden herbeigeschleppt. Während ein Blitz sein Licht wie ein wallendes weißes Laken über das Feld warf, bohrte sich eine Hand aus dem Gestein. Zwischen den Fingern wand sich endloses Gedärm, das nach einer schleudernden Bewegung einem der Bauern gegen die Brust flog. Fassungslos sahen die Umstehenden, wie sich einer der Beerdigten aus dem Steinhaufen befreite und aufrappelte. Auf keinen Fall durften sie ihn laufen lassen. Aber wer sollte ausholen zum tödlichen Schlag? Der nur am Kopf Verletzte war inzwischen so weit ins Leben zurückgekehrt, dass er seine fast aussichtslose Lage erkannte und mit aller Kraft davonstob, die noch in ihm steckte.

Seine Augen waren jedoch durch das herabsickernde Blut verklebt, seine Wahrnehmung blieb derart verzerrt, dass er in die falsche Richtung flüchtete, mitten in das Feld hinein. Dennoch war er schneller als seine Verfolger und wäre wohl sogar entkommen, hätte nicht David, der Sohn vom Sägemüller, ihm seine Forke wie eine Lanze nachgeschleudert. Die Wucht des Aufpralls riss den Mann um. Ehe er sich wieder erheben konnte, stießen ihm die Bauern ihre Holzgabeln durch den Hals und ließen ihn dann mitten im Feld liegen. Es drängte sie mit aller Macht, schleunigst nach Hause zu kommen um zu sehen, was passiert ist.

David lief jedoch nochmals zurück, um seine Forke zu holen. Als er die anderen wieder eingeholt hatte, zeigte er sie. Alle drei Holzzinken waren abgebrochen. Keiner hatte das Lederwams durchdringen und den Mann ernsthaft verletzen können. »Da seht ihr, was mit uns geschieht, sollten wir uns damit wirklich einmal verteidigen müssen. Wir brauchen endlich Waffen«, forderte er.

*

Tönges trottete inzwischen den mit Käfigen voller Hühner, Enten und Gänsen beladenen Wagen hinterdrein. An sie angebunden, quiekte, blökte und meckerte das Vieh aus bereits mehreren geplünderten Dörfern. Geld war auf dem Lande ohnehin nicht einzutreiben; anders als in der Stadt versorgten sich die umherstreifenden Landsknechte vor allem mit Fressalien.

»Wer hat diesen Ochsen hier angeschleppt?«, rief einer, den alle nur Würfelbecher nannten, und wies auf den Schmied.

»Den hat sich Frowe gekrallt«, wurde ihm geantwortet. »Und du kannst dir sicher sein, dass sie ihn nicht als Ochsen, sondern wohl eher als Zuchtstier gebraucht«, ergoss sich eine Lachsalve.

»Den Kerl will ich sehen, der sich traut, dieser Hexe unter die Röcke zu greifen«, konterte Würfelbecher. »Einem hat sie den Arm gebrochen, als er ihr zu nahe kam. Sie ging mit einem Joch auf ihn los und hätte ihn wahrscheinlich totgeschlagen, wäre nicht der Profos eingeschritten.«

»Wo stecken eigentlich die beiden Kroaten?«, unterbrach ein Pikenier das Geflachse. Man rief nach ihnen. Ohne Erfolg. Offenkundig wieder auf eigene Rechnung anschaffen, waren sich alle einig.

»Es gibt Ärger, wenn wir nicht vollzählig zurückkommen. Beim vorigen Mal hatten uns drei Mann gefehlt, da mussten wir mitten in der Nacht nochmals los und sie suchen«, erinnerte grimmig der Pikenier. »Wir sollten gleich umkehren, weit können sie jetzt noch nicht sein.«

Zwar stimmten ihm alle irgendwie zu, aber sie waren aufgeweicht durch den Gewitterguss. Hätten sie sich in die Häuser verkrochen, um das Unwetter abzuwarten, wäre schließlich danach niemand mehr zu greifen gewesen. Allein der Gedanke daran, pitschnass wieder umzukehren, ließ die Meute erstarren. Sehnsüchtig malte sich bereits jeder aus, sein Zeug am Lagerfeuer zu trocknen und dabei einen Humpen Bier zu trinken, während am Spieß ein Ferkel briet.

»Halt bloß deine Schnauze!«, wurde dem Pikenier zugerufen. Der forderte Unterstützung von Würfelbecher. »Du steckst doch mit den beiden unter einer Decke. Willst du sie allein zurücklassen, das Bauernpack wird sie erschlagen.« Aber der Angesprochene knurrte nur, dass er ihnen den Spaß nicht verderben wolle, den sie jetzt garantiert hätten, und dass es jeder von ihnen locker mit einem Dutzend Holzforken aufnehmen könne.

Es dunkelte, als die Wagenkolonne in das Trosslager einfuhr. Um die Lagerfeuer breitete sich ein Johlen aus über den geglückten Raubzug in die umliegenden Dörfer.

*

Der Heerhaufen kam von Braunschweig gezogen, vorbei an Magdeburg und biwakierte in der Goldenen Aue der Helme. Zwar lag es schon neun Jahre zurück, seit die Generale Tilly und Pappenheim 1631 Magdeburg einen blutigen Brautschleier übergeworfen und mit ihrem katholischen Kaiser vermählt hatten, aber noch immer fürchteten die Landsknechte aller Kriegsparteien die Rache der dort umgehenden Gespenster.

Im Eilschritt sahen auch die Braunschweiger zu, schleunigst die eingeäscherte Hochburg der Protestanten hinter sich zu lassen. Zwanzigtausend Tote hatte das Gemetzel jener Maitage gefordert. Während die in die Elbe geworfenen Leichen aufgedunsen flussabwärts trieben, soffen die schwedischen Truppen den Wein der eroberten Oder-Stadt Frankfurt, und ihr König Gustav Adolf begriff viel zu spät, wie schmählich sich seine Glaubensbrüder von ihm im Stich gelassen fühlten.

Unbeschwert und weit genug entfernt von den Magdeburger Gräueln ließen sich die braunschweigischen Hilfstruppen vor den Toren Nordhausens nieder. Sie hatten es überhaupt nicht eilig, zum jetzigen schwedischen Befehlshaber Johan Banér zu stoßen, der nach Aufgabe seines Heerlagers in Erfurt und der misslungenen Angriffe auf Saalfeld in Franken einfallen wollte.

Das militärische Geschehen interessierte ohnehin niemanden mehr im Tross. Seit vielen Jahren schon hatte sich der Krieg verselbstständigt und war in den Alltag hineingewachsen wie ein nicht mehr entfernbares Krebsgeschwür. Was scherten die Niederlagen und Siege der Generäle oder ihr Wechsel der Allianzen? Wer gegen wen stritt, war einerlei. Hauptsache, es gab genug zu essen und – um all seinen Gram zu vergessen – Wein, Bier und Schnaps.

Katzenhaft schlich Frowe durch die Masse der grölenden Kerle zu ihrem Marketenderwagen. Ihre leuchtenden Farben hatte die Dunkelheit geschwärzt. Hinter ihr trottete Tönges. Ihn überraschte, wie einfach es war, ins Lager zu kommen. Keine Wache sprach ihn an und fragte nach seiner Herkunft. Dass die beraubten Bauern ihr Vieh in der Nacht zurückholen könnten, kam offenbar niemandem in den Sinn. Solche Beobachtungen weckten die Lebensgeister des Schmieds. Womöglich konnte seine Entführung später einmal von Nutzen sein. Er beschloss, alles sehr sorgfältig zu registrieren.

»Ich hole uns was zu essen«, wurde er aus seinen Betrachtungen gerissen. Ohne sich noch einmal nach ihm umzudrehen, verschwand seine neue Herrin. Er hielt es für klug, nicht auf eigene Faust umherzustreifen, sondern zu warten. Es dauerte nicht lange, und sie kam mit einem Krug Bier, Brot und einem gut durchgebratenen Stück Rindfleisch zurück.

Im Bauch von Tönges begann es zu rumoren. Das ständige Hungergefühl weitgehend zu verdrängen, das hatte er in den zurückliegenden entbehrungsreichen Jahren gelernt. Doch jetzt musste er sich zusammenreißen, um nicht wie ein wildes Tier über das Essen herzufallen. Auch wenn sie ihn nicht direkt ansah, spürte er die lauernde Beobachtung. Ihm zitterten die Hände, als er sich so sittsam wie möglich ein Stück vom Brot abbrach, das er am liebsten im Ganzen verschlungen hätte. Bier war schon lange nicht mehr durch seine Kehle geflossen, und fast hätte er das hingehaltene Messer übersehen und mit den Zähnen ein Stück Fleisch vom Bratenstück abgerissen.

»Man nennt dich also Tönges; dass sie mich Frowe rufen, hast du ja mitbekommen«, eröffnete sie die Vorstellung. »Tönges Tannberg«, brummte er.

Während des ganzen Marsches lastete auf ihr der kurze Anblick des toten Mädchens. Wenn das seine Tochter war, von der sie ihn weggezerrt hatte, müsste er sie jetzt hassen. Aber da war dieses unmissverständliche Zeichen. Je länger sie darüber grübelte, desto mehr verblasste es in ihrer Erinnerung. Sie konnte sich selbst nicht mehr erklären, was sie geritten hatte, diesen Mann zu zwingen, ihr zu folgen. Nein, unmöglich konnte sie ihm schon den Grund dafür mitteilen. Allmählich begann sie, den Schmied zu fürchten. Wenn er das Messer, das zwischen ihnen lag, gegen sie richtete, wäre dies nur zu natürlich.

Sie wies ihm einen Schlafplatz vor ihrem Wagen zu und gab ihm Decken. »Glaube nicht, du kommst aus dem Lager so leicht wieder heraus, wie du hineingekommen bist«, griff sie seinen Gedanken vor. »Über alles andere reden wir morgen.«

Das Letzte, was er von ihr wahrnahm, war der goldene Schein ihrer Ohrringe, in denen das Licht der Lagerfeuer kreiselte. Dann verbarrikadierte sie sich wie jede Nacht in ihrem Wagen und überließ alles andere dem Lauf des Schicksals. Sollte er am Morgen noch da sein, so sagte sie sich, hatte sie vielleicht die Zeichen doch richtig gedeutet.

Wie benebelt blieb Tönges liegen. Die gleißenden Ohrringe wuchsen in seinem Kopf zu Feuerrädern, durch die der Wind fauchte und Flammenzungen weit ins Land spie. Sie bohrten sich in die Strohdächer und leckten sich hinauf bis zum First. Inmitten dieser Feuersbrunst erschien ihm seine Schmiede. Mehrfach hörte er einen Schrei, der ihn aus seinem Albtraum riss. Das war kein Hilfeschrei, beruhigten ihn seine zurückströmenden Sinne. Du selbst hast gerufen, wurde ihm klar.

*

Ein Fußtritt weckte Tönges. Höchst unsanft traf ihn die Stiefelspitze am Hinterkopf. Mit einem Sprung fuhr er hoch und blinzelte in die aufgehende Sonne. Er sah sich von mehreren Soldaten umringt. Derjenige, der ihn getreten hatte, wich jedoch gleich mehrere Schritte zurück vor der gedrungenen Gestalt des Schmiedes. Es war Würfelbecher. »Du sollst zum Hurenweibel kommen, Drecksack«, überspielte er seinen Schreck.

»Was ist ein Hurenweibel?«, erwiderte Tönges genervt und beugte sich dabei nach vorn, noch immer zur Verteidigung bereit.

»Das blöde Bauernpack weiß wirklich gar nichts«, bekam er höhnisch zur Antwort. »Wie viel Jahre Krieg braucht ihr eigentlich noch, um zumindest die Rangtitel unseres ehrenhaften Soldatenstandes zu begreifen?«, hielt man ihm vor. »Das ist der Feldweibel, der über den Tross das Kommando führt, du Depp. Los jetzt, mir nach!«, befahl der Bestiefelte.

Der Hurenweibel saß vor seinem Zelt auf einer aus Birkenästen gezimmerten Bank und beugte sich über eine Spiegelscherbe. Sein Gesicht durchzog von der Stirn durch das rechte Auge bis hinunter zur Kinnspitze eine mächtige, wulstige Narbe, die ein Säbelhieb hinterlassen hatte. Er fluchte, weil sie ihn an seiner Bartkratzerei mit dem Messer hinderte. Das graue Haupthaar war bürstenähnlich kurz geschnitten, das beste Mittel, um die Läuse nicht überhandnehmen zu lassen. Er saß mit freiem Oberkörper nur in einer bis zum Knie reichenden Pluderhose.

»Ist das der Vogel, den die Frowe eingefangen hat?«, wies er mit der Messerspitze auf Tönges.

Würfelbecher nickte.

»Was willst du hier?«, fragte der Narbige lauernd, und ihm

ging durch den Kopf, dass er schleunigst Ersatz finden musste für die beiden fahnenflüchtigen Kroaten, die er sich mit einer ganzen Rotte unter der Hand im Regiment ausgeliehen hatte zur Absicherung eigener Beutezüge.

»Woher soll ich das wissen, schließlich habt ihr mich hergeschleppt«, rutschte es Tönges heraus. Schon im nächsten Moment bereute er seine Vorschnelligkeit. Wie würde sich wohl die Marketenderin herauswinden, wenn er sie in Erklärungsnot brachte. Jederzeit könnte sie ihn mit den beiden Erschlagenen in Verbindung bringen und an den Profos übergeben, der die Polizeigewalt im Regiment ausübte. »Wahrscheinlich sucht ihr nach einem Schmied«, unterbrach er schleunigst die eingetretene gefährliche Stille.

»Einen Schmied?«, echote der Narbige. Er hatte sich inzwischen das Gesicht gewaschen, stand auf und musterte Tönges. Der konnte dem Blick nicht standhalten. Das fehlende Auge und die zugewucherte Wunde sahen abscheulich aus. Mit einem grimmigen Schnaufen quittierte der Verunzierte das jähe Abwenden seines Gegenübers. »Soll ich dir auch so ein Ding verpassen?«, drohte er knurrend.

Tönges zwang sich, den Kopf zurückzudrehen und dem Mann in das verbliebene Auge zu sehen. Dennoch ließ sich nicht verhindern, dass sein Blick hin und her flackerte, weil er sich auf die eine Pupille einfach nicht konzentrieren konnte. »Was ist nun, Hurenweibel?«, forderte er eine Reaktion auf seine handwerkliche Fähigkeit.

Dunkelrot anlaufend, japste sein Gegenüber nach Luft. »Wie wagt Er mich zu nennen? Hat der stinkende Schweinetreiber da eben das Wort wider den Trossweibel geführt?« Ein Wutanfall bahnte sich an. Der Einäugige griff hinter sich, wo über die Lehne der Bank sein Degen in der Scheide hing. Mit einer kurzen Bewegung, fast nur aus dem Handgelenk, zog er blank und stürzte sich auf Tönges. Schon zielte er mit der Waffe nach dem Hals. Im nächsten Moment hätte der Schmied wohl sein Leben ausgehaucht, doch raues Vogelgekrächze ließ alle zusammenzucken.

Ein Kolkrabe war auf der Birkenbank gelandet und breitete seine Flügel über deren gesamte Länge aus. Er drehte den Kopf zur Seite und richtete ein Auge auf den Trossweibel. Nochmals riss er seinen Schnabel auf und schmetterte ihm Drohungen entgegen. »Frowes Rabe«, flüsterte einer der Männer. »Es heißt, sie kann durch seine Augen sehen.«

Unschlüssig schwebte der Degen in der Luft, als wüsste er nicht, ob er sich gegen den Mann oder den Vogel richten sollte.

»Was erdreistest du dich!«, erhob sich fast in der rauen Vogelsprache eine Stimme. Die Köpfe der Männer fuhren herum. Hinter ihnen reckte sich hünenhaft die Marketenderin. Unter ihrem grellroten Kopftuch bohrte sich mit der Schwärze des Raben ihr Blick in die Narbe des Trossführers. »Der Mann gehört mir.«

»Hier gehört alles dem Herzog und dir höchstens dein Wagen«, bekam sie barsch zur Antwort.

»Ach ja, und was ist mit dem anderthalbfachen Sold, den du mir noch immer schuldest? Große Saufgelage abhalten, aber dann nicht bezahlen können. Und wieso bläst du einäugiges Hinkebein dich auf, um nicht Hurenweibel genannt zu werden? Wie viel Weibsvolk führst du gegenwärtig überhaupt unter deinem Kommando? Ich möchte wetten, mehr, als der Obrist Soldaten hat.«

Schallendes Gelächter gab ihr recht.

»Eines Nachts wird dich ohnehin der Satan holen für dein Kupplergeschäft. Deine Seele ist jetzt schon schwerer als Blei und wird mit Gewissheit dermaleinst in den tiefsten Schlund der Hölle hinabfahren.«

»Hu, die Zunge der Frowe ist schärfer als dein Degen, Trossweibel«, meinte einer der Nebenstehenden.

Ihres Sieges gewiss, wollte Frowe ihre Beute schon an der Hand hinter sich fortzerren, als ihr der Trossweibel den Weg verstellte. Das ginge nun nicht mehr, wehrte er ab. »Wir suchen schon lange einen, der etwas vom Schmieden versteht«, brummte er. »Und wehe dir«, wandte er sich an Tönges, »du hast mich gelinkt. Dann haue ich dir beide Ohren ab, so wahr ich hier stehe.«

Tönges wurde zur Feldschmiede geführt, um sich zu beweisen. Zwei Reiter waren gerade dabei, sich selbst mit neuen Hufeisen zu behelfen, indem sie mehrere abgelaufene zu neuen umformen wollten. Nun war der Mann in der Lederschürze in seinem Element. »Was tust du Esel da?«, wies er gleich den Ersten zurecht. »Du glaubst wohl, du kannst ein vorderes Eisen einfach mit einem hinteren verschmelzen?«

»Klar geht das«, widersprach beleidigt der Angesprochene. »Das habe ich schon häufig gesehen.«

»Gesehen, das mag schon sein. Aber weißt du auch, dass du das Eisen dann völlig neu formen musst? Welches Maß legst du eigentlich an? Und was ist das da für ein Feuerchen, das reicht doch grad mal, um sich eine Rübe zu braten.«

Tönges zog an der Kette des Blasebalgs, um die Holzkohle erst einmal richtig zum Glühen zu bringen, doch es nutzte nicht viel. Er hätte auch mit dem Mund pusten können. Nach einer gründlichen Prüfung fand er gleich mehrere Stellen, aus denen die Luft entwich. »Das könnt ihr vergessen.« Er nahm mit der Zange eines der Eisen aus dem Feuer und legte es auf den Amboss. »Seht ihr, es glüht zwar. Aber es muss weich sein, um es schmieden zu können. Dies Eisen hier ist nicht heiß genug. Ohne neuen Blasebalg wird das nichts.«

Das verbliebene Auge des Trossführers erstarrte. »Hältst dich wohl für bauernschlau, was? Doch mir entgehst du nicht. Ab wann ist denn das Eisen heiß genug?«

Tönges drückte dem Zweifelnden einen Hammer in die Hand. »Wenn du glaubst, du bist stark, dann versuch mal.«

Der Mann führte den Hammer, als wollte er mit dem Säbel einen Gegner von der Schulter bis zum Nabel spalten. Doch schon nach dem dritten wuchtig geführten Hieb gab er auf und sah ein, dass er eher den Amboss als das Eisen verformt hätte. »Na schön, dann eben anders«, lächelte er listig, wobei nur eine Gesichtshälfte griente. Die andere blieb im festen Griff der Narbe, sie verformte sich lediglich zu einer schiefen Grimasse. Wieder musste Tönges unwillkürlich wegsehen und brachte damit sein Gegenüber erneut gegen sich auf.

»Ich hab's«, rief der nun. »Jeder Schmied kann auch Zähne ziehen. Er ist oft der Einzige im Ort, der eiserne Zangen besitzt, und muss schon in der Lehre den Nachweis dieser Kunst erbringen. Holt Bodo Kramer her, den hessischen Pferdeburschen, der uns schon seit Tagen mit seinem Wehklagen nervt!«

Begeistert von dieser Idee, stoben die Umstehenden davon. Zwar nahmen sich auch die Feldschere und Bader des Zahnwehs an, doch durch die Bank waren sie als Schlächter verschrien, weshalb auch der junge Hesse lieber seine Schmerzen durchlitt, als einen von ihnen aufzusuchen. Sich schadlos am Test weiden zu können, ob der Neue wohl mit dieser selbst vom hartgesottensten Krieger gefürchteten Prozedur zurande käme, versprach eine Sensation. Folglich verbreitete sich der Ruf in Windeseile, dass am Amboss eine Vorführung wie auf dem Jahrmarkt stattfindet, und im Nu strömten Hunderte zusammen.

Bodo wurde schnell aufgespürt und musste folgen, ob er wollte oder nicht. Zwar keimte kurz die Hoffnung in ihm auf, endlich von seiner Pein erlöst zu werden, aber angesichts des Auflaufs kam er sich vor wie bei seiner eigenen Hinrichtung. Blitzartig ergriff er die Flucht. Sofort hetzte ihn die Meute, die sich auf gar keinen Fall dieses Schauspiel entgehen lassen wollte.

Dies verschaffte dem Trossweibel Zeit, sich eine Rolle auszumalen, die ihm mehr Ruhm einbringen konnte als die Heldentaten der verwegensten Reiter. Diese Geschichte über ihn sollte man noch jahrelang voller Bewunderung abends an den Lagerfeuern erzählen und sie immer weiter zu seinem Vorteil ausmalen.

Kaum war der Bursche eingefangen und herbeigeschleppt worden, setzte sich der Narbige in Szene. Seine Pistole hatte er bereits geladen. Mit Mühe erklomm er mit seinem nach einer Fraktur nicht wieder richtig zusammengewachsenen rechten Bein den Amboss. Dann aber erhob er sich für alle sichtbar in großer Pose und richtete seine Schusswaffe auf den Schmied: »Hört alle her!«, rief er gebieterisch in die Runde. »Der Schmied hier legt zum Beweis für seine Handwerkskunst jetzt nochmals vor uns die Gesellenprüfung ab. Er beschlägt kein Pferd, sondern entfernt einen vereiterten Zahn. Bricht er ihn ab oder quält unseren Bodo über die Maßen, erschieße ich ihn auf der Stelle!«

Die Hüte flogen hoch. Vor Begeisterung begann die Masse zu toben. Das war ein Bubenstück nach ihrem Geschmack. Endlich einmal durften sie einen dieser Kurpfuscher in Angst und Schrecken versetzen, denen sie sonst hilflos ausgeliefert waren. »Ein Hoch auf den Trossweibel!«, erschollen Jubelrufe.

Dann trat Grabesstille ein. Tönges suchte nach einer geeigneten Zange. Die vor ihm liegenden waren viel zu groß, um nur einen einzigen Zahn damit greifen zu können. Ungeduldig begannen die Zuschauer zu murren, dass der Schmied wohl nur Zeit schinden wolle. Schon fürchtete der Trossweibel, dass ihm die Sache entgleiten könnte und er sich blamieren würde. »Zieh deinen Säbel!«, rief er dem neben ihm stehenden Würfelbecher zu. »Steck ihn in die Erde!«

Alle schauten gebannt, welchen neuen Verlauf die Dinge nun nahmen. »Seht ihr den Schatten unserer kleinen Sonnenuhr?«, ging die Frage an die Gaffer. »Dann, Würfelbecher, kratze jetzt einen Zoll daneben eine Linie in den Boden! Sobald der Schatten diese Linie erreicht, hat entweder der Zahn oder der Schmied sein Leben ausgehaucht.« Wieder brüllten alle vor Vorfreude.

Tönges schaute sich Hilfe suchend nach der Marketenderin um. Sie ließ sich nicht blicken, weil sie wohl wusste, dass sie hier nichts mehr ausrichten konnte. Dem Pferdeburschen, den zwei Mann vor ihm festhielten und den Kopf zwischen die Füße des Trossführers auf den Amboss drückten, rann der Schweiß von der Stirn. Seine schreckgeweiteten Augen stierten auf die Zange, mit der Tönges nun herantrat, um mit der Operation zu beginnen.

Das Gerät war nach wie vor viel zu wuchtig. Es ließ sich zwar in den Mund einführen, aber dann wegen seiner Größe nicht mehr öffnen. Nach welcher Seite Tönges die Zange auch drehte, er kam an den Zahn, dessen Entzündung sich bereits über den ganzen Unterkiefer auszubreiten begann, nicht heran. Verzweifelt sah er, dass der Schatten schon dicht an die

Linie heranrückte. Er verlangte anderes Arbeitsgerät. Doch empört schrien ihn die Umstehenden an, auch nur einer der Nichtskönner zu sein.

Sie rochen bereits das gleich strömende Blut. Gierig genossen sie, wie sich die Angst ausbreitete um den Amboss, wie sie sich fast mit den Händen greifen ließ. Bodo zitterte am ganzen Körper. Längst war ihm klar geworden, dass diese Zange keinen einzelnen Zahn, sondern gleich einen Teil des Kiefers ausreißen würde. Seine Blicke winselten. Doch in dem Gesicht, das sich über ihn beugte, stieß er auf dieselbe Furcht.

Noch wog Tönges ab, ob er tatsächlich einen Verzweiflungsversuch unternehmen sollte. Was aber hätte es genutzt, den höchstens Siebzehnjährigen zeit seines Lebens zu entstellen? Der Trossführer stand im Wort, ihm auch für diesen Fall augenblicklich eine Kugel in den Kopf zu jagen. Allerdings würden ihn alle noch für seine Schandtat loben angesichts der angerichteten schweren Verletzungen. Tönges richtete den Arm mit der Zange hoch auf und hielt sie in die Runde. »Wollt ihr wirklich, dass ich dem Bengel mit diesem Grobschmiedegerät den Schädel auseinanderbreche?«

Ein paar Frauen hatten sich unter die Zuschauer gemischt und zeigten Mitleid. »Hört auf mit dem Unsinn!«, rief eine laut. Doch sofort fielen ihr die Kerle ins Wort und forderten die Einhaltung der aufgestellten Regeln. »Zahn oder Leben«, riefen sie im Chor.

Unbarmherzig zeigte sich auch die Sonne. Ihr geworfener Schatten schmiegte sich bereits an die in die Erde geritzte Linie, als wäre es ihr ebenso eine Wonne, wenn nun endlich das Urteil vollstreckt wird. Tönges schleuderte die Zange weit von sich. Am liebsten hätte er mit ihr den Hurenweibel vom Amboss geholt, aber noch glomm die Hoffnung in ihm.

Tatsächlich riss die Reihe der Söldner vor ihm auseinander. Frowes rotes Kopftuch leuchtete auf. Eilig lief sie auf Tönges zu und reichte ihm eine kleine Zange mit nach unten gebogenen Greifbacken. Überrascht wog er sie in der Hand. Solch ein geradezu perfekt auf die jetzige Aufgabe getrimmtes Werkzeug sah er zum ersten Mal. Dann aber spürte er die Pistole an seinem Hinterkopf als letztes Ultimatum.

Er nickte dem Jungen zu mit der stillen Aufforderung, jetzt zum Wohle beider den Mund weit zu öffnen und nicht mehr zu zucken. Die Backen der Zange drückten sich in den schon fast schwarz verfärbten Zahnschmelz. Mit einem Ruck vollbrachte der Schmied sein Werk. Ein Eiterstrahl spritzte ihm gegen die Brust. Sofort griffen sich die Frauen den Patienten und führten ihn weg, um mit Kamillenkraut seine weit fortgeschrittene Entzündung zu behandeln. »Der ist noch lange nicht über den Berg«, flüsterte eine.

Die Menge zerstreute sich, einerseits enttäuscht über den ausgebliebenen Knalleffekt, andererseits aber auch erleichtert, jetzt einen unter sich zu wissen, der sich aufs Zahnausreißen zu verstehen schien. »Noch nicht mal gestöhnt hat der Bursche«, wurde geraunt. »Wenn ich mich da an meine Schreie beim Bader erinnere, oje«, sagte ein anderer und warf nochmals einen anerkennenden Blick auf den Schmied. Der lehnte mit hängendem Kopf am inzwischen verwaisten Amboss und merkte erst jetzt, wie ihm die Hände zitterten. Neben ihm stand nur noch Frowe, die geschickt verbarg, dass ihr ganzer Leib vor Aufregung bebte.

»Das war knapp«, warf ihr Tönges vorwurfsvoll an den Kopf.

»Warum musstest du dich auch als Schmied hervortun?«, erwiderte sie.

»Was sollte ich ihnen denn sagen, als sie am Morgen vor mir standen und von mir Rechenschaft forderten, was ich in ihrem Lager wolle? Du warst nicht da. Ohnehin weiß ich bis jetzt nicht, wozu du mich hierher mitgeschleppt hast.«

Frowe musste unwillkürlich wieder an den Grund denken, warum sie weiterhin einen Bogen um dieses Thema machte: das tote Mädchen.

»Reißt du immer mit einem Ruck die Zähne heraus?«, lenkte sie ab. »Bei solch roher Gewalt brechen dir doch die meisten in der Mitte durch.«

»Kannst du es besser?«, giftete er zurück.

»Gewiss, wozu, denkst du wohl, führe ich sonst solche Zangen mit mir? Keinem der Marketender und erst recht nicht den Offizieren würde im Traum einfallen, zu einem der barbarischen Feldschere zu gehen. Sie kommen alle zu mir. Das allein würde schon den Schutz rechtfertigen, den sie mir gewähren«, öffnete sie sich vorsichtig dem Schmied. »Aber mal im Ernst, weißt du wirklich nicht, dass du den Zahn erst hin und her drücken musst, um ihn zu lockern?«

Er widersprach und beschrieb die Schmerzen, die diese Lockerung verursacht. Die Schreie halte er nicht aus. Doch sie bohrte nochmals nach, was mit denen geschehe, denen er den Zahn zertrümmerte.

»Das ist mir zum letzten Mal vor zwei oder drei Monaten passiert«, räumte er ein.

»Na – und weiter?«, drängte sie.

»Nun ja«, gestand er. »Der Mann sprang auf und lief weg, als er den Haken sah, mit dem ich unter den verbliebenen Rest greifen wollte. Ein paar Tage später ist er an seiner Vereiterung im Mund gestorben. Seither kam niemand mehr zu mir mit

Zahnschmerzen, worüber ich letztlich sogar erleichtert war. Geld habe ich dafür sowieso nie genommen«, fügte er an.

Zum ersten Mal sah er sie lachen. Ihre Blicke kreuzten sich, und er stellte überrascht fest, dass die schwarze Eiseskälte aus ihren Augen gewichen war. Stattdessen nahm ihn ein warmherziges Rehbraun förmlich gefangen und zog ihn magisch an. Er tauchte ein in ihren Blick, fühlte sich wie beim Schwimmen in einem schattigen Waldsee. Schwerelos glitt er dahin, immer tiefer in einen Strudel. An diesem tiefdunklen Braun, über das die Wimpern auch noch Schatten warfen, konnte sich Tönges nicht sattsehen. Was hat diese Frau nur für Augen, schoss es ihm bewundernd durch den Kopf.

»Wer ist Helena?«, riss sie ihn zurück. »Mehrfach hast du vorige Nacht nach ihr gerufen.«

Die Antwort ließ sie zusammenzucken: »Meine Tochter.«

»War sie das Mädchen, das die Kroaten getötet haben?« Unsicherheit schwang wieder in ihrer Stimme wie beim ersten Aufeinandertreffen. Als er verneinte, fiel ihr eine gewaltige Last vom Herzen. Ihr war sogar schon wieder nach Spotten zumute. »Helena«, flötete sie. »Wie kommt ein Schmied in einem Walddorf auf solch einen Namen? Hat dich dein Pfarrer nicht gewarnt, welch gewaltige Bürde du deiner Tochter auferlegst? Stell dir vor, sie wird dürr und schielt. Auch wenn keiner der Jungs um sie herum auch nur die blasseste Ahnung von griechischer Mythologie hat, so können sie umso besser höhnen und ihr jeden Tag aufs Neue vergällen, wenn dein Mädchen den Anspruch auf perfekte Schönheit nicht erfüllt.«

»Das konnte nicht passieren«, zeigte er sich sicher. »Eine alte, weise Frau hat mir erzählt, dass ein Mann, der sich beim Zeugen seiner Kinder nicht von der Begierde leiten lässt, sondern von den Wünschen für die Zukunft seiner Kinder, diese Wünsche auch erfüllt bekommt.«

Sie trat noch einen Schritt näher und schaute ihn lange an. Dann ließ ihn ihr helles Auflachen zusammenfahren. »Du Narr«, schüttelte sie sich. »Oh, deine arme Frau! Während du auf ihr lagst, spukte also die schöne Helena in deinem Kopf herum. Das nennt man Betrug. Wie steht es doch in der Bergpredigt: ›Nicht erst, wer die Ehe leiblich bricht, begeht Ehebruch, sondern schon, wer eine andere Frau begehrlich anblickt.‹«

Tönges stand wie versteinert. Ihr wurde klar, dass sie eine Wunde aufgerissen hatte. »Du sagtest, deine Frau ist tot ...«

Er hob die Schultern und ließ sie wieder fallen. »Ich weiß es nicht, sie schleiften sie fort, ohne dass ich ihr helfen konnte ...« Die Stimme versagte ihm.

In das Schweigen platzte der Trossführer, der mit einer Gruppe Soldaten zurückgekehrt war; sie schwatzten noch immer aufgeregt über das jüngste Ereignis. »Was ist nun, Schmied, wann nimmst du deine Arbeit auf, und wie willst du das Problem mit deinem Blasebalg lösen?«, fragte er von oben herab.

»Bittet doch einen Pfarrer, ob er euch den Blasebalg seiner Orgel borgt«, verhöhnte ihn Tönges, hielt sich aber im selben Moment die Hand vor den Mund. Oh Gott, sagte er zu sich, was habe ich nur getan! Und er hoffte inständig, dass alle über seinen blöden Einfall lediglich lachen würden.

Doch kein Einziger verzog auch nur den Mund. Alle grübelten bereits ernsthaft, in welcher Kirche der umliegenden Dörfer sie eine Orgel gesehen hatten. »Ich weiß, wo!«, kratzte sich Würfelbecher am Hinterkopf. »Das liegt aber einen halben Marschtag von hier. In den Nestern direkt an der Heerstraße häuft sich nämlich in den Kirchen nur noch Schutt und Asche.«

»Dann lasst uns, damit sich das lohnt, zu einem richtigen Beutezug aufbrechen!«, pflichtete ihm der Einäugige bei. Tönges bekam von ihm einen Schlag in den Rücken als Anerkennung. »Das war ein guter Einstand. Sag mir deinen Namen und woher du kommst, damit ich dich in meine Liste aufnehmen kann. Den Eid sprichst du heute Abend nach unserer Rückkehr, dann haben wir gleich doppelt was zu feiern.«

Frowe stöhnte auf. Von nun an konnte sie nicht mehr gefahrlos mit dem Schmied einfach verschwinden, sobald sie den Moment dafür gekommen sah. Doch bot sie dem Trossweibel sogleich die Stirn und besann sich auf ihren Ruf, magische Kräfte zu besitzen. »Du wirst noch darum betteln, dass du diesen Mann wieder loswirst und ich ihn vom Dienst im Tross vorzeitig freikaufe, damit du dein hässliches Gesicht wahren kannst«, raunte sie ihm zu und ließ ihn brüsk stehen – in der Gewissheit, dass fortan jeder Zwischenfall ihrer Drohung angerechnet wird.

Vor fünf Wagen des Trosses wurde eingespannt. Zwanzig Reiter machten sich fertig, voranzupreschen, um den Einwohnern die Fluchtwege abzuschneiden, aber dann brach Streit aus. Gleich ein paar Dutzend Frauen und Trossknaben wollten mit. Der Narbige sah, dass sich auch Ehefrauen und Mätressen der Offiziere hinzugesellt hatten, denen er nichts verwehren durfte. Also befahl er, weitere Wagen marschfertig zu machen, und spuckte in hohem Bogen aus. Der Ausflug, auf den er sich eben noch gefreut hatte, war ihm nun verleidet. Er wusste, wie das mit so vielen raffgierigen und obendrein hochnäsigen Weibern ausging, und wäre am liebsten im Lager geblieben.

Verunsichert schaute er sich nach Frowe um, ob er das bereits ihr verdankte. Sie war jedoch verschwunden wie unter einem Zaubermantel.

Seufzend besann sich der Trossweibel, vor dem Obristen damit glänzen zu wollen, wie er die Schmiede wieder in Schuss brächte. Seit Längerem hintertrug man ihm Andeutungen, dass jemand bei der Obrigkeit gegen ihn intrigiere und scharf auf seinen ruhigen, gut besoldeten Posten hinten bei den Dirnen sei, die ihm gratis Liebesdienste leisten, sobald er nur mit seiner Hutfeder wedelte. Schon ließ er bei diesem Gedanken sein Auge wandern, ob zumindest die kleine Dralle mitkam, die mit ihrer Zunge Dinge anstellte, bei denen der alte, gegerbte Krieger weich wie Wachs in ihren Händen wurde.

Ein Peitschenknall riss ihn jäh aus seinen schummrigen Betrachtungen. Es ging los, und Eile war geboten. Denn auf den Wegen neben ihnen und sogar vor ihnen her flog der warnende Ruf zumeist schneller dahin, als sie ihre Pferde antreiben konnten.

*

Die Sonne stand bereits im Zenit, als sie das kleine Städtchen erreichten, von dessen Orgelspiel Würfelbecher wusste. Damals ließen ihn die sakralen Klänge innehalten. Auch die anderen Männer, so erinnerte er sich, waren hingerissen von dieser Musik und ließen ab von ihren Opfern. In die Ergriffenheit von einst mischte sich nun Hass, es diesem Instrument heimzuzahlen, das seine Seele zu umschlingen vermochte.

Die Tür zur Kirche war verschlossen. Mehrere von den vorausgeeilten Reitern preschten heran und wirbelten Staub auf. »Der Pfaffe hat sich versteckt«, wurde dem Trossweibel gemeldet. »Wir haben aber ein paar Einheimische gefangen und werden ihnen gleich die Zungen lockern.«

»Gut so«, antwortete ihr Kommandeur. »Nehmt den Schmied mit, es wird Zeit, ihn in unser Handwerk einzuweihen.« Tönges sah, wie der Hurenweibel zwei der Reiter ein Stück zur Seite nahm und ihnen Instruktionen zuflüsterte. An der Art, wie der eine als Antwort auf den Griff seines Säbels schlug, ließ sich klar absehen, welcher Auftrag ihnen zuteilgeworden war, für den Fall, dass er nicht spurte oder vielleicht sogar wieder die Seiten wechseln wollte. Die Reiter nahmen ihn in die Mitte und führten ihn in einen Innenhof, in dem die Gefangenen mit gebundenen Händen und Füßen auf der Erde kauerten. Tönges ahnte, was nun passieren würde, und verfluchte diesen Tag.

Erleichtert stellte er fest, dass zumindest keine Frauen unter den zu Folternden waren. Doch er irrte. Man hatte sie in die Hauseingänge geschleift, weil keiner ihrer Vergewaltiger seinen nackten Hintern präsentieren mochte. Doch nun kamen sie heraus und zerrten die Frauen an den Haaren hinter sich her.

Tönges glaubte, seinen Ohren nicht zu trauen. Laut wurde sein Name Tannberg ausgerufen und ihm der Plan zugeschrieben, dieses Städtchen zu überfallen und den Blasebalg der Orgel zu rauben. Ihm wurde schwarz vor Augen. Diesen Ort kannte er. Hier war er während seiner Wanderschaft als Geselle beherbergt worden. Auch an ihn mussten sich noch viele erinnern und wissen, woher er kam.

Oh, dieser oberste Hurenbock war ein gewiefter Kerl. Er konnte sich bestens in die Lage seines neuen Schmieds hineinversetzen und wusste, wie sich sämtliche Rückwege für ihn abschneiden ließen. Sobald man ihn zu den Folterern zählte, galt er als vogelfrei. Nur der Söldnerhaufen konnte ihm dann noch Schutz bieten vor der grausamen Rache, die auf ihn wartete.

Er musste fliehen, und zwar sofort. Aber auch dies hatte der schlaue Trossweibel vorausgesehen. Seinen Schmied, den er dringend brauchte, um dem Befehl zur Erneuerung der Hufeisen der gesamten Truppe nachzukommen, ließ er auf Schritt und Tritt bewachen. Und er zwang ihn, bei jeder neuen Folterung anwesend zu sein, um wie Pech mit den Landsknechten zu verschmelzen.

Sie begannen mit den Daumen. Zwei Hölzer wurden um sie gelegt und verschnürt. Mit einem Knebel drehten die Söldner den Strick immer enger, bis die Haut platzte. »Wo habt ihr eure Verstecke, und wo verbergt ihr euren Pfaffen?«, wurden die Gefolterten angeschrien. Sie beschrieben ermattet Straßen und Häuser. Aber niemand dachte wirklich daran, auf die Suche zu gehen. Die Landsknechte hatten diese Tortur schon oft genug vollzogen, um sicher sein zu können, dass die ersten Preisgaben niemals stimmten.

Als Nächstes wanden sie eine Schnur um den Kopf von einem der Einheimischen und begannen von vorn. In kürzester Zeit strömte ihm das Blut aus Nase und Ohren. Seine Schreie hätten im Himmel sämtliche Engel mit dem Flammenschwert dazwischenfahren lassen müssen, so klagend erhoben sie sich. Der Gequälte wurde nichts gefragt. Er konnte ohnehin nur lallen. Umso heftiger setzten die Peiniger denen zu, die sie hierbei zum Zusehen verurteilt hatten. Sie waren sich sicher, dass die Angst vor dieser Folterung oft mehr bewirkte als die erlittenen Schmerzen.

Tatsächlich wurde nun ein Gewölbe genannt tief unter der

Erde. Diese Beschreibung ließ die Landsknechte aufhorchen. Einige machten sich auch schon auf den Weg.

Es dauerte nicht lange, bis sie zurückkamen. »Die hier ist eine der Töchter des Geistlichen, wurde uns versichert«, riefen sie von Weitem.

In die Kirchentür trieben sie vier mächtige Nägel und banden an ihnen Hand- und Fußgelenke der jungen Frau fest. Mit dem Säbel fuhren sie unter ihren Rock. Blut tropfte auf die Erde, während die Frau sich die Seele aus dem Körper schrie. Ihr Vater warf sich vor sie auf den Boden und appellierte an die Barmherzigkeit. »Ihr alle seid doch Gottes Kinder und Protestanten wie wir«, flehte er.

»Den Schlüssel von deiner Kirche!«, wurde er angeherrscht. Kaum hatte er ihn ausgehändigt, traf ihn ein Schwertstreich und hieb ihm den Kopf ab. Er wurde neben seine Tochter genagelt, mitten durch die Stirn. Die Frau verlor das Bewusstsein und hing schlaff an ihren Fesseln. Die Tür wurde aufgestoßen, und die johlende Horde stürmte zur Orgel. Vornweg der Trossweibel, darum besorgt, dass die Rasenden den Blasebalg beschädigen könnten. Er ließ ihn ausbauen und auf einen der Wagen verladen. Alles andere kümmerte ihn nun nicht mehr.

Vergeblich hatte der Söldnerhaufen nach silbernen Leuchtern oder Taufgefäßen gesucht. In irrer Wut zerschlugen die Männer nun alles, was ihnen in den Weg kam. Der Baldachin wurde heruntergerissen, das Chorgestühl auf einen Haufen geworfen und angezündet.

Die ersten Flammen züngelten bereits auf dem Dachfirst, dunkle Rauchwolken blakten aus den zerschlagenen Fenstern, als eine Steinplatte im Boden weggeschoben wurde und Dutzende Menschen aus der brennenden Kirche und dem erstickenden Qualm flüchten wollten. Nur wenige waren durch das

Portal entkommen, als die Tür von außen zugestoßen und verrammelt wurde.

»Wo habt ihr euer Geld, euer Vieh, eure Speckseiten und Würste, entscheidet euch schnell, denn lange leben die da drin nicht mehr.« Die Menschen rannten wie wahnsinnig, um ihr Letztes herbeizuschaffen. Doch die Außentür blieb verschlossen. Krachend stürzten bereits die ersten Dachbalken in das Kirchenschiff. Nicht mal mehr ein Wimmern drang nach draußen, nur der tobende Orkan des Feuers, das inzwischen auch durch das Portal drang und die angebundene Frau erfasste. Der üble Geruch von verkohltem Haar breitete sich aus, dann der von angesengtem Fleisch.

Rasend machte die Soldateska die letzten Überlebenden vor der Kirche nieder. Tönges beugte sich über einen Sterbenden, der ihn mit letzter Kraft zu sich herangewinkt hatte. »Warum, Schmied, hast du diese Meute hierhergeführt? Wir hatten dich einst bei uns aufgenommen und haben dich gut behandelt«, röchelte er und raffte sich mit letzter Kraft nochmals auf: »Glaube nicht, dass wir alle tot sind. Die Überlebenden werden dich finden und deine Brut in deinem Harzdorf. Auge um Auge.« Dann sank er kraftlos zusammen.

Als sich Tönges aufrichtete, spürte er den Atem des Trossweibels in seinem Nacken. »Du hältst mich jetzt für eine Bestie, aber glaube mir, Schmied, ich bin noch sehr sanft mit dir umgegangen. Mehrfach schon haben Würfelbecher und seine Kumpane mich bedrängt, dass du selbst Hand anlegen und den Schwedentrunk reichen sollst. Damit habe ich dich verschont, weil ich weiß, dass du nie einer der Unsrigen wirst. Ich habe die Aura um deinen Kopf gesehen, als du heute früh eher sterben wolltest, als den Pferdeburschen zu verunstalten. Was aber hat ein Heiliger wie du mit diesem Rabenaas zu schaffen?«

»Du meinst die Marketenderin?«

»Ja, die Zigeunerhexe. Sie hat meinen besten Freund auf dem Gewissen. Friedrich besaß ein Gut und wollte mich dorthin mitnehmen. Mich, einen Krüppel, den jeder nur noch von sich stößt, sobald der Krieg vorbei ist und der Oberst uns entlässt. Friedrich hatte einem Eingeweihten in die Passauer Kunst fast seine ganze Kriegsbeute, über fünftausend Reichstaler, hingegeben, um sich härten zu lassen. Es muss ein sehr guter Zauber gewesen sein, denn er konnte die waghalsigsten Attacken reiten, ohne auch nur einen Kratzer abzubekommen. Dann aber hat er im Suff nach dieser Zigeunerin gelangt. Sie brach ihm den Arm und damit wohl auch den Zauber. Zwei Tage später geriet er in einen Hinterhalt von ein paar simplen Wegelagerern, die ihn vom Pferd schossen.«

»Du nennst sie Hexe und borgst Geld von ihr?«, unterbrach ihn Tönges.

»Das war für den Leichenschmaus von Friedrich, und sie soll nicht glauben, auch nur einen einzigen Heller wiederzubekommen.«

Beide fuhren zusammen. Unter mächtigen Schlägen erbebte die von Flammenzungen bereits schwarz geleckte Kirchentür. Funken stoben; es schien, als würde jeden Moment das Holz zerbersten unter diesen Hieben. Auch die umstehenden Söldner sprangen erschrocken ein paar Schritte zurück.

Eine düstere, kaum noch menschlich klingende Stimme schwoll an. Doch niemand verstand, was sie sagte. Wehklagend erhoben sich Worte einer uralten Sprache. Erst ganz zum Schluss wandte sie sich an die Frevler: »Ihr alle werdet brennen!« Ungläubig starrten die Männer am qualmenden Kirchturm empor, an dem dieser Fluch sich hochzuschwingen schien und zuletzt von ganz oben herabdröhnte: »Nicht nur in der Hölle, sondern schon auf Erden.«

Fassungslos richteten sich sämtliche Augenpaare auf den angenagelten Kopf des Pfarrers, der bereits zu verkohlen begann. Nur von ihm konnte diese Stimme gekommen sein, denn hinter der Tür brodelte wild das Feuer. Panisches Entsetzen verbreitete sich. »Rettet euch, solange noch Zeit bleibt!«, schrie einer und rannte davon. Die anderen drängten sich Schutz suchend zusammen.

Als hätte jemand zürnend am Himmel ein Tor zugeschlagen, brachen mit furiosem Krachen die Flammen durch das Dach und griffen gierig hinauf zur Spitze des Kirchturms. Schindeln flogen als brennende Schrapnelle durch die Luft. Vor dieser mit titanischer Faust in den Himmel gestoßenen, feuersbrünstigen Drohgeste schrumpften die Menschen unten auf der Erde zu winzigen Ameisen zusammen. In ihren Augen spiegelte sich die wahnsinnige Vorstellung, hineingezogen zu werden in dieses Inferno, so wie es die Stimme verhieß. Sie rannten zu den Wagen, keiner wagte mehr zu sprechen.

Doch einer fing plötzlich schallend zu lachen an: »Niemand kann uns mehr drohen, wir sind doch längst der Hölle verfallen.« Einige Männer fielen auf die Knie und bekreuzigten sich. Was ihnen Würfelbecher da soeben zugerufen hatte, erschien ihnen wie das Urteil des Jüngsten Gerichts.

Durch die Wagenkolonne kreischte unvermittelt das Gekeife der mitgekommenen Frauen. Sie hatten alles so vollgeladen mit geplündertem Gut, dass der Platz für sie selbst nicht mehr reichte und einige zu Fuß zurückgehen mussten. »Du Hure glaubst, fahren zu können, während ich als ehrliche Ehefrau eines Korporals laufen soll«, wurde nach dem Einschreiten des Trossweibels verlangt. Doch der hatte sich sofort unsichtbar gemacht, um nicht in die gefährlichen Händel der Beschützer dieser Weibsen hineingezogen zu werden. Zudem spukten ihm erneut Frowes letzte Worte durch den Kopf.

Noch völlig benommen, trottete Tönges hinter einem der Wagen her.

Ihm folgte der Fluch, schwarz und diffus wie die auffahrende und rundum die Schandtat hinausschreiende Rauchsäule des geschändeten Gotteshauses in seinem Rücken.

Im Waldversteck

Rötliche Flecken betupften die Gesichter, untermalten feuereifrig die Erzählungen. Jeder versuchte, das letzte Wort des Vorredners zu erhaschen und sich daran festzuklammern, um nahtlos die eigene Geschichte anfügen zu können. Knisternd bestrahlte die Glut in der Mitte der Laubhütte die im Kreis schnatternden Familien. Nur wenig Holz wurde nachgelegt und nur ganz trockene Äste. Keine noch so dünn aufsteigende Rauchfahne durfte sie verraten. Beständig achteten draußen die Wachen nicht nur auf Feinde, sondern ebenso auf die eigenen Feuer. Wo eines zu stark wurde, musste umgehend Erde die gefährlichen Flammenzeichen ersticken. Das Überleben aller hing davon ab, dass niemand den Weg zu ihnen fand.

Aufgeteilt in drei weit voneinander entfernte Waldsiedlungen, duckte sich die Dorfbevölkerung kükenhaft unter die Fittiche von Baumglucken. Sollte ein Schlupfwinkel auffliegen, blieb den Flüchtenden immer noch die Möglichkeit, sich an den vereinbarten Treffpunkten zu sammeln, um erneut Schutz zu finden. Niemand durfte den Standort eines anderen Verstecks kennen, so konnte er ihn selbst unter der Folter nicht verraten. Kein Pfad führte dorthin. Während der vielen zurückliegenden Kriegsjahre steckten die Bauern Reiser in den Waldboden, die sich inzwischen zu dichten, undurchdringlichen Dornenverhauen aufwallten.

Wie die Fluchtorte verteilte sich auch das wenige verbliebene Vieh über viele Lichtungen und Schluchten. In so großen Abständen, dass es nicht in Versuchung kam, durch lautes Blöken oder Wiehern Kontakt zu suchen. Schon einige Male war es dennoch geraubt worden. Es wimmelte überall von Waldfischern, die zu einer ebenso großen Plage geworden waren wie das Kriegsvolk. Niemanden scherte es, dass ohne Zugtiere nicht mehr gepflügt werden konnte oder große Teile der Ernte auf den Feldern verfaulten, weil sich nur noch bergen ließ, was Menschenkraft zu schleppen vermochte.

Möglichst viele Pferde und Ochsen zu verstecken, war jedoch sinnlos. Wie bei Goldschürfern sprach sich auch bei dem Räuberpack herum, wo sich die Suche besonders lohnte. Jedes Meckern einer Ziege zog Diebe an. Gegen deren Überzahl waren die Bauern häufig ebenso machtlos wie ihre Wachhunde, wobei sie zumeist die großen, starken Tiere gar nicht einsetzen konnten, sondern nur jene, die leise knurrten und lautlos wie Eulen angriffen. Alle Köter, die sich mit ihrem Gekläff verrieten, den Mond anjaulten oder das Geheul der Wölfe erwiderten, wurden umgehend erschlagen.

Das Vieh stand seit Langem fast das ganze Jahr über im Wald. Die Mast mit Eicheln tat den Schweinen sogar sehr gut. Nur bei starkem Frost, bei dem ohnehin die Soldatenhaufen sich einigelten und kaum noch herumzogen, kamen die Tiere zurück in den Schutz ihrer Ställe. Im Dorf gab es ansonsten nur immer so viel Hühner, Enten und Schweine, dass die plündernden Landsknechte nicht sofort Lunte rochen und nach den Verstecken zu suchen begannen. Das waren Opferlämmer, die auch bei Fluchten zurückblieben, sodass es den Soldaten lohnenswerter erschien, mit dem, was sie einfingen, zum nächsten Dorf weiterzuziehen, als ein Exempel zu statuieren und das gesamte Umfeld zu durchkämmen.

An dem Juli-Vormittag, als der Klöppel Alarm schreiend auf dem Kirchturm an die Glocke schlug, erstarb das dörfliche Leben. Dabei ergoss sich kein mächtiger Tross mit vielen Karren und Hausrat auf die Straße, um im angrenzenden Gebirge Schutz zu suchen. Selbst wenn bereits Beobachter das Dorf belauerten, wäre für sie kaum auszumachen gewesen, in welche Richtung die Einwohner flohen.

Fächerförmig lösten sich die Menschen in ganz kleinen Grüppchen förmlich in Luft auf. Kein Wagen, kein Pferdehuf, kein Kuhfladen, kein Trampelpfad vieler Füße hinterließ irgendeine Spur. Huckepack führte ein jeder seine immer griffbereiten Habseligkeiten mit sich. Haken schlagend wie die Hasen und auf großen Umwegen fanden sie sich zuerst an ihren Treffpunkten ein und warteten dort noch Stunden ab, um sicherzugehen, dass ihnen nicht doch jemand folgte. Erst dann schlichen sie weiter zu ihren Verstecken, zogen trockene Dornenverhaue zur Seite und krochen auf dem Bauch durch die wenigen Zugänge in ihre Waldsiedlungen.

Glücklicherweise war Sommer. Man musste nicht in die muffigen Erdlöcher abtauchen, sondern konnte in den Laubhütten wohnen und sich abends gesellig zusammenfinden. Auch wenn nachts der Waldboden Kühle abstrahlte, staute sich in den Hütten mollige Wärme. Eng waren die Menschen um die Glut zusammengerückt. Am Nachmittag hatten die Frauen frisches Brot gebacken. Dicke Speckscheiben wurden jetzt dazu gereicht. Es gab Bier und für die Kinder Milch.

Um das Daheim sorgte man sich nicht allzu sehr. Die einst

von Generation zu Generation weitervererbten geschnitzten Truhen, Wandschränke und Stühle hatten bereits die ersten durchziehenden Heere fortgeschleppt. Wie viele ihnen über die Jahre noch folgten, hielten nicht mal mehr Pfarrer und Lehrer in ihren Chroniken fest, die zudem oftmals auch gestohlen wurden.

Was den Kriegern zu schwer war, zerschlugen sie blindwütig, traten es hasstriefend in den Schmutz. Ohne darüber nachzudenken, dass sie womöglich nächstes Jahr hier wieder Quartier nehmen mussten. Es ging auch nicht darum, dem nachrückenden Feind keine Bleibe zu hinterlassen. Hinter der Zerstörungswut verbarg sich nichts weiter als der Triumph rohester Lüste.

Zur Kriegssitte gehörte es, dass der Soldat seine vermeintlich höhere Stellung dem einfachen Landmann ins Hirn brannte – was das Gesindel mangels wirklicher Überlegenheit nur durch die Gewalt seiner Waffen vermochte. Daher setzte es alles daran, den niedrigeren Stand kalte Missachtung spüren zu lassen, indem es ihm die Lebensgrundlage entzog. Dass dies auch die eigene war, kam den Söldnerhaufen nicht mal in den Sinn, als der Hunger zunehmend auch ihr Gedärm aussaugte, sie niederdrückte und dezimierte.

Zu zerschlagen gab es folglich an Geschirr und Mobiliar kaum noch etwas. Verschont blieben bislang aber die Häuser selbst. Womöglich lag es daran, dass dieses Dorf das letzte am Harzrand war und sich an der Gebirgsstraße einen halben Tagesmarsch lang keine andere Siedlung mehr zum Verschnaufen fand. Ein Rest von Verstand war dem Militär womöglich doch noch geblieben.

Daher saßen die Dorfbewohner weit weniger bekümmert, als dies in solch einer Situation zu erwarten gewesen wäre, mitten im dichtesten Wald und führten das abendliche Leben der Spinnstuben fort. Tatsächlich hatten einige Frauen ihre Spinnräder aus den Winterquartieren geholt und verarbeiteten Fasern aus Wolle oder Flachs.

Die Geschichten, die sie sich erzählten, waren zum Träumen: gebrochene Liebesschwüre von Prinzessinnen, während ihre Ritter in den Kreuzzügen kämpften, oder freie Wünsche, die gefangene Zwerge gewähren. Zunehmend mischten sich aber auch schon Gruselerzählungen darunter, die ihrer eigenen Realität nahekamen. Von Angriffen der sich in den Kriegswirren drastisch vermehrenden Wölfe und von Kindern, die von Hungernden fortgelockt wurden, um sie zu schlachten.

*

»Was ist mit dir, Mädchen?«, fragte Anna, die Frau des Pastors. Neben ihr hockte völlig in sich gekehrt eine Fünfzehnjährige mit einem dicken geflochtenen Zopf. Sie schüttelte den Kopf und wollte keinen Trost. Anna wusste schließlich ebenso wenig, wo ihre jüngeren Brüder und ihr Vater abgeblieben waren. »Erzähl du doch auch was, Helena!«, wurde sie von der Pfarrersfrau angespornt, die drückenden Gedanken zu verscheuchen. Das Mädchen holte ihre Laute hervor. Der Kantor hatte ihr darauf die Tonleitern vorgespielt und auch einige Melodien beigebracht. Mit glockenklarer Stimme sang sie nun eine alte Volksweise:

»Die Lust hat mich bezwungen,
Zu fahren in den Wald,
Wo durch der Vögel Zungen
Die ganze Luft erschallt.«

»Hat unsere Lene nicht einen beißenden Humor?«, durchbrach schließlich Anna das sich anschließende Schweigen. Doch wirklich lachen konnte niemand. Das Lied hatte die Sehnsucht geweckt nach einer Zeit, in der einen nicht bitterer Zwang in den Wald trieb. Mit Tränen in den Augen stürmte Helena schließlich nach draußen, sie wollte allein sein mit sich und ihrem Kummer.

Fast wäre sie mit der Wachablösung zusammengestoßen, die sich auf den Weg machte. Sie wurde im Dunkeln angerufen, wer sie sei. »Helena, die Tochter vom Schmied«, flüsterte sie, bekam aber keine Antwort. »Warum sagt ihr nichts?«, setzte sie nach. »Wisst ihr etwas über meinen Vater?« Wieder blieb man die Antwort schuldig. »Um Gottes willen, ist etwas passiert?«, rief sie nun schon fast.

»Sei ruhig!«, zischte es schließlich zurück. »Dein Vater lebt. Aber ich kann dir jetzt nicht alles erzählen. Komm morgen zu mir, ich bin David, der Sohn vom Sägemüller.« Damit hatte die Dunkelheit auch schon die Männer verschluckt. Schwankend zwischen Hoffen und Bangen, blieb Helena zurück. Sie lief zu der Hütte, aus der David gekommen sein musste. Dort waren aber schon alle schlafen gegangen und knurrten unwillig, als sie mit ihren Fragen die Ruhe störte. Schließlich kam doch ein Junge heraus: »Ja, weißt du denn nicht, dass die Schmiede brannte und der Schmied verschleppt worden ist?« Helena wurde schwarz vor Augen.

Als sie zu sich kam, lag sie in der Hütte von Pastor Lahrius und ruhte mit dem Kopf auf Annas Knien. Um sie herum brandete Streit. »Wie konnte der Tölpel das Mädel so zu Tode erschrecken?«, schimpfte jemand. Mit piepsiger Stimme verteidigte sich der Knabe, doch nicht geahnt zu haben, wer da draußen im Dunkeln stand und fragte. Schlagartig riss es Helena hoch. »Was wisst ihr?«

»Eigentlich gar nichts. Das sind alles Gerüchte«, wurde beschwichtigt. »Irgendjemand will Rauch über eurer Schmiede gesehen haben. Doch lediglich durch Buchholz waren Plünderer gezogen, bis zu uns kam bislang niemand. Irgendetwas ist aber mit denen passiert, die bei Buchholz Posten bezogen hatten. Die drucksen alle rum, und jeder, der dabei war, erzählt etwas anderes. Angeblich ist dein Vater einer riesigen Zigeunerin gefolgt – kannst du das glauben?«

Entgeistert schaute Helena in die Runde. »Einer Zigeunerin? Kann sie ihn behext haben?«

»Blödsinn«, lächelte ihr Anna aufmunternd zu. Sie scheuchte alle aus der Hütte, die hier nicht wohnten. »Du bleibst natürlich heute Nacht hier und schläfst nicht allein, sondern bei Maria und Judith«, wies sie auf ihre Töchter. »Mein Mann ist auch noch nicht zurück vom Wachdienst. Wir haben also genug Platz, um es uns gemütlich zu machen. Du wirst sehen, dass sich morgen wahrscheinlich alles als ganz harmlos herausstellt.«

Maria und Judith waren begeistert, ihre engste Freundin einmal bei sich zu haben. Niemals hätte der Vater sonst zugestimmt, sie bei ihnen schlafen zu lassen. Eng kuschelten sich die drei zusammen.

Schlaf fanden sie jedoch alle nicht. Helena wälzte sich die ganze Nacht von einer Seite zur anderen. Was man da über ihren Vater erzählte, erschien bei längerem Nachdenken als viel zu fantastisch, um wahr sein zu können. Desto mehr sorgte sie sich um ihre Brüder, von denen sie bislang überhaupt nichts gehört hatte.

Mit den ersten Sonnenstrahlen lief sie aufgeregt vor Davids

Hütte auf und ab. Er schien der Einzige zu sein, der Genaueres wusste. Das Warten war unerträglich. Am liebsten wäre sie in die Hütte gestürmt und hätte alle geweckt. Da fiel ihr ein, dass David ja in der Nacht Wache hatte und sicherlich am längsten schlafen würde. Sie musste sich mit irgendetwas beschäftigen, sonst brachten sie die beständig im Kreis durch den Kopf jagenden Gedanken um den Verstand. So lief sie zurück zu Anna und bat um Arbeit. Die schickte sie zur Quelle Wasser holen.

Auf dem Bauch kriechend den Eimer durch die Hecken zu schieben, war wahrlich kein Vergnügen. Als Helena das dritte Mal an der Quelle ankam, um Wasser zu schöpfen, zitterten ihr vor Anstrengung die Knie. Die Auf- und Abstiege sogen die Kraft aus ihrem zierlichen Körper. Große Steinblöcke aus braunrotem Porphyr türmten sich auf, die überklettert werden mussten. Dornenbewehrte Ranken lauerten auf der gesamten Wegstrecke und griffen schmerzhaft nach den Waden. Erschrocken vernahm sie ein Rascheln in den trockenen Blättern auf dem Boden, das von einer Kreuzotter stammen konnte.

Dort, wo sich keine Hindernisse in den Weg stellten und scheinbar am einfachsten voranzukommen war, durfte sie keinen Fuß hinsetzen. Hier verbargen sich überdeckte, tiefe Fallgruben. Kein Mensch konnte je aus ihnen wieder herauskommen. In ihrem Grund steckten armlange angespitzte Pfähle. Wer immer das Geheimnis der Verstecke herausfand, sollte es hier mit in den Tod nehmen.

Bislang war noch niemand in diese Fallen geraten. Dennoch verging kein Morgen oder Abend, an dem sie nicht erwartungsvoll kontrolliert wurden, denn Wild fiel häufiger hinein. Nicht nur Hasen, Rehe und Wildschweine. Einmal sogar ein kapitaler Hirsch. Als Wilddieberei und Fallenstellen konnte dies aber nicht zählen, waren sich im Dorf alle einig. Sollten die Jäger der Grafschaft dahinterkommen, konnte jeder auf die Bibel schwören, dass die Fallgruben einzig dem Schutz dienten. Außerdem durfte ja auch ernstlich niemand erwarten, dass die Menschen hier draußen nur noch von Beeren und Baumrinde lebten.

Helena aber fühlte sich auf diesen gefährlichen und äußerst beschwerlichen Pfaden von allen verlassen. Mühevoll schöpfte sie mit einem Napf aus der flachen Quelle den Eimer voll. Niemand aus ihrer Familie war nun noch bei ihr. Sie haderte und grollte. »Was für ein beschissener Weg zu einer noch beschisseneren Wasserstelle!«

Fast war ihr, als würde jemand antworten: »Das habe ich gehört.«

»Na, dann hast du's eben gehört, du blöde Kuh«, verwickelte sie sich in ein Streitgespräch. »Ich bin doch bescheuert«, schlug sie sich an den Kopf. »Rede ich schon mit mir selbst?« Nach allen Seiten schaute sie sich um, ob ihr nicht jemand einen Schabernack spielte und auf ihre Kosten am Abend die Grüppchen am Feuer erheiterte. Doch es war niemand zu sehen.

Eine Dornenranke wickelte sich um ihren Fuß und ließ sie stürzen. Schmerzhaft schlug sie mit dem Ellbogen auf einen Stein. Obendrein kippte der Eimer um. Mit pitschnassem Rock lag sie auf dem Boden und hieb wütend mit der Faust auf die Erde ein. Als sie sich endlich aufrappelte, rutschte sie in der Wasserpfütze aus und fiel schon wieder auf den schmerzenden Ellbogen. »Das kann doch nicht wahr sein«, schnaufte sie. »Das ist Absicht, bösartige Absicht; irgendeine Hexe treibt hier ihr Unwesen – verflucht sei dieser Ort, dreimal verflucht!«

Sie zuckte zusammen. Hinter ihr erhob sich eine Wassersäule aus der Quelle, bis sie ihr weit über den Kopf reichte. Tausende glänzende Tröpfchen tanzten in der Luft. Mal ganz schwach und schemenhaft, dann wieder fast lebensecht sah Helena vor sich eine alte Frau. Verfilzt wallte ihr graues Haar über ein zerschlissenes, schwarzes Kleid die Schultern herab.

Sekundenlang schwebte diese Erscheinung vor ihr. Als sie sich aufzulösen begann, wollte ihr die Frau etwas zurufen, und ihr zahnloser Mund klappte weit auf. Stockstarr verharrte Helena. Doch dann peitschte ihre Hand durch dieses Gebilde, das augenblicklich in sich zusammenfiel. »Auch du bist verflucht, du alte Hexe«, platzte es aus ihr heraus.

Sie erschrak vor ihrer eigenen Stimme. Hatte wirklich sie das gerufen? Ihr war, als ginge ein Wispern durch die Bäume, die wie Boten alles forttrugen, was sie sagte. »Verflucht, verflucht, verflucht. Hexe, Hexe, Hexe«, hörte sie immer leiser werdend ihre Worte im Geäst verhallen.

Lange verharrte sie und lauschte in den Wald hinein. Kopfschüttelnd begann sie schließlich, den Eimer neu zu füllen, und empörte sich wiederum über den Tölpel, der den entfernt liegenden Lagerplatz ausgesucht hatte. »So weit weg vom Wasser kann nur ein Kerl siedeln, der es gewohnt ist, seine Frau loszuschicken«, schimpfte sie beim Schöpfen vor sich hin. »Auf die Idee, die Hütten einfach an einem Bach zu errichten, kommt so einer natürlich nicht.«

»Genau da würde man uns sehr leicht entdecken. Im Übrigen hat mein Vater diese Stelle ausgesucht.«

Die völlig unerwartete Antwort ließ sie erneut zusammenfahren. »David«, flüsterte sie schließlich erleichtert.

»Die Landsknechte sind so blöde nicht. Man darf ihnen schon unterstellen, dass sie zuerst dem Bachlauf und den abzweigenden Seitenarmen folgen. Darum haben wir die Steine hierhergeschleppt und sie keinesfalls in auffälligem Schrittabstand verlegt. Auch wenn es sehr unbequem ist, musst du von einem zum anderen springen, sonst stößt selbst ein Blinder auf deine Tapsen.« Damit begann David, ihre Spuren zu verwischen, die sie bereits beim Wasserschöpfen hinterlassen hatte.

Schuldbewusst starrte Helena auf ihre Abdrücke im Sumpfboden und biss sich auf die Unterlippe. »Vater hat sonst immer das Wasser geholt«, versuchte sie sich zu rechtfertigen und ließ sich auf einen der Steine nieder. »Sag, was weißt du, ich martere mich schon die ganze Nacht.«

Während seiner gesamten Wachzeit hatte er an seiner Antwort gefeilt. Konnte er diesem zarten Wesen wirklich die brutale, nackte Wahrheit sagen, wozu nicht nur der Tod des Buchholzer Mädchens zählte, sondern auch, dass ihr Vater von allen abgeschrieben worden war und sie ihn drängten, zu ihrer eigenen Sicherheit seine Familie zu verlassen?

Wie eine traurige Waldfee saß sie jetzt vor ihm auf dem Stein. Ihr goldenes Haar reichte fast bis auf die Erde. Sie hatte sich am Morgen noch keinen neuen Zopf geflochten. Ihr Anblick verwirrte ihn völlig. Sie nickte ihm aufmunternd zu, endlich zu beginnen. Bei jedem Heben und Senken des Kopfes bewegte sich ihre Haarpracht wie ein Vorhang auf einer Bühne, wie er das schon einmal auf einem Jahrmarkt gesehen hatte bei einer Puppenaufführung, die zu den aufwühlendsten Ereignissen seiner Kindheit zählte.

Stockend berichtete David, was er selbst mit eigenen Augen beobachtet hatte und wie sehr alle die Gewissensbisse plagten, der Gertrud nicht zu Hilfe gekommen zu sein. Darum würde inzwischen wohl auch jeder die Geschichte anders erzählen, um sich selbst möglichst nicht zu belasten. »Nur dein Vater ist eingeschritten, aber da war es schon zu spät.«

»Gertrud«, schluchzte Helena. »Die war genauso alt wie ich. Als Kinder haben wir oft zusammen gespielt, wenn ihr Vater mit den Pferden zum Beschlagen zu uns kam.« Wie geistesabwesend starrte sie vor sich auf einen Punkt. Ihre Augen verschwammen. Beklommen kniete David ihr gegenüber. Schließlich hatte ja auch er es vorgezogen, sich zu verstecken.

»Es stimmt also, dass meinen Vater tatsächlich eine Zigeunerin mitgenommen hat?«, fragte sie nach längerer Pause. Er nickte wortlos. »Und keiner weiß, was sie von ihm wollte?« Wieder nickte David. »Über Volker und Ide weißt du nichts?« Er schüttelte mit dem Kopf. »Auch nichts über unsere Schmiede?«

»Ich weiß nicht, wer es war, aber einer hat gerufen, dass die Schmiede brennt. Selbst gesehen habe ich es nicht. Wir machten auf dem Rückweg einen großen Bogen um sie, weil wir fürchteten, in ihrer Nähe den Landsknechten direkt in die Arme zu laufen.«

Helena sah nun zu ihm auf, und David hatte Mühe, ihrem verschleierten, tränenerstickten Blick standzuhalten. Am liebsten wäre er auf sie zugesprungen, um sie tröstend in die Arme zu nehmen. Aber das wagte er nicht. In sich verspürte er einen Stich. Er glaubte, sie und ihre gesamte Familie verraten zu haben und feige gewesen zu sein. Konnte er dieses Versagen je wiedergutmachen? So stand er auf, um ihr zumindest beim Tragen zu helfen, ergriff ihren Wassereimer und balancierte auf den Steinen voran zurück zum Versteck. Schweigend folgte sie ihm.

Anna kam den beiden freudestrahlend entgegen. Erregt winkte sie und wies auf ihre Hütte. Aufjauchzend rannte Helena los. Im Dunkel unter dem Blätterdach sah sie zuerst gar nichts. »Vater, bist du hier drin? Ide, Volker?« Im Nu fühlte sie sich gleich von mehreren Armen umschlungen und schrie erleichtert auf. Ide stieß sie jedoch in die raue Wirklichkeit zurück: »Wieso fragst du nach dem Vater, ist er denn nicht hier?«

Helena wusste nicht, ob sie lachen oder weinen sollte. Ihre Finger krallten sich in die Rücken der beiden Brüder, bis es ihnen wehtat. Zumindest wollte sie das festhalten, was ihr jetzt niemand nehmen konnte. Alle drei steckten die Köpfe zusammen, Stirn gegen Stirn. Schon als Kleinkinder hatten sie das oft so gemacht, wenn nach einem ihrer Streiche Ärger drohte und sie sich versicherten, zusammenzuhalten und das gemeinsam durchzustehen. »Herrmannimannimanniherrjemine«, flüsterten sie dabei verschwörerisch dreimal im Chor. Ihr Kreis hatte sich wieder geschlossen.

Dann zogen sie sich zurück, um die Hütte ihrer Familie auszubessern und aus dem Erdloch den Hausrat und die vom Vater gezimmerten Bänke sowie den Tisch zu holen.

Ihre Notunterkunft für den Winter, das Erdloch, hatten sie, wie viele andere auch, unter eine entwurzelte Fichte gegraben. Sie war von einer Windhose umgeworfen worden, die furchtbar an diesem Hang gewütet und Bäume wie Strohhalme geknickt hatte. Der herausgerissene Wurzelballen schirmte nun mehr als zwei Klafter hoch die Wetterseite ab. Als riesige Spinnenbeine ragten aus diesem Erdklumpen die aus dem Boden gezerrten Wurzeln heraus. Sie fürchteten sich davor. Besonders nachts bei Mondschein, wenn die von Sonne und Wind blank geputzten Holzgebeine schütteres, weißliches Licht reflektierten und sich vom finsteren Wald dahinter gespenstisch abhoben, wurde ihnen unheimlich, und sie wagten sich kaum nach draußen.

Mit seiner rohen Gewalt hatte der Sturm aber einen Anfang

gemacht und die Erde aufgerissen, in die sich einst bereits der Großvater immer tiefer gegraben hatte. Inzwischen führte ein schmaler Gang mit steinernen Treppenstufen nach unten. Von ihm zweigten mehrere Räume ab, zur frostfreien Speisekammer für Rüben, Äpfel, Möhren und Zwiebeln und zum Koch-, Wohn- und Schlafbereich. Hier öffnete sich eine Esse als Rauchabzug, die oben von einem flachen Dach gegen Regen und Schnee geschützt wurde.

Zudem führten mehrere hölzerne Lüftungsrohre durch die Decke, die man im ersten Fluchtwinter nachträglich schleunigst eingebaut hatte, denn das Feuer schluckte die Atemluft, sodass Erstickung drohte. Über dem Boden dämpfte eine Schicht aus Reisig, Stroh und Fichtenzapfen die ausstrahlende Kälte. In dieser Schicht ruhten Balken, über die sich dicke Bohlen legten. Es ließ sich hier überleben, selbst wenn der Schneesturm die Wipfel peitschte und über die Höhen orgelte, als wollte er Gottesdienst abhalten.

Die Kinder hatten inzwischen alles zusammengetragen, um sich wohnlich einzurichten. »Schau mal«, sagte Ide und rollte vor seiner Schwester das Blatt der Pestwurz auf. Sie schlug vor Freude die Hände über dem Kopf zusammen, als die rot gesprenkelten, bereits ausgenommenen Fischleiber zum Vorschein kamen. »Da habt ihr also gesteckt, und ich habe mir solche Sorgen gemacht«, rief sie.

Dann küsste sie die beiden auf die Stirn, holte Butter, Brot, Mehl herbei und begann mit der Zubereitung. Sie wusch die Forellen in einer Wasserschüssel, salzte sie und wälzte sie in Mehl. Beim Braten bogen sich die Fischschwänze in der Pfanne. »Die können das ja noch besser als du«, provozierte Ide seine Schwester, ihr Kunststückchen mal wieder aufzuführen.

»Können sie nicht«, ließ sie sich sogleich darauf ein, machte sich stocksteif und kippte wie ein Stehaufmännchen nach allen Seiten, ohne das Gleichgewicht zu verlieren. Die Jungen applaudierten und machten es umgehend nach. Doch fielen sie sofort hin, rappelten sich wieder auf, schauten ungläubig zu ihrer Schwester, die wie an einem unsichtbaren Faden in der Schräge schwebte, und stürzten beim nächsten Versuch erneut. »Wie machst du das nur?«, staunte Volker.

Doch Helena lachte lediglich. »Keine Ahnung, das geht von ganz allein.« Eilig wendete sie die schon dunkelbraun gefärbten Fische. Ide und Volker lief das Wasser im Munde zusammen. Doch die ersten Forellen legte Helena zur Seite.

»Warum tust du das?«, begehrte Ide auf und blies durch die Nasenflügel.

»Die sind für die Familie vom Pfarrer, die mich vorige Nacht bei sich aufgenommen hat«, bekam er zur Antwort. »Wir können sie ihnen nicht gleich bringen, sie sind draußen auf dem Feld zum Rübenhacken. Damit sollten wir übrigens nach dem Essen auch anfangen. Ein paar Stunden bis zum Abend bleiben uns schließlich noch.«

»Ist das jetzt nicht viel zu gefährlich?«, maulte Ide, doch die strafenden Blicke der beiden älteren Geschwister brachten ihn zum Schweigen. Nachdem sie die ersten knusprig gebratenen Forellen gegessen hatten, planten sie für die kommende Zeit.

Sie waren nun ohne Eltern. Wohin es ihren Vater verschlagen hatte, wussten sie nicht. »Wenn sie ihn als Soldat in ein Regiment gesteckt haben, kann es Jahre dauern, bis er wiederkommt«, befürchtete Volker. »In der Schmiede kenne ich mich noch längst nicht mit allem aus, um sie schon allein weiterführen zu können. ›Du musst noch ein bisschen stärker werden, um den Hammer richtig zu schwingen‹, hat Vater immer gesagt. Und ich war nicht böse, spielen zu dürfen, anstatt schon mitarbeiten zu müssen. Das rächt sich nun.«

»Oh Gott«, entfuhr es Helena. »Ihr wisst ja noch gar nichts von dem Brand.«

Vielsagend schauten sich Volker und Ide an. »Das waren wohl wir.«

»Ihr habt die Schmiede angesteckt?«, fuhr hysterisch ihre Schwester auf.

»Nein, ich habe das Holzkohlefeuer mit zwei Eimern Wasser gelöscht«, übernahm Ide schließlich allein die Verantwortung. »Daraufhin schoss eine so mächtige Dampfwolke durch die Esse, dass wir uns schon sorgten, sie könnte Soldaten anlocken.«

»Ihr scheint bislang viel mehr gespielt zu haben, als ich dachte«, fiel ihnen Helena ins Wort. »Warum habt ihr das Feuer nicht wie sonst immer sachte mit Wasser beträufelt und erstickt?«

»Das dauerte mir zu lange«, entgegnete Ide. »Wir wollten schleunigst das Weite suchen und fürchteten, jeden Moment den Soldaten in die Hände zu fallen. Kein Nachbar war mehr da, das Dorf menschenleer. Alles erschien unheimlich.«

Helena seufzte tief. »Bleibt also nur die schlechte Nachricht vom Vater. Für mich sah nach dem, was die Leute so erzählten, bislang alles weit schlimmer aus. Hauptsache, Vater lebt. Bis er wiederkommt, müssen wir allein weitermachen. Also aufs Feld, ihr Faulpelze!«, rief sie in die Hände klatschend und erhob sich als Erste.

Als sich die drei bei der Wache abmeldeten, höhnte einer: »Na, auch schon aus dem Stroh gekrochen. Die anderen arbeiten bereits seit vielen …«

»Bist du still!«, wurde er sofort abgekanzelt. »Weißt du nicht, was mit ihrem Vater passiert ist?«

»N-Nein, weiß ich nicht«, stotterte verdattert der Angesprochene.

»Dann halt die Klappe!«, wurde er aufgefordert. »Macht's gut, ihr drei, und haltet die Ohren steif.« Damit waren sie entlassen.

Bevor sie aus dem Wald traten, stießen sie auf die nächste Wache. Ihnen wurde versichert, dass keine Soldaten im Dorf waren, aber sie sollten achtgeben. Jederzeit könnten Reiter herangesprengt kommen. Die Goldene Aue, so wurde ihnen versichert, quillt wieder mal über von dem Raubgesindel.

Sie fanden ihre Schmiede unversehrt, von Weitem begrüßte sie freudiges Gebell. Waldmann kam auf sie zugeschossen und schlug vor Freude Purzelbäume. Er war einer der Mondanheuler und musste darum zurückbleiben. Als sie ihm die gebratenen Fischköpfe in seinen Futternapf legten, fegte er aufgeregt mit dem Schwanz den Boden blank. Die Geschwister holten die schweren Radehacken aus einer abgedeckten Grube und zogen gemeinsam mit Waldmann los, der sich am meisten auf diesen Ausflug freute und auf dem lang gezogenen Band des Rübenackers die Hasen aufscheuchte.

*

Am Abend füllte sich die Fluchtburg wieder. Anna nahm entzückt die Forellen entgegen, drohte aber mit dem Finger: »Lasst euch bloß nicht dabei erwischen!« – »Ihr kommt doch nachher alle zu uns rüber«, lud sie umgehend ein, und die drei nickten.

Helena wusch sich als Erste im Zuber. Auf ihr ruhten die wohlgefälligen Blicke der Brüder. »Sieht sie nicht wunderschön aus?«, flüsterte Ide zu Volker. Zart gebaut und umkränzt vom blonden, welligen Haar, erschien sie wie ein Zitronenfalter, der sich jeden Moment gaukelnd in die Lüfte erheben würde. In das harte Leben der Holzfäller und Ackerbauern passte sie jedoch nicht. Als Lebensgefährtin und damit zugleich unverzichtbare Arbeitskraft würde sie hier keiner haben wollen.

Helena spürte die Blicke auf ihrem nackten Rücken. »Wollt ihr euch wohl umdrehen, ihr Rübenschweine«, drohte sie. Kichernd kam Ide der Aufforderung nach, und die Sommersprossen hüpften über sein Lausbubengesicht. Volker aber blieb knurrig. Er sah sich nun als Familienoberhaupt und damit auch zuständig für die Keuschheit der Schwester. Seit Längerem missfielen ihm die provozierenden Andeutungen der jungen Burschen und auch die schrägen Seitenblicke der älteren Kerle.

Dazu wurde gefrotzelt, wie ein Schmied wohl zu solch einer Grazie komme. »Da hat doch wohl eher ein schwedischer Edelmann aus dem Heer vom König Gustav Adolf seine Finger im Spiel gehabt«, hörte er einmal durch das Gelächter in der Schenke. »Bloß seine Finger?«, prustete sofort ein anderer laut los. Und einer, der das bereits ernst nahm, rechnete nach, dass die Schweden doch aber erst fünf Jahre nach der Geburt von der Lene ins Land gekommen waren.

Bei Anna in der Hütte wurde es schon sehr eng, als die drei hinzustießen. Sie quetschten sich dazwischen, wobei Volker gar nicht gefiel, dass Helena neben David Platz nahm. Wie üblich machte das Geschichtenerzählen die Runde. Diesmal ging es um das eigene Dorf und seinen Namen.

»Klar doch, dass wir alle Nachfahren des alten Thüringer

Landgrafen Herrmann sind«, bemühte ein Erzähler die Legenden um die Gründung der Burg und des Dorfes Herrmanns Acker. Die Herrmänner wurden sie schließlich rundum genannt, was sie mit Stolz erfüllte. Der Pfarrer wagte jedoch, Zweifel anzubringen. »Was heute für uns völlig eindeutig klingt, hat nicht selten ganz andere Ursprünge«, warf er ein. »Was meint ihr, woher könnte zum Beispiel der Name Windlücke kommen?«

»Na, das ist aber einfach«, fiel sofort jemand auf die offensichtliche Falle herein. »Durch dieses Tal faucht fast ständig der Wind. Einen zutreffenderen Namen kann es kaum geben.«

»Dachte ich bislang auch«, lächelte tiefsinnig der Pfarrer. »Bis ich mich mit einem Namensforscher mal drüber unterhalten habe. Der wusste, dass weit vor uns hier die Wenden gesiedelt hatten. In ihrer Sprache hieß die Wiese ›Lug‹. Die ›Wenden-Lug‹ schliff sich schließlich zu unserer Windlücke ab. Vorsicht also bei ganz eindeutig scheinenden Namen!«, riet er.

Den Geschmack seiner Zuhörer traf der Pfarrer damit aber gar nicht. Auf ihren Herrmann wollten die Herrmänner nichts kommen lassen. Sie wechselten das Thema und verfingen sich in Spukgeschichten. Da in den meisten schon ein Humpen Bier gärte, kamen sie mächtig in Fahrt.

Die Erzählung rankte sich um die verlassene Ebersburg. Angeblich war zwischen dem Vogt und seinem Bruder eine heftige Auseinandersetzung um eine schöne Magd ausgebrochen. Der Vogt forderte von seinem mittellosen Bruder, ihm den Vortritt zu lassen. Der nahm es zähneknirschend hin und ordnete sich unter. Nicht aber die Magd, die weit mehr Gefallen an dem zwar armen, aber gut aussehenden Burschen fand.

Eines Nachts wurden die beiden überrascht, als sie sich heimlich auf dem Turm getroffen hatten. Daraufhin stieß der Vogt in einem Wutanfall beide über die Zinnen. Bevor aber die Magd auf dem Pflaster des Burghofes zerschmetterte, hatte sie noch im Fallen einen schrecklichen Fluch über das Gemäuer verhängt. Seither starben da droben einer nach dem anderen eines geheimnisvollen Todes, bis es niemand mehr wagte, hier zu wohnen.

Heftig wurde jedoch dieser Darstellung widersprochen. Nicht auf dem Bergfried, sondern auf dem Kirchturm des zu Füßen der Burg liegenden Dorfes Vockenrode habe der Vogt die beiden ertappt und hinabgestoßen. Ihr Fluch traf jedoch nicht nur die Burg, sondern das ganze Dorf, das danach ausstarb, wurde behauptet.

Schnell spaltete sich die Erzählerrunde in zwei Parteien, die jeweils ihren Ausgang der Legende verteidigten. Immer hitziger flogen die Worte hin und her. Einige kamen so in Rage, als wären sie selbst Augenzeugen gewesen.

Schließlich schritt der Pfarrer ein. »Irgendwie habt ihr alle recht«, schlichtete er. »In den Kirchenbüchern ist schließlich festgehalten, was sich damals hier zutrug. Und ich kann es euch erzählen.« Mit hochroten Ohren rückten alle noch enger zusammen, um ja kein Wort zu verpassen.

»Der Letzte, der im vorigen Jahrhundert auf der Burg das Sagen hatte, war gar kein Vogt, sondern nur noch ein simpler Verwalter. Er selbst wohnte nicht mehr in dem schon ziemlich heruntergekommenen Bau. Nur noch eine einzige Familie unter ihrem Oberhaupt Andreas Walther war geblieben, die jedoch von einer Seuche befallen wurde. Wahrscheinlich war es die Pest. Der Verwalter ließ sie darum ins Friedländer Holz treiben, wo alle starben, auch die Frau und die Kinder. Sie wurden am Fuße der Burg begraben.«

»Die Seuche«, so fuhr der Pastor fort, »konnte sich dennoch ausbreiten. In der Sägemühle zu Füßen der Burg erkrankte zur selben Zeit gleichfalls eine Frau.«

Alle Köpfe fuhren herum zu David, dem heutigen Erben der Sägemühle. »Auch sie wurde gezwungen«, so berichtete der Pfarrer weiter, »sofort ihr Heim zu verlassen, worauf sie kläglich im Vockenröder Gehölz umkam. Begraben liegt sie auf dem einstigen Friedhof des jedoch schon weit über hundert Jahre zuvor in einer Fehde um die Burg eingeäscherten Vockenrode, dessen Kirchenruine ihr ja alle kennt. An Flüchen der beiden verstoßenen Frauen, von denen ihr erzählt habt, wird es wohl tatsächlich nicht gemangelt haben«, schloss er.

Nun fielen den Zuhörern viele weitere Geschichten von Wanderern, Jägern oder Verirrten ein, die in diesen Wäldern in die Sümpfe gelockt wurden. Durch jede von ihnen geisterten geheimnisvolle, düstere Frauen. Und noch etwas hatten sie gemeinsam. Sobald sich diese Frauen zeigten, floh das Licht. In jeder dieser Erzählungen brach finstere Nacht an, oder schwarze Gewitterwolken und Nebelschleier hüllten die Wälder ein und ließen niemanden entrinnen.

Ohne dass ein Windhauch spürbar wurde, bog sich plötzlich der Lichtschein der Kerze auf dem Tisch, und sie zeigte mit ihrem Flammenfinger auf Helena. Sie blakte schwarze Rußwolken und erlosch dann gänzlich. Als sie Anna in der Holzglut des noch schwelenden Feuers neu entfachte, sah sie lauter erschrockene Gesichter. Auch den Männern stand darin die Angst geschrieben. »Es ist wahrlich in unseren Wäldern nicht geheuer«, raunte Franz, der Sägemüller und Vater von David. Alle nickten ihm beipflichtend zu.

Einzig Helena war abgelenkt und spürte nichts von dem Grusel, der alle anderen um den Tisch und selbst den Pastor erfasste. Dabei hätte sie von der Erscheinung an der Quelle ihre eigene Beobachtung beisteuern können.

Ganz sachte war sie im Dunkeln nach dem Erlöschen der Kerze von Davids Knie gestreift worden, und sie spürte sein Bein unter dem Tisch eng an ihrem. Es prickelte, als würden Hunderte Ameisen von ihm auf sie überspringen. Bis zur Kopfhaut breitete sich das Kribbeln aus, lief schließlich wellenförmig über ihren Rücken und zog sich zur Gänsehaut zusammen, wobei sich sämtliche Härchen aufrichteten. Wie das Herz flogen auch die Lungenflügel.

Keusch zog sie ihr Bein, nachdem es wieder hell wurde, zur Seite, hoffte aber, dass er nun noch enger an sie heranrutschte. Er jedoch hatte ihr Ausweichen gründlich missverstanden und rückte nun weiter von ihr ab. Abrupt sprang er schließlich auf und verließ grußlos die Hütte, ohne sich noch einmal umzudrehen.

Erleichtert registrierte dies Volker.

Der Überfall

Gemächlich zogen die Tage dahin. Die Heerlager an der Helme leerten sich, nur selten noch stießen Soldaten bis zum Harzrand vor. Einige Hütten in den Fluchtburgen verwaisten. Die Alten zogen es vor, wieder in ihren Häusern zu schlafen, und vertrauten auf die Wachsamkeit des Postens auf dem Glockenturm, denn die langen Wege aus den Verstecken bis zu den Feldern zehrten an den Kräften.

Vor allem bei der Ernte. Da nicht das ganze Dorf zusammengerufen werden konnte, um den Tag des Erntebeginns festzulegen, einigten sich die Wort führenden Ackerbauern. Nach dem Flurzwang war der Termin jedoch für alle verbindlich. Dadurch, dass dies eherne Gesetz zum gemeinsamen Arbeiten auf den Äckern zwang, konnte niemand unbeobachtet abkürzen und dem anderen einfach durch die Frucht fahren oder sogar heimlich bei ihm ein bisschen miternten.

Zuerst schnitten sich die Sensen durch das Wintergetreide. Volker und Ide standen ihren Mann und ersetzten den Vater. Lene band hinter ihnen die Garben und stellte sie zum Trocknen als Puppen zusammen. Oft stießen am Abend ihre Nachbarn Jost und Bertha dazu und halfen ihnen, vor allem beim Einholen der Ernte.

Schließlich begann das Ausdreschen. Normalerweise passierte das daheim auf der Tenne. Doch waren die Soldaten noch zu nahe. Immer mehrere Familien zugleich teilten sich den festgetretenen Boden einer dorfeigenen Waldscheune. Sie war an zwei Seiten offen, sodass der Wind hindurchblasen und einen Teil der Spreu bereits beim Dreschvorgang fortpusten konnte.

Lene und ihre Brüder hatten einen bestimmten Takt beim Zuschlagen mit dem Dreschflegel. Keiner behinderte so den anderen. Mit Holzschaufeln füllten sie ihren Drusch in flache Weidenkörbe mit zwei Henkeln an der Vorderseite. Mit einem Ruck wurde geworfelt, wobei man ausnutzte, dass die hochgeworfenen Körner schneller in den Korb zurückfielen als die noch schwebenden leichten Samenhüllen und Stängelteile.

Ein Drittel ihrer Ernte kam anschließend wie gewohnt unter das Dach der Schmiede. Hier lag es frostfrei. Notfalls ließ sich die Wärme des Küchenfeuers zum Trocknen unters Dach leiten, um das Keimen zu verhindern. Auch gegen Fäulnis oder

Mäusefraß konnten umgehend Maßnahmen eingeleitet werden.

Nichts aber half gegen Soldatenfraß.

Darum versteckten die Herrmänner das überlebenswichtige Saatgetreide in zwar weniger geeigneten, aber nahezu unzugänglich liegenden Waldhütten. Den Rest brachten sie in ihre Erdlöcher im Waldversteck, die schließlich auch beheizbar waren. Dieses Verteilungssystem hatte sie bislang vor Katastrophen bewahrt.

»Uff«, stöhnte Ide nach der Rückkehr am Abend in die Waldhütte. »Die meiste Arbeit ist vorerst getan. Hoffentlich ist Vater zumindest beim Pflügen zurück. Die nächsten Tage aber haben wir ein wenig Ruhe.«

»Nicht ganz«, steckte Adam Hebestreit den Kopf zur Tür herein. »Morgen beginnen wir wieder mit dem Unterricht.«

»Och, Herr Kantor«, grummelte Ide, »ein bisschen Zeit können Sie uns doch noch geben.«

Aber der Lehrer blieb unerbittlich: »Morgen um sieben in meiner Hütte!«

Als er sich weit genug entfernt hatte, ließ Ide seinem Ärger freien Lauf. »Der spinnt doch, wir haben jetzt wahrlich genug anderes zu tun.«

»Was denn?«, stellte sich seine Schwester gegen ihn. »Soeben sprachst du doch selbst von der Ruhe in den nächsten Tagen. Sei froh, dass er dich Lesen und Schreiben lehrt. Sehr weit ist es da mit deinen Fähigkeiten bislang nicht, und du bist schon neun. Ich glaube kaum, dass Vater dich länger in der Schule lässt als uns. Schließlich muss er dafür bezahlen. Ich fand es schon toll von ihm, dass ich dorthin gehen durfte. Außer den Töchtern des Pfarrers und Kantors war ich das einzige Mädchen.«

»Worunter ich genug gelitten habe«, erinnerte sich Volker. »Ständig musste ich mich mit dir vergleichen lassen, wie leicht und schnell du alles begriffen hattest und dass du mit Abstand sein bester Schüler warst. Am liebsten hätte er dich ja auf eine Lateinschule geschickt, und Vater schwoll vor Stolz die Brust.«

»Lateinschule?«, japste Ide. »Das passiert mir bestimmt nicht.«

Luthers Großen Katechismus bekam Ide am nächsten Tag gereicht. »Lies laut das erste Gebot«, verlangte der Lehrer. Ide schaute sich in der Hütte um, nur sieben Kinder hatten sich eingefunden. Ihm wäre auch genug eingefallen, sein Fernbleiben zu erklären. Toll, wenn man ältere Geschwister hat, die selbst nicht mehr herkommen müssen, aber mich drängen, grollte er.

»Du sollst nicht andere Götter haben«, las er schließlich. »Das ist: Du sollst mich allein für deinen Gott halten.«

»Hast du irgendwas davon begriffen?«, fragte der Kantor ironisch.

»Ich soll neben Gott keine anderen Götter haben«, fasste Ide zusammen.

»Donnerwetter«, lobte ihn der Lehrer.

»Aber, Herr Kantor, wie ist das dann mit Jesus und dem Heiligen Geist, darf ich die neben Gott haben?«, meldete sich Ide gleich wieder zu Wort.

Der Angesprochene schnappte nach Luft. »Die Frage ist wohl nicht auf deinem Mist gewachsen. Da steckt dein Vater dahinter, stimmt's?« Er wischte sich über die Stirn. »Also, der Vater ist nicht der Sohn. Der Sohn ist nicht der Heilige Geist. Und der Heilige Geist ist nicht der Vater. Aber alle drei sind derselbe Gott«, dozierte er und erkannte mit einem Blick in die Runde, jetzt noch viel mehr Verwirrung gestiftet zu haben. »Auf die Dreieinigkeit kommen wir später«, brach er dieses Thema ab.

»Beim Rechnen sind wir auch nicht weit über die Drei hinaus, können wir uns nicht damit mehr beschäftigen?«, riskierte Ide sehr vorlaut Stockschläge. Doch auch hier hörte der Kantor den Ärger von Tönges heraus, Nützlicheres als das Auswendiglernen von Gebeten und Kirchenliedern zu betreiben. Er antwortete daher mehr dem Schmied als seinem Sohn: »Über unseren Unterricht bestimmt der Herr Pastor. Wenn du mehr Rechnen üben willst, sogar das Teilen und Malnehmen, wende dich an deine Schwester, die kann es inzwischen ebenso gut wie ich.«

Ohne es zu ahnen, hatte Ide einen wunden Punkt getroffen. Das Hereinreden des Pastors in den Unterricht und sein ständiges Examinieren der Schüler verdrossen den Kantor zunehmend. Außerdem lud er immer mehr Arbeiten auf ihn ab. Nicht nur das Läuten der Glocke hielt ihn ständig auf den Beinen, einschließlich des Sonntags und an Feiertagen. Hinzu kamen das Vorbereiten der Gottesdienste und Betreuen der Sakristei, das Öffnen und Schließen der Kirche, das Anzünden der Kerzen, die Hausmeisterdienste in Kirche und Pfarrhof. Seine Frau scheuerte dort die Böden, putzte die liturgischen Gefäße und wusch die Gewänder.

Immer gab es etwas zu mäkeln, selten war es gut genug, und dazu der karge Lohn, den er selbst eintreiben musste. Das war das Schlimmste. Es mochte noch angehen, bei den Aufwartungen zur Hochzeitstafel, zu Taufen und für den Nachruf bei Beerdigungen sein Geld zu fordern. Aber zu Silvester, zur Fastnacht, zum Gründonnerstag und nach der Erntezeit dann zu Martini wieder bei den Eltern seiner Schüler wie ein Bettler die Hand aufzuhalten, das war ihm ein Graus.

»Genug nun«, entzog er Ide das Buch und reichte es weiter. Der Schmiedejunge wurde an diesem Vormittag nichts mehr gefragt und träumte vor sich hin. Bis es nach dem neunten Gebot, nicht das Haus seines Nächsten zu begehren, Aufregung zwischen den Hütten gab.

Beim täglichen Untersuchen der Fallgruben hatte sich schon von Weitem ein großes Loch in einer Abdeckung gezeigt. Ein Freudenschrei begleitete diesen Fund. Endlich schien wieder ein kapitales Wildbret für ein paar Tage einen guten Braten und seine Knochen zudem später schmackhafte Suppen zu versprechen. Der Blick in die Grube riss jedoch alle zurück in die Schaurigkeit des Krieges. Qualvoll hatten die Pfahlspitzen einen Menschen sterben lassen. Sie brachten nicht sofort den Tod, sondern waren durch die Oberschenkel und einen Arm gedrungen. Die Blutspritzer aus einer aufgerissenen Beinarterie reichten bis an die gegenüberliegende Wand.

Ein Junge von höchstens zwölf oder dreizehn Jahren hatte hier den Tod gefunden. Seiner Kleidung nach war er ein Pferdebursche aus dem Tross. Sein Auftauchen so tief im Wald konnte nur bedeuten, dass eine größere Einheit im Anmarsch war, die bereits ihre Fühler ausstreckte, um sich neu zu verproviantieren. Man hob ihn von den Pfählen und brachte ihn ins Lager, nachdem die dünne Schicht aus Zweigen und Blättern über der Falle wieder geschlossen worden war.

»Fast noch ein Kind und doch schon mit dem Satan im Bunde«, brabbelte kopfschüttelnd eine alte Frau aus der Menschentraube, die sich um die blutverkrustete Leiche versammelte. »Ob er uns bereits entdeckt hatte und nun freudestrahlend die Marodeure zu uns führen wollte?« – Niemand wusste eine Antwort darauf. Nichts führte er bei sich, was auf seine Einheit hindeutete. Waren es Kaiserliche, Franzosen oder Schweden?

Es machte ohnehin keinen Unterschied. Protestanten wie Katholiken im Heer waren auf eine Stufe herabgesunken und allesamt der Hölle näher als dem Himmel. Von den göttlichen Geboten galt keines mehr.

Lautlos breitete sich der Alarmruf aus. Hoch oben auf dem Turm der Ebersburg wehte ein schwarzes Tuch. Weithin sichtbar für alle. Nieselregen setzte ein. Eine kühle Brise begleitete ihn und fuhr durch die Baumkronen. Die wenigen, die zu dieser Zeit noch auf den Feldern arbeiteten, wiesen nach droben zum Burgturm und gaben die Warnung weiter. »Flieht, flieht!« Wieder einmal stürmten die Reiter der Apokalypse heran.

*

David sah das Leuchten im Abenddunkel. Längst wusste er, dass nur Lenes Haar so strahlte. Es zog ihn an wie einen Nachtfalter, der in den Schein der Laterne gerät.

Jeden Tag hatte er genau aufgepasst, wann sie zum Wassereimer griff. Gleich einem Wildkater glitt er daraufhin durch das Dickicht, um vor ihr an der Wasserstelle zu sein und sie dort völlig zufällig zu treffen. Sie plauderten dann ein wenig, und er verschlang sie mit seinen Blicken.

Anfangs wich sie ihm aus und wollte jedes Mal schnell wieder weg. Stockend erzählte sie von ihren Träumen, in die immer häufiger dieser Quell eindrang, der sich dann ausbreitete zu einem tiefen Moor. Ein Baum erhob sich über diesen schrecklichen Ort, dessen Äste, mit schwarzem Flor umwunden, sie heranwinkten. Obwohl sie fortlaufen wollte, konnte sie nicht; sie wurde von einer unheimlichen Macht geführt. Schweißgebadet würde sie dann aufwachen.

Gehetzt drehte sie sich beim Erzählen oft nach allen Seiten um, als ob da etwas lauerte. Hastig drückte sie schließlich David den vollen Eimer in die Hand und drängte zum Aufbruch. Er wurde nicht schlau aus ihr. Jedoch fiel ihm auf, dass sie immer zur selben Zeit Wasser holte. Nämlich dann, wenn sie glaubte, dass auch er zur selben Stunde an der Quelle saß.

Nun war das Mädchen auf dem Weg in ihre Hütte, und mit den nächsten Schritten wäre es bereits verschwunden. Unwiederbringlich drohte auch dieser Moment der hochfahrenden, knisternden Leidenschaft ungenutzt zu verstreichen. »Lene«, hörte sich David rufen, als wäre er ein Fremder und nicht mehr er selbst. Sie verharrte.

Als er unmittelbar vor ihr stand, fühlte er sich völlig hilflos. Was sollte er ihr sagen? Auge in Auge musterten sie einander. Fast eine Ewigkeit. Er musste nun etwas tun, um sie spüren zu lassen, wie es um ihn stand. Morgen war es dafür vielleicht schon zu spät. Dann lag sie womöglich so blutüberströmt wie die Gertrud im Todeskampf, oder ihn selbst gab es nicht mehr. Die Zeit für das Glück reichte oft nur ein paar Wimpernschläge. Wer es verpasste, spürte es nimmermehr.

Er erschauerte, als er spürte, wie sich ihre Arme um seinen Hals schlangen. Zum ersten Mal in seinem Leben pressten sich die weichen Lippen einer Frau auf seinen Mund. Seine Hände fanden Halt auf ihren Hüften und glitten dann ab zu ihren Beinen. Der Boden unter den Füßen ging ihm verloren, er schwebte wie ein Glühkäfer in dieser Sommernacht. Bis in die Schläfen pochte sein Herz.

»Lene«, hauchte er zwischen zwei Atemzügen, nach denen sich erneut ihr Mund für den seinen öffnete. Von ganz allein hoben sich seine Hände bis unter die Wölbungen ihrer Brüste. In diesem Moment aber entglitt sie ihm und verschwand in den Schutz ihrer Hütte.

Lange stand er versteinert an derselben Stelle. Alles war mit einem Schlag für ihn anders geworden. Der Vorhang seiner Kindheit fiel. Der nächste Akt begann, von dem er noch gar nichts wusste. Aber er ließ ihn erschauern bis tief in sein Innerstes, und er wusste, dass es von nun an etwas gab, das er schützen und bewahren würde mit all seiner Kraft.

*

Eine Söldnertruppe rückte näher, nicht von der Helme, sondern direkt durch den Wald, wie im Vorjahr, als hier auch schon vier Kompanien entlanggezogen kamen. Sie marschierten über die alte Heerstraße von Quedlinburg herüber. Ein zerlumpter und ausgehungerter Haufen – das waren die Niederträchtigsten. Das Dorf schwebte in allerhöchster Gefahr. Mehrere Männer versteckten sich in weit über die Straße reichenden Baumkronen, um möglichst viel über die Absichten der heranziehenden Soldaten zu hören. Fluchten sie schon, das nächste Dorf in Schutt und Asche zu legen, oder sehnten sie sich danach, vor dem heranziehenden Regen ein Dach über dem Kopf zu bekommen?

Sie fluchten schrecklich, denn diesmal waren sie selbst überfallen worden. Auf einem Gebirgspass gerieten sie in einen Hinterhalt der Harzschützen, einer weithin auch von den Dörfern und Städten gefürchteten Rebellengruppe. Die führten ihren Angriff so massiv, dass sie die weit auseinandergezogenen Einheiten überrannten, die sich überhaupt nicht mehr formieren konnten. Vor allem auf die Reiter hatten es die Harzer abgesehen, um später die Pferde verkaufen zu können. Obendrein waren große Teile vom Tross mit den Frauen weggeführt worden. Lediglich die Vetteln und Fuhrknechte blieben übrig, für die niemand ein Lösegeld zahlen würde.

Gedemütigt von der schweren Niederlage und voller Hass auf die Harzbewohner, trotteten die Einheiten Herrmanns Acker entgegen. Ihre Truppenspitze erreichte soeben die Sägemühle im Tal des Krebsbaches. David und sein Vater Franz hatten sich über ihr am Hang versteckt und hörten die wütenden Schläge gegen die verrammelten Türen und Fenster. Jeden Hieb spürten sie wie einen Schlag vor die eigene Brust. Irgendjemand von den Kommandeuren mit einem auffälligen Hut winkte unten auf dem Weg. Er sah offenkundig ein, dass es nicht lohnte, hier die Zeit zu vertrödeln, während das nächste Dorf nicht mehr weit sein konnte, und drängte zur Eile.

Hinter David und Franz fanden sich weitere Männer ein. Sie wollten der Straße in den Wald hinein folgen in der Hoffnung auf leicht zu überwältigende Nachzügler. David schloss sich ihnen an, sehnte er sich doch schon lange danach, eine Waffe zu erbeuten. Bitter stieß ihm sein Kampf mit der nutzlosen Holzforke auf. Franz mochte seine Mühle nicht aus den Augen lassen, obwohl er genau wusste, dass er ihr nicht beistehen könnte und es ihn nur doppelt quälen würde, sie brennen zu sehen.

Leise schlichen die Männer neben der Heerstraße her, immer darauf achtend, dass sie nicht auf einen trockenen Zweig traten, der mit einem lauten Knacken zerbrechen könnte. Über eine Meile tiefer im Wald stießen sie auf Bewohner der anderen beiden Waldsiedlungen. So schwoll das Grüppchen an, um sich zumindest für ein Handgemenge stark genug zu fühlen. Allerdings führten sie nur Knüppel bei sich. Sie mussten so schnell sein, dass die Überraschten gar nicht dazu kamen, ihre Schwerter und Degen zu ziehen oder die Pistolen abzufeuern.

Für solch einen Angriff eignete sich das hiesige Gelände jedoch nicht. Die Straße führte durch hochstämmige Buchen, die tief in den Wald hinein Einsicht gewährten. Hier hätten sogar Reiter in das Gefecht eingreifen können. Die Männer mussten einen günstigeren Ort für einen Hinterhalt suchen. In einer feuchten Niederung verfingen sie sich in dichtem Erlengestrüpp. Es war fast kein Durchkommen, und genau hier passierte es obendrein, dass einer von ihnen über einen Ast stürzte und mit einem lauten Schmerzensschrei lang hinschlug.

Sofort eröffneten die Soldaten von der Straße her das Feuer. Musketenkugeln surrten durch die Luft, vielfach abgelenkt von den dünnen Erlenstämmchen, die von den Bleigeschossen zerfetzt wurden. Sie saßen in der Falle und hätten aus dem dichten Geäst kaum fliehen können, wenn sich ein Fähnleinführer entschlossen hätte, mit einer oder zwei Rotten den Waldrand zu durchkämmen.

Stattdessen wurden zwei Geschütze in Stellung gebracht, die mit Kartätschen ein höllisches Kreuzfeuer eröffneten. Ihr Schrot aus gehacktem Eisen und Blei sowie Füllungen mit Nägeln sensten das Wäldchen nieder. Die durch die Luft sausenden metallischen Libellen verbreiteten ein tausendfaches Summen und Pfeifen und bohrten sich klatschend in jeden Körper hinein, der sich ihnen in den Weg stellte.

Zum Glück trafen sie nur auf hölzerne; die Menschen krallten sich tief in den Waldboden und hörten über sich die tödlichen Schwärme davonstieben. Vom Heerweg erscholl Gelächter herüber. Dort war man sich wohl sicher, alles zerhackt zu haben, was sich in diesem Erlengestrüpp verbarg. Die Landsknechte zogen weiter.

Noch immer zu Tode erschrocken, fanden sich nach einiger Zeit die Männer und Burschen des Dorfes wieder zusammen. Sie einigten sich darauf, ihren Weg fortzusetzen bis zu den Stellen, an denen die Straße in enge Hohlwege versank. Von hier beobachteten sie die Kolonnen, die ihren von den Harzschützen bereits arg dezimierten Tross mit seinen Furierwagen, eigenen Brauereien, Bäckereien, Zeltausrüstungen und Arsenalen in die Mitte genommen hatten, um ihn nunmehr wirksamer zu beschützen. Da war kein Herankommen.

Also wartete man in einer Haarnadelkurve ab, von derem oberen Teil sich ein langes Stück der Straße überblicken ließ. Über eine Stunde lang zogen bereits Dragoner, Husaren, Musketiere, Grenadiere und Wagen mit angehängten Feldschlangen und Halbkartaunen vorbei. Auch ihre Nachhut war schwer bewaffnet und für die Bauern unangreifbar.

Fast wollten sie ihre Lauerstellung schon verlassen, als doch noch ein klägliches Häufchen Fußlahmer nachgetrottet kam. Das Jagdfieber griff um sich. Ein Pfiff sollte das Signal zum gleichzeitigen Angriff aller geben, sobald der letzte Soldat in die enge Hohlwegkurve einbog. Als die ersten Krieger aber schon wieder aus der Kurve herauskamen, erscholl das vereinbarte Zeichen noch immer nicht.

Die Truppe hatte sich nochmals geteilt. Ausgerechnet vor dem Hohlweg setzten sich fast zehn Mann zum Verschnaufen an den Straßenrand.

Auf keinen Fall wollten die Angreifer am Ausgang des Hohlweges jedoch länger warten und schimpften innerlich auf den Feigling, dem offenkundig die Luft weggeblieben war. David gab daraufhin spontan das Pfeifsignal, und schon stürzten sie sich auf die lahmenden Nachzügler. Im Handumdrehen waren sie überwältigt und von Knüppelschlägen niedergestreckt.

Bis auf jene zehn Mann, die aus sicherem Abstand ihre Pistolen zogen und wild um sich schossen – was aber nicht klug war, denn von den Angreifern im Hohlweg konnten sie keinen einzigen treffen. Dennoch nahmen die kriegsunerfahrenen Bauernsöhne erschrocken volle Deckung. Einzig David erkannte, dass die Schützen erst einmal Zeit zum Nachladen brauchten. Er zog einen Anderthalbhänder aus der Scheide von einem der Erschlagenen und stürmte als Erster auf sie zu.

Nun begriffen auch die anderen, nur noch jetzt Gelegenheit zum Zuschlagen zu haben, zumal sich am Ende der Straße schon wieder ein neuer Trupp zeigte. Einige hatten nicht mal ihre Knüppel gegen eine erbeutete Stichwaffe vertauscht. Sie schlugen zudem wie mit dem Dreschflegel drauflos, und bald lagen im Gefecht mit den geübten Landsknechten auch die Ersten von ihnen am Straßenrand.

Eilig wurden sie zusammen mit den getöteten Soldaten ins Gebüsch gezerrt. Die nachrückende Truppe hatte dennoch mitbekommen, dass etwas passiert war. Man winkte von dort und erwartete eine Antwort. Die Sache wurde hochgefährlich. Es waren Reiter dabei, die mit Sicherheit schnell die vorderen Einheiten einholen und hierher zurückführen konnten. Selbst wenn sie inzwischen tief genug in die Wälder flüchteten, so dachte David, würde sich die Rache über die Mühle seines Vaters und wahrscheinlich noch über das ganze Dorf entladen.

Das Verschwinden der Nachzügler durfte erst bemerkt werden, wenn die Marschkolonne schon viel weiter weg war. Hastig zog David darum eine Landsknechtsjacke über seinen Bauernkittel, setzte sich einen Hut auf und winkte zurück. Scheinbar gelangweilt stützte er sich auf sein Schwert, wartete noch ein Weilchen, bis sich zwei weitere ebenso verkleidet hatten und wie nach einer Pinkelpause aus dem Wald traten. Gemächlich trotteten sie weiter in den Hohlweg.

Der neue Angriff musste nun besser organisiert werden. »Wer von euch hat schon mal eine Pistole geladen?«, fragte David. Zwei Mann stürzten sich daraufhin auf die Knappsäcke der Toten, unter denen die Munitionstaschen mit Pulver, Zündkraut und Blei hingen. Zwölf Pistolen bereiteten sie vor. Unbedingt mussten sie mit ihnen zumindest die zwei sich nähernden Reiter zur Strecke bringen. Doch hinter denen trotteten weitere zwanzig Mann, die gleichfalls keinen Anschluss an die vor ihnen Ziehenden mehr finden durften.

Um ganz sicherzugehen, teilte David jeweils sechs Schützen für jeden Reiter ein. Erst nachdem die beiden tot waren, so forderte er, sollten die Infanteristen beschossen werden. Einen offenen Kampf mit Stich- und Hiebwaffen wollte man nicht noch einmal riskieren. Da sich die Söldner mit ihrem schweren Marschgepäck kaum in das dichte Waldgestrüpp hineinwagen würden, erschien es vorteilhafter, sie aus dem Schutz der Bäume heraus so lange unter Feuer zu nehmen, bis der Kampf entschieden war.

Ohne selbst gesehen zu werden, ließen sich durch das Buschwerk sogar die Gesichter der Herankommenden beobachten. Sie waren schmerzverzerrt. Weithin drang das Gestöhn über den Verlust so vieler Trosswagen, die gewöhnlich die Fußkranken aufnahmen. Beschimpft wurden ebenso die Reiter, die nicht daran dachten, abzusteigen und einem der Lahmenden ihr Pferd zu überlassen.

»Wir sind nur zu eurem Schutz zu euch abkommandiert«, wehrte einer der Dragoner das erneute Flehen ab, Platz auf seinem Sattel zu machen. Mit dem Missmut kroch außerdem der Nieselregen in die Gemüter. Bald würde auch die letzte noch trockene Stelle am Körper durchweicht sein. Den Kerlen war anzusehen, dass sie am liebsten all ihr Kriegsgerät in hohem Bogen fortgeworfen hätten, um irgendwo Ruhe zu finden.

Es sah aus, als könnte man leichtes Spiel mit ihnen haben. Doch allein die Knäufe der Pistolen, die rechts und links aus den Satteltaschen der Dragoner lugten, verhießen alles andere als eine wehrlose Beute. Einige Soldaten schulterten Musketen, die mit Sicherheit geladen waren.

Sie kamen an den Eingang zum Hohlweg heran und stutzten. Der hier stattgefundene Kampf hatte sich in den Boden gegraben. Erst jetzt fiel dies auch den im Unterholz Lauernden auf. Doch war es zu spät, um das noch verwischen zu können. Allerdings brachen auf den Märschen nicht selten Raufereien zwischen den Soldaten aus. Völlig ungewöhnlich waren diese Spuren also nicht.

Skeptisch musterten die Männer von der Straße aus das grüne Laubband zu beiden Seiten. Die Musketiere legten ihre Waffen schussbereit in die Gabeln, die tiefe Haarnadelkurve erschien ihnen nicht geheuer. Häufig genug passierte es ja auch, dass die Landbevölkerung auf Nachzügler wie sie Jagd machte.

Drei Mann von ihnen bildeten eine Vorhut, die Dragoner hielten sich zurück. Bis an den Rand des Weges drängte sich der Wald, doch meinten die drei, es sei sicherer, sich durch die dicht gewachsenen Stämme der Birken und Fichten zu zwängen, als auf dem Weg zu bleiben. Sie wollten, sobald sie die gefährliche Stelle passiert hätten, mit einem Knüppel dreimal laut gegen einen Baumstamm schlagen als Signal, ihnen zu folgen, so verständigten sie sich flüsternd.

Nur seinen Bewohnern gewährte der Wald jedoch Schutz, die Fremden blieben im Nachteil. Während die Harzer eins wurden mit Büschen und Laub und unsichtbar ausharrten, quetschten sich die kanarienfarbenen Landsknechte ächzend durch das Astwerk, das ihnen Arme und Säbel einklemmte. Keinen Mucks konnten sie abgeben, als die Messer ihre Hälse durchtrennten und sie lautlos zusammensackten.

Ungeduldig spähten die Männer im Hinterhalt, wann der Fischzug nun förmlich von allein ins Netz ging. Doch niemand kam. »Sie warten sicherlich auf ein Zeichen ihrer Vorhut«, raunte David den anderen zu. Die zuckten ratlos mit den Schultern. David ließ noch ein paar endlose Minuten verrinnen, lief dann aber, zu allem entschlossen, auf den Weg und legte die Hände trichterförmig um den Mund: »Ihr könnt kommen, keine Gefahr.« Sofort schlüpfte er wieder ins Unterholz.

Ohne dass man den Lahmenden noch eine Behinderung angesehen hätte, nahmen sie nach dem falschen Signalruf den Kampf auf und stürmten überfallähnlich in den Hohlweg, bereit, bei der kleinsten Bewegung sofort als Erste das Feuer zu eröffnen. Aber es geschah nichts. Unversehrt schlüpften sie aus der Falle. Kein Schuss fiel, und niemand zeigte sich weit und breit. Allerdings auch nicht von ihrer Vorhut. »Wollen die uns foppen?«, meinte einer ärgerlich und rief nach den dreien.

»Vielleicht sind sie schon weiter vorgelaufen durch die nächste Kurve da vorn und haben nach uns gerufen, weil wir ihr Klopfen nicht gehört haben«, suchte ein anderer nach einer Erklärung, nahm schließlich einen Ast und schlug mehrfach gegen einen Stamm. »Glaubt ihr, dass wir das da oben gehört haben könnten? Der Scheißniesel schluckt doch jedes Geräusch.« Unentschlossen scharten sich alle um die Reiter, unter ihnen war niemand mit Befehlsgewalt.

Ebenso fanden sich die Angreifer völlig verunsichert zusammen. »Warum hat keiner von euch das Feuer eröffnet?«

»Ging nicht«, meinten kleinlaut die Männer mit den Pistolen. »Im Nieselregen ist das Pulver nass geworden. Man kann es mit einer dünnen Wachsschicht gegen Nässe versiegeln. Doch so was haben wir nicht. – Und was nun?«

»Schüttet neues Pulver nach und haltet die Hand schützend über die Zündpfanne!«, übernahm David nun endgültig das Kommando. »Beeilt euch, solange sie noch so dicht beieinanderstehen!«

Das Krachen einer Salve prallte gegen die Baumreihen, die gnädig den Schall schluckten und ihn nicht bis zu den weiter vorn Marschierenden vordringen ließen. Doch nur einer der Reiter erhielt einen Treffer. Er sank vom Pferd und blieb mit einem Fuß im Steigbügel hängen. Wiehernd schlug das Tier nach allen Seiten aus, traf dabei mehrere Landsknechte und schleuderte sie zur Seite. Dann raste es davon, gerade in dem Moment, als der überlebende Reiter die Flucht ergreifen wollte. Das durchgehende Pferd rannte dem anderen in die Flanke, warf es um, sodass es den Dragoner unter sich begrub. Schließlich galoppierte es davon und schleifte seinen Herrn neben sich her.

»Quartier!«, riefen die Landsknechte im Chor und ließen ihre Waffen fallen. Zu ihren Füßen röchelten die Verletzten und wälzten sich in ihrem Blut. Noch mehr als die Salve hatten die Huftritte völlige Verwirrung gestiftet und die Widerstandskraft gebrochen. Als ihnen klar wurde, dass der Angriff mitten in ihren eigenen Reihen von dem Pferd ausgegangen war, blieb keine Gelegenheit mehr, die Waffen wieder aufzunehmen.

»Seid ihr Harzschützen?«, legte einer der Gefangenen seine ganze Hoffnung in die Frage. Doch sie wurde verneint. Damit war entschieden, dass es keine Möglichkeit gab, sich freizukaufen. Die Losung »Quartier« galt nur zwischen Soldaten und höchstens noch für Waldräuber, die gegen ein gutes Lösegeld die Freiheit zurückgaben. Mit den Landmännern bestand keinerlei Abmachung über eine Gefangenschaft, mit ihnen verband sie lediglich barbarischer Hass.

Zwei der Schnellsten nahmen inzwischen die Verfolgung des Pferdes auf. Weit konnte es nicht kommen, solange der Reiter im Steigbügel festhing. Die anderen fesselten als Erstes die Unverletzten und plünderten sie ebenso wie die Toten aus. Eingenäht in die Ärmel und das Rückenteil vom Wams des gestürzten Reiters, den sie sofort niedergemacht hatten, fanden sie mehrere Hundert Reichstaler aus gutem Silber. Dies waren keine von den Heckenmünzen der Wipper und Kipper, die unedle Metalle prägten und dadurch noch zusätzliche Teuerungen in den Notzeiten der Kriege vom Zaun brachen.

Fast wäre Streit um die Aufteilung ausgebrochen, bis man sich einigte, alles zum Dorfschulzen zu bringen und dann über eine gerechte Vergabe zu beraten. Das sollte ebenfalls für die beiden Pferde gelten. Anders aber sah es aus bei den Wamsen, Pluderhosen, Strümpfen, Stiefeln und all den Dingen im Marschgepäck, von Tabakspfeifen über Messer bis hin zu Würfeln. Was sich zusammentragen ließ, schüttete jeder für sich auf einen Haufen und achtete argwöhnisch darauf, dass sich kein anderer im Vorbeigehen daran vergriff.

»Was machen wir mit denen?«, zeigte einer auf die halb nackt am Boden Liegenden. »Lasst uns zuerst die Toten in den

Wald schleppen, dort können die Wölfe und Füchse den Rest besorgen«, wurde erwidert.

»Und die noch leben?«

»Was hätten sie denn umgekehrt mit uns gemacht?« Schon wurde einem der Gefangenen eine Säbelspitze vor das Gesicht gehalten. »Sag«, wurde er zum Sprechen aufgefordert, »wie viele unserer Mütter und Schwestern hast du Sau schon vergewaltigt und anschließend aufgeschlitzt? Wie viele Väter und Brüder mussten jämmerlich krepieren an dem von dir eingeflößten Schwedentrunk?« Der Angesprochene schwieg; er wusste ohnehin, dass er keine Gnade erwarten konnte. Da hatte die Säbelspitze seinen Augapfel schon durchstochen und aus der Augenhöhle herausgerissen.

»Haltet ein!«, wurde gerufen. »Für den Fall, dass nach diesen Bastarden gesucht wird, sollten wir keine Blutflecken auf dem Weg hinterlassen so nah an unseren Häusern.« So wurden schließlich alle tiefer ins Gehölz gezogen. Noch lange gellten dort die Schreie derjenigen, die nicht das Glück eines schnellen Todes im Gefecht hatten.

Fürchterlich wüteten die Landsknechte, wenn sie in die Siedlungen einfielen und durch Folter die Preisgabe der Saatgut- und Viehverstecke erzwangen. Aber wehe den Kriegsleuten, die den Bauern in die Hände fielen. Es passierte nicht oft, folglich musste ein Einzelner dann zum Ausgleich die Qualen eines ganzen Dorfes auf sich nehmen. Dumpf drang noch lange das Stöhnen der Gefolterten aus den Tiefen des Waldes. Bevor sie in Stücke zersäbelt wurden, zogen ihnen die im Schlachten geübten Bauernsöhne die Haut in Fetzen vom Leib.

Nach und nach kehrten die Kämpfer mit Beute beladen in ihre Fluchtsiedlungen zurück. Auf geflochtenen Bahren aus

Birkenreisern trugen sie aber auch zwei Tote mit sich. Wie Helden wurden die Überlebenden gefeiert, zumal weder die Mühlen noch das Dorf selbst leiden mussten. Eilig war der Marschzug weitergezogen, froh darüber, in den verlassenen Gehöften zumindest noch ein paar Hühner und Ferkel gefunden zu haben. Wieder einmal hatte sich ein kleines Opfer ausgezahlt.

Die Menschen schüttelten ihre Ängste ab, die ihnen in den Stunden zuvor die Kehle zuschnürten und schaudernd über den Rücken liefen. Zähneklappernd hatten sie sich ausgemalt, wie es um sie stünde, wäre der Junge aus der Fallgrube entkommen und hätte die Horden zu ihrem Versteck geführt. Sie lägen jetzt alle aufgespießt in diesen Gruben.

So aber erwachte trotz der Trauer über die zwei Toten, die bereits zum Friedhof getragen wurden, unbändiger Frohmut. Er übermannte förmlich die bislang zutiefst Eingeschüchterten. Wie ein plötzliches Fieber kam es über sie. Hysterisches Lachen wechselte ab mit obszönen Rufen. Manche sangen, andere fielen sich spontan um den Hals und küssten sich. Alles, was an Bier noch vorhanden war, schütteten die Männer und Frauen förmlich in sich hinein.

Vor allem aber erschlug wieder einmal der Branntwein die verbliebenen Sorgen. Seit den Bauernkriegen war dieses Gesöff, das bis dahin vornehmlich den Klöstern und Gasthäusern der Städte vorbehalten war, in den ländlichen Gebieten kleben geblieben und übte seine widerwärtige Wirkung aus.

Völlig außer sich, legten die Bewohner der Waldsiedlung alle Vorsicht ab. Weithin erscholl das Gebrüll der Trunkenen. Ekstatisch tanzten sie zwischen den Hütten. Mit Urgewalt brach nach den Wochen des dumpfen Brütens im Versteck über die Aussichtslosigkeit ihres kümmerlichen Lebens und das Ausgeliefertsein an die rohe Gewalt des nicht mehr enden wollenden Krieges die Lebenswut hervor. Sie sprang von einem auf den anderen über und steckte alle an.

Der Pfarrer stöhnte: »Gleich geht es wieder zu wie in Sodom und Gomorrha.«

»Sodom und Gomorrha?«, fiel ihm Anna ins Wort. »Welches vom Himmel regnende Pech und welchen Schwefel sollen wir denn noch fürchten? Das ergoss sich doch längst über uns. Wahllos. Ohne zu unterscheiden, wer sittsam lebte oder lästerte. Lass die Leute in Ruhe mit deinen alttestamentarischen Geschichten! Sie erleben in der Gegenwart Schlimmeres, und wer soll die Hölle noch fürchten, wenn er im irdischen Leben längst mitten in ihr haust?«

Resigniert winkte der Pfarrer ab. Er hob den Blick zum Himmel und bekreuzigte sich. »Denn sie wissen ja nicht, was sie tun«, murmelte er vor sich hin und entschuldigte seine Gemeinde vor Gott. Wortlos zog er sich mit Anna und den Mädchen in ihre Hütte zurück, um nicht sehen zu müssen, wie sich draußen die Unzucht breitmachte.

Ein aufreizender Schrei durchschnitt die ohnehin von Lärmen und Gesang erfüllte Abendluft. Gleich mehrere Frauen kreischten in lautem Gelächter auf, als der ersten von ihnen das Hemd heruntergerissen wurde und ihre prallen Brüste vor ihr schaukelten. Das Johlen von Männern gesellte sich hinzu, als eine zweite meinte, es mit dieser Fülle locker aufnehmen zu können, und sich nun selbst frei machte. Eine dritte stach beide aus, indem sie auf den Tisch sprang und ihren Rock bis über den Nabel hob. Gleich mehrere Männerhände fuhren an ihren Schenkeln empor bis zur Scham.

Damit war die Grenze jeglicher Zurückhaltung überschritten. Hatte das Leben im Wald ohnehin viele Normen und Sitten der Dorfgemeinschaft, deren strenge Unterteilung in Ackerbauern, Handwerker, Hintersättler, Brinkkötter, Büdner, Einläufige, Knechte, Mägde, Hirten und Tagelöhner die Sitzordnung in der Kirche genau widerspiegelte, bereits gelockert, so stürzte nun alles ein. Zumindest für ein paar Stunden der Lust und wilden Hingabe.

Auch Helena umfassten auf einmal zwei Hände von hinten und fuhren ihr unter das Hemd. Einen Moment lang wollte sie sich ihnen schon hingeben. »David?«, flüsterte sie und drehte sich um. Doch da stand ein anderer. Empört riss sie sich los.

Zum wievielten Male lief sie nun schon zur Laubhütte des Sägemüllers. Endlich stieß sie jetzt zumindest auf Franz. Er wälzte sich am Boden, völlig nackt. Ihre Frage nach David blieb in ihrer Kehle stecken. Gleich zwei Frauen sah sie unter ihm liegen. Eine war seine Magd, die andere verbarg sofort ihr Gesicht.

Alles, was Helena bislang herausgefunden hatte, war, dass David einem durchgegangenen Pferd nachlief, das seinen toten Reiter mit sich schleifte. »Wenn der auch so viele Taler aus seinen Beutezügen mit sich schleppte wie der andere Dragoner, dann ist David jetzt eine gute Partie«, wurde ihr lachend zugerufen. Doch als es zu dunkeln begann, fehlte er noch immer. Auch Franz hatte, bevor er sich dem Branntwein hingab, bereits nach seinem Sohn gesucht. Aber er kam ohne ihn zurück.

Es blieb rätselhaft. Schließlich hatten zwei das Pferd verfolgt. David und jemand aus einem der anderen Verstecke. Sollte er dem Zweiten gefolgt sein? Doch da schüttelten alle die Köpfe. Niemand durfte die Lage von zwei Fluchtburgen kennen. Gegen die ehernen Gesetze des Dorfes zu verstoßen, zog in diesen Kriegszeiten härteste Konsequenzen nach sich – zu den mildesten zählte es, verstoßen zu werden.

Helena lief im Dunkeln in die Arme von Volker. »Wo steckst du die ganze Zeit?«, machte er ihr Vorwürfe und zerrte sie hinter sich her in ihre Hütte. »Ide und ich haben dich schon überall gesucht.« Doch Helena konnte nicht mehr an sich halten, ein Weinkrampf schüttelte sie. Die Geschwister lehnten wieder einmal ihre Köpfe gegeneinander, Stirn an Stirn. Dann ließen sie alle drei ihren Tränen freien Lauf.

*

Am nächsten Morgen fehlte David noch immer. Franz brach mit einigen Männern erneut zur Suche auf. Mit größerem Abstand folgte ihnen Helena, denn garantiert wäre sie sofort zurückgeschickt worden.

Nach dem Nieselregen des Vortages zeigte sich erstmals wieder die Sonne. Der Wald strotzte vor neuer Kraft. Auf den Buchenblättern perlten die Wassertropfen und spalteten das Licht in die unverfälschten Farben des ersten Tages dieser Welt. Wasserdampf schwebte in der Morgenluft und bot das fantastische Schauspiel sichtbar gewordener Sonnenstrahlen. Fäden voll aufgereihter, leuchtender Perlen hingen von den mächtigen Ästen der Waldriesen herab. Die Leiden, die sich die Menschen tagtäglich zufügten, erschienen nichtig im Vergleich mit dieser ständigen Auferstehung des Lebens.

Während die Männer weit vor ihr nur Augen für die in den Boden eingedrückten Hufeisen und die Sensenspuren der Bäume mähenden Schrapnelle des Vortages hatten, sog Helena diesen Tagesanbruch in sich ein. Der Schlaf der vergangenen Nacht hatte ihre finsteren Befürchtungen vertrieben. David wird schon wieder auftauchen, fühlte sie mit Sicherheit und malte sich die Zärtlichkeit aus, mit der sie sich begrüßen würden.

Gelber Rainfarn öffnete seine Korbblüten und wetteiferte mit den roten Trichtern des Fingerhutes. Zwischen sie drängte sich das Weidenröschen und gewann den Schönheitswettbewerb, über den die herabschwebenden Kaisermäntel entschieden. Neben sie setzten sich Schillerfalter und Eisvögel, leuchtende Tupfer der Bläulinge stießen hinzu. Als Zugabe zu dieser Farbenpracht lockten zuckersüße, pralle Himbeeren.

Helena stopfte sich den Mund mit ihnen voll. Als sie die nächsten Ranken zu sich heranzog, sah sie, wonach sie alle so verzweifelt suchten. Das Pferd war dem Weg nicht länger gefolgt und hatte sich mit einem kraftvollen Sprung aus einer der Kurven tragen lassen über den Bewuchs am Wegesrand hinweg in den Wald hinein. An einem Baumstumpf hing der Reiter mit abgeschliffenem Gesicht. Unter der aufgerissenen Haut traten die Schädelknochen hervor. Neben einem Farnbusch fand sie eine seiner Pistolen. Das Mädchen griff nach ihr und zog am Abzug des Steinschlosses, um die anderen herbeizurufen. Doch das Pulver war zu feucht, um durch den Funken Feuer fangen zu können.

So folgte sie allein den Hufabdrücken im weichen Waldboden. Wie weit sie ihnen nachlief, wusste sie bald nicht mehr, aber sie spürte zunehmende Kühle und Finsternis. Das war nicht mehr der Wald, den sie liebte und in dem sie schließlich auch jetzt wieder Schutz gefunden hatte. Dieser hier strahlte Feindseligkeit aus.

Astlöcher stierten ihr nach und beobachteten sie höhnisch. Wurzeln stellten Fallen, immer wieder strauchelte sie oder stürzte. Die Hufspur narrte sie. Häufig lief sie im Kreis, dabei schienen dem Pferd weitere Beine gewachsen zu sein. Um Helena herum begann sich der Wald zu verfilzen. Mit dichten Kronen versperrte er der Sonne den Zutritt. Bäume bogen sich zu Spukgestalten, rekelten sich ächzend, machten katzenhafte Buckel, griffen mit riesigen Gabelhänden um sich. Niemals war sie bislang hier gewesen.

Nach langem Hin-und-her-Irren fand sie sich schließlich auf einem Berg wieder. Auf dessen Spitze thronte eine gewaltige Eiche und erhob klagend schwarz gebrannte Aststümpfe in den Himmel. Helena erschrak zutiefst: der Baum voller Trauerflor aus ihren Angstträumen. Jetzt fiel ihr ein, dass sie von diesem Berg mit der schwarzen Eiche schon oft in den Gespenstergeschichten gehört hatte. Man nannte ihn den »Bettler«.

Um ihn machten die Leute gewöhnlich einen Bogen. Angeblich bestand er aus reinem Kupfer. Magisch zog er Blitze an. Selbst am hellen Tag ohne jegliche Gewitterwolken, so wurde erzählt, schlügen plötzlich Feuerzungen auf ihn ein, gefolgt von lautem Donnerkrachen. Tief in der Erde würde es vor Zwergen nur so wimmeln, die hier Gold und Edelsteine suchen und jeden Menschen verwirren aus Sorge, er könnte ihre Stollen und Schätze finden.

Helena glaubte, dass ihre Füße kaum noch die Erde berührten. Über sie hatte jemand die Gewalt gewonnen und zog sie immer weiter weg. Statt der hellen Lichtschleier des Vormittags fielen schwarze Vorhänge herab. Dichtmaschig erstickten sie die letzten Sonnenstrahlen. Ihr war, als würden sich hinter ihr die Baumreihen zusammenschieben und die Umkehr versperren. Stinkmorcheln verpesteten die Luft.

Keine Vögel sangen mehr, lediglich ein Eichelhäher sandte ihr aus der Ferne seine ratschende Warnung nach. Darüber legten sich weitere Stimmen, die nach ihr riefen. Immer und immer wieder hörte sie aus allen Richtungen ihren Namen. Sie drehte sich nach diesen Rufen und wurde erfasst von einem Karussell, das sie zunehmend schneller herumwirbelte.

Sie wollte sich wehren und diese wirren Traumgebilde verscheuchen, indem sie wie einen Gegenzauber Davids Namen rief. Aber etwas stülpte sich über sie und verschnürte ihr die Kehle, bis nur noch ein jämmerliches Quieken aus ihr drang.

Tiefer und tiefer gab der Boden nach. Der Sumpf saugte sich fest an ihren Füßen. Wenn sie sich losriss, schmatzte die Erde, als wäre sie auf einen Leckerbissen aus. Dicke Grasbüschel gaben anfangs noch Halt. Sie musste aber immer weiter springen, um von einem zum anderen zu kommen.

Dann sank sie ein in das Hochmoor. Schwarzes, grabeskaltes Wasser nahm sie auf. Nur noch ihr Kopf ragte heraus. Als sie sich aufbäumen wollte, war ihr Mund schon gefüllt mit dickflüssigem Morast. Zuletzt sah sie sich selbst mit einem Eimer beim Wasserholen und hörte sich, wie sie die Quelle verfluchte sowie die in ihr wohnende Hexe. Diabolisches Gelächter umfing sie, als die schlammige Brühe über ihr zusammenschlug.

Nur einmal noch fand sie mit den Füßen Halt auf einem glitschigen, lange vor ihr versunkenen Baumstamm. Sie drückte die Knie durch und durchbrach den glibbrigen Wasserspiegel. Als sie verzweifelt nach Luft schnappte, sah sie, wie sich eine Frau über sie beugte mit Augen so schwarz wie Kohlen, über denen eine blutige Dornenkrone saß.

Endgültig schwanden ihr nun die Sinne.

Zweites Kapitel
Der Pferdehuf

Am nördlichen Himmel hing mit nach oben ragender Deichsel der Große Wagen. Ein Sternbild, das Bodo magisch anzog. Auch in dieser Nacht verharrte er lange und weidete sich an der funkelnden Pracht des Firmaments. Der Mond fehlte, was gut war. Zu viel Licht hätte dem Unternehmen geschadet.

Tief gebückt ging Bodo und hielt mit der linken Hand eine Laterne dicht über das Gras am Flussufer. Seine Rechte bog sich zu einer Klapperschlange vor dem Biss, bereit, sofort zuzustoßen. Als sich auf dem Boden eine kleine, feucht glänzende Linie zeigte, schnellte sie nach vorn. Zwischen den Fingern spürte Bodo jedoch nur ein paar Halme. Sobald die Tauwürmer in den Lichtkreis der Kerze gerieten, zogen sie sich mit einem Ruck in ihre Gänge zurück.

Nach einer ganzen Reihe von Fehlversuchen richtete sich Bodo auf und schimpfte auf die Trockenheit. Dürres Gepikse spürte er auf der Haut, als er mit der Hand über das Gras strich, kein bisschen Feuchtigkeit. Also setzte er sich auf die Böschung über dem Fluss und schaute versonnen nach den Sternen und den glitzernden kleinen Wellen des unter ihm glucksenden Wassers. Still in sich selbst ruhte die Nacht. Auch im Lager schliefen bis auf die Wachen längst alle. Mitternacht rückte heran.

Bodo wartete auf mehr Tau, der den Boden nässte, und seine Geduld zahlte sich aus. Die kleine Holzschachtel, die er mangels einer freien Hand mit den Füßen vor sich herschob, füllte sich. Zufrieden legte er sich noch ein paar Stunden aufs Ohr.

Als die Vögel von ihrem ersten vorsichtigen Piepen zu lautem Gesang übergingen, wusste Bodo, dass jetzt die beste Zeit heranrückte. Er sprang auf, griff nach seinem Angelzeug und machte sich auf den Weg.

Nur ein paar Hundert Schritte flussabwärts gab es einen Zulauf. Das Bachwasser führte viel Nahrung mit sich. Dort, wo es sich mit dem Fluss verwirbelte, hatte er schon vor ein paar Tagen große Rückenflossen auftauchen sehen.

Leider fand er bislang keine Zeit, sich näher damit zu beschäftigen. Bodo gehörte zur Vorhut, die vor dem Quartierwechsel alle Vorbereitungen für den Einzug des Trosses treffen musste. Sein einäugiger Vorgesetzter war schrecklich aufgeregt. Den militärischen Regeln zu genügen, um das Lager gut geschützt vor Angriffen anzulegen, stellte ihn vor keine große Herausforderung. Seit über zehn Jahren tat er dies schließlich.

Weit schwieriger fiel die Verteilung der schönsten Plätze nach den wirklichen oder zuweilen auch nur gefühlten Dienstgraden all der Kerle, deren Weiber ihm im Tross unterstellt waren. Nach solch einem Umzug dauerte es zuweilen Wochen, bis sich das Gezänk legte, und der Trossweibel konnte sich dabei mehr Feinde machen, als die Landsknechte während des ganzen Feldzugs überhaupt zu sehen bekamen.

Bodo musste nach der Vermessung des Lagers Pflöcke für die Parzellen der neuen Siedlung einschlagen. Danach begann das Schanzen für die Außenwälle, das Ausheben der Fäkaliengruben – die Arbeiten füllten den Tag von früh bis in die Nacht. Nun aber, da endlich die Hauptmasse eingetroffen war, stahl er sich in dem Durcheinander davon und zimmerte mit den für sich längst beiseitegelegten Brettern seine eigene Hütte an einer Stelle, die sicherlich kein anderer begehrte, die aber nahe am Flussufer bestens seinen Angelgelüsten entsprach. Er baute mit breiter Brust, denn zum ersten Mal stand ihm eine eigene Unterkunft zu.

Seit er hier eingetroffen war, jubelte innerlich alles in ihm. Sein Aufstieg zum Schmiedegehilfen verschaffte ihm Freiheiten, von denen er bislang nicht mal zu träumen wagte. Dann weckten der Fluss und die Fische Erinnerungen an die Kindheit vor der Entwurzelung durch das Kriegsvolk, das seine Familie umgebracht und ihm einen Platz zugewiesen hatte auf der untersten Stufe der Militärhierarchie: als Trossknabe.

Der junge Mann fieberte vor Aufregung, als im schütteren Morgenlicht der Bacheinlauf vor ihm auftauchte. Noch tief unter dem Horizont verbarg sich die Sonne. Schwarz kauerte die quirlende Wasseroberfläche vor ihm. Vorsichtig schlich er sich an, um die Fische nicht zu verscheuchen. Aus einem Leinenbeutel holte er die Schnur aus Pferdehaar hervor.

Er hatte sie einst mitgenommen. Stehlen wollte er das nicht nennen. Sein letzter Dienstherr, ein Reiterkorporal, ließ sie bei der Plünderung achtlos an der Wand hängen. Für Bodo aber flocht diese Schnur ein Band zu seinen frühesten Jahren im Schoß der Familie, zu sorglosen Ausflügen am Main entlang und der mit dem Vater betriebenen Fischjagd. Diese Schnur glich einem Schatz.

Gleich in seinen ersten Stunden als Schmiedegehilfe hatte er seinen Meister zu fragen gewagt, ob er denn in der Lage sei, Angelhaken herzustellen. »Ich hab zwei Jungs«, antwortete der ihm. »Klar kann ich da Angelhaken machen. Wie viel willst du?«

Als Bodo die Haken in die Hand gelegt bekam, schaute er zu dem Schmied mit der gleichen Glückseligkeit auf wie früher zu seinem Vater, als der ihn das erste Mal zum Fischen mitnahm.

Das Wasser brodelte und kreiselte am Zulauf des Baches. Dort konnte er die Angel einwerfen, ohne dass der Köder sofort vom Strom fortgetragen würde. Eine gerade gewachsene Weidenrute hatte sich Bodo schon am Vortag geschnitten. An ihre Spitze knotete er jetzt die Schnur und band ein paar Handbreit über dem Haken ein Stück von einem Gänsekiel fest. Schnell war der Wurm über den Haken gezogen und die Angel ausgeworfen. Genau wie vorausberechnet, begann der sich vom dunklen Wasser gut abhebende weiße Federkiel, seine Kreise zu ziehen.

Gemächlich erwachte der Tag. Eine Baumgruppe, bis zu der die Sicht gerade so reichte und die auf Bodo wie der Marsch eines Fähnleins von Riesen wirkte, verwandelte sich in einen harmlosen Pappelhain. Ein Schwarm Krähen fiel in dessen Kronen ein, zeterte und krakeelte wie eine Meute Trunkener, die sich nach durchzechter Nacht erst am Morgen zum Heimweg entschloss.

Weit und breit wogte hier früher sicherlich das Korn, dachte Bodo. Nun war fast alles graugrün. Nur wenn man genau hinschaute, fielen die kleinen gelben Flecken auf, wo die Bauern doch noch versuchten, eine Ernte einzufahren. Kein Farbtupfer verriet in der Weite vor ihm die Anwesenheit von Menschen. Wo sich der Feuer speiende und ständig schlingende Drache eines Militärlagers niederließ, zog sich das Leben fluchtartig zurück.

Am Main galten noch genaue Regeln für das Angeln. Mindestmaße der Beute, nur an bestimmten Tagen erlaubtes Fischen und Schonzeiten beim Laichen waren vorgeschrieben. Aus der Stadt kamen Lustfischer mit fantastischen Ausrüstungen. Sie hatten nicht nur verschiedenste Schnüre, dunkle und helle, auch aus Baumwollfäden oder Leinen gedreht, sondern sogar Rollen, von denen sie die Schnüre beim Auswerfen abwickelten. Oft zogen sie gaukelnde Fischimitationen durchs Wasser auf der Jagd nach Hechten oder Forellen.

Bodo seufzte, um irgendwelche Regeln musste er sich nicht mehr scheren. Die lange Kriegszeit hatte alle über den Haufen geworfen.

Schräg zog endlich der Schwimmer nach unten, tief in den Fluss. Beim Anhieb spürte Bodo sofort den heftigen Widerstand. Jeder Schlag der Schwanzflosse übertrug sich bis in seinen Oberarm. Zwei registrierte er, da war der Fisch schon fast in der Flussmitte und bog die Rute bis zur Wasseroberfläche nach unten. Nicht mal einen Atemzug dauerte es, bis die Schnur riss. Das war ein kapitaler Bursche, dachte Bodo und holte besorgt seine Angel ein. Als er den Federkiel sah, atmete er erleichtert auf. Zum Glück war der Riss direkt hinter dem Haken erfolgt und der Verlust von Schnur gering.

Doch alle Fische, die an diesem Morgen bissen, waren zu stark für Bodos Leine. Seine Vorfreude machte zunehmender Enttäuschung Platz. Er wollte ja glänzen mit seinem Fang. Eine neue, noch völlig ungebundene Frau im Tross hatte ihm bei seiner Ankündigung von reichlich Fisch schöne Augen gemacht. Da wähnte er sich nach der zuvor beobachteten Vielzahl von Rückenflossen völlig sicher, Jagderfolg zu haben.

Weit mehr noch durchströmte ihn der Stolz, dass ihn diese Frau überhaupt wahrnahm, was er nur seiner neuen Stellung in der Schmiede zu verdanken wusste. Bislang als Trossknabe und später als Pferdebursche hatten alle förmlich durch ihn hindurchgesehen. Er war ein Nichts.

Selbst unter diesen sklavenartigen Kriechern gehörte er noch zu den Untersten. Wer von ihnen Prügel bezog, durfte sich ausgezeichnet fühlen. Damit bekannte sich ein Herr zu ihm, der zumindest ein gewisses Maß von Schutz ausstrahlte, der Unterkunft und Essen für seinen Knecht beschaffte. Dafür aber musste ihm der Knabe zu Willen sein wie ein Hund und ihm bis in die Schlacht seine Sachen hinterherschleppen, für ihn waschen und kochen, wenn er sich dafür nicht noch eine Frau hielt.

Am besten lebten jene, die sich zum Spitzeln eigneten. Schon lange bevor das Heer heranrückte, sickerten sie mit den herumziehenden Bettlern in Städte und Dörfer ein. Sie machten die Wohnhäuser und Namen der Reichen ausfindig, fragten deren Dienerschaft aus, wohin sie sich in Notzeiten zurückzogen und unter anderem Namen versteckten. Die Findigsten verfolgten diese Familien sogar bei deren Flucht und sandten geheime Botschaften an ihre Herren, wohin sie mit wie viel Mann nachsetzen mussten, um die Opfer mit Sicherheit überwältigen zu können.

Da solche unerlaubten Ausritte für ganz private Raubzüge unter Strafe standen, durfte diese Nachrichten folglich niemand verstehen, der sie eventuell abfing. Begehrt waren darum Jungen aus guter Familie mit hervorragendem Unterricht, die mit griechischen Buchstaben in welscher Sprache schrieben oder in irgendeinem anderen Kauderwelsch ihre Nachrichten zu verschlüsseln wussten.

Dafür eignete sich Bodo nicht im Geringsten. Auch auf den Beutezügen verlor er nie die Scheu. Es widerte ihn geradezu an, mit den Schwärmen mitzuziehen, die dreist in jeden Hof eindrangen und alles herausschleppten. Folglich zählte der kleine hessische Junge zu dem Gesindel, das so ungebeten mit dem Tross mitzog wie die Flöhe und Läuse. Lediglich seine Liebe zu den Pferden bescherte ihm schließlich einen Korporal, unter dessen Tritten und Beschimpfungen er es leidlich aushalten konnte.

Nach mehreren Fehlversuchen blieb Bodo zuletzt nur noch ein kleiner Haken. Er erinnerte sich an einen anderen Köder: Grashüpfer. Sie sprangen um ihn herum. So erbeutete er doch noch ein paar Döbel und auch ein paar kleine Forellen. Der erträumte große Fang freilich blieb aus.

Bodo stellte sich also auf den Hohn der jungen Hure ein und schlenderte missgelaunt zurück. Sie überraschte ihn aber mit ehrlicher Freude. Zum ersten Mal wieder seit dem Tod seiner Eltern vor fast zehn Jahren saß er an einem Tisch und konnte auf das Essen warten, während sie in ihrer Hütte wirtschaftete und eine schmackhafte Fischsuppe versprach.

Das Gefühl, wieder ein Zuhause gefunden zu haben, durchflutete ihn. Er ließ die Beine baumeln und tauchte tief ein in seine Erinnerungen. Seit Langem hatte er diese Bilder verdrängt, denn sie führten zwangsläufig immer wieder zum Grauen des letzten Tages, als er von der Mutter und der älteren Schwester nur noch leises Wimmern aus dem Nebenraum hörte, während ihm gegenüber an der Wand Blut und Hirn seines Vaters herunterliefen, der sich den Eindringlingen verzweifelt entgegengeworfen hatte. Versteckt unter geplündertem Gut auf einem Fuhrwerk, in das sich Bodo geschlichen hatte, war er damals entkommen.

Ein Lied fiel ihm wieder ein, mit dem ihn früher seine Schwester in den Schlaf gewiegt hatte. Leise summte er es vor sich hin und zuckte zusammen, als laut sein Name gerufen wurde. »Bodo, wo steckt der Bursche nur!«

Wie bislang als Pferdeknecht war er sofort hochgeschnellt und rannte der Stimme entgegen. Im letzten Moment erinnerte er sich noch an die Köchin, drehte sich im Laufen um und winkte ihr entschuldigend zu. Sie war aus ihrer Hütte gekommen und sah ihm fragend nach, sagte aber nichts.

»Kerl, muss ich dich zum Amboss tragen?«, brüllte jemand und trat nach Bodo, der aber damit gerechnet hatte und flink auswich. Der demütigende Tritt in den Hintern, noch dazu unmittelbar vor der Schönen, blieb ihm somit erspart. Dass die Schmiede bereits im neuen Lager eingetroffen war, hatte Bodo gar nicht mitbekommen. Sicherheitshalber lief er so schnell, dass der andere kaum folgen konnte. Vom Schmied erhoffte er Schutz. Verblüfft jedoch hielt er inne. Ein völlig Fremder hantierte am Amboss und noch ein junger Bursche wie er, den er aus dem Tross kannte.

»Wo ist der richtige Schmied?«, fragte Bodo und vergaß dabei den Mann hinter sich. Statt einer Antwort traf ihn eine derbe Maulschelle. »Die ist vom richtigen Schmied«, tönte es. »Und nun aber hurtig, fünf Pferde warten schon auf Hufeisen. Auf die zwanzig Räder dort hinten müssen neue Radreifen aufgezogen werden.«

Schnell wurde eingeteilt. »Ihr zwei reicht mir die Eisen und Nägel zu.«

»Du«, und damit zeigte der Schmied auf Bodo, »hältst das Pferd fest, wenn ich es beschlage. Und wehe, du lässt zu, dass es sich aufbäumt!«

Die Pferde zu halten, war keine leichte Aufgabe, aber Bodo mochte die Tiere. Er redete beruhigend auf sie ein und hielt sie fest an der Kandare. So kamen sie schnell mit der Arbeit voran, wenngleich Bodo bemerkte, dass der Schmied ein Stümper war. Zuletzt wurde ein Schimmel vorgeführt, dessen angelegte Ohren schon signalisierten, dass er gleich auskeilen würde. Als er dazu ein Vorderbein hob und den Kopf schräg nach hinten dem Schmied zuwandte, warnte ihn Bodo. Der aber mochte sich von einem Spund nicht belehren lassen. Schon traf ihn ein Huftritt, der ihn zur Seite schleuderte.

Der Schmied brüllte. Ob vor Schmerzen oder vor Wut, konnte Bodo nicht unterscheiden. Es war auch gleich, in beiden Fällen würde er es ausbaden müssen. Schnaubend griff der Schmied nach dem Hammer und wollte sich auf Bodo stürzen. Nach drei Schritten jedoch übertrafen seine Schmerzen die Wut, und er hielt inne. Er setzte dazu an, den Hammer zu werfen, aber Bodo verbarg sich hinter dem Pferd.

Nicht zu Unrecht vermutete der Reiter, dass der Rasende trotzdem gleich sein Werkzeug schleuderte. Er zog blank und ging mit dem Degen auf ihn los. »Wag es, und du bist tot, Hufschmied«, zischte er.

Bodo trat nach vorn. Ihm war klar, dass ihn auch später die Vergeltung noch treffen würde, wenn er sich jetzt nicht rechtfertigen konnte. Er musste versuchen, den Reiter auf seine Seite zu ziehen. »Hast du nicht bemerkt, dass dieser Grobschmied die Nägel einschlägt wie in einen Balken und den Huf nicht mal ausgeschnitten hat? Was machst du, wenn morgen dein Pferd mitten in der Attacke zu lahmen beginnt?«

Perplex schaute ihn der Reiter an. »Wo ist Tönges, der richtige Schmied?«, ging Bodo in die Offensive.

»Woher kennst du Tönges?«, knurrte nun der Verletzte.

»Wir stehen uns nah, seit wir gemeinsam den Tod vor uns sahen. Das war, als der Trossweibel befahl, an mir die Kunst des Zähneausreißens vorzuführen oder beim Scheitern zu sterben. Ich habe nicht mal was gespürt, so perfekt konnte Tönges das«, übertrieb er ein wenig.

»Du warst das!«, entgegnete zerknirscht der Mann mit dem Hammer. »Dann steckst du auch mit dieser Hexenbrut von einer Zigeunerin unter einer Decke«, spie er aus.

Eine solche Wendung durfte Bodo nicht zulassen. Schnell kehrte er zum eigentlichen Punkt zurück. »In meinen paar Wochen als Lehrling weiß ich wahrscheinlich schon mehr über Pferdehufe als du.« Da der andere wie ein Häufchen Elend auf dem Boden kauerte und nach Luft schnappte, fasste Bodo noch mehr Mut und setzte nach. »Woran erkennst du, wenn du der Wandlederhaut im Huf zu nahe gekommen bist?«, examinierte er den Wüterich.

»Na, woran denn nun?«, setzte der Besitzer des Schimmels nach, da die Antwort ausblieb. Der Prüfling stöhnte aber nur.

»Hast du eine Ahnung, was der Obrist mit dir macht, wenn du hier die Pferde vernagelst? – Der lässt dich Spießruten laufen«, platzte Bodo heraus.

Das hatte gesessen. Der große Meister, zumindest im Verteilen von Schlägen und Ohrfeigen, war den Tränen nahe. Er suchte nach Ausflüchten, angeblich habe ihn sein Hauptmann unter Druck gesetzt. Einer musste doch die Schmiede übernehmen, nachdem sich kein anderer dafür fand.

Bodo konnte es nicht fassen. Endlich war er einmal obenauf und nicht der Getretene und ewig Unterlegene. »Lass gut sein«, meinte er nun gnädig.

»Was heißt hier, lass gut sein?«, empörte sich der Reiter. »Wer beschlägt mir jetzt mein Pferd weiter?«

»Bringt die Eisen noch mal zum Glühen!«, wies Bodo die anderen beiden an. Er schabte die Hufe aus, presste die heißen Eisen an, bis sie sich eben in das Horn einbrannten, kühlte sie im Wasserbad ab und nagelte, ohne einmal mit dem Hammer abzurutschen. Geschickt schlug er die seitlich austretenden Nägel um. Der Reiter pfiff durch die Zähne. »Beginnt es zu lahmen, halte ich mich an dich, Bodo – Gasselaufen, das gefällt mir.« Dann führte er sein Pferd fort, vorsichtig wie ein neugeborenes Fohlen.

Die Karten in der Schmiede waren damit neu gemischt. Natürlich konnte Bodo nicht so tun, als wär er der Meister oder zumindest schon ein Geselle. Doch herumschubsen und schlagen würde ihn fortan niemand mehr. Was mit Tönges passiert war, wusste er aber immer noch nicht. Er hielt es allerdings nicht für ratsam, durch weiteres Nachfragen seinen Sieg zu gefährden. In der Bemerkung über die Hexenbrut lag schließlich eine unüberhörbare Warnung. Er musste vorsichtig sein.

*

Seine Eroberung schien auf ihn gewartet zu haben. Sofort wärmte sie die Suppe auf. »Leicht hast du es mit deinem Meister wohl nicht?«, spielte sie auf den Tritt nach ihm am Morgen an. Bodo erzählte von seinem Arbeitstag, und sie hörte mit zunehmendem Erstaunen zu. »Was bedeutet Spießrutenlaufen?«, wollte sie wissen.

Überrascht maß er sie. »Du weißt nichts über die Strafen im Heer, das Laufen durch eine Gasse von Angetretenen, die mit Ruten zuschlagen, bis die Haut in Fetzen runterhängt? Dann gibt es auch noch das hölzerne Pferd, bei dem man ohne Kontakt der Füße zum Boden auf einer Stange oder einem hochkant aufgestellten Brett sitzen muss, wobei oft auch noch Gewichte an die Beine gebunden werden. Man kann auch in Eisen gelegt werden oder eine Hand abgehackt bekommen. Im Übrigen solltest du wissen, dass du ebenfalls der Militärgerichtsbarkeit unterstehst.«

»Ich bekäme dieselben Strafen wie die Männer?«, flüsterte sie ungläubig.

»Mit dem Vergleicher vom Rumormeister Dresche zu beziehen, ist auch nicht so angenehm«, fiel er in ihren Flüsterton ein.

»Du sprichst in Rätseln«, piepste sie noch leiser.

»Jetzt veralberst du mich aber«, wehrte Bodo ab, aber sie schüttelte den Kopf. Folglich klärte er sie auf über die Rolle der Büttel des Trossweibels und ihre armlangen Knüppel sowie das Stäupen mit Ruten. »Zuweilen ist es Lagerbrauch, eine Hatz zu veranstalten. Dann wird diejenige für vogelfrei erklärt, und die Trossburschen dürfen sie mit Hunden hetzen und nach dem Einfangen mit ihr machen, was sie wollen.«

Sie reichte ihm eine Schüssel mit der dampfenden Suppe. »Sie schmeckt fantastisch«, lobte er. Was nicht nur ein höfliches Kompliment war. Obwohl er sich die Zunge verbrannte, konnte er nicht aufhören zu löffeln. Lächelnd sah sie ihm zu.

»Kommst du geradewegs vom Mond?«, hielt er ihr nun ihre Ahnungslosigkeit vor.

»So ungefähr«, erwiderte sie. »Ich bin auf dem Marsch zu euch gestoßen und erst ein paar Tage dabei.« Sie saß ihm gegenüber, und er betrachtete sie lange. »Was schaust du mich so vorwurfsvoll an«, fuhr sie hoch. »Glaubst du, du bist nicht zehnmal verfluchter als eine brave Hure, wenn du raubend von Ort zu Ort ziehst und den Leuten das Letzte wegnimmst?«

»Wenn ich es recht verstehe, verlangst du aber jetzt von diesem geraubten Letzten deinen Anteil, oder wovon willst du bezahlt werden?«, stieß er sie vor den Kopf. Sie sank in sich zusammen und schluchzte: »Ich hatte gehofft, diesen zermürbenden Blicken, wie du sie mir nun wieder zuwirfst, entfliehen zu können. Nimmt das nie ein Ende?« In hastigen Worten, oft hingeworfen wie eine Last, von der sie sich befreien wollte, erzählte sie ihm von ihrem Los.

Sie war entehrt worden, mitten auf dem Dorfanger, gleich von mehreren. Wie sehr sie auch flehte, niemand sei ihr zu Hilfe gekommen. Fortan aber meinte der Dorfschulze, das gleiche Recht auf sie zu haben wie zuvor die Soldaten. Fassungslos sei sie zum Pfarrer gelaufen, um bei ihm Hilfe zu finden, ihren Ruf wiederherzustellen. Aber auch der habe ihr vorgehalten, dass man sie doch weithin wonniglich habe stöhnen hören. Selbst die Kinder verhöhnten sie fortan. In der Kirche spuckten die Frauen zornig vor ihr aus und verlangten, dass sie sich hinter die angelehnte Tür stellen solle.

»Nächtelang habe ich nur noch geheult. So ist das, wenn man sich als einfache Magd nicht wehren kann gegen diese Sippschaft der Tugendhaften«, sagte sie voll Bitterkeit. »Wenn mich denn jeder eine Dirne rufen darf, obwohl ich weiß Gott nichts getan habe, dann will ich damit nun mehr Geld verdienen, als dieser verlogene Dorfschulze je sein Eigen nennen kann. Dann werde ich ihm bei meiner Rückkehr vielleicht gnädig erlauben, den Verschlag meiner Kutsche zu öffnen.«

Bodo wusste nicht, ob er weinen oder lachen sollte. »Wegen deines Hurengeldes würden sie dich noch weit mehr hassen«, versuchte er vorsichtig, ihre Euphorie zu dämpfen, mit der sie sich ihre spätere Genugtuung ausmalte.

»Doch da musst du keine Sorge haben«, offenbarte er schließlich. »Zu Reichtum ist hier noch niemand gekommen. Keinen Hunger zu haben und genug Bier und Wein, um die Trostlosigkeit zu ersäufen, ist das Höchstmaß an Glück, das dich erwartet. Das niedrigere Maß vermittelt dir, wie schon gesagt, der Rumormeister. Und Kerle wie deinen Schulzen, die dich beschimpfen und sogar verleumden, weil sie das Geld reut, das sie dir in der Nacht zuvor im Liebesrausch großzügig schenkten, gibt es hier haufenweise. Es wird dir eher noch schlechter ergehen als bei dir daheim. Eine Dirne gerufen zu werden, ist weit harmloser, als wirklich dieses Leben zu führen, wie ich es hier täglich sehe«, sprach er und kam sich dabei ein bisschen altklug vor.

Ihr Blick ging ins Leere. Energisch schüttelte sie dann den Kopf. »Harmlos, meinst du, sei es, eine Dirne gescholten zu werden? Weißt du überhaupt, was das für ein Mädchen bedeutet, das arm ist wie eine Kirchenmaus? Das einzige bisschen, das ich besitze, das ich hüten muss, ist meine Unschuld, meine Tugendhaftigkeit. Nur so kann ich unter die Haube kommen. Denn als Unverheiratete, die keiner will, zu Hause hocken zu bleiben mit dem ewigen Vorwurf im Nacken, zu nichts nütze zu sein, ist die andere Kehrseite. Mein Leben war mit einem Schlag verpfuscht. Und warum?«

»Weil die Leute aus deinem Dorf ihr schlechtes Gewissen vergessen wollten. Sie hatten dich nicht beschützt, als du um Hilfe geschrien hast, und mochten nicht länger deine stumme Anklage ertragen. Also klagen sie dich selbst an und reden sich ein, dass du das alles ja so gewollt hast. Retten hätten sie dich aber sowieso nicht können«, winkte er ab.

»Darum müssen sie mich doch aber nicht auch noch quälen nach allem, was mir angetan wurde. Und überhaupt, meinst du, ich bin so hässlich, dass ich mich verkaufen muss für einen Humpen Bier oder ein paar Fischgräten?«

Er war beleidigt und gab ihr zu verstehen, keine Dienstleistung für seine Fischchen begehrt zu haben. Schon wollte er aufstehen und gehen, als sie ihn sanft auf die Holzbank zurückdrückte. »Entschuldige, so war das nicht gemeint«, besänftigte sie ihn. »Ich brauche jemanden«, gestand sie schließlich, »der mir beisteht.«

Er hielt ihre Hand fest. »Sobald du beginnst, hier jemandem

zu vertrauen, bist du verloren. Jede Schwäche wird sofort bestraft. Sprich mit niemandem über deine Einnahmen und wo du sie versteckst, sonst bist du sie noch am selben Tag los. Heute Abend ist allerdings ein guter Tag für dich, es ist ein Spielabend, zu dem viele aus dem Feldlager zu uns herüberkommen, und alle werden ihre Hälse nach der Neuen verdrehen.«

Er wollte nun wirklich gehen, aber sie bettelte, noch zu bleiben. Mit erhobenen Händen wies er von sich, ihr Ratschläge geben zu können, und beschrieb ihr sein eigenes armseliges Leben. Schließlich versuchte er dennoch, das Lager einzuteilen in für sie nützliche Kundschaft und gänzlich untaugliche. Natürlich wäre es das Beste, sich einen Offizier zu angeln, der sie zur Konkubine nimmt. Doch den Gedanken verwarf er im Stillen, dafür kam sie als ungebildete Magd von vornherein nicht infrage.

Eigentlich konnte er ihr nur von allen abraten. Sold hatte es schon seit Monaten keinen mehr gegeben. Selbst die Spielgewinne bestanden lediglich aus Schuldverschreibungen. Von den Mannschaften war gegenwärtig nichts zu holen. Die Fähnriche und Leutnants verwarf er ebenso. Alles nur Gecken und Wichtigtuer und genauso arme Schlucker. Nicht mal ihre Adelstitel waren etwas wert, weil diejenigen, die sich den Söldnern anschlossen, zumeist in der Erbfolge ganz hinten standen und ihre Familien froh waren, sie erst mal los zu sein.

»Es gibt einen Hauptmann«, meinte Bodo schließlich, »einen Bürgerlichen, der sich hochgedient hat. Er ist beliebt und meidet Grausamkeiten. Du erkennst ihn an seinem schlohweißen Haar. Die anderen höheren Offiziere haben zumeist ihre Frauen mitgebracht, die du dir nur zum Feind machen würdest, sobald du irgendwelche Vorrechte begehrst.«

Sie seufzte tief. Dann fiel ihr ein hochgewachsener, fast schlaksiger Mann auf, der sehr verwegen wirkte. »Wäre der nicht was für mich?«, zwinkerte sie Bodo zu.

Der drehte sich um und erschrak. »Um Gottes willen, das ist Würfelbecher, vor dem hüte dich. Der zählt zu den schlimmsten Folterern und Frauenschändern. Wenn du dem zuhörst, wenn er abends am Lagerfeuer seine Erlebnisse preisgibt, wird dir übel. In letzter Zeit ist es allerdings etwas stiller um ihn geworden. Als die zwei Kroaten, die sich anscheinend in Luft aufgelöst haben, noch bei ihm waren, bildeten die eine Verbindung von Pech und Schwefel, und wo sie auftauchten, griff das kalte Entsetzen um sich.«

»Was machen Kroaten bei euch?«, fiel sie ihm ins Wort. »Gehören die nicht zu den Kaiserlichen?«

Er erklärte, dass ein Regiment eigentlich aus weit über tausend Mann gebildet wird. »Jetzt sind wir nicht mal mehr halb so stark. Alle Gefangenen werden darum in den Dienst gepresst. – Ich muss nun aber wirklich los. Der Trossweibel hat mich zum Aufbau der Tische für den heutigen Spielabend eingeteilt.« Damit sprang er auf und verschwand.

Sie blieb voller Furcht und Selbstzweifel zurück. Sollte sie versuchen, reumütig in ihr Dorf zu fliehen? Was ihr gerade erzählt worden war, machte ihr erst klar, wie überstürzt und vor allem ahnungslos sie eine solch folgenschwere Entscheidung getroffen hatte. Aber der Hohn und der Spott, die sie daheim erwarten würden, wären unerträglich. Sie begann, sich schön zu machen für den Abend, und zitterte dabei am ganzen Leib. Verkaufte sie ihren Körper oder womöglich auch ihre Seele?

Lange schon hörte sie die grölenden Kerle, aber sie wagte sich nicht zu dem Spielplatz. Am liebsten hätte sie sich in ihre

Hütte verkrochen. Schließlich raffte sie all ihren Mut zusammen, von irgendetwas musste sie ja leben. Sie ließ den widerwärtigen Dorfschulzen vor sich erstehen, wie er ihr unter den Rock ging und sie aufs Schlimmste beschimpfte, nachdem sie ihn weggestoßen hatte. Wenn ihr dieses Los schon zufiel, dann wollte sie zumindest die Burschen selbst aussuchen können.

*

An jedem Tisch waren Fackeln in den Boden gerammt worden. Das flimmernde Licht ließ in ihren Augen alles verschwimmen. Oder waren es die Tränen? Schon wurde sie von einem Trunkenen angerempelt, dessen Bieratem ihr in die Nase kroch und ihren Magen fast umstülpte. Sie war dicht davor, sich zu übergeben, und stieß den Kerl weg.

»Das war richtig«, wurde sie aus dem Dunkeln angesprochen. Sie konnte niemanden sehen, meinte aber die Stimme zu kennen. Bodo trat vor, und ihr fiel ein Stein vom Herzen. Am liebsten hätte sie sich ihm an die Brust geworfen. Ihre Erziehung hielt sie aber zurück: Das schickt sich nicht, hörte sie ihre Mutter sprechen. Und wie ein Stich bohrte sich in ihr Herz der Vorwurf, wie tief sie nun abgleiten würde mit dem, was sie vorhatte.

Bodo strahlte sie an. »Vergiss meine Belehrungen. Eine Patrouille ist heute zufällig auf einen Wagentross gestoßen. Nachdem sie die Begleitmannschaften niedergemacht hatte, war sie im Besitz von sieben Händlerfuhren mit Stoffen, Geschirr, Weinfässern, Würsten und Kassen blanken Geldes. Heute Abend werden die Taler rollen.«

Er zog sie zur Seite ins Dunkle und gab ihr weitere Instruktionen. Sie solle auf jeden Fall warten, bis genug Alkohol geflossen sei und viel mehr für eine Frau gezahlt würde als in nüchternem Zustand. »Achte darauf, wer beim Würfeln viel gewinnt, und halte dich an die. Sie werden nach deinem Preis fragen; nenne keinen, sondern frag, was sie dir bieten. Und völlig gleich, wie hoch sie gehen, selbst wenn es mehr ist, als du je erwartet hättest, lehne hohnlachend ab! Sage ihnen, dass sie dafür die Vetteln haben können oder die Trossjungen, aber nicht …«

»… die Trossjungen?«, schaute sie ihn fassungslos an.

»Ja, was glaubst du, wo du bist«, fuhr er sie an. »Offiziell spricht darüber niemand, die Sünde wird schließlich äußerst hart bestraft. Aber viele, die diese Neigung in sich spüren, tummeln sich beim Heer und toben sich hier aus. Fällt dir nicht selbst auf, dass manche Jungs vor Schmerzen kaum noch gehen können? – Also, echauffier Sie sich nicht!«

»Ach, da tut Ihr jetzt schnell vornehm«, konterte sie. »Echauffieren«, säuselte sie das Französische nochmals nach.

»Du gibst mir das Stichwort«, raunte er ihr zu. »Erzähle niemandem von deinem Schicksal. Wenn sich rumspricht, dass du nichts anderes bist als eine vergewaltigte Magd, fällt dein Preis ins Bodenlose, denn es hat dich ja auch vorher schon jeder für umsonst haben können. Gib dich vornehm, erfinde eine irre Geschichte, vielleicht einer Adligen, die wegen einer Affäre von ihrer Familie verstoßen wurde. Sag, du kommst aus Budapest oder Preßburg und bist nur zufällig hierher geraten, willst aber schleunigst weiter nach Warschau, Moskau oder Stockholm. Sei grenzenlos hochnäsig und schau von oben auf dieses Pack herab. Im Augenblick bist du als Neue sowieso der Goldfisch im Hechtteich. Jeder wird angeben wollen, dich als Erster besessen zu haben, noch vor dem Obristen. Ihnen wird der Kamm schwellen, und sie bieten zuletzt alles, was sie haben. Aber dann musst du auch was ganz Besonderes sein.«

Sie schluckte und meinte, dass sie keine Ahnung habe von Budapest oder Moskau. Bodo lachte. »Die haben ebenso wenig Ahnung, und wenn du merkst, dass einer sich dort wirklich auskennt und dir Fragen stellt, dann musst du schnell ausweichen, und sei es ein Kaff, dessen Namen du selbst erfindest. Aber bleib ein Exot!«

Und nochmals warnte er sie vor Würfelbecher und seinen Zechfreunden: »Die haben nur Freude, wenn sie anderen Schmerzen zufügen können, die sind nicht normal.«

»Dafür werden sie in der Hölle schmoren«, entgegnete sie.

»Glaub ich nicht«, meinte er trocken. »Wenn umgekehrt die Tugendhaften im Himmel zu Engeln aufsteigen, dann hat der Satan an solchen menschlichen Dämonen auch seine Freude. Die Arbeit an den Fegefeuern muss ja irgendwer erledigen. Da braucht er Leute wie Würfelbecher, die garantiert bald einen höheren Posten bei ihm bekommen. Und wehe dem armen kleinen Sünder, der diesen Teufeln dann in die Hände fällt.«

An den Tischen ging es bereits hoch her. Der gestohlene Wein verbreitete seine Wirkung. Sie drehte sich weg von Bodo und wollte sich als Erstes auch mit Alkohol betäuben. Doch er kam ihr noch mal hinterher und riet ihr, niemanden in ihre Hütte mitzunehmen, sondern sich lieber in die Büsche zu verdrücken. »Andernfalls nimmst du spätestens morgen früh Reißaus.«

Sie schaute ihn fragend an.

»Landsknechte haben keine einzelnen Läuse, Wanzen oder Flöhe. Sie haben Regimenter und Armeen davon«, kicherte er und drehte sich zum Gehen um.

»Warte!«, rief sie. »Wie heißt du eigentlich?«

»Bodo.«

Mit nur zwei Schritten kam sie auf ihn zugeflogen, stieß ihn fast um und küsste ihn. Dann löste sie sich aus seinen Armen. »He, kannst die Augen wieder aufmachen«, hauchte sie. Er fand noch immer nicht zu sich zurück. »Oje, habe ich jetzt etwa eine schlummernde Jungfrau wachgeküsst?«, stichelte sie. »Ich heiße Emma, fällt dir da nicht etwas ein?«

Von ihr war alle Last abgefallen. Sie tänzelte aufreizend zu den Männern hinüber. Bodo sah sie reden, hören konnte er sie nicht mehr. Laut lachend ließ sie die Ersten stehen, die ihr mit offenem Mund nachstarrten, als sie sich umgehend den Nächsten zuwandte. Offenkundig nahm sie seinen Rat an, aber sie spielte ihre Rolle so perfekt, dass sich Bodo unsicher wurde, ob sie ihm in Wirklichkeit nur etwas vorgegaukelt hatte von der Unschuld vom Lande, und dass sich vor ihm jetzt die wirkliche Emma zeigte. Emma, fragte er sich zudem, was sollte ihm dieser Name sagen? Bodo und Emma – das klingt nicht gerade nach einem Bühnenstück.

Gegen elf Uhr hatte er sich in seine Hütte zurückgezogen und schlafen gelegt. Früh am Morgen wollte er wieder an den Fluss. Allerdings nicht ganz so früh wie am Vortag, an dem sich in der ersten Stunde kaum etwas getan hatte. Wenn er nach sieben Uhr in der Schmiede erscheinen würde, sollte das reichen – schließlich wollte er seinen neuen Status auskosten. Dann aber hatte er doch beinahe verschlafen; die Sonne schien bereits, als er an die Bachmündung herantrat und ihm einfiel, dass er ja nur noch den kleinen Haken und ein kurzes Stück Schnur besaß. Diesmal jedoch biss auf seinen Grashüpfer gleich eine zweipfündige Forelle.

Als er den Rückweg antrat, trug er an jeder Hand zwei kapitale Burschen. Neben der Forelle glückte ihm auch noch der

Fang von drei pfündigen, kupfern schimmernden Rotfedern. Stolz brachte er seine Beute zu Emma, die aber noch schlief. Zögerlich klopfte er, worauf sie ziemlich verorgelt ihren Kopf aus der Hütte streckte.

»Wart einen Moment«, bat sie und kämmte sich erst einmal. Als sie herauskam, waren ihre Augen undurchdringlich. Er bereute im selben Moment, zu ihr gegangen zu sein. Wenn das, was sie ihm über sich erzählt hatte, auch nur halbwegs stimmte, dann müsste sie jetzt jeden Mann hassen. Ihn eingeschlossen. Vorsichtshalber fragte er nicht nach der vergangenen Nacht.

Langsam erwachte sie aus ihrer Apathie und sortierte die Eindrücke der zurückliegenden Stunden. Irgendwie erschien ihr alles traumhaft verworren, als hätte nicht sie, sondern eine ganz andere sich an Männer verkauft. Sie knabberte an ihren Fingernägeln, während er schüchtern nach einem möglichst unverfänglichen Gesprächsstoff suchte. »Was hat das auf sich mit unseren beiden Vornamen?«, hoffte er, eine passende Eröffnung gefunden zu haben.

Mit verhängten Blicken kaute sie jedoch weiter an den Fingerkuppen, und er war sich nicht sicher, ob sie ihm überhaupt zuhörte. Nach einer langen Pause schaute sie auf und ihm direkt in die Augen. »Ekelst du dich jetzt vor mir?«

Er streichelte über ihre brünette Mähne. Sie hatte volles, dickes Haar. Beruhigt legte sie ihren Kopf an seine Schulter. »Wie sollte ich dich verurteilen«, sagte er, »wo ich dir doch selbst Ratschläge dazu gab.« Er genoss es, wie sie sich an ihn schmiegte. Zärtlichkeit hatte er schon ewig nicht mehr erfahren. »Du bist die Schönste hier«, raunte er ihr ins Ohr. »Behalte, solang es geht, dein langes Haar.«

»Solang es geht? Gibt es Vorschriften im Tross, die langes Haar verbieten?«, fragte sie ihn.

Er verneinte, sagte ihr aber voraus, dass sie es wegen der Läuse nicht lange aushalten werde. Keine Frau im Tross habe schließlich noch so schönes langes Haar wie sie. »Mit finsteren Blicken haben sie dich gestern Abend alle verfolgt. Du bist Gift für ihr Geschäft. Sie werden dir Fallen stellen, um dich wieder loszuwerden, und sei es durch eine Hatz.«

Sie kratzte sich. »Ich spür die Viecher schon überall.« Dann erzählte sie vom vorigen Abend, ohne dass er sie fragen musste. Vor allem lobte sie seinen Rat. Die verstoßene Adlige zu spielen, sei ihr aber doch eine Nummer zu groß gewesen. Schließlich spreche sie weder Französisch, noch könne sie tanzen oder kenne die Tischsitten. Als aus dem Haus gejagte Kaufmannstochter wäre sie aber auch gut angekommen.

»Vor allem hattest du recht«, fuhr sie fort, »als du mir rietest, sie um mich bieten zu lassen. Mir ist fast schwindlig dabei geworden. Noch nie mit meinen sechzehn Lenzen sah ich so viel Geld.« Wieder kratzte sie sich. »Da ist gestern wohl doch mindestens ein Fähnlein zu mir übergewechselt«, sagte sie lakonisch.

»Zieh dich aus!«, befahl er abrupt. Entsetzt schaute sie ihn an. »Ach, was du nun gleich wieder denkst«, verdrehte er die Augen. Sie zog sich in ihre Hütte zurück und reichte ihm ihre Sachen nach draußen. Er verschwand damit und blieb fast eine halbe Stunde fort. In der Zwischenzeit nahm sie die Fische aus. Als er wiederkam, versprach er felsenfest, dass in ihrer Kleidung keine einzige Laus mehr lebe und auch keine Nisse.

»Wie bist du sie losgeworden?«, wollte sie wissen.

»Ich kenne jemanden in der Bäckerei. Der hat den Wäschebeutel in die Backröhre geschoben. Das überlebt keine Laus.«

Sie lachte hell auf. »Das Gesicht von unserem Bäcker stelle ich mir gerade vor, wenn ich mit solch einem Anliegen zu ihm gekommen wäre. Und erst das Gesicht von der blöden Dorfschulzin, wenn sie erfahren hätte, dass meine Unterhose neben ihrem Brot lag«, jauchzte sie und himmelte Bodo mit ihren graublauen Augen an.

»Ach ja, unsere Namen«, erinnerte sie sich wieder an seine Eingangsfrage. »Die Sagen aus dem Harz scheinst du hessischer Junge wohl nicht zu kennen. Emma war eine Königstochter der Riesen und Bodo ein liebestoller Freier, den sie jedoch abwies. Er verfolgte sie dennoch bis an eine tiefe Schlucht im Gebirge, die ein Fluss gegraben hatte. In ihrer Verzweiflung wagte sie den todesmutigen Sprung. Ein Huf ihres Pferdes schlug auf der anderen Seite der Schlucht so hart in den Felsen, dass man noch heute den Abdruck sieht und den Ort Rosstrappe nennt. Sie verlor aber beim Sprung ihre goldene Krone. Der wilde Bodo stürzte ihr nach und in den Abgrund. Dort bewacht er seither in einem tiefen Flusskessel in Gestalt eines großen schwarzen Hundes Emmas Krone. Der Fluss hieß fortan Bode.«

»Ich bin also ein schwarzer Hund, den du abweist und auf den Grund eines Flusses verbannst, und diese Sage sollte mir gefallen?«, schauspielerte er Empörung. Sie blitzte ihn aus ihren mandelförmigen Augen an und gab ihm zum zweiten Mal einen Kuss. »Halt, warte!«, erinnerte er sich plötzlich. »So eine Sage kenne ich wohl, aber bei mir hieß die Königstocher nicht Emma, sondern Brunhilde.«

»Mag sein, dass sie bei euch einen anderen Namen hat, aber musst du nicht langsam los, bevor wieder dein Meister kommt, um dich zur Arbeit zu tragen?«, meinte sie spitzbübisch. Es fiel ihm schwer, ihr recht zu geben.

»Halt, was wird mit den Fischen?«, rief sie ihm hinterher. Er kam zurück und zuckte mit den Schultern. »Gut, dann versuche ich, drei zu verkaufen, und einen essen wir heute Abend; bist du einverstanden?«

Er fand ihren Vorschlag toll. »Dann halte ich heute Abend auch so viel Geld in den Händen wie noch niemals im Leben zuvor.«

»Glaubst du, ich bin eine so gute Verkäuferin?«, meldete sie Zweifel an.

»Und wenn du die schlechteste wärst«, wehrte er den Einwand ab. »Ich habe bislang noch keinen Heller in meiner Hand gehalten, ich war ein Trossjunge, und auch in der Schmiede gab es bislang keinen Sold. Ich könnte mir nicht mal eine neue Angelschnur kaufen, obwohl ich nun dringend eine brauche. Meine alte war schon sehr brüchig und ist jetzt endgültig hinüber.«

Sie bot ihm an, eine zu spinnen. Ihr Spinnrad hatte sie mitgebracht. Er gab zu bedenken, dass sie dann ein spezielles Öl brauchte, um die Schnur einzufetten. Sie müsse geschmeidig bleiben und dürfe sich nicht mit Wasser vollsaugen, weil sie sonst zu leicht reißt.

»Ich höre mich um«, versprach sie.

Und ganz leise fügte sie hinzu: »Ich habe Angst. Zum ersten Mal bin ich glücklich.« Kurz besann sie sich und korrigierte mit der Erinnerung an die Nacht: »Fast glücklich. Wie lange hält das?«

»Solange wir wollen«, versicherte er und eilte zur Schmiede. Nochmals winkten sie einander zu. Fast wie ein Ehepaar, dachte er. In der Schmiede traf er als Letzter ein. Doch keiner hielt ihm das vor. Sie teilten sich die Arbeit ein, die ihm zunehmend Freude bereitete, auch weil er keine Hiebe und Tritte mehr fürchten musste.

Während einer Pause setzte sich der andere Lehrling zu ihm. »In meinen Augen bist du ein Held«, sagte er. »Wie du diesem Grobian, der auch mich ständig schikanierte, die Grenzen gewiesen hast. Mir war schon das Herz in die Hose gerutscht, als der mit dem Hammer auf dich los wollte. Jetzt aber habe ich auch meine Ruhe vor ihm. Ich stehe tief in deiner Schuld.«

»Sag mal, weißt du vielleicht, wo Tönges und die Zigeunerin Frowe abgeblieben sind?«, ergriff Bodo sogleich die ihm gereichte Hand.

»Du lieber Himmel«, bekam er zur Antwort. »Rühr nur nicht daran! Den Tönges hat ein Fluch in die Hölle befördert. Kurze Zeit später verschwand auch der Wagen von Frowe, als hätte es ihn nie gegeben.«

Das seien doch Ammenmärchen, entgegnete Bodo.

»Ganz bestimmt nicht«, sagte der andere Lehrling mit zittriger Stimme. Er wies auf den Blasebalg, mit dem alles angefangen habe. Über ihn habe sich das Schmiedefeuer erhoben und zu einer Schrift geformt, genauso wie sie im Alten Testament dem Sündenbabel das Unheil ankündigte. Was die Schrift verhieß, wisse aber niemand, weil keiner lesen konnte, der das sah.

»Am Tag darauf glühten die angeschlagenen Hufeisen unter einem Pferd wieder auf«, berichtete der Lehrling weiter. »Das Tier wurde wahnsinnig und ging durch. Einige schwören jeden Eid, dass sich die Erde geöffnet habe und Ross und Reiter ins Fegefeuer versanken. Der Reiter war ebenso wie Tönges beim Raub des Blasebalges aus einer Kirche dabei. Was dort geschah, muss schrecklich gewesen sein. Angeblich habe der abgeschlagene Kopf des Pfarrers alle verflucht. Tönges, so wurde jedenfalls berichtet, sei von einer riesigen Pranke ergriffen worden, die aus dem Schmiedefeuer kam und ihn mit dem Kopf voran in die Glut zog.«

»Ich war bis zum Abbruch des vorigen Lagers noch bei Tönges in der Schmiede«, widersprach Bodo. »Er hatte mich zu sich geholt und damit aus meinem Elend als Pferdeknecht befreit. Es ging mir fortan gut bei ihm. Sogar der Trossweibel erkundigte sich häufig bei mir, welche Fortschritte ich mache. Den Blasebalg habe ich selbst mit eingebaut. Er stammt in der Tat aus einer Kirche, aber nie habe ich von abgetrennten Köpfen gehört, die noch verfluchen konnten.«

Doch dann wurde ihm klar, warum sich der Schmied am Vortag auf einmal bleich wie der Tod verfärbte, als er sagte, dass er zu Tönges gehöre. Vor seinem Hammer hatte ihn also nicht die dreiste Bloßstellung als Nichtskönner bewahrt, sondern die Furcht vor dem Unheil. Auch erinnerte sich Bodo, dass keiner der drei jemals den Blasebalg anfasste. Selbst wenn sie das in Verzug brachte, riefen sie immer nach ihm. »Warum habt ihr die Arbeit in der Schmiede aufgenommen, wenn sie doch direkt in den Höllenschlund führt?«, provozierte er.

»Den Wüterich bewahrte das vorm Gassenlaufen, weil er in seiner beständig aufbrausenden Rage einen Fähnrich zu Boden geschlagen hatte. In seinem früheren Leben hatte er auch mal als Gehilfe in einer Schmiede gearbeitet. Ich für meinen Teil war mir sicher, dass die tägliche Hölle, die ich bis dahin als Pferdebursche bei einem Dragoner durchleben musste, schlimmer ist als die richtige.« Bodo nickte seinem neuen Freund zu. Das leuchtete ihm alles ein. Nur, dass Tönges in der Schmiede-Esse verschwunden sein sollte, glaubte er nach wie vor nicht.

»Auch die Zigeunerin war mit einem Schlag fort?«, hakte er noch mal nach.

»Mit einem Schlag. Sprich besser mit niemandem darüber«, riet der Lehrling.

*

Bodo konnte den Abend kaum noch abwarten, so sehr sehnte er sich nach Emma. Als die anderen schon ihr Werkzeug aufräumten, hantierte er mit einem Eisendraht, um ihn als Angelhaken zu biegen. Aber wie er den Widerhaken stauchen sollte, blieb ihm ein Rätsel. Auch die anderen konnten ihm da nicht helfen und wünschten ihm einen schönen Sonntag.

Richtig, morgen war ja Sonntag. Vierundzwanzig Stunden ganz für sich und Emma. Er jubilierte innerlich. Vielleicht kam sie ja mit zum Fischen. Sie könnten sich dabei am Flussufer in der Sonne aalen. Mit dem kleinsten Keil, den er finden konnte, hieb er schließlich eine Kerbe in den Draht und weitete den entstandenen Grat entgegengesetzt zur Spitze als Widerhaken aus. Das hintere Ende drehte er zu einer Öse, durch die er sicherlich die Schnur besser anbinden konnte als am glatten Schaft.

Er fertigte gleich eine ganze Handvoll Haken, doch als er das Schmiedefeuer löschte und der an den Spieltischen einsetzende Radau zu ihm herüberdrang, überkam ihn Schwermut. Dass jetzt die Arbeitszeit von Emma begann, hatte er völlig verdrängt.

Er schlurfte mehr zurück, als er ging, und wählte lieber gleich den direkten Weg zu seiner Hütte. Unerträglich erschien ihm der Gedanke, sie jetzt dabei zu ertappen, wie sie sich schön machte für ihre Freier. Finster setzte er sich auf seine

Bank und starrte vor sich hin. Sein Magen knurrte fürchterlich vor Hunger. Er würde sich doch so wie früher zu den Spieltischen schleichen müssen, um ein Abendbrot von den Plätzen der Betrunkenen zusammenzustehlen. Aber er fürchtete sich vor der Begegnung dort mit ihr und ihrem glockenklaren Lachen.

»Was brütest du hier aus?«, fuhr ihn eine Stimme an. »Unser Fisch ist schon zum zweiten Mal kalt geworden. Ich laufe zur Schmiede, und niemand ist mehr dort. Hast du mich schon so schnell vergessen?«

»Ich dachte, du bist längst bei den …« – Sie drückte ihm die Hand auf den Mund.

»Den ganzen Tag habe ich nur an dich gedacht«, verscheuchte sie seine finsteren Gedanken. »Bei mir hab ich alles hübsch gemacht für den Abend, lass uns endlich essen!« Bedeutungsvoll griff sie nach seiner Hand, öffnete sie und zählte ihm fünf Groschen vor, die sie für den Verkauf der drei anderen Fische bekommen hatte. »Wenn du so weitermachst, können wir allein davon leben«, lachte sie. Auch eine neue Schnur hatte sie ihm gesponnen und von einem Marketender ein geeignetes Öl erstanden.

Zum dritten Mal wärmte sie nun den Fisch auf. Sie hatte auch Brot besorgt und Wein. Auf dem Tisch brannte eine Kerze. Ihre Wärme sprang über auf Bodo, drang tief in die Seele. Doch wie eine eiserne Zange umklammerte ihn dieselbe Frage, die sie am Morgen gestellt hatte: Wie lange mochte ein so unverhofftes Glück anhalten in dieser Welt voller Rohheit und Gewalt? Jeden Moment konnte ein Kerl wie Würfelbecher auftauchen und sie mit sich zerren. »Lass uns zu mir gehen«, beeilte er sich, dem zuvorzukommen. »Dort sucht niemand nach dir.«

Sie verstand seine Sorge, packte ein Bündel für sich zusammen und rief ihn in ihre Hütte. »Dahinten vor dem linken Pfosten«, sie wies mit ihrer Hand darauf, »habe ich vier Dukaten vergraben, eine Elle tief. Du sollst es wissen für den Fall, mir passiert etwas. Aber bitte, gib dieses Geld nicht für andere Frauen aus – bitte.«

Sie ließ ihn nicht zu Wort kommen, als er protestieren wollte gegen einen solchen Verdacht, und schob ihn wieder nach draußen.

Heftig begehrte die Sonne dagegen auf, vom Abendhimmel abtreten zu müssen. Es war, als gab sie ihr Herzblut, um noch verweilen zu dürfen. Sie übergoss damit den westlichen Horizont und färbte die Wolken in schäumendes Rot. Fasziniert schauten beide auf dieses Schauspiel.

In kurzer Zeit änderten sich jedoch die Farben, ein Kampf zwischen Gut und Böse schien auszubrechen. Dunkle Ringe drehten sich ein in das Rotlicht. Das schoss plötzlich empor, als wollte es die Eindringlinge vertreiben. Aber ein finsterer Tunnel, der zunehmend anwuchs, saugte es auf. Nochmals schlug die Helligkeit zurück, wurde aber matter und matter und unterlag. Aufsteigende Rußwolken besiegelten den Kampf.

Nicht zum ersten Mal tauchten in diesen düsteren Jahren solche Himmelserscheinungen auf und erschreckten die Menschen zutiefst. Dass sie häufig im Zusammenhang mit neuen Gräueln gesehen wurden, lag gewiss auch daran, dass ohnehin das Morden nur kurze Pausen machte. Auch Emma und Bodo schrieben den Luftgebilden ein böses Omen zu. Sie verkrochen sich in das Strohlager seiner Hütte und schmiegten sich eng aneinander.

Sie bat ihn um ein Versprechen. »Geh mit mir zu dieser

Rosstrappe, sobald Zeit dafür ist. Oft wurde in der Spinnstube diese Sage erzählt, und ich sah mich dabei als jene Königstochter unter einer goldenen Krone in einem perlenbesetzten Kleid auf einem Schimmel durch die Luft schweben. Es ist die Sehnsucht eines kleinen Mädchens, auf das ohnehin nur das ganz kleine Glück einer Magd wartet, wenn sie einen Knecht findet, der es vielleicht gut mit ihr meint und nicht die Nächte das wenige Geld im Wirtshaus versäuft.«

Sie machte eine Pause, fuhr dann aber fort: »Diese Glückseligkeit blieb mir bereits von vornherein versagt. Doch einmal möchte ich meinen Fuß in diesen steinernen Hufabdruck setzen, mir ein weißes Kleid anziehen und mich wie eine Prinzessin fühlen. Einmal möchte ich mich erheben über all das Elend um mich, einmal frei sein vom nagenden Kummer. Einmal meine Bürde abwerfen. Bitte, versprich es mir. Als ich dich das erste Mal deinen Namen aussprechen hörte, habe ich das als ein Zeichen gesehen. Lass mich eins werden mit dieser Rosstrappe, dann findet mein Leben vielleicht doch noch einen Sinn.«

Als er es ihr fest zusicherte, spürte er zum dritten Mal ihre Lippen, und endlich war Zeit, sich ihnen ganz hinzugeben. Betäubt vom Geruch ihres Haars, der Wärme ihrer Haut, den sanften Berührungen, sammelte er diese Gefühle ein und speicherte sie als Erinnerung, so wie ein Mönch kostbare Schriftrollen sorgsam wegschließt. Nichts darf ich auslassen, spornte er sich an, nichts je wieder vergessen von diesen trudelnden Glücksmomenten.

Leise schrie sie auf, so fest umklammerte er sie, als wollte er sie umarmen für die Ewigkeit. Doch dafür reichte seine Kraft nicht aus. Schon trat ein, was sie beide vorausgesehen hatten: Durch die Sanduhr ihres Glücks flohen die letzten Körner.

Ein Horn blies Alarm. Viel zu spät. Zwei Schwadronen des kaiserlichen Generals Piccolomini hatten bereits die Wachposten überrannt und sich über das gesamte Lager des Trosses verteilt. Sie nahmen Rache für den Raub ihrer Marketenderwagen am Vortag. Eine Schwadron schwärmte am Flussufer entlang aus bis zur Hütte Bodos, die ihnen als Markierung dienen sollte. Sie hatten um ihre Pfosten Anker gelegt, rissen sie mit den Pferden aus dem Boden und warfen Fackeln in sein Strohlager, das sofort Feuer fing.

Mit aller Kraft stieß Bodo die aufgesprungene Emma aus dem Lichtkreis der brennenden Hüttenreste ins Dunkle. Er griff nach einem der herumliegenden Bretter und schleuderte es gegen die Reiter. Im Nu verschwand er unter einem Pferd und löste die Sattelriemen. Im selben Moment, als der Reiter Hilfe schreiend abrutschte, schwang er sich auf den nackten Pferderücken und sprengte davon in Richtung Fluss. Er hoffte, genug Verwirrung gestiftet zu haben, damit Emma Zeit fand, sich zu verstecken. Als er mit dem Pferd in den Fluss springen wollte, scheute es und warf ihn ab.

Wie in der Sage, schoss es Bodo durchs Hirn. Seine Verfolger warfen ihm Fackeln nach, die zischend neben ihm im Wasser verloschen. Doch reichte ihr Licht noch, um ihn sehen zu können. Er hörte die Pistolenschüsse, die Kugeln peitschten um ihn herum auf das Wasser ein. Tauchend ließ er sich treiben und wusste, dass bald der Bacheinlauf kam, den sie nicht überwinden konnten. Ein paar Hundert Schritt, und er war in Sicherheit.

Zwei Reiter setzten ihm nach. Sie wollten ihn überholen und an einer seichten Stelle auffischen. Doch die Bacheinmündung war so tief, dass sie nicht weiterkamen. Dort schwamm Bodo im Schutz der Dunkelheit ans Ufer. Die Reiter dagegen hoben sich vor dem Feuerschein als scharfe Silhouetten ab. Beim Erklettern der Uferböschung ertastete Bodo große Kieselsteine. Mit ihnen schlich er sich an und warf mit aller Kraft. Lautlos fing den ersten Stein die Nacht, auch den zweiten. Beim dritten brüllte einer der Reiter auf und stürzte zu Boden. Der andere saß ab, zerrte den Verletzten bäuchlings über sein Pferd und zog sich schleunigst zurück.

Bodo wäre hier völlig in Sicherheit gewesen. Doch zog es ihn nun mit Macht zu seiner zerstörten Hütte. Es war die einzige, die an dieser Stelle des Lagers brannte. Verzweifelt suchte er im Dunkeln nach Emma, lief immer wieder durch die Gassen der Bretterbuden, bis er über etwas stolperte. Es war ein Körper. Er griff in dickes volles Haar. Emma. Ihren Namen schreiend, schleppte er sie in das Licht seiner verglühenden Behausung. Sie antwortete nicht.

Als er sie auf den Boden legte, spürte er den Abdruck eines Pferdehufs tief in ihrem Rücken. Die Rippen mussten zersplittert und in die Lunge eingedrungen sein. Aus dem Mund drang schäumendes Blut in der Farbe des Sonnenuntergangs vor ein paar Stunden. Er rief nach einem Feldscher, wusste aber ohnehin, dass die sich zuerst um die Soldaten kümmern mussten und ohnehin keinen Rat gewusst hätten bei den schlimmen inneren Verletzungen, die sie erlitten hatte. Ein leises Röcheln drang aus ihrer Brust, also lebte sie noch. Hastig holte er Wasser aus dem Fluss und wusch ihr das blutüberströmte Gesicht. Sie schlug die Augen auf. Als sie ihn erkannte, lächelte sie für einen Moment.

Ihre Hand griff nach der seinen. »Erinnerst du dich noch an dein Versprechen?« Er spürte, wie sehr sie jedes Wort quälte.

»Sei still«, verlangte er, »schone dich.«

Noch kräftiger umklammerte sie seine Hand. »Du musst

mit ihr diese Rosstrappe ertasten«, flehte sie ihn an. »Ganz gleich, wo ich bin, wird meine Hand dabei in der deinen liegen, ich werde dasselbe spüren wie du. Versprich es mir, ja? Bitte erfülle den großen Wunschtraum des kleinen Mädchens Emma.«

Dann begann sie zu fantasieren. Sie sah ihn angeln unten im Tal der Bode. Am Haken hatte er, wonach vor ihm schon so viele getaucht sind: ihre schwere goldene Krone. Sie sah sich mit ihm in einer prächtigen Kutsche zurück in ihr Heimatdorf fahren.

Noch einmal öffnete sie die Augen. »Rufe nach dem Schulzen und dem Pfarrer, lass sie einen tiefen Diener machen, wenn ich aussteige. Hole all die garstigen Frauen und Kinder, lass sie antreten wie beim Gassenlaufen …«

Schlaff entglitt ihm ihre Hand. Er drückte ihr die Lider zu, warf sich neben sie und heulte wie in seinen schlimmsten Tagen als Trossjunge. »Nun bin ich doch nur dein schwarzer Wachhund. Du hast mich abgewiesen, wie in deiner Sage.«

Die ganze Nacht noch lag er totenstill neben ihr. Schließlich richtete er sich auf und schwor mit der Hand, die sie bis zu ihrem letzten Atemzug fest umklammert hatte, sein heiliges Versprechen zu halten. »Und sollte es das Letzte sein, was ich mit diesem beschissenen Leben mache!«

Heimkehr

Als sie die Augen aufschlug, sah sie, dass sie völlig nackend war. Ich bin im Himmel, glaubte sie. Doch irgendwie erschien ihr das unangenehm, vor allem wenn sie an all die alten Leute dachte. In ihrer Vorstellung schwebten bis dahin die Seelen körperlos durch das Paradies. Brauchen die Krüppel dann selbst im Jenseits ihre Krücke noch, überlegte sie. Dass jeder seinen Leib behält, haben die Pfarrer nie so richtig erklärt, sie wissen wohl doch vieles nicht.

Mit Bedauern wollte sie nach unten schauen, zur Erde hinab. Doch sah sie keine Wolken, nur einen Haufen trockener Blätter, die der Wind vom letzten Herbst an dieser Stelle zusammengefegt hatte. Irgendwas pikte. Nicht grad der Garten Eden, sie war enttäuscht. Und noch viel irdischer erschien ihr alles, als sie ihre Kleider sah, die im Geäst über ihr baumelten. Als sie sich zur Seite wandte, schrie sie auf.

Die Hexe!

Sie saß an den nächsten Baum gelehnt und döste, zumindest bis zu dem gellenden Schrei. Die blutige Dornenkrone, die Helena vor dem Versinken im Moor als Letztes wahrgenommen hatte, schien allerdings nur ein rotes Kopftuch gewesen zu sein, dafür aber ein wirklich knallrotes. Jetzt schaute sie herüber. Instinktiv drehte Helena sofort den Kopf weg. Auf keinen Fall darfst du in die Augen einer Hexe blicken, hatte einst die Mutter gewarnt, sonst bekommt sie Gewalt über dich.

Erschauernd gestand sich Helena ein, statt im Himmel noch immer im Moor und dieser bösen Frau hilflos ausgeliefert zu sein. »Was willst du Hexe von mir?«, fragte sie dumpf.

»Hexe? – Nun ja«, zeigte sich die andere sehr betroffen. »Ein Dankeschön, weil ich dir das Leben rettete, habe ich ohnehin nicht erwartet. Dass du mich als Hexe beschimpfst, verdiene ich jedoch nicht. Schließlich habe ich Kopf und Kragen riskiert, um dich aus dem Moor zu zerren.«

Helena wagte nun doch einen Seitenblick. Erst jetzt fiel ihr auf, dass die Frau dort auch nur zur Hälfte bekleidet war und ihre Röcke zum Trocknen aufgehängt hatte. So nass geworden zu sein, zeugte nicht von überirdischen Kräften. Nun kreuzten sich ihre Blicke, und Helena erkannte diese Schwärze in den Augen wieder, die ihr aber jetzt samtweich erschien.

Zumindest hielt es das Mädchen für angemessen, sich zu entschuldigen. »Ich bin völlig durcheinander. Was ist eigentlich passiert, wieso scheint wieder die Sonne?« Sie versuchte, sich zu erinnern, und war sich sicher, dass um sie herum Nebelschwaden zogen und Finsternis herrschte, als sie versank. Genauso wie in den Spukgeschichten, die an jenem Abend in der Hütte des Pfarrers erzählt worden waren.

»Die ganze Zeit schon brannte die Sonne vom Himmel, auch als ich dich gefunden hatte«, bekam sie zur Antwort. »Was aber passiert ist, weißt du wohl besser als ich. Im Übrigen solltest du dich einmal anschauen und dir die Haare waschen. So wie du aussiehst, kämst du noch vor mir auf den Scheiterhaufen.«

Helena fasste sich ins Haar und erschrak aufs Neue. Moos und Flechten hingen darin, getrockneter Moder hatte es ganz steif werden lassen. Mit diesem Kopfputz und völlig nackt musste sie tatsächlich selbst einer Hexe ähnlich sehen.

Sie ging zu einer der Wasserlachen am Rande des Hochmoores, kniete sich hin und wusch sich, so gut es ging. An ihrem schwankenden Gang zeigte sich, dass sie noch immer sehr benommen war. Einen Teil ihrer Wäsche hatte die Sonne inzwischen getrocknet, sodass Helena zumindest ihre Blöße bedecken konnte und dadurch langsam etwas Selbstsicherheit zurückgewann.

»Also noch mal ganz von vorn«, nahm sie das Gespräch von ihrem Blätterhaufen aus wieder auf. »Ich heiße …«

»… Helena«, fiel ihr die Fremde ins Wort.

»Du bist doch eine Hexe«, fuhr sie herum. »Woher kennst du meinen Namen?«

»So wie dich dein Vater mir beschrieben hat, habe ich dich auf Anhieb erkannt, selbst als nur dein Kopf aus dem Moor schaute.«

Sofort war Helena auf den Beinen. »Was weißt du über meinen Vater? Lebt er?«

»Gewiss, er stand ja unter meinem Schutz und ist nun wieder hier.«

Helena verschlug es die Sprache. Dann aber wurde ihr schlagartig alles klar: »Du!«, schrie sie jetzt hysterisch und richtete die volle Länge ihres Armes und den ausgestreckten Zeigefinger wie eine Lanze auf sie. »Du hast ihn entführt, gemeinsam mit diesem mordenden Söldnerhaufen! Du bist diese verfluchte Zigeunerin!«

»Eben noch war ich eine Hexe, jetzt bin ich eine Zigeunerin, eine verfluchte dazu, wofür können wir uns denn nun entscheiden?«, fragte die Frau zerknirscht. »Vielleicht hilft es ja, wenn ich mich vorstelle, ich heiße mit christlichem Namen Frowe.«

»Frowe«, wiederholte Helena und wollte ausholen zu einer ganzen Schimpfkanonade. Der aber versperrten jetzt die Tränen den Weg. Helena ließ sich wieder in den Blätterhaufen fallen, drückte die Hände vor ihre Augen und konnte sich nicht mehr bändigen. Ihr Körper bebte unter dem Weinkrampf.

Vorsichtig näherte sich Frowe. Sie umfasste ihren Kopf und streichelte zärtlich über das Haar, so wie früher die Mutter. Fast wäre ihr Helena um den Hals gefallen. Doch instinktiv stieß sie die Frau weg.

»Zum Teufel!«, rief sie und biss sich sogleich auf die Lippen. »Schon wieder habe ich geflucht«, bekannte sie reumütig. »Andere tun das täglich, ich aber verfluchte nur unsere abgelegene Quelle und die Wasserschlepperei und wurde sofort bestraft. Dieses Fluchen hat mich hierhergeführt bis in das Moor, so wie ich das zuvor beständig schon geträumt habe. Und nur du bist daran schuld. Wäre mein Vater da gewesen und ich nicht so völlig allein, wär das alles gar nicht passiert.«

Frowe versteinerte. Wie oft hatte sie sich schon Vorwürfe gemacht, ausgerechnet einen Familienvater in ihr Vorhaben einspannen zu wollen. Sollte sie dem Mädel jetzt allen Ernstes erklären, dass sie sich von einem Zeichen leiten ließ? Sie musste lügen, damit sich nicht alles noch verschlimmerte. Von großem Vorteil war zudem, dass Tönges, den sie inzwischen längst überzeugt hatte, seine Retterin gewesen zu sein, bei diesem erneuten Verhör nicht dabei war und somit nicht auf Unstimmigkeiten stoßen konnte.

Zu den zahlreichen Varianten vom Totschlag der beiden Kroaten, die sich Helena von allen Augenzeugen bereits angehört hatte, kam jetzt eine weitere hinzu. Danach hätte es lediglich den Ausweg gegeben, alle Aufmerksamkeit auf ihren Vater zu ziehen, um vom Verschwinden der beiden Kroaten abzulenken. »Es wäre euch schlimm ergangen«, malte Frowe das über einen Monat zurückliegende Ereignis aus. »Sie hätten aus Wut über den Tod ihrer Kumpane nicht nur deinen Vater massakriert sowie die Männer neben ihm. Da die Leute aus eurem Nachbardorf garantiert nicht die Rache über sich ergehen lassen wollten, hätten sie auf euer Nest gezeigt. Das wäre jetzt nur noch Schutt und Asche. – Weil ich euch alle gerettet habe, verfluchst du mich?«

Helena verstand die Welt nicht mehr. Sollte sie tatsächlich dieser Frau plötzlich dankbar sein, die sie bislang in die Hölle wünschte. Sie wäre die Retterin ihres Vaters und nun auch noch von ihr selbst?

»Moment«, warf sie ein. »Es geht doch wohl hier nicht mit rechten Dingen zu. Nehmen wir einmal an, die Geschichte vom Juli hat sich wirklich so zugetragen. Wie konntest du mich aber hier finden? Du bist völlig fremd, nicht mal den Einheimischen wäre eingefallen, mich am Bettler zu suchen. Nur selten wagt sich jemand hierher. Außerdem dürfte mich bis jetzt niemand vermissen. Ich habe keinem gesagt, was ich vorhatte.«

»Was hattest du denn vor?«, stellte Frowe eine Gegenfrage.

»Lenk bloß jetzt nicht ab!«, beharrte Helena. »Hexerei hat mich hierhergeführt, da war eine Stimme, und ich wie von Sinnen. Wer hier auf mich wartete, der hat mich auch in das Moor gelockt. Du hast hier gewartet!«

»Von Sinnen warst du, in der Tat«, ließ sich Frowe nicht aus der Fassung bringen. »Ich hab dich beobachtet, wie du dich im Kreis drehtest und über die festen Inseln immer tiefer ins Moor gesprungen bist. Du wärst längst tot, wäre ich dir nicht gefolgt. Doch du wirst es mir nicht danken.«

Nach einer Pause fügte sie fest und bestimmt hinzu: »Du wolltest dir das Leben nehmen, und ich habe dich zurückgeholt.«

Das haute Helena um. »Ich fasse es nicht«, rang sie nach Worten. »Von all dem, was du mir bislang vorgemacht hast, glaube ich dir kein einziges Wort mehr. Warum, um alles in der Welt, sollte ich mich umbringen wollen?«

Frowe nahm sie nun Maß und schaute ihr direkt in die Augen: »Wegen eines Kerls.«

»Eines Kerls?«, kreischte Helena und geriet völlig außer sich, als ihr auch noch dessen Name an den Kopf geworfen wurde.

»Wegen David!«

Quer über das Gesicht wollte Helena der Fremden kratzen und bemerkte jetzt erstaunt, wie groß die Frau war. »Hexe!«, fauchte sie erneut. »Hexe! Niemand weiß von mir und David, ich bin mir nicht mal sicher, ob er es selbst überhaupt weiß. Du liest meine Gedanken!«

»Ach, Mädchen«, entgegnete Frowe. »Du selbst hast mir seinen Namen genannt.«

»Mit keinem Wort«, versicherte sie. »Ich weiß doch wohl noch, worüber ich mit dir geredet habe. Du hast dich endgültig verraten!«

»Als du in das Moor gelaufen bist, hattest du ständig diesen Namen im Mund. Immer wieder riefst du nach David. Du musst dich nicht schämen, du bist wahrlich nicht die Erste, die wegen eines Mannes ins Unglück stürzt und sich als Selbstmörderin obendrein um ihr Seelenheil bringt.«

Perplex verharrte Helena. »Du sorgst dich um mein Seelenheil?« Sie ließ sich nochmals in den Blätterhaufen fallen, erstickte aber die neuen Tränen und sprang sofort wieder hoch, um nach der Wäsche zu schauen. Sie war weitgehend trocken, also zog sie sich an.

Seufzend griff auch Frowe nach ihren Röcken. »Lass uns zurück zur Schmiede gehen, zu deinem Vater. Hoffentlich kann er besser für mich bürgen als ich selbst«, sagte sie resigniert.

»Dann sage mir endlich, wieso du völlig allein ohne meinen Vater und weit weg vom Dorf durch den Wald streunst und mich dabei findest. Das kann kein Zufall sein«, beharrte Helena auf ihren Zweifeln.

»In diesem Fall hast du wohl recht«, räumte Frowe ein. »Vielleicht sind wir derselben Stimme gefolgt?«

Schweigend gingen sie ein Stück nebeneinanderher. Auf der

Heerstraße, die sie inzwischen erreicht hatten, spürte Helena jeden spitzen Stein unter den nackten Fußsohlen. Verstohlen musterte sie die Beine der Frau neben sich, die sich mitten im Sommer den Luxus von Schuhen erlaubte.

Realität und Scheinwelt verschoben sich nach wie vor ineinander. In ihrem Hirn überschlugen sich die abstrusesten Gedanken. Einer allerdings begann, Gestalt anzunehmen, und drängte sich ihr mit Macht auf: »Willst du etwa an die Stelle meiner Mutter treten?«, fragte sie abrupt.

Frowe sah sich nun gänzlich in die Enge gedrängt durch die Fragen von Tönges' Tochter. Nicht eine konnte sie ihr wirklich beantworten. So hilflos wie jetzt kam sie sich schon seit Langem nicht mehr vor.

»Das kann ich nicht entscheiden«, wich sie schließlich aus. »Das liegt ganz bei euch. Bei dir, Volker und Ide.« Doch im selben Moment wusste sie, dass sie die Kinder nie für sich gewinnen konnte, wenn sich Helena ihr weiterhin verschloss. Deren Vertrauen konnte sie nur gewinnen, wenn sie sich selbst öffnete, auch wenn es ihr schwerfiel, ihren Panzer abzulegen, der sie über die Jahre so lange zuverlässig geschützt hatte.

Frowe blieb stehen und wickelte erstmals in Gegenwart eines anderen Menschen ihr Kopftuch ab. Es war eine langwierige Prozedur, denn sie hatte das Tuch so kunstvoll verschnürt, dass es selbst einem heftigen Handgemenge standgehalten hätte. Verwundert schaute ihr Helena zu und überlegte, was sie damit wohl bezweckte. Ihr kam in den Sinn, dass sie womöglich teuren Schmuck darunter verbarg, mit dem sie Eindruck schinden wollte. Sollte das zutreffen, würde sie diesem Weib erst recht nicht mehr über den Weg trauen und ihren Vater drangsalieren, sie vor die Tür zu setzen.

Zum Vorschein kam jedoch lockiges Haar, kein schwarzes,

wie Helena dies bei einer Zigeunerin erwartete. Der Kopf glühte beinahe so wie das Kopftuch, dieses Haar schien in Flammen zu stehen. Helena blieb mit offenem Mund stehen. War das schon wieder Zauberei? Frowe hatte sich an den Straßenrand gesetzt. Bewusst wollte sie damit den Unterschied der Körpergröße aufheben, um auf Augenhöhe mit dem Mädchen reden zu können.

»Du siehst richtig«, setzte sie nun an. »Ich habe die Augen einer Zigeunerin, aber leuchtend rotes Haar, was wiederum ein bisschen hexenhaft wirkt. Doch bin ich weder das eine noch das andere. Aufgewachsen bin ich im Böhmischen als Tochter eines angesehenen Kaufmanns. Vor mir lag ein unbeschwertes Leben. Bis zu meinem zehnten Geburtstag, an dem die Katastrophe in Prag begann. Davon spürte ich zwar noch nichts, doch zwei Jahre später war ich schon eine Bettlerin.«

Helena hatte bislang noch nichts gehört von jenem Fenstersturz der katholischen kaiserlichen Räte, die von den erzürnten Vertretern der protestantischen böhmischen Stände kurzerhand aus der Prager Burg geworfen worden waren. Man stritt sich um die Nutzung einer Dorfkirche und befürchtete, dass Ferdinand II., König von Böhmen und streng katholischer habsburgischer Erzherzog, die bislang gewährte Religionsfreiheit einzuschränken gedachte.

In diesem Mai 1618, so erzählte Frowe weiter, wurde die Lunte entzündet, die später das ganze Land in Brand setzte. Böhmens Protestanten wählten sich einen eigenen König, was der Wiener Hof natürlich nicht zulassen durfte. Auch die ausländischen katholischen Mächte traten umgehend auf den Plan sowie sämtliche protestantischen Reichsfürsten, die wiederum um ihre Macht fürchteten.

»Als eines der ersten«, tauchte Frowe in die Erinnerung ihrer Kindheit ein, »ging in den Kriegswirren nach der Eröffnungsschlacht am Weißen Berg vor den Toren Prags unser Haus in Flammen auf. Wir verloren alles und mussten flüchten. Rettung erwarteten wir bei einem Oheim, den ich bis dahin nicht kannte und den ich wohl auch nie mehr treffen werde. Längst habe ich seinen Namen vergessen und wo er wohnte. Auf dem Weg zu ihm wurden wir erneut überfallen. Es war Nacht, ich erhielt einen Schlag über den Kopf und verlor das Bewusstsein. Das Erwachen war das schlimmste in meinem Leben.«

Frowe schilderte, dass sie am Ersticken war. Sie bekam keine Luft unter der Last, die auf sie drückte. Gerettet hatte sie schließlich ihr Husten. Daraufhin wühlte sich jemand durch den Leichenberg, unter dem sie lag, und zerrte sie hervor. »Die entstellten Gesichter der Toten, das Blut überall, die zerschmetterten Schädel, die an mir vorbeiglitten, verfolgen mich bis heute in meine Träume. Ich war nicht mehr in der Lage, nachzusehen, ob meine Eltern und Geschwister auf diesem Haufen lagen. Bis jetzt weiß ich nichts über ihr Schicksal, und es quält mich nach wie vor, mir damals keine Gewissheit verschafft zu haben.«

»Lass uns weitergehen«, bat sie schließlich, »wir haben noch einen weiten Weg vor uns und können uns ja auch beim Laufen unterhalten.«

Mit einer Schar Kinder, ebenso entwurzelt wie sie selbst, ging sie damals betteln. Die Frau eines Wirts nahm sie schließlich bei sich auf. »Es gab gewaltigen Zoff deswegen«, erinnerte sich Frowe. »Der Wirt geriet fast außer sich, warum er diese Hungerleiderin durchfüttern solle, und ich war voller Dankbarkeit gegenüber seiner Frau, die sich durchsetzte. Viel später erst erkannte ich, dass sie in der Körpergröße der Zwölfjährigen und ihrem starken Knochenbau eine billige Arbeitskraft erkannt hatte. Sie ließ mich schuften bis zum Umfallen.«

»Wie wurdest du zu einer Zigeunerin?«, wollte Helena nun wissen.

»Das ist eine lange Geschichte«, antwortete Frowe. »Aber ich bemerkte, dass mich als Marketenderin die Furcht vor den geheimnisvollen Flüchen der Zigeuner besser beschützte als mein Ruf, nicht zu betrügen. Außerdem konnte ich mich so auch der Aufdringlichkeit der Kerle erwehren.«

Frowe bemerkte, wie Helena an etwas kaute und nicht wagte, damit herauszurücken. Folglich machte sie ihr Mut. »Frage mich ruhig. Wie sonst soll zwischen uns jemals Vertrauen wachsen können?«

»Lassen wir mal die Hexen und Zigeunerinnen ganz beiseite«, holte Helena weit aus. »Wenn du einziehen willst in unser Dorf und die Leute erfahren, dass du eine aus dem Tross bist, wirst du mit noch ganz anderen Vorwürfen konfrontiert.«

»Denen einer Hure«, sagte Frowe voll Bitterkeit. »Dem Ersten, der mir damit kommt, breche ich die Knochen. Glaube mir, ich kann mich selbst wehren, ohne deinen Vater mit reinzuziehen. Wer es schafft, besoffene Landsknechte in die Schranken zu weisen, wird doch wohl mit ein paar Bäuerlein fertig.«

Helena seufzte und sah voraus, dass man sie nicht in die Kirche lassen werde, schon gar nicht in die geheime Fluchtburg, die sie fortan ja an ihre früheren Verbündeten verraten könnte.

»Das hat man deinem Vater schon deutlich genug gesagt, als er mit mir eintraf«, las Frowe Lenes Gedanken. »Wir müssen darum jetzt auch bis zur Schmiede laufen, wohin dein Vater Volker und Ide längst geholt haben dürfte.«

Die beiden hatten sich noch viel zu erzählen auf dem Weg, dennoch brach das Eis zwischen ihnen nicht. Als sie sich der Schmiede näherten und Frowe ihr Kopftuch wieder umband, fiel Helena schon von Weitem der Marketenderwagen neben dem Haus auf. Und das freudige Wiehern eines Hengstes, der seine Herrin begrüßte. Waldmann kam mit seinem Gebell kaum gegen ihn an. Er war so von dem Pferd abgelenkt, dass er Helena erst bemerkte, als sie schon fast vor ihm stand. Mitten in der Drehung, aus der er ihr entgegenstürzen wollte, hielt er jedoch inne, irritiert von der Fremden. Und auch Helena, die bereits ansetzte, sich hinzukauern, um ihn zu liebkosen, verharrte.

Oje, dachte Frowe. Schon wieder eine dieser Prüfungen. Sie wartet auf das Urteil ihres Hundes. Ob er mich anknurrt oder akzeptiert. Waldmann schaute von einer zur anderen. Dann aber sprang er auf die beiden zu und ließ sich auch von der Fremden streicheln.

Helena fieberte vor Aufregung, als sie den Trittstein zur Schmiede unter sich spürte. Sie flog beinahe zu dem benachbarten Raum der Werkstatt, in dem sich jetzt die Familie wieder vereinen sollte. Mit einem Schrei fielen sie einander in die Arme. Doch als der Vater seine Tochter herzen wollte, stieß er auf kühle Distanz. Etwas war zwischen sie getreten. Auch Frowe spürte dies sofort, während sie stumm im Türrahmen stehen geblieben war, und erstarrte zunehmend.

Betroffen schaute sie sich in dem Raum um. Schwarz vor Ruß glänzten die Wände, nicht nur als Folge des Kochens und Heizens, sondern gewiss auch durch den eindringenden Rauch des Schmiedefeuers. Ein hohles Loch zeigte sich da, wo sich früher das Fenster befand; es fehlte nicht nur das Glas, sondern auch der komplette Rahmen. Wo er einst saß, bröckelte bereits die Lehmwand. Nachts wurde dieses Loch einfach mit Stroh zugestopft.

Kein Tisch, kein Stuhl luden zum Sitzen ein. Kein Schrank nahm Geschirr auf, keine Truhe Wäsche. In den Ecken lag loses Stroh zum Schlafen, es war nicht mal in Säcke gefüllt, um zumindest eine Ahnung von einer Ordnung zu vermitteln. In der Kochstelle, einem in die Außenwand eingelassenen Kamin, dümpelte trostlos ein von allem anderen Hausrat allein gelassener Kochtopf vor sich hin. In diesem Raum hockte die Familie. Zwar gab es noch zwei Stübchen unter dem Dach, unter dem Tönges den Vorrat an Holzkohle und Schmiedematerial lagerte. Diese zwei Räume jedoch, so hatten sie sich geschworen, blieben der Mutter vorbehalten bis zu ihrer Rückkehr.

Frowe schluckte, ihr wurden die Knie weich. Sie wehrte sich gegen das, was sie sah. »Hier kann es doch kein Mensch aushalten, da ist ja jeder Schweinekoben gemütlicher«, machte sie sich Luft.

Helenas blaue Augen färbten sich grau, als sie antwortete: »Das habt ihr aus uns gemacht. Zum Fürchten müssen unsere Häuser aussehen, sodass jeder Soldat sofort angeekelt weiterzieht und sich auf keinen Fall einquartieren lassen will. Wehe dem Ort, wo sich die gefräßigen Heuschrecken niederlassen. Dort bleibt nichts übrig, keine Reserven für den Winter, kein Saatgetreide, kein Vieh. Es ist sogar besser, die Pest im Dorf zu haben, damit dieses Räuberpack fernbleibt.«

»Da fällt mir ein, dass wir schleunigst das Pferd wegbringen müssen, das mit seinem Wiehern meilenweit Räuber anlockt«, meinte Ide besorgt. »Am besten, wir verkaufen es, solange wir noch Zeit dafür haben«, bestärkte ihn Volker und ergänzte, dass es im Winter sowieso kein Futter gäbe.

Die kaltschnäuzige Abfuhr der beiden Jungs, die bislang

noch kein Wort der Begrüßung an sie gerichtet hatten, gab Frowe den Rest. Sie rannte nach draußen. Als ihr Tönges folgte, hörte er das Schluchzen aus dem Wagen. Er solle sich zurück zu seiner Familie scheren, rief sie ihm zu, während er auf den Wagen klettern wollte. Sie brauche jetzt Zeit, um wieder zu sich zu finden.

Tönges ging wortlos zurück. Vielleicht war es ja wirklich besser, zuerst ohne sie mit den Kindern zu sprechen.

Sie war dagegen drauf und dran, ihr Pferd einzuspannen und wieder abzureisen in das Feldlager. Was sie abhielt, war die Gewissheit, allein keine zwei Meilen weit zu kommen. Herwärts wurde sie immerhin noch bis kurz vor das Dorf von einer Schar bewaffneter Reiter eskortiert, die sie gut dafür bezahlte. Außerdem riet ihr der Trossführer zum Abschied, sich nie wieder blicken zu lassen. Das war alles andere als eine leere Drohung.

Noch bis vor Kurzem war sie völlig überzeugt, dass der Krieg in den letzten Zuckungen liegt, und es höchste Zeit würde, mit dem Herumziehen Schluss zu machen und wieder Wurzeln zu schlagen. Doch so grausam wie soeben war sie schon lange nicht mehr aus ihren Träumen gerissen worden. Ihr Wunschgerüst brach mit Getöse zusammen. In dieser schmutztriefenden Höhle und seelischen Kälte leben zu sollen, war für sie unvorstellbar.

Hinter dem Rücken ihres Vaters war auch Helena nach draußen gehuscht, um mitzubekommen, wie nah er dieser Frau eigentlich stand. Als ihr Vater gleich wieder kehrtmachte, verdrückte sie sich ins Dunkle der hereingebrochenen Nacht. Dort hörte sie ihren Namen und erschauerte. Lockte sie schon wieder diese Stimme fort?

»Ich bin's, David«, vernahm sie jetzt und konnte einen

Freudenschrei nicht unterdrücken. Sie stürzte in seine Arme. »Was habe ich für Ängste um dich ausgestanden«, raunte sie ihm zu. »Ich bin der Pferdespur in den Wald gefolgt, um dich zu suchen, und wäre fast im Moor ertrunken.«

Er presste sie an sich, und seine Worte überschlugen sich wie die ihren, sodass sie einander unmöglich verstehen konnten. »Warum stehen wir eigentlich hier draußen, als müssten wir uns verstecken?«, rief sie. »Mein Vater will uns gerade schonend beibringen, dass er eine fremde Frau angeschleppt hat. Einen besseren Zeitpunkt, dich vorzustellen, kann es gar nicht geben«, war sie sich sicher, schnappte ihren Liebsten an der Hand und zerrte ihn hinter sich her in die Schmiede.

Dort saß ihr Vater auf dem Stroh und wurde von seinen Söhnen mit Fragen bombardiert nach den erschlagenen Kroaten, der Zeit bei den Soldaten und natürlich nach dieser Frau. »Da wir gerade bei der Familienvergrößerung sind«, platzte sie dazwischen. »Das ist, falls ihr ihn noch nicht kennt, David, der älteste Sohn des Sägemüllers.«

Volker stöhnte auf. Der Vater musste sich von Ide das Ganze nochmals wiederholen lassen und glaubte dann immer noch, sich verhört zu haben. »Einen Monat war ich nur weg, und schon geht hier alles drunter und drüber. Weißt du eigentlich, wie alt du bist?«

»Und wie alt ist die da draußen?«, schoss sie zurück. »Ich bin sicher, du hast keine Ahnung. Sag mir doch mal, welche Haarfarbe sie hat. Wetten, dass du auch das nicht weißt? Aber du bringst sie mit nach Hause. Oder führt sie dich inzwischen am Nasenring? Was habt ihr beiden eigentlich vor? Soll sie unverheiratet mit dir unter einem Dach wohnen? Denn heiraten kannst du ja wohl nicht schon wieder, solange du nicht weißt, ob du Witwer bist.«

»Helena!«, donnerte ihr Vater. »Wie sprichst du mit mir?«

»Wie mit einem Kind«, bürstete sie ihn ab. »Denn selbst als Fünfjährige würde ich nicht solche Torheiten begehen wie du gerade.«

Peinlich berührt stand David daneben und hielt es für das Klügste, sich schleunigst wieder zu verabschieden. »Du setzt dich jetzt!«, herrschte sie ihn an.

»Hör genau zu«, scherzte Tönges, »damit du siehst, wer hier wen am Nasenring führt und was dir bevorsteht, wenn du dich mit meiner Tochter einlässt.« Dabei schlug er die Hände über dem Kopf zusammen: »Sie hat ja so recht.«

Die Tür flog auf. Mit noch rotgeweinten Augen trat Frowe herein. Sie war bereit, den Kampf wieder aufzunehmen. »So bleibt das hier aber nicht«, rief sie und trug als Erstes den Tisch aus ihrem Wagen. »Ein paar Bretter finden sich bei mir auch noch, ein paar Steine oder Holzklötze als Unterlagen werdet ihr wohl haben, damit wir zumindest auf Bänken sitzen können.« Schon war sie wieder weg, kam zurück mit einem Tischtuch und einem großen Krug Bier. Dann stellte sie Brot und einen Schinken auf den Tisch, griff sich den Topf vom Rost und goss etwas Bier hinein.

Auf den fragenden Blick Davids antwortete sie: »Denkst du, mein Pferdchen säuft nur Wasser? Außerdem muss ich es erst einmal beruhigen, nach dem, was es da über den Verkauf zu hören bekam.« Und als hätte es draußen gelauscht, wieherte das Tier wie aufs Stichwort. »Das mit dem Verkauf schlagt euch ganz schnell wieder aus dem Kopf. Ihr werdet wohl im Dorf noch ein Pferd gebrauchen und verstecken können. Außerdem habe ich da noch jemanden an meiner Seite«, kündigte sie an.

Nach ein paar Minuten kam sie von ihrem Hengst zurück

mit einem Kolkraben auf der Schulter. »Herr im Himmel«, flüsterte Volker. »Hat sie auch noch einen schwarzen Kater?«

»Nein«, sagte sie. »Aber mein Rabe ist zehnmal klüger und wachsamer als dein Waldmann da draußen. Würdest du versuchen, in meinen Wagen einzudringen, schlüge er dich in die Flucht. Er hat mich vor vielem Ungemach bewahrt, und glaubt mir, ihr werdet ihn noch schätzen lernen. Seine Treue hat mich davon abgehalten, mich vorhin zu erschießen. Ich war völlig am Ende, als er plötzlich auftauchte und sich laut schimpfend auf den Lauf meiner Pistole setzte.«

Tönges erblasste, nicht minder Helena.

»Du hast eine Pistole?«, fragte Ide ungläubig.

»Lieber Ide«, entgegnete sie. »Ihr fürchtet euch vor den Landsknechten, wenn ihr einmal in einem halben Jahr welche zu sehen bekommt. Ich hatte sie täglich um mich herum. Ihr werdet jetzt auch sagen, dass das verlorene Liebesmühe ist, Tisch und Stühle aufzustellen, weil nach dem nächsten Truppendurchmarsch sowieso alles wieder zu Bruch geht und ihr das schon so oft durchgemacht habt, dass ihr auf dem Fußboden lebt. Seid froh, dass ihr jemanden gefunden habt, der von Neuem anfängt. Morgen kratzen wir den Ruß von den Wänden und kalken sie weiß. Das sieht ja aus wie in einem Grab.«

Helena fühlte sich angegriffen als Hausfrau. »Mit dem Ruß einer Schmiede kannst du es ebenso wenig aufnehmen wie mit dem Pech in der Hölle«, meinte sie lakonisch, und da niemand Anstalten zum Essen machte, gab sie das Zeichen zum Tischgebet. Scherzend begehrte Tönges nochmals auf, dass dies wohl allein ihm als dem Hausherrn zukomme, fügte jedoch scheinbar erleichtert hinzu, dass sich ja künftig nun andere herumkommandieren lassen müssten.

»Genau«, bestätigte Helena mit bereits vollem Mund und

erteilte sogleich David das Wort, von dem sie endlich hören wollte, wie der Angriff abgelaufen war und ob er der Pferdespur folgen konnte, die sie völlig in die Irre geleitet hatte.

Er druckste herum, gab dann aber zu, ebenso die Orientierung verloren zu haben. »Anfangs liefen wir ja zu zweit dem toten Dragoner hinterher …«

»…du bist einem toten Dragoner nachgelaufen?«, unterbrach ihn Volker bissig. »Kein Wunder, dass mit deiner Orientierung etwas nicht stimmt.« Seinen Verdruss konnte er nach wie vor nicht unterdrücken. Die verbale Ohrfeige des Vaters, während seiner Abwesenheit die Familie nicht gut behütet zu haben, schmerzte ihn. Wie die beiden das miteinander angestellt hatten trotz seiner ständigen Bewachung, blieb ihm dennoch ein Rätsel.

David erklärte also nochmals von vorn, was sich alles zugetragen hatte und wie ihnen die Nerven flatterten, als sämtliche Pistolen im Nieselregen versagten. Nachdem das Pferd seinen Reiter losgeworden war, so berichtete er, blieb es unauffindbar. Die beiden Verfolger trennten sich darum. David fand die Spur wieder und wollte auf keinen Fall erfolglos umkehren. Dass er bei dem Toten einen Beutel voll Gulden gefunden hatte, behielt er für sich.

Er nahm in Kauf, eine Nacht im Wald zu bleiben, obwohl er sicher war, dass sich seine Familie ängstigen würde. »Aber was war mit dir?«, fragte er besorgt Helena. »Du sagtest, auf der Suche nach mir bist du fast im Moor ertrunken?«

»Sie war nur ausgerutscht und ist in einen Tümpel gefallen«, beschwichtigte Frowe sogleich, die es Helena ersparen wollte, ihren Vater zu erschrecken. Würde sich rumsprechen, dass sie Stimmen hört und mit Geistern in Kontakt steht, wäre das keinesfalls von Vorteil für ein junges Mädchen. David jedoch besann sich ihrer schrecklichen Träume: »War es das Moor, in dem du nachts schon so oft versunken bist?«

»Selbst der vom Blitz angekohlte Geisterbaum ist Wirklichkeit«, flüsterte sie mit brüchiger Stimme. »Hätte mich Frowe nicht gefunden, wäre ich tot.«

Alle Augen richteten sich nun auf Frowe. »Ach, was soll ich euch da erzählen«, versuchte sie, Zeit zu gewinnen auf der Suche nach den passenden Worten. »Es war sehr demütigend, nach unserer Ankunft allein im Wald zurückbleiben zu müssen. Ich durfte ja nicht mit in euer Versteck, in das sie dich erst mal geholt hatten«, sagte sie zu Tönges gewandt. »Also hatte ich mich entschlossen, die Zeit zu überbrücken und zu der Burgruine zu schlendern. Von dort rief mich jemand fort.« Sie machte eine Pause, um etwas zu trinken.

»Zuerst dachte ich, es sei eine Frau aus dem Dorf, die du mir nachgeschickt hast. Schon da hatte mich jedoch völlig verwirrt, wieso sie mich mit dem Kosenamen anredete, mit dem ich oft in meiner Kindheit geneckt wurde: mit Hummelchen. Von dir konnte sie das nicht haben, ich erzähl dir jetzt zum ersten Mal davon. Die Frau aber schickte mich völlig in die Irre, und ich war froh, als ich in der Ferne jemanden sah, der mir sicherlich den Rückweg zeigen konnte. Doch das Mädchen verschwand im Moor. Ich lief ihr ein Stück nach und wollte bereits umkehren, weil es immer gefährlicher wurde. Plötzlich tauchte unmittelbar vor mir der Kopf deiner Tochter auf, die mit letzter Kraft versuchte, Luft zu bekommen.«

Im Raum griff eine Stille um sich wie beim Erzählen der Gespenstergeschichten in der Laubhütte, als plötzlich die Kerze erloschen war. Ein eisiger Luftzug fuhr durch alle hindurch. Lediglich Helena spürte wie damals als unmittelbar Betroffene nichts davon.

»Ich hatte mich vor ihr und ihrem roten Kopftuch so erschrocken«, unterbrach sie die Stille, »dass ich sie zum Dank als Hexe beschimpfte.« Weiterhin schwiegen jedoch alle, immer noch höchst betroffen von dem bislang Gehörten, das schwer zu verdauen war. Da keiner Anstalten machte, ihren Hexen-Vorwurf aufzugreifen, stieß sie Frowe an und platzte heraus: »Willst du ihm nicht langsam dein Geheimnis lüften?«

Zum zweiten Mal an diesem Tag wickelte sie spannungsvoll und noch ein wenig theatralischer ihr Kopftuch ab und zwinkerte Helena zu, als es deren Vater fast von der Sitzbank haute. »Ich bin übrigens noch zu haben«, sagte sie ihm. »Da du bislang gekniffen hast, der gefährlichen Zigeunerin näherzukommen...« Schon hatte sie ihn umschlungen und gab ihm einen Kuss auf die Wange.

Eine solche Wendung innerhalb eines Tages hätte Frowe nicht für möglich gehalten. So rannte sie nochmals, diesmal vor Freude heulend, nach draußen. Zuvor hatte ihr Helena die Arme um den Hals gelegt. Erst zögernd, weil sie die jähe innere Gefühlsaufwallung selbst noch nicht wahrhaben wollte. Doch ließ sie der Blick nicht los, den der Vater dieser Frau nach ihrem Kuss zuwarf, und sie sah sich und ihren David, den ihr keiner mehr nehmen sollte. Durfte sie da ihrem Vater und dieser Rothaarigen im Wege stehen? Beherzt griff sie also in den vollen roten Haarschopf und flüsterte ihr leise ins Ohr: »Ich hoffe, du wirst uns eine gute Mutter sein.«

Das riss Frowe endgültig von der Holzbank, und während sie allmählich draußen wieder zu sich fand, hörte sie leises Kichern im Strohschober. Es war Lenes Stimme, und derjenige, der sie kitzelte, konnte wohl nur David sein. Die Kleine nimmt sich einiges heraus, dachte Frowe. Um Himmels willen durfte sie sich hier aber auf keinen Fall einmischen und zog es vor, wieder hineinzugehen.

Lene hatte sich an David gekuschelt und ihm ihren Kopf auf die Brust gelegt. In ihr tobten die Gefühle – und die Zweifel. Konnte sie sich seiner wirklich sicher sein, oder spielte er nur mit ihr? Sie hörte sein Herz klopfen, fasste sich ans Handgelenk, bis sie ihren Puls spürte, und zählte mit. Eindeutig hatte es ihr Herz am eiligsten, es gab keinen Gleichklang zwischen ihnen.

Warum sagte er die ganze Zeit nichts? Instinktiv griff sie unter ihre Löwenmähne und warf sie über sein Gesicht. Es war eine Inbesitznahme. Auch das quittierte er schweigend. Sie hielt es nicht mehr länger aus. »Bist du noch da, oder träumst du schon von einer anderen?« Unsicher wartete sie, aber er regte sich nicht. Sie fuhr hoch und starrte auf David herab, von dem sie in der Dunkelheit nicht mal Schemen wahrnehmen konnte.

So sah sie auch nicht, wie weit ihr Liebster entrückt war. Verzückt genoss er es, wie sie ihren Kopf an ihn gedrückt hatte, die zarte Berührung ihres Busens an seinem Oberarm ließ ihn regungslos verharren. Tosend stürzten die Gefühle auf ihn ein, sodass er kein Wort mehr herausbringen konnte. Als sie schließlich ihre Mähne über ihn warf, lag er gänzlich wie gefesselt; keinen Finger konnte er mehr bewegen. Ihn bannte die Glückseligkeit, er war angekommen im obersten Himmel, im siebenten.

»David!?« In ihre Stimme mischte sich ein drohender Unterton. Unwillig kehrte er auf die Erde zurück. »Oh, Lene, warum forderst du von mir profane Worte? Du hast mich gerade in den Garten Eden versetzt, ich kann dir nicht mit irdischen Vergleichen beschreiben, wie wunderbar es ist, dich neben mir zu spüren.« Er zog ihren Kopf wieder zu sich herab, führte seine Hand unter ihr Hemd und streichelte mit seinen Fingerkuppen sachte über ihre nackte Haut.

»Ach, siehst du eine Giftschlange in mir?«, zischte sie ihn an.

»Was?«, versuchte er, sich erneut zu sammeln.

»Du zeichnest mir gerade das Zickzackband der Kreuzotter auf den Rücken.«

»Lenchen«, hauchte er. »Lass doch mal los. Während du noch auf der Erde rumschlängelst und dich in Zweifeln windest, fliege ich längst. Heb ab! Komm mit mir! Lass uns durch die Lüfte schnellen wie die Mauersegler.«

»Und wenn ich stürze, fängst du mich dann?«

»Du musst nur einmal unter deinen Schwingen den Aufwind spüren, dann schwebst du von ganz allein. Sorglos. Schwerelos. Vertrau mir.«

Sie löste ihre Spannung, strich ihm zärtlich über die Brust und genoss die Zweisamkeit. Beide ließen sich treiben, und sie musste nicht mehr zählen, welches Herz schneller schlug. Sie schlugen im Takt, da wähnte sie sich sicher.

»Lene«, durchbrach er nach langem Genießen der Zärtlichkeit die Stille, »ich liebe dich mehr als mein Leben.« Und nun erzählte er, wie er jeden Tag gebangt hatte, den Moment zu verpassen, an dem sie Wasser holen ging, und wie enttäuscht er war, wenn Volker das übernahm.

»Volker hab ich mit Absicht manchmal vorgeschickt. Ich wollte sehen, ob du mich an der Quelle vermisst«, offenbarte sie. »Ich habe in deinem Gesicht geforscht, konnte aber lange nichts von Enttäuschung lesen. Bis du mich dann endlich angesprochen hast und darum batest, ob wir uns nicht jeden Tag treffen könnten.« Samtweich legten sich nun ihre Lippen auf die seinen.

»Ich möchte bei dir bleiben bis zum Jüngsten Tag«, versicherte sie ihm nach dem Kuss. »Nichts soll uns trennen, nicht der Krieg, nicht der Wille unserer Väter, nicht Krankheit oder Wahnsinn. Ich bin wahnsinnig in dich verliebt und folge dir überallhin – wenn du mich wirklich willst.«

Frowes Plan

Nach und nach leerten sich die Verstecke. In der Nacht zum 7. August brach wie eine der Kriegsfurien Winterkälte in das Land ein. Reif überzog die Erde und überraschte am bittersten die in dünnen Stofffetzen herumziehenden Bettler. Starr blieben einige der entkräfteten Körper auf den Wegen zwischen den Dörfern liegen, die heftig darum stritten, wer für die Beisetzung aufzukommen habe. In den Fluchtburgen suchten die Menschen in ihren Erdlöchern Schutz und begannen mit dem Heizen. Zwar hielt der Frosteinbruch nur ein paar Tage an, doch waren vor allem die Älteren entsetzt, dass zu allen erfahrenen Schrecken der vergangenen Jahre jetzt auch noch die Jahreszeiten aus den Fugen gerieten.

Das Dorf vibrierte aber auch noch wegen einer anderen Sache. Unbotmäßige Neugierde erfasste nahezu alle und führte sie weit früher als bislang beabsichtigt in ihre verlassenen Häuser zurück. Von Fenster zu Fenster, von Klinke zu Klinke hüpften ein Wispern und Raunen, das sich alsbald aufplusterte zu allerlei Mutmaßungen über die Neue vom Schmied.

Schon trieb ein Gerücht das andere vor sich her durch die Gassen. Sie sei eine Hure aus einem Feldlager der Schwedischen, wollten welche wissen. Andere erzählten, sie hätte eine ganze Wagenladung silberner Kerzenleuchter, goldener Ringe, Rubine und Goldmünzen mitgebracht, die sie auf den Raubzügen der Landsknechte zusammengerafft habe. Der Wagen stünde unmittelbar neben der Schmiede und werde von einem Raben bewacht, der jedem Neugierigen die Augen aushacke. Jemand behauptete, sie sei in Wirklichkeit eine Zigeunerin, die den Tönges mit Hexenkräften fesselt und seine Kinder verkaufen will. Stein und Bein wurde gleichzeitig geschworen, dass eine rothaarige Riesin das Kommando in der Schmiede übernommen habe. Die Leute platzten fast vor Erwartung, dieses Weib endlich mit eigenen Augen zu sehen.

Selbst die Pfarrei wurde von der Aufregung erfasst. »Ist dieser Tönges von allen guten Geistern verlassen, uns eine Tatersche unterschieben zu wollen?«, schalt der Pfarrer.

»Johannes, dir will er sie nicht unterschieben und auch keinem anderen im Dorf«, hielt ihm seine Frau Anna entgegen. Die Männer in der Runde lachten schallend. »Wir können die Unzucht nicht zulassen, dass eine Hure hier einzieht«, überschrie einer der angesehenen Ackermänner das Gelächter, das daraufhin sofort verstummte.

»Ach«, widersprach ihm Anna. »Du Tugendhafter wagst es, von Unzucht zu sprechen. Das ganze Dorf redet über dich und tröstet deine Frau, so wie du es da draußen im Waldversteck getrieben hast. Gibt es noch eine Magd, der du nicht nachstellst? Was sitzen hier eigentlich für Esel zusammen? Euer Geflenne war nicht mehr auszuhalten wegen des Mangels an Zugtieren bei der Feldarbeit. Nun bringt diese Frau sogar ein Pferd mit, und ihr begrüßt sie nicht freundlich, sondern schaut lamentierend dem Gaul ins Maul und bemäkelt die Herkunft.«

»Sie spioniert hier doch nur«, setzte trotzig der Bauersmann nach.

»Natürlich, sie wird wissen wollen, wo dein irdener Nachttopf steht und all deine anderen Reichtümer, du Depp«, ließ sich die Pfarrersfrau nicht unterkriegen. »Habt ihr vergessen, dass alle, die in Buchholz dabei waren, einhellig berichteten, dass sie unseren Schmied in Schutz nahm, bevor ihn und womöglich unser ganzes Dorf die Rache für den Tod der Kroaten getroffen hätte? Damit entschied sie sich für uns, und als eine der Unsrigen sollten wir sie jetzt auch aufnehmen!«

»Darüber müssen wir mit Tönges ohnehin noch mal ein klares Wörtchen reden, dass er uns mit seinem unüberlegten Eingreifen in Gefahr gebracht hat, noch dazu wegen einer Buchholzer Göre, die ohnehin schon halb tot war«, ließ der Bauer nicht locker.

»Buchholzer Göre«, schnappte Jost, der Nachbar von Tönges, nach Luft. »Du hast nicht die geringste Vorstellung davon, wie das ist, eine Tochter zu verlieren. Du hast nie eine behütet und dich auf jeden neuen Tag gefreut mit so einem Mädel, das wie ein Lichtstrahl durch das Haus springt und allein mit seinem Gesang die trüben Gedanken verscheucht. Und dann kommen solche Bestien, die in einem Moment blinder Geilheit alles auslöschen.«

Er jedenfalls habe sich geschämt, tatenlos dem Tod von Gertrud zugesehen zu haben aus Furcht um sein eigenes Leben. »Was sind wir für Kreaturen, wenn wir nicht mal mehr wagen, unsere Kinder zu verteidigen? Jedes Spatzenpaar tut das, wenn eine Katze an ihr Nest kommt. Todesmutig stürzt es sich auf die Angreiferin. Ich jedenfalls habe mich befreit gefühlt, als Tönges die Mörder richtete.«

»Zu richten kommt allein Gott zu«, warf Johannes ein.

»Aber er kann es nur einmal«, stöhnte seine Frau. »Was macht es dann noch für einen Unterschied, ob einer zuvor fünfmal oder zwanzigmal mordete. Diese zwei erschlagenen Furien hätten garantiert noch viel Unheil über andere gebracht, weil sie schon aus Gewohnheit Jungfern schänden und Mütter töten. Und wenn wir schon mal bei Gott sind«, fuhr sie fort. »Sticht es euch nicht ins Auge, dass er weder den Furchtsamen noch den Zeternden beisteht, sondern allein den Mutigen und Entschlossenen? Tönges hat gehandelt. Wurde er dafür bestraft? Keineswegs. Gott gab ihm sogar eine neue starke Frau an seine Seite.«

»Stimmt«, pflichtete ihr Jost bei. »Auch David, der damals vor Buchholz nach Waffen schrie und den Angriff auf den Nachtrab des durchziehenden Regiments führte, wurde mit Erfolg belohnt. Zwei Pferde brachte uns das ein, die wir dringend brauchen.«

»Da fällt mir ein«, bemerkte Caspar Zimmermann, der Dorfschulze, »dass wir uns endlich einig werden sollten, das erbeutete Geld zum Kauf von Saatgetreide einzusetzen. Was aber den Schmied angeht, so kann er nicht unehelich mit dem Weibsstück unter einem Dach hausen. Wir müssten ihn sonst mit dem Beil verheiraten.«

»Willst du es auf dich nehmen, die Mutter seiner Kinder für tot zu erklären?«, hielt ihm Jost entgegen. »Unsere Dörfer hat der Krieg fast ausgekehrt, viele sind nahezu menschenleer, nur ganz wenige Familien blieben oft übrig. Anna hat völlig recht, wir sollten uns über jede Hand freuen, die uns stärkt und auf den Feldern hilft. Ob sie gehurt hat, muss sie allein mit Tönges ausmachen. Auf jeden Fall ist sie aber eine Marketenderin, denen viele Künste nachgesagt werden. Sie haben gute Verbindungen zu Handelshäusern und wissen oft weit mehr über die Heilung von Kranken oder Verletzten als die Feldschere und Ärzte. Auch auf Geburten verstehen sie sich zumeist.«

»Vor allem das Abtreiben«, mischte sich ein giftiger Zwischenruf ein, der aber sofort sein Fett wegbekam: »Da pass mal auf deine rollige Älteste auf, dass du nicht der Erste bist, der sich nachts heimlich zu der Neuen schleicht, ob sie dir die Schande vom Hals halten kann.« Und schon setzte das Gelächter von Neuem ein.

Doch der Ausgelachte schlug zurück: »Wisst ihr, dass sie einen Raben bei sich hat und mit ihm spricht? Welche normale Frau tut so was?«

»Deine zum Beispiel«, fuhr Anna sofort dazwischen, bevor sich das Gespräch im Hexenunwesen verfangen konnte. »Hast du ihr nie zugehört, wenn sie die Hühner füttert? Jedem hat sie einen Namen gegeben und verteilt Lob und Tadel fürs Eierlegen. Siehst du daran etwas Schlimmes? Hühner konnte die Neue, die übrigens Frowe heißt und eine böhmische Protestantin ist, bei sich wohl kaum halten. Die Kerle hätten das Federvieh sofort geschlachtet. Also hat sie einen Raben. Was soll's?«

Als die Männer wieder auseinandergingen, war letztlich nichts entschieden. Anna seufzte. »Wie wirst du reagieren, wenn Tönges sie nun in die Kirche mitbringt und vorne in der zweiten Reihe neben sich sitzen lässt?«, fragte sie ihren Mann.

Der winkte ab. »Man wird sich wie gewöhnlich die Mäuler zerfetzen. Wenn die Frowe keinen Anlass gibt für weiteres Gerede, legt sich das bald. Das hängt davon ab, ob sich die Marketenderin nicht zu schade ist für die schwere Feldarbeit. Wenn sie nur zu Hause hockt und sich putzt, bleibt sie für immer ein Fremdkörper. Vor allem muss sie schleunigst unter die Haube, was jedoch praktisch gar nicht geht. Da sehe ich noch einiges auf mich zukommen.«

*

Vor der Tür der Dorfpfarre stand sich der Sägemüller noch immer die Beine in den Bauch. Alle anderen hatten sich schon verabschiedet. Er tat dabei so, als hätte er ein Bewerbchen, zum Pfarrer zurückzukehren. Der aber lief bereits zur Kirche hinüber, begleitet vom Geläut der Glocke, die umgehend Waldmann herbeirief, all sein Leid zu klagen. Dem Hund musste das Läuten weit mehr als jedem anderen seiner Artgenossen im Dorf Höllenschmerzen in den Ohren bereiten. Er heulte zum Herzerweichen, und jeder Schlag des Klöppels steigerte sein Klagelied.

Am liebsten hätte sich Franz die Ohren verstopft vor dem ständigen Auf- und Abschwellen des bronzenen und tierischen Lautgemischs. Dennoch war er dem leidenden Tier dankbar, denn er musste sich nicht mehr so krampfhaft verstellen, um äußerlich sehr gelangweilt wirkend den Blick immer mal wieder hinüber zu der von hier gut einsehbaren, etwas höher gelegenen Schmiede schweifen zu lassen. Waldmann erlaubte es ihm, sich ungeniert gänzlich dem Beobachtungsobjekt zuzuwenden. So gern er die Neue auch sehen wollte, brachte er dennoch die Traute nicht auf, einfach hinzugehen und guten Tag zu wünschen.

David hatte sie ihm ja schon beschrieben als baumstark, aber trotzdem sehr weiblich und schön. Ihr Händedruck sei zupackend wie der eines Mannes, wobei sie sanftmütig unter langen Wimpern hervorlächle. Tolle Mischung, dachte sich Franz, und es kribbelte in ihm. Aber wie bei einem Konfirmanden verknoteten sich die Arme mal vor dem Bauch und dann hinter dem Rücken, ferngelenkt, als gehörten sie einem Fremden. Noch weniger als mit ihnen kam er mit den Worten klar, die er sich für einen Anstandsbesuch zurechtzulegen versuchte. Sie ist ja so was wie ein Kaufmann, druckste er herum, nicht wissend, ob da schon ein Diener angebracht war, oder ob das dann doch des Guten zu viel wäre.

Endlich flog die Tür der Schmiede auf, aber es war Lene, die etwas in Eimern herausschleppte. Na klar, sprach er zu sich selbst, da kehrt ein neuer Besen im Haus. Dürfte sich wohl genug Kehricht angesammelt haben, seit seine Margot verschleppt worden ist.

Erleichtert atmete er auf, nun einen Grund gefunden zu haben, warum es ganz gewiss unpässlich wäre, seine Aufwartung zu machen. »Wird sich schon mal ergeben, den Satansbraten mit eigenen Augen abzutasten«, pfiff er durch die Zähne und trollte sich.

Auf dem Heimweg wärmte ihm die Sonne den Rücken. Die Behaglichkeit drang aber nicht bis zu ihm vor. Auf ihm lastete ein Rucksack schwerer Sorgen. Schwarz vor Augen war ihm geworden, als der Schulze soeben in der Pfarrei vorgerechnet hatte, was er noch zahlen solle für Grundsteuer, Teichgeld, Erbzins und weiß der Teufel alles. Schleunigst solle er sieben Gulden und sechs Kreuzer auftreiben, sonst würden die Büttel des Grafen ihm mit Gewalt beikommen.

Dabei ist es doch aber gerade der Graf, der ihm Geld für gelieferte Balken und Bretter schuldete, kochte es in Franz. Demütig sah er sich bereits wieder fast auf Knien zu den Kämmerern in Stolberg kriechen, um das ihm zustehende Geld zu erbetteln, während sie die Dinge im Wissen um ihre Allmacht einfach verdrehten und ihm umgekehrt eiskalt lächelnd mit Pfändung drohten.

Was sollte er denn tun? Sicherlich könnte er versuchen, noch viele Ausstände einzutreiben. Einige waren Jahre alt, sodass er sogar auf Zinsen bestehen könnte. Doch wusste er selbst ganz genau, dass dort kein Heller zu holen war. Die Petersdorfer hatte er darum schon abgewiesen, als sie nach Bauholz fragten, weil sie in ihrer zerstörten Kirche zumindest einen provisorischen Gebetsraum einrichten wollten. Wie aber sollte er über die Runden kommen, wenn er lohnende Aufträge gar nicht erst annehmen konnte in der Gewissheit, bei der Bezahlung bis zum Sankt-Nimmerleins-Tag vertröstet zu werden?

Oftmals wurde ihm schon angeboten, die Rechnung bei ihm abarbeiten zu wollen. Er konnte nur böse auflachen bei der Vorstellung, mit kostenloser Hilfe noch mehr unbezahlbares Holz zu vertreiben.

Freilich, die Nordhäuser würden es ihm sofort mit Handkuss abnehmen und bei Lieferung auch silberne Gulden in die Hand drücken. Aber er konnte ja die Balken schlecht auf der Schulter hinschleppen. Und selbst, wenn ihm der Herr Pferde senden wollte, käme er mit ihnen nicht an, ohne unterwegs alles an das Räubergesindel zu verlieren, womöglich sogar das Leben. Franz sah kein Entkommen aus diesem Teufelskreis. Für das vergebene Recht, die Mühle zu betreiben, bestand der Graf auf dem Anteil am Gewinn. Nur enthielt dieser Vertrag keine Klausel über Notzeiten, in denen es nichts zu gewinnen gab.

Niedergeschlagen kam Franz zu Hause an. Das Mühlrad stand still. Gelangweilt saßen seine Söhne auf dem Hof. Er wollte sie anfahren und hochscheuchen und dabei seine Wut rauslassen. Als sie zu ihm herübersahen, winkte er jedoch ab und setzte sich auf die Bank am Stamm der alten Linde vor dem Haus. Der Baum mochte an die zweihundert Jahre alt sein und kannte sämtliche Geschlechter, die zuvor seine Mühle bewohnten. Wie oft schon hatte er den Kopf an der Rinde gerieben, als könnte sie seine Sorgen aufsaugen.

Hatten denn die vor ihm ein leichteres Leben? Die Krone aus Lindenblättern hatte sie immer beschirmt. Verhungern musste niemand. Die Mühle ernährte sie. Im Schutz dieses Baumes fühlte sich Franz am wohlsten. Aus dem Geäst wisperten ihm die Stimmen zu vom Vater, von der Mutter und auch von den Großeltern. Halte durch, mahnten sie, wir haben die Last ebenso getragen; nun ist es an dir und dann an deinem Ältesten.

Immer häufiger jedoch, wenn er nach oben schaute, tief in das Astwerk, das von Tausenden durchsichtigen Flügelschlägen summte, dann sah er dort Füße über sich baumeln.

Seine Füße.

Den Gedanken, sein Leben in diese Linde zu hängen, es ihr zu übergeben, vermochte er kaum noch abzuschütteln. Unerträglich war alles geworden. Wie lange schon versuchte er, mit jedem neuen Jahr Hoffnung zu schöpfen, dass der Jammer dieser endlosen Kriegswirren einmal ein Ende haben muss. Doch mit jedem Jahr wuchsen der Bestie neue Köpfe, die alles verschlangen, was auf der Erde wuchs, und mit ihrem Feueratem verbrannten, was mit letzter Kraft nochmals aufgebaut wurde.

Herrschte anfangs Entsetzen über die Sünde der Selbstmorde, zählte sie inzwischen schon gar keiner mehr. Sicherlich käme er sogar in geweihte Erde. Was machte es schon, vergraben zu werden auf dem längst verfallenen Vockenröder Kirchhof und nicht dem im Dorf? Friedhof ist Friedhof, dachte er sich. Ob die Mauer noch drum rum steht oder nicht.

Franz nahm in Gedanken seinen Ältesten Maß. Wäre er stark genug, die Familie durchzubringen? Zumindest müsste er ihn noch verheiraten. Ein tiefer Seufzer entlud sich seiner Brust. Nein, noch würde er nicht aufgeben. Aber vorsorgen für den Fall der Fälle, das wollte er schon.

David wusste nur zum Teil, wie schlimm es wirklich um die Mühle stand, und dass die gerade vom Schulzen vorgerechnete Schuld nur einen Bruchteil dessen darstellte, was sich über die Jahre angehäuft hatte. Mochte der Graf auch einsichtig genug sein, gegenwärtig nicht einzufordern, was einfach nicht da war. Seine Schreiber addierten säuberlich sämtliche Ausstände. Jederzeit könnten sie den Müller vor die Tür setzen, der zeitlebens die Forderungen der gräflichen Schatulle kaum noch zu erfüllen vermochte. Sobald jemand ein Auge auf die Sägemühle warf und das Versprechen leistete, künftig seinen Obolus zu leisten, würde aus der Familie Franz Lahrmann endgültig die Familie Franz Bettelmann.

»Was habt ihr besprochen in der Pfarrei?«, gesellte sich David zu ihm. »Sicherlich ging es doch um die Neue vom Schmied. Nehmt ihr sie auf?«

Es dauerte, bis sich der Vater zurückfand aus dem Wust seiner trüben Gedanken. »Was kümmert dich das?«, knurrte er und besann sich, dass sein Ältester auffällig oft über die Schmiede sprach und da bereits ein und aus zu gehen schien. Mit einem Schlag überkam ihn ein Verdacht. »Läufst du etwa der kleinen Lene hinterher?«, belauerte er seinen Sohn und war plötzlich hellwach, da jener, statt wie erwartet laut aufzulachen, betroffen schwieg.

»Das schlag dir sofort aus dem Kopf«, wetterte er los. »Die

ist nichts für uns. Die kann höchstens Borke tragen, aber kein Holz. Das Mieserippchen wäre schon allein mit dem Haushalt völlig überfordert. Wenn du die mit zwei Wassereimern die Bodenstiege hochschickst, musst du unten stehen bleiben, um sie wieder aufzufangen. Junge, wo hast du denn deinen Verstand?«

David war aufgewühlt. Diese Auseinandersetzung traf ihn völlig unvorbereitet. Mit keiner Faser hatte er bislang bedacht, sich wegen seiner Liebsten rechtfertigen zu müssen. Darum wollte er das Ganze erst mal bagatellisieren. Doch Jacob, sein jüngerer Bruder, war schneller. »Hat denn im Waldversteck niemand bemerkt, dass David plötzlich das Wasserholen übernahm?«, sprudelte es aus ihm heraus. »Sonst war das immer unter der Würde des Mühlenerben, und ich musste es machen«, stichelte er weiter. »Aber sobald ein Eimer mit langen, gelben Zöpfen loszog, war er schon auf und davon.«

Franz schnappte nach Luft. Alle wussten also bereits von den Abwegen seines Ältesten, nur er nicht. Schon wollte er seine Vorwürfe knüppeldick niederprasseln lassen, besann sich aber im letzten Moment auf einen vor fast zwanzig Jahren geleisteten Schwur. Damals hatte ihn der Vater halb totgeschlagen, als er sich seiner Auswahl der Schwiegertochter widersetzte. Niemals, so nahm er sich fest vor, wollte er so etwas seinen Kindern antun.

Fast sanft setzte Franz also an, David ins Gewissen zu reden. »Du kannst mir nicht vorwerfen, dich bislang zu irgendetwas gezwungen zu haben«, holte er aus. »Auch nicht zu einer Frau. Aber du weißt, wie hart das Leben hier draußen im Wald ist, und dass du allein die schwere Arbeit nicht schaffst. Deine Brüder werden bald fortziehen, so wie meine das auch gemacht haben. Soviel die Mühle auch rackert, kann sie nur eine

Familie recht und schlecht ernähren. Mehr nicht. Ich habe dir ja erzählt, dass ich seit Jahren die Steuern nicht mehr zu zahlen vermag und die Pfändung droht. Sobald Jacob und Peter heiraten wollen, müssen sie gehen. Dann liegt alles auf den Schultern von dir und deiner Frau, denn ich und Mutter werden schwächer.«

David zuckte zusammen. Die Mutter. Unwillkürlich sah er seine Helena an ihrer Stelle. In gebückter Haltung kroch sie wie eine alte Frau. Ihre neununddreißig Jahre trug sie bereits doppelt auf dem Rücken. Die schmerzenden Bandscheiben verfolgten sie bei jedem Schritt. Nachts im Bett fand sie keinen Schlaf, wälzte sich stöhnend von einer Seite zur anderen. Dennoch blieb der Vater gnadenlos, sosehr sie auch ächzte, wenn die Baumstämme aufgelegt werden mussten in die Gattersäge oder die Balken zu stapeln waren bis über Kopfhöhe.

Sobald sie aufschrie vor Schmerzen, fuhr er sie an. »Du Nichtsnutz«, stieß dann sein Vorwurf wie ein Habicht auf sie herab und bohrte sich in ihre Seele, die in der Lieblosigkeit ihrer Ehe ebenso verkrüppelte wie ihre Wirbelsäule. Brach sie zusammen unter der Last, traf sie obendrein der Fußtritt ihres Mannes, der sie zur Seite schleuderte in die Haufen von Sägemehl und Borke. Einmal war David so weit, die Hand gegen seinen Vater zu erheben, weil er es nicht mehr ertrug, den Qualen der Mutter zuzusehen. Doch er rannte weg und verkroch sich schluchzend hinter einem Stapel Bretter.

So weit kannte er das Familienoberhaupt, dass er die Folgen seines Aufbegehrens abschätzen konnte. Er würde aus dem Haus gejagt. Gnadenlos. Die Mutter wäre dagegen machtlos, die Brüder hätten den Mund gehalten. Oft genug spürte David den Vorwurf in ihren Stimmen, wenn sie sich über die Zukunft unterhielten, warum gerade ihm das Glück des Erben zuteilwurde, während sie später einmal davonziehen mussten, um sich als Knechte zu verdingen oder bestenfalls als Gesellen in einer anderen Mühle. Einen Wechsel in dieser Rangfolge hätten wohl weder Jacob noch Peter ausgeschlagen.

In Fetzen trieb nun die Seifenblase davon, schillernd in ihren schönen Farben. In ihr hatten Helena und David bislang Platz gefunden. Trotz aller Härte ließ das Leben in der Fluchtburg des Waldes Raum für Romantik und Fantasien. Darin musste David seine Helena nicht aus der Schmiede reißen, wo nun mal keine Frau am Amboss zu stehen pflegt, und sie in die Plackerei der Schneidemühle umpflanzen. Erinnerte er sich jetzt zurück an seine Träumereien, dann sah er den Schein des Schmiedefeuers und nicht die Holzmehl verspritzenden Sägen.

Franz überhörte das Bersten der Scheinwelt seines Ältesten. Er deutete dessen Schweigen als Trotz. Also setzte er nochmals an: »David, mit der Wahl für eine Frau entscheidest du auch über den Fortbestand unserer Mühle. Dein jetziges Liebesleid ist nur ein quer sitzender Pups, verglichen mit dem Hunger, der sich in die Därme frisst, wenn ihr die Arbeit nicht schafft und dir dieses Hippelchen keine starken Söhne schenkt. Du musst mit dem Kopf wählen und nicht mit dem Herzen.«

Seine Gedanken eilten seinen Worten voraus. Mit Grauen überkam Franz die Vorstellung, dass Tönges wie Donar mit dem Hammer auf ihn niederfahren und donnernd die Wiederherstellung der Ehre seiner geschwängerten Tochter einfordern könnte. Dann säßen bei ihm schlagartig zwei nutzlose Fresser mehr im Haus.

»Mit dem Kopf oder dem Herzen«, griff David apathisch den letzten Satz nochmals auf. »Bei dir war es wohl beides nicht. Eher die Faust, mit der du Mutter peinigst.«

Franz hob genervt den Blick zum Himmel und wollte ein paar Alltagsweisheiten über den Umgang mit dem Weibe folgen lassen. Doch als er den Kopf in den Nacken legte, sah er über sich wieder jenen starken Ast, der mühelos ein Seil und seinen Körper tragen konnte.

Tiefe Gleichgültigkeit senkte sich auf ihn herab. Mochte es überhaupt noch etwas ändern, welche Frau sein Sohn anschleppte, wenn ohnehin die Last der Schulden alles plattmachte? Mutlos wandte sich Franz ab und ließ seinen Sohn stehen.

Völlig aufgewühlt zog sich David an das Ufer des Krebsbaches zurück. Unter einer mächtigen Ulme lag sein Lieblingsplatz, wo er seit seiner Kindheit den Gedanken nachhing. Mit sich führte er jetzt im Geiste Helena an der Hand, um Zwiesprache mit ihr zu führen, ob ihre Gefühle füreinander stark genug waren, um sie gegen den Vater und die Mühle ins Feld führen zu können. Erstmals sann er nun ernsthaft darüber nach, wo sie leben könnten.

Mit einem Schlag kamen ihm auch Lenes Worte in der gestrigen Nacht wieder in den Sinn: Nichts soll uns trennen, nicht der Wille unserer Väter ... Im Gegensatz zu ihm hatte sie also beim Träumen die Augen offen gehabt.

Seinem Vater musste er recht geben, dass die Mühle sie beide zermalmen würde. Noch nie hatte er sie bislang von dieser feindseligen Seite gesehen, aber er musste es zugeben: Unbarmherzig würde sie jede Frau über die Jahre in ihrem Getriebe zermürben. Das zählte zu ihrer Bestimmung und übertrug sich von einer Sägemüllerin zur nächsten.

Nicht mit dem Herzen, stöhnte er. Auch da musste er dem Vater zustimmen. Wem das Los zufiel, an seine Seite zu treten, den durfte er nicht lieben, der musste in seinen Augen ein

Knecht bleiben, dem er kein Mitleid schuldete. Ihm wurde schwindlig bei der Aussicht, genau dasselbe Regiment wie der Vater zu führen.

Blieb also nur die Schmiede. Helena war die Älteste. Sollte er darauf dringen, als Schwiegersohn Volker um sein Erbe zu bringen? – Nein, sagte er sich. Könnte er es aber ertragen, als künftiger Sägemüller abzusinken zu einem Gehilfen bei Helenas Bruder, falls der sich überhaupt einen leisten kann? Er blies die Wangen auf und prustete die Luft heraus. Das war schon ein starkes Gegengewicht zur Zuneigung für die Schmiedetochter.

Sollten sie fortziehen, um in den entvölkerten deutschen Landen irgendwo eine Anstellung zu suchen? David fand keine Lösung. Seit Stunden schon schaute er finster in den abwärts rinnenden Bach.

Vor ihm fiel ein Bläuling ins Wasser, zappelte hilflose Kreise bei seinen Versuchen, wieder Luft unter die wassertriefenden Flügel zu bekommen. Vergebens. Die Strömung zog ihn fort. Jeden Moment musste sich eine Forelle auf den Happen stürzen, dachte er sich. Aber auch das unterblieb. Als der Schmetterling fast schon aus dem Blickfeld verschwunden war, sprang David auf und eilte ihm nach. Seiner hatte sich die fixe Idee bemächtigt, das Schicksal des Falters zu teilen. Sollte er es schaffen, wieder davonzufliegen, dann gab es eine Rettung. Und wenn nicht …

Die ersten kleinen Wasserfälle nahten. In der gurgelnden Gischt überschlug sich sein Leidensgenosse. Die Gegenwehr erlahmte. Immer häufiger zog es ihn hinab, fast bis auf den Grund. Als der Bach wieder breiter und flacher wurde und ruhiger trieb, schwamm oben eine kleine, bläuliche Wasserleiche. David griff nach einem Stein und schleuderte ihn wütend nach dem Versager. Aber er verfehlte ihn. Das aufgepeitschte Wasser ließ den Falter nochmals zusammenfahren. Mehrfach zuckte er mit den Flügeln, und David hoffte erneut. Schließlich hielt er es nicht länger aus, watete in den Bach und fischte den Schmetterling heraus. Vorsichtig legte er ihn auf einen sonnenheißen Stein und beschützte ihn vor den Vögeln, bis er sich wieder in die Lüfte erhob.

Habe ich jetzt das Schicksal betrogen, fragte sich David. Energisch schüttelte er den Kopf. Du darfst nicht tatenlos zusehen, sondern musst handeln – das war, so meinte er jetzt, der Fingerzeig. Folglich lief er los ins Dorf. Zu Helena. Sie mussten reden.

*

Die Schmiede summte wie ein Bienenhaus. Es wurde gescheuert, geschrubbt und getüncht. David erkannte den Raum fast nicht wieder, in dem ihn Helena ihrem Vater vorgestellt hatte. Weiß strahlten bereits die Decke und die Fensterwand. Frowes Wagen förderte Wunderdinge zutage, nicht nur das Holz für den Fensterrahmen und die Sprossen, sondern sogar Glas.

Das stinkige Stroh hatten sie nach draußen gebracht. Zumindest den Herbst noch wollten sie im Stall schlafen und mit den ersten Schneegestöbern dann duftendes Heu in Säcke stopfen, die Frowe gleichfalls mitgebracht hatte. Die Furcht der Kinder, im Stall nachts weniger geschützt zu sein als im Haus, wischte sie lachend vom Tisch und zeigte auf das Fenster, das bislang für jeden offen stand. Ehe sichs David versah, hatte auch er schon einen zusammengerollten Lappen in der Hand, mit dem er die vom Ruß abgekratzten Wände kalkte.

Ein neuer Geist, kräftig und lebensfroh, war in die Schmiede eingezogen. Frowe rackerte mit den Kindern, während Tönges mit Waldmann loszog, um zu inspizieren, wie die Rüben die Kälte überstanden hatten. Das kam David sehr gelegen, der die ganze Zeit auf die Gelegenheit spitzte, mit seiner Angebeteten allein zu sein. Beständig platzte aber jemand dazwischen, bis Frowe die Nöte Davids bemerkte und beide unter einem Vorwand nach draußen abkommandierte.

Sie setzten sich also auf die Steintreppe, und er berichtete ihr vom Aufeinandertreffen mit seinem Vater und beschrieb in düsteren Farben die Unmöglichkeit, einmal als Eheleute in seine Mühle zu ziehen.

Ihr Kopf sank wieder auf seine Brust, die diesmal tränennass wurde. Ihr Körper bebte, auch als er sie in seine Arme nahm. »Dann hast du dich jetzt also entschieden«, schluchzte sie. »Gegen deine Liebe, die noch gestern für dich wertvoller war als dein Leben. Du gibst alles her, für deine Scheißmühle, ja? Ich hab dir geschworen, mit dir bis ans Ende der Welt zu ziehen, damit wir glücklich werden können, und für dich endet diese Welt schon hinter dem Krebsbach!«

Sie riss sich von ihm los und wollte davonlaufen. Er war wieder einmal nicht so schnell mit den Worten. »N-Nicht doch«, stotterte er. »Ich habe noch gar nichts entschieden.«

»Ach nein, gar nichts? Das klang bislang aber anders«, erinnerte sie ihn. »Soll ich jetzt betteln um das leichthin vergebene Wort des Mühlenerben, das schneller den Bach runtergeht als ein welkes Blatt?«

Er stöhnte über seine eigene Tapsigkeit. »Lenchen«, hauchte er. »Leg doch nicht jedes Wort auf die Goldwaage. Ich liebe dich und bin nicht gekommen, um dir zu sagen, dass ich meinem Vater und seiner Mühle nachkrieche, sondern dass wir uns Gedanken machen müssen, wie es mit uns weitergeht.«

Sie schaute ihn lange an. Noch immer glänzten die Tränen in ihren dunkelblauen Augen.

»Ich verzehre mich nach dir«, versicherte er ihr nochmals. »Bislang jedoch habe ich mit dir in einer Traumwelt gelebt, aus der ich am liebsten überhaupt nicht wieder aufgewacht wäre. Ich wollte einfach nichts an uns rankommen lassen. Das aber hat nun mein Vater besorgt. Und wie es seine Art ist, hat er es gründlich besorgt. Nun, da ich aufgewacht bin, will ich mit dir darüber reden, bis an welches Ende der Welt wir denn gemeinsam gehen wollen.«

»Oje«, seufzte sie. »Da hat er wohl kein gutes Haar an mir gelassen.«

»Das Haar war wohl das Einzige, was ihm an dir nicht missfiel«, sagte er wahrheitsgemäß.

Sie hatte sich inzwischen wieder so weit beruhigt, dass sie sich bei ihm für ihr Aufbrausen entschuldigte. »So wie du angesetzt hast, konnte ich aber gar nichts anderes denken, als dass du mich verstößt.«

»Mal ehrlich«, war ihm bereits wieder zum Scherzen zumute. »Hast du dich als künftige Sägemüllerin gesehen?«

Sie wartete lange, bis sie sich zur Antwort entschloss, fürchtete sie doch noch immer, mit einer Unbedachtheit alles zerstören zu können. »Fahr jetzt nicht gleich aus der Haut«, sagte sie. »Du wolltest ja eine offene Aussprache. Ich merkte, dass du träumst, darum war ich mir deiner auch nie so richtig sicher. Was aber die Sägemühle anbelangt, könnte ich mir ebenso ein Leben im Fegefeuer vorstellen. Deine Mutter leidet dort jeden Tag Höllenqualen. Dieses Los mit ihr zu teilen, das wünsche ich mir bei aller Liebe nicht. Und wenn ich selbst aus großem Abstand hier vom Dorf nicht übersehen kann, wie dein Vater an keiner Frau vorbeikommt, ohne sie begrabschen zu wollen, hoffe ich, du kommst eher nach deiner Mutter.«

»Was tut mein Vater?«, fragte er völlig überrascht.

»Na, ich hoffe«, entgegnete sie, »es ist für dich nicht schon völlig normal, jeder an den Hintern zu fassen, die sich nicht dagegen wehren kann, oder es gleich mit zweien gleichzeitig zu treiben wie im Waldversteck.«

Sprachlos schaute er sie an. »Du solltest nicht jedem Geschwätz glauben«, verteidigte er dann doch seinen Vater. »Ich lebe jeden Tag mit ihm zusammen, und das, was du da erzählst, ist mir nie aufgefallen.«

»Du denkst, ich will ihn jetzt schlechtmachen, weil er mich nicht als Schwiegertochter akzeptiert«, lachte sie. »Doch ich erzähle dir nur, was ich mit eigenen Augen gesehen habe. Dein Alter ist, gelinde gesagt, ein Schwein. Und er macht jeden zum Hahnrei, der auf eure Mühle mal eine Frau führt. Besser, ihr schwängert sie schon vorher, wenn ihr nicht wollt, dass die Kinder vom Opa sind. Er steht übrigens auf große Titten. Die kann er wohl noch fühlen mit seinen grobschlächtigen Pfoten.«

David schnappte nach Luft. So hatte mit ihm noch niemand über sein Elternhaus gesprochen. Ihm fiel wieder ein, wie seine Helena auch den eigenen Vater abgekanzelt hatte und der sich nur noch zu helfen wusste, vor seiner Tochter und ihrem Regiment zu warnen. Bislang schwelgte David von Lenes langer Mähne. Die Haare auf den Zähnen bekam er erst jetzt nach und nach mit. Er schluckte betroffen, besann sich aber dann seines eigentlichen Kommens.

»Da du offenkundig diejenige bist, die schon weit vorausdenkt«, dabei zwinkerte er ihr schelmisch zu, »was hast du denn für Pläne?«

»Wollen wir das wirklich mal so nebenbei auf dem Trittstein besprechen?«, wehrte sie ab. »Lass uns erst mal Versöhnung feiern nach dem ersten Schrecken, den du mir bereitet hast.« Sie klimperte mit ihren Wimpern, und er brauchte wieder ein Weilchen, bis er verstand, dass sie auf einen Kuss wartete.

Als Frowe zur Tür heraustrat, um zu sehen, wo die beiden eigentlich abgeblieben waren, stolperte sie fast über sie. Sie lagen eng umschlungen auf der obersten Treppenstufe und schienen alles um sich herum vergessen zu haben. Frowe wollte sich instinktiv schon wieder zurückziehen, besann sich aber sogleich. »Die Leute müssen denken, dass hier die Sünde eingezogen ist, seit ich unter dem Dach wohne«, scheuchte sie die Turteltauben hoch. »Kommt lieber rein und stellt euch nicht draußen öffentlich zur Schau!«

Aus den Augenwinkeln hatte Frowe bereits die feuchten Flecke auf Davids Brust gesehen. »Ihr jauchzt und heult in einem«, stellte sie fest und ging als Erste voran ins Haus. »Wisst ihr wirklich, was ihr wollt?«

Helena strahlte. »Er ist endlich so weit«, raunte sie Frowe zu. Doch David hatte es aufgeschnappt, und ihm wurde klar, dass die zwei Frauen schon über ihn zu Rat gesessen hatten. Sie nahmen am Tisch Platz, und an den aufgesetzten hochwichtigen Mienen erkannten Volker und Ide, dass es nun für sie Zeit war, sich nach draußen zu verdrücken.

Frowe übernahm die Einleitung und stellte zuerst unmissverständlich klar, dass die Schmiede Volker zugesprochen ist und Ide als Zweiter im Erbrecht nachrückte. Genau in dem Moment kehrte Tönges zurück, begleitet von Waldmann, der ihm um die Beine wuselte. Auch die beiden Söhne nutzten die Möglichkeit, sich wieder einzufinden, um mitzubekommen, was für Geheimnisse hier eigentlich beständig die Runde machten.

»Rede weiter«, wurde Frowe von Tönges ermuntert. »Ich bin gespannt, was David von euren Plänen hält.« Doch sie verharrte und prüfte die Lage, ob nicht endlich die Gelegenheit da war, mit ihrem eigenen Vorhaben herauszurücken. Vielleicht ließ sich ja beides verbinden.

Sie lenkte Davids Aufmerksamkeit auf ihre geknüpften Kontakte zu den Schulzen in den Dörfern im Mansfeldischen. Einigen hatte sie harte Gulden versprochen, wenn sie bei der Obrigkeit befürworten würden, einem von ihr Beauftragten die verwaiste Schmiede anzuvertrauen. Sie hob hervor, dass sie damit eigentlich weit geöffnete Türen einriss, denn nichts wünschte man sich in den Dörfern mehr herbei als die Rückkehr des am Boden liegenden Handwerks. Sie ging so auf in ihrem Werben um diese Schmiedesachen, dass sie ihren Fehler zuerst gar nicht bemerkte, sich aber dann umso heftiger auf die Zunge biss.

Du Schaf, schalt sie sich. Immer wieder hatte sie sich die Worte zurechtgelegt. Und jetzt platzte sie mit ihrem Geheimnis heraus, schon seit Langem einen Schmied gesucht zu haben. Damit musste sie auch den Naivsten mit der Nase darauf stoßen, dass ihre Entführung von Tönges nicht die Rettungstat war, die sie mit größer werdendem Abstand immer eifriger beschrieb. Besorgt schaute sie zu Tönges, der aber offenkundig nichts mitbekommen hatte. Auch die ständig hellwache Helena war einzig auf die Reaktionen ihres Liebsten fixiert, um den allein es ihrer Meinung nach hier ja ging.

»Hm«, machte David in die entstandene Pause. »Ich höre beständig das Wort Schmiede. Ihr wisst doch aber wohl, dass ich es nicht gelernt habe, Eisen breit zu schlagen, sondern Holz zu zersägen. Erklär du ihnen, Schmied«, richtete er sich an den Hausherrn, »dass beides so wenig miteinander zu tun hat wie Kochen und Sticken.«

Ide witzelte: »Toller Vergleich, den müssten sogar die Frauen verstanden haben.«

Lene funkelte ihren kleinen Bruder böse an. Derlei Schützenhilfe konnte sie nun gar nicht gebrauchen. Frowe setzte erneut ein und malte David aus, mit welchen Schwierigkeiten nach dem Hinauswurf daheim der Wiederaufbau einer abgebrannten Mühle und des verwahrlosten Mühlgrabens verbunden sei. »Dein Vater wird dir gewiss keine Hilfe leisten«, traf sie Davids Sorgen wie den Nagel auf den Kopf. »Aber von uns könntest du einen Teil der Werkzeuge erhalten. Tönges würde dich das Schmieden lehren. Ihr müsst ja nicht schon nächsten Monat davonziehen. Auch Volker würde euch gewiss in der ersten Zeit helfen ...«

»... und ich habe weit besser in der Schmiede aufgepasst als meine Brüder«, schaltete sich eifrig Helena ein. »Wenn ich dir in einer Sägemühle auch zu nichts nutze sein kann, am Amboss kenne ich jeden Kniff meines Vaters, kann dir das Schmiedefeuer schüren und bei allem zur Hand gehen. So schwach, wie ich in den Augen deines« – sie verharrte einen Moment, um das auf der Zunge liegende Wort alter Hurenbock herunterzuschlucken –, »deines Vaters auch aussehen mag, kann ich den Hammer schon führen. Nur lässt mich mein Papa das allein bei verschlossenen Türen tun, weil er sich vor dem Spott fürchtet, ob seine Arme schon so schlaff geworden sind« – nun verkniff sie sich die Bemerkung wegen der neuen, starken Frau –, »dass seine Tochter die Männerarbeit leisten muss.«

Tönges schmunzelte. »Wohl wahr, als Junge hätte sie einen guten Handwerker abgegeben. Beständig nervt sie mich mit ihren Fragen zu den richtigen Schmiedetemperaturen, den Größen der Hufeisen, den Eigenschaften der Metalle. Fragen, die ich mir weit mehr von Volker gewünscht hätte.«

Der lief knallrot an und senkte verschämt den Blick. »Das wird sich ändern«, knurrte er schließlich, und Helena sprang ihm bei in Erinnerung an sein Eingeständnis, bislang lieber spielen gegangen zu sein. »Volker hatte sich bereits darauf eingestellt, die Schmiede zu führen, solange du weg bist«, betonte sie und erntete ein dankbares Zunicken ihres Bruders.

David schaute noch immer bekümmert drein. Wegzugehen von seiner Sägemühle, sein Handwerk aufzugeben, das hatte bislang nicht mal im Ansatz zu seiner Zukunftsplanung gehört. Gleichzeitig spürte er aber seine Lebensgeister zurückkehren. Hatte er in seinen Träumen sich und Helena nicht immer im Schein des Schmiedefeuers gesehen? Wäre es nicht auch von ungeheurem Nutzen, zwei Handwerke zu beherrschen?

Sein Vater hatte ihm gerade eingestanden, nicht mehr ein noch aus zu wissen, wie er die Mühle über Wasser halten soll. Er rechnete mit der Pfändung. War es vielleicht sogar seine Rettung, dachte sich David, das Erbe an den förmlich danach lechzenden Jacob weiterzugeben und mithilfe von Helenas Familie eine verlassene Schmiede wieder in Schwung zu bringen? Dazu mussten sie nicht mal ans Ende der Welt ziehen. Das lag alles im Bereich des Machbaren.

Diese Aussicht riss ihn hoch von der noch immer provisorisch aufgestellten Sitzbank. Fast hätte er Volker und Ide zu Boden geworfen. Er rannte zum Amboss und griff nach dem schwersten Hammer, den er finden konnte. Spielerisch glaubte er, ihn im überkommenen Gefühl unbezähmbarer Stärke und Energie auf dem Amboss springen lassen zu können. Doch fast wäre das klobige Werkzeug seiner Hand entglitten und ihm auf die Füße gefallen.

»Den einhändig zu führen, habe ich auch lange üben müssen«, tröstete Tönges, der ihm mit allen anderen sofort gefolgt war. Er reichte ihm über den Amboss hinweg seine Pranke: »Sei willkommen in meiner Familie, Schmiedelehrling.« Eigentlich wollte er sofort hinzufügen, dass der nächste Weg nun aber zum Altar führen müsse, doch erinnerte er sich noch rechtzeitig an seine eigene Schwachstelle und verschob das Thema vorerst.

David schlug ein. Ihm wurde bewusst, dass dies der erste Handschlag war, den er als erwachsener Mann leistete, sein erster feierlicher Vertrag. Dass er sich noch kurz zuvor auf einer Stufe mit einem ertrinkenden Schmetterling sah, behielt er wohlweislich für sich. Helena trat vor ihn und schaute zu ihm auf. Sie war wachsbleich. Erschrocken fragte er, ob ihr schlecht sei, woraufhin sich Tönges und Frowe einen ahnungsschweren Blick zuwarfen. Doch sie schüttelte den Kopf. »Als du soeben wie von der Tarantel gebissen aufgesprungen warst und, ohne ein Wort zu sagen, nach draußen liefst, dachte ich, du wolltest vor unseren Plänen flüchten. Ich muss endlich lernen, dir zu vertrauen«, gestand sie.

»Herrje«, rief Frowe. »Wir feiern hier eine Verlobung und haben nicht mal was zum Anstoßen im Haus. Lauf bitte zum Wirt«, forderte sie Ide auf, »und hole einen Krug Wein. Verlang von seinem Besten! Hier hast du vier Groschen, so viel dürfte es aber nicht kosten.«

Ide stob davon, gefolgt von Waldmann, der sich den neuen Ausflug keinesfalls entgehen lassen wollte. In der Zwischenzeit versammelten sich alle wieder um den Tisch. David barst förmlich vor Fragen nach der wirtschaftlichen Lage der

Schmiede, die doch hoffentlich nicht auch schon so vor dem Ruin stand wie die Mühle, nach den Orten, die sich nach der Rückkehr eines Schmieds sehnten, nach der Länge seiner neuen Lehrzeit, wann er damit anfangen konnte.

»Mal sachte«, bremste Tönges die Euphorie. »Da hat dein Vater wohl auch noch ein Wörtchen mitzureden. Meinst du, er lässt seinen fertig zum Gesellen ausgebildeten Erben einfach davonziehen? Ich möchte keinen Streit mit Franz. Und nur mal abends auf ein Stündchen bei mir vorbeizuschauen. reicht nicht. Du müsstest fortan den ganzen Tag bei mir arbeiten, und da es nun höchste Zeit wird, Volkers Ausbildung abzuschließen, wäre das mit euch beiden ein Aufwasch.«

David überlegte. Er wusste, dass ihn sein Vater sogar mit Gewalt zurückhalten würde, sobald er ihm sagte, dass er fortgehen wolle. Umgekehrt würde er aber noch die Tür für ihn zum Gehen aufhalten, wenn er auf seiner Lene bestand und forderte, dass sie auf keinen Fall zur Schwerstarbeit herangezogen werden dürfe. So könnte er ihn überlisten. »Würdet ihr mich denn bei euch aufnehmen, wenn mir daheim der Stuhl vor die Tür gestellt wird?«

»Dann müsste aber zuerst das Aufgebot bestellt werden«, warf Tönges ein und atmete erleichtert auf, endlich eine Gelegenheit gefunden zu haben, die ihm unter den Nägeln brennende Sorge an den Mann zu bringen.

Heiraten, durchzuckte es David, der damit schon wieder an einer Außengrenze seines bisherigen Gedankenkreises angekommen war. Gewöhnlich stattet der Brautvater die Feier aus, überlegte er. Sein eigener könnte ohnehin nichts beisteuern, selbst wenn er wollte. Wahrscheinlich würde er nicht mal kommen und es auch der Mutter und den Brüdern verbieten.

Wie kompliziert die Welt doch eingerichtet ist für jemanden, der mit einer Frau glücklich werden will, stöhnte er innerlich.

Ide kam zurück mit dem Wein. Frowe hatte schon sechs von ihren Gläsern auf den Tisch gestellt. Eines wäre ihr um ein Haar auf den Fußboden gefallen, so aufgeregt war sie, nun endlich auch ihr Vorhaben zur Sprache zu bringen. Im selben Moment, als sie es auffing, ärgerte sie sich über diese Rettung. Scherben sollen doch Glück bringen, dachte sie an das Sprichwort. Hoffentlich rächte sich ihr geiziger Eingriff nicht.

Ide hatte das zurückerstattete Geld auf die Tischkante gelegt, fünf Heller, die kupferroten Glanz warfen und die Blicke auf sich zogen.

»Was haltet ihr davon, wenn wir künftig in unseren beiden Schmieden« – wohlweislich bezog sie David und Helena ein – »das Angebot erweitern und uns neben Eisen auch mit Kupfer beschäftigen?«, fühlte sie vor.

»So was?«, reagierte Tönges lakonisch und hob eine der Kupfermünzen in die Sonnenstrahlen, die durch das blitzblank geputzte neue Fenster fielen.

»So was«, quittierte sie und verschränkte scheinbar gelassen die Arme vor der Brust, obwohl sie vor Anspannung kaum noch atmen konnte.

Tönges rang sichtlich um Fassung. Beängstigende Stille zitterte im Raum. Erschrocken schauten die Kinder zu ihm auf. Verkrampft hielt er noch immer den Heller in der erhobenen Rechten. Die Hand zuckte auf und ab, wie bei einer Marionette. Er keuchte die Worte mehr, als er sie sprach: »Hast du eine Vorstellung davon, wie es ist, bei lebendigem Leibe zu braten? – In siedendes Öl geworfen zu werden, ist gewöhnlich die Strafe für Falschmünzer. Willst du solches Unheil über uns bringen?«

Frowes verschränkte Arme fielen jäh an ihr herab. Sie klammerte sich an die Tischkante, bis ihre Finger weiß wurden. Zu dämlich stellte sie sich auch an, für ihr ohnehin wirres Projekt jene Begeisterung zu wecken, die sie seit Langem erfüllte. Sie sprang auf und begann, hin und her zu laufen, um sich besser auf das konzentrieren zu können, was sie sagen wollte. Sprachlos folgten ihr fünf Augenpaare.

»Falschmünzer. Woran du gleich wieder denkst«, schüttelte sie den Kopf. »Dann müssten wir zumindest mit Silber arbeiten und Taler prägen, damit sich das Risiko lohnen würde. Nein, ihr wisst, ich bin Händlerin. Das ist mein Metier, davon verstehe ich was. Habt ihr noch irgendwelches Kupfergeschirr im Haus? Oder besitzt einer eurer Nachbarn noch welches?«

»Kupfergeschirr?«, übernahm sogleich wieder Lene das Wort. »Was diese Räuber nicht wegschleppen konnten, das zerschlugen sie. Ich erinnere mich noch an manches, den großen Krug, Pfannen und Töpfe.« Sie tippte ihrem Bruder auf die Schulter. »Ide, du sicherlich schon nicht mehr.«

»Bei uns gibt's nichts«, bestätigte er. »Aber beim Wirt stehen solche Sachen noch immer rum.«

»Seht ihr«, schöpfte Frowe langsam Oberwasser. »Es besteht doch ein ungeheurer Bedarf. Auch wenn sich derzeit kaum jemand neues Geschirr kaufen würde aus Sorge, es ohnehin gleich wieder loszuwerden, so wird sich das schlagartig ändern, sobald Friede herrscht.«

»Du meinst, es gibt bald Frieden?«, klang David von dieser Aussicht wenig überzeugt.

»Es gab ihn schon zweimal«, erklärte Tönges. »Aber auch vor fünf Jahren, nach dem Frieden von Prag, ging es wieder von vorn los.«

Sofort spulte Frowe weiter ihren Faden ab: »Wo sind sie

denn hin, die großen Lichtgestalten des Krieges? Die Schlacht von Lützen raffte mit König Gustav Adolf und Pappenheim gleich zwei dahin. Im selben Jahr krepierte Tilly elend an der Verwundung durch eine Falkonettkugel. Fünfzehn Monate nach Lützen brachten die Kaiserlichen mit Waldstein ihren wohl fähigsten Heerführer eigenhändig um. Der Krieg frisst sich seit Jahren selbst auf, ohne dass noch irgendeine Entscheidung absehbar ist«, schnappte sie nach Luft.

»Die Söldner hungern genauso wie die Bevölkerung. Pest, Pocken, Englischer Schweiß, die Ungarische Lagerseuche fordern weit mehr Opfer als die verlustreichste Schlacht. Die Französische Krankheit frisst selbst den Generälen und ihren Mätressen die Nasen aus dem Gesicht. Es steht allen bis zum Hals. Das Maß ist längst übervoll. Als ärgster Feind gilt ein neuer Hungerwinter. Allein die Aussicht zermürbt. Kein Fahnenschwenken, kein Trommelwirbel, keine Artilleriesalve kommt dagegen an. Aber an jedem neuen Tag müssen die Toten der Nacht verscharrt werden, die an Auszehrung starben. Spätestens im Frühjahr ist der ganze Spuk vorbei.«

Sie ließen die Worte lange auf sich wirken. »Nur zu gern möchten wir dir das glauben«, stellte schließlich David fest. »Aber selbst wenn es stimmt, dass der Krieg bald vorbei ist und die Leute ganz versessen auf kupfernes Geschirr werden – woher nehmen wir das Metall?«

»Wir verkaufen doch noch Frowes Pferd nur gegen Heller und schmelzen die dann ein«, fand Ide die Lösung. Schallend lachten alle.

»Aber nun mal im Ernst«, schritt Tönges ein. »Von wem bekommen wir das Kupfer, und was würde das kosten?«

»Ihr sitzt doch drauf«, platzte Frowe heraus. Alle schauten an ihrer Bank zu den Füßen hinunter und fühlten sich schließlich veralbert, überhaupt einer solchen Kinderei Glauben geschenkt zu haben. Verdrossen fragte nun auch Tönges, was das Ganze eigentlich solle, und Frowe musste sich beeilen, ihr Vorhaben endlich zu Ende zu spinnen.

»Überall unter der Erde liegt hier Kupfer«, flocht sie schnell ein. »Im Mansfeldischen buddeln sie ohnehin danach, aber auch hier in Herrmanns Acker, Buchholz oder Ilfeld verlaufen die Stollen. Sie sind seit Jahren stillgelegt, niemand kümmert sich mehr um sie. Auch wenn der Krieg die meisten Bergleute in alle vier Winde zerstoben hatte, müssten doch noch ein paar da sein, die wissen, wo der Abbau lohnt.«

Frowe war sich völlig sicher, sofort Leute zu finden, die mitmachen. »Da werden einige längst Pläne im Kopf haben, nur wissen sie bislang nicht, wohin dann mit dem Kupfer. Ihr könntet es verarbeiten, zu Schüsseln, Krügen und Töpfen. Ich weiß, wo uns die Bürger harte Dukaten dafür zahlen, und ich kenne einige Verwegene, die das Schmuggeln der Ware über die stolbergischen Landesgrenzen übernehmen, ohne dass wir den Kopf dafür hinhalten müssen. Erlaubt ist das alles sicherlich nicht. Aber wir würden auch nicht gleich mit siedendem Öl übergossen, falls wir erwischt werden. Vielleicht können wir uns sogar mit der Obrigkeit zuvor einigen. Die Beteiligung an einem Geschäft wäre für den Grafen immer noch besser als gar keines, denn bis er selbst wieder mit dem Abbau beginnen kann, vergehen Jahre.«

Erleichtert setzte sich Frowe wieder hin. Endlich hatte sie ihr Projekt vortragen können, das sie beständig gefangen nahm, wenn sie in dieser Gegend unterwegs war und überall die Abraumhalden sah, und man ihr flüsterte, dass mancher weiterhin heimlich nach Erz gräbt. Es war ja gar nicht nötig, gleich ein ganzes Bergwerk zu betreiben. Sie hatte gehört, dass die Ausbeute vom hiesigen Kupferschiefer den zwanzigsten bis sogar zehnten Teil betrug. »Zwanzig, vielleicht auch dreißig Wagenladungen Erz zu fördern, müsste doch möglich sein, ohne dass es überhaupt jemandem auffällt«, so argumentierte sie weiter und stellte erleichtert fest, dass sich niemand an die Stirn fasste, sondern zumindest interessiert zuhörte.

»Wie kompliziert es ist, aus dem Erz Kupfer zu gewinnen, und wie viel Klafter Holz es braucht, auch nur ein einziges Pfund zur Schmelze zu bringen, darüber hast du dir aber bislang noch nicht den Kopf zerbrochen?«, wandte Tönges ein und glaubte, damit dem Plan doch noch mit einem Schlag den Todesstoß versetzt zu haben. Aber auch darauf war Frowe vorbereitet. »Es gibt hier genug Leute, die sich mit Schmelzöfen auskennen und wissen, wie das geht. Was das Holz anbelangt, müssen wir nur die nächste Truppeneinquartierung abwarten. Die Landsknechte brauchen keine Genehmigung der Grafschaft zum Holzeinschlag.

»Auf die nächste Einquartierung warten«, stöhnte Tönges. »Du sprichst ein großes Wort gelassen aus.«

Ahnungen

David saß hoch zu Ross, auf dem Hengst von Frowe. Er ritt den Rosinberg hinauf, wo sich der Wald zum Dorf hin wie zu einer Bühne öffnete. Rechts und links glitt er mit dicht verfilztem Unterholz am Weg entlang in das kleine Tal und reichte bis an die ersten Häuser heran. Stöckey nannten sie das Gelände, was auf das wuchernde Gestöck hinwies. Nur auf ein paar Wildwechseln kam man da hindurch.

Als er beinahe oben war, drehte David sich um und schaute zurück auf Herrmanns Acker, dessen Häuser sich wie die Küken in einem Vogelnest aneinanderschmiegten, um sich gegenseitig Schutz und Wärme zu geben. Seltsam, dachte er, dass nicht die Kirche in der Mitte steht, sondern das Backhaus. Und als würden dem Dorfzentrum Flügel wachsen, streckten sich nach Osten die Häuserzeilen zweier Gassen aus.

Weit hinter dem Ort richtete sich die Karsthochfläche des Alten Stolberg auf. Davids Blick tastete sich zurück, fand die Domäne und ruhte schließlich versonnen auf der Schmiede, deren breites rotes Dach den gesamten oberen Teil des Dorfes zu beschirmen schien. Dass er darunter ein zweites Zuhause finden könnte, hätte er noch vor Wochen nicht mal geträumt. Als Edellehrling und künftiger Eidam zog er ein, um von hier aus den Sprung zu wagen zum Aufbau einer eigenen Werkstatt.

Frowe war zusammen mit Helena und Tönges bereits unterwegs, eine geeignete auszuwählen. Lange hatten sie gestritten, weil Frowe – nach wie vor in Erwartung des baldigen Friedens – an der Handelsstraße in Richtung Luthers Geburtsstadt Eisleben die beste Lage sah, während Tönges – noch immer befangen von den Kriegserlebnissen – seine Tochter lieber in ein geschütztes Dorf in einem Winkel des Harzes fernab der Heerstraßen einziehen lassen wollte. Doch Frowe hatte sich letztlich durchgesetzt, nachdem ihr Tönges vorrechnen sollte, wie viel Aufträge und Einnahmen er in seiner abgelegenen Lage im vergangenen Jahr vorweisen könne.

Wehmütig hatte David die drei davonziehen sehen und wäre allzu gern mit ihnen gekommen. Schließlich ging es ja dabei maßgeblich um ihn. Doch ihn band ein anderer Auftrag. Das Dorf hatte ihn zum Anführer gewählt, um mit dem erbeuteten Geld Saatgut zu kaufen. Es war nicht vergessen worden, dass dank seines Mutes und seiner Übersicht ihr Angriff nicht in einem Fiasko geendet hatte. Er hielt es daher auch nicht für ungerecht, einen Teil seiner Beute für sich selbst behalten zu haben. Gewiss handhabten einige andere das ebenso. Er beschloss, zur Beruhigung seines Gewissens, achtzugeben, ob sich noch andere absonderten, um allein über die Märkte zu schlendern.

Murmelnden Beifall fand der von Tönges unterbreitete Vorschlag seiner neuen Begleiterin, das Geld nicht auf den gewohnten Märkten auszugeben, wo jeder jeden kannte und leicht Rückschlüsse gezogen werden könnten über den plötzlichen Geldsegen der Herrmänner. Längst war der Zusammenhalt der Dörfer zerstört, als einer noch dem anderen half. Inzwischen versuchte jeder, nach dem Sankt-Florians-Prinzip das Unglück abzuwenden, indem er es zum nächsten Dorf leitete und den Furieren der Heere bei seinem Leben schwor, dass sie nur eine Meile weiterziehen müssten, wo es nur so von Kornlagern wimmelte.

In einer Maskerade der den Landsknechten abgenommenen Jacken und Hosen und natürlich aller eroberten Waffen zog nunmehr ein Fähnlein auf der Gebirgsstraße in Richtung Gernrode, um auf der anderen Seite des Harzes ein halbes Dutzend Fuhren Weizen, Gerste, Hafer und Ölsaaten zu kaufen. Das würde für den zusätzlichen Anbau von mehreren Hufen Land reichen, und im Fall von neuer Hungersnot im Winter wollten sie sich zudem noch eine Reserve zurücklegen. Geld war genug da, um obendrein nach Stoffen und einigen anderen begehrten Dingen auf den Märkten zu sehen.

Alle waren aufgekratzt, ihre Adern klopften voller Hochspannung. Immerhin gingen sie einen verbotenen Weg, der ihnen knüppeldick Skrupel zwischen die Beine warf. Doch nach dem Leid, das sie selbst erfahren mussten, sahen sie sich im tiefsten Recht, das erbeutete – mithin also gestohlene – Geld auszugeben.

Den Marsch über den Harz empfanden sie nicht nur als einen Ausbruch aus dem tristen Alltag, sondern vor allem als einen Befreiungsschlag aus ihrer Erniedrigung. Immer fiel bislang das Los auf sie, der Unterlegene zu sein, zu dulden und alles hinzunehmen. Jetzt begehrten sie auf und nahmen sich selbst, was sie brauchten.

Unter dem Deckmantel ihrer schlimmsten Feinde hofften sie, die Freiheit zu atmen, alles tun zu können, wonach ihnen war. Die am Boden Liegenden erhoben sich zum aufrechten Gang. Sie richtete der Stolz auf, der auch schon die gefürchteten Harzschützen durchströmt haben musste, die sich vor niemandem mehr beugten, weder vor den Eintreibern ihrer Landesherren noch vor den Beutemachern fremder Heere.

Man war nur ein kleiner Haufen, aber man war zumindest einer; und man würde beim Durchzug durch die nächsten Dörfer zwar jene Furcht verbreiten, die jeden von ihnen selbst krötenhaft auf die Erde drückte, aber gönnerhaft ebenso das Aufatmen darüber spüren, dass dieser Trupp niemandem etwas zuleide tat.

Wer sich nicht als Soldat anziehen konnte, verstellte sich als Trossknecht und hatte zumindest einen Dreschflegel zur Verteidigung auf dem Wagen liegen. David wiesen prachtvolle Federn am Hut und eine blutrote, goldgesäumte Schärpe breit über die Brust als Offizier aus. Verschämt musste er jedoch seinen schäbigen Degenknauf, der eher zu einem Wegelagerer als an die Seite eines Adligen passte, vor neugierigen Blicken verstecken. Knapp dreißig Männer scharten sich, so ausstaffiert, um die Fuhrwerke, vor die Ochsen und auch die zwei eingefangenen Dragonerpferde eingespannt wurden. Weitere Gäule wollten sie nicht riskieren.

Der Wald umschloss nun die Schauspieltruppe. Hier kannten sie jeden Baum und spürten noch keine Furcht. Der Weg glitt wieder hinab, vorbei an den Steinbrüchen, die sich tief in den roten Porphyr fraßen. Aus ihm bestanden der Burgturm, der Pallas und die Mauern rund um den Bergrücken, ebenso die Fundamente der Kirche, der Domäne, der Sägemühle und der Schmiede.

David schwang sich aus dem Sattel und griff nach einem der losgelösten kleinen Rötlinge. Der bedankte sich für die unerwartete Aufmerksamkeit. Aus dem Schattendasein ins Sonnenlicht emporgehoben, zwinkerten David winzige Kristalle auf der Oberfläche zu. Er erkannte die aufblitzenden Pünktchen aus Lenes Augen wieder und nahm im selben Moment in dem Stein einen Talisman wahr. Geschwind schob er ihn in eine Tasche unter seinem Wams.

Als sie über die Brücke des Krebsbaches marschierten, straffte sich David im Sattel. Mutter und die Brüder würden ihm gleich zuwinken. Den Vater erwartete er nicht, allerdings nahm er an, dass er ihn aus sicherer Entfernung beobachtete. Doch die Sägemühle lag verwaist. Folglich war der Familie untersagt worden, sich dem entflohenen schwarzen Schaf zu nähern.

David seufzte, als er sich der Flüche erinnerte, die ihm sein Vater nachgesandt hatte. Genau wie erwartet, war ihm die Tür gewiesen worden, als er auf seinem felsenfesten Entschluss bestand, seine Helena heiraten zu wollen. Der Vater hatte damit jedoch nur geblufft. Völlig überzeugt war er, dass sein Ältester sofort einknickt, sobald ihm diese Konsequenz drohte. So wie in seiner eigenen Gedankenwelt die Mühle immer an vorderster Stelle stand, erwartete er auch von seinem Sohn dieselbe Reihenfolge der Wertigkeiten. Dass sich die Liebe zu einer Frau über alles erheben könnte, blieb für ihn unvorstellbar.

Franz bereitete sich also darauf vor, dass ihm David umgehend reumütig in die Arme fallen und um väterliche Nachsicht dafür bitten würde, dem Mühlenerbe nicht den ihm zustehenden Respekt erwiesen zu haben. Doch der Boden schwand ihm unter den Füßen, als sein Stammhalter wenige Minuten später mit gepacktem Ranzen vor ihn trat und Adieu wünschte.

Er musste sich hinsetzen und bekam anfangs kein Wort mehr heraus. Erst als ihm klar wurde, dass David ihn übertölpelt hatte und er nach dem angedrohten Hinauswurf nun nicht jämmerlich sein Bleiben erbetteln konnte, entfuhren ihm die schlimmsten Verwünschungen. Sie richteten sich jedoch weniger gegen David, sondern vielmehr gegen sich selbst.

Von seinen drei Söhnen – der Erstgeborene und eine Tochter waren ihm bereits weggestorben – erschien ihm David als der Fähigste, die Nachfolge anzutreten und ihm die Ruhe seines Altenteils zu gönnen. Verzweifelt musste er sich eingestehen, den Fehler seines Vaters doch wiederholt zu haben.

Tränen traten ihm in die Augen, als er zurückdachte an seine Marie, die er als Tochter armer Holzfäller aufgeben musste; fortan richtete er sein Leben lang den Groll auf die ihm anbefohlene Frau. Vielleicht war die Lene ja gar nicht so schwach, vielleicht machte sie mit ihrer Zuneigung David stark genug, die Familie durchzubringen. Tief bohrte sich Franz der Kummer in die Seele und saugte ihm die Kräfte aus. Hatte er doch denjenigen aus dem Haus getrieben, den das Dorf für seinen Anführer hielt. Anstatt neues, frisches Leben um sich zu scharen, vergrößerte er die Vereinsamung in seiner abgelegenen

Harzmühle. Er fühlte sich leer wie ein hohler Weidenstamm unten am Bach.

David reckte den Hals lang, um doch irgendwo ein Winken einzufangen, ein stummes Zeichen des Einverständnisses für seinen Weggang. Die Skrupel, seine Mutter einfach so stehen zu lassen, hatte er erst verspürt, als es kein Zurück mehr gab. Wenngleich ihn eine Ohnmacht von ihr wahrscheinlich doch noch hätte innehalten lassen. Sie aber lächelte, als er stumm vom Vater die Tür gewiesen bekam, und nickte ihm aufmunternd zu.

Während ihr Mann wie gelähmt in der Stube zurückblieb, begleitete sie ihren Sohn noch ein Stück. Und das wenige, das sie ihm sagte, übertraf alles, was sie in den Jahren zuvor miteinander gesprochen hatten. Auch Jacob und Peter nahmen ihren ganzen Mut zusammen, um mitzukommen, wenngleich sie sich ängstlich alle paar Schritte umwandten in Erwartung des zürnenden Oberhauptes.

»Nein, das sind Freudentränen«, beruhigte ihn die Mutter sofort, als er sich Vorhaltungen machen wollte wegen seines Eigensinns. »Ich wusste immer, du wirst nicht so wie mein Franz«, sagte sie, und folglich sei ihr auch seit jeher klar gewesen, dass es beide unter einem Dach nicht auf Dauer miteinander aushalten könnten. Ihre größte Sorge, gestand sie, habe immer darin bestanden, dass Vater und Sohn die Fäuste gegeneinander erheben und dass Blut dabei fließt. Es tröstete sie, ihn gleich nebenan im Dorf zu wissen. »Halte dein Glück mit der kleinen Lene mit beiden Händen fest und gehe mit ihr nicht so um, wie du das bisher bei uns zu Hause gesehen hast«, waren ihre Abschiedsworte

Sie umarmte ihn, auch die Brüder drückten sich an ihn. »David?«, fragte Jacob mit zitternder Stimme. »Du gehst doch nicht etwa, weil ich dir damit in den Ohren lag, dass ich einmal fortziehen muss, während du dich im Glück des Erben sonnst. Das war nicht so gemeint. Kehr bitte sofort wieder um, wenn ich Schuld an deiner überstürzten Flucht trage. Ich mag nicht mit dem Vorwurf leben, dich aus dem Haus getrieben zu haben.«

David klangen die Worte noch immer im Ohr. Auch die Reaktion ihrer Mutter, die daraufhin Jacob umarmte und ihm versicherte, dass alles auf einem guten Weg sei und jeder dem anderen weiter offen in die Augen sehen könne.

Inzwischen aber hatte sich der Sägemüller wieder gefangen und hielt die Zügel fest genug in der Hand, um herzerweichende Familienszenen vor den vorbeiziehenden Männern des Dorfes zu untersagen. Sooft sich David auch umsah, empfing er keinen Trost.

*

Voraus lief ihnen die Angst. Menschenleer öffneten sich die Dörfer vor der heranziehenden Kriegerschar. Viele reute jetzt ihre Vermummung. Mal die Bösen spielen zu können, ohne jemandem wirklich etwas anzutun, blieb ihnen versagt. Das mochte manchen enttäuschen, doch überwog die Sorge, sich die eigene Grube zu graben.

So viele waren sie nicht, um einem plötzlichen Ansturm der Harzschützen standhalten zu können. Deren große Rebellenhaufen waren in den vergangenen Jahren zwar stark dezimiert worden, und viele Gefangene hatte man zu Tode gefoltert – gar heftig praktizierte man an ihnen das Herausschneiden von Riemen aus der Haut –, doch ihr Ruf hielt sich hartnäckig. Mit den kaiserlichen, französischen oder schwedischen Truppen nahmen sie es längst nicht mehr auf, dafür plünderten sie Ilsenburg, fielen ins stolbergische Land ein, legten Clettenberg in Asche und zündelten in Ellrich.

Sich ihnen als Bauern zu erkennen zu geben, hätte nichts genützt. Die Freischärler machten Beute ohne Unterschied zwischen Soldaten und Dörflern.

David versuchte, die Ängstlichen zu beruhigen. »Solange unsere Wagen leer sind, wird niemand sein Leben riskieren und uns angreifen. Wer dies beabsichtigt, spekuliert darauf, dass wir reich beladen auf demselben Weg zurückkommen.« Das leuchtete jedem ein, aber nach kurzer Zeit bedrängten sie David, ob er zurück etwa riesige und somit noch gefährlichere Umwege um das Gebirge nehmen wolle. Er lachte jedoch nur und kündigte eine List an. »Lasst uns darüber sprechen, sobald unsere Wagen wirklich voll sind«, vertröstete er sie.

Vorerst wollte er lediglich Zeit gewinnen, denn seine groß angekündigte List mochte ihn selbst nicht so recht überzeugen. Wenn er jetzt damit herausrückte – da war er sich sicher –, würden die Ersten umkehren, womöglich sogar alle. Mit leeren Händen und hasenhaft angelegten Löffeln wollte der Anführer aber keinesfalls heimkommen. Er sah den Hohn in den Augen seines verlassenen Vaters, nicht minder schreckte ihn das zu erwartende Mitleid von Lene und Frowe. Nie wieder würde man ihn zum Anführer wählen, umso eher zum Dorfdeppen.

Er trieb die Leute an, als wäre er wirklich der Hauptmann. Instinktiv tat er damit genau das Richtige. Seine Befehle pressten die Furchtsamen durch die Hohlwege. Solange er zu wissen schien, wie es weiterging, ordneten sich ihm die Gefährten unter. Niemand knurrte. Als Einziger ritt er. Die unter ihm waren es gewohnt, nach oben zu blicken in Erwartung hoheitlicher Anordnungen.

An David aber fraßen die Zweifel. Zurück über die steilen Pässe würde kein Zugtier allein die beladenen Wagen zerren können. Sie müssten umspannen und dabei auch noch ihre Kräfte teilen. Während eine Hälfte bei den ausgespannten Fuhren zur Bewachung zurückblieb, müsste die andere gewiss selbst mit schieben und könnte sich dabei kaum um die Verteidigung kümmern. Wehe, wenn es in dieser Phase obendrein regnete und die Wege aufweichten. Sollten sie angegriffen werden, dann genau dort. Felsenfest ging er davon inzwischen aus.

*

Ein riesiger Feldstein lag am Weg. Helena nahm ihn sofort in Beschlag, hielt von der Erhöhung Ausschau, kuzte sich dann aber enttäuscht hin. Der Blickwinkel in die weite Aue blieb letztlich derselbe, und nichts wurde sichtbar, was Hoffnung wecken könnte. So wie bei ihr drückten die jüngsten Erlebnisse auf die Stimmung von Frowe und Tönges. Die Dörfer entlang der Handelsstraße verfielen. Geisterhafte, entvölkerte Ruinenfelder breiteten sich zuweilen an ihrer Stelle aus. Zwei Orte entdeckte Frowe wieder, die sie vor einigen Jahren als gut befunden hatte, um sich niederzulassen.

Dort hatte sie sich bei den Schulzen bereits eingekauft. Man könnte es Bestechung nennen. Vornehmlich ging es ihr jedoch darum, bei der Rückkehr sogleich warm aufgenommen zu werden, voller Hoffnung auf eine leistungsfähige Handwerkerfamilie, die das Dorf stärken könnte. Aber da war nichts mehr. Kein Schulze, keine Höfe, kein Leben. Schlimmer als jede alttestamentarische Heuschreckenplage, die alles vertilgt, hatte sich das Kriegsvolk über das Land ergossen und hinter sich nicht nur kahle, sondern versengte Erde hinterlassen.

Ein Dorf, von dessen Wohlstand Frowe die schönsten Erinnerungen in sich trug, wollten sie noch aufsuchen. Aber sie ahnte, dass der zur Schau gestellte Reichtum die hungrigen Ratten wohl zuallererst angezogen haben musste. Vor ihrem inneren Auge zog das Wirtshaus vorbei, ein vierstöckiger Fachwerkbau, an dessen Fassade sich die staunenden Blicke der Durchreisenden weideten. Welche Begabung, welche Fertigkeiten führten einst bei diesem Schmuckstück den Erbauern die Hand. In jede der vorspringenden Mauerkehlen schnitzten sie sich, ließen keinen Balkenkopf aus und gossen bis hoch zur Traufe ein Meer von Farben aus.

Lange ließ Frowe einst diese Zierde Stück für Stück auf sich wirken. Zunftzeichen reihten sich aneinander, Schere, Hobel und Zirkel, Brauschöpfkellen, überkreuzte Fische. Gesichter und Tiere traten aus dem Balkenholz, eine blond gelockte Frau, ein Zecher mit roter Nase, ein gehörnter Ziegenbock, ein sich in die Brust werfender Hahn. Sie lösten einen Wettbewerb aus. Jeder maß sich beim Errichten eines neuen Hauses an dieser Kunst und versuchte, sie zu übertreffen.

Ebenso prunkvoll wie die Schnitzereien wölbten sich massige Steinbögen über die Eingänge zu den großen Bauernhöfen. Die verschnörkelten Beschläge der Tore kündeten von Meistern des Schmiedehandwerks.

Auch als die Brandfackel des Krieges bereits die Funken stieben ließ, schlug die Schönheit dieses Ortes die Wüteriche in ihren Bann. Niemand wagte, die Hand gegen die einmaligen Leistungen der Vorvorderen zu erheben. Doch Frowe wusste nur zu gut, wie die Verrohung mehr und mehr um sich griff und keiner dem anderen vergönnte, es besser zu haben.

Erst als sie in der Mitte des gesuchten Dorfes ankamen, erkannte es Frowe. Mehrere steinerne Torbögen erhoben sich noch trotzig. Windschief klammerte sich einer der massiven Holzflügel mit einer Angel ans Mauerwerk. Gläsern ließen die trutzigen Bollwerke von einst mit gebrochenem Willen den Blick hindurchgleiten bis in die verunkrauteten Höfe.

Gestrüpp wucherte in den Stallungen und Scheunen, von denen oft nur die Fundamente und unteren Teile des Fachwerks wie Grabeinfassungen verblieben waren. Ein Trittstein schraubte sich über fünf Stufen hinauf ins Nirgendwo. Als flacher Schutthaufen wand sich das Haus dahinter kläglich am Boden. Daneben glotzte ein stehen gebliebenes Balkengerippe aus leeren Augenhöhlen klaffender Fensteröffnungen. Überbleibsel der Einquartierungen, die in den vergangenen Wintermonaten um sich herum die Reste des Dorfes verheizt hatten.

Nur noch Teile der Zäune deuteten die einstigen Grundstücksgrenzen an. Von den ertragreichen Obstbäumen kündeten stümperhaft abgetrennte, schräge Stümpfe. Nach und nach hatte sich die Soldateska durch das Bauholz der nicht tragenden Wände gesägt, die Türen verfeuert, die Schwellen und Fußbodenbretter, bis endlich die Unbewohnbarkeit zum Umzug in das nächste Haus zwang.

Frowe erinnerte sich der Worte von Tönges' Kindern, als ihr beim ersten Eintreten in die Schmiedebehausung die Trostlosigkeit die Beine einknicken ließ: Lieber die Pest als eine Einquartierung; selbst der verlausteste Söldner musste es ablehnen, in einem solchen Loch zu übernachten.

Mehr schleppend als gehend erreichten die drei das Landgasthaus »Zur Linde«. Frowe verschwammen die Augen. Wo früher die Seele des Ortes schwebte, sprang das Grauen eines

Richtplatzes die Neuankömmlinge an. Von der Linde herab gewährten die Mörder ihren Opfern den starren Blick auf die Ruinen ihrer Häuser. Mehr als ein Dutzend verwesende Leichen schaukelten sanft in dem verkohlten Geäst, auf das die aus dem Dachstuhl des Gasthauses schlagenden Flammen übergesprungen waren.

Einige der Erhängten hatte die Erde wieder zu sich herabgezogen. An Ort und Stelle waren sie notdürftig verscharrt worden. Statt eines Grabsteines erhob sich über ihnen im Gewirr des geborstenen, verkohlten Gebälks am Boden diabolisch der einzige Überlebende des Infernos: Rußfarben starrte das Schnitzwerk vom gehörnten Ziegenbock auf die fröhlichen Zecher von einst.

Wenn es einen Eingang zur Hölle gab, hier musste er sein.

Dennoch gaukelten wie die verkörperte Unschuld leuchtende Heckenweißlinge über dem erstarrten Aufschrei des vergewaltigten Dorfes. Sie wandten sich zum Ringelreih'n mit Zitronenfaltern und tanzten unbekümmert über das Totenfeld hinweg. Durch Frowes Tränen verbog sich das fast übernatürliche Gelb der Schmetterlinge zu Flammenzungen, die wieder gierig leckten in ihrem tödlichen Appetit. Süßlicher Geruch der Verwesung stieg auf. Ihr schwanden die Sinne; hätte Tönges sie nicht sofort fest umklammert, wäre sie hingestürzt.

Helena feuchtete ihr die Lippen mit ein paar Spritzern Wasser. Sie hatte es vor Kurzem aus einem Brunnen geschöpft, den sie genau inspizierte, ob nicht auch hier Menschen ertränkt worden waren, deren aufgedunsene Leichen nun den Born vergifteten.

»Es ist so hoffnungslos«, hauchte Frowe, nachdem sie wieder zu sich kam. »Hier finden wir weit und breit für Lene und David keinen Neuanfang.«

Auch Tönges fand seine Sprache wieder, nachdem sie lange nicht mehr gewagt hatten, die Friedhofsstille dieses Ortes zu stören. »Ich hatte keine Ahnung, in welcher Idylle wir leben«, verglich er die Trostlosigkeit ihrer Wegstrecke mit dem heimatlichen Harzdorf. »Wir haben bei uns Platz für alle und wollen zu Gott beten, dass uns ein solches Schicksal wie dies hier erspart bleibt«, fällte er seinen Entschluss. »Irgendwann findet auch unser Liebespaar ein eigenes Nest. Aber lasst uns kein Wagnis eingehen und den Kopf herausstrecken aus unserem vom Unglück noch nicht entdeckten Winkel.« Die beiden Frauen nickten bekümmert.

Am Himmel schoben sich schon seit Längerem die Wolken zusammen, leicht grummelte es in der Ferne. Sie mussten ein Dach über dem Kopf finden, wussten aber nicht, wohin sie sich wenden sollten. Schließlich gingen sie in eine Seitenstraße. Irgendein Ziegenstall oder eine Kate wird doch wohl noch erhalten sein, dachten sie. Als sich bereits die ersten schweren Tropfen in den Staub stürzten und kleine Fontänen aufstieben ließen, sahen sie eine noch intakte Scheune und eilten auf sie zu.

Das Tor stand halb offen, drinnen lag sogar etwas Stroh. Sie ließen sich fallen. Lene stellte sich den Wasserkrug zwischen die Füße und holte die Wegzehrung aus dem Felleisen. Noch immer benommen von den jüngsten Eindrücken, knabberten sie an dem mitgebrachten Brot. Zusätzlich wollte Lene jedem ein Stück Käse abschneiden. Doch plötzlich öffnete sich eine Luke im Boden, und blitzschnell griffen kleine Kinderhände danach.

»Das tut mir leid«, erhob sich die gebrochene Stimme einer Frau, die den Kleinen ächzend hinterherkletterte. »Ich habe sie nicht zum Stehlen erzogen, aber genug zu essen kann ich ihnen auch nicht geben. Hättet ihr wohl noch ein Stückchen Brot für mich?«, bat sie. Lene tastete in ihrem Felleisen, aber da war nichts mehr. Bedauernd schüttelte sie den Kopf. Tönges und Frowe teilten ihr Brot: Ein Stück erhielt Lene, das andere die Fremde. Sie mochte sechzig Jahre alt sein, womöglich ließ sie aber nur der in ihr Gesicht gebrannte Gram so alt erscheinen.

»Wir haben schon seit Stunden keine Menschenseele mehr gesehen und dachten, dass die Dörfer verlassen sind«, sagte Tönges.

»Das sind sie oft genug auch«, antwortete die Frau. »Hier leben von einstmals fast zweihundert Familien noch ganze acht, wenn man überhaupt von Familien reden kann. Meinen Sohn habt ihr in der Linde hängen sehen, die Schwiegertochter schleppten sie fort. Mein Mann ist schon vor Jahren gestorben. Drei meiner Enkel, die ihr soeben ja kennengelernt habt, sind mir geblieben. Was für ein Trost«, sagte sie bitter. »Womöglich überstehen wir noch den Herbst. Nicht aber den Winter.«

»Ihr habt uns die ganze Zeit beobachtet und nicht einen Mucks von euch gegeben«, stellte Tönges zerknirscht fest.

»Gewiss«, drehte sie sich zu ihm um. »Sollen wir uns etwa den Bettlern, die täglich hier durchziehen, zu erkennen geben? Sie recken uns die Arme entgegen und erflehen um Christi willen etwas zu essen. Ich kann nichts geben, keine Möhre, keinen Apfel, schon gar nicht solche Dinge, wie ihr sie mit euch rumschleppt. Sie würden mich verfluchen wegen meines Geizes und meiner Hartherzigkeit. Also verstecken wir uns vor jedem.«

»Was seid ihr eigentlich für welche?«, wollte sie nach einer Weile wissen, in der sie langsam das Brot in ihrem zahnlosen Mund aufweichte und andächtig hinunterschluckte. »Käse und Brot haben doch höchstens noch die Offiziere im Heer. Spioniert ihr in ihrem Auftrag hier rum, ob noch etwas zu holen ist?«

Der drohende Unterton ließ Tönges erst jetzt die Lage erkennen, in die er sich mit den Frauen begeben hatte. Sie sahen nicht aus wie Bettler und waren gewiss die ganze Zeit schon heimlich verfolgt worden. Es mochten nicht mehr viele in den Dörfern hausen, doch genug, um sie zu erschlagen und auszurauben. Allein was sie am Körper trugen, dürfte für viele höchst begehrenswert sein. Schließlich wollte Frowe Staat machen und sich als künftige Schmiedebesitzerin vorstellen. In Lumpen gekleidet, hätte sie doch jeder fortgejagt und höchstens verlacht ob der neuen Masche, sich etwas zu erbetteln. Folglich waren sie alle drei auffällig herausgeputzt.

Auch Frowe erkannte, in welcher Gefahr sie schwebten. Sie wusste jedoch noch den Namen des Schulzen und sagte, dass sie nach ihm suche.

»Müllers Hans?«, echote die Frau. »Da habt ihr Glück, den gibt es noch. Doch wehe, ihr habt euch den Namen jetzt nur schnell ausgedacht!« Mit einer Handbewegung sandte sie ihren ältesten Enkel aus, ein schmächtiges, kleines Büblein, das um die zwölf Jahre alt sein musste. Mehrere Männer fanden sich mit dem nachlassenden Regen inzwischen ein und stellten sich stumm ins Scheunentor. Die Situation begann, brenzlig zu werden.

Ein kleiner glatzköpfiger Kerl wurde schließlich hereingeführt und baute sich wichtigtuerisch vor den im Stroh Sitzenden auf. Frowe erhob sich und überragte ihn fast um zwei Haupteslängen. Ein Raunen ging durch die Scheune. Sie musste gar nichts sagen, er erinnerte sich sofort an sie. »Du bist tatsächlich gekommen, um die Schmiede zu kaufen«, rang er nach Worten. Ein paar Mal blies er hörbar die Luft aus. »Du kannst sie haben, das heißt, was von ihr übrig ist.« Ein meckerndes Gelächter überschlug sich.

»Ich nehme dich beim Wort«, erwiderte Frowe trocken. »Dieses Jahr aber wird das nichts mehr, du hörst nächstes Frühjahr von mir.« Sie las die Strohhalme von ihrem Rock. Auch Tönges und Helena standen auf und verabschiedeten sich mit unsicherer Stimme zum Gehen. Noch immer verblüfft, schauten ihnen die Zurückbleibenden hinterher, doch sie machten keine Anstalten, ihnen nachzusetzen.

»Lasst uns schleunigst verschwinden«, mahnte Frowe und war überzeugt, niemals im Leben wieder herzukommen.

*

Das erste Licht tastete sich in den Tag. Jubilierend hießen sogleich Dutzende Schnäbel die Helligkeit willkommen. Das Gezwitscher weckte die Männer, die sich unter den Blätterdächern verborgen hielten. Ihnen war nicht nach Singsang zumute. Ihr Anführer fehlte mitsamt seiner Begleitung von drei Mann. David hatte alle Wagen einzeln und natürlich ohne die soldatischen Verkleidungen zu den umliegenden Märkten ziehen lassen. Die meisten blieben also zurück. Die Kolonne hätte viel zu viel Aufmerksamkeit erregt und Fragen provoziert. Doch seit einem ganzen Tag warteten sie vergeblich an dem vereinbarten Treffpunkt und spürten ihre Hilflosigkeit. Welchen Plan David denn für den Rückweg gehabt habe, fragten sie sich gegenseitig, aber niemand wusste etwas darüber.

Die Sonne zog sich gerade mit ihrem letzten Klimmzug zum Zenit, als sich Aufregung erhob. David stand plötzlich mitten unter den im tiefen Moos Dösenden und schreckte sie hoch mit dem bitteren Vorwurf, nicht mal Wachen aufgestellt zu haben. »Ihr hättet überrumpelt werden können wie ein Schwarm Hofhühner«, herrschte er sie an. Sie kamen gar nicht zu Wort, obwohl sie nicht minder erzürnt waren über die eintägige Verspätung. Erst als Davids Ärger verraucht war, beklagten sie sich bei ihm.

»Konntet ihr euch nicht selbst denken, was passiert ist?«, schnaufte er immer noch verdrossen. »Das erste Rad brach unmittelbar beim Beladen. Das bekamen wir schnell repariert. Beim zweiten hatten wir die Dörfer jedoch schon weit hinter uns gelassen und mussten erst den Wagen von der Straße nehmen und verstecken. Dann war kein Schmied zur Hand, um einen neuen Eisenreifen aufzuziehen, erst zwei Dörfer weiter fanden wir einen.«

»Unser Schmiedelehrling hat keinen Schmied gefunden«, prusteten die Umstehenden laut heraus.

»Das war auch unser Glück«, stachelte David die Neugierde an.

»Wieso unser Glück?«, wollte man umgehend wissen.

»Durch Zufall belauschten wir beim Warten ein Gespräch. Unser Schmied wurde gefragt, ob er mitmachen wolle, ein paar Soldaten und Fuhrleuten – nicht mehr als dreißig Mann – aufzulauern, die man mit voll beladenen Wagen zurückerwartete.«

»Oh Gott, damit können eigentlich nur wir gemeint sein«, wurde Davids Sorge bestätigt. Wild riefen jetzt alle durcheinander, dass ein anderer Rückweg genommen werden müsse, aber sie konnten sich auf keinen einigen. »Wenn wir es weiter westlich versuchen, bekommen wir es mit dem Bodetal zu tun«, resümierte David schließlich. »Weiter östlich mit dem Tal der Selke. Über die Selke sind wir schon herwärts gekommen, allerdings an ihrem Oberlauf, da war sie nur ein kleiner Bach. Am besten, wir stimmen ab.«

Die eindeutige Mehrheit war für den östlichen Umweg. David hatte sich auch bereits über die Strecke kundig gemacht. Knarrend setzten sich die Fuhrwerke in Bewegung. Anfangs plauderten alle miteinander über ihre Erlebnisse auf den Märkten und fühlten sich weitgehend sicher. Die Gefahren erwarteten sie erst ab der Furt durch die Selke. Doch die mächtigen Buckel, die vor ihnen die Harzlandschaft machte, ließen die Gespräche bald abflauen. Die Gedanken zogen voraus und griffen in die Radspeichen der schweren Wagen, die nun über diese Hindernisse gehievt werden mussten.

Ein grüner Tunnel aus Erlen- und Birkengestrüpp, das sich am Lauf eines kleinen Rinnsals entlangzog, schluckte die Schar. Nochmals machten sie hier Rast. Zu verlockend war die Einladung. Ringförmig aufgeschichtete Steine stauten an zwei Stellen das Bächlein. An der unteren hatten bereits Hufe und Klauen das Ufer zertreten. Die obere war den Menschen vorbehalten, um auch während der Viehtränke immer sauberes Wasser zu haben. David musste nicht zur Eile mahnen. Vor der Nacht wollten alle die Selke hinter sich wissen. Mit vereinten Kräften schoben sie ihren Schatz über die ersten steilen Hänge.

Sie sprachen ab, dass die Vorhut von der gewöhnlichen Methode abweichen sollte, einfach nur einen Büchsenschuss weit direkt auf dem Weg vorauszulaufen, wie man das vom Heerwesen kannte. Paarweise immer auf Rufweite voneinander entfernt schlichen sechs Mann auf jeder Wegseite sichernd durch die Bäume. »Schaut nicht nur nach vorn«, riet ihnen David, »sondern ständig auch nach hinten. Wahrscheinlich lauft ihr an den gewiss gut versteckten Wachposten erst einmal vorbei. Die tarnen sich aber nur in die Richtung, aus der sie Feinde erwarten. Ihre Rücken müsstet ihr sehen, und achtet gut auf dichte Baumkronen über euch!«

Ausgerüstet war die Vorhut hauptsächlich mit Armbrüsten. Die verrichteten ihr Handwerk heimtückisch still und verrieten mit keinem Lärm den Schützen. Nur wenn keine andere Möglichkeit zur Warnung des Wagentrosses mehr blieb, sollten Gewehrschüsse abgegeben werden. Außerdem mahnte David nochmals ausdrücklich, nur in äußerster Notwehr zu schießen. »Das sind Bauern und Baumfäller wie wir, solange sie uns nicht aus einem Hinterhalt bedrohen ...«

David wurde aufmunternd zugenickt, was gleichzeitig auch heißen sollte, dass es nun reichte mit den Belehrungen. Ohnehin war jedem klar, dass ihnen ein toter Posten nichts mehr darüber sagen konnte, was ihnen womöglich drohte.

Vor ihnen gurrte in unregelmäßigen Abständen immer wieder ein Tauber – das mit der Vorhut vereinbarte Zeichen, dass der Weg frei war. Sie kamen schnell voran auf den Wegen, die sich David am Vortag beschreiben ließ. Doch dann erscholl ein Schrei. So ein Signal war nicht abgesprochen. Die Männer zuckten zusammen.

Das vordere Fuhrwerk fasste sich zuerst und bog eilig vom Weg ab, um sich im Buschwerk zu verstecken. Auch das zweite hielt es für klüger, umgehend von der Bildfläche zu verschwinden. Die anderen verharrten unschlüssig auf der Stelle und schauten sich nach David um, der ganz hinten ritt und offenbar nichts gehört hatte.

Um sich noch in die Büsche zu schlagen, war es zu spät. Sie waren längst gesehen worden. Ein Mann kam auf sie zugelaufen und ruderte aufgeregt mit den Armen. Als er näher kam, senkten sie erleichtert die auf ihn angelegten Büchsen. Es war

Melchior Hahn aus ihrer Vorhut. »Wir haben einen erwischt, der hier auf der Lauer lag«, rief er von Weitem. »Das heißt, eigentlich hat er zuerst unserem Hinrich eins mit dem Knüppel übergezogen. Als er aber dann in unsere Mündungen guckte, gab er auf.«

»Warum habt ihr zugelassen, dass er dennoch so laut schrie?«, fragten die anderen zurück. »Geschrien?«, überlegte Melchior. »Nee«, fiel es ihm dann wieder ein. »Das war nicht der Posten, das war Hinrich vor lauter Schreck. Was machen wir jetzt aber mit dem Gefangenen?«, wies er nach vorn.

David gestand sich ein, dass er die Lage nicht im Griff hatte. Bevor es die anderen auch merkten, musste er handeln. Er ließ sich die Stelle beschreiben, wo ihr Gefangener im Gebüsch lag, und ritt voraus. Die anderen sollten ihm schnellstmöglich folgen. Bloß fort von hier, dachte er sich. Nach seiner Wegskizze, die er sich aufgemalt hatte, mussten sie noch weit vom nächsten Dorf entfernt sein. Doch wer weiß, was Hinrichs Schrei bereits ausgelöst hatte. Als David bei der Vorhut ankam, war man schon mitten in der Vernehmung. Der junge Bursche gab an, dass er lediglich aufpassen sollte, dass sich niemand unbemerkt ins Dorf einschleicht.

Unmöglich, hier ist weit und breit kein Ort, wollte David ihm schon ins Wort fallen, verkniff sich das aber klugerweise. Von hinten näherte sich bereits der Tross. David fasste zwanzig Mann zusammen und fiel mit ihnen in die Siedlung ein. Das Entsetzen der schreiend auseinanderlaufenden Menschen verriet ihm, dass man nichts von ihrem Anmarsch wusste. Hoffentlich bleibt das so, wünschte er sich.

Das Dorf erschrak bis in die Grundfesten. Es war völlig überrascht worden, weil aus der Richtung, aus der die Männer plötzlich auftauchten, noch nie ein Angriff erfolgt war. Inmitten der kopflosen Flucht, in der Hoffnung, sich zumindest noch in den Wald retten zu können, blieben die Menschen überrascht stehen, weil sie merkten, dass ihnen überhaupt niemand nachsetzte. Die Soldaten waren auf der Dorfstraße stehen geblieben und wirkten sehr verunsichert. Gar nicht wie diese Söldnerhaufen, die sich gewöhnlich sofort als Erstes auf die Frauen und Mädchen gestürzt hätten. Waren sie womöglich viel zu wenig und fürchteten sich selbst?

Ein Stellmacher schlurfte aus seiner Werkstatt. Erst nach ein paar Schritten sah er die Bewaffneten und wollte instinktiv flüchten. Mitten in der Drehung hielt er aber inne. Seine Tochter war noch im Haus. Auch wenn es ihn das Leben kostete, wollte er die Landsknechte davon abhalten, sofort in seine Stube zu stürmen. Hoffentlich gelang es ihr noch, so bangte er, in das Versteck eines Schrankes mit doppelter Rückwand zu schlüpfen, das er für solch einen Fall hergerichtet hatte.

Auch er registrierte nun verblüfft, dass niemand über ihn herfiel, um ihn zu binden und dann die Tortur der Befragung nach den Verstecken zu beginnen. Stattdessen kam ein merkwürdig herausgeputzter Offizier auf ihn zu und schob ihn sachte vor sich her ins Haus. Am Tisch mitten im Stübchen saß sein noch immer völlig ahnungsloses Töchterlein und stickte. Sie fuhr hoch, als sie ihren Vater rückwärts eintreten sah, gefolgt von einem Fremden mit großen Federn am Hut. Sie presste die Hand vor den Mund, um nicht laut aufzuschreien. Die Stille, in der dies alles ablief, schien sie immer noch zu schützen. Wenn nämlich Soldaten einfielen, dröhnte gewöhnlich ohrenbetäubender Lärm von splitterndem Holz und wildem Gebrüll durch die Häuserzeilen.

Der Eindringling hatte weder seinen Degen noch eine Pistole gezogen und nahm am Tisch Platz, als wäre er ein Gast.

Vor sich breitete er einen Zettel aus, auf dem schwarze Linien verliefen. »Tag erst mal«, grüßte er jovial, was der Stellmacher aber als bloßen Hohn verstand und nicht beantwortete. »Wo sind wir hier?«, fragte David nun und wies auf seinen Zettel. »Entweder hat man mir euer Dorf verschwiegen, oder wir haben uns verlaufen«, gestand er schließlich.

Vorsichtig beugte sich der Stellmacher über das Blatt Papier und erkannte in dem Gekrakel eine Art Landkarte. Er hielt Abstand zu David, noch immer in Sorge, von einem Moment auf den anderen einen Dolch in die Brust gestoßen zu bekommen. Bekümmert schaute er nochmals zu seiner schönen Tochter, für die er nun nichts mehr tun konnte.

David richtete den Zeigefinger auf die Stelle, wo er seinen Standort auf dieser Skizze vermutete. Der Handwerker kratzte sich am Kopf und fand sich anfangs in dem Liniengewirr überhaupt nicht zurecht. Womöglich war es aber seine einzige Rettung, dem Mann die weitere Richtung weisen zu können, und so strengte er sich an. Erst als er die Namen der aufgezeichneten umliegenden Orte entzifferte, verstand er die Zeichnung und gab David letztlich recht. Die paar Häuser, die dieses Dorf ausmachten, waren nicht eingetragen. Sie befanden sich aber etwa dort, wo seine Fingerkuppe hinzeigte.

»Dann habt Dank für Eure Hilfe«, sagte David und erhob sich zum Gehen. Als er schon fast an der Tür war, sprang ihm die stichelnde Bemerkung in den Rücken: »Du bist gar kein Soldat.« Mit ruhiger Stimme stellte es das Mädchen fest, das bereits alle Angst abgeschüttelt zu haben schien.

»Ach, und was sind wir deiner Meinung nach?«, fragte David bissig zurück. Sie drückte sich an ihm vorbei, öffnete die Tür und schaute hinaus auf den Weg, auf dem grüppchenweise seine Leute standen und unbekümmert miteinander schwatzten. »Ihr seid bloß Bauern«, lachte sie laut los. »Warum habt ihr euch so verkleidet?«

Dass sie von dem Mädel mit einem Blick entzaubert worden waren, verdross David zutiefst. Unbedingt musste er seine Mannen nochmals zusammennehmen und ihnen mehr militärische Haltung abverlangen. Jetzt aber wäre es albern gewesen, noch länger zu widersprechen. »Wir schaffen ein paar Fuhren Saatgetreide nach Hause«, räumte er ein.

Sie war begeistert. »Bist du auf die verrückte Idee mit der Vermummung gekommen?«, wollte sie wissen. Doch er kam gar nicht zu Wort, weil sie weiter munter drauflosplapperte und auf ihren Vater einredete, was es im Vergleich zu den Deppen in ihrer Gegend noch für tolle Kerle gab.

Vater und Tochter verstanden sich blind. »Willst du meine Sophia haben?«, fragte der Stellmacher unvermittelt. David glaubte, falsch verstanden zu haben, und schwieg, um sich erst mal zu sammeln. »Ich meine das ernst«, wurde er zurechtgewiesen. »Es wird Zeit, sie endlich zu verheiraten. Von diesen Waldschraten aber ist hier weit und breit keiner gut genug für sie. Du scheinst mir aus ganz anderem Holz geschnitzt zu sein, sonst hätten sie dich nicht zum Kommandeur bestimmt. Und die Gelegenheit, so einen wie dich hier zu treffen, kommt so schnell nicht wieder«, sagte er mit entwaffnender Offenheit.

David wendete sich Sophia zu, von der er glaubte, dass sie jetzt vor Scham im Boden versinken würde. Stattdessen maß sie ihn wie bei einem Pferdekauf, und er spürte, wie ihm selbst jetzt die Röte ins Gesicht stieg. Dreist tasteten ihre Blicke über seine Lenden, kletterten aufwärts über die Brust und bohrten sich schließlich in seine Augen. »Breite Schultern und warmherziger Blick«, schnurrte sie und ließ ihn spüren, dass sie der Wahl ihres Vaters völlig beipflichtete.

David wurden die Knie weich. So lasziv, wie sie vor ihm leicht auf den Zehen wippte, sich dabei in den Hüften drehte und verspielt mit den Fingern scheinbar verlegen ihre dunkelbraunen Locken aufwickelte, hatte ihn noch kein Frauenzimmer angehimmelt. Oh Gott, dachte er sich, kann ich meine Lene so schnell vergessen? Er griff nach seinem Herzen, wo seine Hand unvermittelt an seinen steinernen Talisman stieß.

»Nimm sie, Sägemüller!«, hörte er hinter sich plötzlich eine Stimme. Melchior lehnte unbemerkt schon eine geraume Zeit an einer Wand der Stube, von der die Tür noch immer offen stand. »Sie hat mehr Speck auf den Rippen und auch anderswo als deine Schmiedetochter«, höhnte er.

David fuhr herum und stakste ungelenk nach draußen. Mit jedem Schritt wuchs seine Unsicherheit auf diesem plötzlich über ihn hereingebrochenen Heiratsmarkt. Hinter sich hörte er sie stöhnen: »Sägemüller, Schmiedetochter, da können wir wohl nicht mithalten, was, Väterchen«, und sie ließ sich auf einen Schemel plumpsen. »Wenn er nicht will«, knüpfte Melchior eilig an, »ich würde dich sofort nehmen. Ich hab zwar keine Schmiede und bin nur Hintersättler, aber seit dem Tod meiner Eltern gehört mir die Kate ganz allein.«

Sie starrte aber nur ins Leere und sagte kein Wort mehr. Das so unvermittelt an ihr vorbeigehuschte Glück hielt ihre Gedanken gefesselt. So ist das also mit der Liebe auf den ersten Blick, dachte sie betrübt.

Die sechs Fuhrwerke waren inzwischen eingetroffen. David maß seine Truppe und gestand sich ein, dass sie wirklich harmlos wirkte und keinerlei Schrecken mehr ausstrahlte. Inzwischen waren auch die Leute aus dem Dorf wieder zurückgekehrt und scherzten mit den Neuankömmlingen. »Stolperst du auch nicht über dein langes Schwert?«, machten sich die Ersten bereits über sie lustig.

»Lernt ihr erst mal, besser auf euch aufzupassen«, entgegnete der Angesprochene säuerlich, »eure Wachtposten sind doch taub und blind.«

»Richtig«, rief ein Junge. »Wieso sind wir eigentlich nicht gewarnt worden? Wo ist Uwe, der den Wurzelweg bewachen sollte?«

»Der traut sich wohl nicht mehr heim, weil die Schlafmütze Angst hat, dass sie Dresche bezieht«, wurde gefrotzelt.

»Schluss jetzt!«, fuhr David dazwischen und versuchte so, auch die Einflüsterungen zu vertreiben, die ihn umschwärmten. »Damit ihr erst gar nicht auf den Gedanken kommt, die nächsten Dörfer über uns zu informieren, nehmen wir eine Geisel mit«, drohte er patzig. »Wir bringen sie um, wenn ihr uns verratet«, schrie er nun laut, um sich Respekt zu verschaffen. Das war nun doch zu derb, dachte er bei sich und fügte versöhnlich hinzu, dass er demjenigen, der sie unbeschadet durch das Selketal führt, einen Taler zahlen wolle.

Er dachte eigentlich an einen Mann dabei, aber da er von der Geisel gesprochen hatte, glaubten alle, er wolle eine Wegführerin. Bevor er sichs versah, zerrten einige bereits ihre Frauen herbei, wollten dann aber doch zuerst den Taler sehen und nochmals versichert bekommen, dass es auch bei diesem Preis bleibt. David schlug die Hände über dem Kopf zusammen. Die geben hier ihre Frauen ab wie Katzenjunge, konnte er es kaum fassen.

In diesem Moment trat Melchior auf den Plan. Er führte Sophia an der Hand und rief, dass sie den Weg weisen wird. Als die anderen das bildhübsche Mädchen zu sehen bekamen, war mit großem Hallo auch schon die Wahl getroffen. Sophia eilte lediglich nochmals nach Hause, um sich ein Tuch überzuwerfen. Mit ihrem Vater trat sie dann wieder vor die Tür, und beide hielten nach David Ausschau, ob er sich womöglich doch noch anders entschied. Der aber gab sich geschäftig der Kontrolle der Zuggeschirre hin und versuchte, sich unsichtbar zu machen.

Als sie weit genug aus dem Dorf waren, ließ er halten und führte Sophia vor: »Sie hat uns auf den ersten Blick durchschaut«, sagte er. »Wir müssen uns wie Soldaten aufführen und nicht wie Landstreicher. Außerdem wird es Zeit, dass wir Wespenfarben anlegen und jedem so unheimlich erscheinen, dass er es nicht wagt, sich mit uns anzulegen.«

»Eben«, riefen einige, »du hattest doch etwas von einer List gesagt, mit der wir uns durch die Wälder zurückschleichen wollten.«

»Genau«, erwiderte David und ließ die Ballen der gekauften Stoffe abwickeln. Aus den Haselnusssträuchern am Rande schnitten sie einige gerade gewachsene Stangen heraus, steckten sie in das Getreide und spannten dann die Stoffe über die Fuhren. Die Tuche reichten aber nur für vier Wagen.

»Das macht nichts«, erklärte David. »Auf zwei Wagen soll sichtbar bleiben, was wir haben. Auf den anderen verstecken sich ein paar Mann unter den Tüchern und beulen sie hin und wieder mal mit Stöcken so aus, als wäre einer versehentlich mit dem Gewehrlauf angestoßen.« Die neben dem Wagen herlaufen, so wies er an, sollten dann sofort leise zischeln: »Passt doch auf, man kann euch sehen!« Das leise Gezische sollte aber doch noch laut genug sein, dass es jeder hören konnte, der sich am Wegrand versteckte.

Die Vor- und die Nachhut liefen obendrein jetzt noch viel tiefer im Wald. Sie sollten durchaus mal Lärm machen und krachend einen Ast zertreten. Für sie ging es darum, gehört, aber nicht gesehen zu werden. Bestandteil des Plans war außerdem, dass einige aus der Wachmannschaft um den Tross manchmal – auf keinen Fall zu oft – verärgert mit der Hand winkten, so als hätten sie jemanden entdeckt, den sie sofort wieder in den Wald zurückscheuchten.

Sophia wusste von alldem nichts. Sie war vorausgeschickt worden, sollte die Wagen an sich vorbeifahren lassen und genau beobachten, was ihr seltsam vorkommen möge.

»Angenommen, du wärst ein Wachposten gewesen, was würdest du über uns berichten?«, wurde sie anschließend von David gefragt.

Sie schüttelte ihren Lockenkopf. »Ich wäre mir völlig unsicher, was ich da sagen sollte«, bekannte sie. »Eindeutig sehen konnte ich ein Häuflein von lediglich knapp fünfzehn Mann, die zwei Wagen mit Getreide bewachten. Über vier weitere sind Tücher gespannt, so, als wollte man die kostbare Ladung vor Neugierigen verbergen. Es schien mir aber, als säßen weitere mit Musketen bewaffnete Männer unter dem Tuch. Dann brachen häufig Äste im Wald, da liefen wahrscheinlich noch viel mehr rum.« Sie überlegte noch eine Weile und fasste schließlich zusammen, dass das Ganze auf sie wie eine Falle gewirkt hätte. Die nur von wenigen Soldaten geschützten Getreidefuhren sollten offenbar als Lockmittel dienen und einen Überfall provozieren, den die Angreifer aber gewiss bereuen würden.

Sie strahlte David an. »Du bist wirklich gewieft. Keine Sau traut sich so an euch ran.«

*

Dunkel gähnte vor ihnen die Tallandschaft. Die späte Nachmittagssonne reichte nicht mehr hinein. Glitschig wand sich der Weg hinab. Aufgeregt wieherten die Pferde. Auch ihnen war die Gegend nicht geheuer. Von Fichtenwipfeln gezackte Bergkämme stellten sich ihnen auf der anderen Talseite entgegen und schienen wie schmiedeeiserne Tore den Horizont verriegeln zu wollen. Kein Durchkommen hier, echote der von den Felswänden abgewiesene Wind.

Zwischen mächtigen Steinbrocken hindurch kämpften sie sich hangabwärts und rutschten dabei mehr, als sie fuhren. Des Öfteren neigten sich in den mäandernden Kurven die Wagen so stark zur Seite, dass sie jeden Moment zu kippen und den Hang hinabzustürzen drohten. Mit all ihrer Kraft stemmten sich die Männer dagegen und riskierten, zermalmt zu werden. Wie sollten sie das auf der anderen Talseite nur je wieder bergauf schaffen?

Sie waren noch nicht ganz unten, als sich seitwärts eine Lichtung zeigte. Hierhin leitete David die letzten drei Wagen. »Versteckt euch hier und haltet Ausschau, wenn wir mit den Zugtieren auf der anderen Seite wieder zurückkommen«, meinte er. »Bis zum Fluss könnt ihr uns dann schon entgegenkommen und die Fuhren einfach rollen lassen.«

Sophia wollte sich nun verabschieden und begehrte ihren Taler. »Nein«, sagte David bestimmt. »Du musst uns die andere Seite schon noch hochführen und Sorge tragen, dass wir nicht eine falsche Abzweigung nehmen, die uns geradewegs zum Falkenstein führt. Auf dieser Burg über dem Selketal soll sich Räubergesindel eingenistet haben. Die würden sich vor Freude auf die Schenkel hauen, wenn wir ihnen das Korn frei Haus liefern.«

Jeweils zwei Zugtiere waren nun vorgespannt worden. An

der Furt regte sich nichts Verdächtiges, beide Ufer hielten sie bereits besetzt. Viel Wasser führte das Harzflüsschen zu dieser Jahreszeit nicht, aber die Spuren landeinwärts ließen ahnen, wie es zur Schneeschmelze tobte und alles mit sich riss. Dann war diese Schlucht völlig unpassierbar. Sophia hatte den Weg klug gewählt. Zwar führte der Abstieg sehr steil nach unten und barg viele Gefahren, dafür ging es auf der anderen Seite nach dem ersten Hang fast sanft bergan. Sie kamen noch weit schneller vorwärts, als sie gehofft hatten, und waren schon nach etwas über einer Stunde auf dem Rückweg. Um die zurückbleibenden Wagen gut bewacht zu halten, führten sie die Gespanne nur zu dritt, begleitet von dem Mädchen.

Zwischen ihr und Melchior schien es gefunkt zu haben. Er neckte sie ständig, und sie ließ es nicht nur zu, sondern spornte ihn weiter an. Dass sie David dabei verstohlene Seitenblicke zuwarf und ihn heimlich musterte, ob es ihr vielleicht gelänge, seine Eifersucht zu wecken, blieb unbemerkt. Einmal bebte sie allerdings vor Aufregung. Da hatte David den Melchior tatsächlich zur Seite genommen und heftig auf ihn eingeredet. Sie nahm an, er würde auf sein Vortrittsrecht bei ihr pochen. In Wirklichkeit aber wurde Melchior nochmals vergattert, dem Mädchen auf keinen Fall ihren wahren Wohnort zu verraten. Alles wäre umsonst, wenn sich hinter ihnen sofort herumspräche, wohin die Getreidefuhren auf dem Weg waren, beschwor ihn David.

Als das Glucksen der Selke bereits zu ihnen drang, legte Frowes Pferd die Ohren nach hinten. David bemerkte dieses Gefahrensignal sofort, zog seine beiden Pistolen aus dem Gürtel und spannte sie. Im nächsten Moment blitzte es vor ihnen auf. David erhielt einen fürchterlichen Schlag gegen die Brust und flog nach hinten. Sein Wams färbte sich rot; er spürte, wie ihm das warme Blut am Körper herunterlief.

Nur noch verschwommen nahm er wahr, was um ihn geschah. Nicht seine beiden Begleiter, sondern Sophia schaltete am schnellsten. Sie ergriff die beiden auf dem Boden liegenden Pistolen und feuerte sie auf die Angreifer ab. Mehr sah David nicht, denn alles begann sich um ihn zu drehen. Er schloss die Augen und hatte das Gefühl, zu fallen. Immer tiefer und tiefer. Gleich musste sein Körper am Boden zerschmettern, dann war alles vorüber.

Als er wieder zu sich kam, lag er direkt am Flussufer, während ihm Sophia die Stirn benetzte. Durch die Pistolenschüsse aufgeschreckt, waren sofort die Herrmänner von den Wagen auf der anderen Seite der Selke herbeigeeilt und jagten die Angreifer in die Flucht. David schaute an sich herunter und spürte noch immer das Blut aus seiner Brust herausquellen.

Dann sah er das Einschussloch in seinem Wams direkt über seinem Herzen. Wieso lebe ich noch?, ging sein Blick fragend in die Runde. Er richtete sich auf und tastete sich behutsam vor zu der Stelle, wo ihm das Bleistück durch die Rippen gefahren sein musste. Doch in der Hand spürte er seinen Stein, der in zwei Stücke zerbrochen war. Er wollte sie aus seiner Tasche nehmen, dabei rutschte ihm das platt gedrückte Metall durch die Finger und fiel zu Boden.

»Der Sägemüller ist gegen Kugeln gefeit«, schrie Melchior auf, als er dies sah. Schon wollte ihn David zurechtweisen und ihm den rettenden Talisman zeigen, aber dann unterließ er es. Sollten sie doch glauben, was sie wollten. Eine scharfe Kante des Porphyrbrockens hatte jedoch eine klaffende Wunde hinterlassen. Notdürftig wurde David verbunden. Mit aufgerissenen Augen musterten ihn die Begleiter. Von Hand zu Hand wanderte das Bleistück, das sich offenkundig an seiner Brust platt gedrückt hatte und nicht in ihn eindringen konnte. Sie würden alle jeden Eid schwören und bezeugen, dass David unverwundbar sei und wie Siegfried mit Drachenblut gehärtet sein musste.

»Seid ihr fertig mit dem Einspannen?«, drängte David. »Lasst uns jetzt schleunigst hier verschwinden, die waren bestimmt vom Falkenstein und holen Verstärkung.« Er wusch sich das Blut ab, zog sich wieder an und streichelte mit der Hand dankbar die Steine in seiner Wamstasche. Nochmals schloss er die Lider, um jenes Funkeln aus Lenes Augen in sich wachzurufen, das er auf jenem Bruchstück wiedererkannt hatte.

Oh nein, Sophia, dachte er. Da gibt es für dich keinen Zugang, auch wenn mein Vater von dir begeistert wäre und alles in die gewohnten Bahnen zurückkehren könnte. Er gab ihr den versprochenen Taler und verabschiedete sich eilig von ihr. Ihre Blicke flehten ihn an, aber er wandte sich ab.

Melchior ließ sich mehr Zeit mit der Verabschiedung und versuchte sogar, sie zu küssen. »Wenn du willst, komme ich gleich nach der Aussaat des Wintergetreides in diesem Herbst zurück und halte um deine Hand an«, versprach er ihr hoch und heilig.

»Du wohnst mit David im selben Dorf?«, fragte sie. »Ich will ihn nie wiedersehen.« Melchior, der glaubte, aus ihr spreche lediglich das verletzte Ehrgefühl, weil sie abgewiesen worden war, erzählte hastig, dass David fortgehen wolle. Er suche bereits eine Schmiede weit weg von Herr…«, fast hatte er sich doch noch verplappert. Aber sie winkte ab, Tränen erstickten ihre Stimme. Ohne sich noch einmal umzudrehen, rannte sie davon.

*

Die auf Sichtweite postierten Beobachter verbreiteten die Nachricht schnell wie der Wind. Bei sich hatten sie ein weißes und ein schwarzes Tuch: für gelungen oder misslungen. Beide Tücher nebeneinander hätten signalisiert, dass es Korn, aber auch Tote gab. Als schließlich vom Turm der Ebersburg ein weißes Laken flatterte, brachte das im Nu das ganze Dorf auf die Beine.

Lene geriet völlig außer sich. Mit einem Schlag warf sie die trüben Ahnungen ab, die sie seit dem vorigen Tag mit sich rumschleppte, als eine Blaumeise gegen das Fenster geflogen war und tot davor liegen blieb. Ide und Volker fielen ihr um den Hals, und sie rieben ihre Stirn aneinander. Das brauchte keine Worte. Auch Tönges strich seiner Tochter über das Haar: »Ist schon ein Prachtbursche, dein David. Sechs Fuhren Korn herzubringen, wo kaum noch ein einzelner Reiter durchkommt, ohne ausgeraubt oder gar umgebracht zu werden – das ist eine Meisterleistung.«

Einen triumphalen Einzug gab es natürlich nicht. Bevor es überhaupt jemand zu sehen bekam, verschwand das Saatkorn in den Waldverstecken, von denen nur wenige wussten und keiner von allen. Bis zur Aussaat war noch etwas Zeit. Die Wagen kehrten einzeln und unauffällig heim. Fichtenzweige bedeckten die Einkäufe, ebenso wie die Waffen, Wamse und Pluderhosen. Dennoch krabbelte es im Dorf wie in einem Ameisenhaufen.

Am Sonntag sollte gefeiert werden. Es wurde gebacken und

gebraut, wobei man nicht knausern musste. Die Frauen waren aus dem Häuschen, nachdem die Männer die gekauften Stoffe vorführten. Umgehend begannen sie mit dem Schneidern, um sich für das Fest hübsch zu machen. Für die Mägde und Dorfarmen fielen mehr Stoffreste ab, als sie zu hoffen wagten.

Zum Gottesdienst am Sonntag fehlte keiner, es war wie ein Erntedankfest. Länger als gewöhnlich geriet auch die Predigt. Johannes flocht ein, was ihm Tönges über das Los der Dörfer entlang der Handelsstraße erzählt hatte, und verglich damit das jetzt über sie gekommene Glück. Mit Inbrunst sprachen sie das Vaterunser, und manches Auge tränte, als sie im Chor beteten: »Unser tägliches Brot gib uns heute. Und vergib uns unsere Schuld.« – Oh ja, sie hatten schließlich das Getreide mit geraubtem Geld bezahlt.

Die enge Kirchgasse, die zum Dorfplatz hinunterführte, auf dem bereits lange Holzbänke auf die Feiergäste warteten, quoll immer noch über vom Gesang der Gemeinde. »Und wenn die Welt voll Teufel wär und wollt uns gar verschlingen, so fürchten wir uns nicht so sehr, es soll uns doch gelingen«, warfen die Giebel Luthers Choral zurück, und es klang noch kräftiger und viel lebendiger als zuvor im Kirchenschiff. Die jüngsten Ereignisse schienen die Herrmänner fest zusammengeschmiedet zu haben.

Doch schneller Erfolg sät oft mehr Zwietracht als vereint durchlebte Not.

Natürlich war David der Hahn im Korb. Wo er auftauchte, wurde ihm zugeprostet, auf die Schulter geklopft und Dank gespendet. Um Lene machte diese Euphorie schon einen Bogen. Naserümpferinnen bemäkelten ihr Kleid. Zweifellos war es das schönste, Frowe erwies sich im Schneidern und Nähen als eine Meisterin. Schon überlagerten sich Geschwätz und

Gestichel. »Sie saß wieder ganz vorn vorm Altar, diese Hur«, wurde gezischelt. »Neben der Helena, die es schon genauso treibt. Schau nur, wie sie sich ausstaffiert hat und die Blicke der Kerle auf sich zieht.«

»Sie riss sich ja auch den besten Stoff unter den Nagel«, fiel eine andere ein. »Dabei hat mein Sohn viel mehr geleistet und sich mit ins Geschirr gespannt, während der große Herr mit großem Federhut hoch im Sattel saß und sich zu fein war, zu Fuß zu laufen.«

Während die Männer nach ihrem vollbrachten Abenteuer wieder zusammenrückten und ihre Erlebnisse mit immer neuen Schnörkeln ausschmückten, blieb einer völlig abseits. Seit ihn die schöne Sophia so brüsk stehen ließ, fraß etwas an Melchiors Seele. Wäre die Wahl auf ihn gefallen, in Offizierskleidung herumzustolzieren, dann gehörte sie jetzt ihm. Dann hätte er eine Braut heimgeführt, von der die anderen im Dorf nicht mal zu träumen wagten. Doch wie sie sich diesem David an den Hals warf, das war nicht normal, bohrte es in seinem Kopf. Er muss sie mit einem Zauber betört haben, genauso wie ihren Vater.

Missmutig musterte Melchior die Feiernden. Dabei blieb sein Blick an Frowe hängen, die ja alle anderen neben sich auch im Sitzen überragte. Das rote Kopftuch trug sie nicht mehr, dafür ließ sie ihr rotes Haar wachsen, seit sie hier angekommen war. Sie schmückten ebensolche Locken wie Sophia. Schon zuckte sein Herz unter einem neuen Stich zusammen, während ihn gleichzeitig ein Gedanke durchfuhr. Er schlug sich an die Stirn, dass er nicht längst schon das Nächstliegende erkannt hatte: Von dieser Hexe bezog David seine Zauberkünste!

Beim Verführen von Mädchen und beim Abwehren von Kugeln.

David war zu diesem Zeitpunkt schon nicht mehr da. Zusammen mit Helena hatte er sich in ihre Schlafkammer im Stroh des Stalls zurückgezogen. Auf einer Steinplatte brannte eine Kerze. Sie wollten sich sehen. Seit seiner Rückkehr hatten sie überhaupt noch keine Zeit füreinander gehabt. Erst musste das Korn sicher gelagert werden.

David zeigte seiner Lene bedeutungsvoll seine Steine. Sie wog sie eine Weile in der Hand, lachte dann und warf sie hinter sich. »Gewöhnlich sind die Steine, die Ritter ihren Angebeteten von den Kriegszügen mitbringen, von edlerer Natur. Diese hier finde ich oben im Steinbruch in Massen«, tadelte sie ihn scherzend. Überrascht musterte sie ihn, als er sie im Dunkeln suchte und zurückbrachte. »Schau mal auf die Oberfläche, siehst du es darunter nicht aufblitzen?«

Sie drehte die Steine mehrfach vor der Kerze. »Ah ja«, meinte sie dann. »Ein bisschen glitzert da was. Und?«

Enttäuscht ließ er die Schultern fallen. »Ich hab die blitzenden Fünkchen deiner Augen darin wiedergefunden.«

»Im Porphyr?«, fragte sie. »Bereitest du mich sachte auf den Ring vor, den ich einmal trage, oder hängst du mir die riesigen Klunker da gleich so um den Hals? Den Neid der anderen werde ich hernach gewiss mit Leichtigkeit ertragen können. Den Spott jedoch eher nicht.«

»Mir ist nicht zum Lachen«, wehrte er ihre Ironie ab. Schließlich erzählte er ihr die ganze Geschichte. Sie zog ihm das Hemd hoch und erschrak, als sie den blutverkrusteten Verband sah. »Das muss neu verbunden und erst mal richtig gereinigt werden. Warum hast du nicht längst was gesagt«, schimpfte sie und sprang umgehend auf, um Wasser heiß zu machen und Leinen für einen Verband zu schneiden.

Als Tönges mit Frowe heimkehrte, hantierte sie noch am Herd. »Habt ihr etwa noch Hunger?«, scherzte ihr Vater. Doch schwieg er betroffen, als David in den Raum geführt wurde. Sogleich ging Frowe in ihren Wagen, um Terpentinöl zur Wundreinigung und ihre gebogene Nadel zu holen, mit der sie schon so manchen Krieger wieder zusammengeflickt hatte.

»Ein Stein in seiner Tasche hat den Schuss auf ihn abgefangen«, gab Lene ganz bleich im Gesicht seine Erzählung wieder. »Die anderen denken jetzt, er sei kugelfest.«

»Was denken sie!?«, fragte die hereinkommende Frowe erschrocken. »Warum hast du sie nicht aufgeklärt?« Er schaute sie verständnislos an. »Nun«, fuhr sie fort. »Für einen Gehärteten zu gelten, mag interessant sein. In weniger gutem Ruf stehen aber diejenigen, die diesen Zauber verleihen. Und wer käme dafür wohl nur infrage?«

David verdrehte die Augen und hielt Frowe vor zu übertreiben. »Na, dann übertreib jetzt nicht mit deinem Wehklagen, wenn ich dich verarzte«, entgegnete sie schroff. »Habt ihr getrocknete Kamille im Haus?« Lene schüttelte den Kopf. »Es wird höchste Zeit, dass wir morgen aufbrechen, um meinen Heilkräuterbestand aufzufrischen. Wer kommt alles mit?«

»Was willst du denn suchen?«, wollte Ide wissen, der durch das laute Erzählen und Davids Stöhnen aufgewacht war und schlaftrunken am Tisch Platz nahm.

»Neben Kamille brauche ich Johanniskraut, Pfefferminze, Holunder, Schafgarbe, Ringelblume, und mal sehen, was wir noch so finden. Pilze müsste es übrigens auch längst geben.«

»Holunder haben wir vor dem Haus, und Schafgarbe

wächst gleich am Dorfrand«, wusste Volker, der sich inzwischen ebenfalls eingefunden hatte. »Johanniskraut und Pfefferminze gibt's am Krebsbach. Seit uns eine Hexe die letzten Pilze blau und grün gefärbt hat, trauen wir uns da aber nicht wieder ran.« Dennoch waren sich die drei Geschwister sofort einig, Frowe zu begleiten, und freuten sich bereits auf den Ausflug.

*

Im Wald regnete es Farben. Das herbstliche Abschmücken der Ahornbäume begann. »Wir nehmen die Abkürzung«, rief Volker und bog vor dem Steinbruch rechts ab. Ein schmaler Pfad stürzte sich hier den Hang hinunter und umkurvte dabei große Gesteinsblöcke. Schon waren sie im Tal des Krebsbaches angelangt. Saftig grüne Wiesen schmiegten sich an ihn, immer um Nässe bittend. Lene tat es ihnen gleich und schlürfte genüsslich aus beiden zusammengepressten Händen das frische Gebirgswasser.

»Was tut Sie da?«, durchschnitt eine scharfe Stimme die Luft. Ein gräflicher Jäger baute sich wichtig am anderen Ufer auf. »Und was will Sie dort mit dem Korb?«, richtete er den Zeigefinger auf Frowe. »Wie heißt Sie?«

»Blas dich mal nicht so auf!«, unterbrach jemand überraschend das Ausfragen. »Das ist die Familie vom Schmied«, antwortete Davids Mutter an Frowes Stelle.

»Soso, vom Hufschmied also«, quittierte der Grünrock, warf sich seine Büchse über und empfahl sich schleunigst nach dieser Demontage.

»Endlich kommt ihr mich mal besuchen«, strahlte Agnes. »Oder wolltet ihr gar nicht zu mir?«, schränkte sie sogleich wieder ein. »Wie gern wäre ich gestern zur Feier gekommen«, durchbrach sie die entstandene peinliche Pause. »Aber er lässt mich ja nicht«, wies sie mit dem Daumen nach hinten auf die Sägemühle. Und da sie Frowes Erschrecken bemerkte, als sich erstmals ihre Blicke trafen, winkte sie, den Tränen nahe, ab. »Na ja, mit dem Gesicht kann ich ohnehin nicht unter die Leute.« Von der Stirn bis zum Hals zogen sich die Blutergüsse. »Er wütet nur noch, seit David fort ist.«

Helena spürte ihre Knie weich werden. Am liebsten wäre sie jetzt vor Scham im Boden versunken. »Besser, er sieht euch hier nicht«, meinte Agnes schließlich. »Wenn er dich in die Finger kriegt«, sagte sie zu Lene gewandt, »glaub ich, er schlägt dich tot.« Schnell wechselte sie das Thema: »Ihr seht aus, als wolltet ihr Kräuter suchen oder Pilze, nehmt ihr mich mit?«

Stummes Nicken bekam sie zur Antwort. Selbst Frowes Kehle war wie zugeschnürt. Schon huschte Agnes davon, um ihren Korb zu holen. Wie ein scheues Wild hielt sie Ausschau nach ihrem Franz, sprang von Busch zu Busch und blieb im Schatten, um ja nicht von ihm gesehen zu werden. Sich ängstlich immer wieder umschauend, kehrte sie zurück. »Warst du eigentlich schon mal auf unserer Burg?«, fragte sie Frowe.

»Nein, die wollten wir ihr heute endlich zeigen«, antwortete Volker, der verblüfft vor einer Weide innehielt. Sie sah aus, als hätte sie jemand rasiert. »Das waren Jacob und Peter«, erklärte Agnes. »Sie freuen sich wie kleine Könige über die Klappmesser, die sie von ihrem Bruder geschenkt bekommen haben.«

Ausführlich erzählte sie nun, wie sie alle in den Ziegenstall gesperrt wurden, als David mit den Fuhrwerken vorbeikam. Auch bei seiner Rückkehr durften sie ihn nicht begrüßen. »Mein Ältester kennt aber meinen Platz zwischen den Bretterstapeln, zu dem ich mich zurückziehe, wenn ich es vor Rückenschmerzen nicht mehr aushalte. Dort hatte er für mich einen Ballen Stoff versteckt und die Messer für die Jungs. Er ist ein so guter Sohn, könnte er doch nur …«

Hastig brach sie mit einem Seitenblick zu Helena ihren Gedanken ab, um einen anderen aufzugreifen: »Ich habe gehört, er ist verwundet, aber die Kugel sei von ihm abgeprallt – nun lasst euch doch mal nicht alles aus der Nase ziehen. Ich sterbe vor Kummer und erfahre nichts.«

Riesige Buchen verengten den Weg, der zur Burg hinaufführte. Ihre Wurzeln hoben sich aus dem Pfad. Helena war jedes Mal beklommen zumute, wenn sie über diese Wucherungen stieg, die nicht nur wundersam gewundene Verästelungen bildeten, sondern auch dicke Knollen mit gnomenhaften, missgelaunten Gesichtern. Erschrocken zog sie den Fuß zurück, wenn sie zu spät einen dieser Erdgeister erkannte und ihn schon mitten auf seine Nase getreten hatte. Anfangs geriet darum ihre Erzählung ziemlich abgehackt. Doch bis sie den ersten Torbogen in der Außenmauer erreichten, war Agnes im Bilde über die Geschehnisse der vergangenen Woche.

»Ist wirklich alles schlimmer geworden, seit David fort ist?«, erkundigte sich Helena zaghaft.

»Lieb, dass du fragst«, erhielt sie bissig zur Antwort. »Aber ein Wüterich war der Franz auch schon vorher«, schlug Agnes dann schnell wieder einen versöhnlichen Ton ein. »Sonderlich wird er aber nun«, fuhr sie fort. »Immer häufiger sitzt er unter der Selbstverliebten, schaut nach oben und schilt mit jemandem.«

»Unter der Selbstverliebten?«, zog Frowe die Augenbrauen hoch.

»Da seht ihr's. Ich werde auch schrullig. Die Linde vor dem Haus nenne ich die Selbstverliebte, weil viele ihrer Äste sich so aneinanderschmiegen, dass sie zusammengewachsen sind. Als ich den Baum das erste Mal sah, hab ich mich gewundert über die Löcher im Stamm und den Ästen, so groß, dass man ein Brot durch sie werfen kann. Erst beim näheren Hinsehen erkannte ich das verschnörkelt zusammengewachsene Holz. Vielleicht liegt das auch an den Blitzeinschlägen. In der Linde scheint ein unsterblicher Geist zu wohnen, der nach jedem tödlichen Treffer doch wieder neues Grün austreibt, das sich mit den abgestorbenen Ästen vereint und sie wieder stützt«, erklärte sie.

»Tja, und unter dieser Linde hockt er nun und redet zürnend auf jemanden ein, den er oben im Laub vermutet. Ist aber besser, er streitet mit dem als mit mir.«

Aus dem Mauerwerk rieselte der Gipsmörtel. Ächzend beklagte sich das einst mächtige Bauwerk über seine Vernachlässigung. Ständig knarrte Holz der in sich zusammensinkenden Wirtschaftsgebäude. Selbst als im vorigen Jahrhundert noch Teile der Burg bewohnt waren, nagte an ihr schon seit Langem der Verfall. Sie schritten durch die Torkammer der Vorburg zur Unterburg und von dort zum einstigen Palas. Von hier führte früher ein nochmals mit einer Fallbrücke gesicherter Holzsteg in den hoch gelegenen Eingang des Turms.

Agnes seufzte. »Während unten das ungeschützte Dorf Vockenrode in den Streitigkeiten um diesen bewehrten Berg unterging, nutzten den hohen Herren die Gräben und Wälle hier oben letztlich auch nichts. Dahinten«, Agnes zeigte nach Norden, »grub eine neue Burg namens Schadewalt mit mehreren vorgelagerten Wehranlagen der Ebersburg sprichwörtlich das Wasser ab. Da sie keinen Brunnen hatte, musste das Wasser von unten geholt werden. Das war die größte Schwachstelle. Darum brauchte die Burg letztlich auch keiner mehr. Nur das mit ihr verbundene Amt und der Forst haben weiterhin Bedeutung. Beides hat unser in Geldnöten steckender Graf aber verpfänden müssen.«

»Lasst uns Verstecken spielen!«, rief Ide. Volker verdrehte die Augen, Agnes machte es sich auf einem Steinquader bequem und wehrte ab: »Das ist nichts mehr für eine alte Frau wie mich.« Bei den anderen ging der Suchauftrag reihum, bis schließlich Frowe drankam. Die Kinder versteckten sich im Palas. Dort wussten sie einen Winkel, den sie als ihr Geheimnis hüteten. Niemals hatte sie bei den Versteckspielen bislang hier jemand von den anderen Kindern gefunden. Sie kicherten vor Vorfreude, wie sie nun auch für Frowe unauffindbar bleiben und sich dafür ein Lob abholen würden.

Plötzlich jedoch packten sie von hinten zwei Hände. Erschrocken schrien sie laut los. Auch Agnes war draußen zusammengezuckt und erkundigte sich besorgt, was passiert sei. Mit stoßweisem Atem und aufgerissenen Augen entwanden sich Lene und ihre Brüder dem Griff. Herzlich über deren Furcht lachend, stand Frowe hinter ihnen und spottete: »Wen habt ihr denn jetzt erwartet, das Burggespenst?« Die drei japsten noch immer. »Wo kommst du denn her?«, fand Volker als Erster seine Stimme wieder. »Wieso konntest du hinter uns kommen, hier sind doch alles Wände!«

Nachdem sich Frowe umgedreht hatte, sah sie nun auch verblüfft, dass es keinen Zugang gab. »Ich kam von unten«, erinnerte sie sich. »Die Stufen waren ziemlich glitschig, dann hörte ich Gekicher und hab euch geschnappt. Das war alles.«

Lene fühlte, wie ihr über den Rücken eine Gänsehaut kroch. Schließlich suchte auch Agnes mit, woher Frowe gekommen sein könnte. Doch fanden sie weder eine Falltür im Boden noch irgendwelche Fugen in der Wand, die auf einen geheimen

Zugang schließen könnten. Mächtiges Bruchsteinmauerwerk schloss den Raum undurchdringlich ab.

Lene erinnerte sich an ihre Rettung aus dem Moor und an Frowes Erzählung, dass sie auf dem Weg zur Burg von einer Frau gerufen wurde. Danach jetzt aber im Angesicht von Agnes zu fragen, wagte sie nicht. Zu viel bösartige Vermutungen über Frowe waberten bereits durch das Dorf. Es wäre nicht klug, ihnen weitere Nahrung zu geben.

Drittes Kapitel
Wie die Pest

Klack«, machte es draußen an der Tür. Dann nochmals ganz sachte: »Klack.« Höchst ungeduldig hieb schließlich nach einer Pause ein Beilschnabel auf das Holz ein, als wollte er es zerschroten. »Spinnt das blöde Vieh?« Ide rieb sich die Augen und setzte sich auf. Alle anderen waren schon munter und schauten sich erschrocken um.

»Das kann kein Specht sein«, meinte Tönges. »Wer ist da?«, rief er laut. Keine Antwort. Auch draußen war es still geworden. Noch immer nur im Hemd, erhob sich Tönges und ging schlaftrunken zur Tür.

»Sei vorsichtig!«, riet Lene. »Wer weiß, wer da draußen ist.« Wie ein Faustschlag flog die Tür auf. Hätte jemand davorgestanden, wäre er zur Seite geschleudert worden. Aber da war niemand. Tönges streckte den Kopf aus dem Stall und schaute sich verwundert im schütteren Frühlicht um. »Keiner mehr da«, rief er nach drinnen.

»Krrrraa«, dröhnte es ihm plötzlich in den Ohren, als wären Dutzende Hufnägel in einem Holzkasten durchgeschüttelt worden. Direkt über ihm krallte sich ein schwarzes Ungetüm in die letzte Zeile der Dachziegel. Und nochmals schmetterte der Vogel gleich doppelt sein »Krrrraa« in den noch stillen Morgen und rief nach seiner Begleiterin.

Sofort war Frowe auf den Beinen und eilte nach draußen. Es musste etwas geschehen sein. Schon eine Woche war ihr Rabe fort. Das war nicht ungewöhnlich, aber wenn er sie weckte, hatte dies einen Grund. Sichtlich aufgeregt flatterte der Vogel zum mächtigen Trittstein vor dem Schmiedeeingang und hupfte auf der obersten Stufe herum, stieß sich von ihr ab und flog mehrere Kreise, bis er schließlich auf Frowes in den Himmel gereckter Faust landete.

Volker, der zur Stalltür herauslugte, wich unwillkürlich wieder zurück. Vor dieser großen Frau, die nun auch noch auf dem emporgehobenen Arm den schweren schwarzen Vogel trug, konnte man sich wirklich fürchten. Kein Wunder, dass ihr im Dorf die meisten aus dem Wege gingen.

Sie hielt Zwiesprache mit dem Raben, und nach kurzer Zeit war sie sich sicher: »Soldaten sind im Anmarsch.«

»Wir müssen die Glocke schlagen und das Dorf warnen«, schlussfolgerte David sofort.

»Das wird so einfach nicht gehen«, warf Tönges ein. »Ich laufe zum Pfarrer und spreche mit ihm. Bepackt ihr schon mal Frowes Wagen und macht euch abmarschbereit!« Schnell warf er sich seine Harzkappe über und eilte zum Pfarrhaus.

Dort stieß er genau auf den Einwand, den er auch erwartet hatte. »Wenn ich zugebe, dass ich mich von einem Raben leiten lasse«, sagte Johannes leise, »wird man wispern, dass ich dem Satan näher bin als Gott.« Bei der Wahl zwischen zwei Übeln entschloss er sich, lieber untätig den Söldnerhaufen zu erwarten.

Anna, die neben ihm stand, rief nach ihren Töchtern. »Tönges, ich bitte dich, nimm Maria und Judith mit. Ich selbst bleibe natürlich bei meinem Mann, aber bring meine Kinder in Sicherheit!«

Tönges nickte. »Schick sie zu mir rüber. Wir brechen gleich auf.«

Als er zurückkam, hatte auch seine Nachbarsfamilie schon mit auf Frowes Wagen Platz genommen. »Du bist doch einverstanden?«, fragte Jost, drehte sich aber sogleich, ohne mit der erwarteten Zustimmung Zeit zu verlieren, zu seiner Frau Bertha um: »Hast du auch genug warme Sachen mit für dich und Hiltrud?« In dem Moment kreischte der Rabe. Frowe griff nach den Zügeln und klatschte sie auf den Pferderücken. Maria und Judith sprangen mit ihren Bündeln auf den fahrenden Wagen auf. Mit einem Satz fand sich auch Waldmann ein und ließ sich von Ide das struppige Fell kraulen.

»Mehr kommen nicht mit?«, schaute Frowe zu Tönges hinüber.

Der schüttelte mit dem Kopf. »Und aus der Nachbarschaft?«, fragte er zurück.

»Das Gleiche«, meinte sie resigniert. »Sie haben mich und meinen Raben verspottet. Zumal die Glocke schwieg und nicht, wie ich ankündigte, gleich alle auf die Beine holt.« Ratlos zuckte der Schmied mit den Schultern.

Als sie den Waldrand erreichten, dröhnte es vom Kirchturm. Dreimal. Der Ausguck hatte das heraufziehende Unheil bemerkt. Nur Minuten später fielen die ersten Reiter bereits in das Dorf ein und riegelten die Fluchtwege ab. Schüsse fielen, krachend zerbarsten Türen unter den Tritten der Wüteriche.

Vorbei war die kurze Pause der Glückseligkeit. Die Gräuel des Krieges meldeten sich zurück.

Geschützt durch dichtes Blätterwerk, beobachteten die Geflüchteten das Leiden in den aufgeschreckten Häusern. Ihnen selbst folgte niemand. David war bereits vorausgerannt, um die Seinen zu warnen. Als das Fuhrwerk an der Sägemühle vorbeirollte, trommelte David noch immer wild an die Tür. Sein Vater aber öffnete nicht und rief von drinnen, dass er sich fortscheren solle. Niemand brauche seinen Rat.

»Wollen wir nicht auch zu unserer Fluchtburg?«, wollte Volker wissen, nachdem die Nachbarsfamilie bereits zu ihrer aufgebrochen war.

Sein Vater aber schüttelte den Kopf. »Wir verstecken uns vorerst hier und warten ab, was sich im Dorf tut.« Frowe fühlte sich unwohl, weil sie wusste, dass er wegen ihr nicht den sicheren Schutz aufsuchte. Ihr war noch immer der Zutritt nicht erlaubt.

Gleichgültig, als ginge sie das Treiben auf der Erde nun mal nichts an, schaute die Sonne verschwommen über die Baumwipfel. Ihre Strahlenbündel verloren zwar schon im Kampf mit der heraufziehenden Herbstkühle an Kraft, aber die drei am ganzen Körper zitternden Mädchen beruhigte die ausgesandte Wärme ein wenig.

Gegen Mittag schreckte sie ein Schrei auf. Er kam von der Sägemühle. David sprang sofort auf. Helena wollte ihn zurückhalten, ließ dann aber kraftlos die Arme sinken. Sich vor ihn zu stellen und ihm den Weg zu seiner Mutter und seinen Geschwistern zu verwehren, brachte sie nicht über sich. Noch immer bohrte in ihr das schlechte Gewissen, das Agnes geweckt hatte. Nach wenigen Schritten hielt David aber von allein inne.

»Du kannst ihnen nicht beistehen«, half ihm Tönges, seine Entscheidung zu rechtfertigen.

Sie warteten, bis es dämmerte. Dann schlichen die beiden Männer zur Mühle. Um sie herrschte völlige Stille. Kein Meckern der Ziegen und kein Gegrunze waren zu hören. David sah seinen Vater an die Linde gelehnt. Peter hockte heulend vor ihm auf der Erde. Als David aus dem Schutz der Büsche trat und ein Zeichen gab, war sein Bruder sofort zur Stelle. »Wo sind Mutter und Jacob?«, zischte David leise.

»Im Haus«, sagte Peter ziemlich laut. »Sie räumen auf. Die Soldaten sind fort, haben alles zerschlagen und unser Vieh mitgenommen.«

»Euch verschonten sie aber doch?«, fragte David noch immer voller Angstgefühl. »Was nutzt das schon«, entgegnete Peter tief betrübt. »Sie haben alles weggeschleppt, wie sollen wir über den Winter kommen?«

»Das wird schon wieder«, tröstete ihn sein älterer Bruder bereits etwas erleichtert. »Hauptsache, ihr seid am Leben. Wir schauen jetzt erst mal, was sich im Dorf tut«, verabschiedete er sich.

Am Dorfrand standen nicht mal Posten. Die Bagage fühlte sich völlig sicher, von niemandem angegriffen zu werden. Womöglich war ihre Fress- und Saufsucht auch größer als jede Befehlsgewalt. An den Wegkreuzungen flackerten lichterloh Lagerfeuer. Um sie herum hatte sich die krakeelende Meute niedergelassen und briet einen Teil der erbeuteten Tiere am Spieß. Bis sie gar waren, soffen sie Bier. Einige lallten schon.

Tönges und David schlichen zum Pfarrhaus. Nirgendwo brannte Licht hinter den Fenstern. Die Furcht verbannte die Herrmänner in die Dunkelheit. Auf ihr vorsichtiges Klopfen hin ließ sie Johannes ein. »Wie geht es meinen Töchtern?«, bestürmte er sogleich die Eintretenden.

»Alles in Ordnung«, beruhigte ihn Tönges. »Wie steht es aber um euch?«

Anna seufzte. »So schrecklich wie unter diesen Bestien litten wir noch nie. Das sind keine Menschen, selbst Vieh ist nicht so verroht.« Am ganzen Körper bebend, verfolgte sie den Tag zurück. Reiter hatten alle Wege besetzt und schossen sofort, wenn jemand versuchte, noch zu fliehen. Systematisch waren danach alle Frauen und Mädchen aus den Häusern gezerrt worden. »Sie machten keine Ausnahmen, nicht vor der Jugend, nicht vor dem Alter«, rang Anna nach Worten.

Johannes, der den Vorwurf heraushörte, schrie beinahe: »Sollte mir nochmals jemand mit einem schwarzen Vogelvieh kommen, würde ich ihn ebenso wieder wegschicken. Den Kreaturen der Finsternis kann ich nicht folgen«, donnerte er.

»Der Vogel ist ein Geschöpf Gottes wie du«, sprach sie ganz ruhig. »Aber ob du in deiner Selbstgerechtigkeit Gott näher bist als dem Teufel, das mach mit dir selbst aus.« Eine beklemmende Pause entstand.

Dann fuhr Anna mit ihrem Bericht fort und beschrieb die Folterungen. Wo die Pferde und Kühe wären, schrien sie, und die Saatgutlager. Aber sie waren auf niemanden gestoßen, der wirklich etwas wusste. »Sie schleppten ihre Opfer zu den Misthaufen und flößten ihnen den gotterbärmlichen Schwedentrunk ein. Anschließend sprangen sie auf die aufgedunsenen Bäuche, bis einigen die Därme platzten. Ich weiß nicht, wie viele gestorben sind. Es war schrecklich. Aber den Raben«, fuhr sie zu ihrem Mann herum, »den schließe ich in meine Gebete ein; zumindest meinen Töchtern hat er die Torturen erspart.«

»Protestantische Hessen«, fiel ihr Johannes ins Wort. »Unsere Glaubensbrüder.« Der Pfarrer berichtete schließlich, was er bislang in Erfahrung bringen konnte. Bei Fritzlar habe der schwedische General Banér vor ein paar Wochen den Kaiserlichen unter dem Herzog Piccolomini eine Schlacht angeboten. Doch der sei ausgewichen und habe stattdessen versucht, nach Lüneburg einzufallen.

»Seither verstellt man sich gegenseitig die Wege und sichert den eigenen Nachschub«, resümierte Johannes. »Das also tun die braven Hessen jetzt auch bei uns. Seit Mai marschieren sie wieder mit den Schweden, gemeinsam mit den verbliebenen Truppen des Herzogs Bernhard von Sachsen-Weimar, die jetzt ein Franzose kommandiert. Ihn selbst ließ wahrscheinlich Kardinal Richelieu im Vorjahr vergiften. Das hat er von seinem Verrat, sich mit den Kathol'schen in Paris auf einen Pakt eingelassen zu haben«, wetterte er.

»Glaubt deine Frowe nicht, der Spaß gehe bald zu Ende?«, sah sich Tönges herausgefordert. Bevor er aber reagieren konnte, winkte der Pfarrer schon ab. »Alle wechseln inzwischen die Seiten, wie es ihnen passt. Seit sich unsere schwedischen Bundesgenossen ebenso wie der Weimarer mit den Welschen zusammentaten, verstehe ich gar nichts mehr«, schüttelte er den Kopf. »Ich hab gehört, der Banér wollte die Truppen vom toten Herzog Bernhard sogar kaufen, doch reichte sein zusammengeraubtes Gold dafür nicht aus. Den hohen Herren scheint es von Anfang an überhaupt nicht um die Verteidigung unseres einzig wahren Glaubens gegangen zu sein, sondern allein um ihre Pfründe. Mag das Volk dabei auch ausbluten.«

»Quatscht hier nicht ewig! Macht, dass ihr wohlbehalten zu unseren Mädels kommt!«, drängte Anna zum Aufbruch.

»Wartet noch ein paar Tage, falls ihr wirklich zurückkehren wollt. Eure Schmiede ist mit Soldaten vollgestopft. Übermorgen will ein Teil aber weiterziehen. Lasst Pferd und Wagen auf jeden Fall im Wald, sonst seid ihr sofort alles los. Maria und Judith können mit drauf aufpassen, für sie ist es draußen noch immer weit ungefährlicher als bei uns daheim.«

An den Feuern wälzten sich die Trunkenen. Ihren Blutdurst hatten sie vorerst ebenso stillen können wie ihre Geilheit und das Verlangen nach Bier und Branntwein. Tönges spuckte aus. Sie horchten eine Weile nach Schritten. Dann krochen sie unter die Flügel der Nacht.

Bei den im Wald Zurückgebliebenen herrschte helle Aufregung. »Wo wart ihr so lange?«, kam ihnen Frowe vorwurfsvoll entgegen. »Könnt ihr euch nicht vorstellen, dass wir schon halb wahnsinnig sind vor Sorge, sie könnten euch erwischt haben?« Tönges nahm sie in die Arme und küsste sie lang und inniglich. Lene blieb die Luft weg. Zum ersten Mal präsentierten sich die beiden offen als Liebespaar. Bislang hatten sie ständig Rücksicht auf die Gefühle der Kinder genommen, die nach wie vor sehnsüchtig ihre Mutter zurückerwarteten.

»Gib den deinem Raben weiter«, schnalzte Tönges mit der Zunge. »Er hat uns vor großem Unheil bewahrt.« Trotz der Dunkelheit konnte Lene erkennen, wie das Glücksgefühl Frowe übermannte. Endlich hatte Tönges sie seiner Familie als künftige Ehefrau vorgestellt. Sie war nicht mehr länger nur ein Gast.

Am nächsten Morgen brach Lene früh auf. »Warum melkst du die Kühe der Bauern, können sie das nicht selbst tun?«, wurde sie von Frowe gefragt, die ihr nachgeeilt war und sie begleiten wollte. Nach dem Kuss von Tönges sollte nun auch allen klar werden, dass sie von jetzt ab an allem teilhatte und unwiderruflich dazugehörte.

»Wir melken hier draußen immer reihum unsere Kühe, heute bin ich dran«, wehrte Lene ein bisschen patzig die Aufdringlichkeit ihrer zukünftigen Stiefmutter ab.

»Unsere Kühe?«, hakte Frowe nach.

»Klar doch, auch wir haben eine Kuh«; Lene schaute verwundert zu ihr herüber.

Frowe war baff. »Das habt ihr vor mir bislang geheim gehalten«, schalt sie.

»Und woher haben wir täglich die Milch?«, lachte Lene.

»Ich nahm an, sie gehört zum Lohn des Schmieds. Denn bislang sah ich niemanden, der ihm Geld gab«, erwiderte Frowe.

»Die Rechnung wird erst zum Jahresende gemacht«, erklärte Lene. »Dann zieht Vater durch die Dörfer und holt sich seinen Lohn.« Nachdem sie ein Weilchen gemeinsam gegangen waren, drehte sich Lene kess zu Seite: »So eine schlechte Partie hast du mit meinem Vater nicht gemacht.« Erneut verschlug es der hochgewachsenen Frau die Sprache.

*

Wie es Anna geraten hatte, ließ sich Tönges drei Tage Zeit bis zur Rückkehr. Aus sicherem Abstand beobachtete er, wie tatsächlich ein Teil der Truppen abzog. Die anderen aber schienen sich für längere Zeit einrichten zu wollen, womöglich sogar für den Winter. Dies würde bedeuten, dass sie die ganze Region kahl fressen. Tönges schauderte bei diesem Gedanken. Unter der Obhut Davids blieben die Kinder und Frauen vorerst im Wald. Warum auch sollten sie den Vorteil preisgeben, den ihnen der Rabe verschafft hatte?

Die Sonne stand hoch am Himmel. Mittagszeit war vorbei. Tönges wollte heimkehren, wenn seine Einquartierung schon gegessen hatte und möglichst satt und damit friedlicher war. Dennoch zog sich beim Marsch sein Magen voll flauer Gefühle zusammen. Irgendwelche Lügen, wo er die ganze Zeit war, wollte er sich erst gar nicht zurechtlegen. Die Nachbarschaft, so dachte er, wird längst alles über seine Flucht ausgebreitet haben. Also warf er sich sein an einen Stock geknotetes Ränzlein über die Schulter und versuchte, ein möglichst unbekümmertes Gesicht zu machen.

Vor seiner Schmiede traf er schließlich eine ganze Rotte von rund zehn Mann beim Essen an. Sie hatten seinen Tisch und die inzwischen gezimmerten Sitzbänke herausgeholt und machten es sich im Freien bequem. Als er an sie herantrat, nahm man ihn erst gar nicht zur Kenntnis. »Betrachten sich die Herren hier etwa als meine Gäste?«, stellte er sich ihnen als den eigentlichen Hausherrn vor.

»Meine Gäste«, äffte ihn einer der Sitzenden nach. »Er ist wohl ein Schalk.« Eine Lachsalve dröhnte. Tönges drehte sich um und ging ohne eine weitere Erwiderung ins Haus.

Die Schmiede selbst war unversehrt geblieben, sämtliches Werkzeug hatte er in Sicherheit gebracht. Doch traf ihn fast der Schlag, als er sein Stübchen betrat. Bestialischer Gestank schlug ihm entgegen. Kot lag in allen Ecken, auch die Wände waren damit beschmiert. Ebenso klebte dort Blut. Glas- und Holzsplitter vom zerschlagenen Fenster knirschten unter seinen Holzschuhen.

Die bisherige Angst schlug um in Wut. Er rannte hinaus und musste sich beherrschen, nicht den Tisch mit allen Speisen darauf umzustoßen. »Könnt ihr eigentlich noch etwas anderes als fressen und scheißen, ihr Säue?«, ging er die Landser an. »Scheißt ihr selbst noch die Wände voll von den Zimmern, in denen ihr schlaft? In jedem Viehstall geht es ordentlicher zu als bei euch.«

Wortlos stand einer der Sitzenden auf, griff nach seinem Degen und machte Anstalten, Tönges niederzuhauen. Der jedoch stachelte ihn sogar noch auf. »Ja, das ist es, was ihr könnt«, zischte er. »Wehrlose bedrohen und ihnen das Essen wegnehmen. Hast du Armleuchter im Kampf auch solchen Mut? Da sehen eure Hosen wohl eher so aus wie jetzt meine Wände. Habt ihr schon mal eine Schlacht gewonnen, ihr Pfeifen, dann nennt sie mir! Gibt es überhaupt etwas von eurem Tagwerk, das vor dem Jüngsten Gericht Bestand hätte und Gott gefiele?«

»Hoh, hoh, hoh«, griff jetzt der Älteste in der Runde ein. Er mochte um die 40 sein mit vierkantigem, zerklüftetem Gesicht und war als Korporal hier der Dienstranghöchste. »Lass gut sein, Simon«, sagte er zu dem Mann, der sich mit seinem Degen gerade auf Tönges stürzen wollte. Er stand vom Tisch auf, erhob sich zur vollen beachtlichen Größe und stellte sich als Dietrich vor. »Dietrich, wie der Dietrich von Bern. Du wirst mit uns in diesem Winter vorliebnehmen müssen«, meinte er.

»Und hüte deine Zunge, du Hungerleider, sonst haue ich sie dir auf dem Amboss platt, denn von uns beiden scheiße ich immer noch den größeren Haufen. Mag sein, dass deine Trockenerbsen und Radieschenblätter, die du so auskackst, gottgefälliger sind. Ich aber werde von meinem Tagwerk satt. Und das ist der entscheidende Unterschied zwischen uns.« Wieder folgte eine Lachsalve am Tisch.

»Die Sauerei in deiner Stube übrigens haben nicht wir angerichtet, sondern die Leute aus deinem Dorf«, fuhr er fort. »Was glaubst du, was alles aus einem Wanst rauskommt, wenn er mit eurer edlen Jauche vollgefüllt wurde. Es lebe der Schwedentrunk; er spritzt, wenn er wieder rauskommt, bis an die Decke.« Beifall klatschend trampelten seine Männer obendrein mit den Beinen. »Sei froh, dass du fort warst, als in deinem Haus unsere Verhörexperten nach eurem Vieh und den Getreidelagern fragten. Was da in deiner Stube vor sich ging, willst du besser nicht wissen. Deine kleine Seele würde keine Ruhe mehr finden.«

Sofort wollte Volpert, ein kleiner, dickbäuchiger Kerl mit kugelrundem Glatzkopf, den Tonfall seines Korporals nachmachen und noch eine Zugabe liefern: »Die Kotze, die an deiner Wand auch noch klebt, stammt übrigens von unserem Fähnrich«, holte er aus. »Der zeigte sich gleichfalls zu zartbesaitet, als er die Einzelteile eurer Weibsbilder in deiner Stube fand«, grölte er und erntete dafür neues Gewieher. »Wir haben da nämlich einen bei uns, der gern in die Frauenleiber richtig reinschaut. Er schlitzt sie vom Schritt an auf. In deiner Schmiede sah es danach eher wie bei einem Fleischer aus.« Wiederum bogen sich alle vor Lachen.

»Frag nicht, wo das alles vergraben liegt«, mischte sich noch ein Dritter ein. »Aber wenn dir hier später Gespenster begegnen, könnt ich dir sagen, wie die früher hießen.« Die Kerle klatschten sich nun vor Begeisterung auf die Schenkel und konnten kaum noch an sich halten.

Viel fehlte nicht mehr, und Tönges hätte sich an Ort und Stelle übergeben. Er wollte sich in den Stall zurückziehen, wurde aber sofort zurückgepfiffen: »Da pennen wir, such dir was anderes. Es sei denn, deine Alte nebst deinen Töchtern kommen bald nach, die lassen wir gern rein.« Nochmals johlte die gesamte Rotte.

Tönges schaute auf zu den Dachziegeln. Dorthin, wo erst vor einigen Tagen, die ihm jetzt fast wie Jahre erschienen, der Rabe seine Warnung herausschrie. Was war es doch für ein Glück, dass Frowe hierhergekommen war. Er stellte sich vor, seine Helena wäre an jenem Morgen den Bestien in die Hände gefallen. Ihm drehte sich alles. Wie lange aber können sie es im Wald noch aushalten, wenn erst der Frost einsetzt?

*

»Wer da?« Schon richtete sich auf Tönges' Hals eine Mistgabel. »Nun übertreibt es mal nicht«, brummte er. »Solltet ihr hier wirklich einen der Landsknechte niederstechen, werden wir alle nicht wieder froh.«

»Ach, der Tönges«, wurde gerufen. »Sag doch gleich, dass du es bist.« Heimlich trafen sich der Schulze, seine beiden Schöffen, der Vorsteher, die Ackermänner, der Pfarrer, der Kantor, schließlich noch Tönges, der Schankwirt, der Stellmacher und der Bäcker. Sie kamen in einer Scheune zusammen, um über die nächste Zukunft zu beraten. Caspar Zimmermann führte als Schulze das Wort. »Lasst uns zuerst unserer Toten gedenken«, rief er zu einer Schweigeminute auf. Als Tönges anschließend wissen wollte, wer alles ums Leben gekommen war, wurde er giftig angezischt. »Hättest du nicht den Schwanz eingeklemmt und wärst ausgerissen, wüsstest du es.«

»Und wem, lieber Andreas, hätte mein Hierbleiben genutzt?«, entgegnete er dem provozierenden Ackerbauern. »Wäret ihr nicht so borniert und hättet Frowes Warnung geglaubt ...«

»Schon gut«, unterbrach ihn umgehend Johannes. »Demnächst wählen wir euren neunmalklugen Raben noch zum Dorfpatron.«

Auch er kam aber nicht weiter, weil Falk Hölzer, der Stellmacher, sich fassungslos empörte: »Ihr habt vom Heranrücken der Landsknechte gewusst und nicht Alarm geschlagen?«, rang er nach Luft.

»Frowes Rabe hat irgendetwas gekrächzt, sollten wir daraufhin das Dorf aufschrecken?«, hielt ihm der Pfarrer vor.

»Dann stellt Euch mal vor, dass ich das lieber selbst entscheiden möchte, wessen Warnung ich glaube«, wurde er heftig angefahren. »Übernehmt Ihr jetzt am Sonntag von Eurer Kanzel aus die Verantwortung für die Toten und Gefolterten, weil Ihr bei einem Ratschlag des Herrn einen weiß gefiederten Engel erwartet statt eines schwarz gefiederten Vogels?«, konnte sich Falk noch immer nicht beruhigen. »Ich verlange, dass künftig jede Warnung ernst genommen wird, besser einmal zu viel als einmal zu wenig«, rief er so laut, dass seine Stimme weit aus der Scheune drang. Die anderen zischten schlangenhaft und erbaten sich Ruhe.

Johannes bekreuzigte sich im Stillen. Plötzlich wurde ihm klar, in welche Lage er geriete, sobald jemand fragt, wo seine Töchter abgeblieben sind. Jetzt bereute er sogar, dass er nicht darauf bestanden hatte, sie daheim zu lassen. Als ihm aber wiederum die Folgen davon bewusst wurden, schaute er zum Himmel. »Oh, Herr«, entrang sich seinen Lippen.

»Sieben von uns sind tot«, riss der Schulze das Wort wieder an sich. Er nannte die Namen von drei Männern und vier Frauen und beschrieb auch den Zustand der Leichen und wo sie verscharrt wurden. »Sobald wieder Ruhe ins Dorf einkehrt, werden wir sie ausgraben und anständig bestatten«, legte er fest. Erschrocken schauten diejenigen, die es erst jetzt erfuhren, zum Schmied. »Sie liegen bei dir auf dem Hof?«, drehten sie sich ungläubig zu Tönges um.

»Da könnt ihr euch nun vorstellen, wo auch meine Familie läge, wenn wir nicht mit Jost und ...« In diesem Moment stockte er, als ihn die flehenden Augen von Johannes trafen, und erst jetzt wurde ihm dessen Situation bewusst.

»Wie verfahren wir nun mit dem verbliebenen Rest der Wintersaat«, fragte der Schulze, denn das war eigentlich der Hauptgrund des Treffens. Caspar Zimmermann schlug vor, die Mehlreserven zu vergrößern, um zumindest wieder zu Kräften zu kommen, sobald die Einquartierung fort ist. »Bis dahin dürfen wir nichts davon anrühren und müssen getrocknete Brennnesseln und Rinde kochen, denn die Bande schaut uns ja jeden Tag in die Töpfe. Sobald die bemerken, dass wir noch Korn haben, dreschen sie das aus uns raus.«

»Was für ein Glück, dass wir noch zusätzliches Getreide kaufen konnten, von dem auch in den Nachbardörfern niemand etwas mitbekommen hat«, stellte der Bäcker fest. »Nach den an die Schweden und Hessen geleisteten Kontributionen hätte es in diesem Winter Hungertote bei uns gegeben. Allzu sehr vergrößern sollten wir aber unsere Rücklagen nicht. Nur das, was wir in die Erde gebracht haben, können sie uns nicht mehr stehlen.«

Sie stimmten darüber ab und waren sich zumindest in dem Punkt völlig einig. Da der Oktober bald zu Ende ging, sollte von nun an jede Nacht, die der Mond halbwegs ausleuchtete, gesät werden. Tagsüber wären sie gewiss schnell entdeckt worden. Sie beglückwünschten sich selbst dazu, das Saatbett schon bereitet zu haben. Als Markierung bei der Aussaat sollten Kinder mit zum Dorf abgeschirmten Windleuchten dienen.

Ebenso lag die gesamte Feldarbeit in den Händen der Halbwüchsigen.

Schließlich waren sich die Ackerbauern sicher, dass vor allem sie genau beobachtet wurden. Die Dorfarmut und auch viele der Hintersättler hatten nicht viel zu bestellen. Wohin jetzt im Herbst aber einer der Großbauern seine Schritte lenkte, dort mussten sich noch verbliebene Lager mit Wintersaat befinden.

Gefoltert, um deren Preisgabe zu erzwingen, hatten nur die Truppen, die nach ein paar Tagen weiterzogen. Die Zurückgebliebenen dagegen lächelten heimtückisch in sich hinein und erwarteten, dass die Bauern sie von ganz allein zu ihren Verstecken führten. Irgendwann mussten sie ja aufs Feld, wenn sie wieder eine Ernte wollten. Folglich zeigten die Landsknechte völliges Desinteresse gegenüber den Vorgängen im Dorf, um die Bauern in Sicherheit zu wiegen.

Jene saßen wiederum tatenlos zu Hause rum und taten so, als hätten sie die Späher am Waldrand nicht längst bemerkt, die ihre Hälse reckten und spitzten, wer wohin das Dorf verließ oder kam. Die Söhne, in deren Verantwortung die weitere Aussaat lag, lebten schon längst im Wald und hielten sich von den Häusern fern. Hunger litten sie nicht. Da auch keine Milch mehr zu den Höfen gebracht werden durfte, konnten sie Sahne schlecken und Butter schlagen, soviel sie wollten.

Während die Soldaten die umliegenden Mühlen rund um die Uhr bewachten, ließ man die Sägemühle außer Acht. Holz interessierte die Landsknechte nicht. So blieb ihnen verborgen, dass auch hier ein kleiner Mahlstein seine Dienste leistete. Folglich mangelte es im Wald nicht an Mehl, um Brot zu backen. Solange der Frost nicht grimmig wurde, ließ es sich hier besser aushalten als unter der militärischen Fuchtel.

»Wenn nicht bald dein Schmiedefeuer brennt, mache ich dir Beine!«, setzte inzwischen Dietrich, der sich so gern mit dem Berner Sagenheld verglich, Tönges zu. »Willst du etwa den ganzen Tag faulenzen?«

Nur mühsam verkniff sich Tönges einen Vergleich mit dem Herumlungern seiner Zwangsgäste. Die Drohung, die Zunge herauszuschneiden oder zu zerschlagen, musste er ernst nehmen. In seiner Zeit beim Tross sah er schließlich zur Genüge, wie viel Spaß das Pack an solchen Quälereien hatte und völlige Nichtigkeiten zum Anlass dazu nahm. Also führte er den Korporal in seine völlig leer stehende Schmiede und fragte ihn, was er nach dem Verlust all seines Werkzeugs tun solle.

»Das hast du doch selbst weggeschleppt, hole es gefälligst wieder her!«, herrschte ihn der Korporal an.

»Nein«, widersprach ihm Tönges mit fester Stimme, »wie sollte ich in den paar Minuten, die ich Zeit hatte, meine Familie noch wegzubringen, obendrein die schweren Hämmer und Zangen tragen?«

Das leuchtete dem Korporal ein. »Na gut, mag sein, dass die abgezogenen Truppen dein Werkzeug mitgehen ließen. Ich werde mit dem Hauptmann reden, dir neues und meinetwegen sogar noch Holzkohle herbeizuschaffen. Aber du kannst mir nicht einreden, dass jemand dein schweres Eisenzeug zum Beziehen der Räder, für Hufeisen und Pflugschare auf sein Pferd geladen hat. Wo ist es also? Schließlich hast du ja bislang hier die Ackergäule beschlagen«, erhob er drohend die Stimme.

Tönges lachte still in sich hinein. Glaubte der Trottel wirklich, ein Schmied würde in eine so plump gestellte Falle tapsen. Also riss er die Augen auf und entgegnete: »Welche Ackergäule denn?« Seit Jahren habe er kein Pferd mehr hier in den Dörfern gesehen, schwor er Mark und Bein. Folglich brauche er kein Eisen. Auch keines für den Pflug, den schließlich niemand mehr ziehen könne. »Merkt ihr eigentlich nicht, dass ihr den ganzen Bauernstand vernichtet und dass ihr bald ebenso am Hunger krepiert wie wir alle?«, riskierte er dann doch seine Zunge.

Im Hirn von Dietrich arbeitete es. Anfangs wollte er dem aufsässigen Schmied noch einen Fausthieb versetzen. Aber auch an den Lagerfeuern wurde gestritten, wie es eigentlich mit dem immer öder werdenden Land weitergehen solle. Und ganz im Gegensatz zu Dietrichs Behauptung, dass ihn sein Tagwerk satt mache, litten auch die Heere zunehmend fürchterlichen Hunger.

Der Schmied schien ihm klug und beherzt zu sein. Ihn künftig abends mit zum Essen zu laden und etwas mehr über das Landvolk zu erfahren, könnte nicht schädlich sein, dachte sich Dietrich. Und womöglich erzählt er im Bierrausch mehr, als er nüchtern je von sich geben würde, trieben ihn Hintergedanken.

Im Dorf rumorte es. Windschnell verbreitete sich von Hof zu Hof, dass die Warnung vor den Soldaten zurückgehalten wurde, weil man der Neuen und ihrem Raben keinen Glauben schenkte. Wachsbleich vernahmen die Frauen, dass die Gelegenheit bestanden hätte, im sicheren Versteck abzuwarten, bis der schlimmste Spuk nach ein paar Tagen vorbei war. »Wofür haben wir diese Torturen erleiden müssen?«, fragten sie voller Zorn und grollten mit der Dorfobrigkeit.

Doch ballten sich die Fäuste nur hinter dem Rücken, weil ein Gerücht sofort alle zum Schweigen brachte, die Frowe endlich in ihre Mitte schließen wollten.

Das Wort Hexe ließ die Herrmänner zusammenfahren. Die Rothaarige mixe Liebeselixiere und könne Männer gegen Kugeln härten. David habe ihre Dienste schon angenommen, dafür gebe es mehrere Augenzeugen. Sie habe wahrscheinlich selbst ihre Warnung vor den heranziehenden Landsknechten verhext, sodass ihr niemand glaubte und nur die mit ihr kommen durften, die bereits unter ihrem Bann standen.

Für einen Moment atmete Johannes erleichtert auf, als ihm die Gerüchte zu Ohren kamen, die ihn vom Vorwurf entlasteten, den Alarm verweigert, aber seine Töchter gerettet zu haben. Doch wurde ihm umgehend klar, dass er sofort ganz energisch dagegen vorgehen und jedem mit härtesten Konsequenzen drohen müsse, der Christen ohne Beweise der Ketzerei bezichtige.

Mochte es auch während der langen Kriegszeit still um die Inquisition geworden sein, so warteten die Scheiterhaufen weiterhin auf jeden, der den Pakt mit dem Teufel schloss. Mit Frowe würden dann auch seine Töchter brennen, die sich unter ihren Schutz gestellt hatten.

Noch immer waren Maria und Judith nicht zurückgekehrt. Beim Verlassen des Geheimtreffens in der Scheune hatte Johannes dem Schmied zugeraunt, sie schleunigst heimzuschicken. Tönges konnte aber selbst schon seit Längerem nicht mehr mit seiner Familie reden, nachdem jeder Kontakt zwischen den im Dorf und den im Wald Lebenden rigoros untersagt worden war. Das Fehlen der beiden Mädchen fiel zwar bereits auf, doch dachten alle, dass die Scham wegen der Entehrung den Pfarrerstöchtern besonders hart zusetzte und sie sich seither niemandem mehr zeigten.

*

In Frowes Planwagen kletterte der Hunger an den Leinwänden hoch. Die gekochten Eicheln und selbst die Pilzsuppen, die ihnen anfangs noch wunderbar schmeckten, mochte keiner mehr auch nur noch riechen.

Lene hielt Kriegsrat mit David, den Pfarrerstöchtern und ihren Brüdern. Könnten sie es auf ihre Kappe nehmen, Frowe einfach mit in ihr Waldversteck zu holen, wo es gewiss genug zum Essen gab? Die Strafen waren hart, Fremden den Ort zu verraten. Konnte aber Frowe noch als Fremde gelten, nachdem sie sogar in der Kirche geduldet wurde?

Die Pfarrerstöchter enthielten sich der Stimme. Noch übertraf ihr Hunger nicht die Furcht vor der Strenge des Vaters, der es sie wahrscheinlich mit der Rute lehren würde, sich nicht über seine Entscheidungen hinwegzusetzen. Sollte es Konsequenzen haben, Frowe mitzunehmen, wollten sie von allem nichts gewusst haben, gaben sie an.

»Dann marschiert ihr schon mal voraus und wartet, bis wir nachkommen«, entschied David. »Lene, auch du gehst mit Volker und Ide. Es ist Unsinn, dass ihr euch alle hier rumquält. Ich bin mir sicher, dass, ganz gleich, was wir entscheiden, Frowe hier wartet, so wie es Tönges wollte. Sie wird sich nicht dem Vorwurf aussetzen, ihm mit einem voreiligen Entschluss in den Rücken gefallen zu sein.«

Während sich ihre Brüder bereits zum Gehen erhoben, blieb Lene sitzen. »Das schmeckt mir nicht«, gestand sie. »Wenn wir eine Familie sein wollen, können wir nicht auseinanderlaufen wie eine Herde Schafe, sobald es donnert.«

»Du musst aber Vaters Wort erfüllen, dass sich jemand um die Pfarrerstöchter kümmert, und du musst dich beeilen, um sie noch einzuholen«, wandte David ein. Sie hörten, wie sich Frowe räusperte, und brachen ihr Gespräch ab. Als sie auf den Wagen kletterte, tat sie so, als hätte sie die Unterhaltung der beiden nicht gehört. Dabei wäre sie Lene am liebsten um den Hals gefallen.

Sie konnte aber vorgeben, die Lage dennoch begriffen zu haben, da Maria und Judith fehlten. So pflichtete sie David bei: »Lenchen, lauf mit deinen Brüdern den beiden sofort hinterher. Wie sollte Tönges es der Anna erklären, wenn ihnen was zustößt?«

Lene kniff die Lippen aufeinander, bis aus ihnen das Blut entwich. »Und du würdest uns nicht vorwerfen, dich hier allein zu lassen?«

Frowe lachte hell auf. »Glaub mir, ich habe ganz andere Dinge durchstanden.« Sie küsste die drei auf die Stirn und gab ihnen einen leichten Klaps. »Los jetzt! Und auch du, David, musst nicht mein Ritter sein, du bist bei Lene besser aufgehoben.«

Der aber blieb eisern und scherzte, dass er eine Jungfrau nicht allein im Dickicht lasse, die ja nun mal schlecht selbst ihren Schlaf bewachen könne. Außerdem sei da auch noch Waldmann, der nicht mit in das Versteck dürfe.

Volker schlug sich schließlich an die Stirn: »Wenn in unserer Fluchtburg noch andere sind und es dort wirklich genug zu beißen gibt, können wir euch doch mitversorgen und euch immer wieder was herschaffen.« Das war von verblüffender Logik, und so schieden sie.

*

Den Landsknechten wich das hämische Grinsen aus den Gesichtern. Waren sie sich anfangs noch sicher, den Bauern auf die Schliche zu kommen und keinesfalls sparsam mit ihren Rationen umgehen zu müssen, trat nun auch in ihren Kochtöpfen Ebbe ein. Sie schlichen mit scheelen Blicken durch den Ort, immer auf der Lauer nach jemandem, dessen Gesichtsausdruck kaum das heimliche Feixen unterdrücken konnte, sich trotz aller Drangsale noch satt zu essen. Dabei lief ihnen Melchior über den Weg.

Sie schleiften ihn zum Dorfplatz und entzündeten ein Feuer. Aus den umliegenden Häusern trommelten sie alle Bewohner zusammen. Man wollte viele Zuschauer. Langsam schoben sie Melchiors Füße in die Flammen. Er brüllte wie am Spieß. Genauso wollten sie es. Laut verkündeten sie, dass nun jeden Tag einer dran sei, bis sie wieder genug zu fressen hätten.

Als es Melchior nicht mehr aushielt, schrie er den Ort heraus, wo noch Korn versteckt lag. »Na also«, triumphierte Simon aus der Rotte, die in der Schmiede wohnte.

Von allen Seiten empfing er Beifall der anderen Landsknechte. »Nehmt euch mal ein Beispiel an Simon«, rief einer. »Ja, auch du, Jeronimus, das nutzt uns mehr als deine Aufschlitzereien.«

Der Angesprochene sprang empört auf: »Mal abwarten, was ihr dort überhaupt findet.« Für einen Moment trafen sich dabei seine Augen mit denen von Melchior. Fast war es Jeronimus dabei, als ob sich Feuerglut in ihn bohren würde.

Gleich zwanzig Mann machten sich sofort auf den Weg, das Versteck aufzufinden. Sie nahmen sogar einen Pferdewagen zum Aufladen mit. Den Zurückbleibenden lief umgehend das Wasser im Munde zusammen. Sie ließen sogar zu, dass Melchior weggetragen wurde, um ihm kaltes Wasser über die verbrannte Haut zu gießen. Er hatte ohnehin das Bewusstsein verloren.

Nach über einer Stunde war die Expedition noch immer nicht zurück. Ungeduld machte sich breit. Simon, der fühlte, dass ihm langsam die Felle davonschwammen, verlangte, dass Melchior zurückgebracht wurde. »Hör zu!«, herrschte er ihn an. »Ich schnappe mir jetzt deine jüngste Schwester und lasse mich von ihr dorthin führen, wo euer Korn vergraben liegt. Und wehe ihr und dir, wenn du mich angelogen hast.«

Melchior lachte hysterisch. »Du kannst ihr nichts anhaben.« Als Simon mit gezogenem Degen auf ihn zuschritt, wies er auf Jeronimus. »Frag ihn, warum.«

Der Angesprochene kicherte blöde: »Aus der kriegst du wohl tatsächlich nichts mehr raus, die ist innen jetzt ganz hohl.«

In dem Moment kehrte der Pferdewagen zurück. Er war leer. Bedrohlich knisterte die Luft. Dietrich sprang als Erster vom Wagen. »Da war wirklich mal Getreide«, rief er und forderte, den Schulzen herbeizuschaffen.

»Also, wo habt ihr es hingeschleppt?«, stellte er ihn zur Rede. Caspar nahm seinen Mut zusammen: »Zu eurer Abgabestelle, so wie ihr das gefordert hattet. Das war unser Saatgetreide für das nächste Jahr«, fügte er hinzu und senkte den Blick voll böser Ahnung auf das Kommende.

Dietrich aber war ratlos, mit welcher Brutalität er noch drohen sollte. Womöglich hatten sie dieses Kaff tatsächlich schon ratzekahl gefressen, gestand er sich ein. Schließlich sah er ja mit eigenen Augen, dass sie bereits von jungen Birken die Rinde schälten und von Disteln sowie Schmerbeln lebten. Katzen und Hunde gab es auch längst nicht mehr im Dorf. Ihm graute, wenn er daran dachte, dass der Winter noch bevorstand und sie in den ersten Wochen in Saus und Braus alles verschlungen und versoffen hatten in Erwartung auf baldigen Nachschub.

Jetzt aber fiel hier eine Entscheidung – das spürte er instinktiv. Gingen sie auseinander, ohne den Bauern etwas abgepresst zu haben, hatten die Dörfler gewonnen. Dann brauchte man später gar nicht noch mal zu versuchen, neue Forderungen zu stellen.

Durch Dietrichs Kopf liefen die Bilder früherer Folterungen. Er brauchte jetzt was Spektakuläres, bei dem den Landleuten noch nach Jahren die Knie schlottern, wenn sie daran zurückdachten. Schwedentrunk, Reuteln mit Treibschnüren, Daumenschrauben – er winkte ab. Alles nichts Besonderes mehr. Doch dann kam ihm eine Idee: Schwarzpulver! Die Methode dürften sie hier noch nicht kennen.

»Simon!«, rief er. »Hol doch mal den Pulverwagen aus dem Stall der Schmiede. Und ihr andern treibt das Volk auf dem Platz zusammen. Jetzt gibt's was zu sehen.«

Fieberhaft suchte Dietrich nach Steigerungen. Er musste ein Auswahlverfahren für die Opfer finden, bei dem bereits allen das Blut gefriert. Bei einer ähnlichen Gelegenheit hatte er gesehen, dass eine Katze in die Mitte eines Menschenkreises gesetzt und dann losgelassen wurde. Auf wen sie zurannte, der war der Nächste. Katzen, Kaninchen, Hühner, das alles gab es aber nicht mehr.

Auch Tönges hatte man gezwungen, seine Arbeit zu unterbrechen. Als er hörte, dass ausgerechnet in seinem Stall ein Pulverwagen verstaut worden war, erschrak er. Den richtigen Umgang damit traute er den Hornochsen um sich herum wahrlich nicht zu.

Der Dorfplatz füllte sich. Auch der von einem Pferd gezogene Wagen traf ein. Neugierig geworden, rotteten sich zudem immer mehr Landsknechte zusammen. Aus einiger Entfernung weidete sich der Führer des Fähnleins an dem beginnenden Schauspiel. Er hielt jedoch Abstand. Zuweilen kam es vor, dass ein protestantischer Oberst oder General durch die

Beschwerden der drangsalierten Glaubensbrüder weich wurde. Dem Gesetz nach stand schließlich auch im Heer die Todesstrafe auf Plünderung und selbst eine simple Vergewaltigung. Verächtlich räusperte sich der Hauptmann, doch zog er es vor, sich nicht direkt am Tatort sehen zu lassen.

Melchior lag nach wie vor am Feuer. Unerträglich wüteten in ihm die Schmerzen. An seinen Füßen löste sich die verkohlte Haut ab, und rot schimmerndes Fleisch trat hervor. Niemals, so kam ihm jetzt in den Sinn, würde er je aufrecht vor Sophia treten und um ihre Hand anhalten können. Er bliebe ein Hinkebein. Bestenfalls.

Dann sah er Tönges, und sein Grimm steigerte sich. Ganz sicher war er sich bereits, dass David mit Zauberkraft Sophia an sich gezogen hatte, sodass sie ihn überhaupt nicht wahrnahm. Hexerei konnte es seiner Meinung nach auch nur gewesen sein, dass dieses Flittchen von Schmiedetochter, die es offen mit David vor dem ganzen Dorf trieb, sich noch retten konnte. Anstatt dass es diese Dirne traf, wurde an deren Stelle seine Schwester in die Schmiede geschleppt und schrecklich zu Tode gemartert. Ihre Schreie gellten in Melchiors Kopf, er hörte nichts anderes mehr.

So war er völlig abwesend, als die Strafe für weiteres Leugnen der Getreideverstecke bekannt gegeben wurde. Dem Delinquenten sollten Ohren und Nase mit Schwarzpulver vollgestopft werden. Dann wollte man ihn mit zwei Lanzen im Rücken immer näher ans Feuer drängen.

Bedeutungsvoll nahm Jeronimus bereits ein Pulversäckchen vom Wagen. Er wählte eines aus, bei dem bereits die Mäuse am Leinen genagt hatten. Gut, dass es jetzt verbraucht wird, dachte er bei sich und sprang mit seiner gefährlichen Ladung wieder auf die Erde. Aus mehreren Löchern im Gewebe rieselte es zart. Wie bei einer Sanduhr, die allein weiß, wann ihre Zeit abläuft.

Das Spektakel der Auswahl setzte ein. Alle Dörfler sollten sich an der Hand fassen und einen großen Kreis um das Feuer bilden. In die Mitte stieß Dietrich ein Mädchen. Mit geschwellter Brust ernannte er sie zum Todesengel. »Sie wird von jetzt an denjenigen auswählen, der zur Folter bestimmt ist«, hob er theatralisch die Stimme. »Was sie verkündet, ist ein Gottesurteil. Wen sie berührt, der ist auserlesen!«

Er spürte, wie das Grauen umging, und verschränkte zufrieden mit in den Nacken geworfenem Kopf die Arme.

Machtlos musste Caspar zusehen, wie seiner zwölfjährigen Liese mit einem Tuch die Augen verbunden wurden. Dietrich wirbelte sie im Kreis herum, bis sie sich kaum noch auf den Beinen halten konnte. »Nun lauf!«, befahl er. »Sonst werfe ich dich ins Feuer!« Mit großen Schritten eilte er an ihr vorbei, durchbrach den Kreis der angsterfüllten Menschen und stellte sich in die zweite Reihe der Landsknechte.

Unsicher torkelte Liese, die Arme weit von sich gestreckt, über den Platz. Das Mädchen war zur Kobra bestimmt worden, deren Biss einen qualvollen Tod verhieß. Jeder erschauerte, dem sie sich näherte. Auch sie hatte verstanden, welch schreckliches Los ihr zugefallen war, und so versuchte sie, ihre Aufgabe hinauszuzögern.

Genauso hatte es Dietrich vorausgesehen. Er wollte die Spannung seiner Zuschauer zum Sieden bringen.

Liese stürzte. Absichtlich. Sollten die Landsknechte sie doch ins Feuer werfen. Alle würden sie hassen, wenn ihre Berührung den Tod brachte. Fortan wäre sie eine Aussätzige. Doch spürte sie im Fallen, dass die Binde verrutschte. Schnell rappelte sie sich wieder auf, lief ein paar Schritte zurück, um sich dabei erneut selbst ein Bein zu stellen. Jetzt konnte sie durch einen winzigen Spalt etwas sehen.

Waren bisher ihre Bewegungen völlig unsicher, begann sie jetzt, zu trippeln und zu tänzeln, dicht vor dem Menschenkreis entlang, begleitet vom frenetischen Johlen der Widerlinge. Nochmals schlug sie einen Haken, drehte sich mehrfach im Kreis, bis sie vor einem kleinen verschrumpelten Großmütterchen zu stehen kam.

Sie hörte die alte Frau leise seufzen und sich vom Leben verabschieden. Sachte hob das Mädchen die Arme, unendlich langsam. Tatsächlich wirkte sie in dieser Pose wie ein Engel, geführt vom Willen des Herrn. Dann ließ sie sich einfach nach vorne fallen.

Die Oma war zu klein, um von ihr berührt zu werden. So griff sie über ihre Schultern hinweg und stieß mit beiden Händen gleichzeitig gegen die Brust des dahinter stehenden Dietrich.

Eisige Stille senkte sich über den Dorfplatz. Hatte der Erkorene doch höchstselbst sein teuflisches Folterspiel zu einem Gottesurteil erhoben und der Todesengel nun die Wahl getroffen. Gar nicht mal laut, doch für jeden hörbar sprach einer aus, was fast alle Landsknechte im selben Moment dachten: »Hast du das Kornversteck doch gefunden und willst mit uns nicht teilen?« Durch die Reihen lief ein Knurren wie vor einem Aufstand des Rudels gegen den Leitwolf.

Erschrocken schaute sich Jeronimus um, gehörte er doch zu den unmittelbaren Gefolgsleuten von Dietrich. Wiederum blieb er an den Augendolchen Melchiors hängen, den der Schmerz in seinen Füßen und das schreiende Verlangen nach Rache schier um den Verstand brachten. Obwohl alles vor ihm verschwamm, erkannte er den Mörder seiner Schwester genau.

Wenn wirklich ein Blick töten konnte, dann schoss er ihn jetzt ab.

Getroffen zuckte Jeronimus zusammen und wies mit kreischender Stimme auf den am Boden Liegenden. »Schlagt den tot, der steht mit dem Teufel im Bunde«, quiekte er. »Der will mich verhexen. Ich spüre, dass er mit mir was macht.« Er wich aus in die leere Mitte des Dorfplatzes, kam ins Straucheln, stolperte schließlich und schlug lang neben dem Feuer hin. Von seinem Wams stob eine schwarze Wolke auf, die sich noch in der Luft entzündete. Wie bei einem Miniaturfeuerwerk zerplatzten kleine Lichtkügelchen, die im Fallen dünne Rauchfäden hinter sich herzogen. Geheimnisvoll knisterte es.

Erschrocken sprang Jeronimus auf, das Knistern wandelte sich in ein Zischen. Aus den Falten seiner Pluderhose schossen Stichflammen. Wie ein tanzender Feuerteufel kreiselte er und schrie nach Wasser. »He, Jeronimus«, rief der Galgenvogel Volpert, »vor Geilheit hast du dich jetzt schon entzündet. Ich wusste ja lange, dass deine Begierden weit flammender sind als die von uns allen, aber jetzt übertreibst du.«

Von überall her schrie man nach Wasser.

In dem Durcheinander blieb die züngelnde Spur am Boden unbemerkt. Manchmal verharrte sie unschlüssig, dann hüpfte sie wieder Funken stiebend gleich mehrere Ellen vorwärts.

Als Erster erkannte Dietrich ihre Richtung und begriff, was sich hier eigentlich abspielte. Er sprang nach vorn, um diese von Jeronimus mit seinem Pulversäckchen gelegte Lunte auszutreten, stieß dabei aber mit einem anderen zusammen, der ebenso die Gefahr sah und hastig einschreiten wollte. Im Fallen hielt der sich fest und riss dabei Dietrichs Pluderhose herunter. Der ganze Stolz, der den äußerlichen Unterschied zwischen Kriegsvolk und Landvolk ausmachte, hing in der Kniekehle, während Dietrichs Allerwertester die Menschenmenge auf dem Dorfplatz begrüßte.

Einige Mundwinkel der Herrmänner zuckten bereits, wenngleich niemand wagte, laut loszuprusten. Es war auch kein Hintern, über den man fröhlich lachen konnte. Übelste Geschwüre überzogen ihn, was Volpert umgehend erneut animierte. Zu Tönges rief er herüber: »Heh, Schmied, erinnerst du dich noch an seine Behauptung, dass er die größten Haufen setzt? Kein Wunder, dass er das glaubt. Bei dem, was ihm bei jedem Schiss hinten aufplatzt, muss er sich ja vorkommen, als ob er eine Zehnpfünder abschießt.«

Jäh brach das Gelächter ab.

Gleißend hüllte eine Lichtfontäne den Pulverwagen ein, umfasste ihn mit rötlich glänzenden Sonnenflügeln, die mit einem lauten Knall zu Ruß verfielen und schwarz in der Luft flockten. Allen stockte der Atem. War es noch mal gut gegangen?

Zu Tode erschrocken von der Verpuffung hinter sich, schrie das Pferd auf und stürzte davon. Dorthin, wo in dichten Trauben die Soldaten standen. Schreckstarr an den Boden geklebt, unfähig, noch mit einem großen Sprung Rettung zu suchen.

In ihre aufgerissenen Münder fuhr der Kugelblitz, mit dem die Pulverladung zerbarst. Gleich Spielzeugsoldaten schleuderte die Druckwelle die Landsknechte fort, bohrte klatschend Bruchstücke des Wagens in ihre Körper und die Hauswände.

Nicht eine Katze, wie anfangs in Dietrichs Vorstellung, sondern ein Pferd hatte nun die Wahl getroffen.

Wieselflink nutzten die Herrmänner das Durcheinander, um sich in die Gassen zu verdrücken. Als Dietrich seine Hose wieder hochgezogen hatte und befahl, dem Bauernpack jetzt aber eine Lektion zu erteilen, hörte kein Einziger mehr auf ihn. Ebenso ignoriert wurde das Stöhnen der sich verkrampft am Boden Wälzenden und die anhaltenden Hilfeschreie von Jeronimus.

Mit gezückten Dolchen stürzte sich die Meute auf den verendenden, halb verhungerten Klepper, um sich ein Stück Fleisch herauszuschneiden. Nicht mal das strenge Verbot vom Hauptmann zählte jetzt noch, sich keinesfalls an Pferdefleisch zu vergreifen. Er wurde ohnehin nicht mehr gesehen, sein Beobachtungshügel lag verwaist.

*

Fortan gab es in der Schmiede einen Esser weniger. Angeblich war Dietrich zum Feldscher befohlen worden, um sich seine Abszesse wegschneiden zu lassen. Längst machte jedoch die Runde, dass man ihn in Wirklichkeit degradiert und in eine andere Einheit abgeschoben hatte. Der Alte habe getobt, so hieß es. Wahrlich hatte er Grund zur Sorge, dass man sich fortan über ihn und seine Truppe lustig machte und abends an den Lagerfeuern die Blamage mit zunehmender Übertreibung nachspielte.

Vorsorglich verschwieg der Kommandeur die Zahl der Toten und begann, in der Stammrolle elf Namen als Abgänge durch die Ruhr zu streichen. Damit das nicht auffiel, verteilte er die Fälle über einen ganzen Monat. Zwei datierte er zurück, damit nicht doch jemand den Zusammenhang mit diesem vermaledeiten Novembertag bemerkte. Mit den anderen ließ er sich Zeit, um zumindest noch Anspruch auf den nächsten Sold erheben zu können, auf den ohnehin zumeist vergeblich gewartet wurde. Dabei kam sein Fähnlein, das strukturmäßig bis zu fünfhundert Mann umfassen konnte, ohnehin nur noch auf ein Drittel der Kosten.

Die zwölfte Streichung betraf Jeronimus. Zwar hatte er überlebt, doch nur als Krüppel. Lange schleppte ihn der Tross noch mit, bis er zumindest an Krücken laufen konnte. In seine Oberschenkel hatte das Schwarzpulver regelrechte Löcher bis durch zu den Knochen gefressen. Die anderen Verletzten verarztete der eigene Bader.

Dietrichs Einführung von Tönges in die Mittags- und Abendrunde der Rotte hatte auch nach seinem Weggang Bestand. Mit Volpert, den sein schwarzer Humor bei keiner Gelegenheit verließ, verband ihn inzwischen schon fast so etwas wie Freundschaft. Er hatte sogar durchgesetzt, dass Dietrichs Ration auf Tönges übertragen wurde, und dies mit seiner wichtigen Arbeit beim Beschlagen der Pferde begründet. Anfangs gab es für ihn dadurch sogar hin und wieder ein Stückchen Brot und einen Schlag Wassersuppe mit undefinierbarem Inhalt.

Bald aber blieb auch das aus. Sie kochten Leder weich, jagten Mäuse und Ratten.

Tatsächlich bekam Tönges neues Werkzeug, Rohlinge für die Hufeisen und Holzkohle. Zu tun gab es aber für ihn nichts. Das Schmiedefeuer brannte eigentlich nur noch, um sich an ihm wärmen zu können.

Während das Dorf apathisch den Hunger über sich ergehen ließ, liefen die Landsknechte mit dem grimmigen Verdacht von Rotte zu Rotte, dass zwischen ihnen nicht gerecht verteilt würde. Ständig brachen Streitereien aus, bei denen sich die Kampfhähne immer häufiger mit der Waffe gegenüberstanden. Der adlige Hauptmann, von dem man wusste, dass auf seine

Tafel weiterhin Wein, Braten und Brot kamen, wagte sich kaum noch unter seine ausgezehrten Mannschaften.

Voller Schnee hing der Himmel. Immer wieder drängte Tönges den Schulzen, Frowe den Zutritt zur Fluchtburg zu erlauben. Der hielt ihn hin und warf ihm schließlich an den Kopf, wegen dieser Lappalie keine Abstimmung einberufen zu können. Tönges solle selbst zu den Leuten laufen und sehen, dass er eine Mehrheit zusammenbekäme. Zumindest knurrte Caspar seine eigene Einwilligung. Nachdem auch Johannes Ja gesagt hatte, gab es von den anderen Stimmberechtigten keine Einwände mehr. Wenngleich er wiederum gedrängt wurde, wann denn endlich mit der Hochzeit zu rechnen sei.

Trotzdem konnte Tönges mit der guten Botschaft nicht einfach in den Wald laufen, denn es wäre lebensgefährlich, wenn seine Abwesenheit jemandem auffiele. Womöglich müsste das ganze Dorf unter neuen Drangsalen leiden.

Endlich tauchte eines Nachts David auf. Als Tönges seinen Käuzchenruf hörte, war er im Nu auf den Beinen. David berichtete hastig, dass bis auf ihn und Frowe alle längst im Erdloch wohnten und dass es ihnen so weit gut gehe. Sichtlich war er erleichtert zu hören, dass auch Frowe dort einziehen und ihren Hengst bei den beiden Dragonerpferden unterstellen dürfe. Außerdem zeigte sich sein angehender Schwiegervater sicher, dass der Spuk im Dorf bald sein Ende habe. Der Hunger würde die ungebetenen Gäste mit Sicherheit in Kürze vertreiben.

Als sich beide zum Abschied umarmten, platzte in die Stille Hundegebell. Waldmann musste sich wohl losgerissen haben, umkreiste sie freudig und rannte dann zu seiner Hütte, übermannt von der Erinnerung an die dort von ihm verbuddelten Knochen.

Vom Gebell aufgeschreckt, füllte sich der Hof mit Lichtern. »Da ist er«, wies Simon in Richtung der Hundehütte. Sofort fiel ein Schuss. Leise winselnd blieb Waldmann liegen. Die Meute stürzte sich auf ihn und schlug seinen Kopf gegen die Hauswand. Triumphierend wurde er wie ein geschossener Hase am ausgestreckten Arm hochgehalten. »Holt den Bratspieß«, jubelte einer, »der Abend ist gerettet.«

Da sie alle nur Augen für den Hund hatten, blieben Tönges und David unbemerkt. Sie schlugen sich nochmals kurz auf die Schulter, und in ihren Augen stand stumm die Frage, wie es für sie ausgegangen wäre, hätte Waldmann sie weiter umsprungen.

*

Die Wochen krampften sich in die Därme. Schon seit Langem gab es beim Militär morgens kein Wecken mehr; dösend wurde jeder neue Tag totgeschlagen, der wieder nichts zu essen brachte.

Heiligabend kam heran und damit endlich eine Abwechslung. Vor Menschen quoll die Kirche fast über. Viele Landsknechte mischten sich unters Volk und sangen die Lieder mit. Johannes kamen die Tränen. Könnte die Christenheit nicht immer so einträchtig beieinandersitzen? Wobei er jedoch geflissentlich übersah, dass bis auf ein paar steinalte Weiblein keine Frauen wagten, in den Gottesdienst zu kommen.

Der Friede hielt auch nur bis zum nächsten Morgen. Dann flogen die Türen auf, und im Dorf wurde das Unterste zuoberst gekehrt. Zumindest für Weihnachten, so war die Besatzung überzeugt, hätten sich die Dörfler doch gewiss einen Festtagsbraten aufbewahrt. Auch darauf waren die Herrmänner jedoch gefasst. Am zweiten Advent hatte Johannes die Fastenzeit vorverlegt. Voller Einverständnis nickten alle zu dieser Entscheidung. Verbarg sich dahinter doch der Trost, es könnte womöglich bis Aschermittwoch das Schlimmste in diesem Winter überstanden sein.

Womit sie aber nicht rechneten, waren die durch die maßlose Enttäuschung freigesetzten Furien. Die Kerle stierten in die Katen, als brauchte man nur richtig zu suchen, um auf die Entenkeulen zu stoßen, die Hackfleischfüllung, die vom Stopfen vergrößerte Gänseleber, den Kalbsbraten, die gepökelte Schweinslende, den gut abgehangenen Stallhasen.

Über die Lippen lief der Geifer. Vervielfacht durch die im Geist herbeigerufenen verführerischen Düfte von Gebrutzeltem, Gesottenem, zu Sülze Geronnenem ließen die durch die Nasen kriechenden Illusionen, sich endlich wieder den Bauch vollhauen zu können, die Leidenschaft in Raserei umschlagen.

Nahezu alles in den Häusern ging zu Bruch. Was noch bestand an Truhen, Borden, Tischen, Schüsseln und Krügen, das zerbarst zu Splittern und Scherben. Zertrümmert wurden die Herde, die brennenden Scheite durch die Räume geworfen. Erstmals streckten sich in diesen Kriegen dreist Flammenzungen aus den Fenstern des Dorfes und glitten lüstern über die Fachwerkwände.

Endgültig brach der letzte Bann, nicht zu verwüsten, was einem selbst Unterschlupf gewährte. Schon spritzte Blut aus gespaltenen Schädeln und durchbohrten Leibern. »Wo steht euer Fressen?«, gellte es hysterisch durch die Gassen.

Durchwühlt wurde auch der einzige Ort, an dem die Landsknechte bislang nicht gesucht hatten: der Friedhof. Sie wussten aus den Erzählungen, dass die Bevölkerung gar nicht so selten in letzter Not Mehl und Schmalz in Särgen verbarg, ja sogar in den Totenschädeln der Gruften. Aber auch hier fanden sie nichts.

Vernichtung steckt an wie die Pest. Selbst die Ruhigen und Besonnenen unter den Soldaten griffen jetzt zu den Waffen, bereit, jeden niederzustrecken, der ihnen nicht gibt, was sie begehrten. Das Brennen der ersten Häuser und das Brennen in den eigenen Eingeweiden mischten sich zu hochfahrender, völlig enthemmter Funkengischt, die weder ein Befehl noch eine Regung menschlichen Gewissens mehr löschen konnte.

Die letzte Weihnacht des Dorfes schien heranzurücken, lavafließendes Schicksal, das schon so viele Siedlungen in diesen Jahren ausgelöscht und höhnisch die Asche dorthin emporgewirbelt hatte, wohin sich die flehenden Gebete wendeten. Konnte Hilfe noch von dort oben kommen und einen Felsen herabwerfen, der den glühenden Schmelzfluss aufhielt oder zumindest vorbeileitete?

Hilfe von oben kam nicht. Dafür kroch etwas aus einem Höllenpfuhl und ließ alles im Dorf zu Eis erstarren: den Hunger, die Wut, den Hass, die Pein und die Angst.

Hohläugig, mit vortretenden Wangenknochen und fleckiger, fahler Haut schob sich ein Leichenzug in das Dorf. Zahlenmäßig den Bewohnern und den sie knechtenden Truppen weit überlegen, strömten abgehungerte Skelette in die Gassen und drückten wie ein angreifender Termitenschwarm gegen Tore und Türen. Spukhaft und schweigend kreisten sie die Häuser ein, die brennenden ebenso wie die noch auf ihr Urteil wartenden.

Die Soldaten gaben Feuer. Fast waren die Herrmänner jetzt dankbar für die Anwesenheit des Militärs. Fassungslos sahen sie, wie sich Menschentrauben auf die Erschossenen warfen und ihnen mit Zähnen und knochigen Fingern die Bauchdecke aufrissen. Fett und Fleisch waren dort nicht zu finden, es ließ sich nicht mal unterscheiden, ob die Toten Frauen oder Männer waren. Doch wurde von den Fenstern aus beobachtet, wie die Entmenschlichten draußen umso verbissener um die Innereien kämpften und bluttriefend Fetzen von Leber, Nieren, Drüsen, Lunge und Herz hinunterschlangen.

Selbst die hartgesottenen Landsknechte kotzten. Von Kannibalismus, davon, dass Eltern ihre Kinder schlachteten und sie sogar in Würsten haltbar machten, gingen zwar viele Gräuelgeschichten um, aber mit eigenen Augen gesehen hatte das hier noch niemand. Wieder rannten die Soldaten nach draußen, schossen jetzt ganze Salven, um dieses Unheil zu verscheuchen. Wohlweislich feuerten sie in die Luft, aus Sorge, mit neuen Leichen eher noch mehr von den Verhungerten anzuziehen.

Noch immer fiel kein Wort. Kein Betteln, kein Flehen. Diese Menschen waren längst schon gestorben, nur ihre Schatten glitten noch über die Erde. Dort, wo sie herkamen, gab es offenbar kein Überleben mehr. Eine ganze Region musste der Kahlfraß des Militärs mit einem Schlag entvölkert haben. Ziellos trieb dieser Zug seither mit dem Wind irgendwohin, wo es vielleicht noch etwas zu essen gab.

Obwohl keine Strukturen mehr aus der früheren Gemeinschaft, den Familien und Nachbarn fortbestanden, klebte der Instinkt diese Masse zusammen. Einzeln würden sie untergehen und abgewiesen werden von jedermann. Im riesigen Schwarm aber konnte ihnen ein Dorf, sogar eine kleine Stadt unterliegen.

Sie schienen es darauf abgesehen zu haben, eine abgelegene

Siedlung am Rand des Gebirges zu stürmen, die Einwohner zu vertreiben oder sogar zu schlachten, um hier zumindest den Winter zu überleben. Doch steckte auch dieses Dorf voll wehrhaftem Militär, das den Hungerangriff zurückschlug.

Die wie Vieh aufgebrochenen Leichen auf der Straße waren noch nicht weggeschafft worden, als ein zweiter Pulk einfiel. Dies waren die bereits Aufgegebenen, die Todgeweihten, von deren Siechen angewidert sich die ersten Angreifer abgesetzt hatten. Zäh folgte ihnen dennoch dieser Haufen von mit wässrigem Durchfall verklebten Alten, fiebergeschüttelten Kindern und Krüppeln, die sich erneut auf die Kadaver stürzten.

Die Mütter in den Häusern pressten ihren Kindern, die losschreien wollten, die Hand auf den Mund, weil sie fürchteten, das Greinen könnte draußen als Meckern eines Zickleins verstanden werden. Dort herrschte das Wolfsgesetz.

Nur selten zeigte sich ein Gesicht, und dann auch nur, wenn ein Lumpenknoten verrutschte. Kleidung besaßen diese Ärmsten nicht mehr, die hatten ihnen die Stärkeren abgenommen. Am Körper trugen sie die letzten Stoffreste, die ihre Vorgänger beim Plündern der Toten als wertlos zurückließen. Anfangs hatten sie fast gar nichts auf dem Leib. Doch waren inzwischen schon so viele von ihnen auf den Straßen liegen geblieben, dass sich die Überlebenden dick einwickeln konnten.

Sämtliche hatte jedoch bereits der Tod gezeichnet. Lappig hing die Haut über den Schädelknochen, überzogen von Flechten, Gürtelrosen, Warzen, zwischen denen sich graubläuliche Äderchen und tief eingerissene Falten zogen. Manche Augen waren bereits erloschen, andere glühten im Schüttelfrost. Beim nächsten Schritt konnte bereits der letzte Funke Energie aufgebraucht sein und das Leben wie bei einer abgebrannten Kerze mit einem kurzen schwarzen Blaken entschwinden.

Tiefer sinken können Menschen kaum noch. Längst waren ihnen die Wölfe überlegen, die rudelweise dieser Kolonne folgten und – selbst am Verhungern – kampflos und kräftesparend darauf warteten, dass die Schwächsten zusammenbrachen und liegen blieben. Nicht selten bohrten sich, weil beide zu ermattet waren, den anderen abzuweisen, der Kopf von Mensch und Raubtier in dieselbe Leiche.

Die Verzweiflung, auch hier wieder erfolglos abziehen zu müssen, ohne den kleinsten Bissen oder zumindest einen Schluck heiße Brühe, wütete schlimmer noch als das mitgeschleifte Elend. Mehr als ein Dutzend sackten in sich zusammen und blieben verstreut zwischen den Häusern zurück.

Obwohl sich die Spukgestalten längst schon aufgelöst hatten im schütteren Licht des Weihnachtstages, lag das Dorf weiterhin in Schreckstarre. Kein Albtraum vermochte sich im Gewirr nächtlicher, diffuser Wahnvorstellungen eine solche Gefahr auszumalen wie die soeben durchstandene. Was kommt denn noch auf uns?, falteten die Menschen ihre Hände.

Lediglich in den brennenden Häusern warfen die Dörfler die Lähmung schneller ab und nutzten die Verwirrung der Soldaten, um zu löschen und sich dann, so gut es eben ging, von innen zu verbarrikadieren.

Nach und nach rotteten sich draußen die Landsknechte zusammen. Unter ihnen gärte es. »Sollen wir warten, bis wir genauso enden wie die hier?«, fragten die Wortführer in die Runde. »Wir müssen weg, solange wir noch die Kraft dazu haben!« – Eine Meuterei bahnte sich an.

»Haltet ein!«, forderten jedoch die Erfahrenen. »Wir sind viel zu wenig und werden sofort von anderen Einheiten niedergemacht«, warnten sie. »Ihr kennt das Gesetz. Solange unsere Fahnen wehen, müssen wir gehorchen. Spart euch eure Wut auf für das Harnischwaschen nach der Abdankung. Und jetzt schert euch von der Straße und seid froh, dass es hier zumindest genug zum Heizen gibt und ihr nicht obendrein noch wie die Hunde frieren müsst! Habt ihr vergessen, wie wir im vorigen Winter gelitten haben, weil es nichts mehr zum Verbrennen gab? Was seid ihr für Idioten, die Häuser anstecken zu wollen, in denen wir wohnen!«

Wüst fluchend und schimpfend lösten sich die Haufen auf.

In den Quartieren verbreitete sich erneut der Stumpfsinn. Das Würfeln, die Karten bereiteten niemandem mehr Spaß und Abwechslung. Was sollten sie auch setzen, ihren ausstehenden Sold oder die Tagesration beim Koch? Namenlos schlichen die Tage durch den Hungerwinter.

Einige Herrmänner wollten fliehen in ihre Verstecke draußen im Harz. Doch sie wurden umgehend eingeholt und unter Androhung schlimmster Strafen durch die eigenen Leute zurückgeführt. »Wollt ihr durch eure Spuren im Schnee etwa diese Vandalen zu dem führen, was wir bislang trotz vieler Opfer verbergen konnten? Womit sollen wir überleben, wenn sie uns auch noch das Letzte nehmen?«

Unbemerkt, weil niemand mehr Wache stand, traf schließlich ein berittener Bote beim Hauptmann ein. Umso lauter hörte man ihn danach jubeln. Er ließ sofort zum Sammeln blasen und gab den Befehl zum Eilmarsch.

Gewöhnlich maulte die Mannschaft in solchen Fällen. Jetzt aber suchten alle in fiebriger Hast ihre Habseligkeiten zusammen. »Endlich weg von hier«, schrien sie durcheinander.

Banér befahl, schnellstmöglich in die Oberpfalz zu marschieren. Was will er da, fragte sich der Hauptmann, die Gegend ist ebenso ausgezehrt wie im Thüringischen. Doch dann durchzuckte es sein Hirn. Der Stoß richtet sich gegen Regensburg, vermutete er, wo Ferdinand III. seit September Reichstag hielt. Wenn der Angriff über die zugefrorene Donau erfolgt, könnte womöglich der Kaiser gefangen genommen und mit einem Schlag dieser Krieg beendet werden.

Bis in die Haarspitzen durchströmte den Offizier neuer Lebensmut. Mit einem Schlag verflog seine Mattigkeit. »Auf geht's, nach Regensburg!«, sprang er aufs Pferd und machte seinen Leuten Beine.

Eilmarsch

Nur noch die Füße waren wach. Sie überholten sich stupide, ein ums andere Mal. Hundert Mal. Tausend Mal. Jedoch liefen sie blind. Der Kopf schlief, die Augen blieben zu. Mehrfach schon verfehlte das Fähnlein dadurch den Weg. In einer Kurve marschierten die Ersten geradeaus weiter, schon trabten im Herdentrieb alle anderen hinterdrein.

Niemand nahm wahr, was um sie geschah. Nicht mal das Geschrei der Vorderen, die in einen Graben stürzten und sich fluchend wieder aufrappelten, weckte die Dösenden. Wer auf den Vordermann auflief, pennte an ihn gelehnt im Stehen weiter. Auch die wie von weit her kommenden Befehle des Hauptmanns blieben wattig im Ohr stecken. Das Hirn wollte von den Vorgängen da draußen nichts mehr wissen und schaltete ab.

Wenn einer noch Spaß hatte, dann der Wind, der pfeifend Schneewehen aufhuckte und den Marschkolonnen in den Weg kippte. Bis zur Hüfte versanken die Männer im weißen Pulver. Schlimmer erging es den Kanonieren mit ihren Geschützen und den Knechten der Trossfahrzeuge, die sich Gassen frei schaufeln mussten. Oft lohnte es nicht, wieder aufzusitzen, weil drei Wagenlängen weiter die nächste Barriere wartete. Und der Wind war ein schneller Feger und ließ die Nachrückenden umgehend die Plackerei wiederholen.

Der Marsch bereitete Höllenqualen. Nochmals waren über Nacht die Temperaturen gefallen. Lediglich der Adel trug Pelze aus Schafsfell. Durch die dünnen Strümpfe unter den bis zum Knie reichenden Pluderhosen der Mannschaften kniff der Frost mit Zangen ins Fleisch. Die Kuhmaulschuhe und selbst die Stulpenstiefel erstarrten und scheuerten die Füße wund. Obwohl alles, was irgendwie wärmte, unter das Wams geschoben wurde, schlüpfte die Eisluft durch die Stoffschlitze. Noch weniger Schutz fanden die Ohren unter den Federhüten.

Ein Gutes jedoch hatte der Frost: Er lenkte ab vom Hunger, der im Leib wütete.

Quer durch Thüringen trieb General Banér seine Truppen zu höchster Eile. Nachdem er sich schon fast gänzlich dem Suff hingegeben hatte, rappelte er sich nochmals auf zu militärischer Genialität und riss seine Armee mit sich, die dicht davorstand, ihm davonzulaufen.

Seit Längerem vertrauten seine Truppen ohnehin mehr der Frau ihres Feldherrn, dessen Jähzorn und Eskapaden sie immer wieder vermittelnd auszugleichen verstand. Elisabeth Juliana war jedoch im vergangenen Mai im Feldlager von Saalfeld gestorben.

Die von ihrem bisherigen Schutz entblößte Armee verfolgte fassungslos, wie respektlos ihr Kriegsherr noch während der Beisetzung seiner Frau in Erfurt um die Markgräfin Johanna Margaretha zu Baden-Durlach balzte und sie tatsächlich nach drei Monaten in ein neues Ehebett schleppte. Von dort aus führte er von nun an das Kommando. Während er die Nächte mit Saufgelagen totschlug, kuschelte er den Rest des Tages mit seiner Frischvermählten in den Federn und ließ die Offiziere vor der Tür warten.

Plötzlich aber hatte er seinen Stab mit dem Plan überrascht, ihr Winterquartier abzubrechen, in dem sie der Gegner mit höchster Gewissheit noch bis zum Frühjahr wähnte, und dem Kaiser in Regensburg nebst den um ihn versammelten treuen Ständen aufs Haupt zu schlagen. Mit sich führten die Schweden bei ihrem Eilmarsch ihre hessischen und hannoverschen Hilfstruppen sowie die verbündeten Franzosen unter Marschall Jean Baptiste Budes de Guébriant.

Mochten die Aussichten auf den Überraschungscoup die Stabsoffiziere in freudige Schwingungen versetzen, auf die Mehrheit der Truppen übertrug sich die Begeisterung nicht. Es reichte aus, die Nase nur mal kurz vor die Tür in den klirrenden Frost zu stecken, um das heiße Verlangen zur Rückkehr an die Öfen zu wecken. Sich dennoch durch die Kälte plagen zu müssen, ließ viele vor Wut schnaufen, und es brauchte nur Nichtigkeiten, um in Rage zu kommen.

Simon, der von Dietrich das Kommando über die Rotte übernommen hatte, rollte sich gerade im Pferdestall eines Gutshofes in seine Decke, als eine Schar Reiter mit ihren Pferden großmäulig hereingeschneit kam. »Was erdreistet sich dieses Pikenier-Pack, unseren Pferden den Platz wegzunehmen«, blökte einer vom Sattel herunter. »Raus hier, aber dalli, ihr Sandlatscher! Ihr könnt im Freien pennen.«

Keiner der Männer zeigte auch nur eine Reaktion. Nach dem langen, anstrengenden Marschtag schliefen sie wie Tote. Auch Simon schloss einfach die Augen und ignorierte die Neuankömmlinge. Schließlich waren sie zuerst da und heilfroh, dass ihnen bei dieser Kälte zumindest für den Rest der Nacht ein Dach über dem Kopf zugewiesen wurde. Da könnten die Reiter sonst was anstellen, sie würden keinen Schritt weichen.

Nicht zum ersten Mal überkam Simon beim Eintauchen in den Schlaf das Gefühl, unter den Füßen jeglichen Halt zu verlieren und ins Bodenlose zu fallen. Rechts und links rauschten die Wände an ihm vorbei. So intensiv, dachte er noch im Halbschlaf, hatte er das bislang aber noch nie erlebt.

Erst als sein Kopf höchst unsanft gegen die Schwelle schlug, war er wieder hellwach, kam aber dennoch nicht auf die Beine, während der Stall immer weiter entglitt. Man hatte ihn an den Füßen an ein Pferd gebunden und mit einem Ruck nach draußen gezerrt. »Halt's Maul«, ließ man ihn erst gar nicht zu Wort kommen. »Gegen die Kavallerie kommt ihr Memmen eh nicht an.«

Seine ganze Mannschaft stand schon auf dem Hof und klopfte sich unter schlimmsten Verwünschungen den Schnee ab. Niemand hörte ihnen zu. Die Reiter hatten von innen bereits die Tür verrammelt und johlten vor Freude, wie sie ihre Vormachtstellung im Heer mal wieder unter Beweis gestellt hatten.

»Ich hole den Hauptmann«, entschied Simon. Doch dessen Bursche ließ ihn erst gar nicht vor. »Dann müssen wir uns selbst unser Recht verschaffen«, brachte er seine Männer hinter sich.

Sie brachen die Tür auf und stürmten mit vorgehaltenen Spießen in den Stall zurück und drückten sie den Kerlen sofort gegen die Brust. »Schnappt eure Schaukelpferdchen und übt mal schön das Retirieren«, höhnte Volpert, der bereits zu seinem Humor zurückfand. Er ließ sich auch nicht aus der Ruhe bringen, als einer der Reiter zu seinem Säbel griff. »Wenn du mit deinem Käsemesser die Reichweite meiner Pike ausmessen willst, guckt die schon eine Säbellänge aus deinem Rücken, bevor du überhaupt in meine Nähe kommst«, fühlte er sich sicher.

Der andere jedoch schwang seinen Säbel einige Male elegant im Handgelenk und zerhieb völlig humorlos mit sauberen schrägen Schnitten den Holzspieß in drei Teile, bis der völlig überraschte Volpert nur noch den Schaft in den Händen hielt. Im nächsten Moment drang ihm der Säbel durch die rechte Schulter und schaute zum Rücken wieder heraus. »Meintest du etwa so weit?«, sagte er eiskalt und wies dann mit seiner blutverschmierten Waffe auf die Tür.

Volpert wankte nach draußen, gefolgt von seiner Rotte. Vor der Tür brach er zusammen. Schreie nach einem Feldscher durchschnitten die Winterluft. Erwartungsgemäß meldete sich niemand. Folglich schleppten sie den Verwundeten vor das Zimmer des Hauptmanns und meldeten einen Angriff. Diesmal war er sofort zu sprechen, doch als ihm die Zusammenhänge erklärt wurden, drehte er ihnen auch schon wieder den Rücken zu. »Verbindet ihn und stoppt die Blutung«, wies er an. »Alles Weitere erzählt mir morgen.«

Ins Freie hinaus wollten sie auf keinen Fall wieder, also richteten sie sich im Gang vor dem Zimmer ihres Kommandeurs ein und versorgten Volpert, so gut sie es vermochten.

Früh um fünf blies der Trompeter den Weckruf. Der Bursche des Hauptmanns hatte zu diesem Zeitpunkt bereits Meldung über den nächtlichen Zwischenfall beim Oberst gemacht und kehrte mit dem Profos zurück, der umgehend die Beteiligten verhörte.

Simon traute seinen Ohren nicht, als er dessen Ermittlungsresultat erfuhr, demzufolge die Kavallerie im Recht war, da nachts ein Angriff auf ihr Quartier erfolgte und sie sich wehren musste. Die Pikeniere hätten selbst Schuld.

Umgehend wurde Abmarsch befohlen. Volpert blieb zurück. Ihm schrieb der Hauptmann einen Passzettel, der ihn als Verletzten auswies, der später seiner Truppe nachfolgen sollte. Dies war notwendig, damit ihn nicht irgendwelche Häscher als Deserteur beibrachten.

Erst gegen Mittag kam der Befehl zur ersten Rast. Wie ein Lauffeuer verbreitete sich die Nachricht, dass die Garköche beim Tross warme Suppe anboten. Mit einem Schlag verflog selbst die aufgestaute Wut auf die nächtlichen Reiter. Auf der geschlürften grünlichen Brühe schwammen tatsächlich Fettaugen. Zwischen den Rübenstücken versteckten sich Fleischfasern. Die Männer strahlten, als sie sich einen Nachschlag holen durften. Seit Langem war dies für sie die erste richtige warme Mahlzeit.

»Seid ihr diejenigen, die sich in der Nacht mit den Husaren gedroschen haben?«, begehrte einer der austeilenden Sudler zu wissen. »Was wäre, wenn?«, wollte sich ihn Simon vom Hals halten. »Dann könnt ihr froh sein, dass nur einer von euch auf der Strecke blieb. Die Irren haben einen Freibrief vom Obristen. Da könnt ihr nach dem Profos schreien, solange ihr wollt. Der stellt nach jeder Rauferei deren Unschuld fest.«

Nun drängte es Simon doch, mehr zu erfahren: »Was ist das für eine Rabaukentruppe?«

Der Koch machte eine verschwörerische Miene und spähte nach allen Seiten, um sicherzugehen, dass sie auch niemand belauschte. »Sagt dir der Name Würfelbecher etwas?«, flüsterte er dann.

»Oh Gott«, entfuhr es Simon. »Lebt der immer noch? Das

ist einer der wüstesten Schläger im Lager, aber du musst dich irren, der gehört nicht zur Kavallerie.«

»Schon seit einem halben Jahr«, wusste es jedoch der Küchenmann besser. Würfelbecher allein ginge ja noch, plauderte er weiter. Jetzt aber habe er sich mit einem zusammengetan, der den Teufel persönlich kennen müsse.

»Viele glauben, der sucht den Tod«, nickte der Mann vom Tross eifrig mit dem Kopf. »Vor jeder Bataille scharen sich alle um ihn und wollen an seiner Seite reiten. Da er wie ein Berserker um sich drischt, zieht er auch alle Gegenwehr auf sich, und die neben ihm bekommen nicht einen Kratzer ab. Das sagt ihm allerdings keiner.« Der Koch hob bei den letzten Worten drei Finger in die Höhe, als wollte er das beschwören. »Gefeit ist er aber nicht. Schon mehrfach hat er sich was geholt und musste sich bei uns im Tross wieder zusammenflicken lassen.«

Nach einer kurzen Unterbrechung, in der er weiter Suppe ausgab, fuhr er fort: »Im Herbst hat er bei einem anfänglich harmlosen Scharmützel, bei dem die Unsrigen aber in eine heimtückische Falle liefen, allein fünf Kanonen erobert. Als die Feinde anfingen, mit Hagelstücken aus kürzester Distanz alles vor sich zusammenzukartätschen, ritt er mitten durch das dichteste Feuer und säbelte die Bedienungen eine nach der anderen nieder. Wäre er nicht so blutjung, hätte man ihn längst schon befördert, aber er soll wohl gerade erst von den Pferdeburschen gekommen sein. Außerdem war da noch was mit einer verwunschenen Schmiede.«

Wieder musste die Erzählung wegen der Essenausgabe pausieren.

»Mit dem jedenfalls habt ihr euch gestern eingelassen«, kam der Koch zum Schluss. »Übrigens, sie nennen ihn Bodo; wie er mit Nachnamen heißt, weiß hier keiner. Und falls du mit ihm noch immer ein Hühnchen rupfen willst, musst du nur nach da drüben zum Zelt der Wahrsagerin gehen.«

»Woher willst du das wissen?«, fragte Simon ungläubig.

»Weil er vor ein paar Minuten genau da stand, wo du jetzt stehst«, bekam er zur Antwort. »Und er hat mich gefragt, wo er Gizella findet.«

Simon schlich sich an das Zelt heran. Wer drinnen war, konnte er beim besten Willen nicht sehen, aber zu ihm drang die Stimme einer alten Frau. Sie beschwor jemanden, ihr doch zu glauben. »Deine Augen sind verkleistert voll Pech«, schimpfte sie. »Wenn du nicht sehen willst, kannst auch nichts erkennen. Fragst nur immer nach Emma. Über Glück in der Liebe können Karten sprechen. Willst aber auch noch wissen Vornamen. Bisschen viel verlangt von alter Frau.«

Im Zelt brauste ein Mann auf.

»Jaja, schon gut«, beschwichtigte sie. »Wirst aber nichts anderes von mir hören. Erst, wenn Dritte gerettet, hast Ruhe vor dem Fluch.«

»Welchen Fluch, zum Teufel, meinst du, Gizella? Ist es der alte Fluch über die Schmiede? Und wer ist die Dritte und wer die Zweite?«, begehrte die Männerstimme erneut auf.

»Jüngelchen«, spottete die Zigeunerin. »Ich sagen dir Zukunft, du willst auch noch Vergangenheit wissen. Bisschen musst selbst rausfinden. Eines sagen aber Karten so sicher wie Tod«, und ihre Stimme knarzte wie eine Holzwurzel. »Zwei Frauen du großes Unglück bringst. Rettest nicht wenigstens die dritte, holt dich der Scheitan!«

Da es drinnen bereits ans Bezahlen ging, suchte Simon das Weite. Er grinste in sich hinein. Typisches Kartenorakeln. »Bisschen musst selbst rausfinden«, kaute er das Gehörte wieder. Dafür bezahlt der Narr auch noch! Geschieht ihm recht, lachte er schadenfroh in sich hinein.

*

Mit Unschuldsblicken empfing Regensburg die ungebetenen Gäste. Fasziniert ließen sich die kriegsrauen Gesellen von ihnen einfangen. Wie eine jungfräuliche Braut blinzelte die Stadt unter dem weißen Laken von frisch gefallenem Schnee hervor. Auch ihre Bollwerke und die gerade erst aufgeworfenen Gräben und Schanzen gleißten in kristallenem Licht. Zugedeckt hatten sich damit ebenso die Donau und der unmittelbar neben dem Söldnerhaufen auf die Stadtmauern zuströmende Regen. Erkennen ließ sich das Gewirr der Flussläufe nur an den harten Linien der Uferbebauung.

Über die kleineren Türme auf den Stadtmauern reckten sich die stolzen Bauten aus dem Inneren von Regensburg und betrachteten erhaben das Gewimmel der gefährlichen Termiten vor sich. Über allem thronten die Doppeltürme des Doms.

»Da sitzt die Sau«, brummte einer der Soldaten und zeigte auf den gotischen Turm des Rathauses. Schnell hatte sich herumgesprochen, dass Kaiser Ferdinand kein Fersengeld gab, sondern hartnäckig blieb. Auf seinen erfahrenen Haudegen Piccolomini gestützt, der tatkräftig die Außenwehre ausbauen ließ, setzte er im Rathaussaal den Reichstag fort.

Simon stand noch immer wie erstarrt vor dieser Kulisse. Am wenigsten konnte er sich von der Steinbrücke über die Donau losreißen. Fünfzehn Bögen zählte er, die – auf Inseln im Flussbett gestützt – sich majestätisch über den Strom erhoben. Doch auch in dem Hermelin dieses Flusskönigs zeigten sich die eingebrannten, hässlichen Löcher des Krieges.

In den vorderen Teil hatten die Regensburger selbst eine Lücke gesprengt und eine hölzerne Zugbrücke eingefügt, als vor über sieben Jahren erstmals die Schweden anrückten. Das Opfer nutzte nichts. Unter dem Befehl Bernhards von Weimar fiel die Stadt, wurde jedoch bereits ein Jahr darauf von der Katholischen Liga zurückerobert. Zwei der Brückentürme überstanden den Besitzerwechsel lediglich als Ruinen.

Diesmal, so dachte Simon erleichtert, wird dieses Wunder menschlicher Baukunst wohl verschont bleiben. Ein noch größerer Baumeister überbrückte derzeit die Flussschleife der Donau auf der gesamten Länge um die Stadt, die darum nur noch auf ihre Mauern vertrauen konnte. Rote Bänder waren bereits ausgegeben worden. Folglich würden die Kaiserlichen im Kampf weiße tragen. Nur noch wenige Tage konnte es dauern, bis sich die Eisbrücke des Winters, zersiebt von Kanonenkugeln, blutrot einfärbte.

Trübsinnig sah sich Simon bereits inmitten dieses Gemetzels. In den Sinn kam ihm der Schmied ihres bisherigen Quartiers, der ihn noch vor Kurzem bissig gefragt hatte, ob er auch nur eine einzige siegreiche Schlacht vorweisen könne. »Wohl denn«, entgegnete er ihm in einem lauten Selbstgespräch. »Das nächste Mal werde ich dir den Namen Regensburg entgegenschleudern!«

»Was willst du mir entgegenschleudern?«, fuhr ein neben ihm Stehender erschrocken zusammen. Doch ohne Antwort ließ Simon ihn stehen, nahm noch ein letztes Bild von der Brücke und der sich hinter ihre Befestigungen duckenden Stadt in sich auf, ehe er seine Einheit suchen ging.

»Werden wir gewinnen?«, fragte er dort sogleich als Erstes. »Natürlich«, antwortete ihm Jörg, ein stiller und sonst kaum auffälliger Mann. Umso erstaunter wandte sich Simon zu ihm um und fragte, woher er diese Zuversicht nehme. »Weil diese Stadt den Kaisern Unheil bringt«, flüsterte er verschwörerisch. »Sie wären unschlagbar gewesen mit dem Friedländer, ihrem fähigsten Feldherrn, an ihrer Seite. Doch genau hier, in Regensburg, ließ sich der Vater des jetzigen Kaisers vor fast genau zehn Jahren von den Fürsten beschwatzen, den ihnen zu mächtig gewordenen Emporkömmling davonzujagen. Als Waldstein in höchster Not zurückgerufen werden musste, traute ihm natürlich niemand mehr. Am wenigsten die wortbrüchige Majestät, die ihn schließlich vier Jahre darauf in Eger ermorden ließ.«

»Und noch was.« Jörg winkte seine Zuhörer noch näher zu sich heran. »Bis aufs Jahr genau hat das der Astronom Kepler sogar vorausgesagt. Ihr wisst doch, wie närrisch der Waldstein auf Sterndeutungen war und dass er sich sogar mit dem Seni einen eigenen Astrologen hielt.« Die letzten Worte hauchte Jörg den anderen ins Ohr. »Ratet mal, wo Kepler begraben liegt!«

»In Eger?«, drängelte sich Simon vor.

»Quatsch!«, wurde er angeherrscht. »Er liegt hier in Regensburg, genau seit jenem ominösen Jahr 1630. Dämmert's euch? Beinahe wäre übrigens gestern das Kaiserpaar bereits in unsere Hände gefallen. Man rechnete noch nicht mit uns und ritt fröhlich aus zur Jagd. Im letzten Moment gelang ihnen die Flucht. Die meisten ihrer Pferde stehen jetzt bei Banér im Stall, auch die Falken wurden erbeutet.«

Unschlüssig, ob das nun für oder gegen die Kaiserlichen sprach, gingen die Landsknechte schließlich schlafen.

Mitten in der Nacht wurden sie schon wieder geweckt. »Es geht los!«, schrie Simon und brachte seine Rotte auf die Beine. Doch sosehr sie auch in die Ferne lauschten, niemand hörte einen Trompeter. Dennoch krachte es, als würden sich die Kartaunen und Mörser bereits in den Haaren liegen. Sie rannten zum Fluss, wo schon viele standen und fassungslos zur Stadt schauten. Kein einziger Lichtblitz verriet, dass die Kanonade bereits begonnen haben musste.

»Die Donau«, wurde gerufen. »Das Eis bricht.« Entsetzen durchfuhr das Heer der Schweden. Alle Strapazen der vergangenen Woche waren mit einem Schlag umsonst. Der Strom nahm die Stadt, die sich an ihn schmiegte, wieder unter seinen Schutz. Er buckelte sich, um den Panzer aufzubrechen, der ihn einschloss.

Zuerst zeigten sich nur kleine Risse. Dann barsten ganze Schollen heraus, die heftig an das verbliebene, noch starre Eis stießen und sich schließlich ungeduldig darunter schoben. Vor allem um die Brücke herum, die das Wasser aufstaute und beim Abfluss beschleunigte, begehrte der Fluss auf.

Sicherlich wäre es noch möglich gewesen, an anderen Stellen selbst mit Pferden überzusetzen. Aber ob die Donau ein paar Stunden später bei drückender feindlicher Gegenwehr noch einen Rückzug zugelassen hätte, das stand in den Sternen.

»Heh, Jörg!«, wurde gerufen. »Deine Prophezeiung ist so viel wert wie der Hokuspokus vom Seni.«

Nun blitzte es wirklich auf in der Stadt. Die Regensburger ließen Freudenböller krachen. Sie zogen hinauf zu den Zinnen der Mauern und stimmten das Tedeum an. Mitten in der Nacht begannen die Glocken zu läuten. Die Menschen fielen auf die Knie und dankten für ihre Rettung.

Bei General Banér krachte dagegen die Tür ins Schloss. Es schien ein Abschied für immer zu sein. Marschall Guébriant war heilfroh, einen Vorwand gefunden zu haben, um auf und davon zu ziehen. Kardinal Richelieu saß ihm im Nacken. Die

»rote Eminenz« wollte keine Siege. Nicht in Regensburg und nicht anderswo. Ein Übergewicht der Schweden hätte ihn ebenso beunruhigt wie ein Vorteil der Habsburger. Seine Absicht war es, beide so lange wie möglich ausbluten zu lassen.

Gehorsam zog sich sein Marschall, obwohl er in der Mehrzahl nicht mal das Leben von Franzosen riskierte, sondern lediglich von den Deutschen des ominös ums Leben gekommenen Weimarers, nach Bamberg zurück, um dort sein Winterquartier aufzuschlagen.

Ins Herz getroffen, blieb der Schwede mit nur noch zehntausend Mann zurück und hoffte, im Grenzgebiet zu Böhmen bei Cham noch genug Nahrung zu finden, um seine Truppen über den Winter zu bringen. Er musste sich eingestehen, mit diesem Bündnispartner nicht gewinnen zu können. Wie schon im Jahr zuvor bei Saalfeld verhinderte er energische Handlungen, die zum Erfolg hätten führen können.

*

Mit einem Schrei fuhr Bodo hoch. Unwillig stöhnten die anderen neben ihm. Erneut hatte ihn das Schmiedefeuer verschlungen. Noch im Aufwachen glaubte er, Holzkohle zu schmecken. Unwillkürlich strich er sich durchs Haar, um die Glut herauszuschütteln. In seinem Kopf raste alles. Bilder vom urplötzlich verschwundenen Tönges liefen mit Spinnenbeinen an den Wänden lang. Dazwischen mischten sich reale Erinnerungen vom zerquetschten Kopf des Nachfolgers von Tönges. Er lag unter dem Amboss, und niemand wusste eine Erklärung, was vorgefallen war. Den zweiten Lehrling, mit dem er sich angefreundet hatte, sah er seitdem nie wieder.

Und sosehr er sich dagegen auch wehrte, drängte sich ihm

die Schreckensszene auf, in der er die sterbende Emma in seinen Armen hielt. Wieder flog er wie ein Vogel über das Lager, um von ganz oben sehen zu müssen, dass nur seine Hütte bei dem Überfall zerstört worden war, so als hätte eine höhere Gewalt eine Zirkelspitze, die genau auf ihn gerichtet war, in den Boden gebohrt.

Auch Emmas Behausung blieb völlig unversehrt. Schreiend war er damals in ihr zusammengebrochen. Wäre er doch nur dort geblieben, zermarterte er sich das Hirn. Sein Eigennutz war der Grund, dass er sie fortgeführt hatte. Das Bangen, ein anderer Kerl könnte kommen, um neue Liebesdienste von ihr zu verlangen. Mit seinem Dolch wühlte er damals an der beschriebenen Stelle eine Elle tief die Erde auf, um das Versprechen einzulösen, ihr Geld zu verwahren. »Gib es nicht für andere Frauen aus«, hatte sie ihn gebeten, als wusste sie bereits von ihrem nahen Ende.

Seither trug er ihre vier Dukaten in einem Lederbeutel vor der Brust. Tag und Nacht brannten sie sich in seine Seele und ließen ihn nicht zur Ruhe kommen. In den Gefechten aber zwangen sie ihn zu eiskalter Beherrschtheit. Er wusste schließlich um die Leichenfledderer, die niemals dieses Geld in ihre Finger kriegen sollten. Immer sah er so einen Lidschlag früher die Absicht seines Gegners voraus. Während er noch zum tödlichen Hieb ausholte, drang sein Säbel bereits in ihn ein.

Dabei hatte Bodo eigentlich nur noch ein Ziel gehabt: Würfelbecher.

Das war der Kerl, den er damals in Gedanken vor sich sah, als er Emma schützen wollte und sie aus ihrer Hütte trieb. Ihn wollte er mit sich ziehen. In die Hölle.

Doch als er ihn suchte, führte sie beide der Zufall zu den Reitern. Zwei Pferde waren herrenlos aus einem Scharmützel gekommen und stellten sich neben sie. Das galt als göttliches Zeichen. Die Schwadron nahm sie umgehend auf.

Mit Würfelbecher an seiner Seite kühlte er seither seinen Hass an den Kaiserlichen. Schließlich starb Emma ja durch deren Angriff. Obwohl Bodo und Würfelbecher einander zutiefst verachteten, stiegen sie gemeinsam auf zu einer Legende. Wo sie ritten, ritt der Ruhm. Über sie erzählte man sich bereits Geschichten, die von der Fantasie immer mehr ausgemalt wurden.

Als sich Bodo draußen am Bottich mit kaltem Wasser bespritzte, um die finsteren Gedanken zu verscheuchen, sah er General Banér mit seinem Stab zu Fuß an sich vorüberhasten. Irgendetwas musste geschehen sein. In ihren Gesichtern spiegelte sich Entsetzen. Sein Oberst winkte ihn zu sich und kam ihm sogar entgegen. »Bodo«, rief er schon von Weitem. »Deinen Rittmeister kann ich nicht finden. Ich erteile dir das Kommando über die Schwadron. Nehmt Kanonen mit und reitet wie die Teufel vor zum Gebirgspass. Ich schicke dir einen, der den Weg kennt.«

Schon machte er kehrt und versuchte schnellstens, wieder Anschluss an den Stab zu finden. Über die Schulter rief er Bodo aber noch zu: »Piccolomini rückt mit dreifacher Übermacht heran. Ihr müsst den Pass sichern, sonst sind wir verloren. Einen anderen Fluchtweg gibt es nicht. Reitet voraus, die Verstärkung folgt!«

Hinter Bodo waren die Worte von den anderen aufgeschnappt worden. »Na, dann los, Kornett, führe uns!«, witzelte man über seine Beförderung und machte sich dennoch zum sofortigen Aufbruch fertig. Nach einer halben Stunde stoben einhundertfünfzig Reiter davon, denen zehn von Pferden gezogene Feldschlangen und zwei Munitionswagen folgten. Bis zum Pass waren sie dennoch fast zwei Tage unterwegs. Aber sie waren die Ersten. Von den Kaiserlichen keine Spur.

Würfelbecher machte Stimmung gegen Bodo und begehrte, mit einem Spähtrupp ausgesandt zu werden. Bodo wusste natürlich, dass er lediglich zum Plündern der nächsten Siedlungen losziehen wollte, und untersagte es. Die Mannschaft murrte, denn sie war nicht minder aufs Räubern aus. »Blas dich nicht so auf«, wurde Bodo angefahren, »du hast uns gar nichts zu sagen. Wir haben den Befehl erfüllt und sind als Erste am Pass. Und jetzt brauchen wir was zu fressen.«

Bodos Hand zuckte zum Griff seines Reiterschwertes. Die Gelegenheit war günstig, jetzt ein für alle Mal mit dem Widerling Würfelbecher abzurechnen. Dies konnte nicht als Duell ausgelegt werden, worauf die Todesstrafe oder zumindest Gasselaufen stand. Er setzte sich lediglich gegen einen Befehlsverweigerer durch. Der aber würde den Zweikampf sicherlich gewinnen, gestand sich Bodo ein. Was hatte es dann für einen Nutzen? Sein Gegenüber griente ihn schief an und wich keinen Schritt zurück, als könnte er seine Gedanken lesen.

Unerwartet erfuhr Bodo Beistand. Ein älterer Kürassier in einem bis zu den Knien reichenden Harnisch legte aus nächster Nähe mit zwei Pistolen auf Würfelbecher an: »Noch einen Mucks von dir, und ich blas dich weg«, fuhr er ihn an. »Hier geht es nicht um deinen gefüllten Wanst, sondern um das Überleben der ganzen Armee. Kornett, wie lauten deine Befehle?«, drehte er sich nach Bodo um.

Der war geschmeichelt, bereits zum wiederholten Male als Offizier angeredet worden zu sein, obwohl er doch nach wie vor zur Mannschaft gehörte. Doch er hatte bereits einen Plan, den er vor der versammelten Truppe entwickelte. »Wir müssen so tun, als seien wir hier schon Tausende«, rief er. »Also dürfen wir uns nicht verstecken, sondern müssen uns weit auseinanderziehen und an allen weithin gut einsehbaren Stellen offen unsere Kanonen zeigen.«

»Dann verlieren wir an Kampfkraft«, hielt Würfelbecher umgehend dagegen. »Schon eine kleine Horde von fünfzig Mann könnte uns von vorn nach hinten aufrollen«, setzte er nach.

»Das ist richtig«, bestätigte ihm Bodo zu seiner Verblüffung. »Wer aber sollte es wagen, fünfzig Mann in ein gänzlich unübersichtliches Gelände vorzuschicken, in dem es von Gegnern nur so zu wimmeln scheint. Selbst fünfhundert würde ein guter Kommandeur nicht riskieren, gegen die wir auch vereint völlig unterlegen wären. Wir halten den Feind davon ab, uns aus der Bewegung vom Pass zu vertreiben, und zwingen ihn, erst mal haltzumachen und seine Kräfte zu sammeln. Das kostet Zeit, und unsere Verstärkung folgt uns schließlich auf dem Fuß.«

Beifälliges Gemurmel bestätigte Bodos Vorhaben. Umgehend teilte er die Trüppchen ein und befahl den Kanonieren, sich sofort auf alle wichtigen Stellen einzuschießen, aus denen die Kaiserlichen kommen könnten.

Es hatten noch nicht alle ihre Positionen eingenommen, als die Hufschläge von Piccolominis Vorhut durch den Wald dröhnten. Jedem der Reiter oben erschloss sich, welche Übermacht herannahte. »Feuert!«, brüllte Bodo über den Hang hinweg seinen Kanonieren zu.

»Wir haben noch keine Stellung bezogen und sehen auch kein Ziel«, echote es zurück.

»Egal, feuert einfach durch die Lücken zwischen den Baumwipfeln! Die müssen sich vor euch erschrecken. Auch wenn die Einschläge weit daneben liegen, können die ja schließlich nicht wissen, dass ihr blind schießt. Aber rumsen muss es bei denen!«

Schon kurze Zeit später rollte Kanonendonner ins Tal hinab. Herauf drangen wiederum Trompetensignale. Sie halten an und blasen zum Sammeln, freute sich Bodo, weil er sah, dass sein Plan aufging. »Feuert noch mal, irgendwohin, wo ihr was vermutet!«, befahl er. Alle zehn Geschütze folgten ihm jetzt, und mit Genugtuung stellte er fest, wie bedrohlich der Hall von den Abschüssen und Einschlägen in dem Talkessel hin- und hergeworfen wurde. So als hätten ganze Batterien ihre Schlünde aufgetan.

Nun begann das Warten und Taktieren. Die kaiserlichen Voraustrupps führten offenbar keinerlei Artillerie mit sich und schafften erst Geschütze heran, um es mit den Schweden aufnehmen zu können. Bodo schickte Melder ab, umgehend Verstärkung zu schicken. In jeder Minute konnte der Angriff erfolgen, dann war der Pass verloren.

Kaum waren sie aufgebrochen, sah sie Bodo auch schon in vollem Ritt zurückkehren. Kein Durchkommen mehr, wir sind bereits abgeschnitten!, schoss es ihm durch den Kopf. Dann aber erkannte er die weiße Straußenfeder am Hut seines Regimentskommandeurs. »Was machst du für ein banges Geschrei?«, hielt er sogleich auf ihn zu. »Soweit ich sehen kann, stehen doch hier schon überall unsere Truppen.«

»Das ist aber nur die weit verteilte Schwadron, Herr Oberst«, meldete Bodo. »Zwischen unseren einzelnen Positionen könnten die Kaiserlichen spazieren gehen, ohne dass wir ihnen etwas entgegenzusetzen hätten. Damit aber haben die nicht gerechnet«, spendete er sich selbst ein wenig Lob.

Verblüfft schaute sich der Oberst um. »Donnerwetter, so

viel Dreistigkeit hätte ich an deren Stelle auch nicht vermutet. Da wäre ich ebenso drauf reingefallen«, entfuhr es ihm. »Bodo, du bist nicht nur ein Teufelskerl, in dir steckt auch ein Stratege. Aus dir mach ich noch einen Offizier.« Er salutierte mit der Hand am Hut und ritt zurück, um schleunigst die Verstärkung in die freien Räume zu führen.

Um Haaresbreite entzogen sich die Schwedischen ihrer völligen Vernichtung und wichen nach Sachsen aus. Sie verloren zwar den größten Teil von ihrem Tross, aber sie überlebten.

Und mit den Schweden überlebte auch der Krieg. Er krallte sich weiterhin unbarmherzig in das ausgeblutete, verhungerte Land. Vergeblich sehnten sich die Menschen, dass diese Kreatur selbst ausblutete, was viele ebenso wie die kluge Marketenderin Frowe vorhergesehen hatten. Die Hoffnungen in das neue Jahr wurden bereits von dessen ersten Wochen getrogen. Das Untier erholte sich, wenngleich die Heere zusehends verwilderten.

So wie Banér war jedoch auch Octavio Piccolomini gerade noch so davongekommen. Über ihn entlud sich die Wut im kaiserlichen Generalstab, nicht rechtzeitig das Schlupfloch über den Pass von Preßnitz geschlossen zu haben. Nur eine halbe Stunde Verspätung entschied so über neue endlose Kriegsjahre. Der Kaiser höchstselbst schritt ein und untersagte das Duell, nachdem der bayrische Feldmarschall Geleen seinen Heerführer vor die Klinge gefordert hatte.

*

Volpert presste das Blut aus der Hand. Die Knöchel färbten sich weiß. Seine Finger umkrampften die Pike. »Das ist der Hurensohn, der dir die Schulter durchstach«, hatte ihm Simon den vorbeireitenden Bodo gezeigt. »An den kommst du aber nicht mehr ran. Der Kerl hat alle Dienstgrade übersprungen und ist wie ein Komet zum Offizier aufgestiegen. Sich an einem Kornett zu vergreifen, kostet uns arme Säue sofort das Leben«, knirschte er mit den Zähnen.

Vor einer Woche war Volpert wieder zur Rotte gestoßen. Den rechten Arm konnte er noch immer nicht heben. Womöglich blieb er ein halber Krüppel und müsste darum betteln, als Steckenknecht einem Profos zugeteilt zu werden, um nicht als Bettler auf der Straße zu enden. »Das zahl ich ihm heim, ob Kornett oder nicht«, schwor er laut, und jeder Funke seines früheren Humors zerstob. »Da vorn im Dorf werden wir wohl alle Rast machen«, wies er mit der linken Hand über den Weg. »Hilfst du mir, Simon?«

»Was hast du vor?«, entgegnete dieser und kniff die Augen zusammen.

»Du erinnerst dich doch noch an den kleinen Unfall, als der schielende Gunter mit der Pike auf der Schulter strauchelte, nach hinten fiel und dabei seinen Korporal durchbohrte«, kicherte Volpert. »Hat 'ne lange Untersuchung gegeben, ist aber nichts passiert, war eben ein Unfall, hieß es.«

Simon schnaufte: »Jeder wusste aber, dass die beiden einander hassten wie die Pest.«

»Nicht nur die beiden«, betonte Volpert. »Den Korporal hatten alle gefressen. Aus sicherer Quelle weiß ich, dass ein Dritter vor Gunter stand und ihm mit dem Zeigefinger genau die Richtung wies und sogar den Anstellwinkel der Lanze, um den Leuteschinder auf keinen Fall zu verfehlen. Wollen wir das mal vor dem Baumstamm dort üben?«

Es klappte schon beim ersten Versuch. Ganz gleich, wie sich Volpert drehte, Simon wies ihm unauffällig, aber präzise die

Richtung und den Abstand zu der einsamen Birke, in der auch bei jeder Wiederholung des Rückwärtsfallens in Brusthöhe die Lanzenspitze steckte. »Famos!«, rief Simon begeistert. »Ich bin dabei, dem arroganten Schnösel geben wir's.«

*

Mit weit nach vorn gestellten Ohren schritt der Rappe aus. Er schien genau zu spüren, dass er dank seines Reiters in der Rangfolge ein ganzes Stück emporgestiegen war. Die Ehrfurcht, mit der ihm Platz gemacht wurde, die Blicke von Reitern und Pferden verhießen ihm, etwas Besonderes zu sein. Energisch peitschte er mit dem Schwanz die Flanke, als müsste er mitten im Winter die Bremsen vertreiben.

Bodo kraulte ihm die Mähne. Das Geschenk seines Regimentskommandeurs bauchpinselte ihn fast noch mehr als sein unverhoffter Aufstieg und die Zuteilung von Pferdeknechten und Offiziersburschen. Von den versprochenen fünfzig Gulden Sold im Monat hatte er bislang zwar noch keinen Heller gesehen. Umso angestrengter dachte er darüber nach, was er als Symbol auf das ihm nun zustehende Feldzeichen übernehmen sollte. Sofort kamen ihm Emma und ihre Spur von der Rosstrappe in den Sinn. Und schon verfinsterte sich wieder seine Stirn.

An der Spitze der Schwadron hielt er Einzug in eine Siedlung. Noch war für sie kein Rastplatz gefunden. Sie verharrten auf den Pferden sitzend am Dorfeingang und sahen verdrossen Infanterie-Einheiten an sich vorbeimarschieren, die nun womöglich eher verpflegt wurden als sie selbst.

Wie gewohnt zeigte sich kein einziger Bewohner. Als das Zeichen zum Aufrücken erfolgte und sie sich gemächlich in

Bewegung setzten, torkelte vor Bodo lediglich ein einzelner Pikenier mit über die Schulter gelegter Waffe seiner Einheit hinterdrein. Er schien Schwierigkeiten mit dem Geradeauslaufen zu haben und schwankte ständig hin und her, bis er schließlich genau vor ihm lief.

Bodo nahm ihn kaum wahr. In seinem Kopf kreisten die Erinnerungen an Emma. Er hätte sie jetzt zu einer Offiziersfrau machen können, sie wären aller Sorgen ledig, seufzte er.

Neben ihm ritt ein seltsamer, dunkler Kauz. Alles an ihm war wie mit Ruß bedeckt bis hoch zu den strubbligen Haaren, die unter seiner Reitermütze hervorquollen. Diesen gedrungenen, irgendwie verwachsenen widerlichen Kerl nahm Bodo zum ersten Mal wahr. Um ihn stank es nach Pestilenz. Weiß der Teufel, woher er plötzlich kam. Dabei sprach er ihn obendrein mit seinem Vornamen an, was sich gegenüber einem Kornett nun wahrlich nicht geziemte. »Na, Bodo«, meinte er jovial. »Sagt dir der Name dieses Dorfes nichts?«

Bodo entschloss sich, den Kerl einfach zu ignorieren. Er wollte ihn nicht vor versammelter Mannschaft in die Schranken weisen und sich dadurch dem Vorwurf aussetzen, sich zu wichtig zu nehmen.

»Deine Emma stammte doch von hier«, fügte er ganz beiläufig hinzu.

Als Bodo im Sattel zu ihm herumfuhr, war er auch schon verschwunden. Doch er hielt sich nicht damit auf, nach dem Wicht zu suchen. Ein Stich durchfuhr ihn, sein Herz krampfte sich zusammen. Ihm drängte sich Emmas Schilderung auf, wie der Dorfschulze ihr unter den Rock griff.

Rasende Wut schlug über ihm zusammen. Er riss die Zügel zurück, sein Rappe fuhr steil auf. Im selben Moment stürzte der Pikenier vor ihm nach hinten und stieß seine Lanze durch den Hals seines hochsteigenden Pferdes. Einen Lidschlag lang meinte Bodo sogar, dass der Stoß mit der Waffe noch vor seinem Griff in die Zügel erfolgt war.

Im Stürzen konnte Bodo abspringen und kam sofort wieder auf die Füße. Das auf den Hinterbeinen eingeknickte Pferd schlug im Liegen wild aus. Dickes, warmes Blut strömte ihm aus dem Hals, tödlich verwundet, schrie es seine Verzweiflung über das plötzlich nahende Ende heraus. Wie in Trance zog Bodo seine Pistolen aus den Satteltaschen und gab ihm den Gnadenschuss.

Die zweite Waffe richtete er auf den Pikenier. Dessen schreckgefrorenes, bitteres Lächeln kam ihm vertraut vor. Er war sich sicher, diesen Ausdruck vor nicht allzu langer Zeit schon einmal gesehen zu haben. Dann fiel ihm der zersplitterte Spieß auf, und er wusste augenblicklich, wen er vor sich hatte. Als sich sein Finger am Abzug bereits krümmte und der andere in Erwartung der Bleiladung die Augen schloss, trat jedoch wieder Emma vor ihn. Im Versuch, sie zu umarmen, sank sein Arm mit der Pistole herab. Er ging vor seinem Pferd inmitten der Blutlache auf die Knie und nahm Abschied.

Nach einiger Zeit erhob er sich wieder und wollte Befehle geben, aber er hörte sich lediglich röcheln. Schnaufend sog er seine Lungen voll und brüllte nun nach dem Schulzen. »Zerrt dieses ganze Pack aus ihren Hütten«, forderte er mit Schaum vor dem Mund und bis zur Unkenntlichkeit verzerrter Grimasse.

Umgehend sprengten seine Reiter davon. Zwar verstanden sie den Sinn der Anweisung nicht, doch sensationshungrig erwarteten sie ein Blutgericht der besonderen Art. Sie schleppten zwischen zwei Pferden den Schulzen herbei und stellten ihn neben den Pikenier, der sich verzweifelt nach seinen Kameraden umsah. Doch die hatten sich schleunigst aus dem Staub gemacht. Hilfe suchend rief er nach einem Simon.

Frauen, Kinder und nicht minder verängstigte Männer, die aus ihren Häusern gezerrt wurden, drückten sich an die Wände. Als Bodo meinte, genug Publikum für seinen Strafprozess beisammenzuhaben, eröffnete er das Verhör.

»Emma – erinnerst du Lump dich an sie?«, fuhr er das Dorfoberhaupt an.

»Gewiss«, antwortete der verbissen.

Verständnislos fragte einer der Reiter seinen Nebenmann: »Ich denke, es geht um sein Pferd. Hat er etwa seinen Hengst Emma genannt?« Der zuckte die Schultern als Zeichen, dass er auch nicht das Geringste von dem begriff, was hier gerade ablief.

»Du hast zugesehen, wie sie vergewaltigt wurde. Hast sie schreien gehört, winseln, um Gnade betteln. Dennoch halfst du ihr nicht, nanntest sie dann aber eine Hure, um dich selbst an ihr zu vergreifen – war das so?«, führte Bodo mit eiskaltem Unterton die Anklage fort.

Der Schulze sah fassungslos zu einer jungen Frau hinüber. Auch alle anderen starrten sie an. Bodo folgte den Blicken und meinte zu verstehen: »Schämst dich wohl jetzt vor deiner Tochter. Doch alle sollen wissen, was für ein Saufang du bist. Wo ist übrigens der Herr Pastor?«

Während erneut seine Männer davonspritzten, den Befohlenen herbeizuschaffen, zog er seinen Säbel und schritt mit ihm dicht an den Hälsen der Spalier Stehenden vorbei. »Ihr alle habt vor ihr ausgespuckt in der Kirche. Hattet ihr Vergnügen daran?« Er machte eine lange bedeutungsvolle Pause. »Ohne eure Zungen wird euch zukünftig das Speien vergehen. Ihr könnt sie dort auf dem Hackeklotz abgeben«, wies er an.

Schon schleppten seine Reiter die ersten Frauen zu dem Klotz, rissen ihnen die Münder auf, zerrten die Zungen heraus und säbelten sie ab.

»Den Kindern auch?«, fragten sie. Zum Zeichen des Abwartens streckte Bodo gebieterisch einen Arm aus.

In die Mitte von Bodos Gerichtshof wurde der Pfarrer gestoßen. »Ist es nicht deine Aufgabe, die Schäfchen deiner Herde wohl zu behüten?«, belauerte ihn der Kornett.

»Natürlich ist es das«, hoffte der Geistliche leichenblass, noch alles Unheil ablenken zu können. »Warum hast du dann Emma nicht beigestanden, als sie deiner bedurfte? Warum gabst du ihr keinen Schutz, als der da« – wobei er auf den Schulzen wies – »sie bedrängte und betatschte?«

Der Pfarrer schluckte und nahm all seine Erfahrung aus den Predigten zusammen, um seine Stimme nicht schwanken zu lassen, als er felsenfest erwiderte, nichts davon zu wissen. »Sie hat mich nie um solch eine Hilfe gebeten«, versicherte er. »Sie hat …«

»Sie hat dich nie gebeten?«, fiel Bodo ihm cholerisch ins Wort. »Wie lautet das achte Gebot?«, herrschte er ihn an.

»Ich schwöre auf die Bibel, dass Emma sich nicht vom Schulzen bedroht sah und folglich auch keinen Schutz von mir erbat«, suchte der Pastor, den Rasenden zu mäßigen.

Der drehte sich daraufhin einmal um die eigene Achse, beschleunigte seinen Schwertstreich mit voller Wucht und hieb dem Pfarrer den Kopf von den Schultern, der zur Seite flog und vor die Füße von Volpert rollte.

Einiges hatte der Pikenier schon gesehen und erlebt. Doch der Exzess dieses Wahnsinnigen ließ ihm die Knie weich werden. Er sank zusammen, obgleich er das Bewusstsein behielt.

»Wohl Scheiße in den Beinen«, machte sich Bodo über ihn

lustig, während seine Mannen allmählich in Fahrt kamen und ihren Kommandeur anspornten.

»Als du mich rückwärts aufspießen wolltest und dabei mein Pferd umbrachtest, warst du aber noch gut bei Kräften. Bist ein Heimchenfänger, was?«, ging ihn Bodo an. »Kannst dich auf deinem Gebiet jetzt mal nützlich machen. Hol dir deine zersplitterte Pike und spieße mit deinem Trick hier diesen Lumpen von Schulzen auf. Ich will mal sehen, wie du das machst.«

Die Reiter wollten keine Pause bei ihrer Ergötzung, und einer holte sofort selbst den Spieß herbei und drückte ihn Volpert in die Hand. Der weigerte sich jedoch.

»Dann stirb selbst«, zischte ihn Bodo schlangenhaft an und umfasste erneut den Knauf der noch geladenen Reiterpistole unter seinem Gürtel.

»Warte«, flehte Volpert nun, drehte dem Schulzen den Rücken zu, ließ sich fallen – und verfehlte ihn. Schreiend fiel die Frau des Schulzen vor Bodo auf die Knie und bat um sein Leben. Er sei doch ein so herzensguter Mensch, der keiner Fliege ein Leid antun könne.

»Fliegen vielleicht nicht«, entgegnete ihr Bodo, »aber jungen Mädchen schon. Los, noch mal!«, wies er Volpert an. Der stellte sich zum zweiten Mal auf, schaute diesmal zuvor aber über die Schulter. Dennoch stieß er daneben. Der Schulze erbrach sich.

»Hast du eine Ahnung, welche Höllenqualen du Emma bereitet hast? Du hast dir den Tod redlich verdient«, sagte Bodo verächtlich und wies unter dem Gejohle seiner Schwadron die Wiederholung des Aufspießens an.

»Wetten, dass diese Pfeife wieder ihr Ziel verfehlt. Kein

Wunder, dass wir gegen die Kaiserlichen nicht gewinnen«, wieherte einer.

Bodo war inzwischen bewusst geworden, dass an dem Anschlag auf ihn ein Zweiter beteiligt gewesen sein musste, der den Todesstoß aus der Ferne dirigierte. Nach einem Simon hatte er gerufen, als er sich überführt sah. Deshalb durfte er den einen nicht töten, solange der andere noch unerkannt nach seinem Leben trachtete. Er musste sie beide gleichzeitig erwischen, also den Pikenier vorerst verschonen.

Beim dritten Anlauf gelang es nun, dem Schulzen den zersplitterten Schaft des Spießes durch den Bauch zu treiben. Stöhnend sank er zusammen. Mitleidlos sah ihm Bodo zu und rief in die Runde: »Das war die Strafe für eure schändliche Behandlung von Emma.«

Er schwang sich auf ein neues Pferd, das man ihm zuführte, und ritt mit dem bitteren Geschmack erlangter Vergeltung im Mund davon. Emmas Goldmünzen, die er am Hals trug, hingen an ihm wie Mühlsteine.

Würfelbecher ritt ihm entgegen und applaudierte zynisch. »Frisch im Blute gebadet, Kornett. Meinst immer noch, du bist was Besseres als ich und kannst mir Vorhaltungen machen? Ganz hab ich dich dennoch nicht verstanden. Von deiner besonderen Vorliebe zu der leider viel zu früh von uns gegangenen Metze Emma weiß ich inzwischen. Auch deine Marotte, ihren Hurenlohn zu bewachen und auf dem Herzen zu tragen, ist mir bekannt. Doch wie ich hörte, stammte sie aus dem Thüringischen. Was sollte da eben dein Exempel an dem armen Sachsendorf bedeuten?«

Was weiß der schon vom Unterschied zwischen Thüringen und Sachsen, wiegelte Bodo innerlich ab und wollte an Würfelbecher vorbei. Dreist stellte der sich ihm in den Weg.

»Auch wenn du mir nicht verraten willst, warum du die Leute hier nicht magst«, stichelte er weiter, »so lass dir doch gesagt sein, dass du jener anderen Emma, deren Ehre dir soeben noch heftig am Herzen lag, keinen guten Dienst erwiesen hast. Ihre Leute lynchen sie gerade dort hinten.«

Bodo folgte seinem ausgestreckten Arm und sah tatsächlich, wie vor allem die Frauen auf eine am Boden Liegende einschlugen und nach ihr traten. Er galoppierte hinüber und trieb den Menschenpulk auseinander. Erstaunt erkannte er in der Geschlagenen die junge Frau, nach der sich vorhin alle umgedreht hatten. Er sprang aus dem Sattel und beugte sich über sie: »Warum taten sie dir das an?«

Fassungslos schaute sie zu ihm auf. »Warum tatest *du* mir das an?«

Ihr Atem rasselte, hellrotes Blut trat ihr aus dem Mund, eine gebrochene Rippe musste ihr in die Lunge gedrungen sein. Bodo lief es eiskalt über den Rücken. »Niemand glaubt mir, dass ich dir niemals solche Schauermärchen über mich und den Schulzen erzählt habe.« Sie hustete und spuckte Blut dabei.

»Wieso du?«, fragte er verständnislos.

»Weil ich weit und breit hier die einzige Emma bin, du Schwachkopf«, stöhnte sie.

Energisch widersprach er. »Habt ihr denn alle jenes Mädchen aus dem Gedächtnis gestrichen, die im Frühjahr auf eurem Anger vergewaltigt wurde und die ihr aus dem Dorf getrieben habt?«, erregte er sich aufs Neue.

Sie blickte an ihm vorbei und rief Gott an. »Muss ich jetzt sterben, weil dieser Wahnsinnige die Dörfer verwechselt hat?«

Sie spie ihm voller Verachtung ins Gesicht. Dann schlug ihr Kopf kraftlos auf die Erde.

Schwankend kniete Bodo vor ihr. Er wollte sie aufheben

und forttragen. Doch wagte er nicht, sie zu berühren. Ihm war, als würde er sie dadurch beschmutzen. Noch immer erkannte er nicht das ganze Ausmaß von dem, was er angerichtet hatte. Er legte den Kopf in den Nacken und wollte nur noch schreien.

Da sah er jenen stinkenden Rußling wieder neben sich, der ihm zuzwinkerte. Erst jetzt fiel ihm ein, dass er sich sofort gefragt hatte, woher dieser verschrobene Wurzelzwerg von Emma und ihrem Dorf wusste. Nur seine engsten Kameraden waren eingeweiht. Doch die hochschießende Rage hatte seine Gedanken vernebelt.

Überschäumend sprang er jetzt auf, rannte zu dem sterbenden Schulzen, riss ihm die Pike aus dem Bauch und schleuderte sie brüllend nach diesem Kerl, der sich jedoch vor seinen Augen in Luft auflöste.

Der Fluch über die Schmiede ist mir gefolgt!, durchzuckte es ihn.

»Tolle Wurfübung«, höhnte Würfelbecher von seinem Pferd herab. »Könnte es sein, dass in dein Dachstübchen der Blitz eingeschlagen hat?«

Mit offenen Mündern standen die Reiter der Schwadron abseits. Sie schüttelten schließlich die Köpfe und flüsterten nur noch miteinander.

Niemand bekam dabei mit, wie sich Simon heranschlich und auf Volpert einredete. »Wenn du überleben willst«, beschwor er ihn, »dann sag ihm jetzt diese Worte.« Und er raunte ihm etwas ins Ohr.

Unsicher wankte Volpert auf Bodo zu und schaute in dessen weit aufgerissene Augen, die dem Wahnsinn nahe waren. Er beugte sich zu ihm vor und flüsterte unheilvoll: »Zwei Frauen du großes Unglück bringst. Rettest nicht wenigstens die dritte, holt dich der Scheitan!«

Bodo erschauerte vor ihm wie vor einem Geist.

Toter Mann

Weiß und Grau liefen ineinander über. Von überall her stob der Schnee, kroch in die Ritzen der Rinde, umwickelte die Stämme und Zweige, radierte dadurch das dunkle Band der Baumreihen entlang des Krebsbaches aus. Agnes, die ein Guckloch in das vereiste Fenster ihrer Stube gehaucht hatte, sah sich mit der Sägemühle davonfliegen. Losgerissen von ihren irdenen Klammern und Kümmernissen, segelte sie mit den Schneeflocken, schwerelos wie das Schirmchen einer Pusteblume. Alle Sorgen und Schmerzen fielen von ihr ab.

Aufgebockt stand starr das Wasserrad. Der Zulauf war gesperrt worden, um das vorrückende Eis fernzuhalten, das sonst das Holz mit seinem Panzer umschließen und zerquetschen würde.

Mit dem Rad war alles andere verbunden. Mit ihm drehte sich die ganze Familie, Tag und Nacht, Jahr um Jahr. Sobald es ruhte, kam auch die Zeit zum Stehen, zog Stille ein überall. Nichts war zu schleppen und presste die Bandscheiben zusammen. Seufzend drückte Agnes ihr Kreuz durch, ohne von neuer Pein geschüttelt zu werden. Sie fühlte sich wie auf Kissen gebettet. Ihr Inneres spürte die Ketten nicht mehr.

Franz beobachtete, wie aufgekratzt sie schon seit Tagen durch das Haus schwebte. Er ahnte, was sie beflügelte, und fiel darüber in neues dumpfes Brüten. Über sich sah er einen Mühlstein von der Decke hängen, der jeden Moment alles unter sich zu zerschlagen drohte. Wiederum konnte er die Abgaben nicht entrichten und überschaute kaum noch den Schuldenberg. Womöglich war das neue Jahr das letzte, in dem er sich Sägemüller nennen durfte.

Fand er bislang in Agnes immer die Schuldige, an der er seine Wut auslassen konnte, so umkreisten seine Gedanken inzwischen eine neue Ursache des Übels. Im Alb nächtlicher Ruhelosigkeit errichtete er Scheiterhaufen, um diese langmähnige Hexe aus der Welt zu schaffen, die ihm seinen Ältesten nahm.

Um seine düsteren Ahnungen bestätigt zu finden, gab er sich leutselig. »Was strahlst du so in dich hinein, alte Kritzkanker?«, schlug er die zartesten Töne gegenüber seiner Frau an. Sie horchte sofort auf ob der ungewohnt liebevollen Zuwendung. Kritzkanker, was Kreuzspinne meinte, gehörte in der Rangfolge des Wortschatzes ihres Gatten zu den Kosewörtern. Sofort suchte sie, die gute Gelegenheit beim Schopfe zu packen und ihm die Neuigkeit anzuvertrauen, die sie so glücklich machte.

»David und Helena haben uns eine Nachricht zukommen lassen«, lächelte sie über das ganze Gesicht, schaute aber vorsichtig zu ihm hinüber, wie er das aufnahm. Da er nicht wie gewöhnlich sogleich hochfuhr, sobald jemand auch nur diese Namen in den Mund nahm, erzählte sie von den Hochzeitsplänen. »Im Mai zur Baumblüte wollen sie sich das Jawort geben. Ist das nicht schön?«

Er schluckte. Unerwartet traf ihn das nicht. Dennoch hatte er insgeheim beständig gehofft, dass sich das mit der Schmiedegöre und seinem Ältesten doch noch zerschlägt. Agnes schwatzte zwar ständig weiter und breitete einmal mehr den von David mitgebrachten Stoff aus, um sich für das Fest ein neues Kleid zu schneidern, seine Gedanken schweiften jedoch weit ab.

Bald nickte er ein und sah Helena wieder im Büßergewand

vor sich, neben ihr den Henker. Wild spottete sie über ihre Richter. Das Hemd war durchsichtig. Er spürte fast körperlich, wie sich Hände an ihr hinauftasteten. Ganz sanft und behutsam. Sie streichelten über die Schenkel, umgriffen die Hüften, schlossen die Brüste ein. Es waren seine aufgerissenen, groben Pranken.

Er fuhr hoch und spuckte in die Stube. »Pfui Deibel«, fluchte er. »Verhext mich dieser Satansbraten auch noch.«

»Ich sprach vom Pfarrer«, entgegnete Agnes erschrocken. »Was faselst du da?«

Er winkte ab, stand auf und schlurfte durch das Haus. Es zog ihn in die Kammer der Magd. Doch die stand schon seit Monaten leer. Tief in sich zusammengesunken verharrte er. Agnes war ihm gefolgt, weil er noch immer zu ihrem Drängen schwieg, wie sie es nun mit der Teilnahme an der Hochzeit halten.

Zu gern hätte sie ihn aus seiner Erinnerung gerissen, in die er sich gerade einschloss, und ihn damit gemartert, dass ihre Magd ausgerissen war, weil sie die Nötigungen des alten, stinkenden Bocks nicht länger ertrug, und dass man sich im Dorf die Mäuler darüber zerriss. Doch jetzt musste sie behutsam auf Zehenspitzen vorgehen.

Dennoch ließ sich ihm kein Wort entlocken. »Morgen gehe ich zum Amt, um weitere Stundung zu erbetteln«, war das Einzige, was er ihr mitzuteilen hatte.

*

Auch der nächste Tag war mit Trübnis behangen. Allerdings schneite es nicht länger. Im Wald lag ohnehin weit weniger Schnee als draußen auf den Wiesen. Franz stapfte ungestüm davon. Er hasste den Weg zur Obrigkeit im gräflichen Stolberg und das Katzbuckeln vor den schnöseligen Schreibern. Doch es half nichts, er musste versuchen, was er vermochte.

Man ließ ihn aber überhaupt nicht vor. Er solle ein andermal sein Begehr vortragen, wurde er kurzerhand abgewiesen. Dass er nicht kam, um seine Schuld zu entrichten, lag ja auf der Hand. Niemand wollte mit dem Waldschrat seine Zeit vertun.

Vorm Eselsgassentor kehrte er in eine Kaschemme ein. Geld hatte er nicht, sondern spekulierte darauf, einen Angetrunkenen ausnehmen zu können. So weit waren die Zecher aber noch nicht. Ziemlich nüchtern und wortkarg hockten nur wenige Männer an den Tischen bei Dünnbier. Angesäuert verdrückte sich Franz in eine Ecke, verfolgt von den misstrauischen Blicken des Wirts, den er brummig abwies, noch nichts bestellen zu wollen, weil ihm vom Tintengestank in der Amtsstube übel sei.

Ein Hund schnüffelte neugierig an seinen Füßen. Franz wollte schon nach ihm treten, zog das Bein aber wieder zurück, um nicht sein Herrchen zu verärgern, der ja womöglich sein Spendierer werden konnte. Er spitzte die Ohren, um die Gespräche aufzufangen und eine Gelegenheit zu finden, sich einzumischen. Vielleicht gelang es ihm, die anderen immerhin neugierig genug zu machen, um ihn zu sich heranzuwinken.

So träge wie das sich in der Kneipe verkriechende Tageslicht schlichen sich aber auch die Wortwechsel dahin. Ein paar zugeworfene Brocken über den Schneefall, das wohl noch lang ausbleibende Frühjahr, und schon verfielen alle in tumbes Vor-sich-hin-Stieren.

Lediglich zwei jüngere Handwerksburschen, einer mit einem bartlosen Milchgesicht und ein hoch aufgeschossener Lulatsch, flüsterten miteinander. Franz ignorierte sie, weil er von den bettelarmen Jünglingen rein gar nichts erwarten konnte.

Nach und nach redeten sich die beiden in Rage. »Völlig heruntergebrannt ist die Kirche«, wurde der Lange lauter. »Den Pfarrer haben sie enthauptet, seine Tochter an die Kirchentür genagelt. Ein Schmied, der früher auf der Walz dort aufgenommen worden war, soll sie an die Söldner verraten haben.«

»Dem haben sie fürchterliche Rache geschworen«, pflichtete das Milchgesicht bei. »Aber es wurden alle umgebracht, die wussten, woher er kam. Sie haben sogar gesammelt, um ein Kopfgeld aussetzen zu können für denjenigen, der ihnen sagt, wo sich der Halunke versteckt. Sie kannten nur den Vornamen.«

»Richtig«, ereiferte sich der Schlaksige. »Tönges hieß er.«

Mit einem Schlag war Franz hellwach. Aufgeregt schnappte er ein paar Mal nach Luft, bevor er überhaupt die Sprache wiederfand: »Zu ihm gehörte damals auch eine riesige Zigeunerin, stimmt's«, rief er zu ihnen hinüber.

»Und ein noch größerer Bär, den du uns aufbinden willst, damit wir dein Bier bezahlen«, wehrten die beiden sofort ab. »Wir kennen diese Masche, bleib bloß da hocken!«

Innerlich aufgewühlt, riss es Franz dennoch vom Sitz hoch, und er rannte ins Freie. Er wusste genug, auch den Ort hatte er mitbekommen. Auf der Stelle machte er sich auf den Weg, sang vor Freude. »Was hab ich für ein Schwein«, beglückwünschte er sich selbst. »Mit einem Schlag kann ich diese Höllenbrut in der Schmiede ausräuchern lassen und bekomme dafür auch noch das Kopfgeld, um meine Mühle wieder flottzukriegen.«

Er schnalzte mit der Zunge, hüpfte in die Luft und schlug dabei die Sohlen aneinander. »Dann hol ich mir auch eine neue junge Magd«, trällerte er und scherte sich nicht im Geringsten darum, dass die Leute vor ihm sich vorwurfsvoll umdrehten und mit den Köpfen schüttelten.

*

Nach dem eiligen Aufbruch der Soldaten stand die Schmiede leer. Sie wagten nicht, sie zu beziehen. Anfangs blieben sie im Stall. Nach und nach richteten sie sich in der Werkstatt ein, aus der aber die Wärme sofort flüchtete, kaum dass das Feuer nur ein wenig nachließ.

Allmählich begannen die Frauen, die besudelten Wände in ihrem Wohnzimmer neu zu kalken. Verdrossen dachte Helena dabei an ihren Ratschlag zurück, von Anfang an die Wände so verrußt zu lassen, wie sie nun mal waren. Dann hätten diese perversen Folterknechte auch keinen Spaß daran gehabt, sie mit Blut zu bespritzen, folgerte sie, und womöglich wäre das alles gar nicht bei ihnen passiert.

Auch Frowe arbeitete schweigsam. Sie wusste genau, was in Lenes Kopf vor sich ging. Sie hatte sich sogar bereits eine Entgegnung zurechtgelegt. Das Mädchen ließ seine Gedanken aber unausgesprochen, wofür Frowe letztlich dankbar war.

Durch den Raum hörten sie dennoch weiterhin die Schreie der Gepeinigten gellen. Darin zu sitzen, zu plaudern, zu essen, das vermochten sie noch nicht. Tisch und Bänke verblieben neben dem Amboss, obwohl das zusätzliche Heizen in ihren Holzstapel vor dem Haus ein großes Loch fraß.

Etwas erleichtert fühlten sie sich nach der Beisetzung der Verscharrten. Es war gar nicht so leicht, sie wieder aufzufinden, nachdem ein warmer Föhnwind dafür gesorgt hatte, dass der Boden ein paar Tage auftaute.

Mit aller Vorsicht gruben die Familien der Opfer, und es war gut so, dass zuerst keiner auf die eigenen Angehörigen stieß und ihnen deren jetziger Anblick erspart blieb. Lediglich Melchior Hahn fand, mit den Händen scharrend, seine übel zugerichtete Schwester und verlor völlig die Fassung. Er klagte zum Herzerbarmen und musste schließlich nach Hause gebracht werden, weil er sich nicht beruhigen konnte.

Nach der Totenfeier am Sonntag blies am Montag das Schmiedefeuer wieder Funken stiebend seinen Heißatem an die Decke. Tönges ließ seine drei Lehrlinge die Falz in die weiß glühenden Hufeisen einkerben, die Stollen stauchen und mit einem Stielmeißel die Nagellöcher durchschlagen. Zu seiner Überraschung stellte sich Ide dabei am geschicktesten an.

David schnaubte, dass der Kleinste das meiste Lob einheimste, während ihm Tönges schon mehrfach ungeduldig die Zange mit dem Rohling aus der Hand gerissen hatte und seine Arbeit korrigierte. Noch mehr brachte ihn das feine, dünne Lächeln auf die Palme, mit dem ihn Volker dabei beobachtete.

»Schluss für heute«, murmelte der Meister schließlich, nahm die Eisen der drei, tauchte sie ins Wasser und ließ zischend den Dampf auffahren. Dann vertauschte er sie mehrmals, legte sie nebeneinander auf den Amboss und bat seine Schüler, ihm das gelungenste Stück zu zeigen. Selbstbewusst wies Ide umgehend auf sein Eisen, das er selbstverständlich sofort wiedererkannte. Insgeheim musste ihm David recht geben, nicht minder nickte Volker anerkennend.

»Alles Schund«, dämpfte Tönges jedoch die Erwartungen. Er hielt das Muster an, das schonungslos auch die kleinste Abweichung offenbarte. »Das ist zu stark gebogen, die Stollen stehen zu eng zusammen, bei dem sind die Nagellöcher zu dicht beieinander, das hält nach dem Beschlagen nicht lang.

Das hier würde euch der Reiter um die Ohren hauen«, hielt er ein Hufeisen hoch, das David als das seine erkannte. Es wippte, als der Schmied auf der ebenen Fläche des Ambosses mal auf die rechte, mal auf die linke Seite drückte.

Zum Abend löffelten sie eine Mehlsuppe, brachen Brot und langten nach den Käsestücken auf einem Holzbrettchen. Alle dachten sie dabei zurück an den zweiten Tag nach dem Abzug der Truppen, als sie auf ihre Verstecke zurückgreifen und sich erstmals wieder satt essen konnten. Am ersten Tag hatten sie noch mit einer List und der Rückkehr ihrer Peiniger gerechnet.

»Morgen«, eröffnete Tönges, »müsst ihr euch anders anziehen. Bei uns Männern reicht es aus, dass wir uns die Lederschürze auf den Rücken binden. Ihr solltet ein paar so weite Strümpfe tragen, dass ihr die Röcke reinstopfen könnt«, wies er auf die Frauen.

»Wir zählen nicht zu deinen Stiften«, fuhr Lene umgehend ihrem Vater in die Parade. »Mit denen kannst du deine Späße treiben, ich mach mich doch nicht zum Gespött der Leute, derart durch das Dorf zu hupfen.«

Plötzlich brach sie in lautes Lachen aus und wies auf Frowe. »Wir beide sähen nebeneinander in dieser Tracht aus wie ein Storch und ein Kiebitz.«

»Als böse Stiefmutter«, entgegnete Frowe gar nicht amüsiert, »gebe ich hiermit kund, deine kindlich freudvollen Anspielungen auf meine Körpergröße zuweilen als unangemessen zu empfinden. Den Kiebitz lasse ich durchaus gelten; was mich angeht, halte ich den Schwan aber für zutreffender.«

Volker biss sich auf die Lippen, um den Raben herunterzuschlucken, der ihm bereits auf der Zunge lag. »Na!«, drohte ihm Frowe, wie immer auf der Höhe der Gedankenwelt ihrer drei Zöglinge.

Wonniglich lehnte sich Tönges in der Bank zurück. Er genoss die lockere Stimmung in der Familie. Nach dem Verschleppen seiner Frau, von der es seither kein Lebenszeichen gab, hatte er sich völlig abgekapselt. Auch die Kinder, so spürte er damals selbst, behandelte er immer einsilbiger und häufig auch ungerecht. Mit Frowe kehrte neues Leben in ihn selbst und in sein Heim. Allein ihr leuchtend rotes, lockiges Haar, das ihr, vom Zwang des Kopftuches befreit, bereits auf die Schultern fiel, füllte ihn mit Wärme. In ihren tiefschwarzen Augen versank er genauso wie an jenem ersten Morgen im Tross.

Und neben ihr war genau wie in seinen Träumen vor ihrer Geburt Helena zu einer göttlichen Schönheit herangewachsen. Die beiden nebeneinandersitzenden Frauen und der sich eifersüchtig mit ihrer goldroten und goldgelben Haarpracht messende Feuerschein brachten einen Glanz in die düstere Schmiede, dass Tönges sich fühlte wie im Stall zu Betlehem.

Verstohlen wischte er sich die Freudentränen aus dem Gesicht, nahm seine Jungs neben sich in den Arm und bat Lene, doch mal wieder ihre Laute hervorzuholen und zu singen. Gern tat sie ihm den Gefallen.

»Bist du des Goldschmieds Töchterlein
Bin ich des Bauren Sohn, ja, Sohn
So zeug dein beste Kleider an
Und sprich, du wilt zum Tanze gahn
Und zeuch mit mir davon.«

Leise summte Frowe mit.

Dies war wohl der glücklichste Moment in Tönges' Leben.

*

Scherzend zogen sie am nächsten Morgen zum Nachbarort. Noch immer blieb ihr Ziel ein Geheimnis, das sich der Schmied trotz ständiger Bitten, Ratereien und Anspielungen nicht entreißen ließ. Als sie den Hang nach Buchholz hinuntergingen, griff Frowe unwillkürlich nach Tönges' Hand. In ihr brodelte die Erinnerung. Ein Kreis schloss sich. Hier waren sie aufeinandergetroffen. »Wo liegen eigentlich die beiden Kroaten begraben?«, drehte sie sich zu ihm.

Tönges zeigte mit dem Daumen hinter sich. »Verscharrt neben dem Weg.«

»Also nicht in geweihter Erde«, gab sie zu bedenken. »Es waren doch Katholiken.«

»Es waren Bestien, glaube mir«, sagte er mit fester Stimme. »Für den Weg in das Fegefeuer reicht ihr Loch völlig aus.«

Ihre Gedanken tasteten sich weiter zurück. Nicht viel mehr als ein halbes Jahr war vergangen, doch erschien ihr diese Zeitspanne wie eine Ewigkeit. Hatte sie gefunden, was sie suchte?, fragte sie sich. Das Kupfer fiel ihr wieder ein, das erhoffte Geschäft zu Friedensbeginn. Beinahe war dieser Plan schon in ihr versunken, der sie seit Langem ständig beschäftigte.

Sie hatte etwas Besseres gefunden, gestand sie sich ein. Die Rückkehr in eine Familie, nach deren Geborgenheit sie sich seit ihrem zwölften Lebensjahr so sehnte. Gewiss, einfacher war für sie das Leben im Dorf nicht geworden, aber sie blieb nicht mehr gänzlich allein, nur verbunden mit einem Raben. Sie konnte sich wieder an andere anlehnen, Freude und Schmerz teilen. Doch betrübte sie, dass sich für sie noch keine neue Aufgabe gefunden hatte.

In dieser Stimmung wollte sie Tönges plötzlich beichten, dass sie ihn damals gar nicht gerettet, sondern entführt hatte, aus purem Egoismus. Sie brachte jedoch kein Wort heraus.

Was würde sie tun, wenn sich daraufhin alle von ihr abwendeten? Konnte sie aber noch länger diese Lüge mit sich herumtragen? Sie ergriff die Hand von Tönges so fest, dass er vor Schmerz kurz aufschrie und sich verwundert die Finger rieb. »Verteidigst du noch immer die Kroaten?«, riet er.

»Nein«, schüttelte sie energisch den Kopf. »Für einen Moment fürchtete ich, dich zu verlieren.«

Er nahm sie in die Arme und küsste sie. Umgehend folgte David dem Beispiel und griff sich Lene. »Oh Gott, oh Gott«, drehte sich Ide zur Seite. »Dürft ihr uns Kleinen so etwas überhaupt schon zeigen?«

Sanft befreite sich Frowe aus der Umarmung. »Was hast du eigentlich heute mit uns vor?«, wollte sie nun endlich wissen.

»Ihr werdet schon sehen«, verschaffte er sich nochmals einen Aufschub und führte sie schließlich in einen kleinen Hof. Ide schaute sich zuerst ängstlich um, ob nicht aus einer Ecke ein Hund hervorgeschossen kam. Dann fiel ihm das Schicksal Waldmanns ein, das in der Gegend sämtliche Hunde erlitten hatten.

Tönges klopfte an die Haustür, und sie wurde sofort geöffnet. Vorwurfsvoll grollte ein steinalt aussehender Mann: »Wen schleppst du da gleich alles mit? Wir dürfen doch nicht auffallen.« Er lief ins Haus zurück und drückte dann jedem eine Laterne und mehrere Kerzenstummel in die Hand. »Los nun!«, befahl er und setzte sich an die Spitze der kleinen Marschkolonne.

David staunte über das Tempo, das der Alte anschlug. Nach einer kurzen Strecke schnappte er bereits nach Luft. Besorgt schaute er sich nach Lene und den Jungs um, die im Gänsemarsch hinter ihm herkamen. Sie winkten ihm jedoch zu, dass er sich tummeln solle, um nicht den Anschluss zu verlieren.

Auf Höhe des Ibergs verließ die Truppe den Weg. Unter einem Busch zog der Alte mehrere Fichtenwedel hervor und bedeutete Volker und Ide, sie sollten hinter sich die Spuren im Schnee verwischen.

Noch ein Weilchen liefen sie. Endlich stoppte der Alte, drehte sich mehrfach in alle Richtungen und prüfte, ob sie nicht beobachtet wurden. Schließlich bückte er sich und scharrte mit einem Ast lange im Schnee, bis er auf einen Widerstand traf. Erfreut griff er mit der Hand hinunter und zog mit großer Anstrengung eine Falltür hoch. Tönges langte sogleich mit zu. Ein Brunnenschacht öffnete sich. Der Weißbärtige zog seine Joppe aus. Darunter zeigte sich ein Seil, das er mehrfach von der rechten Schulter bis zur linken Hüfte um den Leib gewunden hatte. Das wickelte er ab, knotete einen Eisenhaken an ein Ende und ließ ihn in den Brunnen gleiten.

»Ob da wirklich einer beißt?«, witzelte Ide.

Verblüfft schaute ihn der Alte eine Weile an, bis es bei ihm klick machte und er lachte. »Da gibt es kein Wasser und keine Fische, zum Glück nicht«, erklärte er. Endlich hatte er gefangen, wonach er suchte. Am Haken hing eine Leiter, die er hochzog und in zwei Vorsprünge am Einstieg einhängte. »Wissen die überhaupt, worum es geht?«, nickte er Tönges zu, der geheimnisvoll lächelnd den Kopf schüttelte und schließlich bat: »Erklär du es ihnen!«

»Aber nicht hier oben«, drängte der Alte. »Lasst uns erst mal, so schnell es geht, von der Bildfläche verschwinden.«

»Wir sollen alle da runter?« Helena konnte es kaum fassen. »Ich steige da nicht hinab«, bockte sie.

»Du wirst da unten bald wohnen«, entgegnete jedoch ihr Vater im tiefsten Ernst.

Erschrocken schaute sie ihn an. »Wenn wir uns verstecken

müssen, können wir doch in unsere Fluchtburg einziehen«, warf sie ein. »Willst du uns nicht langsam sagen, was los ist?«

Tönges zeigte unbeirrt mit dem Daumen nach unten, wohin der Alte mit den Jungs bereits abgetaucht war. Auch David wurde mulmig zumute. Er fasste aber seine Lene zart am Arm und schob sie vor sich her zur Leiter. Als nur noch ihr Kopf über den Schnee ragte, warf sie nochmals ihrem Vater einen Mitleid suchenden Blick zu. Der schlenkerte aber nur die Hand nach unten und bedeutete ihr, sich zu beeilen.

Nachdem sie die Leiter hinabgestiegen waren, kamen sie auf ein kleines Podest und zündeten hier ihre Kerzen in den Laternen an. Im Lichtschein zeigte sich eine zweite Leiter, die noch tiefer hinabführte. »Geratet nicht gleich in Panik, falls mal alle Lichter gleichzeitig ausgehen«, belehrte Tönges seine Familie, »verharrt einfach auf der Stelle. Geht keinesfalls weiter, sondern wartet, bis euch Oswald hilft.«

Der Bergmann streckte beide Arme nach oben. »Oswald, das bin ich.«

»Aha«, quittierte Helena grimmig.

Nach vier Leitern hatten sie die Sohle erreicht. Oswald hob die Lampe im Schacht hoch und pochte gegen die Wand. »Kalkstein«, brummelte er. Dann trat er mit den Füßen auf: »Zechstein, ihr steht jetzt auf dem Meeresboden.«

»Meeresboden?« Volker schaute bedeutungsvoll Ide an, und die Blicke, die beide austauschten, verhießen zweifelsfrei, dass der Alte wirr im Kopf sein muss. Was aber wollte der Vater von dem?

Sie mussten sich auf den Rücken legen. Zuerst die Männer mit ihren Lederschürzen. Sie rutschten in einen Spalt, nicht viel mehr als eine Elle hoch, Oswald vornweg. Alles troff. Irgendwo hörte man Wasser in einem Rinnsal ablaufen. Am Ende des Stollens lagen Hauen und Spitzhämmer, die ihre Spuren in einer schwarz bis schwarzgrauen Erdschicht hinterlassen hatten.

»Darum geht es hier«, bedeutete der Bergmann. »Ihr wolltet doch Kupfer, oder? Hier liegt es. Kupferschiefer, eine Elle hoch. Tönges und ich werden es abbauen, ihr zerrt es mit dem Hunt, den ihr euch an den Fuß bindet, aus dem Streb bis zum Schacht und zieht es dann in Körben von Sohle zu Sohle nach oben. Außerdem werdet ihr aus dem Haufwerk Schicht für Schicht übereinanderstapeln und so den Streb wieder füllen, damit wir hier nicht zu viel Hohlraum schaffen und uns gar am Ende die Decke auf den Kopf fällt.«

In den Gesichtern von David, Ide und Volker stand Fassungslosigkeit. Sie hatten das Gefühl, sich ihr eigenes Grab schaufeln zu sollen, fast zehn Mannslängen unter der Erde. Nur auf der Seite oder dem Rücken liegend konnte man in diesem winzigen Lebensraum überhaupt arbeiten und sich fortbewegen. Angsterfüllt starrten sie zu der tief hängenden Decke, die nur an wenigen Stellen ein paar kleine Holzstempel stützten.

»Das hält«, suchte Oswald sie zu trösten, der ihren Blicken gefolgt war. »Der Mergelkalk, unter dem der Kupferschiefer liegt, spannt sich so stabil wie ein Kirchengewölbe. Darum lässt sich das Erz auch gar nicht so schwer gewinnen, wenn man das Flöz von unten her ablöst. Die Feuchtigkeit werdet ihr allerdings bald in sämtlichen Gelenken spüren. Dafür staubt es beim Arbeiten aber nicht. Ihr habt gar keine Vorstellung, wie schrecklich es ist, den ganzen Tag Staub fressen zu müssen.«

Er machte eine kleine Pause und fügte seufzend hinzu: »Außerdem sollt ihr das ja nicht euer Leben lang tun, sondern nur ein paar Monate.«

»Ein paar Monate?« – Die Worte, die eigentlich trösten sollten, trafen Volker wie ein Hammer. Monatelang hier unten! Ihm war zum Heulen zumute. Es schnürte ihm die Kehle zu.

Sie sollten nun vor zu den Frauen kriechen und ihnen die Lederschürzen geben, damit sie einigermaßen trocken sich das auch ansehen konnten.

Dolchartig bohrten sich die Blicke in Frowe. Sie hatte ihnen das eingebrockt mit ihrer hübschen Vorstellung, am bequemen Marktstand Kupfergefäße feilzubieten.

Stumm liefen sie auf dem Rückweg zur Kate des Bucholzers hintereinanderher. Schwer schleppte ein jeder an seinen Gedanken, nachdem sie ans Tageslicht zurückgekehrt waren und den Schacht wieder sorgsam verschlossen und mit Schnee bedeckt hatten.

Oswald kochte Pfefferminztee. »Der Duft wird euch besänftigen«, kicherte er. »Ihr glaubt gewiss immer noch, soeben einen Teil der Hölle gesehen zu haben, stimmt's? Dabei war das nur ein Toter Mann.«

»Ein Toter Mann?«, schluckte Ide.

»So nennen wir einen leeren Schacht«, erklärte ihm der Bergmann.

»Der war leer?«, verstand Ide nun gar nichts mehr. »Was sollen wir dann da?«

»Toter Mann«, fügte Oswald hinzu, »werden auch jene Stollen bezeichnet, von denen das Bergbauamt glauben soll, dass dort nichts mehr zu holen ist, während die Knappen auf eigene Rechnung ein wenig ihren kargen Lohn aufbessern.«

Von einem zum andern schaute er. Doch zauderte selbst Frowe, die ja eigentlich begeistert sein müsste, dass Tönges ihr

Vorhaben tatsächlich in Angriff nehmen wollte. Von der Rackerei da unten hatte sie bis dahin jedoch keinerlei Vorstellung. Es schnürte ihr die Kehle zu, den Kindern eine solche Tortur zuzumuten. Sie würden sie wohl jetzt hassen, vermutete sie.

»Eigentlich dachte ich, das Erz liegt hier viel flacher, und man muss gar nicht so tief unter die Erde«, suchte sie vorsichtig nach einer Entschuldigung.

»Hoppla, du kennst dich ja aus«, stand ihr Oswald bei. »Es gibt hier einen tiefen Erdfall durch eine eingestürzte Karsthöhle. Da ließ sich der Kupferschiefer tatsächlich über Tage fördern. Das ist aber schon alles abgebaut.«

Munter erzählte er weiter drauflos und lobte vor allem den Schacht, den er selbst mit zwei anderen Bergleuten weiter vorgetrieben hatte, als wegen der ständigen Kriegswirren der Abbau allmählich zum Erliegen kam. Sie hatten den Berghauptmann nicht um Erlaubnis gefragt. Da ihr ohnehin kümmerlicher Verdienst ausblieb, schafften sie den Schiefer aus dem illegalen Schacht und verkauften ihn heimlich an die Ilfelder Kupferhütten.

»Hattet ihr nicht Angst, dass euch die Obrigkeit den Gewinn wieder abnimmt und euch wegen Diebstahls obendrein noch in Ketten legt?«, beteiligte sich nun auch Lene zaghaft an dem Gespräch.

Der Bergmann winkte ab. »Da hätten sie hier aber viele in Ketten legen müssen«, brummte er. »Drüben in Petersdorf haben sie sogar ihre Häuser und Gärten unterhöhlt, als sich das noch lohnte.«

»Das lohnt sich gar nicht mehr?«, schöpfte Ide neue Hoffnung.

Hier lachte der Alte nun, der die Frage sofort durchschaut hatte. »Von dem bisschen, was die Bauern und die brotlos gewordenen Bergknappen herbeischafften, konnten die Schmelzhütten nicht leben und machten dicht. Also gab es für das Erz kein Geld mehr«, erklärte er. »Euer Vater aber hat mich nun angefeuert, doch weiterzumachen und das Erz selbst zu schmelzen.«

Im Kopf begann die Händlerin Frowe bereits zu rechnen. Dass sie sich den Gewinn mit demjenigen teilen musste, der das Erz besorgte, gehörte von Anfang an zu ihrer Kalkulation. Zu ihrem Schrecken aber hatte der Alte von noch zwei anderen berichtet, denen der Stollen mitgehörte. Damit ginge bereits alles durch vier. »Wo sind deine zwei Teilhaber?«, stocherte sie vorsichtig.

Damit hatte sie auf Anhieb eine wunde Stelle bei Oswald berührt. Er druckste herum, rückte aber schließlich damit heraus, dass sie nicht mehr hier wohnten. Als Frowe Luft holte, um nachzuhaken, war dem Bergmann bereits klar geworden, dass er sie mit seiner Ausflucht nicht abspeisen konnte. Also versicherte er kurz und knapp, es sei keiner von ihnen mehr am Leben.

Argwöhnisch und in ängstlicher Erwartung weiterer tief gehender Fragen schielte er zu der großen Frau hinüber. Zu dumm, warf er sich selbst vor, durch sein Gestotter Verdacht erregt zu haben. Keinesfalls durften seine neuen Partner erfahren, dass beide noch unten im Stollen liegen, aus dem er sich einst bei einem Einsturz als Einziger retten konnte. Sicherlich würde der Schmied dann von dem Projekt wieder abspringen.

Das Geschäft mit dem Kupfergeschirr, das sich nach seinen bereits aufgegebenen früheren Schürfversuchen nun plötzlich vor ihm auftat, hatte ihm bereits den Mund wässrig gemacht. Obwohl er sich davon keine goldene Nase versprach, hoffte er doch zumindest auf eine Linderung seiner Not.

Zehn Fuhren Erz würden selbst ohne Klopfwerk bei ungenügender Zerkleinerung des Gesteins mit Hämmern und nicht optimaler Schmelze fast eine Fuhre voll Kupferplatten ergeben, erwartete der Bergmann. Zu Blech ausgetrieben und vom Schmied zu Schüsseln, Töpfen und Kannen verarbeitet, wären das mehrere Fuhren voll Geschirr. Bis zum Ende des Winters, bis die Bauern draußen auf den Feldern sind und die Förderung in dem verborgenen Schacht beobachten könnten, müssten zehn Fuhren zu schaffen sein, war Oswald überzeugt.

»Aber woher wollt ihr das notwendige Holz nehmen für das Dörren und Schmelzen?«, platzte es endlich aus dem Knappen heraus. »Mindestens sieben Mal muss der Vorgang beim Verhütten wiederholt werden. Das Provisorium, das wir mauern, wird noch mehr Zwischenschritte erfordern. Wir hätten hier alle längst eigene Öfen, wenn wir eine Lösung für das Brennmaterial wüssten.«

Mit einem Kopfnicken ermunterte Tönges seine Gefährtin, den Kompagnon ins Bild zu setzen. »Wenn wir selbst anfangen, die notwendigen Bäume zu fällen, hackt man uns sofort die Beine spitz«, holte sie aus.

»So ist es«, bestätigte der Weißhaarige.

»Also schalten wir jemanden ein, an den sich niemand aus der Grafschaft herantraut«, fuhr sie fort.

»Hm«, quittierte Oswald, »und welchen mächtigen Verbündeten habt ihr da auf eurer Seite?«

»Wir bitten den nächsten Zug Landsknechte, der hier vorüberkommt, uns zu helfen«, sagte Frowe mit Unschuldsmiene.

Perplex starrte Oswald sie an. Nachdem er wieder zu sich gefunden hatte, wollte er seine Gäste, die ihm offenbar nur die Zeit stahlen, schon grob vor die Tür setzen. Dann aber schoss ihm durchs Hirn, dass er ihnen sein größtes Geheimnis anvertraut hatte und sie ihn eigentlich gar nicht mehr brauchten. Über ihm schien wieder einmal alles einzustürzen. Völlig platt blieb er hocken und wusste nicht mehr weiter.

Lächelnd kostete Frowe die totale Verwirrung Oswalds aus. »Wir müssen sie natürlich hereinlegen und dürfen sie keinesfalls wissen lassen, worum es wirklich geht. Sonst kommen sie wieder und nehmen uns ebenso alles ab, wie das der Graf tun würde.«

Der Alte legte den Kopf schräg. Darüber erleichtert, dass die Schmiedefamilie das Ganze doch ernst zu nehmen schien, vergaß er glatt, nach der List zu fragen. Doch lagen ihm die ganz praktischen Dinge auf der Seele, wie der Transport oder die unverzichtbaren Blasebälge, um überhaupt die Schmelztemperatur erreichen zu können. Hier konnte er aber umgehend überzeugt werden, dass an alles gedacht sei. Pferd und Wagen besaß Frowe, die allerdings sofort aufbegehrte, ein anderes Gefährt zu suchen als ihre bisherige Allzweckwohnung.

Solange der Boden noch gefroren ist, versicherte Tönges, würden sie auch keine dauerhaften Spuren zwischen dem Schacht und dem noch zu suchenden Schmelzplatz hinterlassen. Dort sollte der Frühlingsregen auch gleich mit dem Auswaschen des tauben Gesteins aus dem zerkleinerten Erz beginnen. Blasebälge wollte Tönges aus der Schmiede mitbringen.

Abschließend rechnete Tönges die Anzahl der Arbeitskräfte mit sechs zu eins vor. Während dem Bergmann erneut die Spucke wegblieb, gestand ihm der Schmied zu, doppelt zu zählen, da er schließlich auch seinen Schacht mit einbringe. Ein Drittel vom Gewinn sollte somit ihm zustehen. Nach kurzem Zögern stimmte Oswald zu.

Beide erhoben sich und schlugen ein. Bewundernd schaute Frowe zu Tönges auf, dem sie bislang solch einen Geschäftssinn gar nicht zutraute. Im Geiste revidierte sie erfreut die bislang kalkulierte Teilung in zwei Hälften.

Als sie aufbrachen, lehnte sich der Mond bereits pausbäckig aus dem Fenster. Vorwurfsvoll wies Tönges zu ihm hinauf, überzeugt davon, dass der da oben gar nichts mitbekommt von dem Leiden unter sich. Nachts herrschte ja Frieden. Da zeigte sich ihm die Erde jetzt wieder in ihrem Winterkleid aus weißem Satin, in dem Unmengen eingenähter kleiner Glitzersteine funkelten.

Nur unter den großen Baumkronen, unter die er nicht leuchten konnte, starrte tausendäugig die Nacht wie ein Raubtier hervor. Instinktiv machten die sechs einen großen Bogen um diese Stellen voll Furcht, diese Schwärze könnte sie anspringen.

In Frowe hielten sich noch die Bedenken mit der Freude über den baldigen Start ihres Vorhabens die Waage. »Kommt gar nicht infrage, dass die Kinder mit in den Schacht gehen«, warf sie energisch den Kopf zurück. »Das Ganze war meine Idee, also löffle ich das auch aus.«

Nun begehrte Helena auf: »Ich hoffe doch wohl, der Gewinn ist für uns alle, somit also auch für David und mich, wenn wir unsere neue Schmiede aufbauen. Keine Nacht könnte ich dort ruhig schlafen bei dem Gedanken, dass du dafür mit blutigen Händen unter der Erde buddeln musstest, während ich höchstens zusah«, hielt sie Frowe entgegen.

»Denkst du, ich habe nur dünne, zerbrechliche Ameisenarme? Ihr habt gar keine Ahnung, was die kleinen Biester schleppen können. Außerdem, bei deiner Größe – und nun nimm das nicht gleich wieder krumm – hast du es da unten viel schwerer als ich. Wo du noch kriechen musst, kann ich schon fast laufen.«

»Wir werden uns das schon gerecht einteilen«, schlichtete Tönges. »Viel mehr beschäftigt mich die Schmelze. Ich hab zu wenig Ahnung davon. Mir stehen schon die Haare zu Berge allein bei dem Problem, wie du Landsknechte zum Baumfällen für uns bewegen willst.«

»Da lass mich nur machen«, meinte Frowe und lächelte voller Vorfreude.

Mit List

Keine halbe Stunde verging, in der Agnes nicht zu dem Waldstreifen hinüberschaute, der das Bachtal vom Dorf trennte. Sie fürchtete bereits, den Verstand verlieren zu können durch diese Manie, sich ständig aufs Neue aufzuscheuchen für diesen Ausguck hinauf zum Saum der Bäume.

Dort lag an einer vereinbarten Stelle ein großer Fichtenast im Schnee. Sobald der hoch aufgerichtet in seinem prächtigen Grün an einem Stamm lehnte, war dies das Zeichen, dass sie jemand aus der Schmiede besuchen kam. Die Sehnsucht danach hielt sie den ganzen Tag auf den Beinen, obwohl sie sich gleichzeitig wieder sorgte, wie schutzlos David und Lene herumliefen. Was wäre, wenn sie mal auf ein Rudel Wölfe stießen?

Beim nächsten Aufschauen durchfuhr sie ein tiefes Glücksgefühl, vor allem auch, weil die Gelegenheit günstig war. Franz nahm im Schlaf gerade seiner Mühle das Sägen ab. Sie musste sich nicht sorgen, dass er sie abhielt, das Haus zu verlassen. Eilig warf sie sich ein dickes Tuch aus Schafswolle über, schlüpfte in ihre Holzschuhe und hastete am Bach entlang bis zu Davids früherer Lieblingsstelle.

Er kuschelte sich dort bereits mit Lene unter eine Decke. Wie immer freuten sie sich, nicht ein bisschen warten zu müssen. Doch mischte sich die Sorge ein, wie sehr sich die Mutter bereits an diese heimlichen Begegnungen klammerte und offensichtlich den ganzen Tag lang auf der Lauer lag.

Die beiden platzten eigentlich vor Neuigkeiten. Doch der Familienrat hatte entschieden, Agnes auf keinen Fall einzuweihen. »Ihr habt kaum eine Vorstellung, welcher Druck auf Davids Mutter lastet«, begründete Frowe das Verbot. »Irgendwann rutscht ihr heraus, dass ihr Sohn kein Versager ist, so wie ihr das Franz Tag und Nacht einbläut, sondern dass er sogar nach Kupfer gräbt, um sein Glück zu machen.« Niemand durfte das erfahren, und beim Sägemüller – da waren sich alle einig – wäre ihr Geheimnis am schlechtesten aufgehoben.

Agnes fiel die Zugeknöpftheit ihres Besuchs aber nicht auf, weil es sie selbst ungemein drängte, ihre Neuigkeiten mitzuteilen. »Stellt euch vor«, flüsterte sie und drehte sich gewohnheitsmäßig sofort um, um sicherzugehen, dass er nicht schon wieder hinter ihr stand, »wie er jüngst von einem Bittgang nach Stolberg nach Haus kam. Das Gesicht war völlig zugeschwollen, grün und blau geschlagen«, sprach sie hinter vorgehaltener Hand glucksend vor Schadenfreude.

Umgehend sandte David seiner Lene einen So-werden-wir-aber-mal-nicht-Blick zu. Verlegen erkundigte er sich, ob ihn die Büttel wegen der ausstehenden Abgabeschuld so zugerichtet hätten. »I wo«, war sich seine Mutter sicher. »Wahrscheinlich wollte er sich mal wieder auf Kosten anderer besaufen. Normalerweise überschlägt er sich in Schilderungen, wie er es denen gegeben hat, und lässt sie schattenboxend nur noch als Krüppel vom Platz hinken. Diesmal fraß er seinen Gram still in sich rein und verlor kein Wort darüber. Weiß der Teufel, was ihm widerfahren ist. Geheuer ist es jedenfalls nicht, sonst würde er damit rausrücken.«

Sie rätselten alle drei noch ein Weilchen, fanden aber auch keine plausible Erklärung. Hastig wechselte schließlich Agnes zur bevorstehenden Hochzeitsfeier, musste sie doch damit rechnen, ihn bald nach ihr schreien zu hören.

»David hat es bislang geheim gehalten«, fiel Lene ihrer zukünftigen Schwiegermutter um den Hals. »Ich bin bald gestorben vor Freude, als er mir den wunderbaren Stoff für das Brautkleid zeigte, den er damals schon vom Getreidekauf mitgebracht und bislang vor mir versteckt hat.«

Schon holte sie ein Fetzchen davon hervor, das sie beständig bei sich trug und immer wieder im Glückstaumel musterte. Agnes konnte ihre Freudentränen nicht länger unterdrücken. »Ich freu mich so für euch«, schluchzte sie und sah den vor ihren Augen verschwimmenden schwarz glänzenden Stoff kaum.

Achselzuckend meinte Lene, dass Frowe schon ein Weilchen herumschneidere. »Sie lässt sich aber mehr Zeit, als sie eigentlich braucht.«

»Ja, sie ist eine kluge Frau«, nickte Agnes.

»Wieso?«, fragte Helena nun verständnislos. Agnes zwinkerte ihr zu, »weil noch niemand weiß, wie dick im Mai dein Bauch ist«.

Puterrot angelaufen, wollte Helena Einspruch erheben, ließ es aber, um das Thema nicht noch anzuheizen. Erschrocken fragte sie sich selbst, ob sie denn in anderen Umständen sein könnte. Frowe hatte schließlich noch genügend von dem

Schafsdarm, den sie an die Dirnen im Tross gegen Schwangerschaft verkaufte. Anfangs wollte sich David nicht darauf einlassen. Doch als ihn Frowe schalt, dass er einerseits mit großem Appetit die Wurst im Darm esse, andererseits sich aber davor ekle, seinen Pullermann darin einzuwickeln, gab er nach.

»Herrje«, fuhr Agnes auf. »Beinahe hätte ich das Wichtigste vergessen.« Wieder schaute sie sich erst nach ihrem Mann um. »Ihr habt doch sicherlich gehört von dem Toten?«

»Es werden immer mehr, die hier einfach liegen bleiben«, fand Helena daran nichts Besonderes mehr. »Denke doch nur an den Ansturm der Hungerleichen im vorigen Monat. Was hab ich vor Angst gezittert beim Gedanken, sie ziehen zu euch weiter. Wir hatten alle riesiges Glück.«

»Jaja«, wehrte Agnes ab. »Mit dem Toten hat es aber doch eine besondere Bewandtnis. Ich war es, die ihn gestern gefunden hat.«

»Oh, Gott, du?«, schreckte David hoch.

Wieder drehte sich seine Mutter lange nach allen Seiten um. Und es war gar nicht Franz, den sie diesmal fürchtete. »Er hat keine Fußspuren hinterlassen«, sagte sie und machte eine lange bedeutungsschwere Pause.

»Keine Spuren? Wie meinst du das?«, hielt es Helena schließlich nicht länger aus.

»Nun, am Tag zuvor war ich auch schon da drüben am Waldrand. Da war er noch nicht da«, war Agnes felsenfest überzeugt.

»Wieso bist du dir da so sicher?«, zweifelte Helena.

»Ich hätte über ihn stolpern müssen. Er lag genau in meiner Fußspur von vorgestern«, sagte Agnes mit flackerndem Blick. »Er selbst aber hat keine Abdrücke hinterlassen, absolut nichts. So als hätte ihn der Teufel dort ausgespien.«

Sprachlos schauten die beiden sie an und warteten auf weitere Einzelheiten. »Lene, erinnere dich«, drang Agnes in ihre künftige Schwiegertochter. »Als du im Sommer fast im Moor ertrunken warst, wurdest du doch dorthin gelockt. David hat mir davon erzählt. Wie viele riefen nach dir?«

Helena schrak zusammen. Diese Erinnerung jagte ihr nach wie vor Schauer über den Rücken. Mühsam sammelte sie sich, kam aber dennoch zu keinem Schluss. »Oft war es so, als würde ich David hören«, erinnerte sie sich. »Sonst wäre ich gar nicht weitergelaufen. Hunderte Stimmen waren außerdem in mir, die mich aufforderten, sofort umzukehren.«

Agnes ließ nicht locker: »War da auch eine Frau oder gar zwei?«

»Oje, du meinst, die beiden spukenden Frauen haben damit zu tun?«, sorgte sich David.

Ein Nicken antwortete ihm. »Gesche und Alke.«

»Die Namen höre ich zum ersten Mal, zumeist ist nur von den Schwarzverschleierten die Rede«, sagte David erstaunt.

»Lene«, setzte Agnes erneut an, »hat eine Frau Davids Stimme nachgemacht und die andere dich gewarnt? Es ist wichtig, du musst dich erinnern.«

In Helenas Kopf wirbelte alles durcheinander. Sie fühlte sich so hilflos wie einst. Keine von den Stimmen, die sie noch immer in sich hörte, konnte sie von der anderen unterscheiden. Keine klang gut oder böse.

»Wo steckt der alte Besen?«, krakeelte jemand in der Mühle, scheppernd rollte etwas über den Fußboden.

Agnes fuhr gehetzt herum. Noch einmal wandte sie sich hastig an Helena: »Alke ist die verstoßene Frau aus der Sägemühle. Sie bringt Unglück über uns. Darum war ich auch so froh, dass David fortging. Gesche ist die, die aus der Burg vertrieben wurde. Sie steht mir bei, und ich denke, sie hat damals Frowe zu dir in das Moor geführt, um dich zu retten. Die Stimmen kehren zu dir zurück, da bin ich mir ganz sicher. Verlier nicht erneut völlig den Kopf, sondern hör genau hin! Nur einer kannst du vertrauen; du musst lernen, die beiden auseinanderzuhalten!«

»Woher willst du wissen, dass es Gesche gut mit uns meint?«, zweifelte Lene. »Gefürchtet werden doch beide!«

Agnes, die schon zur Mühle losgeeilt war, hielt noch einmal inne und rang um eine Antwort. Was sie zurückrief, ging jedoch in einer Kaskade von Beschimpfungen unter. Helena drehte sich der Magen um, und David wäre ihr am liebsten hinterhergelaufen, um sie zu beschützen. Aber er wusste, dass dies zu einem Zweikampf führen würde, den womöglich nur einer überlebte.

Sie gingen zu der Stelle, die ihnen die Mutter soeben beschrieben hatte. Dort war inzwischen alles zertrampelt. Gleich mehrere Männer hatten sich der Leiche angenommen und sie auf dem alten Vockeröder Kirchhof verscharrt, so gut das eben der erneut tiefgefrorene Boden zuließ.

Auch die beiden Spuren der Holzschuhe, die von der Sägemühle kamen, fanden sie und den Abdruck im Schnee, der von dem Toten stammte. Vielleicht war er hierhergeschleudert worden durch ein bockendes Pferd und brach sich dabei das Genick, vermuteten sie und schlugen einen steinwurfgroßen Kreis um die Fundstelle. Irgendwoher musste er doch gekommen sein. Doch der Altschnee lag völlig unberührt, lediglich Hasen, Füchse und Rehe durchschnürten ihn.

Bang musterten sich die beiden und kehrten schweigend ins Dorf zurück. Längst schon wollten sie beim Pfarrer sein, um das Aufgebot zu bestellen. Judith empfing sie mit vorwurfsvollen Blicken wegen der Verspätung und führte sie zum Vater. Der hatte inzwischen Besuch und reagierte kurz angebunden auf die Störung. Eilig erledigte er die Formalien und schrieb sie auf für den späteren Eintrag ins Kirchenbuch. Über den Toten wollte er jetzt keinesfalls reden, daher entließ er die beiden schnurstracks.

*

»Erinnere dich an den 31. Oktober im Jahr 17«, führten Johannes und sein Amtsbruder aus Petersdorf ihren Disput fort. »Wir feierten das hundertjährige Reformationsfest. Die Kirchen zeigten sich im schönsten Schmuck. Herbstblumen leuchteten im Haar der Jungfern. In den Häusern bogen sich die Tische unter der Last der aufgetragenen Speisen. Das Land strotzte vor Wohlstand. Nein, Johannes, es kann nicht sein, dass wir einem falschen Glauben anhängen und Gott uns straft. Dann hätte er dies hundert Jahre früher getan«, redete Pastor Martin auf seinen Gastgeber ein.

»Warum aber hat uns Gott dann verlassen?«, ließ Johannes resignierend die Arme sinken. »Ich kann doch niemandem mehr ernsthaft damit kommen, dass dies alles nur eine Prüfung ist für unseren Weg ins Paradies. Warum müssen unsere Kirchen die Schändungen hinnehmen, werden ihrer Glocken beraubt, der Kelche, Kruzifixe, und obendrein werden die Altäre besudelt. Wie oft leiden die Frauen und Töchter von uns Pfarrern schlimmer als alle anderen vom Militär missbrauchten Frauen, wie oft wird unser Ansehen in der Gemeinde derart tödlich verletzt? Wenn Jesus am Kreuz die Sünden der Menschen auf sich nahm, wofür müssen wir dann trotzdem so leiden? Ist er umsonst gestorben? Ich weiß nicht mehr weiter«, sank Johannes in sich zusammen.

»Du sollst nicht versuchen, alles mit menschlicher Vernunft zu erklären«, hielt Martin dagegen. »Luther bezeichnete sie als Teufelshure. Auch zeigte er großes Verständnis für das Massakrieren der Bauern nach den Aufständen. Vieles war damals genauso wie heute. Außerdem leiden nicht nur wir. Den Calvinisten geht es nicht besser. Schon gar nicht den Katholischen. Das alles sieht nach Menschenwerk aus und nicht nach Gottes Wille.«

»Menschenwerk?«, schaute Johannes auf.

»Menschenwerk«, bestätigte Martin. »Vor allem stecken die Jesuiten dahinter, die sich überall breitmachen bis in die Schulen und Universitäten. Jesuitische Beichtväter überschwemmen die katholischen Herrscherhäuser. Täglich träufeln sie dem Kaiser und den Fürsten Gift ins Ohr und stacheln sie zur Gegenreformation an. Große Teile von Habsburg, Süddeutschland mit Bayern, das Rheinland, alles gewannen sie zurück mit der Macht Spaniens und Frankreichs im Rücken. Wie haben sie in Böhmen gewütet und mit eisernem Besen die Lutheraner aus dem Land gefegt, dass das Blut nur so spritzte. Von Hunden ließen sie diejenigen unserer Glaubensbrüder zerfleischen, die es wagten, nicht abzuschwören und am Sonntag weiterhin zu ihrer Kirche zu gehen. Den Schwangeren rissen sie die Frucht aus dem Leib. Du darfst nicht töten – dass ich nicht lache, hat das je für diese Brut gezählt? Und wir, wir haben uns zersplittert in fanatischem Kleinkrieg, kein Lutheraner steht einem Calvinisten bei, kein Zwinglianer einem Täufer.«

Johannes brauste auf. »Soll ich etwa gutheißen, dass diese calvinistischen Ketzer die leibliche Anwesenheit Christi beim

Abendmahl leugnen und meinen, er dürfe sich nicht wegbewegen von seinem Platz zur Rechten Gottes? Soll ich den Altar, alle Kerzen, Kreuze und Heiligenbilder entfernen? Soll ich durchgehen lassen, dass angeblich jedem Menschen schon von seiner Geburt an vorherbestimmt ist, ob er in den Himmel kommt? Wozu ringe ich dann um jede Seele in meiner Herde, warum dränge ich zu einem frommen Leben? Niemals kann ich mich mit solchen Frevlern gemein machen.«

Martin seufzte. »Genau darum weichen wir immer weiter zurück und sind auf die schwedischen Teufel angewiesen, die unser Land genauso verwüsten wie die Katholische Liga und inzwischen mit diesem Kardinal Richelieu paktieren, der hohnlacht, wie um ihn herum die Welt in Scherben zerfällt. Hauptsache, sein Frankreich geht als Sieger daraus hervor mit der Beute Elsass und Lothringen in den Zähnen.«

Schweigen trat ein. Beide Geistlichen schauten finster aus dem Fenster. Anna kam herein und reichte ihnen Wasser mit etwas eingerührtem Apfelsaft. »Na, sucht ihr wieder nach einem Schuldigen für den Wahnsinn da draußen?«

Doch Martin war in Gedanken weit weg und griff den abgerissenen Faden wieder auf. »Hätten diese Kriege nicht verhindert werden können durch unseren Zusammenhalt? Gott gefiel es, den katholischen Kölner Kurfürsten Gebhard in die Arme der Gräfin von Mansfeld sinken zu lassen. In ihnen verstrickte er sich so fest, dass er den Forderungen ihres Hauses folgte, vor der Hochzeit die Konfession zu wechseln. Damit verloren die Katholiken ihre vierte Kurstimme, und die Mehrheit wechselte auf uns, einen Kaiser nach unserem Willen zu wählen. Doch was taten wir, als der Papst sofort als sein letztes Mittel den Bannfluch gegen den Kölner schleuderte und sich umgehend von Holland aus spanische und vom Süden bayerische Truppen in Bewegung setzten? Wir ließen ihn allein!«

»Geschieht ihm recht, diesem Calvinisten. Warum hat er sich nicht dem rechten Glauben angeschlossen?«, wetterte Johannes.

Martin raufte sich die Haare. »Du zweifelst inzwischen an allem. Aber dass die Calvinisten nicht unsere Brüder sind, das weißt du ganz bestimmt. Wenn sich Gott von uns abgewandt hat, dann wegen unserer himmelschreienden Dummheit«, stöhnte er.

»Als der Pfälzer Kurfürst Friedrich sich obendrein noch die böhmische Königskrone aufsetzen ließ, hatten wir diese Mehrheit«, warf Johannes ein. »Und was hat es genutzt? Damit fingen die schrecklichen Kriege erst an.«

»Weil er ebenso im Stich gelassen wurde, aber diesmal aus Furcht, er könnte im Lager der Protestanten zu mächtig werden mit seinen zwei Kurhüten«, seufzte Martin.

»Ist es schon zu spät, daraus noch zu lernen?«, schaltete sich Anna nochmals in das Gespräch der Männer ein. Dankbar schaute Martin zu ihr hinüber. »Da unser Glaube der richtige ist, wird Gott uns auch beistehen. Niemals gibt es aber Frieden, solange wir noch existieren und die Jesuiten an den Schalthebeln der Macht sitzen. In ihrer Verbohrtheit und ihrem Hass auf uns führen sie die Welt eher in den Untergang. Also kann nur ein protestantischer Kaiser dem Deutschen Reich einen Ausweg aus dem Religionskrieg weisen.«

Ungläubig schaute Anna zu dem Gast. »Wer sollte als Kaiser stark genug sein? Der Braunschweiger? Das kleine Sachsen? Der bettelarme Brandenburger auf seinem unfruchtbaren märkischen Sand?«

Martin zuckte die Schultern und schaute zu Johannes hinüber. Der hielt den Kopf in die Hände gestützt und schwieg. »Einer wird es tun müssen«, brummte Martin schließlich.

»Und dann haben wir ewigen Frieden?«, zweifelte Anna weiter. »Ein Habsburger würde kommen und sich furchtbar am übrigen Deutschland für den Verlust der Kaiserkrone rächen.«

So weit hatte Martin noch nie vorausgedacht. Lange überlegte er. »Die mögliche Rache der Habsburger sei dahingestellt. Aber Friede wird noch lange nicht sein«, gab er Anna recht. »Wahrscheinlich werden die in Zukunft ausbrechenden Kriege weit schrecklicher als die jetzigen.«

Da ihm niemand widersprach, spann er seinen Gedanken zu Ende. »Die deutschen Lande sind um mindestens zweihundert Jahre zurückgeworfen worden, vielleicht sogar noch mehr, denn der Krieg, der alles entvölkert und verödet, tobt ja noch fort. Während unserer Schwäche werden sich die Engländer, die Franzosen, die Holländer, die Spanier die Welt komplett unter den Nagel reißen, und ihre Kolonien werden ganz Amerika, Afrika und Asien überziehen. Sobald wir uns erholen und dann auch unseren Anteil fordern, schließen sich zwangsläufig alle anderen gegen uns zusammen. Womöglich wird das unser endgültiger Untergang – und dies alles nur, weil Katholiken und Protestanten jetzt nicht mehr aufhören, sich gegenseitig die Schädel zu spalten, und zu keiner Vernunft zurückfinden.«

Eine lange Pause entstand, in die Martin schließlich fragte: »Könnte uns Gott vielleicht darum verachten?«

*

Das überlegene Lächeln, mit dem Tönges erstmals die Keilhaue in die Pranke nahm und dem Bergmann Oswald zeigen wollte, wie ein Schmied zuschlagen kann, presste sich längst in die Lippen. Aufrecht am Amboss den Hammer fröhlich pinke panke tanzen zu lassen, erschien ihm inzwischen als Vergnügen im Vergleich zu der am Boden liegenden Plackerei.

Obwohl sie sich lediglich in eine Bodenspalte kaum höher als der ausgestreckte Unterarm gruben, war dies eine Arbeit über dem Kopf. Wer sie nicht gewohnt ist, dem sinkt bald die Hand von ganz allein kraftlos herab, erst recht mit dem umklammerten Gewicht einer Haue oder eines Spitzhammers. Als Tönges die ersten Male damit so richtig ranklotzen wollte, hatte er beim Ausholen mehr Gestein unter sich aus dem Boden gelöst als über sich aus der Decke.

Über Oswalds Gesicht huschte Genugtuung. Er verkniff sich Belehrungen. Den anderen blieb ohnehin nichts anderes übrig, als bei ihm abzugucken, wie sich mit möglichst geringer Kraftaufbietung das Erz ablösen ließ. Nach kurzer Zeit schon sah er Volker und Tönges ebenso seitwärts die Schläge führen, wie er es selbst auch einst gelernt hatte.

Das Stöhnen der beiden und ihr ständiges Herumwälzen auf dem Schulterholz ignorierte er. Mitleid half da sowieso nicht, alles eine Frage der Gewöhnung. Außerdem, so dachte er, werden sie selbst bald bis ins Innerste spüren, wie der nasskalte Boden die Wärme aus dem Körper saugt und nur diese Hölzer etwas Schutz gewähren.

Voller Bewunderung registrierte Oswald aber, wie schnell sich die Schmiedeleute an die erdrückende Enge im Stollen gewöhnten. Ihn hatte sie, als er erstmals als Zwölfjähriger einfuhr, bis in die Nächte verfolgt. Schweißüberlaufen schreckte er ständig hoch, weil sich in seinen Träumen die Decke immer tiefer senkte und ihn einklemmte wie ein hilflos zappelndes Insekt.

Auch tagsüber ließ sich die Angst nie gänzlich vertreiben; sie hockte in den dunklen Ecken der Gänge, schreckte ihn auf bei jedem ungewohnten Geräusch. Wann immer es rieselte oder mit Gepolter Erzbrocken herabfielen, flüchtete er panisch. Nicht mal das Hohnlachen der Bergleute in seinem Rücken hielt ihn zurück. Viele Jahre noch packte ihn das Grauen, sobald es in der nur eine Handbreit über dem Kopf hängenden Schieferschicht knackte.

Sie kamen voran. Ide hetzte mit dem am Bein angebundenen Strebhunt zwischen ihnen und dem Stolleneingang hin und her. David und Frowe leierten mit einer Winde in Körben das Erz nach oben und schleppten es noch ein Stück weg, bevor sie es zwischen Gebüsch auf einen Haufen kippten, der von Tag zu Tag beachtlich anwuchs.

Die letzten Februartage ließen den Schnee beim Laufen knirschen. Mit der Nase ging Oswald auf Tuchfühlung mit dem Winter. Er schnüffelte wie ein Igel, der bei einer Pause im Winterschlaf prüft, ob er sich wieder eingraben muss in sein Versteck oder ob die Kälte nun endlich abzieht. »Wir müssen die Zeit nutzen, solange der Boden noch gefroren ist«, meinte er schließlich. »Könnt ihr morgen mit dem Gespann kommen, um das Erz wegzubringen?«

Frowe und Tönges nickten zum Einverständnis.

Es wurde Zeit, ihnen den Ort zu zeigen, wo die Schmelze stattfinden sollte. Oswald hütete sein letztes verbliebenes Geheimnis bis zum Schluss. Er hatte nicht vergessen, wie kaltschnäuzig seine beiden Geschäftspartner werden konnten, wenn es darauf ankam. Noch immer traute er ihnen nicht. Doch nun musste er seinen weiteren Plan offenbaren, wenngleich ihm noch nicht verraten worden war, wie genau sie das Brennholz zum Schmelzen schlagen wollten. Zum Fällen wurde es aber höchste Zeit, bevor sich die Bäume mit neuem Lebenssaft vollsogen für den Austrieb der Blätter.

Oswald stapfte voran. Im üblichen Gänsemarsch folgte die komplette Schmiedefamilie. Weit mussten sie gar nicht laufen, bis sich vor ihnen ein kleines Tal öffnete, das jedoch zugewachsen war wie ein Urwald. Einst befand sich hier eine Fluchtburg, doch wurde sie aufgegeben, weil die Straße zu nah daran vorbeiführte. Ein kleiner Bach wand sich durch den dichten Baumbewuchs, an ihm lief Oswald entlang bis zu einem bauchtiefen Stau.

»Mit Rädern kommen wir hier nicht her«, stöhnte Oswald. »Wir müssen vom Waldrand alles mit Körben herschleppen, es sei denn, du kannst deinen Pferdewagen auf Kufen stellen«, schaute er hoffnungsvoll Tönges an.

Der blickte überrascht zurück. Offenbar unterschied die Herrmänner am unmittelbaren Gebirgsrand doch einiges von den Nachbardörfern, die sich dem weiten Auenland zuwandten. »Wie sonst sollte ich kommen?«, verkürzte er die ihm auf der Zunge liegende Antwort, dass er im Winter prinzipiell nur auf Kufen unterwegs war.

Erleichtert atmete der Bergmann auf. Eine Schinderei weniger. »Das gestaute Wasser brauchen wir zur Erzwäsche«, erklärte er schließlich. »Erst müssen wir den Schiefer mit Hämmern und besser noch mit Rammen so klein wie möglich zertrümmern und dann das taube Gestein wegspülen.« Er zeigte eine Stelle, von der bereits die Erdschicht über dem gewachsenen Fels abgetragen worden war. Auch hatte man Rinnen in das Gestein geschlagen, in denen das Wasser besser ablaufen konnte.

Langsam näherte sich Oswald dem Glanzstück seiner Führung. Das waren die Vorrichtungen zum Rösten und schließlich sogar der in Angriff genommene Bau eines Schmelzofens. »Warum ist der nicht fertig?«, nahm ihm Ide mit einem Schlag den Wind aus den Segeln. Fast hätte er verärgert herausgeplatzt, dass die Erbauer schließlich unten im Schacht lagen und er nur ihr Gehilfe war. Gerade noch konnte er sich auf die Lippen beißen.

»Wir sahen damals keinen Grund, uns zu beeilen«, entgegnete er schließlich brav. »Zwar wollten wir vorbereitet sein, nach der Schließung der Ilfelder Hütten selbst Kupfer zu schmelzen. Aber wir fanden einfach keine Lösung, um an Kohle oder zumindest genug Holz heranzukommen. Außer der Kupferschmelze wollten wir sogar noch saigern und dem Kupfer das Silber abgewinnen«, verriet er. »Aber der Krieg hat uns schließlich getrennt, und ich blieb allein zurück.«

Ganz aufgeregt wollte Ide mehr über das Silber wissen. Doch sein Vater riss ihn schnell aus den Träumen zurück. »Um an das Silber heranzukommen, brauchen wir zusätzlich noch Blei und müssen es mit sehr viel Kupfer vereinen, bis sich die Sache lohnt. Ich wäre schon heilfroh, wenn uns das erst mal mit der Kupferschmelze gelänge«, gab er zu.

»Was passiert hier?«, zeigte David auf die Darren. Oswald drehte sich zu ihm um: »Da wird das Erz vor der Schmelze noch mindestens dreimal geröstet. In den Mauernischen werden wir Holz übereinanderstapeln, sodass weiter viel Luft drankommt. Dann bitten wir einen Schmied«, wobei er wieder zu Tönges hinübersah, »uns aus Eisenstäben mehrere Roste zu flechten, auf denen wir als Erstes dem Kupferschiefer den Schwefel austreiben.«

Er prustete. »Das wird eine widerliche Geschichte. Dort, wo die Gase abziehen, wächst nicht mal mehr Gras. Wir dürfen das auf keinen Fall einatmen.«

David sah sich nun den Schmelzofen an, dessen Kuppel noch zugemauert werden musste. Er musterte die verbliebenen Öffnungen dicht über dem Boden. »Ich nehme an, hierdurch schieben wir die Düsen der Blasebälge, um dem Kupfer drinnen richtig Feuer unterm Arsch zu machen«, fachsimpelte er.

»Genau«, bestätigte Oswald. »Aber dir wird selbst die Brühe in der Kimme kochen, wenn du Tag und Nacht den Blasebalg trittst.«

»Das glaub ich nimmer«, lachte David. »Warum, denkst du wohl, habt ihr jemanden aus einer Wassermühle dabei?«

»Kindskopp!«, maßregelte ihn der Bergmann. »Das Rinnsal dort kann doch kein Mühlrad antreiben. Außerdem brauchten wir noch viel Mechanik, um mit dessen Drehbewegung die Blasebälge auf und nieder drücken zu können. So ein Quatsch«, ärgerte er sich schließlich, überhaupt einen Gedanken daran verschwendet zu haben.

Verschmitzt lächelte ihn David jedoch an: »Wasser ist schwer und kann sich leicht dünne machen, ganz wie du es willst. Es arbeitet williger für dich als ein Ochse, wenn du nur schlau genug bist, es zu überlisten.«

Nun blieb Oswalds Mund offen stehen. »Lass mal«, klopfte ihm David auf die Schulter. »Ihr müsst mir lediglich helfen, einen erhöhten Zulauf um den Schmelzofen herum zu bauen, sodass ich auf beiden Seiten genug Wasser habe. Alles andere mache ich selbst.«

Frowe musterte die Gegend. Während die anderen die Nähe der Straße wegen der bald weithin leuchtenden Schmelz- und Röstfeuer bedauerten, kam ihr genau dies entgegen. »Ein paar von den Bäumen müssen wir schon mal fällen«, eröffnete sie nun einen Teil ihres Planes. »Wie lang müssen die Scheite sein, die wir zur Schmelze brauchen?«, wandte sie sich an Oswald.

Der hielt sich die Hand an die Hüfte und zeigte von dort zum Boden.

»Gut«, sagte sie. »In genau dieser Länge zersägt ihr die Bäume.«

»Wir?«, maulte Volker. »Ich denke, das machen deine Fußtruppen.« Mit einer Handbewegung brachte ihn Frowe zum Schweigen. »Und noch eins«, gab sie ein weiteres Stück von ihrem Plan preis. »Ihr müsst Löcher in einen der Stämme bohren, und zwar schräg von oben nach unten.«

»Hast du dafür nicht noch eine Kompanie Spechte?«, versuchte David zu scherzen.

»Halt den Schnabel, du Grünspecht!«, wurde er angefahren. »Ach ja«, ließ Frowe ihren Zeigefinger hinter dem obersten Daumenglied einrasten und hielt die Hand dabei hoch über den Kopf, »so dick übrigens müssen die Löcher sein.«

»Sind die Löcher vor oder nach Mitternacht zu bohren?«, schloss sich Tönges jedoch der Spöttelei von David an. »Und in welche Richtung müssen die Stämme liegen?«

»Mir gebricht zuweilen die Dürftigkeit an Geisteskraft in diesem pubertierenden Knabenchor«, ließ Frowe sämtliche Anspielungen auf die Präzision ihres Vorhabens abblitzen. Mit offenem Mund stand Oswald dazwischen und verstand wiederum rein gar nichts mehr.

*

Am nächsten Tag schafften sie ihr gefördertes Erz in das Versteck. Früh im Schummerlicht tauchten sie mit Frowes Hengst auf, und erst am Abend zogen sie im Dunkeln wieder ab. Sie zerstampften die schiefrigen Platten und begannen, eimerweise das herausgelöste tote Gestein fortzuspülen. Dies allerdings fror so schnell wieder fest, dass sie das Auswaschen auf später verschoben und dafür die von Frowe gewünschten Bäume fällten und entsprechend präparierten.

Bis wieder Truppen durchzogen, konnte es noch lange dauern. Aber sie waren vorbereitet und gruben derweil weiterhin in ihrem Schacht.

In Oswald arbeitete es genauso wie in seinem Streb. Manchmal überkamen ihn Glücksgefühle inmitten dieser jungen Leute. Ihr Lachen, ihre Späße munterten den hoch in die Jahre gekommenen, knarzigen Mann auf. Dann aber verfiel er wieder in tiefe Depression, und an dem Vereinsamten nagten mit Rattenzähnen die Zweifel, ob es sich überhaupt noch für ihn lohnte, diese Strapazen auf sich zu nehmen.

Gleichzeitig stellte sich seine alte Bekannte wieder ein, packte ihn von hinten an den Schultern, drückte ihn fast zu Boden: die lähmende, bebende Angst. Schon als er die Leitern hinunterkletterte, stieg sie mit jedem Schritt hinab höher in ihm auf, verkrallte sich in die Eingeweide, die Finger, zog die Kopfhaut zusammen, jagte seine Gedanken wirr im Kreis herum.

Nur noch schemenhaft sah er Ide neben sich. Irgendetwas rief der Junge ihm zu. Er verstand es nicht, kam sich vor wie ein Geist in einer zugekorkten Flasche und sah die Welt nur noch durch trübes grünliches Glas.

Dann jedoch zerbarst dieses Gehäuse, mit einem Knall flogen die Scherben in alle Richtungen davon. Als wäre ein Blitz grell aufleuchtend in ihre Grube gefahren, sah er mit übernatürlicher Schärfe wie hinter einem riesigen Vergrößerungsglas jedes Detail des sich öffnenden Risses in der Decke, der zickzackförmig weiterlief, das Unheil mit sich tragend.

»Raus!«, brüllte Oswald aus Leibeskräften. Genauso hatte er geschrien, als seine beiden Kumpane pechfarben vom Kupferschiefer begraben wurden und sich Schicht für Schicht in rasend schneller Folge über sie die Leichentücher deckten.

Diesmal sah er den kleinen Ide in diesen tödlichen Mantel gehüllt. Er hätte sich retten können ohne den angebundenen Strebhunt, der gerade in diesem entscheidenden Moment voll beladen war. Verzweifelt machte er noch einen Schritt nach vorn und wurde wieder zurückgerissen von der an das andere Bein geketteten Last. Seine nach einem rettenden Halt ausgestreckte Hand war das Letzte, was er von ihm wahrnahm.

Panisch hastete Oswald zum Schacht und schrie nach den Leitern, die während des Hochhievens der Körbe alle oben am Ausgang lagen. Niemand hörte ihn, weil David und Helena gerade Erz wegschleppten. Hinter seinem Rücken raste der einbrechende Stollen auf ihn zu. Aber wie in den Albträumen saß er fest, warf sich gegen die glatten Wände, an denen er abrutschte gleich einer Emse im heimtückischen Trichter des Ameisenlöwen.

Du Narr, schlug er sich vor die Stirn, warum nur hast du nicht zumindest hier unten ein paar Löcher in die Wand gemeißelt, um sich in so einem Fall retten zu können.

Grabesstille umgab ihn schließlich. Kein Laut drang mehr zu ihm. Dem Einsturz war Einhalt geboten worden. Ein weiteres Mal ließ ihn das Schicksal entkommen, doch schluchzend sank er in sich zusammen. Im kalten Stollen zurück blieb der lebenslustige Ide.

Nach einer Ewigkeit vernahm er Stimmen. Schwach, ganz schwach hörte er auch seine eigene. Alle Kraft war aus ihr gewichen, schändlich kam er sich vor, als er seine Rettung verlangte. Oben hatte man noch immer nicht begriffen, was eigentlich passiert war. Gemächlich senkte sich die erste Leiter zu ihm herab. Sie dachten wohl, er wolle mal Pause an der frischen Luft machen. Erst als sich sein Gesicht über den Einstieg erhob, fahl wie der zusammen mit dem Geriesel aus den Körben festgetretene Schnee, erstarrten Lene und David.

Sie fing sich als Erste und rannte davon, um Hilfe zu holen. Als die Männer noch immer reglos verharrten, schrie sie ihnen im Laufen zu: »Grabt!«

Verzweifelt schaute sich Oswald um. »Womit denn?« Alles Werkzeug war verschüttet. Er raffte sich auf und eilte nun auch nach Hause, um Schaufeln und Hacken herzuschaffen. »Warte hier!«, bat er David. »Aber klettere da nicht allein runter, es kann noch mehr einbrechen.« David wollte ihm dennoch folgen und tragen helfen. Doch Oswald wehrte ab, da sie zu zweit im Dorf nur noch mehr auffielen. Noch immer ging ihm sein Geheimnis über alles.

Als Tönges mit den Seinen eintraf, lag schon ein großer Haufen Kalkgestein neben dem Stolleneingang. »Bleibt oben!«, rief Oswald hinauf. »Wir stünden uns nur im Weg. Erst wenn ich genug Freiraum geschaffen habe, können wir zu zweit weitermachen.«

»Ich lös dich ab, komm erst mal hoch«, antwortete Tönges, der sich bereits fertig machte.

»Auf keinen Fall, das kostet nur unnütz Zeit«, schrie Oswald und bohrte sich verbissen tiefer in den Gang. Erst als es oben schon dunkel geworden war, ließ er Ides Vater zu sich runterklettern. Der brachte David mit und bestand darauf, dass sich der Bergmann erholte. »Nur du weißt genau, wo wir hier Ide finden«, beschwor ihn Tönges. »Wir brauchen deine ganze Kraft, wenn wir den Streb erreicht haben.« Fortan lösten sie sich ab, die ganze Nacht hindurch.

Draußen wurde es schon wieder hell, ohne dass sie wesentlich weitergekommen waren. In den Körben ließ sich nur wenig Abraum hinausschaffen. Auch gab die Decke an einigen Stellen beständig nach, und sie hatten nichts, um sie abzustützen.

In Oswalds Augen konnten sie alle längst lesen, dass sie Ide nicht mehr helfen konnten. Keiner wagte aber, diesen Gedanken laut auszusprechen. Schweigend und stumpfsinnig wühlten sie sich in das Gestein, zählten die Stunden nicht länger, mit denen sich Ide immer weiter von ihnen entfernte.

Der dritte Tag brach an. Frowe wich jedem Blick aus. Sie gab sich die alleinige Schuld und wäre am liebsten in den Schacht gesprungen. Als Einzige ließ sie sich nicht ablösen und zerrte mit einem zweiten Seil neben der Winde Körbe voller Gestein nach oben. Erst als ihr das Seil entglitt und kurz nach ihrem gellenden Warnschrei eine Ladung Schotter unten auf der Sohle zerplatzte, sah sie ein, womöglich nur noch mehr Schaden anzurichten.

In der Nacht des vierten Tages endlich hatten sie sich vorgearbeitet zu der Stelle, an der Ide liegen musste. Ganz behutsam, oft nur mit den Händen, buddelten sie weiter. »Das ist jetzt meine Aufgabe«, stand plötzlich Frowe hinter ihnen. »Lasst mich ihn freilegen.« Sie kniete sich bereits an den Gesteinshaufen vor ihr.

Volker heulte laut los. »Gebt ihn doch nicht schon auf, vielleicht lebt er ja doch noch«, bettelte er.

Alle waren nun unten versammelt, bis Oswald eindringlich auf die Unvernunft hinwies. »Wenn wieder etwas einstürzt, sind wir lebendig begraben, weil von draußen keiner mehr den Abraum hochziehen kann.«

»Lene, David, Volker.« Mit fester Stimme schickte Tönges die drei hoch. Es war schon der nächste Morgen, als Oswald kopfschüttelnd mit seinem Kerbstock die bereits freigelegte Strecke nachmaß. »Genau vor uns liegt der Eingang zu dem Streb, in dem wir zuletzt gefördert haben. Der hat sich komplett geschlossen, im letzten Moment war ich noch rausgekommen, als auch in der Strecke die Decke nachgab und Ide begrub. Ihr wisst, an seinem Bein hing der schwere Wagen. Hier müsste er liegen«, zeigte Oswald vor sich auf die Sohle.

»Also weiter«, drängte Frowe.

»Hier geht es nicht weiter, hier endet diese Strecke«, sah Oswald sie völlig ratlos an.

»Aber ihn kann doch nicht die Erde verschluckt haben?«, versuchte Frowe vorsichtig, die Schaufel in die Wand vor sich zu drücken. Tatsächlich gab sie nach, bis Frowe auf etwas Hartes stieß. »Der Strebhunt«, riefen sie alle drei zugleich.

»Seid vorsichtig, eigentlich müsstet ihr auf Kalkstein stoßen, in den ihr unmöglich mit einer Schaufel eindringen könnt«, warnte der Bergmann. »Ich kann mir nicht erklären, warum das hier auf einmal alles weich wie Butter ist.«

Nach einer Stunde hatten sie das Gefährt freigelegt. Der Riemen, der es mit Ides Bein verband, war abgerissen. Von Ide keine Spur.

»Dann hat er sich im letzten Moment doch noch befreien können«, jubelte Frowe. Betreten schauten sie die Männer an, denn er konnte ja nur unter dem herabgestürzten Gestein liegen. Dennoch. So laut sie konnten, riefen sie nach ihm, gaben Klopfzeichen. Vergeblich pressten sie anschließend die Ohren an die Wand.

Sie gruben weiter. Zweifelsfrei gab es hier zuvor schon einen Stollen, so hoch, dass man in ihm fast aufrecht gehen konnte. »Schon früher wurde hier überall nach Kupfer gegraben«, suchte Oswald nach einer Erklärung. »Nun verstehe ich auch, warum das Wasser unter der Wand durchlaufen konnte. Das war gar keine geologische Störung, darum hatten wir auch gute Luft.«

Der Stollen machte einen Knick und änderte die Richtung. Oswald verschlug es die Sprache, als er sich umsah. Das Wasser hatte einen großen Hohlraum geschaffen, dessen Decke heruntergestürzt war. Und jemand hatte bereits damit begonnen, das herabgestürzte Flöz zu bergen. Dieser Jemand war auf einen gewaltigen Fund gestoßen – eine Kupferschicht, doppelt so stark wie gewöhnlich und weit metallhaltiger. Sie musste auch nicht mehr mühsam Stück für Stück herausgebrochen werden, sondern lag bereit zum Abtransport.

Auch daran war gearbeitet worden, und man hatte den senkrecht nach oben führenden Ausgang verbreitert. Sogar eine Leiter stand darin. Als Oswald die Holme umfasste, hielt er erschrocken inne. Er erwartete morsches, altes Holz. Dieses hier stand vor ein paar Jahren noch im Wald. »Unmöglich«, flüsterte er zu sich selbst.

Er stieg die Leiter hinauf, die Pechfackel hoch über den Kopf haltend. Für einen Moment sah er von einem Absatz zwei Beine herunterbaumeln. Fast hätte er die Fackel fallen gelassen. Schon wollte er erneut laut nach Ide rufen, besann sich aber rechtzeitig. Sollte das eben tatsächlich der Junge gewesen sein, war er womöglich halb wahnsinnig vor Angst in der ihn seit nunmehr fünf Tagen einschließenden Finsternis. Womöglich springt er von da oben runter, sorgte sich Oswald.

Vorsichtig kletterte er die Leiter hinab und bedeutete Tönges und Frowe mit Zeichen, dass Ide womöglich hoch über ihnen festsaß und sie ihn auf keinen Fall erschrecken durften. Tönges stieg darum zuerst nach oben, während die beiden unten von zwei Seiten das Arschleder von Oswald spannten und sich darauf vorbereiteten, den Jungen notfalls damit aufzufangen.

Dreimal atmete Tönges tief durch, bis er wagte, über den Absatz zu schauen. Es war richtig, dass er sich derart vorbereitet hatte und auf alles gefasst war, denn zwei Totenschädel warfen matt sein Fackellicht zurück. Er blickte ihnen direkt in die tiefen Augenhöhlen. In Lumpen gehüllt, lagen dahinter zwei Gerippe. Zwischen ihnen zuckte, an der Tunnelwand kauernd, ein winziges Bündel.

»Ide?« Ganz leise sprach Tönges. »Ide, bist du es?«

Das Bündel verharrte reglos. Ganz langsam, unendlich langsam senkte sich ein Stück Stoff und machte Platz für ein scheu in das Fackellicht blinzelndes Augenpaar.

»Ja«, antwortete es schließlich, »und wer seid ihr?«

Tönges rang nach Luft. Am liebsten hätte er sich sofort auf seinen Sohn gestürzt. »Ich bin dein Papa«, flüsterte er stattdessen immer noch.

In dem plötzlichen grellen Licht konnte Ide nach wie vor nichts erkennen, aber die Stimme war ihm vertraut. »Papa?«, schluchzte er. »Bist du das wirklich? Es ist furchtbar hier, hol mich raus.«

Nun hob Tönges das Bündelchen hoch und trug es hinab. Völlig außer sich, griff Frowe nach Ide, presste ihn an sich und herzte ihn. Allmählich fand er in die Wirklichkeit zurück. Waren anfangs seine Fragen und die stoßweise herausgepressten Worte völlig wirr, erinnerte er sich nach und nach.

Ein Schrei ließ sie alle zusammenfahren. Oswald hatte den

Halt verloren und stürzte die Leiter herab. »Oje, ich hätte ihn warnen sollen«, bedauerte Tönges. »An die beiden Toten hab ich jetzt gar nicht mehr gedacht.«

Der Alte rappelte sich aber sofort wieder auf, drückte sich wortlos an ihnen vorbei und kroch zurück. Wie ein Gespenst kam er ihnen vor.

Helena erbrach sich. Als sie die schreckgeweiteten Augen Oswalds sah, der als Erster zitternd aus dem Einstieg kroch, fuhr ihr ein Schauer durch Mark und Bein. Sie krümmte sich am Boden. Versteinert standen Volker und David neben ihr und brachten kein Wort des Trostes mehr heraus.

»Was um Gottes willen ist nun schon wieder passiert?«, fragte Tönges erschrocken, der als Nächster ins Freie kletterte. Völlig verständnislos starrten sie ihn an, und als dann Ides Kopf auftauchte, blimerant von dem Meer aus Licht und den vom Schnee obendrein millionenfach reflektierten Sonnenstrahlen, dauerte es mehrere Atemzüge, bis Volker und David laut losjubelten und Helena in einem Hustenanfall beinahe erstickte.

»Herrmannimannimanniherrjemine«, sie pressten die Stirn aneinander und schlossen ihren Kreis. »Herrmannimannimanniherrjemine, war das knapp«, keuchte Lene.

In den Armen lagen sich ebenso Frowe und Tönges. Verstört stand David zwischen ihnen mit dem beklemmenden Gefühl, doch nicht richtig dazuzugehören.

»Das war es jetzt aber endgültig mit dem Kupfer«, fällte Frowe ihren Urteilsspruch.

Entgeistert schaute Tönges sie an: »Das ist nicht dein Ernst. Sollte das alles umsonst gewesen sein?« Und nach einer Pause gestand er ihr zu: »In einem aber gebe ich dir recht. Die Kinder lassen wir da nicht noch mal runter.«

Kopfschüttelnd schaute sie ihn an. »Du bist ja noch verbohrter als ich.«

*

Das Fehlen von Oswald fiel in dem Freudentaumel nicht auf. Seine Erleichterung über die Rettung des Jungen war im selben Moment wie weggeblasen, in dem er auf die beiden Gerippe stieß. Ziellos lief er durch die Gegend, kam dann aber doch wieder zu sich, als er vor dem Schmelzofen stand.

In einem Wutgebrüll griff er nach einem der herumliegenden Steine und wollte den Ofen und die Dörrvorrichtungen kurz und klein schlagen. Er hatte schon ausgeholt, als er sich vor den Kindern des Schmieds stehen sah, die Rechenschaft für die Zerstörungen forderten. Minutenlang verharrte er in dieser Bewegung mit dem Stein über dem Kopf, unschlüssig, was nun werden sollte. Dann warf er das Felsstück weg und umschlang mit weit geöffneten Armen das runde Mauerwerk. »Oh, ihr Verruchten«, stammelte er.

Schließlich streichelte er den Ofen, laut und hysterisch lachend.

Seine Gedanken sammelten sich nach und nach. Die durch seinen Kopf strömenden Bilder kamen zur Ruhe. In den zurückflutenden Erinnerungen sah er sich in ihrer Dreierrunde sitzen und Pläne schmieden. Gewiss, die beiden anderen waren die Ideengeber. Sie animierten ihn, nach einer Stelle zu suchen, wo das Flöz nicht allzu tief saß, um auf eigene Rechnung den Schiefer verkaufen zu können. Sie zeigten auch den Mut, das Schmelzen anzugehen, nachdem der Krieg den Kupferhütten in der Region das Feuer ausgeblasen hatte. Sie lauschten schließlich den Hüttenleuten ihre Geheimnisse ab, wie aus Erz

Kupfer wird. Er war eigentlich immer nur derjenige, der die Knochenarbeit leistete.

Wie hatte er sich gemartert, als er den Einsturz überlebte und die beiden unten blieben. Wochenlang grub er. Zuerst in der Hoffnung, dass ihnen womöglich ein Hohlraum verblieben war, aus dem er sie retten konnte. Dann zumindest aus Pflichtgefühl, ihnen ein Begräbnis in geweihter Erde zu ermöglichen. Aber er fand sie nicht, und nun wusste er auch, warum.

»Oh, ihr Verruchten«, fluchte er und krallte sich in das von ihm nach ihren Anweisungen errichtete, noch unfertige Bauwerk. Währenddessen formten sich die Mosaikstückchen in seinem Kopf zu einem völlig neuen Bild über das Vergangene.

In Wirklichkeit war der Einsturz damals kein Unfall, sondern von langer Hand vorbereitet. Während er glaubte, den Tod seiner Kumpane gesehen zu haben, standen sie unter einer abgestützten, garantiert mehrfach gesicherten Stelle. Nur er befand sich in der Todeszone, als sich zwischen sie der steinerne Schleier der herabfallenden Decke senkte, die ihn zu Brei zermalmen sollte.

Aber er war schneller, konnte wieselflink entkommen. Vor allem rettete ihn, dass der hintere Teil des Stollens nicht mit einbrach. Erst jetzt, Jahre später, hätte ihn beinahe doch noch diese Bestimmung ereilt. Dass um ein Haar Ide gestorben wäre, so erkannte Oswald nun, war also auch ihr Werk.

Verbittert kombinierte er weiter. Während er sich im Streb abmühte, wussten sie bereits von der Auswaschung, die schon vor langer Zeit den Hohlraum geschaffen hatte, in den mächtige Teile des Kupferflözes gestürzt waren. Sie hielten es vor ihm geheim und machten hinter seinem Rücken den Weg frei, um direkt an diese Lagerstätten heranzukommen.

Ihn brauchten sie dafür nicht mehr, diese Arbeit schafften sie locker allein. Und sie entledigten sich kurzerhand ihres dritten Teilhabers. Während sie ihn unter den Trümmern des Einsturzes wähnten, drückten sie hinter sich die wahrscheinlich nur lose aufgeschichtete Wand ein und entkamen in das alte Stollensystem.

Er selbst wäre jetzt auch in den nächsten Tagen darauf gestoßen. Nur noch wenige Zoll trennten ihn davon. Das hatte Ide gerettet, als er nach seinem vergeblichen Sprung nach vorn von dem Strebhunt zurückgerissen wurde und dabei die nur noch dünne Zwischenwand einriss. Er entkam auf demselben Weg wie damals die Mordbuben und saß an derselben Stelle fest wie sie.

Dass der kleine Junge den inzwischen sicherlich mit der Grasnarbe verwachsenen Holzdeckel auf dem Stollen nicht öffnen konnte, lag auf der Hand. Warum aber sind jene zwei dort verhungert? Oder haben sie sich in ihrer Gier gegenseitig umgebracht? Das würde er wohl niemals erfahren.

Ide! Oswald fuhr hoch. Er hatte sich gar nicht darum gekümmert, wie es ihm eigentlich ging. Eilig lief er zurück zum Stollen. Dort traf er niemanden mehr an. Verräterisch erhoben sich hier jetzt die eilig hingeschütteten Erdhaufen. Unbedingt müssten sie sich morgen daranmachen, diese Spuren zu beseitigen.

Dass sie ihn nicht suchten oder zumindest hier auf ihn warteten, enttäuschte ihn jedoch zutiefst. »Armer Oswald«, sprach er zu sich selbst. »Wie immer lassen dich alle allein«, und er seufzte bei dem Gedanken, wie sie inzwischen in der warmen Schmiede saßen und Ides Rettung feierten. Ohne ihn.

Völlig erschöpft torkelte er durch sein Hoftor und war plötzlich hellwach, als er Licht in seiner Kate brennen sah. Der

Berghauptmann!, durchfuhr es ihn. Schließlich hatten sie in den vergangenen Tagen jede Vorsicht außer Acht gelassen. Jetzt durchsuchten sie schon sein Haus und warteten auf ihn.

»Ha«, lachte er auf in einer Wallung von Unerschrockenheit. Er würde alles auf die beiden toten Kanaillen schieben. Mit wilder Entschlossenheit riss er seine Tür auf – und wurde bestürmt von der Schmiedefamilie.

»Oswald«, kam Frowe auf ihn zu und umarmte ihn. »Du hast uns unseren Ide zurückgebracht. Wir sind dir ja so dankbar.«

Auch Ide stürmte auf ihn zu und umschlang seine Hüften. »Überall haben wir nach dir gesucht und waren zweimal schon zum Stollen zurückgekehrt. Du warst verschwunden, als hätte dich die Erde verschluckt. Wir haben uns Sorgen gemacht.«

»Immerhin haben wir dir aber die Bude schon eingeheizt, damit du es warm hast bei der Heimkehr«, mischte sich Tönges ein. »Mach dir keine Sorgen wegen des Brennholzes, das ersetzen wir dir, das ist eines der wenigen Dinge, an denen es uns nicht mangelt.«

Gerührt verharrte der Bergmann in der Mitte seiner winzigen Stube unter den tief hängenden Balken und konnte die Tränen nicht mehr unterdrücken. »Bleibt bitte heute Nacht hier und seid meine Gäste«, bat er. »Zu essen habe ich leider nichts, die Soldaten haben ja alles weggefressen. Aber etwas Haarwasser der heiligen Barbara, der Schutzheiligen der Knappen, kann ich euch noch anbieten.«

»Haarwasser?« David glaubte, sich verhört zu haben.

»Ja«, schmunzelte Oswald. »Aber mehr für den inneren Gebrauch. Ich denke, Ide hat sich im Schacht so tapfer wie ein Mann geschlagen und kann jetzt schon mal einen Schluck vertragen. Das Zeug stumpft auch den Hunger ab.«

Am Fenster klopfte es. Helena kam mit einem Korb aus der Schmiede zurück mit Brot, Speck und Äpfeln. Oswald gingen die Augen über, und er wollte schon tüchtig zulangen, als er sah, dass sich alle zurückhielten. Richtig, Ide hatte schließlich seit fünf Tagen nichts gegessen. Erst als er anfing, an einem Apfel zu knabbern, teilten sie den Rest auf.

So warm wie jetzt empfand Oswald seine Kate noch nie. Vor allem die menschliche Wärme hatte er so lange entbehrt. »Kinder, ihr wisst ja noch gar nicht, welch riesiges Glück wir haben«, strahlte er. »Wir sind auf eine Meeressenke gestoßen, in der sich ein doppelt so starkes Flöz gebildet hat, und alles liegt bereits fix und fertig zum Abtransport auf der Sohle. Wir müssen nichts mehr losschlagen, und keinen von euch brauche ich mehr da unten.«

Er ließ Tönges erst gar nicht zu Wort kommen, der Einspruch erheben wollte. »Nein«, wehrte er ab. »Wir würden uns jetzt nur gegenseitig im Weg stehen. So viel, wie ich euch fortan herankarre, schafft ihr gar nicht mehr hochzuziehen. Wenn alles gut geht, decken wir bald unsere Dächer mit goldrotem Kupfer ein«, spaßte er.

»Die beiden Toten haben dir sehr zugesetzt«, führte David das Gespräch zu ernsten Themen zurück. »Kanntest du sie?«

Oswald wurde der Mund trocken. Aber er wagte nicht, mit der Wahrheit herauszurücken, und wich aus, dass ihn jeder Tote dort unten an das Schicksal erinnere, das den Bergleuten beschieden ist, so wie den Matrosen das kalte Grab in der See.

David blieb aber in der Fährte wie ein Spürhund. »Du hast früher mit zwei anderen nach Kupfer gegraben und schließlich sogar angefangen, den Schmelzofen zu bauen. Habt ihr da nicht schon Erz gefördert?«

»Wir hatten angefangen, ja«, besann er sich. Plötzlich stürmten weitere Erinnerungen auf ihn ein. Bevor der Stollen einbrach, da hatte er bereits begonnen, mit dem Erz eine erste Wagenladung zu füllen. Die anderen beiden machten sich lustig über seinen Eifer, schließlich musste er unten jeden Korb füllen, dann heraufklettern und ihn hochziehen. Gewiss, sie wussten ja von den weit günstigeren Lagerstätten.

Aber als er sich aus dem Schacht gerettet hatte, da zerrte er instinktiv das erst halb beladene Fuhrwerk aus dem Gefahrenbereich. Er fürchtete, es könnte mit seinem Gewicht den letzten Hohlraum unter sich zum Einsturz bringen, in den sich womöglich seine zwei Freunde gerettet hatten. Mit aller Kraft schob er diesen Wagen ein ganzes Stück weg bis hinter eine Buschgruppe. Als er in den nächsten Wochen wie ein Besessener versuchte, die Verschütteten freizubekommen, vergaß er die Erzladung völlig. Viel später erst schüttete er sie resigniert ab und zog den Wagen heim.

Nun ging ihm ein Licht auf. Der letzte Mosaikstein fügte sich ein. Welch ein Hohn, durchfuhr es Oswald. In seinem Bemühen, die anderen zu retten, hatte er ihnen ein Rad des Fuhrwerks genau auf den Ausgang des Schachtes gestellt. Darum kamen sie nicht raus und mussten elendig in ihrer Mausefalle verrecken. Denn zurück durch den Stollenteil, den sie zum Einsturz brachten, konnten sie ja auch nicht mehr.

Richtig!, stieß er noch weiter in sein Gedächtnis vor. Sie hatten ja kein Werkzeug. Lustlos ließen sie es überall herumliegen. Während er im Streb arbeitete, waren sie ständig irgendwo und nirgendwo. Manchmal nur kroch einer von den beiden zu ihm und klopfte dann wie ein Wilder. Er war erleichtert, dass sie ihn endlich wieder unterstützten. Doch bezweckte der Lärm lediglich, ihn nicht hören zu lassen, was der Dritte heimlich unternahm. Ich Narr, schüttelte es ihn, habe denen vertraut, mich ihnen geradezu ausgeliefert – oh, diese Verruchten.

Als er keinen von den beiden mehr im Stollen antraf, schleppte er ihr herumliegendes Werkzeug zu sich in den Streb, als stillen Vorwurf, sich wieder am gemeinsamen Werk zu beteiligen. Das war unmittelbar vor dem Einsturz. Damit schaufelte er endgültig ihr Grab. Sie werden sich die Finger blutig gekratzt haben, um herauszukommen, triumphierte er.

Ein Hohn? – Ganz und gar nicht. Göttliche Gerechtigkeit, jubilierte er innerlich.

Da Oswald völlig abwesend erschien, wiederholte Ide zum zweiten Mal schon die Frage, die ihm seit Langem auf der Zunge brannte: »Was erzählst du da immer vom Meer? Glaubst du, da unter der Erde brandeten einst die Wellen an die Stollenwände?« Und er zeigte dem Bergmann keck einen Vogel.

Der verschwand umgehend aus dem Zimmer und kehrte mit ein paar Schieferplatten zurück. »Die sammle ich schon seit Ewigkeiten.« Mit aller erdenklichen Vorsicht reichte er Ide den Abdruck von Fischen, bei denen fast jede einzelne Schuppe noch erkennbar war. »Ein Professor aus Jena kroch mal durch unsere Stollen auf der Suche nach solchen Spuren. Er erklärte uns ihre Herkunft und versprach einen guten Finderlohn. Wie besessen fingen wir damals an, derartige Abdrücke zu bergen, aber der hohe Herr kam nie wieder.«

»Hat man früher die Fische da unten beerdigt?«, staunte Ide und löste eine Lachsalve aus.

Doch Oswald sprang ihm bei. »Unser Kupferflöz ist in der Tat nichts anderes als ein Friedhof. Vor sehr langer Zeit bedeckte hier, wo wir jetzt wohnen, ein flaches, warmes Meer die Erde. Alles, was die Tiere und Pflanzen am Meeresrand von den im Wasser gelösten Metallen der einströmenden Flüsse aufnahmen, sank nach dem Tod mit den Kadavern zu Boden in den Faulschlamm. Als das Meer schließlich austrocknete, legten sich neue Erdschichten über die älteren und pressten sie durch ihr Gewicht zusammen. Vom einst sicherlich viele Klafter hohen Faulschlamm finden wir heute nur noch das eine Elle hohe Flöz mit Kupfer, Blei und auch ein wenig Silber und sogar Gold.«

»Hör auf, den Jungen hoppzunehmen«, griff Tönges schließlich ein. »Den steinernen Fisch da hast du gewiss auf einem Jahrmarkt erstanden und erzählst uns jetzt Schauermärchen.«

Oswald hob die Hände. »Ich weiß, auch der Pfarrer bekreuzigte sich jedes Mal, wenn wir ihm neue Funde aus dem Bauch unserer Mutter Erde zeigten. Mit der Bibel lässt sich das nicht erklären. Die Sintflut bestand schließlich aus Regenwasser. Das hier sind aber eindeutig Salzwasserfische. Wahrscheinlich steht nicht alles in der Bibel, oder unser Martin Luther hat doch nicht alles übersetzt.«

Schweigen trat ein, während dessen sich alle vorzustellen versuchten, wie einst hier ein riesiges Meer wogte. Das aber ging keinem in den Kopf; selbst die kluge Frowe drängte, dass es nun Zeit sei, die krusen Geschichten mit dem versprochenen Fusel zu verscheuchen.

*

Es pfützte, wohin man nur trat. Mit ackerfarbenen Schmutzrändern gezeichnet, klammerten sich Schneereste an die Nordseiten der Gräben und Hügel. Unter ihnen rieselte es beständig wie aus ausgedrückten Schwämmen. In jedem Mauseloch staute sich braune Brühe. Triefnass ließen die Büsche ihre Zweige hängen. In der Luft kribbelte kalter Niesel.

»Brrr«, schüttelte sich David. »Ein Glück, bei diesem Wetter nicht in den Schacht zu müssen«, sinnierte er laut. Doch wurde seine Erleichterung sogleich durch die Erinnerung an die liegen gebliebene Arbeit in der Schmiede gedämpft.

Nur kurz hatte er seine Mutter besucht. Sie keuchte jämmerlich und schien froh, dass es nicht viel Neues zu berichten gab und sie sich daher nicht lange anstrengen musste, zwischen den Hustenanfällen zu erzählen. Er wollte ihr auch nicht zumuten, bei diesem Wetter draußen zu stehen, und verabschiedete sich hastig.

Was um Himmels willen ist nun wieder passiert, erschrak er, als er schon von Weitem vor der Schmiede Dutzende Kinder mit Kerzen stehen sah. Vor ihnen baute sich der Kantor auf und ließ sie singen. David machte einen großen Bogen um den Chor und schlich sich von der Rückseite in die Stube. Tönges war gerade dabei, Geld abzuzählen. »Was ist los?«, fragte er ihn besorgt.

»Was soll los sein?«, brummte der Schmied. »Der Lehrer sammelt seinen Lohn ein.«

»Wozu schleppt er bei dem Mistwetter die Kinder mit und lässt sie singen?« David schaute nach wie vor verständnislos drein.

»Na, das kennt ihr draußen in eurer Sägemühle nicht. Da kommt der Kantor ohne Chor«, lächelte Tönges und erzählte von dessen Nöten. Vor ein paar Jahren wollten ihn mal ein paar Bauern verprügeln, als er nicht nachließ, das Schulgeld zu fordern. Daraufhin beschwerte er sich beim Schulzen. Schließlich würde jedem Hirten ein Schöffe zur Unterstützung mitgegeben, damit er nicht einfach weggeschickt wird, wenn er bei den Gemeindemitgliedern seine Pfründe einsammeln geht.

Ihm aber stand niemand bei, nicht mal der Pfarrer. Es wird erzählt, dass ihn der Schulze sogar mächtig abgekanzelt habe, weil er keine Abgaben entrichten müsse – nicht mal den Backofenzins –, sein Vieh ständig auf der Gemeindewiese weiden lassen dürfe, kostenlos Brennholz und Reisig beziehe – und was er nun noch alles wolle.

»Helena brachte ihn dann auf die Idee, die Leute mit einem Ständchen versöhnlicher zu stimmen.« Tönges zwinkerte seiner Tochter zu. »Außerdem traut sich keiner zu knausern, wenn die Kinder aus der ganzen Nachbarschaft zusehen. Heute steht ihm zum Beispiel ein Brot zu. Das wurde bei manchen so klein, dass es in einen hohlen Zahn passte. Helena hat übrigens seither bei ihm einen riesigen Stein im Brett.«

Adam Hebestreit trat herein und bekam ein Brot in seinen Korb geschoben. Man sah ihm an, dass er noch etwas auf dem Herzen hatte. »Ich weiß schon«, kam ihm Tönges entgegen. »Silvester bot sich wohl wenig Gelegenheit, vor den Augen des Militärs Schulgeld kassieren zu gehen. Hier sind die noch ausstehenden drei Kreuzer für Ide.«

»Vergelt's Gott«, seufzte der Kantor erleichtert. »Wenn das doch bei allen so abliefe wie bei euch.« Väterlich streichelte er Lene über das Haar. »Du warst mit Abstand meine klügste Schülerin.« Eilig verabschiedete er sich, da er noch einige Schwierigkeiten vor sich sah.

*

Bis der Boden aus der Froststarre erwachte und fortan keine Fahrten querfeldein mehr möglich waren, hatten sie mehr als ein Dutzend Wagenladungen voller Kupferschiefer in die Nähe des Schmelzofens gekarrt. Oswald fand den zweiten Eingang und öffnete ihn von oben. Lange klopfte er die vermutete Stelle ab, an der einst der Wagen stand. Dort breiteten sich inzwischen stattliche Ginsterbüsche aus. Erst als er sich entschied, sie auszugraben, hörte er, wie sein Spaten auf den gesuchten Hohlraum traf. Niemand hätte den Deckel mehr von unten heben können, schon gar nicht Ide.

Heftig wehrte sich Oswald zwar, dass noch jemand zu ihm in den Stollen stieg. Aber Tönges drängte darauf, auch die entstehenden Pausen zu nutzen, während der Bergmann seinen Streckenhunt belud. Der zweite Eingang ließ Platz genug, mit zwei Winden gleichzeitig die Körbe raufzuziehen. So schafften sie in wenigen Tagen, was ansonsten über einen Monat gedauert hätte.

Wochen lag das nun schon wieder zurück. Den Tagen klebten Schlammbatzen an den Stiefeln. Schwerfällig ächzten sie über die aufgeweichten Äcker. Lediglich der kupferne Schimmer, der die Rückkehr der Lebenssäfte und Triebe in die noch kahlen Büsche verriet, erinnerte sie zuweilen an ihr altes Vorhaben.

»Schnell!«, überschlug sich Oswalds Stimme draußen vor der Schmiede. »Es ist so weit.« Ganz außer Atem stieß er mit dem rechten Arm in südöstliche Richtung. »Sie marschieren.«

Auch Frowe blieb die Luft weg. Jetzt galt es, ihren Plan umzusetzen. Doch etwas klammerte sie, hielt sie am Fleck. Insgeheim hoffte sie schon seit Längerem, dass dieser Moment nicht mehr eintreffen möge. Mit der Zeit versank ihr Vorhaben im Irrealen und erschien ihr undurchführbar – wie das Hirngespinst einer Durchgedrehten.

Volker jedoch scheuchte der Jagdtrieb hoch. Ebenso fieberte

Ide. »Das Gold, schnell«, drängten sie. Zwei Dukaten lagen bereit, für jeden einen. Sie griffen danach und stürmten hinaus.

»Halt«, rief ihnen Frowe nach. »Wisst ihr denn noch, was ihr tun müsst?«

»Aber sicher!« Überschäumend vor Vorfreude und jugendlicher Abenteuerlust, rannte Volker vornweg, sodass Ide kaum Schritt halten konnte. Prüfend blickte Frowe den Schmied an, ob er wirklich zustimmte, die Kinder wiederum einer Gefahr auszusetzen. Doch auch in ihm tickte bereits das in Gang gesetzte Uhrwerk und ließ ihn fast mechanisch das tun, was sie so oft bis in jede Einzelheit durchgesprochen hatten.

Er holte das Geld aus dem Versteck, mit dem sie notfalls seine Söhne freikaufen wollten, falls die Soldaten sie als Pferdejungen festhielten. David lud die Pistolen, die Frowe für unverzichtbar hielt, um bei einem Austausch nicht beides zu verlieren, die Söhne und das Geld.

Oswald, der noch immer nicht eingeweiht worden war, führte den Trupp an, um schleunigst die Marschkolonne einzuholen, die Buchholz bereits passiert hatte. Sie hasteten den Angelberg hinauf, dessen Rückseite sachte zur Straße abfiel. Lange schon war hier nicht mehr gepflügt und gesät worden, um bei dem vorbeiziehenden Militär keinerlei Begierde zu wecken auf das, was wohl hinter dieser Anhöhe liegen mochte. Gestrüpp, dornenbesetzte Greifarme und hüfthoch abgestorbene Disteln und Brennnesseln des Vorjahrs überzogen die Brache. Knochenhart war der Boden geworden und somit passierbar für die eilende Schar.

Von der von Oswald vermeldeten Kompanie war nichts mehr zu sehen. Verblüfft beschirmte der Bergmann mit der Hand die Augen, als müsste er sie an diesem missmutig aufgedunsenen Apriltag gegen die Sonne schützen. Keine Soldaten, soweit die Sicht reichte.

Ein Hornsignal ließ sie zusammenfahren. Es kam von Buchholz herüber und kündigte eine weitere Marschtruppe an.

Volker atmete durch. Sie hatten jetzt genug Vorsprung, um sich zu postieren. Ide blieb stehen. Ihm kam die Rolle des ersten Lockvogels zu. Die anderen liefen weiter, bis sie Ide nur noch als kleinen Punkt wahrnahmen. Hier sollte Volker seinen Auftritt haben und zuvor den anderen fünf, die noch ein Stück weitergingen, signalisieren, ob Ide in Sicherheit war.

Du lieber Himmel! Ide schlug die Hände über dem Kopf zusammen, als er den verwahrlosten Haufen auf sich zukommen sah. Sind das überhaupt noch Soldaten, oder zog hier ein Trupp Straßenräuber durch? Dann hätte er jetzt Volker mit zwei erhobenen Armen anzeigen müssen, dass er die Aktion umgehend abblies. Diese Waldfischer wären viel zu unberechenbar, um mit ihnen Frowes Spielchen zu treiben. Unschlüssig verharrte er. Ihm blieb aber keine Zeit mehr, um noch unentdeckt die anderen warnen zu können.

»Herrmannimannimanniherrjemine«, flüsterte er die Beschwörungsformel, als er sich flach hinter einem Busch auf die Erde presste. Da zeigte sich schon der erste Schwachpunkt ihres genialen Plans.

An ihm vorbei zog kein bunt gekleideter Söldnerhaufen, sondern schmutziges Pack. Nur noch aus Flickwerk bestand ihre Kleidung, die Schuhe hielten meist nur noch Riemen zusammen. Wie Knüppel trugen sie die Waffen, mal auf der Schulter, mal unterm Arm, mal auf dem Rücken. Ein jeder lief mit stierem Blick seiner Nase nach, ohne jegliche Ordnung oder Einteilung in militärische Einheiten.

Genau das aber erwies sich als verhängnisvoll. Nicht stärker als fünfzig Mann durfte der Trupp sein, der geködert werden sollte. Mehr hätten in ihrem Tal ohnehin nicht gleichzeitig Holz fällen können. Die tatenlos Herumstreunenden würden auf ihre Verhüttungsanlagen stoßen und sie gewiss zerstören. Viel weniger sollten es aber auch nicht sein, denn sie mussten ja praktisch im Vorbeiziehen genug Bäume für das Rösten und Schmelzen fällen.

Endlos schleppten sich die Massen den Weg entlang, ohne auch nur einen Zwischenabstand zu lassen, der ihm Gelegenheit gegeben hätte, die Letzten in der Kolonne für sich zu interessieren und dann noch Volker ins Bild zu setzen.

Der lag jetzt gewiss schon ebenso mit der Nase auf dem Boden, um nicht entdeckt zu werden. Bekommt er überhaupt noch mit, was ich tue, fragte sich Ide und bezweifelte, ob das gut gehen könne: Die zerfleischen mich, sobald sie meinen Dukaten sehen.

Er wollte sie ziehen lassen, in der Hoffnung, dass Volker sich genauso entscheidet. Gleichzeitig aber fürchtete er den Vorwurf, versagt zu haben. Wer weiß, wann wieder Militär durchzieht, vielleicht das ganze Jahr nicht. Dann war womöglich die ganze bisherige Schufterei umsonst.

Ide zitterte am ganzen Leib. Inzwischen auch wegen der von der Erde ausstrahlenden Kälte.

»Was ist das für ein Sauhaufen!«, erscholl Geschrei auf dem Weg. Ides erstem Schreck folgte Erleichterung. Das klang doch endlich mal militärisch und nicht nach einem Räuberhauptmann. Ein Offizier kam herangeritten und forderte die Einteilung in Rotten und Fähnlein. Er brüllte ohne Pause, putzte Fähnriche und Korporäle herunter, bis sich tatsächlich Marschblöcke formierten, an deren Ende die Unteroffiziere den lahmenden Nachzüglern Dampf machten.

Die Zeit, die Ide bereits auf dem Bauch liegend ausgeharrt hatte, füllte ihm die Knochen mit Blei, ließ ihn kaum noch hochkommen. Endlich sah er die Letzten an sich vorbeimarschieren. Ihm klapperten die Zähne.

Doch jetzt galt es.

Er sprang auf und lief ihnen nach. Ein Lied hatte er für diesen Zweck selbst gedichtet und sich auch eine Melodie ausgedacht:

»Die goldenen Dukaten,
die sucht man nicht mit Spaten.
Du findest sie auf Bäumen,
dort hängen sie und träumen.
Schau in jedes Astloch rein,
soll auch nicht dein Schaden sein.«

Hüpfend und singend überholte er die letzten Marschreihen. Zuerst lachten die Männer über sein Lied. Aber bald gifteten sie: »Wer hat dem Rotzlöffel so einen Blödsinn beigebracht? Dukaten hängen auf Bäumen, wo gibt's denn so was?«

Zufrieden registrierte Ide, wie es in den Hirnen zu arbeiten begann und sich die goldenen Dukaten tief einfraßen. Mit glockenklarer Stimme sprach er beleidigt: »Gewiss doch hängen sie in Bäumen.« Und er fasste in eine Tasche seines Kittels, zog seine goldene Münze hervor, warf sie in die Luft und sang, »du findest sie auf Bäumen«, fing sie auf und warf sie erneut hoch, »dort hängen sie und träu…«

Weiter kam er nicht. Eine Hand kam ihm zuvor und grapschte nach der Münze.

»Das ist mein Dukaten«, begehrte Ide auf.

»Das war mal deiner«, grunzte zufrieden einer der Männer. »Mach, dass du fortkommst, du Hüpfer!«

Laut aufheulend rannte Ide davon; dabei gestikulierte er

wild mit den Armen und machte Handzeichen, die nur Volker verstand.

In der Mannschaft begann es zu gären. »Denkst du, das Goldstück ist für dich allein?«, sprach der Erste aus, was in allen bereits brodelte. »Das wird geteilt!«

»Schnauze!«, bekam er zur Antwort. »Fang dir deinen Dukaten doch selbst, die fallen hier ja von den Bäumen, ha, ha, ha.«

Fäuste ballten sich, Augen rollten. Viel fehlte nicht mehr, und sie würden übereinander herfallen. »Du Blödmann«, setzte der Nächste dem Münzgrapscher zu. »Warum hast du den Bengel laufen lassen. Vielleicht hatte er ja noch mehr Gold bei sich oder wusste tatsächlich von einem Versteck in einem hohlen Baum?«

Das dämmerte inzwischen auch dem Angesprochenen, aber sein Blick zurück traf nur noch auf den verwaisten Weg. Ide lief mit großem Abstand neben ihnen her, wollte aber beobachten, wie sich sein Bruder schlug.

»Dass mich der Deiwel schende!« Wie vom Donner gerührt verharrte einer der Männer und wies auf den Graben. Dort hockte völlig unbekümmert Volker, ganz ins Spielen vertieft. Er murmelte mit Kastanien und versuchte, sie in eine kleine Vertiefung zu rollen. Doch zwischen den braunen Kugeln funkelte etwas. Die Männer stürzten heran und trauten ihren Augen nicht: schon wieder eine Goldmünze!

Scheinbar erschrocken verbarg Volker seinen Schatz in den Händen, zuerst die Kastanien, dann erst den Dukaten, nach dem keiner mehr zu greifen wagte, um nicht den Neid der anderen auf sich zu lenken.

»Junge«, redete, so freundlich er nur konnte, der Korporal der Rotte auf Volker ein. »Woher hast du diese Münze?«

Aber Volker fertigte ihn barsch ab. »Das werd ich dir doch nicht auf die Nase binden.«

Damit aber brachte er die Stimmung der Landsknechte zum Sieden. Schon sah er mehrere Degen und Pistolen auf sich gerichtet. »Wenn du nicht sofort sagst, von welchem Baum du das Gold hast, bist du tot«, wurde ihm gedroht.

Völlig eingeschüchtert piepste Volker nun, woher sie denn wüssten, dass er die Münze in einem Baum gefunden habe, er sei doch völlig allein gewesen.

»Wir wissen alles«, setzte der Korporal sofort nach und befahl: »Führ uns zu dem Baum!«

Volker blinzelte ihn an. »Nur mit den Händen könnt ihr da aber nichts mehr ausrichten.« Und wie ein Wasserfall sprudelte aus ihm die Geschichte von einem reichen Kaufmann, der vor Jahren einmal Schutz im Waldversteck des Dorfes gefunden habe. »Er war ein bisschen wirr im Kopf und verbarg dort in den Bäumen sein ganzes Gold«, holte Volker weit mit den Armen aus, als wollte er eine große Schatzkiste umfassen.

»Niemand wusste bislang davon«, versicherte er, erst als der Kaufmann im Sterben lag und kaum noch reden konnte, verriet er uns sein Versteck und beschrieb eine tote Eiche. Von ihr ausgehend, habe er nach einer bestimmten Reihenfolge einst im Umkreis die anderen Bäume erklettert, Astlöcher gesucht, um sein Geld dort zu versenken, und die Löcher von außen wieder mit Rinde verschlossen.

»Nach welcher Reihenfolge?«, verlangte der Korporal zu wissen.

»Er starb, bevor er das sagen konnte«, zuckte Volker mit den Schultern. »Vielleicht jeder zweite, dritte oder auch jeder achte Baum?«

»Wieso hat dein Vater nicht längst schon die Bäume gefällt,

um das rauszukriegen?«, drang einer der Männer weiter auf Volker ein. Der blinzelte wieder, so unschuldig er nur konnte: »Ein paar haben wir gefällt und in einem auch Dukaten gefunden. Dann aber kam der Förster mit seinen Holzknechten über uns und drohte schlimme Strafen an.«

Dröhnendes Gelächter antwortete ihm. »Da werden wir mal jetzt deinen Förster brav fragen, ob wir das dürfen. Also hopp, zeig uns die Eiche!«

Schon schwärmten die Männer aus, um von den Wagen alles an Sägen und Beilen zusammenzutragen, was sie finden konnten. Die neugierigen Frager, die wissen wollten, was es denn da zu sägen gebe, ließen sie einfach stehen. In einem völlig verrammelten Holzstall hätten sie Gänsegeschnatter gehört, verrieten sie schließlich ihrem Kommandeur, um sich für ein paar Stunden abzumelden. Der verlangte umgehend gleich eine Gans für seine Tafel, und sie sollten es nicht wagen, ohne Federvieh zurückzukehren. Was ihm auch felsenfest versprochen wurde.

Über vierzig Mann schätzte Volker die Schar, die er nun in die Schlucht führte, genau wie es Frowe gewollt hatte. Innerlich schlug er sich selbst auf die Schulter.

Vor einem abgestorbenen Eichenstamm blieb Volker schließlich stehen. »Das ist er«, sagte er trocken.

»Was sang der Bengel vorhin?«, versuchte sich einer der Kerle zu erinnern. – »Schau in jedes Astloch rein«, half man ihm auf die Sprünge. Schon fingerte er in den armtiefen Löchern der Spechte. Gespannt bis in die letzte Muskelfaser, umstellten ihn die anderen.

»Da werdet ihr nichts mehr finden«, winkte Volker ab, doch im selben Moment förderte der Landsknecht eine weitere Münze zutage und hielt sie triumphierend in die Runde.

»Gold«, brüllten geifernd über vierzig Schlünde, und die Augen leuchteten auf wie die von Katzen im Dunkeln. Dann fanden sie in einem der drei gefällten Bäume die von Frowe gewünschte Bohrung. »Ja, die war mal voll Münzen«, nickte Volker. Schon flogen die Späne durch heftige Beilhiebe, während die Sägen mit den ersten Streichen die Borke zerfetzten.

»Was war das soeben für ein komisches Bohrloch?«, wurde Volker nochmals in die Mangel genommen.

»Offenkundig haben die Astlöcher nicht ausgereicht, um all die Münzen zu verstecken«, log Volker dreist weiter drauflos. »Da hat sich der Krämer selbst welche gebohrt. Ich sagte ja, er war nicht mehr so ganz richtig im Kopf. Wenn ihr auf die Bohrungen stoßen wollt, müsst ihr so in diesem Abstand«, wobei er vom Nabel bis zur Erde wies, »die Stämme zersägen.«

Mehrere Dutzend Bäume waren bereits krachend zu Boden gegangen, als die Soldaten begannen, sie in dem von Volker bezeichneten Abstand zu zerstückeln.

»Hier führt so ein Gang ins Holz.« Alle Köpfe fuhren hoch. Viele Hände griffen umgehend nach dem abgeschnittenen Teil des Stamms, um es mit dem Bohrloch nach unten auf den Waldboden zu stoßen. »Welcher Teil ist denn oben und welcher unten?«, wurde ratlos gefragt.

»Los, schnappt euch das andere Stück, da muss ja die Bohrung weiterführen.« Schon wurde es ebenso auf die Erde gestaucht. Beim zweiten Hieb kullerte ein Dukaten aus der Bohrung.

Erneut pflanzte sich der Aufschrei »Gold« von einem zum anderen fort. »Wieso war da nur eine Münze drin, der Junge hat doch gesagt, dass die Bohrungen voller Dukaten sind?«

Wieder hielten für einen Moment alle inne, bis einer vermutete, dass die Münzen beim Zersägen wohl schon herausgefallen waren und jetzt hier irgendwo im Laub herumlagen. Niemand wollte aber Zeit mit der Suche vergeuden. Wie besessen fraßen sich die Landsknechte durch den Wald.

Frowe hatte richtig vorausgesehen, dass sich umgehend ein gräflicher Forstmann einschalten würde. Schließlich wusste sie, wie akribisch jeder Schritt der Heertrosse von der Obrigkeit beargwöhnt wurde, um angerichtete Schäden genau aufzulisten. Zwar erwarteten die regierenden Fürsten von den Generälen keine unmittelbare Wiedergutmachung. Beim ersten Reichstag nach dem Krieg jedoch, wenn die Bedingungen für den Frieden ausgehandelt würden, wollten sie dem Kaiser die Rechnung präsentieren, um noch herauszuschlagen, was irgend möglich war.

Wie ihm geheißen, forderte folglich auch hier der Förster umgehend Rechenschaft für die Zerstörung des Waldes, denn mit dem Bau von Befestigungsanlagen ließ sich diese Missetat wahrlich nicht erklären. Hatte er noch mit einiger Nachsicht dem Fällen der Bäume zugesehen und bereits den baldigen Abtransport und Verkauf der Stämme kalkuliert, brachte ihn nun deren Zersägen zu bloßem Feuerholz gänzlich aus der Fassung.

In seinem überschwappenden dienstlichen Eifer bemerkte er jedoch die ausgebrochene Goldgier nicht. Kraft seines Amtes baute er sich vor dem Korporal auf und forderte mit hochrotem Kopf, das Abholzen seines Waldes umgehend einzustellen. Der hieß seine Leute, die Arbeit zu unterbrechen, und stellte ihnen höhnisch den »Waldweibel« und sein Begehr vor.

»Will er einen klassischen Blattschuss?«, griente der am nächsten Stehende. Darauf drehte sich der Dienstgradhöchste unmissverständlich zur Seite ab, um zu bedeuten, keine Notiz von dem Folgenden mehr zu nehmen.

Dumpf schluckte der Wald den Knall der Pistole. Der nach hinten geschleuderte Forstmann rappelte sich aber sofort wieder auf und griff sich an die blutende linke Schulter. Zumindest jetzt begriff er, worauf er sich eingelassen hatte, und sprang ins Unterholz. Dutzende Pistolenkugeln folgten ihm und surrten nach dem Abprallen an den Baumstämmen als Querschläger durch das Tal.

Tönges drückte seine beiden Helden mit festem Griff auf den Waldboden. Als Letzter hatte sich auch Volker eingefunden, nachdem er die Ablenkung durch den Grünrock genutzt hatte, sich dem Griff des Korporals zu entziehen.

»Der wird sich um die Bäume so schnell nicht wieder kümmern können«, schickte Oswald dem Förster beste Genesungswünsche hinterher. Voll staunender Anerkennung wandte er sich Frowe zu. »Was hast du mit dem Zersägen der Stämme eigentlich bezweckt. Wolltest du sie unbrauchbar machen, damit sie der Förster nicht selbst haben will, oder hast du sogar so weit vorausgedacht, uns die Arbeit abzunehmen?«

»Es kommt uns doch wohl beides zugute«, lächelte sie schelmisch.

»Und wie viel Dukaten hat das Ganze gekostet?«

Sie rechnete vor. »Zwei haben sie im Holz gefunden, bis zum dritten müssen sie noch ein Weilchen sägen. Doch der wird ihren Eifer neu befeuern. Einen haben sie Ide abgenommen und den letzten Volker, also fünf. Dafür hätten wir nie im Leben so viel Stämme bekommen wie jetzt.«

»Vier«, wurde sie von Volker verbessert, denn er hielt seinen stolz über den Kopf.

»Teufelskerl«, zischte David anerkennend durch die Zähne und umarmte dabei Helena. »Tolle Brüder hast du da.« Dann umfasste er den Griff seiner Pistole. »Meint ihr wirklich, die

Dinger hätten uns gegen diese Bande genützt, wenn wir Volker und Ide tatsächlich hätten freikaufen müssen?«

»Hast du nicht ihre Geldgier gesehen?«, zeigte sich Frowe erstaunt. »Um auf keinen Fall mit den anderen teilen zu müssen, hätten wir es kaum mit mehr als zwei bis drei Kerlen zu tun bekommen. Solange sie die anderen hinter sich wissen, fühlen sie sich stark und wären von ganz allein mit uns abseits gegangen, um nicht gestört zu werden. Dann hätten wir sie schon in Schach halten können«, war sie überzeugt.

Ein neuer Jubelschrei gellte durch den Wald. »Das war jetzt also der Letzte«, nickte Oswald nun wissend. Krachend bahnten sich die nächsten Baumkronen im Fallen ihren Weg. An Holz würde es ihnen nicht mehr mangeln.

Dankbar schaute der Bergmann zum Himmel hinauf, dass er nach den beiden früheren Kanaillen zu den Schmiedeleuten geleitet worden war. Sie hatten das Herz auf dem rechten Fleck.

Viertes Kapitel
Der Kornett

Unbehagen beschlich den Marschall. Der Kerl ihm gegenüber schien einer von der Sorte mit dem Dolch im Gewande zu sein. Was nicht nur daran lag, dass sich die verschränkten Hände in den weiten Ärmeln seines Umhangs ebenso verbargen wie sein Gesicht unter einer schwarzen Kapuze. Statt in demütiger Zurückhaltung sein Ansinnen vorzutragen, führte der Jesuitenpater anmaßend das Wort irdischer

Macht. Diese Krähen werden immer dreister, begehrte das Innerste des Militärs auf. Am liebsten hätte er den ungebetenen Gast vor die Tür gesetzt. Dummerweise war ihm aber ein Geleitbrief vorausgeeilt, unterschrieben von Richelieu.

Die Männer belauerten sich. Gleich einem Generalissimus examinierte der Geistliche den Kommandeur über die Befestigungsanlagen des Bamberger Winterquartiers, die Stimmung in der Truppe, die vermuteten Pläne des Gegners. Widerwillig dünn fielen die Antworten aus. Ein Jean Baptiste Budes de Guébriant aus altem bretonischen Adel ließ sich doch nicht von solch einem hergelaufenen Ordensbruder zusetzen. Doch vor ihm lag dieser Schrieb des Kardinals auf dem Tisch, der ihn Vorsicht walten ließ.

Während der Marschall das Gespräch zu wenden suchte, hin zu unverfänglichem Geplauder über den Pariser Klatsch, traf ihn unvermittelt die Zurechtweisung. »Was kümmert Sie das Pariser Geschwätz, während unser schwedischer Verbündeter in höchster Not schwebt«, sprach der schwarz Ummantelte kaum hörbar leise.

Verblüfft presste sich der Marschall auf seinen Sessel. Unschlüssig, ob er sich zuerst über die strategische Lage oder die ungeheure Anmaßung dieses Boten ereifern sollte, wollte er schon aufspringen, um sich beim Durchmessen des Raumes Luft zu verschaffen. Doch behielt er die Contenance und machte sich mit seinem Besucher nicht noch gemeiner, indem er sich zu ihm stellte und seine vorteilhaftere Position aufgab, ihn sitzend abzufertigen.

»Findet Ihr nicht, dass es höchste Zeit wird, Banér zu Hilfe zu kommen?«, behielt der Jesuit seinen Flüsterton bei. Nun riss es Guébriant doch vom Sitz, und seine Hand fuhr zum

Griff seines Degens. Das war zu viel. Dieses Schreckgespenst wollte er mit ein paar Streichen in die Flucht schlagen.

Der aber wich keinen einzigen Schritt zurück, als der Marschall in sichtlichem Jähzorn hinter seinem Sekretär hervorgeschossen kam. Er schaute nicht mal zu ihm herüber und schien sich mehr für das Treiben unten auf der Straße zu interessieren. Voller Infamie drehte er jetzt dem Marschall gänzlich den Rücken zu, um besser aus dem Fenster sehen zu können.

Mitten in der Bewegung durchfuhr Guébriant die Eingebung, dass sich der Priester von ihm womöglich abwandte, um unerkannt zu bleiben. Stand womöglich der Kardinal höchstselbst vor ihm, um die Ergebenheit seines Marschalls zu testen? Denn in der Tat brachte er ihn in eine hochnotpeinliche Lage.

Noch immer hallte in den Ohren Guébriants der Donner jener fünfhundert Kanonenschüsse nach, die Banér auf Regensburg abfeuern ließ. Wohl verstand der Franzose, dass weniger die Stadt des Kaisers damit gemeint war, die sich, nachdem das Eis der Donau aufgebrochen war, den Angreifern entzog. Vielmehr raste der Schwede vor Wut über die Unzuverlässigkeit seines Bündnisgenossen, der sich nicht daran beteiligen wollte, zumindest das Hinterland der Stadt auszuplündern und zu sehen, ob der Kaiser wirklich genügend Entsatz zusammentrommeln kann, um hinter seinen schützenden Mauern nicht ausgehungert zu werden.

Als militärischer Trottel stand der Marschall da, der es wie schon im Jahr zuvor in Saalfeld ausschlug, den Vorteil zu nutzen, einen verunsicherten Gegner in die Enge zu treiben. Für die Welt unsichtbar, hielt ihn der Arm aus Paris ab, seine Truppen nahe am Feind zu halten, und zog ihn stattdessen an den

Main nach Bamberg zurück. Damit vollzog er einen derartig schimpflichen Bruch mit den Schweden, dass er ihnen aufrecht nicht wieder unter die Augen treten konnte.

»Wie ein Hund mit eingezogenem Schwanz käme ich angelaufen«, knurrte Guébriant.

Unter der Kapuze drang ein glucksendes Lachen hervor, das jäh in Boshaftigkeit mündete: »Meint Ihr nicht, dass Frankreichs Wohl ein so kleines Opfer wert ist?«

»Stehen also Hunde in Frankreichs Diensten?«, konterte der Marschall.

»Was tätet Ihr mit einem Hund, der nicht gehorcht oder gar wie jener Herzog von Weimar die Hand beißen will, die ihn füttert?«, presste der Pater durch die Zähne und ließ damit seinen Kontrahenten erstarren.

Gift, besann sich der Marschall umgehend, soll Herzog Bernhard, dessen Truppen er nun befehligte, das Leben genommen haben. Gift, so fiel ihm sofort ein, dezimierte im November des Vorjahres die Versammlung der evangelischen Kriegsparteien in Hildesheim.

Landgraf Christian von Hessen und Graf Otto von Schaumburg, die beim Gastmahl den Wein nur so in sich hineinschütteten, ereilte unmittelbar der Tod. Johann Banér, der die verheerende Wirkung von Alkohol aufgrund seines Podagra nur zu gut kannte, hielt sich ebenso wie der Lüneburger Herzog Georg in diesem Kriegsrat mit dem Trinken zurück. Doch beide kränkelten seither, was er bei dem Schweden mit eigenen Augen schon beim Marsch auf Regensburg verfolgen konnte.

Der hinter der Hand geraunte Vorwurf, ein französischer Mönch habe beim Bankett den Wein gereicht, kam seither nicht mehr zum Verstummen. Es passt ja auch alles zusammen.

Ein schrecklicher Eid, so besann sich Guébriant, wird schließlich den Jesuiten nachgesagt, in dem sie ihre Bereitschaft schwören, bis zum Äußersten zu gehen beim Kampf gegen jegliches Ketzertum. »Omnia ad majorem Dei gloriam«, seufzte der Marschall.

Abrupt verabschiedete sich der Jesuit, der die Wirkung seiner Andeutungen genau beobachtet hatte: »Geht mit Gott, aber geht.« Gesichtslos verschwand er durch die Tür, während der Befehlshaber kraftlos in seinen Sessel zurücksank und in stundenlanges dumpfes Brüten verfiel.

Dann ließ er seine Generäle und Obristen zusammenrufen, um ihnen den sofortigen Aufbruch zu befehlen. Er sah sie blass werden, als er das Ziel in Sachsen nannte. Aber noch bevor sie den Mund aufbekamen, um mit ihrer Entrüstung herauszuplatzen, wies er mit weit ausholender Armbewegung in Richtung Nordwesten – nach Paris. Und jeder verstand, wie überflüssig jetzt noch Einwände waren.

Bei Zwickau vereinten sich die Truppen wieder. Guébriant folgte mit mehrtägigem Abstand. Er wollte Banér Zeit geben, auf dass sein Abscheu verrauchte und für die Einsicht Platz machte. Schließlich war er seit der Trennung ja fast nur noch auf der Flucht.

Dennoch empfing ihn der Schwede nicht. Der Marschall glaubte, ihn nur zu gut zu verstehen. Doch er wusste nicht, wie schlimm es bereits um Banér stand, den Fieber und Schmerzen derart schüttelten, dass man ihn nur noch in der Sänfte schleppen konnte.

*

Bodo schmiegte sich an den Hals seines Pferdes. Er hatte ein neues vom Obristen bekommen, nachdem er ihm den seltsamen Tod des ersten Geschenks vermeldet hatte. Sein Stern stieg also noch, las er aus dieser Gunsterweisung. Stolz führte er seinen Braunen in den Stall und forderte Hafer für ihn. Ziemlich herrisch klang sein Befehlston, was Bodo selbst auffiel, und er fragte sich, ob dies für einen Kornett angemessen war oder ob er übertrieb.

Als er die Gaststube betrat, sah er zu seiner Zufriedenheit, dass sein vorausgerittener Bursche alles bestens vorbereitet hatte. Die längste Tafel im Schankraum war blitzblank geschrubbt, an jeder Seite reihten sich fünfzehn Stühle. Beflissen kam ihm mehrfach dienernd der Wirt entgegen und führte ihn zur Stirnseite, um ihm mit beiden ausgestreckten Armen und erneutem Bückling den Platz zuzuweisen.

»Gut«, quittierte Bodo knapp und wies an, den Stuhl ihm gegenüber für den Rittmeister frei zu halten. »Sehr wohl, hoher Herr«, flötete der Wirt und traf genau den Tonfall, der seinem Gast wie Öl runterging.

»Was gibt's zu essen?«, bemühte sich Bodo umgekehrt nun auch, wie ein hoher Herr die Gunsterweisung seiner Anwesenheit spürbar werden zu lassen.

»Hammelskolben mit Knoblauch gespitzt«, schnalzte der Gastronom mit der Zunge. »Dazu reiche ich aus meinem Keller den edlen Hochheimer, wenn es dem hohen Herrn genehm ist.« Feiste Speckröllchen liefen dem Wirt über Gesicht und Hals, als er den Kopf erhob und versicherte, dass dies der nobelste Wein sei, den man in der gesamten Gegend bekommen könne.

Da Bodo aber zum Einverständnis nur stumm nickte, druckste der Schenk ein Weilchen über die Gepflogenheiten herum, merkte dann aber schnell, dass der Kornett wohl doch nur von sehr niedriger Abstammung war, und erhob sich aus seiner dienernden Haltung, um im Klartext eine Anzahlung zu verlangen.

Lässig warf Bodo seine prall gefüllte Börse mit dem ersten – und auf lange Sicht wohl auch letzten – Sold auf den Tisch. fünfzig Gulden hatte ihm der Pfennigmeister für den angebrochenen Monat vorgezählt und ihm väterlich geraten, das Geld nicht wie Perlen vor die Säue zu werfen und dann den Schuldensack mit sich zu schleifen wie all die anderen Fähnriche.

Beim Klang der schweren Münzen sank der Wirt umgehend wieder zu einem dienernden Lakaien zusammen und verschwand in seine Küche, um dem Personal Beine zu machen.

Ein kühler Windhauch im Nacken und die zuschlagende Tür kündigten Bodos Gäste an. An alle unteren Offiziersdienstgrade der Reiterei im Regiment und zusätzlich an seinen direkten Vorgesetzten hatte er Einladungen geschickt, um der Sitte nach auf seine Ernennung anzustoßen. Schreiben musste die Billetts allerdings einer seiner Soldaten, denn er selbst verwische als Linkshänder immer die Tinte, log Bodo.

Fast grußlos nur mit dem Kopf nickend, setzte sich ein Leutnant zu ihm. Bärbeißig quittierte der Kornett den Gruß, denn direkt neben sich wollte er die Kameraden von den anderen Eskadronen platzieren. Den Subalternen, der jetzt an ihn heranrückte, kannte er kaum, es war ein mürrischer, einsamer Kauz.

»Geht drunter und drüber zu, gerade«, versuchte der Neuankömmling das Gespräch zu eröffnen. »Die Weimarer drängeln sich überall rein und begehren Quartier.«

Noch immer grummelte Bodo über die verkorkste Sitzordnung, erst nach einer geraumen Weile drangen die Worte zu ihm durch. »Die Weimarer? Etwa die unter Guébriant?«, wunderte er sich dann doch. »Die wagen sich wieder zu uns?«

»Tun sie«, schnäuzte sich der Leutnant, »ihre Vorhut traf soeben ein.«

Bodo erschrak zutiefst. Was würde, wenn statt dreißig Mann auf einmal die doppelte Anzahl hereingeschneit käme? Dann würde sein Geld kaum reichen, und er müsste blamiert bis auf die Knochen seine Gäste anbetteln.

Den entgeistert dreinblickenden Kornett traf ein Hieb auf den Rücken. »Machst dir wohl Sorgen, es könnten jetzt zu viel werden, die sich auf deine Kosten den Bauch vollschlagen wollen, was?«, legte ihm der Leutnant seine Pranke auf den Rücken. »Lieb Närrchen, du glaubst wirklich, dass die alle kommen?«

»Wieso denn nicht? Wenn es umsonst was zu saufen gibt, sind doch immer mehr da als geladen«, meinte Bodo völlig perplex.

Ätzend lachte der andere. »Du glaubst, du bist aufgestiegen, vom Pferdeburschen zu einem Offizier – träum weiter!«

»Tja, bin ich nun Kornett oder nicht?«, begehrte Bodo trotzig auf. »Schließlich habe ich uns alle am Pass gerettet.«

»Dann schau mal in unserem Parolebuch nach – falls du lesen kannst. Da steht, dass unser Obrist als Erster eintraf und den Pass besetzte, von dir kein Wort. Und der, der an den Lagerfeuern gefeiert wird, ist der Oberst Slange. Das ist der wirkliche Held, der mit drei Regimentern Piccolomini vier Tage aufhielt und uns mit seiner Selbstaufopferung rettete. Kornett bist du nur durch eine Laune unseres Kommandeurs, somit also kein richtiger Offizier.«

»Ach, für den Herrn Leutnant beginnen die Dienstgrade wohl erst mit dem eigenen?«, spitzte Bodo die Lippen.

»Junge, bist du begriffsstutzig«, klagte der Leutnant. »Du kommst aus dem Pferdestall! Daher stammen zwar viele der Junker auch, aber selbst das ärmste Schwein von denen heißt immerhin noch ›von Pferdeapfel‹ und du höchstens ›Kuhfladen‹, kapiert? Die setzen sich nicht mit so einem wie dir an einen Tisch. Zumindest nicht öffentlich hier im Gasthaus. Im Tross am Spieltisch, da werden sie an dir kleben, solange du noch Geld hast, und dich ausnehmen. Und wenn du dahinterkommst, dass sie falschspielen und dich betrügen, ziehen sie alle gemeinsam die Degen gegen dich und bezeugen mit ihrem guten Namen, dass du ein Hundsfott von einem Lügner bist. Dagegen kommst du nie an. Hüte dich vor dieser Bagage!«

»Du bist also auch nicht von Adel«, stellte Bodo nüchtern fest.

»Gestatten, Lehmann, nicht von, aber auf und davon«, reichte der Leutnant die Hand. »Ein Fähnrich, ebenso ein Emporkömmling wie wir beide, wollte mich noch begleiten. Aber der hat jetzt alle Hände voll zu tun, für seine Leute die Schlafplätze zu verteidigen.«

»Dann sollte ich wohl schleunigst aufbrechen und seinem Beispiel folgen.« Bodo erhob sich.

»Ach, und deine versprochene Bewirtung, gilt die nicht für einen Bürgerlichen wie mich?«, wurde Bodo auf den Stuhl zurückgezogen. »Mach dir keine Sorgen, ich habe deinen Rittmeister gebeten, auf dein Quartier mit achtzugeben. Das ist er dir schuldig, wenn er schon deine nette Einladung ausschlägt. Auch weiß er, dass der Obrist einen Narren an dir gefressen hat. – Was ist nun, gibt es jetzt endlich was zu saufen?«

Verärgert stellte sich der Wirt ein. »Ich habe für dreißig Mann Essen bereitet, wo bleiben die nun?«

»Die schanzen bereits für die morgige Schlacht«, spottete Lehmann. »Du solltest mit uns schnell noch deinen restlichen Wein versaufen, denn gleich bricht hier sowieso die Hölle aus.«

Der Wirt riss die Augen auf. »Eine Schlacht? Hier? Sind denn die Truppen, die gerade anmarschiert kommen, nicht eure Verbündeten?«

»Sie waren es mal. Servier Er, solange noch Zeit ist«, spielte Bodo mit. Worauf der Hausherr die Fassung verlor und mit wild über dem Kopf fuchtelnden Händen nach draußen rannte, um eiligst seine Vorräte vergraben zu lassen.

Der Leutnant holte den hinter dem Tresen bereits abgestellten Krug Wein hervor, griff nach zwei Bechern und schenkte selbst ein. »Also, auf deine Ernennung!«, prostete er dem Kornett zu.

Den aber hatte der grobe Hinweis des Leutnants auf seine unabänderliche Herkunft ernüchtert: »Was machst du, wenn das alles hier vorbei ist und wir abmustern?«

Lehmann wischte sich über den Mund, nachdem er einen tiefen Zug gemacht hatte, und forderte Bodo auf, es ihm gleichzutun. »Trink aus und füll nach. Später werden wir dazu keine Gelegenheit mehr haben. Wer soll uns nehmen? Knecht will ich nie wieder werden, als Herr allerdings bin ich nun mal nicht geboren. Vielleicht wäre Henker das Richtige für uns!?«

»Spaß beiseite«, meinte er dann. »Hätte gar nicht gedacht, von dir so kluge Fragen zu hören. Bislang hielt ich dich für einen blöden Schweinetreiber, der, ohne viel nachzudenken, mit seinem Säbel einfach drauflosdrischt und lediglich unverschämtes Glück hatte, nicht selbst aufgespießt zu werden.«

Bodo hob Wams und Hemd bis zur Brust hoch und zeigte

seine Schussnarbe unter dem Rippenbogen. »Von wegen unverschämtes Glück.«

Lehmann winkte ab, zeigte nun auch die nackte Vorderseite, wo eine Narbe in die andere überging. »So siehst du aus, falls du noch die Beförderung zum Leutnant schaffst, bevor sie dich in die Grube werfen.«

Unvermittelt fragte Bodo: »Kannst du schreiben und es mir beibringen?«

Anerkennend nickte der Leutnant mit dem Kopf und prostete ihm wieder zu: »He, du scheinst ja wirklich Pläne für die Zukunft zu haben. Was willst du machen?«

»Schmied«, war sich Bodo sicher.

»Schmied, wie kommst du grade darauf?«, lächelte der Ältere überlegen.

Als hätte er auf diesen Einwand gewartet, erzählte Bodo umgehend über seine Lehrzeit.

Lehmann ließ seinen Becher auf den Tisch zurücksinken. Er rang um Fassung. »Du hast mit diesem Tönges unter einer Decke gesteckt? Den hat ein Fluch in sein eigenes Kohlefeuer geworfen, ich habe selbst die schwarze Rauchfahne gesehen, die danach aus der Esse blakte. Sie sah aus wie ein Kopf mit Hörnern.«

Mit schreckgeweiteten Augen starrte er Bodo an. »Alle sind tot, die mit diesem Schmied zu tun hatten, auch die Frowe, die ihn angeschleppt brachte, fuhr ins Höllenfeuer. Und du sitzt hier noch?« Er rückte mit dem Stuhl ein ganzes Stück zur Seite. »Bist du mit dem Teufel im Bunde und führst ihm neue Opfer zu?« Völlig blass geworden, sprang er schließlich auf, griff nach seinem Hut und flüchtete regelrecht aus dem Wirtshaus.

Zurück blieb ein nicht minder erschrockener Kornett. Fortan gesellt sich wohl niemand mehr zu mir, dachte er bekümmert.

Von einem Tisch in der entferntesten Ecke erscholl Beifall. Zwei Hände klatschten ineinander. »Tolle Vorstellung, Kornett Kramer! Hab mich selten so amüsiert.«

Die Augen zusammenkneifend, versuchte Bodo, den Mann zu erkennen. »Wer bist du, woher kennst du meinen Namen?«, forderte er Auskunft. Doch wurden ihm die Knie weich. Rief die Erwähnung des Fluches gar den bockbeinigen Reiter wieder herbei, der ihn auf das vermeintliche Dorf Emmas gehetzt hatte?

»Ich kenne dich genau, aber du mich nicht, weil du oberflächlich bist. Erwarte nicht, dass ich zu dir komme an deinen voll besetzten Offizierstisch«, hänselte der Fremde.

Mit unsicheren Schritten hielt Bodo auf den Mann zu. »Halt!«, rief der. »Willst du nicht wenigstens den Krug mit dem Wein mitnehmen?«

Bodo machte also nochmals kehrt und trug nun fast schützend den Krug vor sich her. »Würfelbecher«, entfuhr es ihm schließlich, »Mann, hast du mich erschreckt.«

»Würfelbecher«, knarzte der Angesprochene sauer. »Weißt du immer noch nicht meinen richtigen Namen?«

Bodo durchkramte sein Gedächtnis, aber noch nie hatte er jemanden Würfelbecher mit seinem Namen anreden hören.

»Jeremias Müller, auch ohne von«, wurde sein Nachdenken unterbrochen. »Wäre schön, du würdest mich künftig so rufen.«

Vor einem Müller hatte er also so lange gezittert. Wie harmlos das jetzt klang. Dabei wollte er diesen Müller umbringen, den er noch immer für den Tod seiner Emma verantwortlich machte.

»Na, wie fühlst du dich nun als ein von allen verlassener Kornett?«, streute Würfelbecher Salz in die frische Wunde.

Dieser widerliche Gefährte aber war nun wirklich der Letzte, mit dem sich Bodo über sein durcheinandergewirbeltes Gefühlsleben unterhalten wollte. »Bist du extra hergekommen, um meine Demütigung mitzuverfolgen?«, stöhnte er lediglich.

»Ich war unerhört neugierig«, gestand Jeremias, »wie das ist nach so einer Emporhebung in höhere Kreise. Ehrlich gesagt, habe ich dir das nicht gegönnt. Noch vor Kurzem hätte ich mir von dir nicht mal die Stiefel putzen lassen. Du standest so tief unter mir, dass ich dich gar nicht sah. Jetzt bin ich jedoch beruhigt. Das, was du da grade durchmachst, das muss ich dir nicht neiden.«

»Na denn prost!« Bodo schüttete die Becher voll. »Und da du offen zu mir warst«, entlud sich nun alles in ihm, »kann ich ja auch zugeben, dass ich dich hasste und dir ans Leben wollte.«

»Hasste? – Nun nicht mehr?«, verschränkte Jeremias die Arme vor seiner Brust. Lange maßen sich beide. Dann sagte Bodo: »Ich weiß es nicht.«

Sie stießen die Becher gegeneinander und tranken mit tiefen, gierigen Zügen, als wollten sie alles Elend im Wein ertränken. »Lange hab ich gegrübelt, warum du mit jedem Blick dieses Feuer gegen mich schleuderst«, öffnete sich nun auch Jeremias noch weiter. »Bis ich dahinterkam, dass es mit dieser neuen Dirne zu tun hatte. Zugegeben, ich wollte sie haben, so wie jeder andere. Dass ich einem Trossknaben dabei in die Quere kommen könnte, hätte ich gar nicht für möglich gehalten; es hätte mich auch nicht im Mindesten geschert. Aber ich bin an das kleine Biest gar nicht rangekommen. Sie forderte einen unverschämt hohen Preis, als wäre sie die Kurtisane eines Generals. Warum also deine Wut auf mich?«

»Weil ich deine Geilheit sah und sie vor dir in Sicherheit bringen wollte in meine Hütte. Dort aber starb sie bei diesem Überfall, den du mit provoziert hattest durch das Ausrauben von kaiserlichen Trosswagen.«

»Du lieber Himmel«, kicherte Jeremias. »Darum hätten wir uns also beinahe die Köpfe eingeschlagen? Ich war die ganze Zeit auf einen Angriff von dir gefasst und hatte mir auch mehrfach schon vorgenommen, dir lieber in einem günstigen Moment zuvorzukommen.«

Beide schwiegen.

»›Lieb Närrchen‹, diese Anrede des Leutnants hat mir gefallen«, griff Jeremias schließlich das Gespräch wieder auf. »Du meinst noch immer, du hättest mit der Metze ein Liebespaar abgeben können? Wie viel Geld hat sie dir bereits abgenommen?«

Erregt sprang Bodo auf. »Ein einziges Mal gab sie sich für Geld hin! Sie musste fliehen vor der Zugreiflichkeit ihres Schulzen. Nur deshalb kam sie zu uns.«

Jeremias riss vor Lachen den Mund auf, bis sich seine schwarz verfärbten Backenzähne zeigten und Bodo angewidert zur Seite schaute. »Die Geschichte vom unglücklichen Mägdelein, das lediglich böser Menschen wegen vom tugendreichen Pfad abkam und zuvor noch nie einen Freier abkassierte, die erzählen sie alle. Besonders, wenn sie Büblein wie dich einwickeln wollen. Mensch, Bodo, die Mannschaft war heiß auf diese Braut. Selbst wenn euch der Feldkaplan den Ehesegen gegeben hätte, wäre ihr jeder unter den Rock gegangen, notfalls mit Gewalt. Du hättest sie mit allen teilen müssen. Nicht mal ein Offizier hätte sie davor bewahren können, ein Stalljunge und Schmiedelehrling wie du schon gar nicht. Dir wäre der Schädel gespalten worden, sobald du den alleinigen Anspruch auf diese hübsche Hure gestellt hättest. Glaube mir, ihr früher Tod hat euch vor großem Kummer bewahrt. Als Dirne ist sie gekommen, das wäre sie auch immer geblieben, so wie du immer ein Stallbursche bleiben wirst.«

»Heute ist wohl der Tag der tiefen Einsichten für mich«, seufzte Bodo. »Aber warte mal, du erinnerst dich an meine Schmiedelehre und reißt nicht aus wie dieser Leutnant?«

»Der Fluch?«, flüsterte Würfelbecher geheimnisvoll. »Den gibt es wirklich. Ich stand unmittelbar mit dem Schmied und dem Hurenweibel an der Kirchentür, aus der er hervorkam, während dahinter bereits alles lichterloh in Flammen stand. Unheimlich war das. Denn kein Lebender hätte ihn aussprechen können, dort gab es nur noch Tote. Damals habe ich mir aber nicht viel draus gemacht. Ein Fluch mehr oder weniger.«

»Du hast den Fluch gehört? Wie lautet er?«, drang Bodo auf Antwort.

»Dass alle brennen sollen, die damals die Kirche schändeten, nicht nur in der Hölle, sondern schon auf Erden.«

»Ist der Schmied wirklich in seiner Esse verbrannt?«, wollte Bodo mehr erfahren.

»Der Hurenweibel hat das behauptet. Doch wäre der Fluch wirklich stark genug, hätte er selbst auch längst verbrannt sein müssen.«

»So wie du«, ergänzte Bodo.

»Ja, so wie ich«, bestätigte Jeremias.

»Du sagtest, damals hast du dir nicht viel aus dem Fluch gemacht«, ließ Bodo nicht locker. »Und jetzt …«

»… drängen sich immer mehr Seelen der Toten nachts in meine Träume und verfolgen mich. Ich wünschte, ich könnte vieles rückgängig machen. Anfangs habe ich diese Gewissensbisse in mir einfach erschlagen, indem ich am nächsten Tag noch brutaler vorgegangen bin. Übrigens erkannte ich mich in dir wieder, als du das Dorf für deine Emma bluten ließest. Sag selbst, geht es dir besser oder eher schlechter seither?«

Entrüstet blies Bodo die Luft durch die Nase. Würfelbecher machte ihm Vorhaltungen, ausgerechnet einer der größten Menschenschinder. Doch wie er es auch drehte: Längst stand er mit ihm auf einer Stufe, spätestens seit dem Mord an dem Pfarrer und dem Dorfschulzen. Sein Gewaltausbruch damals hatte ihm den Ruf eingebracht, nicht ganz richtig im Kopf zu sein. Selbst seine eigenen Leute schnitten ihn als einen völlig Unberechenbaren.

»Jeremias«, holte er schließlich vorsichtig aus. »Könntest du dir vorstellen, dass wir zusammenhalten?«

»Wir?«, zweifelte der Angesprochene. »Als Kornett trennen dich von mir Welten. Um deine Standarte zu verteidigen, musst du bereit sein, jeden von uns zu opfern, zum Schluss dich selbst. Freunde kannst du dir jetzt nicht mehr leisten.«

*

Ächzend erhob sich der bei Zwickau am Boden kauernde Heerwurm und ließ in weitem Umkreis die Siedlungen erschauern. Würde er sich mitten durch sie hindurchwälzen und alles niedertrampeln oder sie verschonen? Dieses Mal richtete er seinen Feueratem gegen den Saalebogen. Sengend und schlingend kroch er nach Weißenfels und Merseburg. Ihm folgte das Untier der Kaiserlichen nach und saugte aus den Menschen, was den Truppen der Schweden und Franzosen entgangen war.

Niesel überzog Soldat und Pferd mit einer zweiten glänzenden Haut. Auf ihr flimmerten Spiegelbilder. Feuchtkalt gleißende Figuren zogen wie aus Glas gemacht durch das Land. Herzlos. Seelenlos. Gnadenlos. Nur darauf aus, den Bauch zu füllen und sich die Wut aus den Lenden zu pressen, sobald sie eine Frau zu fassen bekamen.

»He, bist du nicht einer von Bernhards Leuten, die sich an die Franzosen verkauft haben?«, lenkte Bodo die Aufmerksamkeit seiner Einheit auf einen vorbeireitenden Offizier.

»Die zahlen zumindest den Sold und lassen uns nicht so hungern wie euch die Schweden«, rief der zurück.

»Dafür gebt ihr ihnen aber auch den letzten Funken Ehre und steht zu euren Bündnispartnern wie eine Pfennighure zu ihren Freiern.«

Uff, gestand sich Bodo erschrocken ein, kaum dass ihm die Worte entschlüpft waren, das war zu derb. Zwischen Soldaten mochte das angehen. Jetzt aber sprach er von Offizier zu Offizier, und daran war er noch immer nicht gewöhnt. Solch eine Kränkung konnte der derart Herausgeforderte nicht durchgehen lassen.

Umgehend brachte der auch sein Pferd zum Stehen und wartete auf Bodo, der sich beim Näherkommen auf die Lippen biss und innerlich darauf vorbereitete, nun selbst vor versammelter Mannschaft gedemütigt zu werden. Er sah erst jetzt, dass der Angesprochene weit älter war als er, also mit Sicherheit auch weit höher im Dienstgrad stand. Er könnte ihn vor ein Ehrengericht zerren oder ihm die Handschuhe ins Gesicht schlagen. Duelle waren zwar innerhalb der Heere bei Todesstrafe verboten, unterbunden werden konnte diese Sitte dennoch nicht.

»Je demande de satisfaction, dit ton nom!« Mit bebender Stimme fuhr der Wartende Bodo an.

Der sah sich gleich um zwei Stufen sinken. Der Sprache des Adels war er überhaupt nicht gewachsen. So wich er aus: »Wenn Ihr mich verstanden habt, müsst Ihr Euch vor meinen Leuten nicht hinter dem Welschen verstecken.«

»Fils d'un paysan«, knurrte der andere nur und gab seinem Pferd die Sporen. Über die Schulter rief er dann aber doch noch auf Deutsch zurück: »Nicht wir haben euch vor Regensburg verraten, sondern ihr uns. Schließlich habt ihr euch von uns getrennt, als es sich anbot, vom Main aus weiter zu operieren.«

Fast verschlug diese Wendung Bodo die Sprache. Auch die anderen um ihn herum rissen die Münder auf, ohne ein Wort herauszubringen. Derart die Tatsachen zu verdrehen, war dreist. Bodo fing sich als Erster: »Wir jagen im tiefsten Winter im Eilmarsch bis zur Donau, um uns in Wirklichkeit am Main verkriechen zu wollen? Ihr seid mir ja ein toller Stratege. Wusste gar nicht, dass es bei den Franzosen auch einen strukturmäßigen Feldnarren gibt.«

»Feldnarr!«, hielten sich die Soldaten um ihn herum die Bäuche. »Das hat gesessen. Endlich geigt mal einer den aufgeblasenen Pinkels die Meinung.« Das Gelächter pflanzte sich nach allen Seiten fort, als dieser Wortwechsel weitererzählt wurde. Anerkennend nickten die Reiter Bodo zu. Er spürte, wie das Vertrauen zu ihm zurückflog, das gelitten hatte bei seinem für niemanden nachvollziehbaren Gewaltexzess, der in die geisteskranke Pantomime eines Zweikampfes mit einem Unsichtbaren mündete.

Wieder begann das Schanzen. Die Männer murrten. »In unseren Winterquartieren waren wir völlig sicher, was hat denn der ganze Feldzug gebracht? Sinnlose Eilmärsche durch den Frost und anschließende Fluchten zurück. Wetten, dass wir uns an der Saale ohnehin nicht halten können! Die Kaiserlichen setzen dann eben weiter unten oder oben über den Fluss und fallen uns in den Rücken.«

Genauso kam es auch. Vergeblich wartete Banér auf die erhoffte Verstärkung aus Hessen und Lüneburg. Der Giftanschlag vom November hatte inzwischen auch Georg von Braunschweig-Lüneburg dahingerafft. Folglich galten die Vereinbarungen des Hildesheimer Kriegsrates nicht mehr. Unbeirrt folgten die Kaiserlichen der Saale, vorbei an Halle bis Bernburg, wo sie den Strom unangefochten überschritten. Banér bäumte sich noch ein letztes Mal auf und ließ sich nach Halberstadt tragen, wo er am 20. Mai sein Leben aushauchte.

War nun Schluss für die Schweden nach so vielen Jahren Krieg, ganz ohne den Höhepunkt einer letzten, historischen Schlacht? Ohne Triumph eines Siegers? Ein erbärmliches Ende in Siechtum und sich nach Norden davonschleppender Schattengestalten?

Ohne dass die Kaiserlichen weiter nachsetzten, begann die Armee auseinanderzubrechen. Auf den Sold, der sie bisher zusammengehalten hatte, gab es nicht mal mehr eine vage Aussicht. Vier Generäle teilten sich das Kommando, das ihnen nur so viel Befehlsgewalt gab, wie es die leere Kriegskasse erlaubte. In Scharen fielen ihre protestantischen deutschen Hilfstruppen ab.

Heilfroh, auf der untersten Offiziersrangstufe zu stehen, verfolgte Bodo still das ausbrechende Chaos. Ihn stellte niemand zur Rede wegen des ausstehenden Soldes. Der Aufruhr, das Gebrüll der Enttäuschten und die Drohung, zum Harnischwaschen das Blut ihrer Werbeoffiziere zu verspritzen, gingen an ihm vorbei. Wohlweislich behielt er für sich, wahrscheinlich als einer der Letzten ausreichend Geld bekommen zu haben und für die nächste Zeit versorgt zu sein.

Während sich die Lage im Heer zuspitzte, als würde ein Feuer das Pulvermagazin einkreisen, sagte er seine weitere Treue zu und nahm die Befehle seines Obersten an, den Wachdienst zu organisieren. Fast väterlich äußerte der seine Dankbarkeit, sich zumindest auf ein paar Leute verlassen zu können. Gewiss würde es sich auszahlen, falls es die Armee schaffte, sich wieder zu ordnen und neue Kommandos zu vergeben. Auch Leutnant Lehmann reihte sich hier ein, dem es, wie Bodo wusste, wie ihm selbst erging: Außerhalb ihrer Einheit blieb von ihnen nichts weiter als ein Häufchen Elend.

Doch kam es immer schlimmer, und der Oberst ließ sich aus Angst um sein Leben nicht mehr blicken. Zusammen blieben nur noch diejenigen, die nicht wussten, wohin sie sich wenden sollten. Drohte doch der gänzliche Abstieg, als Bettler oder Räuber durchs Land zu ziehen.

Bevor das eintrat, wollte Bodo aber noch seinen Schwur erfüllen. »Und wenn es das Letzte ist, was ich mit diesem verfluchten Leben mache«, hatte er schließlich seiner sterbenden Emma versprochen.

*

Von Halberstadt aus lag das Bodetal mit der sagenumwobenen Rosstrappe zum Greifen nah. Doch die Wege glichen Fallgruben. Sie steckten voll irrlichternder Deserteure. Nicht minder lauerten Wegelagerer und selbst die Einheimischen auf leichte Beute aus dem Tross oder kleineren Einheiten. Bodo schwankte, ob er sich besser mit ein paar Soldaten verstärken sollte.

Aber wie sollte er ihnen erklären, was es mit dem riskanten Ausritt eigentlich auf sich hatte? Sobald sie dahinterkämen, würden sie erneut an seinem Verstand zweifeln. Außerdem bangte er, schon wieder sein Pferd einzubüßen. Sollte er aber zu Fuß laufen, als Kornett?

In aller Frühe ritt er schließlich los. Da pennt das Räubergesindel noch, hoffte er. Düster und Furcht einflößend, durchzogen von dunkelblauen Wipfellinien, schaute der Harz auf ihn herab. Als er in großem Bogen das Dorf Thale umritt und dabei auf einen Fluss traf, ging gerade die Sonne auf. Sie rieb sich die Augen im Spiegel des Hochwassers, das an manchen Stellen weit ins Land drückte und hier fast stillstand, während die Strömung in der Mitte glucksend wirbelte und eilte.

Bodo trieb sein Pferd ein paar Schritte in den Fluss hinein. »Grüß dich, Bruderherz, tragen wir doch den gleichen Namen und halten es beide nicht aus in der Enge der uns aufgezwängten Ufer«, dachte er laut und sann darüber nach, dass dieses Wasser soeben erst die goldene Krone der Prinzessin umspült haben musste.

Sich tief aus dem Sattel beugend, streichelte er sanft die glitzernde Fläche und sah für einen Moment Emma neben sich. Wieder nur ein Trugbild, denn bei genauerem Hinsehen fand er sich allein und wollte schon mit einem Hieb der Knute die Spiegelung zerstören. Doch strahlte dieser Fluss etwas Mystisches aus. Es schien ihm, als wollte er nach einer Fee schlagen.

Er riss sich los von seinen Erinnerungen. Noch wusste er nicht, wo er die Hufspur finden konnte. An einem der letzten Häuser des Dorfes sah er eine Frau. Er ritt auf sie zu und erwartete, dass sie sich sofort ins Haus verkriechen würde und er drohen müsste, die Tür einzuschlagen, damit sie wieder herauskommt. Grimmig bedachte er, wie gefährlich ihm dieser

Lärm werden konnte, mit dem er die Aufmerksamkeit auf sich als einen einzelnen und somit fast schutzlosen Soldaten zog. Umso erleichterter stellte er fest, dass die Frau keinerlei Furcht zeigte.

Nachdem er ihr einen guten Morgen gewünscht hatte, warnte er sie jedoch, nicht jedem so arglos zu begegnen wie ihm. »Ach, Jüngelchen«, sprach sie. »Weit mehr Sorgen mach ich mir um dich. Du willst doch wohl nicht mit deinem Pferdchen in diese Schlucht reiten. Da kommt ihr beide nicht lebend raus. Wenn euch die Strudel erfassen, reißen sie euch hinunter auf den Grund.«

»Nun, nach dieser Krone da unten will ich eigentlich gar nicht suchen, sondern nach der Pferdespur da oben.«

»Willst mich alte Frau wohl vergackeiern«, winkte sie ab. »Dich zieht es doch eher zum Hexentanzplatz. Bist aber zu spät, die Walpurgisnacht ist längst vorbei, Jüngelchen, wirst kein nackt tanzendes Hexlein mehr finden«, kicherte sie in sich hinein.

»Trauen sich zur Walpurgisnacht dort wirklich Menschen hoch?«, legte Bodo die Stirn in Falten.

Nun lachte sie hell auf. »Ja, die Pfaffen wettern jedes Jahr aufs Neue über den heidnischen Brauch. Aber ich lass mir doch nicht von den Schwarzkitteln den Spaß verderben.«

»Du? Du warst auch da oben?«, schaute er sie ungläubig an. »Was tust du an so einem Tag an einem solch gottlosen Ort?«

»Noch so ein Spaßverderber – gottlos«, brabbelte sie. »Wir springen über das Feuer in den Mai hinein. Das macht Spaß, kann ich dir sagen.«

»Na, dass ihr euch da mal nicht die Rocksäume ansengt«, sprach Bodo vorwurfsvoll.

»Jüngelchen«, schraubte sie ihre Stimme hoch. »Über das

Feuer springen kann eine Frau nur, wenn sie den Rock hochhebt. Was glaubst du wohl, warum sich Mägde und Burschen aus der ganzen Gegend zu Walpurgis rumtreiben? Die einen können gucken und die anderen den Freiern zeigen, was sie zu bieten haben.«

»Und du suchst auch noch nach einem Freier?«, nahm er sie hopp.

Sie hielt inne. »Traust du mir wohl nicht zu, mein Kleiner? Wie wär's denn mit uns beiden?«

Lachend erhob er beide Arme zur Abwehr. »Bin eigentlich wegen einer anderen hier«, gestand er.

»Soso«, fand sie immer mehr Gefallen an dem Gespräch mit diesem fremden Burschen. »Aber mit deinem Pferd kommst du da nie hoch, wirst es bei mir lassen müssen«, umspann sie ihn.

Er nickte und war froh, solch eine Lösung gefunden zu haben. Angesichts der steilen Hänge vor sich fragte er sich schon die ganze Zeit, was er mit seinem Braunen machen würde. »Was begehrst du dafür?«

»Einen Kreuzer?«, fragte sie vorsichtig. Damit war er sofort einverstanden, und sie bereute, nicht zwei verlangt zu haben. Er suchte in seinem Beutel und legte ihr den Kreuzer in die Hand. Sie spuckte umgehend darauf und steckte ihn ein.

»Warum spuckst du auf mein Geld?«, kniff er die Augen zusammen.

»Weil's schmutzig ist«, bestätigte sie seinen Verdacht.

»Das ist ehrlich verdientes Geld«, entrüstete er sich.

Sie schnaubte: »Ehrlich verdient. Denkst wohl, dein Sold ist nicht gestohlen? Er stammt aus den uns abgepressten Kontributionen. Erst kommt die Obrigkeit und verlangt ihren Teil, dann die Kirche den Zehnten, und dann plündert auch noch ihr die Leute aus. Aber lass gut sein«, lenkte sie ein und zeigte auf seinen prall gefüllten Ranzen. »Willst du das alles allein auffuttern?« Sie öffnete die Tür und winkte ihn zu sich herein. Nachdem er sein Pferd hinter dem Haus angebunden hatte, folgte ihr Bodo.

Eine ärmliche Kate tat sich vor ihm auf. Drei runde Holzklötze nahmen einen großen Teil des Raumes ein und ersetzten wohl Tisch und Stühle. Axthiebe hatten Kerben in die Ränder gefressen. »Das hat mir mein Mann noch hinterlassen, bevor er starb«, seufzte sie. »Mit dem Holz haben wir immer eine Reserve im Haus, falls der Winter mal schlimm wird, meinte er.«

»Der Winter war hart«, nickte Bodo.

»Die davor ebenso. Darum ja auch die Axthiebe. Aber die mächtigen Klötze hab ich nicht klein hacken können für meinen Herd.«

»Soll ich dir helfen?«, bot Bodo an.

Sie schüttelte den Kopf, »inzwischen bin ich an meine ›Möbel‹ gewöhnt. Die konnten mir nicht mal die Trossdirnen stehlen, weil sie zu schwer sind. Und dieses Raubzeug schleppt sonst so ziemlich alles weg.«

Auf den Klotz in der Mitte legte Bodo sein mitgebrachtes Brot und ein Stück kaltes Wildbret. Mit seinem Dolch wollte er davon gerade eine große Schlitter für das Mütterlein abschneiden, als sie ihm ihre Hand auf den Arm legte. »Das kann ich doch nicht beißen, schneid mir lieber zwei«, einen Moment besann sie sich, »oder drei dünne Scheibchen ab, Jüngelchen. Die lassen sich lutschen.«

Schelmisch beobachtete sie ihn. »Bist wohl was Höheres, gar kein einfacher Soldat?«

Mit der Zunge zwischen den Zähnen konzentrierte er sich

jedoch so darauf, hauchzarte Scheiben abzutrennen, dass er ihr gar nicht zuhörte. Ihre Neugierde stachelte er dadurch noch mehr an. »Bist so ein Fähnrich, die so toll mit ihren Flaggen schwenken können. Wenn du dein Fahnentuch fliegen lässt, verdrehst du allen Mädchen den Kopf, stimmt's?«

Verärgert schaute er auf. »Den Schnickschnack mit ihrem Fahnenspiel treiben die doch nur, weil sie auf der Stelle stehen und ohne Hokuspokus mit den Armen ihr Tuch schlaff wie ein alter Sack an ihnen runterhängt. Den Quatsch hat die Reiterei nicht nötig. Mein Wimpel knattert lustig neben mir im Wind. Das unterscheidet nun mal den fußlahmen Fähnrich vom aufgesessenen Kornett.«

»Kornett bist du also«, zeigte sie sich zufrieden, mit ihrer Menschenkenntnis auf Anhieb fast richtiggelegen zu haben. Davon angespornt, wollte sie nun mehr hören über »die andere«.

Nach einigem Zögern erzählte Bodo die ganze Geschichte, und der alten Frau kamen Tränen.

Sehr präzise beschrieb sie ihm schließlich den Weg zur Rosstrappe. Vor allem sollte er ja achtgeben und nicht abstürzen, denn die Felsen würden sich ganz plötzlich zur Schlucht öffnen. »Und grüß die unglückliche Emma auch von mir!«

Völlig aufgewühlt stürzte Bodo aus der Kate. Fast in Trance folgte er, genau wie ihm die Frau geheißen hatte, einem kleinen Pfad, der ihn die Steilhänge hinaufführte.

Lag es an seiner eigenen Erzählung, oder kehrte Emma tatsächlich zurück zu ihm? Er spürte sie in sich; ihm war, als ob ihn Schwingen trügen. Dabei troff der Weg, saugte schmatzend seine Stiefel an. Sooft er auch ausrutschte, fing er sich sofort wieder und tanzte dabei mit ihr im Kreis.

Licht durchflutete den noch kahlen Wald. Wieder verspätete

sich das Frühjahr. Nur die Birken hauchten einen ersten zartgrünen Lebensatem. Buchen und Eichen hielten eng ihre Knospen geschlossen. Durch die Bäume hindurch konnte er, sobald er sich umdrehte, auf die weite Ebene hinabsehen. Und er wendete sich oft um, so sehr faszinierte ihn diese Aussicht.

Nachdem er über eine Stunde nur bergauf gestiegen war, verfinsterte sich der Wald und duckte sich sturmgeplagt. Große Bäume zeigten sich kaum noch. Das Überleben hing an dieser Gebirgskante nicht davon ab, sich in die Höhe zu recken, um möglichst als Erster die Sonnenstrahlen aufzufangen. Selbst die Eichenstämme verharrten kniend, um nicht von den Orkanen aus der Erde gedreht und zersplittert zu werden. Im Schutz der Masse gediehen die Niedrigsten mit den kleinsten Kronen und geringstem Widerstand noch am besten.

Wie bei uns Menschen, sann Bodo, und Bitterkeit stieg in ihm hoch.

Unter den Füßen spürte er wurzelne Krampfadern, die sich Nahrung suchend durch die karge Erdschicht wanden. Sie konnten nicht tief eindringen in den Boden, aus dem schroffe Granitfelsen ragten. Dicht über der Erde klammerte sich Moos an das Gestein. An diesen Blöcken schienen sich die Teufel zu wetzen. Sie formten schreckliche, knochig bleckende Grimassen mit schrägen, tief liegenden Augenhöhlen.

Eine steinerne Wand versperrte Bodo schließlich den Weg. »Da musst du rüberklettern, Jüngelchen«, hatte ihm die Alte gesagt.

Unwillkürlich schreckte er zurück, als sich die Kluft vor ihm öffnete, in der tausend Fuß tiefer das ihm vorhin so still scheinende Flüsschen tobte und donnerte. Winzig und entbehrlich kam er sich vor gegenüber diesen Naturgewalten. Auf dem Besen ritten die Winde an den Hängen entlang, urplötzlich griffen sie nach ihm, zausten seine Haare, flüsterten ihm unverständliche Dinge ins Ohr. Er fühlte sich hinabgezogen und sprang schnell zurück auf den Weg, bevor die Sehnsucht nach der Tiefe in ihm überhandnehmen konnte.

Ihm schien es, der Schlund kreiste ihn ein und nahm ihn gefangen. Doch sprengte sich der Fluss an dieser Stelle um ein mächtiges Felsenmassiv herum den Weg in die Freiheit aus der Bergwelt voll steinerner, sperriger Barrieren und machte eine große Kehre. »An dieser Stelle musst du nach dem Hufabdruck suchen, ganz oben auf einer der höchsten Klippen«, hatte sie ihm sein Ziel beschrieben.

Drüben, auf der anderen Seite der Schlucht, musste also der Hexentanzplatz den Furien des Satans als Spielwiese dienen. Schauer durchliefen Bodo. Hierher hatte sich seine Emma gesehnt. Mystisch anheimelnd klang das alles, wenn sie von ihrer Königstochter schwelgte, erinnerte sich Bodo. Hatte sie wirklich keine Vorstellung von der wilden Rauheit dieses Fleckens?

Bodo sah sich um. Einzig dem Satan könnte es Vergnügen bereiten, wenn sich die Stürme aufheulend in diese unheimliche Gruft stürzen und auf dem Grund mit einem anderen entfesselten Element paaren, das mit Drachenkrallen das Gestein aufreißt.

»Wenn du dort oben bist, wirst du überzeugt sein, dass sich kein Mensch – weder zur Walpurgisnacht noch zu irgendeiner anderen – im Dunkeln hinaufwagt«, hatte ihn die Alte schließlich wegen seiner Leichtgläubigkeit ausgelacht, dann aber doch mit dem Finger gedroht: »Wehe, du erzählst jemandem was von meinen Sprüngen übers Feuer. Ich will nicht in Verdacht geraten!«

So blieben ihm Zweifel. Mochte es auch nicht stimmen, dass sie auf dem Hexentanzplatz ihrem heidnischen Reigen frönten. Das Funkeln in den Augen dieser Frau war echt. Wenn nicht hier, so bewahrten die Einheimischen dann eben anderswo ihre finsteren, gefährlichen Bräuche.

Wie angewurzelt verharrte Bodo mitten im nächsten Schritt. Vor sich sah er den in den Granit geschlagenen Abdruck eines Pferdefußes, doppelt so groß wie ein normaler. Unverkennbar zeichnete sich das in den Felsen gepresste Hufeisen ab. Zwei noch tiefer in das Gestein gestanzte Löcher markierten hinten die Stollen. Doch auch vorn und in der Mitte hatten sich weitere Dorne in den Granit gedrückt. Bodo sank in die Knie. Was musste das für ein Pferd gewesen sein und was für eine Reiterin!

Irgendwie hatte er Emma innerlich immer belächelt, wenn sie von dieser Sage schwärmte und sich selbst in diese Riesen-Prinzessin hineinwünschte. Es war ihr Sehnen, mit einem Pferdesprung ihrem tristen ameisenhaften Dasein entkommen zu können. Still wollte er verharren und sich an sie erinnern. Den Geruch ihres Haars. Ihr Funkeln in den Augen, wenn sie ihn anlächelte. Ihren Mund, den er noch immer süßsalzig auf seinen Lippen schmeckte und nach dem er sich verzehrte.

Sein rechter Arm bewegte sich wie von allein, die Finger spreizten sich und tasteten sachte den Grund der Hufspur ab. Er schloss die Augen und wähnte, ihre Hand auf der seinen zu spüren. Sie schmiegte sich an, legte ihre Finger zwischen seine. Vom Kopf aus fluteten ihm Schauer über den Körper. Er streckte sich, um dieses Prickeln noch länger genießen zu können.

Doch strahlte ihre Zärtlichkeit Kälte aus, die Kälte einer Toten.

Unwillkürlich öffnete er die Lider und war sich sicher, dass er die Hand, welche die seine umfasste und führte, jetzt sehen müsse.

Vor ihm schwappte aber nur das angesammelte Regenwasser in dieser steinernen Vertiefung. Schnell schloss er erneut die Augen, um den Kontakt nicht zu verlieren. Doch es war zu spät. Nun, da er wusste, was seine Hand umgab, spürte er nur noch kaltes Wasser. »Wieder habe ich sie verloren«, stöhnte er.

Mit der Linken fühlte er auch nichts anderes als schließlich mit beiden Händen. Zerknirscht hockte er auf dem Fels. Erneut war ihm nur ein winziger Augenblick des Glücks vergönnt. Im selben Moment, da er es zu fassen hoffte, entzog es sich schon wieder. Das war wohl der ihm zugedachte Teil des Schmiedefluches, suchte er nach einem Grund.

Der Fluch. Der flüchtende Leutnant. Der Einzige, der zu ihm gekommen war – außer dieser menschlichen Bestie Würfelbecher. Bodos Hals zog sich zu, als würde sich eine Schlinge um ihn legen. Wie tief war er schon gesunken, dass er dieser Kreatur seine Freundschaft anbot. Nein, viel tiefer noch – denn nicht mal der wollte sie haben.

In Bodos Kopf überschlugen sich die Erinnerungen. An die Demütigungen, die er als Trossjunge durchlitt, an den so herzensguten Tönges, der offenkundig mit dem Teufel im Bunde stand, an die im Todeskrampf röchelnde Emma – und dann in immer schnellerer Folge –, an die zerhackten Kanoniere, den Pikenier mit seinem Säbel in der Schulter, den geköpften Pfarrer, die durch seine Schuld sterbende zweite Emma.

Bodo presste die Fäuste an die Stirn. Er hielt es nicht mehr aus und versuchte, sich frei zu machen von diesen schrecklichen Widerklängen. Schreiend stürzte er auf den Abgrund zu. Im letzten Moment bekam er einen Ast zu fassen, sonst wäre er in die Schlucht gestürzt. Eigentlich musst du jetzt nur loslassen, dachte er, dann wäre alles ausgestanden.

Lohnte es sich überhaupt, zu seiner in Auflösung begriffenen Einheit zurückzukehren? Womöglich gab es sie schon gar nicht mehr, und die Schweden vertrieben ihn als einen für ihren Rückzug über das Meer unnützen Fresser.

Lange verharrte Bodo in dieser Schwebe über der mit gierig aufgerissenem Rachen lechzenden Tiefe, die gleich mehrfach den Tod verhieß: durch den Sturz in den Höllenkrater und den im Übermaß des Frühlingshochwassers kochenden Fluss.

Ließ sich dieses Untier von mir etwa besänftigen, als ich es unten im Dorf streichelte, fragte sich Bodo schaudernd. Hier jedenfalls peitschten es Giganten, ließen es kreischend und brüllend die Felswände emporspringen, bis es mit Wutgeheul in die sprudelnden Hexenkessel zurückstürzte.

Einfach loslassen, überkam Bodo erneut diese Todessehnsucht. Niemand würde ihn mehr finden. Alle Spuren von ihm würden ausgelöscht von den tosenden Gewalten.

Mit den Augen suchte er einen Halt. Irgendetwas, was ihn doch noch mit dieser verkümmerten Welt verband. Sein Blick glitt über zerklüftete Felswände. Die steinerne Rückenflosse eines Riesenbarschs stellte sich ihm gegenüber auf. Mit spitz zulaufenden Zacken versperrte sie, als wäre der steile Abfall nicht unüberwindbar genug, zusätzlich den Zutritt zum Tal.

Doch dann erschrak er. Er nahm jemanden wahr, der fast ebenso wie er zaudernd an die Felswand gelehnt nach unten starrte. Gischtschwaden flackerten mal hell aufleuchtend, mal geheimnisvoll düster durch das Tal und ließen die Konturen dieses Wesens verschwimmen. Fast kam es Bodo vor wie ein riesiger Bär, der sich auf den Hinterbeinen aufreckte zu einem letzten Sprung. Wer wird von uns beiden wohl der Erste sein, der sich entscheiden kann?, sann Bodo.

Er beugte sich weiter vor, noch weiter, jeden Moment musste er das Gleichgewicht verlieren und fallen.

Da rutschte der Beutel mit den vier Dukaten, den er um den Hals trug, unter seinem Wams hervor und hing frei nach unten. Sofort zuckte Bodo zurück. Beinahe hätte er einen Teil seiner Mission vergessen. Er öffnete den Beutel und nahm zwei Goldstücke heraus. Zumindest sie sollten vereint bleiben, symbolisch für sich selbst und Emma, wenn sie der goldenen Krone folgen.

So weit er konnte, schleuderte sie Bodo in das Tal. Aber die kleinen Münzen, viel leichter als große Silbertaler, schafften den weiten Flug nicht bis in den schäumenden Fluss. Höchstens hundert Fuß unter ihm fielen sie in das sich an den Hang klammernde Gestrüpp.

Fassungslos über sein neuerliches Versagen griff Bodo mit zitternder Hand nach den zwei verbliebenen Dukaten. Und nun wusste er, dass es seine Aufgabe war, Emmas Schatz in den Fluss zu begleiten und dort unten zu bewachen, so wie der Riese Bodo die Krone.

»Du hast recht, Emma!«, rief er hinab. »Ich habe dir den Tod gebracht. Ich habe auch noch deinem Namen Schande angetan. Ich wollte dich rächen und fügte völlig Unschuldigen neues Leid zu. Ich verdiene nicht, weiterzuleben.«

Er wartete auf eine Antwort. Doch sie blieb aus.

»Vielleicht kommen wir ja doch noch zusammen«, rief er zum Abschied.

»Irgendwann.«

»Irgendwo.«

Fest umschloss seine Hand die Münzen. Noch einmal

schaute er hinüber zu dem anderen an der Felswand. Die Sicht war klarer geworden, sodass er seinen Trugschluss erkannte: Jenes Wesen war nur ein Fels.

Bodo schloss die Augen und nahm Schwung, um abzuspringen.

Er hing jedoch fest. Nicht wieder die Augen öffnen wie vorhin, als an der Hufspur der Kontakt abbrach, dachte er und wollte sich frei machen von dem Ast, der seine Schulter umklammerte. Im selben Moment jedoch wurde er nach hinten gerissen und fiel auf den Rücken.

»Emma?«, hoffte er, als er nun doch die Augen aufschlug. Aber niemand war zu sehen. Nur der Ast lag neben ihm. Er drehte sich zur Seite, und größer konnte die Enttäuschung nicht sein.

»W… Würfelbech…«, stotterte er.

Die Blinde

»Die Welt ist untergegangen«, brabbelte Ide noch im Halbschlaf nach einem Blick aus dem Fenster.

»Was hast du da gesagt?«, fuhr Helena auf, die mit einem Schlag putzmunter war und erschrocken zum Fenster stürzte. Sie sah rein gar nichts, nicht mal den Holunderbusch dicht am Haus. Hinter der Scheibe versuppte alles in undurchdringlicher Trübnis. »Nebel«, stieß sie erleichtert hervor und wollte sich schon wieder auf ihren mit Heu vollgestopften Sack werfen. »Nebel? – Nebel! Endlich!« Nochmals lief sie zum Fenster zurück, um sich zu vergewissern, keinen falschen Alarm zu schlagen.

Dann trompetete sie fröhlich: »Wir sind unsichtbar!«

Sofort waren alle auf den Beinen. »Tatsächlich«, bestätigte

Tönges, der als Erster am Fenster stand. »Dann schnell jetzt, bevor der Nebel sinkt.« Frowe packte einen Korb mit Verpflegung und verließ als Letzte die Schmiede. »Wo seid ihr?«, rief sie in die milchigen Schwaden hinein. »Na, komm schon, Angsthase, und weck nicht sämtliche Nachbarn auf!«, zischte Tönges dicht vor ihr.

Volker rief schon von weit her: »Wo bleibt ihr denn?«

»Zum Donnerwetter, Ruhe jetzt!«, schalt Tönges und setzte sich dann selbst an die Spitze des kleinen Trupps. Obwohl er jeden Stein am Weg kannte, verlief er sich dennoch und stellte verwundert fest, dass sie bergab liefen, obwohl es doch bergauf gehen müsste. »Ist das eine Waschküche«, stieß er hervor, und David hielt ihm vor, »du bist im Kreis gelaufen.«

»Hier geht's weiter«, war sich schließlich Volker sicher. »Da vorn steht der Pflaumenbaum, der nie Pflaumen trägt. Ich dachte, wir sind schon viel weiter.«

»Das denkt man im Nebel immer«, bestätigte Lene und forderte ihren Bruder auf, die Führung zu übernehmen. Stolz lief Volker voran und hielt fortan auch die Richtung.

»Riecht ihr nichts?«, blieb Frowe verwundert stehen.

»Aber sicher doch«, gab ihr Tönges einen leichten Schubs als Aufforderung zum Weiterlaufen. »Oswald ist schon längst zugange und hat mit dem Rösten begonnen.«

An mehreren Stellen brannten bereits Feuer. Oswald fieberte vor Aufregung. Fast schien es, als nahm er die Neuankömmlinge gar nicht wahr. In Wirklichkeit fiel ihm ein Stein vom Herzen, sie alle um sich versammelt zu sehen. Die schlechten Erinnerungen an seine früheren Kumpane konnte er nie ganz verscheuchen.

Erst als in den Röststellen die Glut richtig entfacht war, winkte Oswald alle zur Seite, um eine Pause zu machen.

»Wunderbar«, strahlte er. »Man würde sonst meilenweit unsere Rauchfahnen sehen. Hoffentlich hält sich der Nebel noch ein paar Tage.«

»Pfui Teufel, stinkt das aber«, schimpfte Ide.

»Passt auf, dass ihr nicht in den Rauch geratet«, warnte der Bergmann. »Da zieht nicht nur Schwefel ab, sondern auch viel anderes giftiges Zeugs. Lange wird hier nichts mehr wachsen.«

»Was werden die Grünröcke dazu sagen?«, warf David ein.

»Nach ihren letzten Erfahrungen zieht es die wohl nicht so schnell wieder hierher«, lachte Oswald. »Kommt, ich will euch noch was zeigen!« Fröhlich pfeifend führte er sie zum Schmelzofen, den er inzwischen fertig gemauert hatte.

Anerkennend tätschelte ihm der Schmied die Schulter. »Toll gemacht.« Auch Frowe und die Kinder sparten nicht mit Lob.

»Na, David«, stichelte Oswald. »Wie steht es nun um deine versprochene Wasserkraft zum Betreiben der Blasebälge?«

Der konterte: »Das geht fix. Wann können wir denn mit der ersten Schmelze anfangen?«

»Normalerweise entzünden die Kupferhütten riesige Mengen, und es dauert Wochen, oder sogar Monate, bis die durchgeglüht sind. Da wir nicht mit Holz geizen müssen und immer nur einen Scheffel luftig übereinandergestapeltes Erz rösten, könnten wir in ein bis zwei Wochen so weit sein«, war sich Oswald sicher.

»Bis dahin ist alles fertig«, versicherte David.

»Gut, gut«, wehrte er schließlich die fragenden Blicke ab. »Ich erkläre euch, was ich vorhabe. Wir leiten oben vom Wasserrand des gestauten Bachs etwa hüfthoch eine Rinne ab, die sich dann teilt und bis zu beiden Seiten des Schmelzofens führt. Dort sind jeweils zwischen zwei Steinsockeln die beiden Blasebälge fest angebracht, bei denen nur der untere Griff beweglich sein darf. Diesen verbinde ich mit einer biegsamen, derben Weidenrute, ungefähr so lang wie Ide. Die Rute wird auf einen kleineren dritten Sockel geklammert und ragt ein ganzes Stück über. An deren Ende kommt ein Haken, an dem ein Wassereimer hängt. Bis hierhin alles klar?«, schaute er in die Runde.

»Klar«, nickten ihm alle zu.

»Gut. Die Rinnen führen genau bis zu den beiden Eimern. Den Zulauf können wir regeln, sodass etwa jede halbe Minute einer so weit vollläuft, bis das Gewicht den Weidenknüppel nach unten drückt. Dadurch zieht der Blasebalg Luft.«

»Und dann muss jemand kommen und den Eimer ausgießen«, blieb Oswald skeptisch.

Unwirsch fuhr Davids Hand durch die Luft. »Unsinn. Der Eimer senkt sich und trifft dabei am äußersten Rand auf eine Kante. Dadurch kippt er von allein um und wird wieder so leicht, dass der wie eine Armbrust gespannte Weidenast zurückfährt und die Luft aus dem Blasebalg drückt.«

Oswald war noch immer nicht überzeugt: »Wenn das Wasser ausfließt, schnippt der Ast mit aller Kraft zurück. Und er muss viel Kraft haben, um den Blasebalg zu betreiben. Spätestens beim zehnten Mal ist der hierbei herumfliegende Eimer zerdeppert oder löst sich zumindest vom Haken.«

»Keinesfalls«, schaltete sich Tönges ein. »Die Weidenstange muss ja arbeiten und Luft pumpen, sie kann gar nicht schnippen. Der Eimer kehrt also ganz sachte wieder nach oben zurück und kann erneut volllaufen. – Toller Plan.«

»Den Ablauf zurück zum Bach müssen wir aber wegen des spritzenden Wassers mit Steinen verstärken, sonst steht der Ofen bald im Sumpf«, vervollständigte David sein Vorhaben.

Lene fiel ihm um den Hals. »Sägemüller, du hast was auf dem Kasten«, schnurrte sie.

*

Die Nebelschwaden wichen nicht. Seit Tagen schon schwärmte die Schmiedefamilie früh aus und kehrte erst im Dunkeln zurück. Zunehmend machte sich die Aufregung breit vor der ersten Schmelze. Seinen Holzkohlevorrat hatte Tönges bereits weitgehend in die Schlucht ausgelagert. Während alle heiß waren auf das erste flüssige Kupfer, fürchtete er sich davor. Schließlich war er kein Kesselmacher. Nur vom Zusehen kannte er diesen Beruf. Wie würden sie ihn anschauen, wenn an ihm zuletzt alles scheiterte, weil er nichts zustande brachte?

Er war gerade mit seinen zwei Jungs und David dabei, den Blasebalg der Schmiede auszubauen, als der Pfarrer nach ihm rief. Tönges steckte die Nase zur Tür hinaus und forderte ihn auf, hereinzukommen. Unwillig folgte Johannes der Einladung. »Eigentlich wollte ich allein mit dir reden«, schaute er missmutig die beiden Jungen an. Die verschwanden umgehend. David warf Tönges einen Blick zu, ob er nicht doch bleiben solle, der aber schüttelte stumm den Kopf.

»Deine Geheimniskrämerei verheißt doch nichts Gutes«, kam Tönges gleich auf den Punkt, weil ihn der Zeitverzug durch dieses Gespräch wurmte.

»In der Tat«, knurrte der Pfarrer. »Was treibst du eigentlich den ganzen Tag, obwohl du keinen einzigen Auftrag hast?«, schaute er sich neugierig in der kalten Schmiedewerkstatt um. »Hast kein Eisen im Feuer, nicht mal ein Feuer an, und doch rackert ihr schon den ganzen Winter wie die Wilden.«

Tönges versuchte auszuweichen. »Was weißt du von meinen

Aufträgen, zähl ich etwa deine Beisetzungen oder Taufen? Geboren ist doch schon lange keiner mehr, und bis die Hinterlassenschaften der letzten Militäreinquartierung so weit sind, dauert es wohl auch noch ein paar Monate.«

Johannes kaute auf der Unterlippe. Dass es nicht leicht wird mit dem Schmied, hatte er schließlich vorausgesehen. »Es fällt dir wohl gar nicht auf, dass keiner mehr zu dir kommt? Nicht mal, dass alle einen großen Bogen um dich und deine Frowe machen?«

»Ach, daher weht der Wind schon wieder. Lass mich erst mal meine Tochter unter die Haube bringen. Aber eine Doppelhochzeit kannst du dir abschminken, es sei denn, du kannst auf die Bibel schwören, das Schicksal meiner Margot zu kennen. – Sonst noch was?«, wollte Tönges verärgert das Gespräch zu Ende bringen.

»Deine Vielweiberei treibt mich nicht her«, verschaffte nun auch Johannes seinem zunehmenden Verdruss Luft. »Vielmehr ist das die Hexerei unter deinem Dach!«

Nun war es heraus. Tönges schnaubte wie ein Ackergaul. Er rang nach Luft und presste diesen unerhörten Vorwurf noch einmal heraus: »Hexerei?« Erschrocken musterte er den Pfarrer und fragte sich, woher diese Anschuldigung kommen konnte. War das immer noch das Gefasel über den Raben, oder hatten einige etwas von seinen Kupfergeheimnissen mitbekommen und machten sich ihren Reim darauf. »Meinst du, ich koche Zaubertränke?«, versuchte Tönges vorsichtig, mehr aus dem Pfarrer herauszulocken.

»Du nicht, aber die Frowe und inzwischen wohl auch deine Tochter. Ich rate dir, die Marketenderin schnell fortzuschicken, bevor sie über deine ganze Familie Unglück bringt.«

War Tönges im ersten Moment erleichtert, dass offenkundig

niemand etwas vom Stollen mitbekommen hatte, so fuhr er dann doch zusammen. Frowe und Helena gleichzeitig der Hexerei zu bezichtigen, weckte Gespenster eines Prozesses einschließlich der hochnotpeinlichen Befragung.

»Du weißt, dass ein falscher Vorwurf auch Unheil über denjenigen bringt, der ihn leichtsinnig äußert«, versuchte es Tönges mit einer Gegendrohung. »Ist dir ebenso bekannt, dass einige Großbauern seit Jahren bei mir Schulden anhäufen und versucht sein könnten, sich derart davon zu befreien? Denn letztlich geht es doch immer nur ums Geld. Könntest du das mit deinem Gewissen vereinbaren?«

Nun zuckten Johannes' Mundwinkel. »Ich bin als Freund zu dir gekommen, um dich rechtzeitig zu warnen«, lenkte er ein.

»Dann sage mir, wer hinter diesem Komplott steckt!«

»Das weiß ich nicht. Aber es werden immer mehr, die mit Fingern auf euch zeigen und beschwören, dass Frowe mit dem Bösen buhlt und Helena und David bereits mitmischen. – Schick die Rothaarige fort, warte nicht länger!« Damit drehte sich Johannes grußlos um und verließ eilig die Schmiede.

Daheim angekommen, ließ sich der Pfarrer auf seinen gepolsterten Stuhl mit der hohen, geschnitzten Lehne plumpsen. Das Einzige, was ihm von seinem Vater geblieben war und die Plünderungen überstanden hatte. Aufgeregt wollte Anna sogleich wissen, wie das Gespräch in der Schmiede ausgegangen war. »Den Weg hätte ich mir sparen können«, brummte ihr Mann unwirsch. »Niemals jagt er die Neue aus dem Haus. Das nimmt seinen Gang und geht aus, wie es ausgehen mag.«

»Würdest du mich vertreiben, wenn es im Dorf auf einmal solche Gerüchte gibt?«, stellte sie ihn zur Rede.

»Das ist ja wohl etwas anderes«, blockte er ab.

»Was wäre da anders?«, setzte sie nach. »Frowe ist ebenso wenig eine Hexe wie Lene oder ich.«

Er fuhr zu ihr herum. »Du scheinst einen Narren an ihr gefressen zu haben, wieso willst du für die Fremde deine Hand ins Feuer legen?«

»›Vergesst die Gastfreundschaft nicht; denn durch sie haben einige, ohne es zu ahnen, Engel beherbergt‹, darf ich dich an den Hebräerbrief erinnern«, fragte Anna spitz.

»Du sollst die Schrift nicht nach deinem Gusto auslegen«, hielt er ihr vor.

»Legst du nicht auch nach deinem Gusto aus, wer Hexe oder Engel ist?«, ließ Anna nicht locker. »Frowe ist in deine Herde gekommen, hat sich unter deinen Schutz gestellt. Bist du ihr ein guter Hirte?«

Düster flüsterte Johannes: »Ich konnte nicht mal dich beschützen, als die Soldaten kamen, und habe in letzter Not meine Töchter einer Fremden anvertraut.«

»Deren Hilfe hast du also nicht vergessen?«

»Nein!«, schrie er. »Aber den Gerüchten kann ich mich ebenso wenig widersetzen wie den Landsknechten.«

»Fragst du dich nicht, wer diese Gerüchte verbreitet?«

»Das wollte Tönges von mir auch wissen«, erinnerte sich Johannes. »Er vermutet einige Bauern dahinter, die sich auf diese Art ihrer Schulden bei ihm entledigen wollen.«

»Die haben nichts damit zu tun«, legte sich Anna fest. Und als er sie fragend musterte, erklärte sie ihm ihren Verdacht. »Ich bin dem Ganzen nachgegangen und stieß immer wieder auf den Hintersättler Melchior Hahn. Der war ganz versessen auf ein Harzmädel, die ihn aber abwies und stattdessen David bezirzte. Seither kam das Gerede auf von Liebeselixieren. Er schwört auch noch immer Stein und Bein, dass David gefeit sei, obwohl der inzwischen wohl schon jedem den Steinbrocken zeigte, der die Kugel auffing. Als dann Melchiors Schwester in der Schmiede zu Tode gefoltert und auch ihm selbst das Fleisch von den Füßen gesengt wurde, soll er die Tannbergs verflucht haben. Melchior ist es, der die Leute aufhetzt. Du solltest ihn zur Rede stellen und ein für alle Mal Schluss machen mit den Verleumdungen.«

Den Kopf auf beide Hände gestützt, sinnierte Johannes. »Wenn wirklich nur einer die Gerüchte verbreitet, warum lässt sich dann das halbe Dorf anstecken und spitzt sogar über die Lene die Lippen?«

»Na, merkst du denn nicht, wie die Kerle begierig die Köpfe nach dieser kleinen Grazie verdrehen? Sie hält den anderen Mädels und Frauen mit ihrer erwachten Weiblichkeit beständig einen Spiegel vor, und sie erkennen, dass sie bei diesem Vergleich nicht gut abschneiden. Sie sind zwar robuster und besser für die harte Arbeit geeignet, aber das ist ja nun mal nicht alles, was ein Mann begehrt, oder?« Eindringlich musterte sie ihn.

»Je hübscher die Lene von Jahr zu Jahr wird, desto mehr nimmt das Getratsch zu, um sie hinterrücks mit Schlamm zu bewerfen. Bei Frowe ist das ähnlich. Auch gegenüber David haben sie schnell vergessen, welchen Dank sie ihm schulden, dass wir das Frühjahr erreichten, ohne dass jemand verhungert ist. Wenn man sie reden hört, hat jeder allein dem Militärtross Pferde und Geld abgenommen und das zusätzliche Getreide über den Harz geholt. Ohne Frowes Rat, auf fremden Märkten einzukaufen, hätten uns die anderen Dörfer allesamt verraten, um die eigene Last zu mildern. – Hörst du mir eigentlich noch zu?«

Johannes brummte nur.

»Meinst du nicht, dass Tönges auch dich im Verdacht haben könnte, die Gerüchte zu streuen? Schließlich gab er ja das Stichwort Schulden.«

»Was?«, fuhr ihr Mann nun herum. »Ich hab doch bei ihm keine Schulden.«

»Aber er bei dir. Vielleicht denkt er, du willst ihn unter Druck setzen? Ich hole mal dein Verzeichnis.«

Als Anna mit dem Buch der Specificatio zurückkehrte, wurde Johannes quirlig. Er wollte nicht an die vielen Außenstände erinnert werden. Selbst sein Pfarrsold erreichte ihn selten. »Im vergangenen Jahr hast du nur zwölf Gulden und sechzehn Groschen erhalten«, las ihm Anna vor. Vom Hofe der Wagners stehen dir auch noch zwei Brote und zwei Würste zu, von den Tannbergs fünf Groschen und eine Gans. Da sehe ich, die zwölf Groschen für ›Ehleut Lemrodt copulirt‹ sind ebenso wenig bezahlt«, sagte sie vorwurfsvoll.

»Hör auf«, entgegnete er gequält. »Dem eigenen Pfarrer geben sie nun mal immer zuletzt; erst ist die Obrigkeit dran, und dann ist meist schon nichts mehr da. Was soll ich machen? Treib doch mal die Gans und fünf Groschen vom Tönges ein. Da beißt du auf den nackten Amboss. Von den Bauern bekommt er ja auch selten was. Höchstens Frowe hat noch Geld, aber solange sie ledig ist, haftet sie nicht für die Schmiede.«

»Wie ich hier sehe, sind gar nicht mal die Ärmsten, sondern die Ackerbauern die Säumigsten«, fasste Anna lakonisch zusammen. »Nein, da kann Tönges eigentlich nicht glauben, dass er es ist, der den Ärger des Pfarrers auf sich zieht – falls er hiervon überhaupt eine Ahnung hat. Was willst du nun aber unternehmen gegen die Hexenvorwürfe, oder glaubst du tatsächlich, er setzt deswegen Frowe vor die Tür?«

»Es wäre mir lieber, er täte es, dann hätten wir unsere Ruhe«, schluckte er. »Aber er wird es wohl drauf ankommen lassen. Ich habe ein ungutes Gefühl.«

*

Noch immer quollen neue Nebelbänke auf und verstellten die Sicht auf ihr Treiben. Rund um die Uhr ließen sie die Feuer brennen. Die Funken stoben über den glühenden Erzbrocken. »Ihr solltet nicht länger mit den gleichen Sachen ins Dorf gehen, die ihr hier beim Arbeiten tragt«, sagte Oswald bitterernst.

»Stinken wir dir zu sehr?«, scherzte Frowe.

»Ja«, bestätigte der Alte. »Nach Schwefel.«

Tönges schlug sich an die Stirn. »Natürlich, das ist es. Daher weht der Wind«, sagte er bedeutungsvoll zu Frowe.

»Falls du die Hexengeschichten meinst, nein, daher weht der Wind nicht«, zeigte sich Oswald völlig im Bilde.

»Du weißt auch davon und sagst kein Wort?«, brauste der Schmied auf.

»Das wagte ich nicht. Ich wusste nicht, wie ihr reagiert, und fürchtete, dass ihr mit mir brecht, wenn ich solche Sachen erzähle. Inzwischen werde ich aber schon sehr ernsthaft zur Rede gestellt, ob ich mit euch unter einer Decke stecke. Wir wurden häufig zusammen gesehen. Das war aber schon vor unserer Rösterei. Doch wenn wir jetzt noch beginnen, nach Schwefel zu riechen, fürchte ich, das Gerede nimmt zu. Darum wollte ich heute endlich mit euch darüber reden.«

»Wer verbreitet das?«, presste Frowe durch die Zähne.

»Wenn ich das nur wüsste«, hob Oswald die Schultern. »Aber ich bin mir sicher, dass euch einer ans Leben will, das ist kein Spaß. – Keine Bange. Ich halte weiter zu euch. Und falls ihr einem alten Mann etwas Liebestrank bereiten könntet, immer her damit«, versuchte er zu scherzen.

Zum Scherzen war den anderen aber nicht zumute. Betreten schaute einer zum anderen. Tönges erzählte nun auch Oswald von der Warnung des Pfarrers. Es lag was in der Luft. Sie mussten rausbekommen, was dahintersteckte. Ein Scheiterhaufen ist schnell aufgeschichtet, und unter der Folter gibt schließlich jeder zu, mit dem Teufel zu paktieren.

An einem Abend löste sich der Nebel so plötzlich auf, wie er gekommen war. Als Oswald den Mond durch sein Stubenfensterchen scheinen sah, lief er vor das Dorf, um sich zu vergewissern, dass die Nachtwache die Feuer gelöscht hatte. Zutiefst erschrocken sah er schon von Weitem, wie sich die Rauchfahnen über ihrem Tal bündelten und als schwarze, drohende Säule in den Himmel erhoben. Er beeilte sich, David und Helena zu Hilfe zu kommen. Als er bei ihnen eintraf, hatten sie die Glut jedoch bereits erstickt.

»Waren wir etwa bis Buchholz zu sehen?«, fragte Helena erschrocken, als der Bergmann atemlos mitten in der Nacht bei ihnen eintraf.

»Nicht ganz«, keuchte er. »Aber viel fehlte nicht mehr, und es hätte Waldbrandalarm gegeben. Wir sind zu sorglos geworden. Wenn wir so weitermachen, erwischen sie uns garantiert.«

»Nun, jetzt können wir hier aber nichts mehr ausrichten«, verabschiedete sich David. »Morgen kommen die anderen, um nach dem Rechten zu sehen. Wir werden erst mal ausschlafen. Bis denn.«

»Tschüss«, winkte auch Helena. »Das meiste ist ja durchgeglüht, wir sind gespannt auf das Schmelzen.«

Beklommenheit stieg in Oswald auf, als er zurückwinkte.

Etwas lag ihm schwer im Magen, ohne dass er sagen konnte, was es war. »Passt gut auf euch auf!«, rief er ihnen nach.

*

Gepolter weckte Helena am nächsten Morgen. Es war noch früh, doch die anderen waren schon alle weg zum Schmelzofen. »Schon gut«, sagte David. »Bleib ruhig liegen, ich schau nach, wer da klopft.« Er schlurfte zur Tür und öffnete.

Doch blieb es völlig still. Kein Wort der Begrüßung, keine Fragen, nichts. Schon wollte Helena laut nach ihm rufen, aber etwas in ihrem Innersten warnte sie. So lief sie nach hinten und schaute zuerst von der Rückseite der Schmiede aus dem Fenster. Nur für einen Moment sah sie noch einen Menschenpulk, der jemanden mit sich fortzerrte, dem sie einen Sack über den Kopf gebunden hatten. Er war nicht zu erkennen, sie wusste aber sofort, dass dies nur David sein konnte.

Eilig zog sie sich an, nahm ein Stück Holzkohle und schrieb auf den Steinfußboden: D. entführt, folgt den Pfeilen!

Dann rannte sie hinaus, den Männern hinterher und ritzte die ersten Pfeile in den Boden. Sie hatten schon einen großen Vorsprung, aber sie sah sie noch querfeldein an Buchholz vorbeilaufen. Pferde haben sie nicht, war sich Helena inzwischen sicher. Also konnten es weder Soldaten noch Räuber sein. Als Erstes verdächtigte sie ihren Schwiegervater, der noch immer ihre Hochzeit hintertreiben wollte. Womöglich steckten aber die Leute dahinter, die ihnen Hexerei vorwarfen.

Obwohl Helena genügend Abstand hielt, erkannte sie dennoch, dass David ständig Schläge mit einem Knüppel auf den Rücken und in die Kniekehlen bezog. Ihr Herz krampfte sich zusammen. Gegen Mittag machten sie endlich eine Pause.

Schluchzend setzte sich Helena auf einen Stein am Wegesrand. Wohin wollten sie bloß mit David, und worum ging es hier? Um einen Irrtum konnte es sich schließlich nicht handeln. Sie hatten ja gezielt ihre Schmiede überfallen.

Vor dem Abend, so überlegte sie, würden die anderen aber kaum zurückkehren und dann im Dunkeln erst recht nicht ihre Spur verfolgen können. Frühestens nach einem Tag durfte sie also mit Hilfe rechnen. Davids Leben hing jetzt nur von ihr ab. Doch sosehr sie sich marterte, einen Grund zu finden, warum man ihn so weit wegschleppte, kam sie zu keinem Schluss.

Es dunkelte bereits, als sie sich einem Städtchen näherten. Am Tor gab es ein großes Hallo beim Eintreffen des Trüppchens.

Als Helena das Tor erreichte, fand sie es verschlossen. Sie klopfte lange, bis sich endlich jemand hinter einer Schießscharte zeigte und fragte, wer sie sei. Da sie sich nicht als Einheimische ausweisen konnte, wurde sie angeherrscht, am nächsten Morgen wiederzukommen, wenn früh ab sechs Einlass gewährt werde.

Hastig fragte sie, was jener Mann verbrochen habe, der unmittelbar vor ihr gekommen sei, doch als Antwort erntete sie nur höhnisches Gelächter. »Wenn du den verruchten Schmied sterben sehen willst, kommst du morgen früh noch rechtzeitig.« Damit verschwand der Torwächter, sosehr sie auch flehte, sie doch nicht nachts im Freien warten zu lassen.

Bibbernd schaute sie die Mauer entlang. Auch an den anderen Toren wies man sie ab. Die Frühlingsnacht stand noch mit dem Winter im Bunde. Viel fehlte nicht, dass der Tau gefror. Sich irgendwo hinlegen und einrollen zu können, daran war gar nicht zu denken. Und da sie schon die vorige Nacht nach der Feuerwache kaum zwei Stunden geschlafen hatte, war sie nach dem langen Marsch, ohne etwas essen oder trinken zu können, jetzt völlig zerschlagen.

So gut es ging, wickelte sie sich in ihr Tuch. Durch die dünnen Schlappen kroch aber die Kälte in Füße und Beine, die sie kaum noch spürte. Du musst in Bewegung bleiben, spornte sie sich an. Aber die Kraft, um sich warm zu laufen, schwand. Immer kürzer wurden ihre Schritte. Wimmernd betete sie, während sich die Nacht in die Länge zog, als wollte sie nie wieder dem Morgen weichen.

Sie hörte das Glöckchen des Nachtwächters, konnte aber nicht verstehen, welche Stunde er ausrief. Schließlich schalt sie sich, den nächsten Tag herbeizusehnen, der womöglich David den Tod brachte. Wieder ging sie alles durch, was sie über ihn wusste, und suchte die Vergangenheit nach Verfehlungen ab, die man ihm vorwerfen könnte. Hat das Ganze doch etwas mit Frowe zu tun, überlegte sie. Hatte sie die Leute hier mal betrogen?

»Was haben wir euch getan?«, schrie sie schließlich verzweifelt die Stadtmauer an. Aufgeschreckt kläffte ein Hund. Von weit her antwortete ihm Wolfsgeheul. Lene erschrak. Wohin sollte sie fliehen im Fall, dass sie angefallen würde? Sie schaute sich um, ob sie sich auf einen Baum retten könnte. Aber so dicht vor der Stadtmauer gab es natürlich keine. Den Schutz der Bastionen wollte sie jedoch auch nicht verlassen. So nah trauten sich die Wölfe hoffentlich nicht an die Siedlung ran, barmte sie.

Unerträglich fraß sich die Kälte in sie hinein, fror die Gelenke fest, lähmte wie ein Schlangenbiss. Sie konnte nicht mehr gehen, stand nur noch auf der Stelle und zitterte am ganzen Leib. Sehnsüchtig schaute sie nach Osten, nach dem ersten Schimmer der Sonne. Aber nur der Mond spendete sein blasses, altersschwaches Magerlicht. Abweisend glotzte er von oben auf sie herab. Ihr war, als würde er sie verhöhnen, das arme, frierende Bündelchen Leben mit dem schwindenden Funken Hoffnung in der Brust. Was nur konnte sie ausrichten?, zweifelte sie an sich selbst.

Ein Käuzchen rief. Dann stirbt jemand, kam ihr sofort der Spruch der Oma in den Sinn. »Nein«, wimmerte sie. »Wir haben doch nichts getan.«

Die Nacht rückte voran, die Welt aber immer weiter von ihr ab. Sie sah sich in glücklichen Kindertagen. Ihre Mutter sang, sie hörte die Melodie in sich, konnte sie aber nicht mitträllern. Wie ein Schmetterling flatterte das Lied vor ihr her, ohne sich greifen zu lassen. Beständig entzogen sich ihr die summenden Reime.

Das Lied begann zu dröhnen, wurde schließlich grob. Es schrie sie an: »Blöde Trine, was willst du hier!«

Sie riss die Augen auf. Helligkeit schlug auf sie ein. Nur konturenhaft erkannte sie den ärgerlich auf sie herabblickenden Torwächter. »Ich möchte rein«, stammelte sie kläglich.

»Bettler darf ich nicht durchlassen, scher dich fort!«, fertigte er sie ab. Sie fühlte um sich herum bereits alles zusammenbrechen, schaffte sie es doch nicht einmal, durch das Tor zu kommen. Drinnen richten sie über David, warf sie sich vor, und ich kann ihn nicht mal mehr sehen!

»Ich komme wegen des Schmieds«, wagte sie einen neuen Versuch. Dabei hob sie ihren Arm und wunderte sich über den Stock, den sie in der Hand hielt. Irgendwo musste sie ihn in der Nacht gefunden und sich auf ihn gestützt haben. Sie wies mit ihm am Tor vorbei, aber durch einen Zufall genau in die Richtung, wo David gerade öffentlich auf dem Markt vernommen wurde. Noch immer vom gleißenden Tageslicht geblendet, schaute sie dabei zu Boden.

»Lasst die Blinde durch!«, rief jemand, der dies beobachtet hatte. »Vielleicht weiß sie etwas. Wir kennen doch nicht mal den Fluch genau.«

Erschrocken drehte sich Helena nach dieser Stimme um. Was, sie sollte blind sein? Und von welchem Fluch ist hier die Rede? Doch schnell besann sie sich, die Rolle der Blinden anzunehmen, und schaute an den Männern vorbei ins Leere. Sich als künftige Frau Davids auszugeben, erschien ihr jedenfalls weit weniger hilfreich.

Den jungen Mann aber, der bereits angebissen hatte, musste sie an sich binden, um zu erfahren, was es auf sich hatte mit Davids Entführung. »Führe mich!«, forderte sie ihn auf, wobei sie mit dem Stock das Pflaster vor sich abklopfte. »Erzähle mir mehr von dem Fluch!«

»Wir kennen nur dessen Anfang«, berichtete der Handwerksbursche. »Doch war es schauerlich. Er drang aus der brennenden Kirchentür, als dieser teuflische Schmied als Anführer eines Söldnerhaufens im vorigen Sommer die halbe Pfarrersfamilie umbrachte und viele von uns foltern ließ.«

Sind die hier alle von Sinnen, erschrak Helena. David soll Soldaten angeführt und ...

Jetzt funkte es in ihr. Es ging gar nicht um David, sondern um ihren Vater. Er war im Sommer bei den Soldaten. Das müsste sich doch auflösen lassen, wurde ihr bereits leichter ums Herz. Doch halt, dann würden sie ja Jagd auf ihren Vater machen – ein Teufelskreis.

Ein Schrei entfuhr ihr, als sie um eine Häuserecke bogen und plötzlich vor der Ruine einer Kirche standen. Sie bot einen grässlichen Anblick. Vom Turm und vom Hauptschiff waren die Dächer eingestürzt und hatten im Fallen einen Teil des Mauerwerks mit sich gerissen. Schutt und verkohlte Balken türmten sich auf. Ich hab mich verraten, erschrak sie selbst über ihren Schrei. »Brand und Tod schweben hier in der Luft«, versuchte sie, die Situation zu retten.

»Donnerwetter«, staunte ihr Begleiter, »das kannst du nach so vielen Monaten noch riechen? Toll, wie scharf bei euch Blinden doch die Sinne entwickelt sind.«

Du Blödmann, dachte sie.

Aufgewühlt wies er auf das Kirchenportal. »Die Tür dort ist verbrannt, an sie waren der Pfarrer und seine Tochter genagelt worden. Von dort kam die Stimme, welche die Mörder verfluchte. Die Hölle ist ihnen mit Gewissheit sicher, aber da war noch etwas. Nur konnte das niemand mehr verstehen durch das Tosen der Flammen.«

Schreckensbleich starrte Helena auf die Reste des flammenzerfressenen, rußgeschwärzten Portals und versuchte, sich das Geschehene vorzustellen. Unmöglich, dass ihr Vater dort ein Mädchen an die Tür genagelt haben sollte. Niemals würde er das tun, nahm sie ihn in Schutz. Alles musste eine schreckliche Verwechslung sein.

Sie tauchte völlig ein in diesen Brand und vergaß, dass noch jemand neben ihr stand. Mit dunkler Stimme versuchte sie, das Beschriebene theatralisch nachzusprechen, so wie sie sich im Religionsunterricht den Untergang von Sodom und Gomorrha vorgestellt hatten: »Verflucht sollt ihr sein«, dehnte sie knarzend ihre Worte, »und nicht nur in der Hölle brennen, sondern ...«

Mit einem mächtigen Satz sprang der Bursche neben ihr zur Seite. »Das ist der Fluch«, kreischte er entsetzt, »sie kennt ihn!«

Gleich mehrere hatten das beobachtet und waren felsenfest überzeugt von Helenas seherischen Fähigkeiten. »Schnell, bringt sie zum Markt«, riefen sie. »Sie kann die Bestie überführen!«

Ihr wurden die Knie weich. Was hatte sie nur angerichtet? Sie hatte diese Leute in ihren Wahnvorstellungen bestärkt. Wie konnte sie David nun noch helfen?

Sie wickelte sich das Tuch noch enger um ihren Kopf, sodass von ihrem Gesicht fast nichts zu erkennen war. Die Blinde musste sie augenblicklich nicht mimen. An beiden Armen ergriff man sie und führte sie mit eiligen Schritten. Sie hörte ihr Herz bis in die Schläfen pochen, ihr Kopf dröhnte. Ihre Angst konnte sie kaum noch bezähmen und hätte am liebsten gefleht, sie doch einfach in Ruhe zu lassen.

Schwarz vor Menschen öffnete sich der Markt zu einem tiefen Schlund. In dichten Trauben umstanden sie zu Hunderten einen Tisch in der Mitte. Würdevoll, unter weiß gepuderten Perücken rundum blickend, breiteten sich dort drei Herren aus, die wohl das Tribunal bildeten. Wäre sie nicht festgehalten worden, hätten ihr jetzt die Beine den Dienst versagt, denn unmittelbar vor sich sah sie David. Beinahe hätte sie ihn nicht wiedererkannt.

Sein Gesicht war verquollen von den Schlägen, ein Auge völlig geschlossen. Grüne und blaue Flecken zogen sich bis zum Hals. So wie sie ihm an der Tür aufgelauert hatten, stand er nun verstört auf dem Markt. Sein bis zu den Knien reichendes Hemd starrte jedoch inzwischen vor Dreck, Unrat und geronnenem Blut und klebte an mehreren Stellen an der Haut fest. In Fetzen hingen seine Strümpfe nach dem langen Marsch an den Beinen. Mit blau angelaufenen Füßen trat er von einem

Bein auf das andere auf dem kalt glänzenden Kopfsteinpflaster.

In der Masse brodelte der Hass. »Schlagt die Sau doch endlich tot, was sollen wir uns noch mit ihr abgeben!«, forderte einer. »Nein«, wurde ihm widersprochen, »die Gnade hat er nicht verdient. Wir sollten ihn so foltern, wie er uns misshandelt hat.« Brüllend stimmte die Menge zu.

»So geht das nicht!« Einer der Männer am Tisch hatte sich erhoben und gebot Ruhe. »Also, du bestreitest, Tönges Tannberg zu sein, und behauptest, David Lahrmann zu heißen«, fasste er zusammen, was er bislang in sein Protokoll geschrieben hatte.

»Der lügt doch«, wurde schon wieder dazwischengerufen. »Schlagt ihm die Zähne ins Maul!«, mischte sich der Nächste ein.

»Du bestreitest auch, der Schmied aus Herrmanns Acker zu sein«, wurde das Verhör fortgesetzt.

Reinsten Gewissens konnte David dies bestätigen: »Weder Tannberg noch Schmied.«

»Du warst also nur Gast in der Schmiede?«, prasselte die nächste Frage auf ihn ein.

Auch dies bejahte David.

»Und du willst behaupten, bei euch sei es Sitte, dass nicht der Hausherr früh die Tür öffnet, wenn es klopft, sondern der Gast«, blickte der Mann am Tisch triumphierend in die Runde und sah es nun als ein Leichtes, den offenkundigen Lügner weiter vor sich herzutreiben und letztendlich zu überführen. »Verwandt bist du auch nicht mit dem Schmied, oder vielleicht doch der Bruder?«, belauerte er ihn weiter.

»Nein«, versicherte David.

»Aber im Hemde und in Strümpfen läufst du bei ihm durchs Haus.« Die Leute johlten.

»Wenn nicht aus der Schmiede, woher stammst du denn dann?«

David schluckte. »Aus der Sägemühle.«

Nun sprang der nächste Herr am Tisch auf: »Lüge! Jetzt ist es genug! Du bist überführt!«, zeigte er mit ausgestrecktem Arm auf den Angeklagten.

Völlige Stille folgte. Hunderte Augenpaare richteten sich auf den Ankläger, um endlich Gewissheit zu erhalten, dass der Richtige gefangen worden ist.

»Wir hätten dich wohl nie gekriegt, du Schwein«, ereiferte sich der Mann weiter, »weil keiner mehr wusste, woher der Geselle Tannberg kam, den wir einst mal bei uns aufgenommen hatten. Soll ich dir sagen, wer uns auf deine Spur geführt hat?«

Kein Laut war nun mehr zu hören. Alle hielten den Atem an, um ja nichts zu verpassen.

»Es war der Sägemüller, als den du dich soeben ausgegeben hast. Angeblich wollte er gehört haben, dass wir ein Kopfgeld zahlen, sobald uns jemand den gesuchten Schmied und seine ganze Sippe ans Messer liefert. Er kam extra, um die Silberlinge einzustreichen. Ihr seid allesamt ein widerliches Gesocks in eurem Kaff! Und soll ich dir sagen«, drehte er sich wieder David zu, »worin du dem Sägemüller tatsächlich aufs Haar ähnelst?«

Wieder machte er eine lange Pause, um die Spannung noch zu steigern.

»Er sah genauso verbeult aus wie du jetzt, nachdem wir aus ihm auch ohne Kopfprämie den Wohnort herausgeprügelt hatten«, höhnte er.

Vor Begeisterung flogen im weiten Rund die Hüte in die Luft. »Jetzt haben wir dich, Schmied! Warte nur, jetzt hängst du!«

»Halt!«, rief jemand dazwischen. »Halt, nicht aufhängen!«

Alles drehte sich nach ihm um. »Denkt an den Fluch! Er soll brennen! In der Kirche liegen noch genug verkohlte Balken, lasst uns einen Scheiterhaufen aufrichten!«

Der Vorschlag brachte die Menschen außer Rand und Band. Sie rasten auf David zu, um ihn mit Schlägen und Tritten zur Kirchenruine vor sich herzutreiben.

Erneut forderte jemand lautstark Gehör. Diesmal kam es wieder von dem Tisch. »Noch haben wir kein Geständnis! Noch ist kein Urteil gefallen! Auch weiß niemand, was der Fluch wirklich besagt!«

»Doch«, brüllten nun die Begleiter von Helena. »Die Blinde hier kennt ihn«, und schon wurde Helena in die Mitte des Platzes geschoben, unmittelbar vor den Gerichtstisch.

Ihr schwanden vor Angst fast die Sinne. Was konnte sie ausrichten? Sagen, wer sie ist und wer David ist? Was hätte das genutzt, wo sie doch vorhatten, die ganze Sippe auszurotten. Vielleicht war es aber ihre Berufung, David beizustehen, wenn sie gemeinsam brannten, ihn zu umarmen und zu trösten?

Aber auch diesen Gedanken verwarf sie. Man würde sie nicht zusammen, sondern einzeln anbinden.

Als sie völlig verzweifelt zu ihm hinüberschaute, nahm sie wahr, dass er sie erst jetzt erkannte und auf sie zueilen wollte, als könnte er sie noch beschützen. Um dies zu verhindern, straffte sie sich und gebot David mit einer Handbewegung, innezuhalten. Alles wäre verloren, wenn aufflöge, dass sie beide zusammengehören.

»Du willst den Fluch kennen?«, rief ungläubig einer der drei Richter. »Woher? Wer bist du?«

Auf diese Fragen, so spürte sie sofort, durfte sie sich auf gar keinen Fall einlassen. Sie musste Zeit gewinnen. Da fiel ihr ein, wie die Leute vorhin an der Kirche fürchterlich erschraken, als sie den Fluch wiederholte. Herrgott! Sie versuchte, sich zu fassen, was habe ich da eigentlich nur gesagt?

»Ihr sollt«, schon stockte sie und wusste nicht mehr weiter. Bebend schaute sie um sich. Jedoch hing die Menge an ihren Lippen. So setzte sie nochmals an, senkte ihre Stimme, so tief sie nur konnte, und ließ lange Pausen zwischen jedem Wort: »Ihr sollt verflucht sein und nicht nur in der Hölle schmoren.« Ihren Stock hatte sie dabei hochgehoben und ließ seine Spitze von einem zum anderen der vor ihr Stehenden wandern, während ihr Blick völlig entrückt ins Nirgendwo ging. Dennoch sah sie, wie sie mit aufgerissenen Augen angestarrt wurde.

»So fing der Fluch tatsächlich an«, rief eine Frau, »aber irgendwie klang es anders.« Die Menge rückte zusammen, dicht schloss sich der Kreis um Helena.

Wie nur weiter, fragte sie sich, und was klang anders? Richtig, als sie den Burschen überzeugte, hatte sie das R mehr gerollt.

»Brennen in Ewigkeit«, fügte sie hinzu und überlegte fieberhaft, wie sie den Fluch so fortsetzen könnte, dass er nicht nur David schützte, sondern auch ihren Vater. Ihr fiel aber nichts ein, und sobald die Ersten wegen ihres Gestammels abwinken würden, war David verloren.

Sie fuhr erschrocken zusammen, als die Menschen laut aufschrien. Was ist passiert, fragte sie sich. Dann gewahrte sie, in ihrer Verkrampfung ganz nach vorn gekippt zu sein, so wie sie sonst als Stehaufmännchen ihre Brüder ins Staunen versetzte.

»Die ist besessen!«, kreischte ein alter Mann. »Der Fluch ist in sie gefahren, schaut mal, sie kann nicht mehr umfallen, obwohl sie doch völlig schief steht!«

Ganz langsam, bloß jetzt nicht das Gleichgewicht verlieren, beschwor sie sich selbst. Unendlich langsam richtete sie sich wieder auf.

»In Ewigkeit«, sprach sie jetzt etwas schneller, »soll euch das Feuer peinigen!«

Komm, weiter, spornte sie sich an, als sie in den verzerrten Gesichtern vor sich erkannte, dass man ihr von nun an alles abnehmen würde, wenn sie es nur klug anstellte.

»Ohne jegliche Gnade des Himmels«, wieder brach sie ab und wartete die Wirkung ihrer Worte ab, »soll euch der Rrracheengel mit dem Flammenschwert sengen!«

»Ja, mit dem Flammenschwert«, nickten die Aufgeputschten eifrig und gierten nach mehr.

Für einen Moment faltete Helena die Hände und verbog nochmals wie von einer fremden Macht geführt ihren Körper. Schließlich umklammerte sie ihren Stock und richtete ihn wieder auf die Leute. Langsam. Von Mann zu Mann, von Frau zu Frau. Und sie sah, wie jeder Einzelne erschauerte, sobald die Spitze auf ihn wies.

»Mein ist die Rrrache«, dröhnte es aus ihr, und sie spürte, dass ihr bald die verstellte Stimme versagte. »Wehe demjenigen, der die Frrrevler tötet – auf den wird der Fluch übergehen!«

Kein Wort jetzt mehr, schwor sich Helena. Sobald ich überziehe, spüren sie das. Völlig geistesabwesend schaute sie noch immer in den Himmel, das Tuch fest um sich gezogen, sodass es Haare und Gesicht verdeckte. Niemand durfte sie je wiedererkennen.

Schockstarr verharrten ihre Zuhörer. Keiner brachte auch nur ein Wort heraus. Die Gewissheit, beinahe den Fluch gegen sich selbst gelenkt zu haben, lähmte sie.

Würden sie David nun laufen lassen? Sicher war sich Helena da nicht. So ergriff sie doch noch mal das Wort, sprach aber nicht mehr so tief, um nicht husten zu müssen.

»Wer von euch hat den Schmied wirklich gesehen?«, versuchte sie dennoch, ihrer Stimme größtmögliche Düsternis zu verleihen. Wieder wanderte ihr Stock durch die Reihen. »Du?«, stieß sie in die Luft. Zutiefst erschrocken wich der Angesprochene aus. »Aber Luise, Achim, ihr habt ihn doch gesehen«, lenkte er sogleich von sich ab und zeigte auf zwei neben ihm Stehende.

»Wie alt war er?«, riss Helena nun endgültig das Verhör an sich.

»Um die 40«, piepste Luise, und Achim bestätigte, »ja, Ende dreißig, Anfang vierzig.«

Mit einer plötzlichen Drehung fuhr Helenas Stock in die entgegengesetzte Richtung, dorthin, wo David atemlos auf die Erfüllung seines Schicksals wartete.

»Und der da, wie alt mag der wohl sein?«

Entsetzt fasste sich Luise an den Kopf: »Der da ist höchstens zwanzig!«

Geschafft!, jauchzte Helena innerlich.

Doch gefehlt. Derjenige der drei selbst ernannten Richter am Tisch, der David bereits als überführt betrachtet hatte, mochte es nicht auf sich sitzen lassen, von einer Blinden vorgeführt worden zu sein. Während sich alle anderen in der Masse verstecken und ignorieren konnten, beinahe einen der Lehrlinge oder Gesellen anstelle des Schmieds gerichtet zu haben, würde man ihn verspotten.

Wie mit einem Peitschenhieb traf er Helena mit der Mahnung: »Sie hat noch immer nicht gesagt, wie sie heißt und woher sie kommt.« Dabei schritt er auf sie zu und wollte ihr das Tuch vom Gesicht ziehen.

Flink wich Helena aus. Ihre Haarpracht drohte ihr jetzt zum Verhängnis zu werden, denn so lief nun mal keine schmutzige, blinde Bettlerin durch das Land. Sofort wechselte sie ihre Rolle und lachte irr. »Bin das Gänseliesel.« Schnell trippelte sie ein paar Schritte seitwärts, weg aus dem direkten Zugriff dieses Kerls. Dann hüpfte sie auf der Stelle und sang: »Bin die Gänseliese, komme von ’ner Wiese.« Dabei ließ sie ihren Kopf auf den Schultern wie einen Ball rollen und ihre Arme zucken, so wie sie das wirklich mal bei einer Verrückten gesehen hatte.

»Die Blinde ist auch noch irre«, riefen jetzt die Leute und hielten sich die Hand vor die Stirn. »Darum konnte der Fluch nur aus ihrem Munde zu uns sprechen. Wer weiß, was mit uns geschehen wäre ohne sie. Gebt ihr was zu essen!«

Während sich nun alle um Helena bemühten, sah sich David völlig unbeachtet. Sollte er sich empören über das ihm angetane Unrecht und als Wiedergutmachung zumindest Schuhe und einen Umhang fordern? Doch besann er sich. Schließlich hielten sie die Schmiede, aus der sie ihn erst vor einem Tag gezerrt hatten, ja weiterhin für den Hort des Übels. Sie sahen es lediglich nicht mehr als ihre Aufgabe, darüber zu richten. Er sollte nicht mit dem Feuer spielen und schleunigst verschwinden, dachte er sich und ging einfach los.

Als er draußen auf freiem Feld das Städtchen schon ein ganzes Stück hinter sich gelassen hatte, sah er Helena durch das Tor hüpfen. Noch immer ließ sie den Kopf rollen und zuckte wie eine Gliederpuppe. In einer Hand hielt sie einen kleinen Korb. Man hatte ihr also tatsächlich aus Barmherzigkeit etwas Wegzehrung mitgegeben.

Er blieb stehen, um auf seine Retterin zu warten. Sie schwenkte jedoch in eine andere Richtung ein, und aus den Zuckungen ihres freien Armes erkannte er, dass sie ihn aufforderte, weiterzulaufen, während sie einen Bogen schlagen und später auf ihn treffen wolle. Natürlich – leuchtete ihm ein –, sie dürfen ja nicht dahinterkommen, dass wir zusammengehören. Denn sollten sie irgendwann einmal das Ganze doch noch durchschauen, wussten sie schließlich, wo sie uns finden.

Fast barfuß, lediglich in seinen zerschlissenen Strümpfen, stolperte er weiter, drehte sich immer wieder um, ob sie ihm womöglich schon wieder folgten. Weit genug entfernt und außerhalb der Sicht der Türme machte er eine Pause und knotete sich die Fetzen seiner Socken um die Füße. Weithin konnte er von einer Anhöhe ins Land schauen. Hier wollte er auf Helena warten.

Doch nicht sie, sondern eine Menschengruppe hastete im Eilschritt auf ihn zu. Sie kam zwar nicht aus der Richtung der Stadt, doch vorsichtshalber versteckte sich David hinter einem Gebüsch. Da es noch blätterlos nackt war, musste er sich flach auf die kalte Erde pressen.

Vorsichtig hab er den Kopf, um nach dem Trupp zu schauen. »Volker!« Erleichtert sprang er auf und erschreckte vor allem die beiden Jungs. In seinem flatternden Hemd erschien er ihnen zuerst wie ein Gespenst, das die Geisterstunde verpasst hatte.

Schluchzend fielen sie sich in die Arme. »Woher wusstet ihr, wo ich bin?«, staunte er.

»Zuerst gingen wir den Pfeilen nach, die Helena in die Erde geritzt hat«, sagte Tönges. Doch je näher wir dieser Stadt da vorn kamen, desto klarer wurde mir, was passiert ist. – Wie aber konntest du entkommen, und wo ist Lene?«

»Lene?«, japste David, und Tränen traten ihm ins Gesicht. »Sie ist eine Heldin«, nickte er. »Als ich bereits mit mir abgeschlossen hatte und mich auf einem Scheiterhaufen brennen sah, spielte sie ein blindes Medium und drehte einen Fluch, vor dem sich dort alle weiß Gott wie fürchten, zu meiner Rettung um. Ich komme mir vor, als wäre ich ein zweites Mal geboren.«

»Dahinten ist sie«, winkte Ide mit den Armen.

Als sie alle wieder beisammen waren, beschlossen sie, zuallererst schnell von hier zu verschwinden. Schon im Laufen, rief Frowe: »Ich Dumme«, und holte aus einem Stoffsäckchen Davids Holzschuhe, ein Paar lange Socken, die Hose und die Harzkappe hervor. »Du hattest bei deinem jähen Aufbruch ja alles liegen gelassen«, scherzte sie bereits wieder.

Weit weg von der Stadt wagten sie schließlich zu vespern. Heißhungrig stürzte sich Helena auf das ihr geschenkte Brot und verteilte es auch an die anderen. David dagegen sah noch geistesabwesend die Flammen nach sich greifen und brachte keinen Bissen hinunter.

»Die Wahnsinnigen dort«, stieß Lene zwischen dem Kauen hervor, »glauben, dass unser Vater ihre Kirche angezündet, den Pfarrer enthauptet, seine Tochter gemeuchelt und die halbe Stadt gefoltert hat. Wären sie nicht obendrein noch überzeugt, dass ihn ihre brennende Kirchentür verfluchte, wäre David an seiner Stelle gelyncht worden. Hinter diesen Mauern herrscht der nackte Irrsinn, das ist ein einziges Tollhaus. Man sollte die alle wegsperren, die sind lebensgefährlich.«

»Und doch ist alles wahr«, unterbrach sie ihr Vater.

Mit flackernden Augen schaute sie ihn an. Auch David traute seinen Ohren nicht: »Alles wahr?«

Tönges erzählte nun die ganze Geschichte von der Feldschmiede, dem Blasebalg, dem Trossweibel, der es ihm unmöglich machen wollte, die Armee zu verlassen und in sein Dorf zurückzukehren. »Euch konnten wir doch nicht damit erschrecken, dass eine ganze Stadt geschworen hat, uns umzubringen«, versuchte er, seine bisherige Verschwiegenheit zu rechtfertigen. »Es hat schon gereicht, dass Frowe und ich keine Nacht schlafen konnten und ständig auf dem Sprung waren, mit euch beim kleinsten Geräusch zu flüchten.«

»Auch der Rabe hat ständig über euch gewacht«, versicherte Frowe voller Schuldgefühle. Schließlich war sie es, die so viel Unheil über die Familie brachte. »Da aber bis zum Winter nichts passierte, waren wir überzeugt, dass sie uns nicht finden konnten. Weiß der Teufel, was sie plötzlich auf unsere Spur führte.«

»Der Teufel?« Spöttisch drehte sich Helena zu David um, schwieg aber, da er es auch tat. »Und der Fluch, den gab es wirklich?«

»Ich habe ihn gehört«, versicherte Tönges und fügte erblassend hinzu, »von dieser Welt war er nicht, er kam aus einer anderen. Das war schließlich der Grund, dass mich der Trossweibel ziehen ließ, obwohl er dringend einen Schmied brauchte. Seither aber fürchtete er sich vor mir. Dreißig Reichstaler hat Frowe dennoch für meinen Freikauf zahlen müssen.«

»Und damit der Hu…«, beinahe hätte sie das Wort ausgesprochen, das ihre Herkunft so belastete, und auf der Stelle korrigierte sich Frowe. »Und damit der Trossweibel sich rechtfertigen konnte, nun schon wieder ohne Schmied zu sein, erfand er zusätzliche Schauergeschichten, die sich flink verbreiteten. Beim Regiment schwören sie inzwischen sicherlich jeden Eid, dass euer Vater in seinem eigenen Schmiedefeuer verglühte und so wie ich auch alle anderen aus seiner unmittelbaren Nähe auf schreckliche Weise umkamen. Er kann sich dort also ebenso wenig wieder blicken lassen wie in dieser Stadt«, schloss sie.

Bittgang

»Sie kommen«, rief Jacob, der den Auftrag hatte, den Weg nicht aus den Augen zu lassen. Agnes sprang vom Hocker hoch. Am liebsten hätte sie bereits Tannengrün für das Brautpaar gestreut. Schrecklich aufgeregt schaute sie zu ihrem Mann hinüber. Würde er wieder alles verderben? Sie hatte ihn nicht im Geringsten auf diesen Moment vorbereitet. Womöglich gelang es ja, ihn einfach zu überrumpeln.

»Wer kommt?«, knurrte er und schaute aus dem Fenster, sah aber niemanden. »Heckst du da wieder was aus, Weib?« Sie überhörte ihn einfach und sagte nichts. Jede Faser ihres Körpers spannte sich. Gleich musste es unten klopfen.

Hoh, zuckte sie zusammen. Hatte sie doch ein eher schüchternes Pochen erwartet. Aber das klang nach Hammerschlägen. Ist ja auch ein Schmied geworden, kicherte sie in sich hinein.

Franz war mulmig ums Herz. Diese Schläge an seine Tür erwartete er seit Langem. So würde es klingen, wenn sie kamen, um ihm die Mühle zu pfänden. Ächzend erhob er sich und schlich mit unsicheren Schritten zur Tür.

Kaum aber, dass er David und Helena vor sich stehen sah, blies er sich auf zu voller Größe und fühlte sich wieder stark wie ein Bär, um seinem Ältesten den Zutritt zu verwehren. Der jedoch bat nicht um Erlaubnis. Mit Helena an der Hand schritt er einfach an ihm vorbei, ohne ihn nur eines Blickes zu würdigen. Feierlich nahm das Paar vor Agnes, Jacob und Peter Aufstellung. »Es ist so weit«, sprach David mit viel Pathos. »Am übernächsten Montag werden wir getraut, und wir laden euch drei nun ganz offiziell zu unserer Hochzeit ein.«

Agnes fuhr mit der Hand zum Mund – der Junge, jetzt hat er doch vor Aufregung den Vater vergessen. Sie klemmte den Daumen hinter den Handteller und spreizte vier Finger vor dem Gesicht, um ihm Gelegenheit zu geben, sich schnell zu korrigieren. Vielleicht war ja noch nicht alles verpatzt, und Franz hat es gar nicht mitbekommen.

»Vier?«, reagierte David auf ihr Handzeichen. »Meinst du mit dem Vierten etwa diese Kreatur?«, wobei er auf seinen Vater zeigte. »Ja, da schaust du auf mein zugeschwollenes Auge! Das erinnert dich wohl an was? Sahst du nicht genauso aus, nachdem du deinen Judaslohn verlangt hattest?«

Franz rang nach Luft.

»Für ein paar Silberlinge wollte er die Tannbergs verkaufen. Doch wie immer misslingt alles, was er in die Hand nimmt. Ich wurde für den Schmied gehalten. Mich haben sie entführt, und mich wollten sie massakrieren. Um ein Haar hättest du deinen eigenen Sohn umgebracht, wenn Lene mich nicht gerettet hätte.«

Verächtlich fügte David hinzu: »Aber nicht mal das Geld hat er bekommen. Nur die Tracht Prügel, wie sie einem Denunzianten nun mal zusteht. Eigentlich ein sehr mildes Strafmaß für solch einen Verrat. Niemals wirst du deinen Bocksfuß über die Schmiedeschwelle setzen!«

»Mutter«, sagte er schließlich. »Eines schwöre ich dir. Sollte dich dieser Kerl noch einmal grob anfassen, dann zerre ich diese Ratte aus ihrem Bau und ersäufe sie im Bach.«

Jacob und Peter waren mucksmäuschenstill, krochen regelrecht in sich hinein. Gleich musste sich ein Inferno entladen, gleich würde ihr Vater in einem Wutanfall alles um sich herum zertrümmern. Wehe, wer ihm dabei in die Quere kam. Peter schaute bereits, wie er am Vater vorbei noch die Tür erreichen könnte. Agnes wollte sich ihrem Mann zu Füßen werfen und ihn sofort umklammern, sobald er sich auf David stürzen würde – was immer er dann auch mit ihr anstellte.

Doch nichts passierte. Gar nichts. Lediglich das Gesicht von Franz verzerrte sich zu einer Grimasse. Seine rechte Hand krampfte sich in die Brust über dem Herzen. Die riesige Gestalt sank in sich zusammen zu einem Häufchen Elend.

In diesem Moment fiel von ihm der schlimmste Schrecken für seine Familie ab. Vom jähzornigen Grobian blieb nur ein gebrochener, hilfloser alter Mann.

»Wir freuen uns auf euch drei«, bestärkte Helena nochmals die eingeschränkte Einladung. »Ihr werdet doch kommen?«

Agnes' Mund öffnete sich, ohne dass sie ein Wort herausbekam. »Wir kommen«, nickte ihr Jacob zu in dem Bewusstsein, soeben die Rolle des Hausherrn übernommen zu haben.

»Morgen gehen wir zum Amt«, versprach ihm Helena, »um eine weitere Stundung der fälligen Abgaben für die Mühle zu erwirken. Das sind wir euch schuldig.« Sie umarmte Agnes, Jacob und Peter. Auch David verabschiedete sich herzlich. Franz behandelten sie, als sei er gar nicht da.

*

»Was putzt du dich so heraus, wir gehen doch nicht zum Kirmestanz«, fragte David am nächsten Morgen, während er argwöhnisch Helenas Bemühungen beobachtete. Sie zog das neue Kleid über, das sie erst einmal angehabt hatte, und bürstete sich ihr offenes Haar. »Willst du nicht besser einen Zopf flechten und ihn züchtig um den Kopf legen?«, stocherte er weiter.

»Jetzt hör mal zu, mein Liebster.« Fast mütterlich gab sie ihm einen Kuss auf die Wange. »Mit wem werden wir heute wohl verhandeln, mit einer Frau oder einem Mann?«

»Sicherlich doch mit einem Mann«, überlegte er.

»Und du meinst, mit deinem lilablauen Veilchen im Gesicht besonderen Eindruck auf ihn machen zu können«, spottete sie. »Hör auf, dich wie ein dämlicher Hofhahn zu benehmen, wenn dein Hühnchen heute mal ein wenig mit einem anderen gackert und kess mit den Krallen den Sand hinter sich aufstieben lässt!«

Hell lachte Frowe auf. »Gib dich am besten als ihren Bruder aus, dann lässt sie mit ihrem Charme womöglich die Sägemühlen-Schulden gleich ganz annullieren«, riet sie David und stellte sogleich fest: »Oh, er läuft rot an, gleich explodiert er.«

»Hat er von seinem Vater«, pflichtete ihr Helena bei.

Schnaubend sprang David auf. »Nun reicht's aber. Ich warte draußen«, und rasch nahm er Reißaus vor der geballten Frauenmacht.

Als sie die Tür öffnete und heraustrat auf den verwitterten, windschiefen Trittstein, übermannte ihn ihre Erscheinung. »Die Sonne ist soeben in unserer Schmiede aufgegangen«, rang er nach Komplimenten. Er eilte ihr entgegen, um ihr die Hand zu reichen, damit sie um Himmels willen auf keiner der krummen Stufen ausrutschte.

»Schau an«, zuckerte sie noch ihr süßestes Lächeln. »Hätte mich der Kavalier wohl auch so zuvorkommend behandelt, wenn ich im Alltagskittel mit angeklatschtem Haar als hässliches Entlein hier runterwatscheln würde? Soweit ich mich erinnere, machst du dir sonst keine Gedanken, wie deine Angebetete den Gefahren dieser Klippen entkommt.«

Er hörte nichts davon, während er ihrer aufblühenden Schönheit erlag. Begierig tranken seine Augen und konnten sich kaum sattsehen. Auf der letzten Stufe ließ er sie stehen, fast auf einer Höhe, Auge in Auge. Taumelnd sog er sie in sich auf, und sein Innerstes hob ab wie ein Vogeljunges beim ersten Flug. Sie spürte seine Benommenheit und genoss sie. Der Kopf sank ihr in den Nacken, während er mit den Lippen ihren Hals liebkoste.

Es war einer der Momente, die ein Paar für ein Leben lang zusammenschmieden.

Schließlich hob er sie hoch und trug sie, während sein Mund ihre Lippen suchte. Feurig erwiderte sie seinen Kuss und biss ihn zart. »Lass mich runter«, bat sie, »die Nachbarn.«

Er nahm sie bei der Hand und ließ sie mit weitem Schwung an sich vorbeifliegen. Wieder war ihm, als wüchsen ihm Schwingen.

Sie liefen abseits der noch feuchten und schlammigen Wege quer durch den Forst nach Stolberg. Mit ihnen hielt auch der Frühling Einzug in den Wald. Gekitzelt von den Sonnenstrahlen, wickelten sich die Blätter auf in einem Zartgrün, das nur wenige Tage dem Staub und der Witterung standhielt, bis es dunkelte. Im Geäst jubilierten Vogelstimmen. Der harte Winter lag hinter ihnen mit einer monatelang geschlossenen Schneedecke, die unter sich alles begrub, was es zu picken gab.

Licht und Wärme fluteten. Das weckte die Schmetterlinge, die im Versteck überwinterten. Rötlich braun mit schwarzen, gelben und blauen Sprenkeln torkelten sie nach langer Froststarre als bunte Kleckse durch die noch weitgehend einfarbige Natur. Zwischen sie gesellte sich ein Knallgelber und schien »Krieg-dich« mit den anderen spielen zu wollen. »Schau!«, rief David. »Der gaukelt hier so lustig durch den Wald wie du.«

Sie schaute jedoch nur kurz auf. »So lustig bin ich gar nicht. Meine Träume verfolgen mich bis in den Tag.«

»Hörst du wieder die Stimmen der Frauen?«, forschte er besorgt. Sie lehnte sich mit dem Kopf an seine Brust und schaute zu ihm auf. »Halt mich fest!«, forderte sie. David umschloss sie mit seinen Armen und streichelte sie.

Sie setzten sich in einen Haufen dürrer, knisternder Blätter. »Ich glaube, dieser Fluch war wirklich in mir«, sprach sie ihre Befürchtung aus. »Ich habe Dinge gesagt, die mir jemand einzuflüstern schien. Ich war auf diesem Markt zuweilen gar nicht bei mir selbst und stand neben einer anderen, die für mich redete. Kannst du das verstehen?«

»Du hast dein Leben für mich eingesetzt«, sagte David. »Ich habe mich bei dir noch nicht mal richtig bedankt. Es gäbe mich heute nicht mehr, sie hätten mich verbrannt. Und glaube mir – ich stand direkt hinter dir und habe noch jedes Wort im Ohr –, da war nichts Überirdisches, kein Einflüsterer neben dir, du allein hast mich rausgehauen.«

Versonnen schaute sie den Faltern nach.

»Sollten wir irgendwann mal schlimmen Streit haben«, liebkoste er sie, »dann erinnere mich an diesen Tag, und ich bin dir sofort wieder gut«, versicherte er. »Oder warte, wünsch dir was! Ja, wünsch dir was ganz Tolles!«

Verliebt sah er sie an und straffte sich in der Erwartung, jetzt einen ihrer geheimsten Gedanken zu hören.

»Hm«, meinte sie und wickelte sich eine Haarsträhne um

den Finger. »Was ganz Tolles?« In ihren Augen begann es zu glitzern. Sie musterte ihn verstohlen.

»Dann mach mir endlich einen Antrag!«

Zutiefst enttäuscht starrte er sie an und krümmte sich zu einem Buckel. »Das ist jetzt nicht dein Ernst. Wir heiraten in nicht mal zwei Wochen, hast du das vergessen?«, schüttelte er vorwurfsvoll den Kopf.

»Stimmt«, seufzte sie. »In zwei Wochen stehen wir vor dem Altar. Doch richtig gefragt hast du mich nie. Du hast nur mit dem Kopf genickt, als Frowe dir zusetzte, ob du denn nun nicht bald mal Nägel mit Köpfen machen willst. Danach habt ihr alle gemeinsam schon über den Termin gestritten. Ich saß dabei wie Klein Doofi und bin rausgerannt und hab Rotz und Wasser geheult.«

»Du lieber Himmel«, richtete er ein Stoßgebet nach oben. Doch als er darüber nachzudenken begann, musste er ihr recht geben. Er sammelte sich, erhob sich schließlich, um sich dann vor sie hinzuknien. Voller Anspannung richtete sie sich auf in ihrem Blätterhaufen und zog fahrig ihr Kleid zurecht.

»Ich kann dich eigentlich gar nicht heiraten«, ließ er sie zusammenzucken. »Das ist etwas Freiwilliges. Zwei haben sich eben mal so kennengelernt und versprechen sich, zusammenbleiben zu wollen.« Sie erstarrte. Hatte sie mit ihrem Wunsch jetzt etwa alles verdorben? Was eröffnete er ihr da?

»Wie dieser Baum dort«, wies er auf einen Zwillingsstamm, »bin ich mit dir verwachsen. Ohne dich würde ich austrocknen, nicht mehr länger atmen, nicht mehr länger leben, irgendwann einfach umfallen. Du weißt, aus was für einer zerrütteten Familie ich stamme. Gewiss, meine Mutter liebt mich abgöttisch, nur durfte sie das nie zeigen. Liebe wurde daheim sofort erstickt. Als du das erste Mal deine Arme um mich legtest, da hast du mir bereits schon einmal das Leben gerettet. Womöglich wäre ich wie mein Vater geworden. Ich kannte ja nichts anderes. Die Begegnung mit dir hat mich völlig umgekrempelt.«

Er schluckte und kämpfte vor Ergriffenheit mit den Tränen.

»Du bist alles für mich zugleich: Sonne und Eis, Sturm und Friede, Blüte und Frucht, Wasser und Feuer. Oft vergleiche ich dich mit einer Waldfee, deinem Zauber bin ich hoffnungslos verfallen. Ein Lächeln aus deinen himmelblauen Augen und alles, was mich bedrückt, verfliegt im Nu. Als du vorhin aus der Tür kamst und dich auf dem Trittstein zeigtest, konnte ich das Glück nicht fassen, dich gewonnen zu haben.«

»Helena, Liebste«, flüsterte er und rückte noch etwas näher an sie heran, »willst du das Leben mit mir teilen, Kinder großziehen und mich auch noch gernhaben, wenn mir die Zähne und das Haar ausfallen?«

Sie rutschte ihm auf den Knien entgegen und legte ihm die Arme um den Hals.

»Ich will.«

Sie wollte ihm noch mehr sagen, aber dazu kam sie nicht. Seine Küsse nahmen ihr fast die Luft, seine Hände wurden ihr eine zweite Haut. Hastig warf sie ihre Kleider ab. Er verschlang sie, und sie wollte sich ihm hingeben. Völlig ohne die Zwänge daheim, keinen Piepser von sich geben zu dürfen im gemeinsamen Wohn- und Schlafzimmer der Schmiede. Er sollte sie vor Wollust stöhnen hören, sie wollte es herausschreien, was sie für ihn empfand.

Aber es ging nicht. Der Blätterhaufen nahm sie gefangen, ließ sie einsinken in die Erinnerung an das Moor, als sie ebenfalls nackt nach ihrer Rettung neben Frowe auf einem Lager trockenen Laubs zu sich kam. Die Stimmen, die sie damals in den Tod locken wollten, ließen nicht locker. Hinzu kam nun noch dieser Fluch. Einen eiskalten Luftzug spürte sie, als ihr Vater sagte, die Stimme, die sie gewagt hatte zu imitieren, sei nicht aus dieser, sondern einer anderen Welt gekommen. Sie gefror innerlich.

»Was ist mit dir?«, klagte David. »Nun musst du dich doch nicht mehr davor fürchten, mit einem dicken Bauch vor den Pfarrer zu treten und vor dem Getuschel im Kirchenschiff zu kuschen. So schnell wächst der nicht.«

»Entschuldige, aber das war in letzter Zeit alles ein bisschen zu viel für mich«, streichelte sie ihm über das Haar. Sie wollte ihn nicht schon wieder belästigen mit ihren Gespenstern. »Außerdem, Schatz«, zwinkerte sie ihm zu, »können wir uns ja auch noch was für den Rückweg aufbewahren.«

Er glühte sie an wie eine Holzkohle im Schmiedefeuer.

»Lass uns aufbrechen und erst mal unsere Pflicht erfüllen.« Sie gab ihm einen Klaps.

Neben ihnen lachte glucksend ein Bach. Er hatte Spaß an seiner Begleitung und lud die beiden ein, es ihm gleichzutun. Mal murmelte er versonnen, dann warf er einzelne Wasserstrahlen übereinander, jonglierte mit ihnen, jagte sie übermütig vor sich her über steinerne Treppen, dass es nur so pitschte und patschte. Lene und David hielten sich an der Hand und tollten zusammen mit der fröhlich sprudelnden Lude bergab bis zu den Fischteichen.

Unvermittelt verharrte Lene und umklammerte Davids Hand. »Sie haben die Stadt gestürmt, schnell weg von hier!«

David wich aber nicht vom Fleck. »Wie kommst du darauf? Wegen des zerstörten Stadttors? – Das ist einfach eingefallen, schon im vorigen Jahr.« Nachdem er Lene beruhigt hatte, erzählte er ihr, dass es bereits fünf Jahre zuvor bei einem heftigen

Regen zu rieseln und knirschen anfing. Im letzten Moment konnte der Torwächter, der mit seiner Familie in der Befestigungsanlage wohnte, noch nach draußen stürmen. Dort mussten sie mit ansehen, wie sich als Erstes die kleinen Ecktürmchen auf dem Dach zur Seite neigten und splitternd und krachend abstürzten. Schließlich folgten der Dachstuhl und das obere Mauerwerk.

»Na ja«, meinte David lakonisch. »Seit weit über einhundertfünfzig Jahren gab es von dieser Seite her keinen Angriff auf die Stadt. Und selbst der war harmlos und wurde allein von den Einwohnern der zum Tor führenden Straße zurückgeschlagen«, wusste er aus den Erzählungen. »Allerdings«, lächelte David, »hatten sich die Leute dabei sehr unterschiedlich verhalten. Die im vorderen Teil gingen stiften. Weshalb hier der Weg Eselsgasse genannt wird.« Zumindest, so schränkte er ein, würden das die Einwohner der tiefer gelegenen Rittergasse behaupten, die stolz ihren Namen vom ritterlichen Mut ihrer Ahnen ableiten.

Das Stadttor habe danach selbst während der Unruhen bei den Bauernkriegen niemand mehr bedrängt. »Darum wurde es nach dem Einsturz nur mit ein bisschen Spucke und Lehm wieder aufgestellt«, machte sich David darüber lustig. »So reichte im vorigen Herbst ein Windstoß aus, um es umzublasen. Und wie du siehst, lassen sie sich mit dem Wiederaufbau Zeit. Womöglich glauben sie, die bloße Anwesenheit von Graf Johann Martin oben auf dem Schloss verschreckt jegliche Eindringlinge.«

Helena schirmte mit der Hand die Morgensonne ab, um zum Schloss hinaufzusehen, das voller Adelsstolz unnahbar über der kleinen Harzstadt thronte. Sie liefen durch die Eselsgasse in die Rittergasse hinein. Jedes Mal faszinierte Helena der Schmuck der Häuser. Lange verharrte sie vor einer Einkehr der Kaufleute und bestaunte die bunten Felder des Fachwerks, vor allem die vielfarbigen Sonnenräder. Mit jedem Schritt näher zur Stadtmitte nahm diese Pracht zu.

Über den Gassen steckten die Häuser tuschelnd die Köpfe zusammen, rückten einander von Stockwerk zu Stockwerk immer enger auf die Pelle. Auf den vorspringenden Balken reihten sich Rosetten. Sie schienen sich zu drehen, denn aus jedem neuen Blickwinkel traten weitere Farben, neue Ornamente hervor, mal wie Muscheln, mal wie Palmenblätter, mal nach antiken, mal nach orientalischen Vorbildern. Jedes Haus bildete sich zu einem unverwechselbaren Schmuckkästchen heraus.

Mit einem riesigen Bauchladen drückte sich das Kaufhaus in den Marktplatz. Zweimal machte seine Häuserfront einen Knick, sodass die Fenster das gesamte Markttreiben überschauen konnten. Dies hatte auch schon Martin Luther beobachtet, der in einem der prächtigen Patrizierhäuser gegenüber logierte, als man ihn im Entscheidungsjahr des Bauernkrieges herbeirief. Er sollte mit seinen Predigten die aufgebrachten Leute beruhigen, die ein in dieser Stadt geborener Priester anführte.

Lene drehte sich im Kreis, übermannt von den Baukünsten und dem Atem der Geschichte. David zog sie hinter sich her, durch ein Gewölbe unter dem Rathaus, das zur Unterstadt führte. Beim Heraustreten klammerte sich ihr Blick an den Seigerturm. Ihr Liebster drängte aber nun zur Eile, weil er fürchtete, dass sie sich zu spät einreihten und am Ende niemand mehr für sie zu sprechen wäre.

Sich bekreuzigend wie vor einem Kirchgang, betrat er schließlich mit ihr ein Prachtgebäude mit einem in der Mitte hervorspringenden Erker. Auf einer langen Bank in einem Flur reihten sich schon viele Männer in ihrem besten Staatsrock, um bei der Obrigkeit vorzusprechen. Helena war die einzige Frau und wurde regelrecht angestiert.

Nach langem Warten öffnete sich die schwere Eichentür zur Kanzlei, mehrfach dienernd und eilfertig »jawohl«, »gewiss doch« und schon wieder »jawohl« sagend, trat rückwärts ein riesiger Kerl im mittleren Alter heraus, gefolgt von einem um einen Kopf kleineren und wesentlich jüngeren Sekretär, der sich offenkundig einen Überblick über die noch draußen Wartenden verschaffen wollte.

Sein Blick schweifte prüfend die Bank entlang und taxierte die Bittsteller nach der Zeit, die wohl ihre Abfertigung bedurfte. Bei Helena verharrte er lange und saugte sich an ihr fest. Schon wollte er die Tür wieder schließen, als er sich besann und mit federndem Schritt auf sie zukam. »Was will Sie?«, fragte er mit einem Gemisch näselnder Arroganz und Neugier.

Helena erhob sich, unmittelbar nach ihr ebenso David, um keinen Zweifel über ihre Zugehörigkeit aufkommen zu lassen. Zwar verfinsterte sich die Miene des Schreibers dadurch ein wenig, aber er fixierte sie weiterhin. »Wir kommen wegen der Brettermühle unter der Ebersburg«, bekannte sie, ohne seinem dreisten Blick auszuweichen.

Er zog ein wenig die Brauen nach oben, lächelte dann vielsagend in Davids noch immer zugeschwollenes Gesicht. »Soso, gab wohl eine heftige Rauferei mit dem Sägemüller um die Jungfer? Aber da seid ihr hier beim falschen Amt, hier geht es um Vermögensfragen, Akzisen und Abgaben.«

»Genau darum sind wir hier, wegen der Grundsteuerschuld des Sägemüllers«, legte Helena den Kopf etwas schräg und himmelte ihn an, so himmelblau sie nur konnte. Er schien hin-

und hergerissen zu sein zwischen dem Mädchen und dem langweiligen Fall. Schließlich vertröstete er sie auf den Nachmittag, er wolle erst zu Mittag speisen.

»Wollen wir auch. Dürfen wir Euch«, sie machte eine längere Pause, »zu einer Kanne Wein einladen?«

Nun schaute er völlig konsterniert. An Bestechungsversuche war er zwar gewöhnt, aber nicht an die Kessheit eines solchen Mädels. Auf dem Absatz machte er eine Kehrtwende und storchte zurück in seine Schreibstube.

»Das ging wohl gänzlich daneben«, bereute David, an Lene das Wort abgetreten zu haben. Auch sie ließ sich enttäuscht zurück auf die Bank fallen und nahm es als Mahnung, sich ihre Schönheit nicht zu Kopf steigen zu lassen.

Nach kurzer Zeit nahm sie jedoch den gräflichen Beamten auf der anderen Seite des Ganges wahr, von wo er ihr Zeichen gab, ihm zu folgen, ohne dass dies die anderen Bankdrücker mitbekommen sollten. Sie griff David, der die stillschweigende Verabredung zunächst nicht bemerkte, am Ärmel und zerrte ihn auf die Straße hinaus.

Dort folgten sie dem Mann zurück zum Markt, wo er sich in das vornehmste Gasthaus begab und mit der Feststellung Platz nahm: »Ich bin also eingeladen, ich nehme euch beim Wort.«

David zischte Lene an: »Spinnst du? Womit sollen wir das bezahlen?«

Sie steckte ihm den Dukaten zu, den Volker bei der Holzaktion eingespart hatte. Offenbar hatten die Frauen wieder Vereinbarungen getroffen, in die er nicht eingebunden war.

Eisig lächelte David, denn ihr Gast bestellte umgehend eine große Forelle und eine Kanne vom besten Wein, und als der Wirt sie beide fragend anschaute, sagte er einfach, dreimal.

Dann rieb sich der Sekretarius fröhlich die Hände und lehnte sich zurück. »Ihr kommt also von Herrmanns Acker«, stellte er fest. »Dann sind wir ja fast Nachbarn, ich bin in Neustadt aufgewachsen. Was drückt euch in der Sägemühle, nur freiheraus!«

»Meinem Vater sind die Schulden über den Kopf gewachsen; er fürchtet, bald vor die Tür gesetzt zu werden«, beeilte sich David, diesmal Helena zuvorzukommen.

»Vor die Tür?«, griff der gräfliche Bedienstete die letzten Worte auf und verfiel in langes Brüten. »Vor die Tür«, wiederholte er ein weiteres Mal, straffte sich und verlangte umgehend den Wirt. »Tut mir leid«, sagte er zerknirscht zu ihm. »Die Herrschaft ruft mich zurück, wir müssen die Bestellung stornieren. Ein andermal.«

Dabei stand er schon auf und schob den Stuhl zum Tisch zurück. Irritiert folgten ihm Helena und David. Ärgerlich vor sich hin brabbelnd, ließ der Wirt ein Ende seines Tuchs mehrfach über den Tisch gleiten, als könnte er damit die sich durch den voreiligen Aufbruch in seinem Gastraum ausbreitende Missstimmung verscheuchen.

Draußen am Eingang entschuldigte sich der Hofbeamte. »Es war falsch von mir, euch hierherzuschleppen; ich schlage euch ein Gasthaus vor, in dem wir zu dritt das Gleiche essen können, aber vergleichsweise nur für einen bezahlen müssen. Hier hätte euer Dukaten womöglich nicht mal gereicht«, zwinkerte er Helena zu und offenbarte damit, ihre versteckte Handreichung mitbekommen zu haben.

Eine Viertelstunde später saßen sie weniger komfortabel auf groben Schemeln, doch waren sie sich einig, es weit gemütlicher zu haben, nicht so vornehm unterkühlt. Statt des Weins bestellten sie allerdings Bier zu den Fischen, die ohnehin aus dem gleichen Teich stammten wie bei der vorigen Bestellung.

Irgendwie fand es Helena prickelnd, wie sie der fein angezogene junge Herr mit den Augen abtastete. Sie bereute es keinesfalls, sich herausgeputzt zu haben.

»Ich denke, wir können uns die Peinlichkeiten sparen«, eröffnete er umgehend. »Wahrscheinlich wolltet ihr mich dazu bringen, dass ich ein wenig Tinte verschütte, just an der Stelle, wo die Verbindlichkeiten des Franz Lahrmann aufgelistet sind.«

»So weit hatten wir eigentlich gar nicht gedacht«, beugte sich Helena über den Tisch näher zu ihm vor. »Aber schlecht ist die Idee nicht.«

»Sogar sehr schlecht«, widersprach er. »Derlei Tricks kennt man zur Genüge, das würde mich mit einem hoheitlichen Tritt vor die Tür befördern. Ich verrate euch mal was«, erklärte er und gefiel sich in der Rolle des weltmännischen Ratgebers eines hübschen Landmädels. Das Bier kam, und jeder nahm einen Schluck.

»Also, ich heiße Hayo«, stellte er sich anschließend vor.

»Hayo – das wolltest du uns verraten?«, schenkte ihm Helena einen Augenaufschlag und lachte hell auf.

»Sie ist munter, deine Kleine«, prostete Hayo David zu, der sich und Helena nun auch vorstellte. »Aber jetzt ganz im Ernst. Bevor ich ging, habe ich überflogen, wie es um euch Herrmänner steht. – Nichts Besonderes«, resümierte er. »Dein Vater muss sich keine Haare raufen, er ragt nicht über andere Schuldner hinaus. Was ich euch aber eigentlich verraten wollte, ist etwas anderes.«

Wieder nahm er erst einen Schluck. »Ihr denkt immer,

Schulden zu haben, ist gefährlich. Dabei liegen die Dinge genau andersherum.«

»Andersherum?« David schüttelte den Kopf. »Wir sollten also eher noch mehr Schulden machen?«

»Im Prinzip ja«, bestätigte Hayo. »Versetzt euch doch mal in die Lage des Landesvaters. Angenommen, Franz Lahrmann gibt auf, dann verfällt – wie das in diesen Kriegszeiten beständig geschieht – eine weitere Mühle. Kein anderer würde sie jetzt kaufen und weiter betreiben, oder kennt ihr jemanden, der an ihr interessiert ist?«

Heftig verneinten beide.

»Auf ewig ginge also der gräflichen Schatulle wieder eine Einnahmequelle verloren. Folglich muss er, statt deinen Vater aus dem Haus zu jagen, ihn eher unterstützen, falls er denn könnte. Doch er ist selbst notorisch pleite. Sorgen muss sich bei euch höchstens der Schmied machen«, flocht er so ganz nebenbei mit ein.

Lene verschluckte sich.

»Na, klopf ihr mal auf den Rücken!«, forderte er David auf. »Ja«, setzte er fort, »der Brave bezahlt fast alle geforderten Abgaben. Damit fällt er auf, und man wird sich bei der nächsten Revision fragen, ob er falsch eingestuft ist und fortan weit mehr entrichten muss.«

Während die Forellen auf sich warten ließen, hatten die beiden Männer ihren ersten Krug schon ausgetrunken und bestellten neu. »Eigentlich dürfte ich euch solchen Rat gar nicht geben«, sagte Hayo gönnerhaft. »Wird doch mein Sold von euren Steuern bezahlt.« Er winkte jedoch ab. »Ich bekomme trotzdem nicht mehr, egal, wie viel sie aus euch rauspressen.«

Der zweite Krug Bier machte ihn noch redseliger. Er erzählte von seiner Studienzeit und seinen Hoffnungen, als er sich nach der Anstellung vom unbesoldeten Kanzleikopisten endlich zu einem zweiten Sekretär hochgearbeitet hatte. Lohn erhielt er dennoch nur selten, und wenn, dann nur einen Teil. So hauste er nach wie vor in einer Dachmansarde, trug noch immer auf dem Leib, was ihm die Eltern zur ersten Anstellung geschenkt hatten.

»Wie ich euch zwei beneide«, gestand er. »Ihr dürft heiraten und glücklich werden, ich kann mir keine Frau leisten.«

Der Wirt war geschäftstüchtig und hielt seine Gäste hin, bis für die Männer ein dritter Krug Bier auf den Tisch kam. Lene nippte noch immer an ihrem ersten und schaute verträumt aus dem Fenster nach dem Schloss oben auf dem Berg. Hayo folgte dem Blick. »Das ist eines ihrer Hauptleiden. Hinten und vorn fehlt ihnen das Geld zum Unterhalt des Staates, aber Schlösser und Burgen finanzieren sie ohne Ende. Anstatt sich auf einen Sitz zu konzentrieren, prunkt der eine Graf hier in Stolberg, sein Bruder mit ebensolchem Pomp in Wernigerode und Ilsenburg. Da werfen sie doppelt und dreifach zum Fenster hinaus, was ihnen anderswo schmerzlich fehlt.«

»Wenn uns hier einer hört! Ist es nicht gefährlich, so zu räsonieren?«, warnte Lene.

»Natürlich bekommt Herr Johann Martin den Verdruss seiner Landeskinder zugetragen«, machte sich sein höchst unzufriedener Bediensteter weiter Luft. »Kürzlich hat er sogar öffentlich ausrufen lassen, dass er sich das Räsonieren bei harter Strafe verbittet, und der Untertan mit seiner beschränkten Sicht sich nicht anmaßen möge, über Staatsaffären zu urteilen. Dennoch sieht auch der Blödeste voraus, dass die beiden Brüder nicht länger miteinander klarkommen und die Grafschaft erneut teilen wollen.«

»Das kann uns doch egal sein«, wollte David das Gespräch zurück zu seinem Anliegen lenken.

»Kann es eben nicht«, stierte Hayo trübselig mit schwerer werdender Zunge in seinen Humpen. »Weil die alten Säcke mit ihrer Inzucht auf den Schlössern nicht mal genügend überlebensfähige Söhne zeugen konnten, haben sie ihr altes Lehensrecht schon seit ein paar Generationen verwirkt. Der Bischof von Halberstadt zog es ein. Dies rief umgehend den nächsthöheren sächsischen Landesherrn auf den Plan, um auch noch die rechtlich entblößte Grafschaft auszupressen. Der Dresdner Kurfürst verlangt seither die Hälfte der Steuer auf den Ausschank des Bieres, das wir hier grad schlucken, die Hälfte der Landsteuer und obendrein den zehnten Teil der in unseren Schächten gewonnenen Metalle.«

Lene verschluckte sich erneut. Hustend fragte sie, ob denn der Graf wirklich sogar aus dem am Boden liegenden Bergbau an den sächsischen Hof das verlangte Geld zahle.

»He!«, hob er seinen Humpen, um mit ihr nochmals anzustoßen. »Du hast das Herz auf dem rechten Fleck. Natürlich verweigern wir das, wo wir nur können, aber sobald sich die Grafschaft spaltet, werden wir noch schwächer.«

Die Forellen wurden aufgetragen. Hayo war anzumerken, dass er einen solchen Leckerbissen nicht oft auf seinem Tisch zu sehen bekam. Doch einmal ins Politisieren geraten, konnte er sich nicht mehr bremsen.

»Erinnert ihr euch noch, als Burg Hohnstein angezündet wurde? Das war vor über dreizehn Jahren. Da sollte unsere kleine Grafschaft zu alldem auch noch sechstausend Reichstaler an das kaiserliche Heer zahlen, und das wöchentlich! General Tilly schickte uns das Raubein Christian Vitzthum von Eckstädt, der eine der schönsten Harzburgen abfackeln ließ, weil Stolberg die auferlegten Kontributionen nicht zahlen konnte. Mehrere Tage stand sie in Flammen, selbst aus den Nachbardörfern kamen die Bauern gelaufen, um beim Löschen zu helfen. Doch dieser Obristleutnant stellte eigens Wachen auf, um sie daran zu hindern. Nach dem Abzug seiner Truppen ließen sich lediglich die Glocke der Burgkapelle und der Altar der Schlosskapelle retten. So widerfährt man mit den Schwachen«, klagte er bitterlich.

»Haben nicht die Schweden Burg Hohnstein angesteckt?«, berief sich David auf eine andere Darstellung.

»Na prima«, stöhnte Hayo. »Jetzt fallen wir schon selber auf das herein, was die Kaiserlichen in Umlauf bringen, weil es im Dienst der Schweden auch so einen Vitzthum von Eckstädt gibt, nämlich seinen jüngeren Bruder. Dabei hat Kaiser Ferdinand nach einer Beschwerde nicht nur vom Vater unserer heutigen Grafen, sondern auch vom Halberstädter Bischof als Lehnsherr dem Christian Vitzthum befohlen, die Burg auf eigene Kosten wieder aufzubauen. Und das mit Nachdruck! Schließlich ist der Bischof wiederum ein Sohn des Kaisers. Dennoch hat Vitzthum drauf geschissen und behauptet, die Harzschützen hätten die Burg zerstört und er sie lediglich von dort vertrieben.«

»Als Neustädter scheint dir die Burg sehr leidzutun«, versuchte Helena zu trösten.

»Das kannst du wohl nicht verstehen, weil ihr Herrmänner ja schon seit Langem an eure Ruine gewöhnt seid. Ich heule wie ein Hund, wenn ich daheim bin und durch unser altes Stadttor gehe. Das ließen einst die Hohnsteiner Grafen schräg in die Stadtmauer setzen, damit sie oben von der Burg sehen konnten, wer ein und aus geht. Umgekehrt kann man genauso zur Burg hochgucken und sieht da jetzt nur noch das verfallende Mauerwerk.«

»Leicht hast du's aber auch nicht, so ein Mädel zu verteidigen«, wies Hayo schließlich erneut auf Davids verquollenes Gesicht und schaute wieder verzückt Helena an, von deren Augen er sich gar nicht mehr losreißen mochte.

David winkte ab. »Das war eine ganz andere Geschichte, die mir nicht Lene, sondern mein Vater eingebrockt hat.« Damit kam er endlich wieder zu seinem eigentlichen Thema zurück. »Die Meinen müssen sich also wirklich nicht sorgen, wegen der Schulden aus der Mühle getrieben zu werden?«

Hayo prustete los. »Wenn es nach der Höhe der Schulden ginge, müsste der da oben«, wobei er mit dem Daumen zum Schloss wies, »zuallererst davongejagt werden. Was ihm aber auch tatsächlich widerfahren könnte. Entweder die Sachsen verleiben sich alles ein, oder es kann auch ein neuer Müntzer kommen.«

»Müntzer?«, schaltete sich Helena wieder ins Gespräch. »Wer ist das?«

»Sie haben ihn also tatsächlich schon totgeschwiegen und sogar hier an seinem Geburtsort aus dem Gedächtnis getilgt«, stellte Hayo ernüchtert fest. »Ein paar Häuser weiter wurde er geboren. Thomas Müntzer war es, der die Bauern bei Frankenhausen zur Schlacht führte. Auch die da oben«, wieder wies er in die Richtung des Schlosses, »haben vor ihm gezittert.«

»Graf Botho«, fuhr Hayo fort, »unterzeichnete schlotternd sämtliche Forderungen der Aufständischen. Söhnlein Wolfgang, der sich mit siebzig Gefolgsleuten dem Fürstenheer anschließen wollte, zwangen die Bauern, auf ihrer Seite zu bleiben. Väterchen schickte zu dessen Rettung sogar eine Kanone und zwanzig Pfund Pulver hinterher. Allerdings konnte wohl niemand damit wirklich etwas anfangen. Die Kugeln sollen ein zu großes Kaliber gehabt haben. Herzog Georg von Sachsen tobte dennoch, als er nach der siegreichen Schlacht den Grafensohn bei den Bauern antraf, und wollte ihm wegen des Verrats ans Leben«, lächelte der von seiner Herrschaft kurzgehaltene Beamte tiefsinnig.

»Graf von Stolberg, Königstein, Rochefort, Wernigerode und Hohnstein, Herr zu Eppstein, Münzenberg, Breuberg, Agimont, Lohra und Klettenberg – wer weiß, wie lange wir noch vor dir kriechen müssen.«

Die Bierkrüge waren schon wieder leer, und Helena fürchtete, trotz des Umzugs letztlich die gleiche Rechnung präsentiert zu bekommen wie in dem teuren Gasthaus. Sie gab David unter dem Tisch einen leichten Stups mit dem Fuß. Dessen Arm flog aber erst nach oben, um nach dem Wirt zu rufen, nachdem Lene etwas derber zugetreten hatte, damit der Biersaumselige zu sich fand. Vorher lugte sie vorsichtshalber nach unten, um nicht das falsche Schienbein zu bearbeiten.

Überrascht, doch noch einen Gulden und drei Groschen zurückzubekommen, wollte sie das auf den Tisch gezählte Geld schon einstreichen, als Hayo seine Hand auf die ihre legte. »Ihr seid wirklich Kinder«, stieß er hervor. »Wisst ihr nicht, dass ihr mit einem gräflichen Steuereintreiber an einem Tisch sitzt, der umgehend die ausstehende Schuld eurer Eltern konfiszieren muss? Mit eurem Gottvertrauen in die Menschen kommt ihr nicht weit, denn im Normalfall flösse nach eurem Bestechungsversuch mit der Einladung dieses Geld umgehend in meinen leeren Beutel und würde nicht mal aus den Büchern getilgt.«

David versteinerte. Auch Lenes Lächeln verkrampfte.

»Gib deiner Kleinen heute Abend einen Kuss von mir, und sag ihr, dass ich sie sehr lieb gewonnen habe. Ohne sie würdest du noch im Flur auf der Holzbank von einer Backe auf die andere rutschen und weich schmoren. Dann hätte ich dich hereinbefohlen und dir vorgerechnet, dass euch von der Mühle kein einziger Holznagel mehr gehört und dass ihr jeden Tag dem Grafen danken solltet, den er noch Aufschub gewährt.«

Helena hatte die Gewalt über sich zurückgewonnen und stützte ihren Gast, als der sich schwankend erhob. »In dem Zustand solltet Ihr besser nicht in Eure Schreibstube zurückkehren«, strahlte sie ihn nochmals an.

»Wohl wahr«, bestätigte er. »Werde morgen meine Abwesenheit mit einem Unwohlsein entschuldigen und die Zeit über die Woche nacharbeiten. Du bist ein Schatz«, tätschelte er ihre Hüfte und verabschiedete sich. Im Ausgang blieb er nochmals schmachtend stehen, als könnte er sie schweigend überreden, bei ihm in der Stadt zu bleiben. Dann fiel die Tür zu.

»Oje«, stieß sie aus, als sie anschließend David musterte. »Unser Heimweg wird wohl anders ausfallen, als wir ihn uns ausgemalt hatten. Komm, ich helfe dir!«

Brüchig wie Glas

Seit einer Stunde harrten sie bereits im Dunkeln aus. Niemand sagte etwas. Sie lauschten nach draußen. Es ging auf die Geisterstunde zu.

»Das dürfte wohl reichen«, hob Tönges schließlich das Schweigen auf. Sie zogen sich warme Sachen über und huschten schattengleich nach draußen. Finster, kühl und abweisend empfing sie die Maiennacht. Nicht mal der Kirchturm war zu sehen. In tiefem Schlaf ruhte das Dorf. Die Wachen wussten die Tannbergs nahe der Straße, niemand dürfte sie also sehen auf ihrem heimlichen Weg über die Felder.

Beim Laufen hing jeder seinen Gedanken nach. Aufgewühlt blickte Frowe zurück in die Zeit ihrer kupferroten Träume. Da sah sie sich lediglich das Geschirr verkaufen und fröhlich dem Schmied zuwinken, mit dem sie sich verbünden wollte. Inzwischen wusste sie, welch quälend weiter Weg vor der Erfüllung ihrer Wünsche lag. Ungläubig schüttelte sie den Kopf. Was hatte sie nicht alles in Bewegung gesetzt! Doch dann verstrickten sich ihre Gedanken, als sie beim Einsturz des Stollens und dem verzweifelten Graben nach Ide ankamen.

Sie brach ihre Rückschau ab und dachte über die Zukunft nach. Sollte es gelingen, ihr Geschäft mit den Kupferkesseln glücklich zum Abschluss zu bringen, wollte sie wieder weg aus diesem ungastlichen Harznest. Nicht aber ohne ihren Tönges. Würde sie ihn mit sich ziehen und aus ihm einen Händler machen können? Dass seine Tochter heiratete und mit David und den zwei Jungs die Schmiede übernehmen könnte, kam ihr jedenfalls entgegen. Sie musste abwarten, wie sich alles entwickelte, und war die Letzte, die Tönges zur Ehe drängte. Das Zusammenleben mit ihm und seinen Kindern hatte ihr ein völlig neues Leben eröffnet. Dennoch schätzte sie auch ihre Freiheit.

»Wo ist Oswald?«, sorgte sie sich, kaum dass sie den Schmelzofen erreichten. »Sonst war er immer der Erste.« Schon wollte sie nach ihm rufen, doch Tönges presste ihr seine Hand auf den Mund. »Er hätte uns längst mitbekommen«, raunte er ihr zu. »Irgendetwas stimmt nicht.«

Sie hielten sich abseits und spitzten die Ohren. »Wenn er

nicht bald eintrifft, brechen wir ab und laufen zurück«, entschied er. Stellte ihnen womöglich jemand eine Falle?

Der aufgeregte Bericht seiner Tochter über ihren Bittgang nach Stolberg ging ihm nicht mehr aus dem Sinn. Nicht nur der Graf, selbst der weit entfernte Dresdener Hof, so schreckte sie ihn auf, lagen nach wie vor auf der Lauer, um ihre Anteile aus den Bergwerken einzustreichen. Seine Meinung trog ebenso wie die von Oswald, dass die zumeist schon abgesoffenen Schächte aus dem Blickwinkel der herrschaftlichen Aufsicht geraten seien und sie nur etwas aufsammelten, das längst niemand mehr vermisste.

Was sie ihm sonst noch über seine zumeist pünktlich erstatteten Abgaben zu sagen wusste, kreiste nicht minder in seinem Kopf herum. Die Ehrlichen sind immer nur die Dummen, sinnierte er.

Ein Ast brach. Dem folgte ein nur halb unterdrückter Fluch. »Tönges, seid ihr schon da?«

Der jedoch zischte, damit nicht ein anderer für ihn antwortete, und hielt sich weiterhin versteckt.

»Na, hätte ja sein können, dass ich mal nicht der Erste bin«, lamentierte die Stimme. Da war klar, dass dies nur Oswald sein konnte.

»Bist nur Zweiter, wo hast du denn so lange gesteckt«, riefen ihm die Schmiedeleute entgegen und verließen erleichtert ihre Deckung.

»Ich wurde beobachtet«, dämpfte er die freudige Stimmung. »Gesehen hab ich sie, nicht aber gehört.«

»Leute vom Bergamt?«, ging Tönges seinen Befürchtungen nach.

»Das weiß ich nicht, bin schließlich auf der Rückseite aus dem Fenster geklettert, was bei der winzigen Öffnung gar nicht so einfach war. Fast wäre ich stecken geblieben. Als Jüngling beim Fenstern wär' mir das nicht passiert, das alte Kreuz aber will nicht mehr so. Danach schlich ich zum entgegengesetzten Dorfende und wartete lange, ob mir jemand folgt. Entschuldigt also die Verspätung.«

»Wir haben uns schlafend gestellt, bis wir aufbrachen, aber niemanden bemerkt«, berichtete David. »Fangen wir nun noch an?«

»Klar doch«, munterte ihn Oswald auf. »Es ist alles vorbereitet. Den Ofen habe ich innen nochmals mit Lehm verstrichen. Damit keine Funken aufstieben, hab ich außerdem mit Birkenreisern ein Dach über dem Abzug geflochten. Erz, Holz und Holzkohle sind aufgeschichtet. Ihr könnt anblasen.«

»Nein«, legte ihm Tönges den Arm auf die Schulter. »Diese Ehre gebührt dir.«

Ergriffen schürte Oswald ein kleines Feuer und schob schließlich die brennenden Scheite in den Ofen. Doch nichts passierte. Das Feuer erstickte.

»Wir müssen die Luftzufuhr erweitern«, beschloss Tönges und begann, mit Hammer und Meißel die Öffnungen für die Blasebälge zu erweitern. Sie zündeten neu. Kurz darauf begann es, im Ofen zu rumoren.

Nach einer Stunde führten sie die Blasebälge ein. Zusammen mit Volker und Ide stellte David seine hölzernen Wasserrinnen auf. Helena leuchtete mit Pechfackeln, die sie in die Erde bohrte. Es war eine gespenstische Szene. »Würden wir jetzt beobachtet«, sagte Volker ergriffen, »würde jeder schwören, uns beim Hexensabbat ertappt zu haben.«

»Satanas, erwache!«, senkte Lene ihre Stimme und erschrak

selbst zutiefst darüber, schon wieder den Tonfall nachzuäffen, mit dem sie den Fluch gesprochen hatte.

»Hört auf mit solchen Scherzen, wir könnten sie bitter bereuen«, warnte Tönges und beschwerte sich, dass noch immer kein Wasser in die Eimer lief.

»Mir rinnt dafür irgendwas Nasses in die Schuhe«, bemerkte Volker verärgert. Lene kicherte und stellte fest, dass ein kleiner Hügel übersehen wurde. »Entweder ihr wartet, bis das Wasser bergauf läuft, oder ihr kürzt dort die Stützen unter der Rinne«, empfahl sie.

»Sollten wir nicht doch schon mal anfangen, die Blasebälge mit der Hand zu bedienen?«, erneuerte Oswald seine alten Bedenken über Davids Projekt. Der sägte verbissen an den Stützen und schwor sich, erst zu triumphieren, wenn sein Wasserwerk funktionierte. Das jedoch stieß auf eine neue Tücke: Beide Eimer leckten fast wie Weidenkörbe.

»Die liegen ja nun auch schon fast das ganze Frühjahr hier draußen rum«, verteidigte Oswald seine alten Pötte.

»Da sind sie wohl nass geworden«, zahlte es ihm David umgehend heim. »Nein, nass werden dürfen Wassereimer natürlich nicht, das halten die einfach nicht aus.«

»Zeig mal her«, beendete Frowe schließlich den Streit und hielt einen der Behälter gegen das Licht der Fackel. »Das stopfen wir zu mit Moos«, wusste sie eine Lösung. »Dicht kriegen wir sie zwar nicht, aber sie brauchen ja nur vollzulaufen und müssen das Wasser nicht völlig halten.«

Nachdem David die Rinne noch etwas tiefer in den Stau gesenkt hatte, lief genug Wasser, um die Blasebälge anzutreiben. Mit verschränkten Armen begutachtete er sein Werk und drehte sich Beifall heischend um.

»Lob, Lob, Lob«, tat ihm Helena den Gefallen. Die anderen

aber waren mit ihren Gedanken bei der Schmelze und hofften, es möge gleich auf Anhieb gelingen, obwohl Oswald die Euphorie dämpfte und überzeugt war, dass ihnen nach wie vor viel Arbeit bevorstand. Erneut säuberte er mit einem Flederwisch aufgeregt die Backofensteine in der Schlackengrube, in der sich nach dem Abstich das flüssige Erz sammeln sollte.

Dämmerlicht kündigte den neuen Tag an. Was bis jetzt nicht geschmolzen war, würde es ohnehin nicht mehr tun. Mit einem langen Meißel öffnete der Bergmann das mit Ton verschlossene Abstichloch. Die herausströmende rote Lava ließ die Gesichter aufglühen. Sie fielen sich in die Arme. Nur Oswald stieß alle von sich. Er fürchtete, den Moment zu verpassen, in dem die Schlacke abgezogen werden musste, die sich über den schwereren Kupferstein breitete. Von den stillliegenden Ilfelder Hütten hatte er sich ein schaufelähnliches Eisen besorgt, mit dem er die oberste Schicht abschöpfte.

Schnell ließ das Leuchten der sich abkühlenden Schmelze nach, die fast noch einen Zoll hoch in der in mehrere Segmente geteilten Schlackengrube stand. Bevor sie völlig erstarrte, griffen David und Tönges mit langen Schmiedezangen eine der Kupferplatten und legten sie auf den kleinen Behelfsamboss, den sie bereits beim Abfahren des Schiefers mit rausgebracht hatten. Tönges hieb mit dem Hammer auf den Rand der Metallplatte ein, um das Blech zu treiben, aus dem sie die Gefäße herstellen wollten.

Doch das gewonnene Kupfer erwies sich als viel zu spröde. Es zerfiel in mehrere Schichten und riss.

»Nun verzweifelt mal nicht«, kämpfte Oswald gegen die Niedergeschlagenheit an. »Ich habe euch doch gesagt, dass es ein Wunder wäre, würden wir gleich beim ersten Versuch schon reines Kupfer gewinnen. Da steckt noch immer zu viel

Schwefel drin, aber auch Eisen, Blei und vor allem Gesteinsreste vom Schiefer. Am wenigsten stört das Silber. Wir müssen also nochmals rösten, dann wieder schmelzen und Schlacke abziehen und schließlich die Schmelze mit Wasser besprühen und die erstarrte Schicht wie eine Fensterscheibe abheben.«

»Wie oft noch?«, maulte Ide.

»Na, wie ich euch schon sagte. Spätestens beim dritten Mal müsste das Metall geschmeidig genug zur Weiterverarbeitung sein. Wir sind auf dem richtigen Weg«, zeigte sich Oswald am fröhlichsten und holte eine Kanne mit Selbstgebranntem aus einem Versteck. »Die wartet hier schon seit Langem auf unseren ersten Abstich. Schaut nicht so griesgrämig! Ab heute sind wir Hüttenmeister, prost!«

*

Gereizt lief Helena vor der Schmiede auf und ab. Sie war des Raumes verwiesen worden. David hatte sich aus dem Staub gemacht und blieb unauffindbar, seit er seine Mutter nahen sah im schwarzen Kirchenstaat, begleitet von Jacob und Peter. Er hatte einen Horror vor steifem Zeremoniell. Schon im Allgemeinen zeigte er sich äußerst linkisch bei Gratulationen oder Beileidsbekundungen. Im Durcheinander seiner bevorstehenden Hochzeit und all der Verstöße gegen die guten Sitten durch seine Flucht in das Haus der Braut fand er sich schon gar nicht mehr zurecht.

Nachdem bereits zum zweiten Mal von der Kanzel die Verlobung verkündet worden war, ohne dass die Brauteltern die notwendigen Verabredungen trafen, wurde es nun höchste Zeit dafür. David drang zwar selbst darauf, wollte aber ein Zusammenkommen in aller Stille. Denn das Dorf stand längst bereit, um in Erwartung weiterer Skandale die Zunge zu wetzen.

Wie ein Lauffeuer sprang es folglich durch die Gassen, dass sich der Vater des Bräutigams noch immer verweigerte und Tönges den Sägemüller wohl so sehr fürchten müsse, dass er sich nicht zu ihm traue. Die wahren Hintergründe für die Eiszeit zwischen ihnen kannte ja niemand, wobei die Tannbergs nicht minder wie die Lahrmanns diese Geschichten tunlichst unter der Decke hielten.

Nun jedoch hatte sich Agnes aufgerafft, zumindest den Teil zu leisten, den sie erbringen konnte. Beide Söhne standen zu ihr. Franz sprach seit jenem Auftritt des Brautpaares in seinem Haus kein Wort mehr. Ob er sich in die Ecke gedrängt sah oder etwas ausbrütete, war nicht ersichtlich.

Frowe öffnete auf das Klopfen, weil Tönges die Zeremonie nicht mit der Schmiedeschürze führen wollte und sich Hose und Hemd anzog. Auch sein Fehlen wurde jedoch von der Straße aus umgehend registriert. Der Handschlag der beiden Frauen in der Tür gab sofort neuen Anlass für Gestichel über die Weiberherrschaft.

»Tja«, sagte Agnes, nachdem ihr Platz angeboten wurde, und Frowe stimmte ihr zu: »Präziser könnte ich das Dilemma auch nicht ausdrücken.«

»Da hier alles umgekehrt läuft und ihr unseren Sohn aufgenommen habt, müsste ich wohl nun die Mitgift zahlen«, begann Agnes, das verschlungene Knäuel aufzuwickeln. »Doch nicht mal die Truhe mit Tüchern und Handarbeiten kann ich vorweisen.«

»Wir sind auch gespannt, wer von den beiden beim Brautgreifen wohl entführt wird«, schmunzelte Tönges, als er hinzutrat und die Gäste begrüßte. »Gewöhnlich geht es die Brautleute ja nichts an, wie die Eltern um ihren Preis feilschen, aber mir tut die Lene da draußen leid. Können wir sie wieder reinrufen?«, bat er.

Am lautesten riefen Jacob und Peter »ja«, die für die Reize ihrer künftigen Schwägerin durchaus schon ein Auge hatten, und holten sie herein.

»Da die Lene ja nicht zu uns ins Haus kommt, was ich wirklich bedaure, gibt es von uns auch keinerlei Forderungen. Falls ihr welche habt, kann ich sie nicht erfüllen«, bekannte Agnes offenherzig.

In Frowe regte sich dennoch der Kaufmannsinstinkt. »Falls sich unsere Turteltauben ein neues Nest bauen wollen, können wir doch aber auf eure Hilfe bei Balken und Brettern hoffen«, nahm sie Jacob Maß.

Doch auch er verhielt sich geschäftstüchtig und wies die Bitte um Holz von vornherein ab. Das Zuschneiden wolle er jedoch gern unentgeltlich übernehmen.

»Kommen wir zur Feier«, drängte Helena, die noch immer nicht verwunden hatte, wie schon einmal über ihren Kopf hinweg alles entschieden worden war. »Montag um elf ist die Trauung. Bis um zehn müssen wir die Hochzeitssuppe bereithalten. Könntet ihr zwei oder drei Hühner spendieren?«

»Ich hab nur noch eins, aber das gebe ich gern. Vor allem wollen wir ein Zicklein schlachten und euch am Sonntag schon alles herbringen und brutzeln. Wie viel Gäste kommen denn?«

»Neuerdings dürfen geringe Leute nur noch höchstens dreißig Besucher einladen«, machte sich Tönges über die jüngste amtliche Anweisung lustig. »Schön zu wissen, wie sich unsere Obrigkeit sorgt, dass sich die Landeskinder in den schweren Zeiten nicht wegen irgendwelcher Feiern in noch größere Armut stürzen. Festgelegt ist auch, dass ein Hochzeitsfest nicht länger als einen Tag dauern darf und am Abend um zehn Uhr beendet sein muss. Verboten ist ebenso jeglicher Überfluss an Speis und Trank, andernfalls drohen Gefängnis oder Geldbuße.«

»Daran wollt ihr euch halten?«, forderte Peter zum Ungehorsam auf.

»Irgendwer ist auf uns nicht gut zu sprechen und stachelt die Leute gegen uns auf«, bat Tönges um Mäßigung. »Mit euch kommen noch ein paar Nachbarn, die Familie vom Pfarrer ist eingeladen, die vom Dorfschulzen, vom Bäcker, von meinem Bruder …«

»… du hast einen Bruder?«, fuhr Frowe verwundert auf.

»Ja, Gerhard ist der Einzige, der von meinen Geschwistern noch lebt. Ihn hat es in das Mansfelder Land verschlagen.« Beinahe hätte er noch hinzugefügt, dass er von ihm mehr über das Kupferschmelzen erfahren wollte, schließlich stand bei ihm eine Hütte neben der anderen. Gerade noch konnte er es herunterschlucken, ehe er sein eigenes Verbot unterlaufen und Agnes eingeweiht hätte.

»Ach, Jacob, Peter, ehe wir es vergessen«, wies Agnes auf ihre Söhne, die daraufhin die Hemden auszogen und sich eine Hose und ein Wams vom Leib wickelten. »Damit David nicht neben dem tollen Kleid von Lene wie ein Vagabund aussieht.«

»Oh Gott«, warf Helena ein, »das sind doch bestimmt Sachen von seinem Vater. Die zieht er niemals an, sobald er das erfährt.«

»Muss er doch nicht erfahren«, winkte Agnes ab. »Mein Franz darf das ebenso wenig wissen, obgleich ihm das alles längst nicht mehr passt. Sag einfach, dass du's geborgt hast. Stimmt ja auch, ich brauch es auf jeden Fall wieder, sonst legt mich mein Göttergatte ins Sägegatter und macht Kleinholz aus mir.«

Windschnell schlüpfte Helena hinaus, um ihr Kleid vorzuzeigen, mit dem Frowe vor Kurzem fertig geworden war. Sie hatte es oben liegen, in den Räumen ihrer Mutter. Hier würde sie einziehen nach der Trauung. Selbst David wusste noch nicht, dass ihnen der Vater das erlaubte. Das sollte ihre Hochzeitsüberraschung für ihn sein. Endlich ein kleines Reich für sich allein.

Zwar plagten sie Gewissensbisse, da mit diesem Schritt die Mutter nun praktisch endgültig für tot erklärt wurde. Aber auch ihre Brüder hatten ihr zugeredet. Jetzt schwebte sie vor Glück die Treppe hinab und breitete vor den Gästen die schwarze, seidig glänzende Tracht und den weißen Schleier aus.

Agnes verschlug es die Sprache. »Herrje, werden dich alle beneiden«, platzte sie schließlich heraus, womit sie jedoch einen Wermutstropfen ins Glas mischte. Neid hatten sie wahrlich genug am Hals. Obendrein konnte sie sich nicht verkneifen, die Farbe des Schleiers infrage zu stellen. »Du wagst es wirklich, mit dem weißen Schleier der Unberührtheit vor den Altar zu treten?«

Lene ignorierte das, aber es brodelte in ihr, schon jetzt auf all die Einwände zu stoßen, die ihr noch bevorstanden und womöglich den schönsten Tag in ihrem Leben vergällten.

»Habt ihr auch alles andere bedacht?«, wollte sich Agnes noch vergewissern. »Die Blumenmädchen sind bestellt? Hat David genug Pfennige gesammelt, um euch aus den Absperrungen der Kinder freizukaufen? Habt ihr das Geldstück für den Schuh der Braut? Ist am Montag kein abnehmender Mond? Ihr wisst, sonst nimmt ebenso das Glück ab. Vormittag muss schließlich auch sein, damit die Sonne noch steigt. Ach ja, die Hochzeitskerze spendiere natürlich ich.«

*

Am nächsten Tag waren die Tannbergs mit Oswald verabredet, um ihn doch noch zum Kommen zu überreden. Mit seiner Teilnahme an der Hochzeit fürchtete er bislang, weiteres Geschwätz auf sich zu lenken. Doch deutete er an, inzwischen zu wissen, wer hinter dem Rufmord steckt. Wahrscheinlich würde es genau zu Lenes Hochzeit neue Ausfälle geben, sie sollten zumindest darauf gefasst sein.

Als Tönges am Morgen aufbrach, nahm er sich fest vor, jetzt ein für alle Mal damit aufzuräumen und sich mit dem Bergmann abzusprechen, wen er zur Rede stellen sollte. David und Lene blieben in der Schmiede zurück, die sie in letzter Zeit wohl zu oft leer stehen ließen und damit womöglich selbst üble Verdächtigungen vom Zaun brachen. Zur eisernen Regel hatten sie erhoben, dass aber zumindest zwei zurückblieben, die sich im Notfall helfen konnten. Schließlich hatte dies David nach seiner Entführung das Leben gerettet.

Lene trällerte schon den ganzen Morgen vor sich hin. Freudestrahlend drang sie in David, was denn am Abend geplant sei. Der jedoch zeigte sich ahnungslos.

Sollten sie wirklich ihren sechzehnten Geburtstag vergessen haben? Nein, diesen Verdacht wies sie schnell von sich. Noch nie war in der Familie ein solcher Tag vergessen worden, auch den der Mutter begingen sie nach wie vor im Stillen. Allerdings überdeckte jetzt alles die Hektik der Hochzeitsvorbereitung, nur noch eine Nacht trennte sie schließlich vom Polterabend!

Und über allem lag drückend ein Schatten. Die Abneigung

im Dorf presste sich an die Fensterscheiben, sobald sie vorüberging, und schnitt höhnische Grimassen. Wollten ihr etwa irgendwelche Leute das Fest verderben? Nach und nach verging Helena das Singen.

David verabschiedete sich für einen kurzen Spaziergang. Lene spürte die Unsicherheit, die auch ihn umgab. »Fürchtest du etwa ebenso wie ich, dass wir morgen beim Poltern fast allein dasitzen? Nicht mal Onkel Gerhard ist bislang eingetroffen.«

»Ich geh mich mal umhorchen«, beschied er ihr, verharrte dann aber einen Moment. In seiner Tasche spürte er die vergoldete Kette, die er ihr vom Getreidekauf mitgebracht hatte. Eigentlich wollte er sie ihr schon am Morgen schenken. Aber da bislang noch niemand Helena gratuliert hatte, fürchtete er, gegen irgendwelche Familientraditionen zu verstoßen, indem er vorpreschte.

Jetzt aber war er mit ihr allein. Er schwankte, ob er sie nicht endlich in die Arme nehmen sollte, entschied sich dann aber doch zu warten. Alle sollten schließlich sein kostbares Geschenk bewundern.

Gereizt lungerte David über den Dorfplatz. Was passierte nur hinter seinem Rücken, fragte er sich. Eine oder sogar mehrere Vipern spien Gift, ohne sich zu zeigen. Hing das alles nur zusammen mit der Fremdheit Frowes? Unschlüssig schaute er in die sich abzweigenden menschenleeren Gassen. Niemand zeigte sich, den er in einen Schwatz verwickeln und dabei ausfragen konnte, wer so alles zum Poltern kommt.

Sehe ich vielleicht doch Gespenster, fragte er sich. Schon wollte er umkehren und durch die Kirchgasse zurück zur Schmiede gehen, als die Erde mit ihm zu sprechen schien: »Mal wieder vom hohen Ross abgestiegen, um dich daran zu weiden, wie unten die anderen durchs Leben kriechen!«

Beschämt musste er sich eingestehen, den mit einem um seinen verunstalteten Fuß gewickelten Lappen am Boden kauernden Melchior übersehen zu haben.

Die Schärfe ignorierend, blieb David locker: »Heh, Hähnchen, altes Haus, wie geht's?«

»Ein Melchior Hahn ist für den großen Goliath-Bezwinger David also ein Hähnchen?«, klang es höchst beleidigt.

»Mann, welche Laus ist dir denn über die Leber gelaufen?«, rang David weiterhin um einen kumpelhaften Ton.

»Keine Laus über die Leber, eher eine Ratte über den Weg.«

»Sag mal, spinnst du?«, stieg in David allmählich der Ärger hoch. »Was zum Teufel habe ich dir denn getan?«

»Das weißt du wohl selbst am besten, da du dich gleich auf den Teufel berufst. Hast ihm wohl deine Seele verkauft, damit meine Schwester anstelle deiner Schlampe krepieren musste.«

Im ersten Moment wollte ihm David mitten ins Gesicht treten. Doch hinderte ihn die innere Schwelle, einen am Boden liegenden Krüppel anzugreifen. Auch wurde ihm schnell bewusst, dass es Melchior genau darauf abgesehen zu haben schien, ihn mitten auf dem Dorfplatz derart vorzuführen. Zugleich schoss ihm ein anderer Gedanke durch den Kopf: Jetzt war er wohl auf die schon so lange gesuchte Giftschlange gestoßen.

»Wo steckt deine rothaarige Hexe eigentlich, hab sie lange nicht gesehen«, reizte Melchior weiter. »Mischt wohl neue Liebestränke und Mittelchen gegen Bleikugeln?«

Liebestränke? Richtig, fiel David wieder ein, da war ja noch die Geschichte mit dem Harzmädel. »Sophia hat dich eben durchschaut«, traf er auf Anhieb die wunde Stelle Melchiors.

»Sie wollte dich nicht, weil du eine Kanaille bist, die immer die Schuld für eigenes Missgeschick bei anderen sucht. Oder kannst du mir erklären, was Helena mit dem Tod deiner Schwester zu tun hat?«

»Das kann ich wohl«, raunte Melchior düster. »Deiner Liebsten wurde in der Glaskugel gezeigt, was ihr bevorsteht. Wieso ist sie denn als Einzige mit dem anderen Rabenaas in den Wald geflüchtet? Sie hätte uns doch warnen und auch meine Grete retten können. Doch zog sie es vor, sie an ihrer Stelle in eurer Satansschmiede sterben zu lassen.«

»Du weißt doch sehr wohl, dass uns nicht geglaubt wurde, als wir Alarm gaben?«, hielt ihm David entgegen und rang um Fassung.

»Ja«, erwiderte Melchior trocken, »weil sich gute Christen nun mal nicht auf Hexenkünste und Rabengekrächz einlassen.«

»Du Narr!«, fuhr ihn David an. »Wenn dein Hund die Soldaten verbellt hätte, wärst du garantiert ausgerissen. Zeig mir die Stelle in der Schrift, die besagt, einem schwarzen Hund trauen zu dürfen, einem schwarzen Vogel aber nicht! Vor dem ganzen Dorf werde ich in der Kirche Rechenschaft von dir fordern wegen deiner Verleumdung. Überleg dir deine Worte gut! Du weißt, was mit jenen geschieht, die mit dem Vorwurf der Hexerei anderen schaden wollen.«

Ein teuflisches Lächeln huschte über Melchiors Gesicht. Endlich hatte er es erreicht: Einen offenen Schlagabtausch in der Kirche, genau den wollte er. Unwiderlegbar waren seine Beweise, über jeden Zweifel erhaben seine Zeugen. Nun nahte die Stunde seine Rache!

Niemand würde ihm vorwerfen können, die Tannbergs bezichtigt zu haben. Sie selbst würden ihn ja angreifen vor der versammelten Kirchgemeinde. Das Recht, sich gegen die Anschuldigung zu wehren, falsch Zeugnis abgelegt zu haben, musste man ihm schon zubilligen. Folglich war es nicht seine Schuld, wenn sich daraus ein Hexenprozess entwickeln sollte.

Damit könnte er dieser Schmiede endlich den Todesstoß versetzen. Nur der Gedanke daran hielt ihn am Leben, als ihn das Wundfieber nach seiner Folterung schüttelte und der unerträgliche Schmerz in seinem verkohlten und teilweise bis auf den Knochen abgebrannten Fuß Todessehnsüchte weckte.

In David kochte es, doch trieb ihn jetzt die Eile. Er musste Tönges erreichen, bevor der seinem Verdacht folgte und Krach bei einigen Ackerbauern schlug. Das fehlte jetzt noch, Leute gegen sich aufzubringen, die mit der ganzen Sache nichts zu tun hatten. Damit es nicht nach einer Flucht aussah, ging David die ersten Schritte bis in die Kirchgasse noch verhalten. Außerhalb Melchiors Sichtweite begann er jedoch zu rennen, wobei er zuerst in die Schmiede zurückhetzte, um Lene zu informieren.

Sie wollte sich ihm sogleich anschließen, aber er riet ihr ab. Zumindest einer sollte das Haus hüten. Er versprach ihr, sich zu beeilen und sie nicht lange allein zu lassen. Als er davonstob, spürte er ihren Blick im Rücken, schaute sich nochmals um und winkte ihr zu. Am Abend würden sie alles nachholen.

Mit auf die Knie gestützten Ellbogen, den Kopf auf den Fäusten ruhend, gluckte Helena auf der Treppe. Auch wenn es in den nächsten Tagen noch viel zu feiern gab, so trist hatte sie sich ihren Geburtstag nicht ausgemalt. Sie war am Eindösen, als sie erschrocken hochfuhr. Über sie glitt ein riesiger Schatten hinweg. Sosehr sie über sich den Raum zwischen Schmiede und Scheune aber auch absuchte, sah sie nichts. »Krraab«, krächzte es von oben.

»Mann, hast du mich jetzt erschreckt!«, zürnte Lene mit dem Vogel. »Lässt du dich auch mal wieder blicken, alter Herumtreiber!« Noch immer blieb der Rabe unsichtbar, kam dann aber mit einem mächtigen Satz vom Dach zu ihr heruntergeschossen und begann, vor dem Trittstein auf und ab zu laufen. »Suchst wohl Frowe?«, schaute ihm Lene zu. »Musst dich wohl ebenso gedulden wie ich auch.«

Dazu zeigte der Vogel jedoch keine Neigung. Er schwang sich wieder hoch in die Lüfte, flog mehrere Kreise über der Schmiede und rief laut nach seiner Begleiterin. Schade, dass ich ihn nicht verstehe, dachte sich Lene. Trotzdem bemerkte sie, dass er etwas mitteilen wollte. Sollten etwa schon wieder Soldaten …

Sie lief vorbei an der Scheune und schaute zum Weg. Alles war still. Ihr Winken hinauf zum nahen Kirchturm erhielt keine Antwort. Auch beim zweiten Mal nicht. Ist da überhaupt jemand oben?, fragte sie sich schließlich. Ihr Fluchtinstinkt regte sich. Sollte sie aber wirklich alles stehen und liegen lassen und davonrennen? Es war schließlich ihr Geburtstag, und sie erwartete schon die ganze Zeit Gratulanten, die sie an den Polterabend am nächsten Tag erinnern wollte. Wie würde das aussehen, wenn sich Gäste einstellten, und sie wäre nicht mal daheim?

Als sie zum Trittstein zurückkehrte und sich setzen wollte, fröstelte es sie. Lautlos huschte über sie erneut der Schatten des Raben. Ihr wurde unheimlich. Hastig holte sie sich ein Tuch, wickelte sich darin ein und verschwand in die Scheune, in das vom Vater gemauerte Versteck. Wenn sie jemand ruft, würde sie es ja hören.

*

Nie wurde geklärt, warum der Posten auf dem Kirchturm an diesem Tag unbesetzt blieb. Aus dem Nichts fiel eine Räuberbande in das Dorf ein und verschwand nach kurzer Zeit ebenso. Es waren nicht mal viele, höchstens ein Dutzend. Bei einer Vorwarnung hätten sie vertrieben werden können. Nun aber nutzten sie den Überraschungseffekt und schossen sofort auf jeden, der Widerstand leisten könnte.

Abgesehen hatten sie es auf junge Mädchen. Sie zerrten sie aus den Häusern und banden sie draußen auf einem Pferdewagen fest. So eine leichte Beute erwarteten sie gar nicht. Also nutzten sie die Gelegenheit, jeden Hof zu durchkämmen, und warfen vom schnell voll besetzten Wagen sogar einige Mädchen wieder herunter, um Platz zu bekommen für welche, von denen sie sich höhere Verkaufserlöse versprachen.

Der Spuk dauerte keine Stunde, bis er mit Peitschengeknall wieder zum Dorf hinauswollte.

Doch ein Einzelner stellte sich dem Pack in den Weg. Noch dazu ein Krüppel.

Völlig verblüfft über den Mut oder auch die Torheit, hielt die Meute tatsächlich an. »Was willst du, Hinkefuß, sollen wir dich wegpusten?«, höhnte deren Anführer vom Pferd herunter.

»Die eine, die euch so viel bringt wie euer ganzer Karren da, habt ihr nicht bekommen«, lockte sie Melchior auf seine Krücke gestützt. »Ihr findet sie da drüben gleich in der Schmiede«, wies er den Weg zu Helena.

»Hoho, da haben wir ja einen ganz Gewitzten«, zeigte sich der Führer der Waldfischer auf der Höhe. »Der Kerl will uns aufhalten, bis ihre herbeigerufene Verstärkung naht. Für wie blöd hältst du uns?« Schon gab er das Zeichen zum Aufbruch und herrschte einen seiner Kumpane an, die Pistole wegzustecken. »Du willst doch wohl nicht auf einen Krüppel schießen, was sollen denn die Leute hier über uns denken!« Wieherndes Gelächter folgte.

Doch rief ihnen Melchior nach: »Ihr bietet doch Huren zum Verkauf, und die da drin hat es hier schon mit jedem getrieben, die kann das am besten.«

»Mit jedem? Mit dir wohl nicht!«, war der Truppführer um eine Antwort nicht verlegen. Doch plötzlich dämmerte es ihm, welche Beweggründe den Krüppel wirklich trieben. »Halt mal!«, befahl er. »Hier haben wir offenbar einen verschmähten Freier, der sich rächen will. Also los, die Zeit nehmen wir uns noch! Stellt die Schmiede auf den Kopf! Und wehe dir, Kerl, das Weib hält nicht, was du uns versprochen hast. Dann schieß ich dir beide Kniescheiben weg! Und du kannst nur noch rollen.«

Der Trupp schwärmte aus. Schon zerbarst wieder alles im Haus, was nach dem Abzug der Söldner neu gezimmert worden war. Schulterzuckend kamen die Männer zurück. »Nichts gefunden, da ist niemand.« Sie stiegen auf die Pferde und wollten endlich los.

Doch wiederum stellte sich Melchior vor sie. »Helena verfügt über Hexenkünste, aber lange kann sich keine von denen unsichtbar machen. Schaut noch mal nach, die muss da sein!«

Nun rutschte der Anführer aus dem Sattel. »Eine schöne Hexe? Jetzt hat mich der Kerl aber neugierig gemacht. Ich will sie haben! Los, bringt sie mir!«, feuerte er seine Leute nochmals an.

»Wahrscheinlich hat sie sich in die Scheune verkrochen«, meinte Melchior und humpelte zum Tor voraus. Anfangs noch vorsichtig stießen sie mit den Säbeln durch das aufgeschichtete

Stroh. Doch zunehmend wurden die Männer grimmig, und es stand gar nicht mehr gut um ihren Ratgeber.

»Das hier haben wir in einer Truhe in der Schmiede gefunden«, legte einer der Halsabschneider dem Rädelsführer die beiden Porphyr-Steine von David in die Hand. Der schnappte nach Luft. »Bin ich denn nur von Hornochsen umgeben? Glaubst du etwa, das sind Goldklumpen?«

Der Angebrüllte verteidigte sich: »Irgendeinen Wert müssen sie aber besitzen. Warum sonst sollte sie jemand so verstecken. Vielleicht sind es ja Glückssteine, und sie stehen jedem bei, der sie besitzt.«

»Glückssteine«, äffte der Bandenführer nach und donnerte sie wütend gegen die Wand. Verdutzt schaute er hinterdrein. »Das klang hohl«, stellte er schließlich fest. »Alles hierher«, kommandierte er. »Reißt die Mauer ein!«

Johlend zerrten sie Helena aus ihrem Versteck. Sie spie Melchior vor die Füße, als sie aus der Scheune gestoßen wurde. Der schien selbst das zu genießen und rief freudestrahlend: »Die erste Hexe hab ich aus dem Dorf. Die zweite krieg ich auch noch dran.«

Umgehend legte sich ihm ein Arm auf die Schulter. »Hier ist noch so eine?«

»Auf der Stelle würde ich die euch ausliefern. Nichts lieber als das«, versicherte er. »Aber die ist leider, leider ausgeflogen.«

»Schade, das mit deinem Bein«, wies der Anführer mit der Pistole auf Melchiors Fuß. »Sonst würden wir dich bei uns aufnehmen. Solche Leute wie dich könnten wir gebrauchen.« Sie sprangen auf die Pferde und wollten davonstieben. Doch merkten sie nun, dass sich inzwischen zahlreiche Mädchen von den Fesseln lösen und fliehen konnten. Nur wenige holten sie noch ein.

»Da hatte es wohl etwas Gutes, dass ihr so lange nach mir suchen musstet«, provozierte Helena.

Schon spürte sie einen Dolch an ihrem Hals. »Wenn du diesen Verlust nicht ersetzen kannst, wirst du es noch bereuen«, wurde sie wütend angefahren.

Fünftes Kapitel
Rabenpakt

Die Steine inmitten des Buschwerks, auf denen sie gewöhnlich warteten, wenn sie sich mit Oswald verabredet hatten, lagen verwaist. Sollten sie etwa zu seinem Haus weitergezogen sein? Möglich, dass er doch einwilligte, zur Hochzeit zu kommen, und damit das Verstecken vor dem Dorf ein Ende hatte. David lief weiter nach Buchholz und huschte zur Hoftür hinein. »Haltet doch bitte ein bisschen Abstand!«, vernahm er eine ärgerliche Stimme und wusste sofort, dass er sich in allem geirrt hatte.

»Wo sind sie hin? Es eilt, ich muss sie finden!«, würgte er weitere Vorhaltungen ab.

»Als Erstes wollten sie zu Andreas Bärlauch. Aber das ist schon ein ganzes Weilchen her. Möglich, dass du sie da gar nicht mehr antriffst«, lenkte Oswald ein. »Um Gottes willen, ist was passiert?«

»Nicht einer der Ackerbauern, sondern der Melchior von den Hahns ist derjenige, der uns überall schlechtmacht und verketzert. Tönges birst vor Wut, ich muss ihn aufhalten, bevor es die Falschen trifft.« Schon war David wieder zur Tür hinaus und rannte zurück.

Schweißnass erreichte er Bärlauchs Hof. Auf sein Rufen reagierte niemand. Auch nicht in den Stallungen. Schließlich schlug er Lärm und brüllte aus voller Lunge, dass doch jemand da sein müsse.

Augenblicklich ließen ihn die Zinken einer Mistgabel im Rücken verstummen. Vorsichtig drehte er sich um und erkannte Bernhard, den ältesten Sohn der Bärlauchs. »Mann, David, du bist's!«, schnaubte er überrascht und ließ die Gabel sinken. »Los, stell jetzt keine weiteren Fragen, lass uns hier schnell verschwinden!«

Sie sausten zu einem anderen Stall. »Ich bin's, Bernhard, seid ihr schon oben?«, wisperte er. Über ihm in der Decke öffnete sich daraufhin eine Luke, und eine Leiter senkte sich herunter. »Mach schnell, die sind schon auf dem Hof«, wurde er zur Eile gedrängt.

»Nee«, gab er Entwarnung. »Das war David, der hier rumgebrüllt hat.« Erstaunt traf er oben auf die Tannbergs, und die waren nicht minder überrascht, David zu sehen. »Wo ist Lene?«, schüttelte ihn Tönges heftig an der Schulter.

»Wo soll sie sein, in der Schmiede natürlich«, wehrte er sich gegen den Vorwurf, sie allein gelassen zu haben. »Was ist hier überhaupt los?«

Als sie ihm von Schüssen berichteten, wollte David sofort weg. Doch sie hielten ihn zurück, so wie sie Tönges festhalten mussten, den es zuvor ebenso instinktiv nach Hause gezogen hatte. »Überleg doch!«, machten sie ihm begreiflich: »Ganz abgesehen von der Gefahr, jetzt draußen angetroffen zu werden, könntest du beobachtet werden. Anstatt ihr zu helfen, gibst du lediglich ihr Versteck preis.«

»Psst!«, drückte der Ackerbauer den Finger auf seinen Mund. Durch die Ritzen sah er drei Mann auf dem Hof. In jeder Hand hielten sie eine Pistole, noch zwei weitere trugen sie unter dem Gürtel. Zwölf Schuss konnten sie somit sofort abgeben, das würde keiner hier überleben.

Zwei der Fremden durchstöberten das Haus, während einer draußen Wache hielt. »Die stecken in den Ställen«, rief schließlich der Posten die anderen zwei zurück. Zu dritt durchkämmten sie Scheune und Schuppen, bis sie zum Versteck kamen und mit der von Bernhard zurückgelassenen Gabel das Stroh durchwühlten.

»Wieso stieren wir eigentlich nur auf den Boden?«, hieb einer schließlich mit der Forke gegen die Zwischendecke. »Da oben muss doch unter dem Dach noch ein Hohlraum sein.«

Den beiden Schutz suchenden Familien gefror das Blut.

»Wie sollen wir da hochkommen, wir brauchen eine Leiter.«

»Los, holt eine!«, wurde verlangt.

Während der mit der Gabel weiterhin gegen die Decke hieb und versuchte, die Bretter zu lösen, gingen die anderen beiden auf Suche. Immer heftiger wurden die Schläge, bis schließlich die Holzgabel zerbrach. Fluchend warf der Mann den verbliebenen Stiel gegen die Wand. »Ich spür's«, feuerte er die anderen an. »Hier ist was.«

»Ich hab eine Leiter«, triumphierte einer der Wegelagerer und stürmte von draußen herein. Nur einen Augenblick später kletterte er hinauf zur Zwischendecke und schlug mit der Faust dagegen. »So wird das nichts«, resignierte er. »Wir brauchen Hämmer und Brecheisen.«

Die Meute überlegte. »Vorhin sind wir doch an einer Schmiede vorbeigekommen.«

Gerade noch konnte Ide den Aufschrei unterdrücken, dennoch war ein Fiepen zu hören. Sofort starrten die drei nach oben. »Stimmt«, rief einer. »Da oben ist wer.« Sie beschlossen, Werkzeug von der Schmiede zu holen, und taten so, als gingen sie alle drei fort.

Durch die Ritzen sah Andreas jedoch, dass sich zwei von ihnen auf die Lauer legten. »Was sollen wir jetzt tun?«, flüsterte er. »Im Augenblick haben wir es nur mit zweien zu tun. Sollen wir es wagen?«

Seine Frau Thea, die bislang geschwiegen hatte, hielt dagegen. »Es kann immer nur einer nach unten klettern. Sie schießen uns ab wie Tauben. Die Bohlen unter uns sind dick. So leicht kommen sie da nicht durch. Auch an die Luke in der Mitte der Decke können sie nicht ran, weil sie ihre Leiter nur außen an die Wand lehnen können. Keinen Mucks jetzt mehr!« Mahnend blickte sie zu Ide und Volker.

In Gedanken waren die Tannbergs alle bei Helena. Hoffentlich hatte sie nicht schnell noch das ganze Werkzeug versteckt, bangte Tönges. Sobald sie danach zu stöbern begannen, würde es auch für das Mädchen gefährlich. Zäh wie Baumharz tropften die Minuten. Womit würde der Lump wohl zurückkehren, könnte er geeignetes Werkzeug finden, um ihr Versteck aufzubrechen?

Sie hörten ihn schon von Weitem, als er sich dem Hof näherte. Lautstark stritt er mit jemandem. Tatsächlich sah Andreas durch einen Spalt zwei Mann durch das Hoftor kommen. Für alle sichtbar hielt er die Hand nach oben und spreizte mit angelegtem Daumen die Finger, um zu zeigen, dass sie es nun schon mit vieren zu tun hatten. Deren Streit schwoll an.

»Ihr Rindviecher«, schalt der neu Hinzugekommene die anderen. »Wie lange wollt ihr hier noch die Zeit vertrödeln? Auf dem großen Hof könnt ihr den halben Tag lang alles durchwühlen, ohne was zu finden. In der Zwischenzeit hättet ihr ein Dutzend Weiber aus den Katen gezerrt, denn dort kann sich kaum jemand verstecken.«

Er schnappte nach Luft. »Glaubt ihr, eine fette Bäuerin bringt euch mehr ein als eine dürre Seldnerin? Es ist doch scheißegal, solange die Schlampe zwei nicht ganz so krumme Beine und zwei Titten hat. Abmarsch!«, befahl er und scheuchte die drei vor sich her.

Die begehrten jedoch auf: »Wir haben jemanden gehört und müssen nur noch den Bretterboden durchstoßen.«

»Na klar«, wehrte der andere ab. »Denkt ihr, ich bin blöd? Ihr wollt hier alles umkrempeln, weil ihr hofft, beim Bauern Töpfe voller Taler zu finden. Darf ich euch Nashornkäfer daran erinnern, dass im Winter Militär im Dorf lag? Das hat alles ratzekahl weggefressen und fortgeschleppt. Da findet ihr keinen Pfennig mehr.«

Mümmelnd zog das Trüppchen ab. »Uff«, stieß Andreas den Atem aus. »Das wär jetzt aber beinahe in die Hose gegangen«, und er bedankte sich bei Thea, dass sie genau richtig entschieden hatte. Sicherheitshalber warteten sie aber weiterhin im Versteck ab.

»Stimmt's, die Säue rauben Frauen und verkaufen sie an Soldaten oder Bordelle«, wandte sich Thea an Frowe. Die bestätigte diesen Verdacht, fügte jedoch voll Bitterkeit hinzu, dass es für manche sogar ein Segen sein könnte, über die Alpen oder nach Frankreich in die Friedensgebiete verschleppt anstatt daheim vergewaltigt zu werden und dann obendrein mit ihrem Bastard zu verhungern. Warum sie dann nicht auch schon längst abgehauen sei, wollte Thea erwidern, verkniff sich das aber gerade noch.

Wieder fielen Schüsse. Ängstlich verstummten sie. David und nicht minder Tönges hielten es kaum noch aus, Helena völlig allein zu wissen. Thea ahnte, dass sie nicht länger zu halten waren und womöglich beim Rausklettern entdeckt werden könnten. »Euer Besuch hatte doch sicherlich einen Grund«, versuchte sie, die Gedanken von Tönges in eine andere Richtung zu lenken.

Bevor er antworten konnte, mischte sich sofort David ein. »Er wollte fragen, ob ihr noch alte Hufeisen auf dem Hof habt, uns gehen allmählich die Reserven aus«, flüchtete er in eine Notlüge.

Trotz der Gefahren um sie herum lachte Andreas hell auf. »Etwas Komischeres konntest du dir wohl nicht einfallen lassen? Es dürfte Monate her sein, dass ihr das letzte Pferd beschlagen habt. Oder schmiedest du deiner Lene zur Hochzeit Tanzschuhe aus Eisen?« Betreten suchte David nach einem Ausweg aus dieser Klemme. Aber Andreas kam ihm zuvor. »Ich wusste sofort, als ihr in voller Formation durch das Tor geschritten kamt, worum es geht. Ihr denkt, ich stecke hinter den Verleumdungen.«

»Und, ist das so?!«, ging Tönges umgehend zum Angriff über.

»Um Gottes willen«, nahm Thea ihren Mann in Schutz. »Wie könnt ihr so was denken! Wir stecken tief in eurer Schuld und lassen schon lange bei euch anschreiben. Auf uns lasten Zins und Zinseszins nicht gezahlter Abgaben. Wahrscheinlich lässt uns der Graf bald in den Schuldenturm werfen. Was sollten wir also für einen Grund haben, euch schlechtzumachen?«

»Wenn Tönges glaubt, dass wir die Hexengeschichten in Umlauf bringen«, schaltete sich nun Bernhard ein, »dann liegt das wohl an Melchior, der oft bei uns arbeitet und ständig gegen euch hetzt. Ich hab ihm schon ein paar Mal gedroht, ihn vom Hof zu jagen, wenn er mit diesem Zeug hausieren geht.«

»Warum sollte uns ausgerechnet der arme, fußlahme Melchior verketzern wollen?«, fragte Tönges und schüttelte ungläubig mit dem Kopf.

»Er ist es aber wirklich«, bestätigte David. »Er ging mich vorhin auf dem Dorfplatz an. Darum bin ich euch ja schnell nachgelaufen, damit ihr nicht ..., na, ihr wisst schon«, brach er den Satz ab. »Jedenfalls habe ich ihn gewarnt, beim nächsten Gottesdienst vor der gesamten Kirchgemeinde Rechenschaft von ihm zu fordern.«

»Das solltest du besser unterlassen«, entgegnete Bernhard. »Mehrere würden sofort beschwören, mit eigenen Augen gesehen zu haben, wie die Kugel an dir abgeprallt ist, ohne in dich eindringen zu können.«

David verdrehte die Augen. »Den Stein, an dem sie abgeprallt ist, habe ich doch wohl nun schon jedem gezeigt.«

»Aber erst viel später. Da glaubte dir das niemand mehr. Warum solltest du auch einen Felssplitter durch den ganzen Harz schleppen.«

Versonnen erinnerte sich David daran, wie er ihn gefunden hatte und ihm Lenes Stimme riet, ihn als Talisman anzunehmen.

»Du hörst also Stimmen«, stürzte sich Bernhard wie ein Habicht auf ihn. »Stell dir vor, du stündest jetzt vor Gericht. Du hättest dich schon so tief in Widersprüche verstrickt, dass es nicht um Melchiors, sondern allein deinen Kopf ginge.«

»Was hat denn der Bengel aber gegen uns, wir haben ihm doch nie ein Leid zugefügt?«, blieb Tönges skeptisch.

»Erinnere dich an seine Schwester, deren Blut an unserer Stubenwand klebte«, mahnte ihn Frowe. »Er denkt, sie ist an unserer Stelle gestorben, und womöglich hat er damit nicht mal unrecht.«

Ergriffen versuchte Thea zu widersprechen, aber eine Handbewegung Frowes ließ sie verstummen. »Es steht nicht gut um uns, und das ist allein meine Schuld. Vor meinem Erscheinen waren die Tannbergs schließlich im Dorf hoch angesehen.«

»Das seid ihr auch jetzt noch«, versicherte Andreas. »Glaubt doch nicht, dass wegen ein paar Kindsköpfen wie dem Hahn hier alle durchdrehen.« Er streckte Tönges die Hand entgegen. »Ich wollte dir meine Freundschaft schon seit Längerem anbieten, eigentlich seit unserem Streit damals in der Scheune. Es war blöd von mir, euch vorzuhalten, dass ihr getürmt seid. Zugegeben, ich war sauer, dass ich nicht zu dem Kreis zählte, den ihr gewarnt habt. Fortan würde ich gern dazugehören und nicht allein von unserem verbohrten Pfarrer abhängig sein, wenn euer Rabe euch was flüstert.«

Beinahe zu Tränen gerührt, schlug Tönges ein. Wie sehr man sich doch irren kann, dachte er. Der vermeintliche Übeltäter entpuppte sich als Freund. Fortan würde er vorsichtiger sein mit seiner Vorverurteilung. »Könnt ihr den Mund halten?«, fragte er die Bärlauchs. Erwartungsvoll schauten sie ihn an und nickten schließlich einer nach dem anderen. »Dann befreie ich euch von zumindest einer Sorge. Verbreitet es nicht weiter, sonst verkehrt sich mein Rat womöglich ins Gegenteil!« Schließlich erzählte er, was die Kinder in Stolberg über den Umgang mit Schuldnern in Erfahrung gebracht hatten. »Bitte, lasst mich jetzt aber runter.«

»Und mich auch«, verlangte David. Vorsorglich blieben die anderen zurück. Sie hätten ohnehin nichts ausrichten können, also öffneten sie die Luke und ließen die Leiter herab. Geräuschlos schlüpften die beiden Männer nach draußen, während sich über ihnen die Klappe sofort wieder schloss.

Auf den Gassen zeigte sich niemand. Doch schon von Weitem sahen sie die Türen von Werkstatt und Stallungen der Schmiede weit offen stehen. Der zerschlagene Hausrat lag verstreut über den ganzen Hof. Verzweifelt blickten sie sich an und spürten im tiefsten Innersten, dass sie etwas Schreckliches erwartete.

Als Erstes schauten sie nach dem geheimen Versteck und blieben wie angewurzelt stehen. Eingerissen lag die Mauer vor ihnen, hinter der sich gewiss Helena verborgen hatte. Laut schrie Tönges auf: »Nicht schon wieder! Nach Margot nun auch noch Helena!« Er kauerte sich auf den Boden.

David rannte durch das Haus. Niedergeschlagen kehrte er zurück. »Sie ist weg«, keuchte er und heulte wie ein Hund. »Hätte ich sie doch nicht allein gelassen!«, marterte er sich.

»Dann würdest du jetzt tot zwischen diesen Steinen liegen«, versuchte ihn Tönges zu beruhigen. »Was hätte das genützt? Sie kann aber noch am Leben sein«, flehte er das Schicksal an.

David hob den Kopf und sah vor sich den zerbrochenen Stein am Boden liegen, der die Kugel aufgefangen hatte. »Was machst du denn hier?«, herrschte er ihn an. »Ich glaube, jedes Glück, das du bringst, bezahlt man mit neuem Unglück.« In hohem Bogen schleuderte er die Brocken fort. »Hätte Lene damals auch nur einen Moment gezögert, mir nachzulaufen, wäre ich nicht mehr. Ich muss los, um sie zurückzubringen.«

»Halt!«, rief ihn Tönges zurück. »Wir müssen erst herausfinden, in welche Richtung das Räuberpack gezogen ist und wie viele es sind. Außerdem komme ich mit.« Sie liefen ins Dorf, um so viel wie möglich zu erfahren.

Als sie zurückkehrten, fiel Frowe stumm Tönges um den

Hals. Sie sah seine Entschlossenheit, nicht auch noch die Tochter aufgeben zu wollen. Dennoch sprach sie ihm ins Gewissen, dass er womöglich obendrein seine Söhne verlieren könnte, wenn er sie zurückließe. »Im Tross war ich stark«, sagte sie, »hier im Dorf bin ich schwach. Gegen Landsknechte wusste ich mich zu wehren, nicht aber gegen Heimtücke und Verleumdungen. Deine Jungen finden bei mir keinen Schutz, wenn du fortgehst. Ich werde mich wahrscheinlich hier nicht mal selbst halten können.«

Tönges wusste nicht mehr weiter. Er ließ sich auf die Treppe vor dem Haus sinken und verbarg sein Gesicht hinter den Händen. David legte ihm die Hand auf die Schulter. »Sie hat recht. Lass mich allein gehen. Ich bin gut bewaffnet. So groß ist deren Vorsprung nicht. Da sie einen Pferdewagen mit sich führen, sind sie langsam. Ich kriege sie und passe einen günstigen Moment ab, um mir Lene zu schnappen. Vertrau mir!«

David zog den Kopf ein, als der Rabe über ihn hinwegschoss. Der Vogel flog eine Kurve und landete auf seinem vorgestreckten Arm. »So nah ist er noch nie zu mir gekommen«, stellte er überrascht fest.

»Er bietet dir seine Hilfe an«, war sich Frowe sicher. Eilig lief sie ins Haus und packte Proviant ein. »Gib ihm möglichst immer ein bisschen was vom Käse ab, das erneuert euren Bund. Wenn du ihn ignorierst, wird er dich sonst bald verlassen. Mit ihm jedoch richtest du deine Augen meilenweit um dich. Zusammen werdet ihr Lene finden.«

Der Abschied fiel kurz aus, die Zeit drängte. In Richtung Neustadt hatte man die Schnapphähne abziehen sehen. Als David loslief, folgte ihm der Rabe tatsächlich und flog dann voraus. Weit vor sich hörte er ihn fortan rufen und ihm die weitere Richtung anzeigen. Da zudem die tief in den weichen

Boden eingedrückten Wagenspuren David den Weg wiesen, fand er den Vogel bestätigt und wusste, dass er seiner Führung vertrauen konnte. Die Hoffnung jedoch, noch vor Anbruch der Dunkelheit den Trupp eingeholt zu haben, erfüllte sich nicht.

*

Aus Reisig und Laub häufte sich David ein Lager am Rande eines Wäldchens auf. Lange konnte er nicht einschlafen, geplagt von finsteren Vorstellungen, was womöglich seine Lene inzwischen durchmachen musste. Auch die Träume schüttelten ihn und ließen ihn lange nicht los. So war es schon taghell, als er aufwachte, obwohl er eigentlich mit dem ersten Morgenlicht die Verfolgung wiederaufnehmen wollte.

Erleichtert stellte er fest, dass die Wagenspur noch so deutlich wie am Vortag sichtbar war. Die Entführer mieden die Dörfer. Nach ihnen zu fragen, würde also nichts nutzen. Allein der Abdruck der Räder verband ihn noch mit seiner Liebsten. Vom Raben hörte er nichts mehr. Wahrscheinlich war er zurückgeflogen.

Hoch konzentriert ließ David keinen Blick von dem doppelt in den Boden gepressten, glänzenden Band. Er vermutete, dass bald mit einem gestohlenen zweiten Wagen eine falsche Fährte gelegt würde, um Verfolger in die Irre zu führen. Auch musste nun bald die Stelle kommen, an der die Räuber ihr Nachtlager aufgeschlagen hatten. Dort erwartete er felsenfest, auf ein Zeichen von Lene zu stoßen.

Als die Sonne schon fast im Zenit stand, zog sich die Spur noch immer ohne die geringste Unterbrechung durch das Land. Sollten sie ohne Pause die ganze Nacht durchgefahren sein, fragte er sich. Womöglich erwarteten sie weit mehr Verfolger als nur ihn.

Erst jetzt kam David in den Sinn, dass er als Einziger den geraubten Mädchen nacheilte. Oder kamen hinter ihm doch noch welche? Er drehte sich um und schaute zurück, sah aber niemanden. Womöglich, so sorgte er sich, war er zu überstürzt aufgebrochen, ohne die anderen im Dorf zu fragen, wer mitkommen will.

Aus weiter Ferne hörte er den Raben wieder, aber nicht vor, sondern neben sich. Er schüttelte den Kopf. Das Tier irrte nun wohl doch. An der Räderspur gab es nichts zu deuteln. Er lief weiter.

Nach einer halben Stunde überholte ihn ein Schatten. »Krrrk«, erschallte es, und er glaubte, darin einen Vorwurf zu erkennen. Richtig, besann er sich und warf ihm ein Stück Käse zu. Das Tier beäugte die Gabe erst mit dem rechten, dann mit dem linken Auge, hieb mehrmals mit dem Schnabel danach und nahm sie schließlich an. Dann erhob es sich in die Luft und schlug wieder die Richtung ein, aus der es gekommen war. »Krraak«, forderte es David auf, ihm zu folgen.

Der zögerte. Die Räder wiesen einen anderen Weg. Doch halt, besann er sich. Wo sind eigentlich die Hufspuren der Reiter geblieben? Vor sich sah er nur noch die Abdrücke des Zugtiers und des Wagens. Also hatten sie ihn doch genarrt!

Querfeldein folgte er nun seinem schwarzen Freund, der das Nachtlager gefunden hatte. Dort lag noch jemand. Jäh zuckte David zusammen. »Oh, bitte, lieber Gott, lass das nicht Lene sein!«

Hohes Gras verbarg das Mädchen zum größten Teil. Als er näher trat, glotzten ihn leere Augenhöhlen an, wahrscheinlich das Werk der Krähen. Von Wölfen und Füchsen war ihr Leib aufgerissen und ausgeweidet worden. An den nackten Beinen und Armen zeigte sich dagegen nicht die geringste Verletzung. Alles sah so unwirklich aus, eine bis zur Hüfte unberührt Schlafende ging in ein Skelett über.

David wagte nicht zu atmen und stand wie versteinert. Doch er musste noch näher heran, um sicherzugehen, dass dies eine andere war.

Eine Ameise krabbelte aus einer Augenhöhle und lief quer über das Gesicht. Angewidert folgte ihr Davids Blick, bis er auf den Mund traf. Dann jedoch schleuderte sein Magen explosionsartig seinen ganzen Inhalt heraus. So heftig hatte er im ganzen Leben noch nicht gekotzt. Halb ohnmächtig hielt er sich an den Ästen einer Weide fest und wagte nicht, nochmals hinzusehen.

Schließlich zwang er sich.

Vom Mund war nur noch eine blutige Öffnung geblieben. Sämtliche Zähne hatte man ihr ausgeschlagen. Wahrscheinlich als Strafe, weil sie sich wehrte und biss. Erneut würgte David der Brechreiz, als ihm auffiel, dass dem Mädchen die Kopfhaut abgezogen worden war. Er konnte sie nicht mehr erkennen, schloss jedoch aus, dass dies die Beine und Brüste von Lene waren.

Ein paar Schritte weiter fand er Teile des Kleides mit blauen und gelben Streifen. Wieder wurde ihm übel. Nun sah er das Mädchen mit diesem Kleid vor sich. Es saß neben Lene auf der Kirchhofmauer und ließ ebenso wie sie kess die Beine baumeln, als er hinaufsah. Beide sangen aus voller Kehle. Das war erst ein paar Tage her. Lene saß dort mit Maria, der siebzehnjährigen Pfarrerstochter.

Zeichen von seiner Helena fand er keins, obwohl er den Lagerplatz intensiv absuchte. Was sollte sie ihm auch mitteilen, was Marias Leiche nicht schon berichtete? Die Drecksäcke vergingen sich bestialisch an den Mädchen und ließen in ihrem Trieb sogar außer Acht, dass sie ihren Verkaufsgewinn schmälerten.

Wie aus einer anderen Welt stellte sich in ihm die Erinnerung ein, dass sie heute Polterabend gefeiert hätten. Ihm wurde schwarz vor Augen, und er schwor die grässlichste Rache für den Fall, dass … Nein, so weit wollte er jetzt nicht denken.

Der Rabe drängte ihn zum Aufbruch. Spuren fand er nur hin und wieder von den Reitern. Ohne den Vogel hätte er die Bande schon jetzt verloren. Dessen Geduld durfte er nicht länger auf die Probe stellen; also folgte er ihm, so schnell er konnte.

Bereits am nächsten Tag wusste David nicht mehr, wo er war und wohin er lief. Von der Überlegenheit menschlicher Intelligenz zeigte sich kaum noch eine Spur. Wie ein Hund trottete er den Rufen seines Herrn hinterher. Erschrocken gestand er sich ein, seine Helena längst verloren zu haben, als er weit vor sich in der Ebene eine lang gezogene Menschengruppe und mehrere Reiter sah. Umgehend bliesen seine Lebensgeister zum Sammeln. Das mussten sie sein. Doch wiederum schwenkte der Rabe ab.

Ihm erneut die Gefolgschaft zu verweigern, bedeutete womöglich das Ende ihres Bundes. Dessen war sich David bewusst. Doch konnte der Vogel nun mal nichts erzählen. Dagegen musste sich etwas in Erfahrung bringen lassen, sobald er die vor ihm Laufenden erreichte. Schweren Herzens ließ er also seinen Gefährten ziehen und rannte, so schnell er nur konnte.

Dennoch brach schon der Abend herein, als er endlich auf den Trupp stieß. Sie lagerten an einem Flüsschen. David kam jedoch nicht nah genug heran, um auch nur einen Gesprächsfetzen auffangen zu können. Er kroch auf dem Bauch bis zu einer Buschgruppe und hoffte, dass sich dort jemand zum Pinkeln einfindet. Mit seiner Vermutung lag er richtig. Bewacht von einem Mann, kamen zwei von den entführten Frauen herüber, die er als Ruth und Gerda erkannte. Gerda war schon verheiratet und hatte eine kleine Tochter. Ruth mochte um die vierzehn oder fünfzehn sein.

»Erschreckt nicht! Ich bin's, David«, flüsterte er, als sie sich in seiner Nähe hinkauerten. Dennoch schrie Ruth auf. Sofort wollte die Wache wissen, was los sei. »Sie hat was gepikt«, rief die andere zurück.

»Weiber«, lachte grimmig der Kerl. »Nicht mal im Stehen pinkeln können sie.«

»Schnell, erzählt!«, forderte David sie auf. »Wohin geht ihr, ist Lene bei euch?«

Sie konnten es kaum fassen, dass ihnen doch jemand gefolgt war. Man habe sie während der Fahrt vom Wagen in den Graben geworfen, damit keine Abweichung in der Spur einen Halt verrät. Eigentlich gehörten die Entführer zu einer weit größeren Bande, berichteten sie. Sie seien lediglich darauf aus gewesen, in einer einsamen Mühle oder auf den Wegen ein oder vielleicht sogar mehrere Frauen zu fangen. Dass sie, ohne auf Gegenwehr zu stoßen, mitten in das Dorf hineinkommen und den ganzen Wagen vollladen konnten, habe sie völlig konfus gemacht. Schließlich hätten sie sich dazu entschlossen, ihre Beute allein in Sicherheit zu bringen und zu verkaufen.

Sie fürchteten jedoch die Verfolgung ihrer Kumpane, so erzählten sie. Einen losten sie aus, den Wagen fortzufahren, und zogen Hölzchen. Da klar war, dass derjenige kaum wieder zu den anderen aufschließen konnte, zwangen sie ihn noch ein

Stück seitwärts neben dem Weg mit vorgehaltener Pistole, die Fahrt allein fortzusetzen.

Beim Nachtlager sei dann heftiger Streit ausgebrochen, weil einer der Bewacher die Lene haben wollte und mehrere andere sich sofort anschlossen. »Siehst du den da drüben, den mit der gelben Feder am Hut?« David hob leicht den Kopf und bestätigte, ihn erkannt zu haben. »Das ist ein Tier«, flüsterte Gerda.

»Der hat Maria die Haare vom Kopf gerissen«, schluchzte Ruth.

»Erzähl mal jetzt nicht alles durcheinander«, nahm ihr Gerda das Wort wieder ab. »Also, ein anderer stellte sich mit gezücktem Degen vor Lene und ließ keinen an sie ran. Er erhofft sich von ihr eine fette Belohnung von einem schwedischen Offizier, der demjenigen einen Beutel voll Dukaten versprochen haben soll, der ihm eine zarte, blonde Schönheit bringt, die er später auch mit zu sich nach Hause nehmen kann.«

»Den Namen von dem Offizier kennt aber nur der Räuberhauptmann, den sie im Stich ließen und verrieten«, schaltete sich Ruth wieder ein. »Sie wussten lediglich, dass ihm drei Finger der linken Hand fehlen. Das war der Hälfte der Bande zu vage, sie wollte darum nicht zu den Schweden laufen, sondern lieber zum Rhein.«

»Quak doch nicht laufend dazwischen«, ärgerte sich Gerda über die erneute Unterbrechung. »Also«, griff sie ihre Erzählung wieder auf, »anstelle deiner Lene schnappten sie sich Maria. Ausgerechnet Maria, die schon zuvor auf dem Wagen geschworen hatte, lieber zu sterben, als ihre Unschuld zu verlieren.«

»Sie hat den mit der gelben Feder gebissen«, hielt es Ruth nicht länger aus, wiederum dazwischen zu platzen. »Aber nicht in die Hand, sondern an eine Stelle, die man nicht sieht«, kicherte sie.

»Wie lange dauert das denn noch bei euch?«, bellte der Wachmann.

»Das sind Frauensachen, das dauert«, hielt ihn sich Gerda vom Hals.

»Was aus Maria wurde, wissen wir nicht, nur dass dieser Barbar ihre Haare hat«, fuhr sie fort. »Weißt du etwas über sie?«, drängte sie David.

Er wollte ausweichen und die Frauen nicht noch mehr erschrecken. Doch sie im Glauben zu lassen, dass es ihnen womöglich half, sich zu wehren, könnte eher alles noch schlimmer machen. Folglich beschrieb er, wie er sie vorfand. »Wo ist Lene?«, wollte er nun aber endlich wissen.

Lange erhielt er keine Antwort, hörte nur die beiden schluchzen, die immer noch gehofft hatten, dass Maria entkommen konnte. »Als heute Vormittag erneut Streit ausbrach, beschloss die Meute, sich zu trennen«, erklärte Gerda schließlich mit tränenerstickter Stimme. »Sechs von ihnen wollen um den Harz herum in den Norden ziehen, zu den Schweden. Bei ihnen ist Helena. Wir sollen am Rhein an die Flößer verschachert werden. Die, so glauben die Merodebrüder, würden uns nach Holland weiterverkaufen, vielleicht sogar nach Amerika. Sag meinem Mann und meiner Tochter, dass wir uns wohl nie wiedersehen!«

»Wie viel seid ihr, nennt mir eure Namen«, forderte David. Acht Namen fielen und fünf weitere, die zu den Soldaten geschleppt wurden. »Nur dreizehn?«, zweifelte er. »Es war doch der ganze Wagen voll.«

»Bis sie bei euch an der Schmiede hielten«, flüsterte Gerda. »Wir konnten nicht erkennen, wer, aber es war eine männliche

Stimme, die Lene verraten hat und sogar mehrfach forderte, nach ihr zu suchen. Als die Kerle losliefen, um nochmals bei euch alles auf den Kopf zu stellen, sind viele von uns vom Wagen gesprungen und die Kirchgasse runtergerannt. Ich war leider nicht schnell genug, mich und einige andere haben sie wieder geschnappt.«

David stöhnte. »Habt ihr keine Vorstellung, wer der Verräter ist?« Er erhielt aber keine Antwort mehr. Der Wächter kam bedrohlich nahe heran und drängte zur Eile.

»Wenn es irgend geht, dann befreie uns von der gelben Feder!«, zischte Gerda noch, dann erhoben sich beide, glätteten die Röcke und gingen zum Lagerplatz zurück.

Unentschlossen verharrte David. Noch war es hell genug, um zumindest wieder ein Stück zurückzulaufen bis zu der Stelle, wo ihn der Rabe auf einen anderen Weg führen wollte. Aber dieses Scheusal, das womöglich schon diese Nacht über das nächste Mädchen herfallen würde und womöglich irgendwann seiner Lene nochmals begegnete, durfte er nicht am Leben lassen. Er legte sich auf die Lauer, bis sich der gelbe Federhut erhob und zum Fluss schritt. Wie eine Katze folgte er ihm.

Um sie vor Nässe zu schützen, legte der Bandit seine Pistolen und seinen Hut am Ufer ab. Dann zog er sich die Hose aus. Will der etwa jetzt baden?, fragte sich David. Weder der kühle Maiabend noch der eiskalte Fluss luden dazu ein. Der Kerl kauerte sich auf einen Stein und schaufelte mit der Hand Wasser über sein Glied. Maria musste ihm mächtig zugesetzt haben.

Eine günstigere Gelegenheit würde sich kein zweites Mal bieten, dennoch konnte sich David nicht überwinden, den halb Nackten von hinten niederzustechen. Fast wäre ihm sein

Zögern zum Verhängnis geworden. Mit einem Satz sprang der Kerl zu seinen Pistolen. Doch bevor er den Hahn spannen konnte, traf ihn die Degenklinge in die linke Brustseite und fuhr ihm durchs Herz. Klatschend fiel er kopfüber in den Fluss. Erschrocken duckte sich David und spähte, ob jemand nachsehen kam. Aber keiner am Lagerfeuer rührte sich.

Langsam, unendlich langsam trieb die Leiche flussabwärts. Immer wieder blieb sie im flachen Wasser am Grund hängen, drehte sich hin und her, bis sie wieder ein Stück weiterschwamm. Endlich verschwand sie aus dem Blickfeld. David hoffte, dass die Bande glaubte, der Mann sei einfach abgehauen, vielleicht zurück zu Helena, denn andernfalls würden sie sich womöglich an den Frauen rächen.

Die Landsknechthose und vor allem die zwei Pistolen, die ihn auf dem weiteren Marsch nur behindern würden, wollte er schon ins Schilf werfen. Schließlich besann er sich, ließen sie sich doch auf jeden Fall gegen Brot und Speck tauschen. Auch vom Hut zog er den Federbusch ab und knüllte beides in seine Tasche. Nochmals vergewisserte er sich, keine Spuren am Ufer hinterlassen zu haben. Dann rannte er, so schnell er nur konnte, zurück. Fast einen Tag Vorsprung musste er aufholen. Da es jetzt keine Radspur mehr zu verfolgen galt, wollte er auch in der Nacht marschieren, falls das Mondlicht ausreichte.

Der zunehmende Mond ging schließlich auf und erinnerte David schmerzlich an den Hochzeitsbrauch, sich möglichst nur in dieser Zeit das Jawort zu geben. Zumindest spendete er genug Licht, um nicht über Äste und Steine zu stolpern. Aber die Stelle, an der er sich von dem Raben getrennt hatte, verfehlte er. Als sich David am nächsten Morgen nach allen Seiten umsah, war ihm die Gegend völlig fremd. Er gestand sich ein, dass es wahrscheinlich besser gewesen wäre, nicht noch stundenlang durch die Nacht zu irren, sondern erst einmal zu schlafen. Erschöpft wandte er sich nach Norden, wo die Schweden lagern sollten.

*

Wie die Entführer mied auch er die Dörfer. Hilfe konnte er nicht erwarten. Für weit größer hielt er die Wahrscheinlichkeit, erschlagen zu werden. Sei es, um ihn auszurauben, oder auch nur, weil er mit seiner Fragerei Verdacht weckte, für das Militär zu spionieren.

Am Ende des vierten Tages jedoch fühlte er sich erbärmlich. Fieber schüttelte ihn. Ohne Orientierung lief er nur noch der Nase nach, wusste weder, wo er war, noch, wohin er wollte. Einmal erblickte er am Himmel einen schwarzen Punkt. Erfreut lief er einen Hügel hinauf und winkte, um sich zu erkennen zu geben. Doch der Punkt wurde kleiner und kleiner, bis er gänzlich verschwand.

Dringend brauchte er einen Unterschlupf, um wieder zu Kräften zu kommen. So schlich er sich doch an ein Dorf heran und verkroch sich in einer Scheune. Zwar schlug der Hund an, aber er ließ sich beruhigen und schließlich sogar streicheln. Mit dem Hund in den Armen schlief er schließlich ein und fiel in ein schwarzes, traumloses Nichts.

Ein Tritt in den Magen weckte ihn. Der Griff nach der neben ihm liegenden Pistole ging ins Leere, man hatte ihm seine Waffen schon abgenommen. Vor sich sah er eine Frau, die eine seiner Pistolen auf ihn richtete. Von ihren hochgesteckten Haaren hatte sich ein Teil gelöst und fiel ihr über die Schulter. Sie mochte um die dreißig sein, war nicht unbedingt schön, aber strahlte Sanftheit und Güte aus. Träume ich noch?, fragte sich David. Sein Kopf glühte, ein Fieberschauer schüttelte ihn. Auch das noch, sagte er sich, es hat mich ernsthaft erwischt.

Als er sich zur Seite drehen wollte, spürte er am Hals die scharfe Klinge einer Sense. »Strolch, was suchst du hier?«, fuhr ihn ein Mann an, der hinter ihm stand. Das ist kein Traum, gestand sich David ein. Dennoch konnte er keinen klaren Gedanken fassen. Abgehackt stotterte er, dass er nach seiner entführten Frau suche und ihn sein Rabe verlassen habe. »Helena!«, schluchzte er.

»Du lügst!«, fuhr ihm der Bauer über den Mund. »Du hast dich nur als Landmann verkleidet. Deine verruchte Pluderhose, dein Hut und zwei weitere Pistolen in deiner Tasche haben dich längst verraten. Spionierst du für die Kaiserlichen oder die Schweden, und was willst du hier in Herrhausen?«

»Herrhausen«, stammelte David. »Ich komme von Herrmanns Acker.« Rasender Durst schnürte ihm die Kehle zu. »Bitte, gebt mir Wasser.«

»Der redet im Fieber«, erkannte die Frau. »Nicht, dass er uns noch eine Krankheit einschleppt.«

»Soll ich ihm die Kehle durchschneiden?«, schlug der Mann mit der Sense vor.

»Du spinnst wohl«, schimpfte sie. »Ich muss dann das ganze Blut aufwischen. Gib ihm Wasser!«, entschied sie schließlich. »Vielleicht schafft er es ja aus eigener Kraft, wieder zu verschwinden. Der ist harmlos.«

»Harmlos?«, entgegnete der Mann gereizt. »Mit drei geladenen Pistolen und einem Degen?«

Sie winkte jedoch ab und wollte schon zurück ins Haus gehen, als ihr halbwüchsiger Sohn schreiend durch die Hoftür stürmte. »Die Schweden kommen, wir müssen fliehen!«

»Einen hab ich hier schon an den Hammelbeinen«, rief ihm sein Vater zu.

»Mach kurzen Prozess mit ihm!«, riet der Sohn, nachdem er einen Blick auf David geworfen hatte.

»Und wohin mit der Leiche?«, widersprach die Mutter. »Wenn sie die Schweden hier finden, fackeln sie unser Haus ab. Sie aus dem Dorf zu schleppen, dafür werden wir wohl keine Zeit mehr haben. Wie viel Soldaten hast du denn schon gesehen?«

Vom Kirchturm schlug die Glocke Alarm. Der Bauer bekreuzigte sich. »So hatte das vor knapp fünfzehn Jahren auch angefangen«, flüsterte er ganz bleich im Gesicht. »Da war ich nur ein paar Jahre älter als du jetzt«, wandte er sich an seinen Sohn. »Ich hab dir doch erzählt von der Schlacht, die sich der Tilly mit dem Christian von Dänemark hier lieferte. Wie eine Flut hatten uns die Truppen der Kaiserlichen überschwemmt. Es glich einem Wunder, dass wir das überlebten.«

»Gebt mir Wasser!«, röchelte David.

»Der spricht ja deutsch«, staunte der Sohn. »Vielleicht ist er doch keiner von denen?«

Wortlos stieß der Bauer mit dem Fuß gegen Davids am Boden liegende Umhängetasche, aus der die Pluderhose und der Federbusch des Hutes herausquollen.

»Die Schweine«, stieß der Junge hervor. »Sie tun so, als wären sie welche von uns. Schlag ihm den Kopf ab! Er wird sich später sowieso an uns rächen, weil wir ihn bedroht haben. Schlag zu!«

Mit einem Seitenblick zu seiner Frau holte der Bauer zum tödlichen Hieb aus. Sie blieb stumm und widersprach nicht länger. Als er zurück zu David sah, ließ er die Sense fallen. Entsetzt schrien alle drei auf. Breitbeinig stand auf Davids

Brust ein riesiger Vogel und breitete seine Flügel über ihn aus, als ob er ihn schützen wollte. Wie ein Geist war er erschienen; niemand hatte bemerkt, wie er hereingeflogen war.

»Der Rabe!«, flüsterte die Frau, die als Erste ihre Sprache zurückfand. »Er hat doch gesagt, dass er von seinem Raben verlassen wurde. Dann stimmt das mit seiner Helena wahrscheinlich auch. Lasst ihn liegen, wir müssen uns jetzt um uns selber kümmern!«

Giftiger Atem

Eine alles erstickende Stille legte sich auf das Dorf. Sie schlich sich an, zuerst von niemandem wahrgenommen. Nach und nach erschlafften die sich im Wind wiegenden Äste und Zweige. Dann erstarb das Rauschen des Laubes. Selbst die ewig zittrigen Blätter der Espen und Birken verfielen in Todesstarre. Sämtlichen Vögeln gefror der Schnabel. Kein Pieps wagte sich mehr hinein in dieses Schweigen. Mit kurzen Flügelstößen hasteten ein paar Sperlinge, die ohne Partner und festem Nistplatz geblieben waren, von Dach zu Dach auf der Suche nach einem Unterschlupf.

Zuallerletzt bemerkten auch die Menschen, dass um sie herum die Welt bereits den Atem anhielt. Besorgt schauten sie zum Himmel empor.

Lauernd verharrte die Naturgewalt. Unsichtbare Vorboten waberten über das Land und schienen es auszukosten, lähmende Angst zu wecken.

Viel, viel schneller, als diese Ruhe gekommen war, zog sie wieder ab. In die Blätter kam Bewegung. Schaukelnd schwangen die Äste in den Baumkronen. Pfeifend sauste der Wind hindurch, der immer mehr Schwung nahm.

Wütend hieb schließlich eine Götterfaust auf alles ein, was sich ihr in den Weg stellte. Stolze, hohe Bäume zwang sie zur Verbeugung vor der herannahenden Majestät. Manche Krone bog sich beinahe bis zum Boden. Peitschenartig wippten die Stämme, denn sobald sie es wagten, sich trotzig wieder aufzurichten, packte sie die Urgewalt noch heftiger, presste ihr Astwerk zusammen, schüttelte es brutal durch und riss es auseinander.

Splitternd brachen große Äste des Birnbaums hinter der Schmiede ab. Mit offenen Mündern drängten sich die Tannbergs ans Fenster. Ide schluchzte: »Unsere schönen Birnen.« Über das Dach galoppierten Wildpferde. Ziegel flogen durch die Luft. Es schepperte und krachte. Ächzend stemmte sich das Gebälk gegen den Druck.

»Der Birnbaum fliegt weg!«, kreischte Ide. Tatsächlich wirbelten die herabgestürzten Äste im Kreis herum, erhoben sich in die Luft und verschwanden. Ebenso erging es ihrer Gartenbank. Der Geistertanz der Lüfte zog weiter, streifte das Dach, unter dem im Freien die Pferde beschlagen wurden, riss übermütig Bretter heraus und jonglierte mit ihnen. Durch den Garten zog er eine Spur der Verwüstung, schleuderte die Bohnenstangen, die Kletterhilfen für die Erbsen und Teile des Zaunes böswillig zur Seite und wendete sich schließlich ab vom Dorf.

»Was denn noch?!«, bäumte sich Tönges auf. »Glaubst du, das erschreckt mich nach allem, was du uns angetan hast. Wie soll ich den Satan fürchten, wenn du viel schlimmer bist als er?«

»Um Himmels willen!«, versuchte ihn Frowe zu besänftigen. »Versündige dich nicht, das bringt neues Unheil.« Sie zog seinen Kopf an ihre Schulter. »Das Unwetter hat uns weitgehend verschont. Das reparieren wir schnell wieder. Viel schlimmer wäre es doch, wenn es uns das ganze Dach abgedeckt hätte.«

Regen prasselte herab. Eine Sturzflut. Sie liefen die Treppe hinauf, um nach den Schäden zu sehen. »Schnell, holt Eimer, Schüsseln und Töpfe!«, befahl Frowe, die weiterhin die Nerven behielt. »So viele undichte Stellen sind das gar nicht. Das Wasser fangen wir weitgehend auf.«

Am nächsten Tag stiegen Tönges und Ide auf das Dach. Volker warf ihnen die heil gebliebenen Ziegel zu, die sie am Boden zusammengesucht hatten. Frowe kniete im Garten. Den Bohnen konnte der Sturm noch nichts anhaben. Sie hatten sie erst kurz vor den Eisheiligen gesteckt. Verluste gab es aber beim Hopfen und den Erbsenkeimlingen, die sich bereits um die Stangen und Reiser gewickelt hatten und nun mit ihnen herausgerissen worden waren.

Sorgsam musterte Frowe die Beete mit Steckrüben, Möhren, Zwiebeln, Ampfer und Petersilie. Rosmarin, Salbei, Diptam und Donnerbart hatte sie mitgebracht und ausgesät. Für ihre Hausmedizin. »Na ja«, seufzte sie. »Das hätte alles schlimmer kommen können.« Erleichtert lehnte sie sich an den Kirschbaum, der die Blüte zum Glück schon fast hinter sich hatte. Aus den Apfelbäumen, die noch voll Bienenfleiß summten, waren einige Äste herausgebrochen, die sie nun zusammenlas. Mächtig zerzaust war die Christrose. Den Flechtzaun konnte sie nur notdürftig flicken. Sie würden neue Ruten schneiden müssen.

Die emsige Helena fehlte ihr. Da kein anderer ständig in den Wald zum Füttern und Melken laufen wollte, holten sie ihre Ziegen zu sich in den Stall. Die Kuh und die Schafe übergaben sie den Hirten. Um das Pferd kümmerte sich Andreas mit. Freilich im Gegentausch für Arbeitsstunden auf seinem Acker.

Noch immer lagen die Steine der eingerissenen Mauer vom Familienversteck an der Scheunenwand. Tönges machte einen großen Bogen darum. Er sprach fast nicht mehr. In sich gekehrt saß er oft stundenlang auf dem Trittstein und hielt Ausschau in die Richtung, aus der er seine Tochter und David zurückerwartete.

Volker machte sich schließlich daran, das Versteck wieder herzurichten. Es war nicht schlecht gewesen und völlig unschuldig an der Katastrophe. Jemand aus dem Dorf hatte Lene verraten, das sprach sich sofort herum. Mehrere von den Mädchen, die vom Wagen abspringen und sich retten konnten, erzählten von einer männlichen Stimme, die den Räubern die Durchsuchung der Schmiede aufgedrängt habe. In ihrer panischen Flucht hatte sich jedoch keine von ihnen nach diesem Mann umgedreht.

*

Mit geballten Fäusten schritt Tönges durch das Dorf. Nicht wenige gingen ihm aus dem Weg. Auch aus schlechtem Gewissen, weil sie sich zuvor am Getratsch über ihn beteiligt hatten. Kein Wort fiel jetzt mehr über die vermeintlichen Hexenkünste, seit Helena dasselbe Schicksal erlitten hatte wie die anderen Entführten.

Doch nicht nur in Tönges kochte die Wut. Wiederum hatte ihr Warnsystem versagt. Falk Holzer, der Stellmacher, der bereits im Vorjahr wegen des unterdrückten Alarms Konsequenzen gefordert hatte, führte all jene an, die eine Abwahl von

Gottlieb Knust als Gemeindevorsteher verlangten. Aber die Einberufung der Dorfversammlung kam nicht zustande.

Vor allem Caspar Zimmermann als Schultheiß wehrte sich dagegen. Ihn selbst schützte zwar zeitlebens die gräfliche Berufung, und er musste sich keiner Wahl im Dorf stellen. Dennoch fürchtete er, den Unbill aus Stolberg auf sich zu ziehen. Ihro Gnaden mochten das Aufbegehren von Untertanen überhaupt nicht dulden und erstickten dies gewöhnlich schon im Keim. Sollte ihn die Nachricht über das rebellische Verhalten der Herrmänner erreichen, könnte er womöglich ein Exempel statuieren. Das brächte Holzer in den Turm und ihn womöglich um seine Stellung.

Als Schulze bezog er zwar keine direkte Besoldung, doch standen ihm für das Eintreiben der Pacht- und Steuergelder als nicht zu verachtendes Zubrot Aufwandsentschädigungen zu. Außerdem flößte er als oberster Richter im Dorf jedem Respekt ein. Niemand wagte, sich mit ihm anzulegen. Das würde sich jedoch sofort ändern, sobald ihn der Graf ablöste. Dann liefe er obendrein Gefahr, dass manch einer noch ein Hühnchen mit ihm zu rupfen hätte, der den Gram über ein altes Urteil in sich trug.

Eiligst brachte Caspar die Ackermänner hinter sich, was nicht schwierig war. Ihre Frauen und Töchter saßen alle daheim, keine war entführt worden. Gleichsam zeigten auch sie wenig Neigung, der zahlenmäßig weit stärkeren Dorfarmut ihren Willen zu lassen. Da bei einer Gemeindeversammlung nicht nur die Wahl des Vorstehers und der Schöffen, sondern auch die Nutzung des gemeinsamen Weidelandes und die Vergabe von Ackerfläche der jüngst ohne Erben Verstorbenen und Getöteten anstand, scheuten sie, Hals über Kopf ohne vorherige Flurbegehung wichtige Entscheidungen zu riskieren.

Unterstützung suchten die Rebellierenden daher beim Pfarrer und ebenso bei Tönges. Beide wollten sich aber nicht mit den Ackermännern anlegen, von denen sie schließlich selbst abhängig waren. Durchgesetzt wurde so schließlich nur der öffentliche Aushang einer Liste mit Uhrzeit und Namen der Wachablösungen. Wer zur Stunde des Überfalls auf dem Kirchturm Ausschau halten sollte, ließ sich nicht mehr ermitteln. Einer schob die Verantwortung auf den anderen.

Genauso verhielt es sich mit der Verfolgung der Entführten. Schließlich dauerte es eine Ewigkeit, bis endlich eine bewaffnete Gruppe von zwanzig Mann aufbrach. Das lag vor allem daran, dass sich die Dorfobrigkeit gegen eine ganze Reihe Männer sperrte und deren jüngste Aufmüpfigkeit nicht auch noch durch die Zuteilung von Pistolen und Degen lohnen wollte. Schon da murrten viele, dass sich nach dem langen Gezerre wohl kaum noch etwas ausrichten ließe.

So kehrten die Ausgesandten nach zwei Tagen matt und niedergeschlagen zurück. Zwar stießen sie auf den verlassenen Wagen, aber dort schienen sich alle in Luft aufgelöst zu haben – wie ein böser Spuk. Obwohl der weiche Boden sämtliche Spuren preisgab, fanden sie lediglich die Hufabdrücke des Zugpferdes, auf dem jedoch höchstens ein einzelner Mann fortgeritten sein konnte.

Der Teufel musste hier seine Hand im Spiel haben, fürchteten sofort einige und schnupperten in der Luft umgehend den Gestank von Pech und Schwefel, sodass auch den Mutigeren die Knie weich wurden. Kein Einziger wagte schließlich, dem Reiter weiter zu folgen, der wohl geradewegs auf den Schlund der Hölle zugeritten war.

Ammenmärchen erzählen sie uns, wurde im Dorf gescholten. Wären nur jene losgezogen, deren Mädels fort sind, dann hätte sich keiner so schnell abschrecken lassen von derlei Spukgeschichten. Aber die durften nicht. »Wieso seid ihr nicht zumindest auf David gestoßen?«, herrschte Falk Holzer die Verzagten an, die sich inzwischen selbst kläglich feige vorkamen.

Alle Hoffnungen richteten sich nunmehr auf den Sägemüllersohn. Wenngleich man sich eingestand, dass er als Einzelner gegen die Bande kaum etwas ausrichten und bestenfalls nur seine Lene befreien konnte.

Mürrisch erreichte Tönges den Ausgang der Schafgasse und war froh, den Häusern entkommen zu sein und niemanden mehr grüßen zu müssen. Bis zu seinem eigenen Acker musste er am Waldrand noch ein ganzes Stück nach Westen laufen, in die Richtung, wohin Helena und David verschwunden waren.

Fast barst ihm der Kopf. Warum nur bestrafte ihn Gott schon wieder? Keines Vergehens oder sündigen Lasters war er sich bewusst.

Zwischen den Bäumen an der Südseite des Waldes zeigte sich ein großer Ameisenhaufen. Sinnend verharrte Tönges davor. Sind wir nicht auch nur Ameisen, dachte er bei sich.

Wenn aber Gott der große Forstmann ist, was hat er davon, die Winzlinge solch brutalen Prüfungen zu unterziehen. Schmeichelte es seiner Erhabenheit, wenn die dabei scheiternden Kreaturen vor ihm auf der Erde knieten und um Vergebung flennend schlotternd zusahen, wie er sie dennoch zertrat? Ergötzte es ihn, wenn sie einen großen Teil ihrer Kraft darauf verwendeten, ihm zu Ehren sakrale Riesenhaufen zu errichten, zehnmal so hoch wie ihre sonstigen Bauten? Gab er ihnen wirklich den Sonntag, damit sie sich dort an den wenigen arbeitsfreien Stunden einfanden und ihm huldigten? War das ein Gott, der solches abverlangte, oder nicht eher ein erbärmlicher Wicht?

Seine Gerechtigkeit jedenfalls war kläglich genug. Ließ sie doch das Räubergeschmeiß, das sich mordend und brandschatzend über alle Gebote hinwegsetzte, in Saus und Braus leben, während alle anderen darben mussten.

Mit feuchtkalten Fingern griff Tönges ein Windzug ins Haar, als wollte er die Trübnis wegblasen. Doch wie schon das ganze Frühjahr quälte sich auch dieser Tag dahin. Kaum, dass ein paar wärmende Strahlen über den Boden glitten, versperrten ihnen schon wieder neue Wolkenbänke den Weg. Nieselschleier senkten sich herab. Wie ein ewiger Halbstarker wehrte sich der Mai dagegen, erwachsen zu werden, und kam über den April nicht hinaus.

An seinem halben Hufen Acker angekommen, fielen Tönges sofort die vielen Mauselöcher auf. Verärgert trat er einige zu, wenngleich er wusste, wie zwecklos dies war. Hoch oben zog ein Milan seine Kreise. Blödmann, wetterte Tönges über den Vogel. Hier unten wimmelte es von Nagern, aber er hielt Ausschau nach Hasenbraten! Es kann ein schlimmes Jahr werden, überlegte Tönges, wenn nicht bald eine kleine Sintflut das Viehzeug in seinen Gängen ersäuft, und blickte sinnend zu den Wolken hinauf.

Sich hinhockend, streichelte er die grüne Saat. Dem Winterroggen und der Hirse bekam das nasskalte Frühjahr einigermaßen. Kniehoch reckten sich dicht beieinander die jungen Halme. Der Hafer aber, den er für Frowes Pferd gesät hatte, dümpelte auf der Stelle. Der Gerste, die sich dünnbeinig und vereinzelt an den Boden duckte, ging es kaum besser.

»Hinten und vorne fehlt der Dünger«, schimpfte der

Schmied laut vor sich hin. Es gab aber kaum noch Viehdung im Dorf, seit die Tiere das ganze Jahr weit verteilt im Wald versteckt blieben. An dem anspruchsvolleren Weizen versuchte er sich daher schon seit Jahren nicht mehr. Zuletzt bekam er nicht mal mehr das Doppelte der Aussaat wieder herein.

Dagegen gedieh das Unkraut auf dem Brachland wie immer am besten. Erst im Juli sollte es gepflügt werden. Es wäre wohl besser, stöhnte Tönges, dieses Jahr früher damit anzufangen. Doch was nutzte es, endlich ein Pferd zu besitzen, wenn ihn der Flurzwang band?

Lange schaute er den Weg entlang. Ob ihn Lene je zurückkommen wird? Sein Herz krampfte sich zusammen. Auch ihre Mutter war auf ihm fortgetrieben worden.

Noch immer voll Kümmernis, schritt er schließlich heim. Anfangs wollte er am Dorf vorbeilaufen bis direkt zu seiner Schmiede. Dann jedoch besann er sich, in die Schenke einzukehren. Es konnte nicht gut sein, sich völlig zu verkriechen.

Mit Hallo wurde er begrüßt. Erwartungsvoll klammerten sich viele Blicke an ihn. Doch stumm schüttelte er den Kopf. Auch er wusste nichts Neues über die Entführten oder David. Andreas winkte ihn einladend zu sich an den Tisch, an dem er mit Thurecht saß, einem anderen Ackerbauern. Und auch Nachbar Jost rückte bereits auf seiner Bank zur Seite, um ihm Platz zu machen.

Wär ich bloß nicht gekommen, grämte sich Tönges. Einen stoße ich jetzt garantiert vor den Kopf. Seinen neu gewonnenen Freund wollte er jedoch am wenigsten demütigen. Also übersah er Jost. In dem Moment, da er sich setzte, fiel ihm ein, dass Thurecht ja der Schwager vom Vorsteher war. Ich Depp, ärgerte sich Tönges. Während viele Hilfe von mir gegen den

Knust erwarten, wechsle ich vor aller Augen zu ihm über. Nun würde man munkeln, dass der Schmied zur Obrigkeit krieche.

Als hätte er erst jetzt seinen Nachbarn bemerkt, nickte er zu ihm hinüber. Was wiederum Jost nun einfach übersah.

»Wirklich nichts von David gehört?«, hakte Andreas nochmals nach.

Wiederum schüttelte Tönges den Kopf. »Seit fast einer Woche sind sie schon weg. Ich kann nur hoffen, dass er die Frauen gefunden hat und sie weiterhin verfolgt, um auf eine günstige Gelegenheit zu warten.« Optimistisch stimmte ihn dabei vor allem, dass der Rabe noch nicht zurückgekehrt war. Dies jedoch behielt er tunlichst für sich. Den Vogel mochte er nicht noch einmal zum Dorfgespräch machen.

»Womöglich haben sie David aber in einen Hinterhalt gelockt?«, zweifelte Thurecht, dass es nach so vielen Tagen noch Rettung geben könnte. »Das Bier für den Polterabend und die Hochzeit habt ihr ja schließlich auch schon im ganzen Dorf verteilt, weil ihr mit der Feier nicht mehr rechnet.«

»Du bist ja sensibel wie ein Scheit Holz«, kam Andreas einer weit bissigeren Antwort von Tönges zuvor. »Lasst uns mal lieber ein Bier auf einen guten Ausgang trinken«, beschwichtigte er, nachdem der Wirt eine neue Runde brachte. »Und wenn ich zurückdenke, wie dein Schwiegersohn die Getreidefuhren durchs Gebirge brachte, glaube ich, dass er ebenso deine Tochter und vielleicht sogar ein paar von den anderen Frauen wieder heimführt.«

»Darauf trinken wir«, lenkte Thurecht ein. »Aber sag mal«, raunte er, nachdem er das Glas wieder absetzte, »hast du keine Vorstellung, wer deine Tochter verraten hat?« Obwohl er leise sprach, hatten die nächsten Tische um ihn herum die Frage aufgeschnappt, und es knisterte förmlich im Wirtshaus vor Spannung, welchem Verdacht der Schmied nachging.

»Es scheint doch wohl«, sagte Tönges nunmehr laut, sodass es für alle im Raum zu hören war, »dass einer von uns mit den Waldfischern unter einer Decke steckt. Denn sie wussten nicht nur genau, in welchen Häusern sie suchen mussten, sondern auch, zu welcher Stunde niemand auf dem Kirchturm war. Das sind doch viele seltsame Zufälle, oder?«

Mucksmäuschenstill war es in der Schenke geworden. Eindeutig ging der Hieb in Richtung des Vorstehers. Im Geiste entschuldigte sich Jost bereits beim Schmied, ihm unterstellt zu haben, statt seiner jetzt lieber die Gesellschaft der Ackerbauern zu suchen.

Schon drehten sich einige zu Tönges um. »Du meinst, wir haben einen Verräter unter uns? Wenn wir die Sau rauskriegen, die schlagen wir tot. Egal, wer es ist«, drohten sie zu Thurecht gewandt hinüber, der aufstand und sich eilig verabschiedete.

Davids Vermutung, dass Melchior der Hundsfott sein könnte, behielt Tönges jetzt lieber für sich. Es hätte ausgesehen, als würde er vor seinen eigenen starken Worten bereits wieder einknicken, wenn er den Verdacht auf einen wehrlosen Krüppel lenkte.

In Tönges' Kopf drehten sich Branntwein und Bier, als er nach Hause kam. Dennoch nahm er wahr, dass mehrere Ratten totenstarr vor dem Trittstein lagen. »Geht es dem Kroppzeug endlich auch mal an den Kragen«, quittierte er den Fund. Erst dachte er an das Werk von Katzen. Doch um einen Grad nüchterner besann er sich, dass es seit dem Winter keine Katzen und auch keine Hunde mehr im Dorf gab. Schon wieder ein schlimmes Vorzeichen? Mit der Fußspitze schleuderte er das Aas schließlich zwischen die Brennnesseln.

Im Dorf brodelte es erneut. Mit seiner Vermutung goss Tönges Öl ins Feuer. Grüppchenweise schritten die Herrmänner alle Wege ab, auf denen die Wegelagerer das Dorf durchkämmt hatten. Genau registrierten sie dabei, welches Haus durchsucht worden war, und vor allem, welches nicht. Erst jetzt brachte man diesen Kerl, der Helena preisgab, mit dem eigenen Leid in Verbindung. Womöglich hatte der Schweinehund ja alle Entführten verraten und war erst vor der Schmiede von den Frauen bemerkt worden.

Die Mädchen, die sich vom Wagen retten konnten, fanden sich schließlich zusammen. Sie schlugen vor, sich hinter eine Hausecke bei den Tannbergs zu stellen, und jeder Mann sollte, für sie unsichtbar, an derselben Stelle den Verrat nachsprechen. Es hatte einen längeren Wortwechsel zwischen ihm und der Meute gegeben und nach Streit geklungen, erinnerten sie sich. Doch dann schnitt diese Stimme wie eine Peitsche durch die Luft, und erst da erkannten sie, dass es ein Einheimischer sein musste. Er nannte die Schmiedetochter beim Namen, hieß sie eine Hexe, die sich unsichtbar machen könne, und obendrein auch eine Hure, die es schon mit jedem hier getrieben habe.

»Wir können doch nicht diese Lügen über Lene von jedem hier wiederholen lassen«, empörte sich Judith, der in Erinnerung an ihre verschleppte Schwester Maria die Tränen kamen. »Natürlich nicht«, stimmten ihr die anderen zu. Sie einigten sich auf zwei Sätze, die sich ihnen allen eingebrannt hatten: »Schaut noch mal nach, sie muss da sein. Wahrscheinlich hat sie sich in der Scheune verkrochen.«

Am nächsten Tag mussten alle Männer außer dem Pfarrer und den Kranken zur Schmiede kommen. Auch Melchior durfte fernbleiben, da ihm niemand zutraute, auf seinen zerschundenen Füßen mit den Räubern quer durch das Dorf gelaufen zu sein. Zutiefst beleidigt blieb sogar Caspar, der Dorfschulze, nicht von der Prüfung verschont.

Herablassend näselte er den Text. Doch erschrak er zutiefst, als von den Mädchen lange keine Antwort kam und sie ihn aufforderten, alles zu wiederholen und nicht wieder so schnell zu sprechen. Ihm gefror das Blut, als sie ihn noch ein drittes Mal hören wollten. So allein und hilflos hatte er sich bis dahin noch nie gefühlt. Was würde geschehen, wenn sie einhellig verkündeten, dass es seine Stimme sei? Er blickte zurück auf manches seiner Urteile, bei dem er Zweifel einfach unterdrückt hatte, und schwor bei sich, künftig sorgsamer zu sein, wenn er das hier heil überstünde.

Die Mädchen blieben uneins. Er wurde zurückgestellt bis zum Schluss.

Wie alle anderen Väter oder Ehemänner der Entführten sprach selbst Tönges die Worte nach, die ihn seiner Tochter beraubten. Nach ihm kam erneut Caspar an die Reihe. Seine Stimmbänder vibrierten flehentlich, und schließlich wurde er erlöst. Enttäuscht kamen die Mädchen hervor. Sie waren sich ihrer Rolle wohl bewusst. Niemals im Leben zuvor galt ihr Wort so viel wie jetzt. Noch die letzte Magd stand in diesem Moment über den Ackerleuten und sogar dem Dorfschulzen, aber sie sahen sich nun als Versager.

Frowe, die dies genau spürte, eilte ihnen zu Hilfe. »Vielleicht war es jemand aus einem Nachbardorf, der sich bestens bei uns auskennt.«

»Nein«, widersprach ihr Falk. »Niemand dort konnte wissen, wann wir ohne Beobachter sind. Die waren sich ihrer so sicher, als sie mit so wenigen über uns herfielen. Das war kein Zufall«, schloss er sich der Ansicht von Tönges an. »Dafür hat jemand seinen Judaslohn erhalten. Um dessen Höhe ging es wahrscheinlich bei dem Streit mit den Entführern, von dem die Mädels berichteten. Da hat er eure Helena noch als Zugabe obendrauf gelegt, ohne zu ahnen, dass die Suche nach ihr vielen anderen die Flucht ermöglichte, die ihn nun jedoch jederzeit wiedererkennen können. Gut, dass es so viele sind. Bei einer Einzelnen müssten wir wohl um ihr Leben fürchten.«

*

Im Stübchen der Schmiede knisterte das Herdfeuer. Aus dem Töpfchen darüber dampfte es.

»Was gibt's«, rieb sich Volker erwartungsvoll die Hände.

»Brotsuppe«, dämpfte Frowe seine Vorfreude.

»Schon wieder Brotsuppe«, nörgelte er. »Fällt dir nichts Besseres ein, als einfach Brot im Wasser zu Pampe verkochen zu lassen?«

»Nu mach aber mal halblang«, schimpfte sie beleidigt. »Was du Pampe nennst, hat mich den halben Morgen beschäftigt.« Schon zählte sie auf, dass sie zuerst Gemüsebrühe kochen musste aus dem, was an Möhren, Zwiebeln und Eppich noch da war. »Als nächster Schritt werden Brotstückchen in Öl gebrutzelt. Die gibst du dann zur Brühe mit klein gehackten Käsewürfeln und schmeckst mit Kräutern und Salz ab, wobei du dich beeilen musst, damit das Brot noch knusprig bleibt und nicht aufweicht. Erst dann hast du eine gute Brotsuppe. Also werd hier mal nicht pampig!«

»Ach, da fällt mir noch was ein«, schlug sich Tönges die Hand vor die Stirn. »Wie lange braucht die Suppe noch?«

»Viertelstündchen«, schätzte Frowe.

»Da bin ich wieder zurück«, versicherte er und war auch schon zur Tür hinaus.

Sie ahnte, dass es bestimmt später würde, und grollte über den Undank. Nach einer halben Stunde rief sie verärgert die Jungs zusammen. »Wir fangen an. Länger kann ich sie nicht über dem Feuer halten, dann wird es wirklich Pampe, und kalt wollt ihr sie sicherlich auch nicht essen.« Mit der Kelle goss sie drei der tellerrunden Aushöhlungen in der Eichentischplatte fast randvoll. »Lasst es euch schmecken, ihr Lackschnußen.«

Sie tunkten gerade ihre Löffel ein, als die Tür aufflog und Tönges mit einem Kästchen unter dem Arm hereingeschossen kam. »Piep, piepiep, piep, piepiepiep«, zwitscherte er und stellte das Kästchen auf den Tisch.

»Jau«, riefen Volker und Ide wie aus einem Mund.

Frowe schlug die Hände über dem Kopf zusammen. »Sind die süß.« Schon fing sie an zu zählen. »Zwölf«, gab sie das Resultat bekannt. »Zwölf Küken, wo hast du die denn her?«

»Hab ich vorgestern mit Andreas in der Schenke ausgehandelt. Er hat bei mir ja einiges auf dem Kerbholz und ist froh, schon mal ein bisschen was verrechnen zu können. Da kommen auch noch ein paar Billichen hinzu, aber die sind noch beim Brüten.«

»Billichen?« sprach sie holpernd nach.

»So nennt man bei uns den Nachwuchs von Enten und Gänsen«, belehrte sie Volker.

»Hoffentlich können wir die selber essen und müssen nicht zuschauen, wie sie von anderen eingefangen werden.« Traurig streichelte Ide eines der gelben Federbällchen. »Dich verspeist so ein Rittmeister an einem Tag.«

»An einem Tag?«, lachte Frowe. »Ach, Ide, was glaubst du, was Offiziere für ihre Tafel alles fordern? So ein lumpiger

Rittmeister mit seinem Gefolge hat bei einer Einquartierung laut Verpflegeordnung pro Tag Anspruch auf zwei Hühner.«

»Gleich zwei«, staunte Ide.

Doch nun holte Frowe erst richtig aus: »Dazu kommen aber noch zwanzig Pfund Fleisch vom Schaf, Rind und Schwein, ebenso viel Brot, vier Maß Wein, zwanzig Maß Bier und dann noch einige Extravaganzen an Gewürzen, Fischen und Konfekten.«

Volker blieb der Mund offen stehen. »Das kann der allein doch gar nicht alles futtern.«

»Zusammen mit seinen Leutnants und Fähnrichen schafft der das locker. Ein bisschen kriegt ja auch deren Dienerschaft ab«, erklärte ihm Frowe und goss nun auch Tönges einen Schwapp Suppe ein.

»Ein Obrist«, fuhr sie fort, »stellt noch ganz andere Forderungen. Für seine Tafel verlangt er in der Woche einen Korb Rosinen, zwei Hüte Zucker, sechs Pfund Mandeln, ein Pfund Pfeffer, zehn Pfund getrocknete Pflaumen, ein Maß Pflaumenmus, ein Viertelpfund Muskatnüsse, zwei Pfund Ingwer, ein Viertelpfund Safran, ein Pfund Zimt, einen Scheffel Salz, ein Schock Zitronen, ein Fässchen Gurken, ein Fässchen Oliven, einen Räucherlachs, einen grünen Lachs, zwanzig Pfund Stockfisch, fünf Pfund Forellen, acht Pfund Räucheraal, fünf Pfund Reis, zwanzig Pfund Käse, sechzig Pfund Butter, zwei Fass Bier, ein Fass Wein, ein Fass Branntwein, ein halbes Rind, drei Kälber, vier Lämmer, acht Hühner.«

»Was, das war schon alles?« Volker schüttelte ungläubig den Kopf.

»Gewiss nicht«, ergänzte Frowe. »Die Kerzen habe ich vergessen, das Weißbrot, das Schwarzbrot, zwei Schock Äpfel, Hafer, Heu und Streu für die Pferde.«

»Das hattest du alles auf deinem Wagen und hast es an einen einzigen Oberst verkauft?«, staunte Volker.

Nun lachte nicht nur Frowe, sondern auch sein Vater. »Junge«, meinte er lakonisch. »Wenn die das kaufen müssten, wäre der Krieg längst aus. Die fordern es einfach von den Städten und Dörfern, in denen sie sich einquartieren. Wer das nicht liefert, wird gefoltert oder gehängt. Selbst wenn es für die Mannschaften nicht mehr reicht, die gewöhnlich auch solch riesige Mengen an Fleisch, Brot, Bier und Wein einfordern, leben die Herren Offiziere noch immer wie die Maden im Speck. Der Teufel soll sie holen. Doch findet der offenbar Gefallen daran und lässt sie alle schön so weitermachen.«

»Mir ist übel geworden«, legte Ide den Löffel auf den Tisch. »Ich hau mich besser im Stall aufs Stroh. Um mich dreht sich alles.«

»Jetzt hast du mit diesem Speisezettel unserem Ide den Magen verdorben«, spöttelte Tönges und trug die Küken hinaus zum Hühnerstall. Dort prüfte er sorgfältig, dass alles dicht war und kein Marder hereinschlüpfen konnte. »Wenn wir sie raus ins Freie lassen«, forderte er nach seiner Rückkehr ins Zimmer, »muss immer einer Wache halten.«

»Es gibt doch keine einzige Katze mehr weit und breit«, wollte sich Frowe aus dieser langweiligen Aufgabe heraushalten.

»Aber Milane, Marder und Füchse«, wies sie Tönges auf die Gefahren hin.

Am Abend fand sich Ide nicht zum Essen ein, obwohl er schon mehrmals gerufen worden war. Besorgt schaute Frowe nach ihm. »Mir dröhnt der Kopf, und es sticht in den Gelenken«, stöhnte Ide. »Und nach wie vor ist mir schwindlig.«

Frowe fasste nach seiner Stirn. »Du bist heiß«, stellte sie fest.

»Komm mit rein ins Haus. Ich mach dir kalte Wadenwickel.« Stündlich erneuerte sie die Wickel, ohne das Fieber senken zu können. In der Nacht fing Ide an, laut zu fantasieren. »Lass den Sack mit dem Brot stehen!«, rief er. »Auch der Lachs und die Pflaumen gehören mir. Und rühr die Küken nicht an!«

Am Morgen verlor er das Bewusstsein. Tönges schüttelte ihn, bekam ihn aber nicht wach. »Das sieht gar nicht gut aus«, sagte er resigniert. »Was können wir nur tun?«

Frowe maß erneut mit der Hand das Fieber. »Es ist nicht besser geworden. Solange er ohnmächtig ist, können wir nur warten und beten.«

Die Sonne stand schon hoch, als Ide die Augen aufschlug. »Wo sind die Küken, hat er sie weggenommen?«

»Wer denn?«, fragte Tönges.

»Der schielende Rittmeister mit dem schwarzen Mantel und dem ganzen Kragen voll Eigelb.«

Volker brachte eines der Küken herein. »Schau mal!«, forderte er seinen Bruder auf. »Sie sind noch alle da.«

Ide griff danach, als wollte er es streicheln. Doch er erschlug das Küken mit der flachen Hand. »Wenn ich es nicht behalten darf, soll der es auch nicht haben.«

»Junge, was hast du getan?«, rief der Vater entsetzt. Doch Ide hörte ihn nicht. Erneut verlor er das Bewusstsein.

Am Abend war Ide fast nicht mehr zu erkennen. Sein Gesicht blähte sich auf. Noch immer wütete in ihm das Fieber. Schweißnass klebte sein Hemd am Körper, obwohl Frowe es ständig wechselte. Im Schüttelfrost schlugen die Zähne aufeinander. Rasender Durst quälte ihn. Mehrfach erbrach er sich.

Frowe gab ihm Lebertran. »Es sieht aus wie der Englische Schweiß«, schaute sie erschrocken zu Tönges. »Dagegen weiß ich kein Mittel.«

»Wir sollten ihn zur Ader lassen, du hast doch eine Fliete und kennst die Schnittstellen in der Armbeuge«, flehte Tönges und schaute sie Hilfe suchend an.

»Das sollten wir nicht tun«, wies ihn Frowe zurück. »Nur in den ersten sechs Tagen des abnehmenden Mondes nutzt das Aderlassen. Jetzt haben wir zunehmenden Mond. Außerdem ist Ide dafür zu jung. Bei ihm müssten wir Blutegel anlegen. Weißt du, wo es hier welche gibt?«

»An den flachen Stellen unter den Bäumen im Redersee«, nickte er. »Hin und zurück laufen wir da zwei Stunden. Das schaffen wir bei Tageslicht nicht mehr.«

Aus der Nacht quollen Todeszeichen. Ide begann, über heftige Schmerzen hinter den Ohren, am Hals und in den Schultern zu klagen. Dort schwoll die Haut, bis sich Beulen so groß wie Gänseeier bildeten. Am nächsten Morgen färbten sie sich bläulich schwarz.

Nacktes Entsetzen stand in Frowes Augen. »Sprich es nicht aus!«, schrie Tönges sie an. »Ruf es nicht herbei!«

»Wir müssen schnell weg von hier, in den Wald«, forderte sie totenbleich. »Bevor wir noch andere anstecken und das Dorf uns mit Gewalt hinaustreibt.«

»Im Holz sind wir von jeglicher Hilfe abgeschnitten und verhungern, selbst wenn wir wieder gesund werden sollten«, lehnte er ab. »Es gibt doch Gegenmittel!«

»Na gut«, sagte sie gequält. »Hühner oder Tauben haben wir keine. Ihnen die Schwanzfedern auszureißen und sie mit dem blutenden After auf die Beulen zu pressen, das wäre ein gutes Mittel. Die Küken sind dafür zu winzig. Also weiche ich ein Brot in Branntwein ein! Das binden wir ihm auf den Leib. Wir selbst kauen Lorbeerblätter und binden uns ein in Essig getränktes Tuch vor das Gesicht, um nicht die durch Ide vergiftete Luft einzuatmen. Mach schnell!«

Als Volker hereinkam, wurde er sofort weggeschickt. »Bleib im Stall! Hier bist du nicht mehr sicher.«

Er verstand sofort: »Der Schwarze Tod? Wir haben die Pest im Haus!?«

»Sei still«, herrschte ihn Tönges an. »Vielleicht tragen sie andere im Dorf schon länger mit sich. Jeder behält das tunlichst für sich und will nicht als derjenige gelten, der die Krankheit eingeschleppt hat. Geh also zu niemandem mehr! Versteck dich!«

Tönges lief die Stiege hinauf in das Zimmer von Margot. In einem Kästchen kramte er nach einem Schriftstück. Es war ein Rezept aus dem Wippertal, in das Waldsteins Truppen sechzehn Jahre zuvor die Pest eingeschleppt hatten. Er hielt es Frowe hin, die sich sogleich ins Lesen vertiefte.

»Die Wurzel vom Alant kenne ich. Als Tee oder auch Wein nimmt man sie gegen vieles, so bei Husten, Blähungen, Würmern, Krämpfen und als Salbe gegen die Krätze. Ich glaube, Agnes hat sie in ihrem Kräuterkämmerlein. Dann steht hier Pimpinelle. Da ist sicherlich Bibernell gemeint. Schon mehrfach habe ich gehört, dass Stimmen über Pestdörfern vom Himmel gerufen hätten: ›Trinkt Bibernell, dann sterbt ihr nicht so schnell.‹ Außerdem muss Osterluzei dazugegeben werden – von so etwas höre ich zum ersten Mal.« Erstaunt blickte sie auf.

»Angelica – hm –, ob das wohl Engelwurz ist? Verlangt werden obendrein Baldrian, Wacholderbeeren, Kümmel, Anis, Fenchelsamen, Rhabarber. Das soll dann zerstoßen und mit Branntwein angesetzt werden. Drei Löffel voll dreimal am

Tag. Toll. Aber woher, in Gottes Namen, sollen wir das nehmen?« Frowe ließ die Schriftrolle sinken.

Sichtlich enttäuscht, erzählte Tönges, dass seine Frau für dieses Rezept einen ganzen Batzen hingelegt habe. Ganz geheimnisvoll habe der hausierende Kräuterhändler getan. Felsenfest behauptete er, dass diese Mixtur jeden der schwarzen Pestilenz entreißen könne, wenn man sich genau an die Vorschrift des Zusammenbrauens halte.

Ärgerlich wischte Frowe mit der Hand durch die Luft. »Diese Quacksalber kenne ich. Sie schreiben so viel Zeugs auf, wie es kein Mensch besorgen kann. Wenn ihr Mittel versagt und sie zur Rede gestellt werden, heben sie bedeutungsschwer den Finger, dass gewiss Osterluzi gefehlt habe und zu viel Rhabarber darangegeben wurde.«

Am liebsten hätte Frowe ja Anna um Rat gefragt. Aber die Pfarrersfrau könnte unmöglich für sich behalten, dass die Pest im Dorf ist. Also beschloss sie, zu Agnes zu laufen. Auch wenn sie wahrscheinlich dieses Rezept ebenso wenig zusammenbrauen konnte, so blieb immer noch die Möglichkeit, am Krebsbach Wurzeln der Pestwurz herauszureißen. Dass deren widerlicher Gestank die Krankheit vertreiben sollte, wusste schließlich jedes Kind.

Auf dem Rückweg hörte sie schon von Weitem das Sterbeglöckchen. Ide!, durchfuhr es sie. Sie musste sich setzen und konnte die Tränen nicht zurückhalten. In ihrem Korb brachte sie getrocknetes Bibernell und Baldrianwurzel. Agnes schwor auf diese Mischung. Sie wusste von Vögeln, deren Gesang dazu aufforderte, Baldrian und Bibernell zu trinken. Das war vor genau dreißig Jahren, als die Pest letztmals Herrmanns Acker schwer heimgesucht und sogar den Pfarrer mit sich genommen hatte.

Seither rauschte der Flügelschlag der Seuche immer wieder über die Region hinweg. Die Menschen schraken zusammen, wenn die Namen der Orte reihum gingen, an denen sie vom Himmel stieß, und maßen die Entfernung zu ihrem Dorf. Vor fünf Jahren krallte sie sich in fast die gesamte Südharzregion. Monatelang schlich sie mordend durch Dörfer und Städte. Daher rechnete Agnes fest mit ihrer Rückkehr und wappnete sich schon seit Langem mit Gegenkräutern.

Sicherheitshalber nahm Frowe auch die bereits verblühte Pestwurz vom Bach mit. Sollte ihre Hilfe schon zu spät sein? Sie raffte sich wieder auf und lief, so schnell sie konnte. Schwer atmend fand sie Ide auf seinem Strohlager. »Gott sei Dank«, ächzte sie und kochte für alle einen Sud. Zwischendurch hängte sie die Pestwurz in der Stube und auch bei Volker im Stall auf. »Wem galt das Glöckchen?«, schaute sie mit gerunzelter Stirn zu Tönges.

»Ein Säugling, so hörte ich. Doch weiß ich nicht, von wem.« Er machte eine Pause und flüsterte: »Alle Vorzeichen des Schwarzen Todes gehen schon um. Unten in der Schafgasse hörte man vorige Nacht mächtiges Poltern über sich in der Luft. Es führte zum Kirchhof und könne nur der Hexenwagen der Aschfahlen gewesen sein.«

»Die Aschfahle?«, erschrak Frowe. »Dann liegen wir in der Mitte des Ausbruchs. Sah sie jemand? Ihren Besen oder die Hacke?«

Tönges zuckte mit den Schultern. »Niemand weiß was Genaues. Wir können nur hoffen, dass sie auf der Hacke geritten kam, dann wird es nicht ganz so schlimm.«

Bei Ide vermehrten sich die Beulen, sie reichten schon bis in den Bereich der Leisten. Einige platzten auf, wobei eine eitrige Flüssigkeit austrat. »Jetzt kommt die kritische Phase«, meinte

Frowe und hob die Hände zum Gebet. »Wenn das Gift aus dem Körper rinnt und nicht in ihn eindringt, hat er es überstanden. Viele überleben das.«

Der Todesschrei einer Ziege ließ beide zusammenfahren. Vielfach hörten sie das markante röchelnde Knurren von draußen.

»Wölfe! Und Volker ist im Stall!«

Mit einem Satz griff sich Tönges die beständig geladenen zwei Pistolen, über die sie seit dem Fortgang von David noch verfügten. Drei Wölfe sah er auf dem Hof, die sich dort wie Wachtposten aufgestellt hatten. Einer griff Tönges sofort an. Als er einen Schritt vor ihm zum Sprung nach dem Hals ansetzte, drückte der Schmied den Abzug durch. Aus dieser Nähe konnte er das Ziel kaum verfehlen. Aufjaulend stürzte der Wolf zu Boden, woraufhin die beiden anderen flüchteten.

Im fensterlosen Stall sah Tönges zunächst gar nichts. Er rief nach Volker, der ganz leise aus einem Winkel antwortete: »Zwei sind noch hier drin.«

Hinter der Tür wusste Tönges die Gabel stehen, er fasste jedoch ins Leere. Im selben Moment preschte ein schwarzer Schatten auf ihn los. Wieder wartete er bis zum letzten Moment und schoss aus kürzester Distanz. Das Tier prallte gegen ihn, war aber bereits tödlich verwundet. Inzwischen hatten sich seine Augen an das Halbdunkel gewöhnt. Der letzte Wolf wollte von seiner Beute nicht lassen und zerrte die Ziege mit sich. Angstvoll meckerten die verbliebenen zwei Tiere. Noch immer fand er die Gabel nicht, deshalb fühlte er nun mit dem Fuß auf dem Boden entlang. Dort stieß er gegen den Griff und bückte sich blitzschnell. Knurrend näherte sich der Räuber, der noch immer seine Beute mit den Fängen gepackt hielt.

Tönges wollte dessen Angriff zuvorkommen, sprang nach

vorn und stieß zu. Der Wolf jedoch war schneller. Er ließ die Ziege los und wich aus. Geifer und Blut tropften von seinen Reißzähnen, als er sich zu Volker umdrehte, der abwehrend die Hände vor Hals und Gesicht hielt. Mit einem bedrohlichen Knurren wendete sich das Raubtier wieder dem Lichtspalt zu, der durch die halb offene Tür fiel.

»Du hast Blut geleckt«, erwiderte ihm Tönges. »Lasse ich dich entwischen, führst du wieder ein Rudel hierher.« Mit einem Satz führte er den nächsten Stoß und traf ihn hinten in die Flanke. Laut fiepend hinkte der Wolf auf Volker zu. Doch bevor er ihn erreichte, bohrten sich zwei Zinken der Gabel durch seinen Hals. »Darfst dir halt keinen Schmied zum Feind machen«, triumphierte Tönges. »Denn die Zinken seiner Gabel sind im Feuer gehärtet.«

Die Tür flog auf, und mit der neu geladenen Waffe, die Tönges nach dem Schuss auf dem Hof hatte liegen lassen, stürzte Frowe herein. »Schon alles vorbei«, beruhigte er sie. »Eine Tote haben wir aber zu beklagen.« Er wies auf die Ziege.

»Vielleicht war das ein Wink Gottes«, ließ sie erleichtert die Pistole sinken. »Ich werde ein Süppchen kochen mit richtigem Fleisch. Das hilft Ide womöglich eher auf die Beine als sämtliche Pestkräuter zusammen.«

Mit zwei Schnitten hinter den Achillessehnen hatte Tönges die Zicke an einem Haken aufgehängt und zog ihr, nachdem sie völlig ausgeblutet war, das Fell ab. Ebenso sicher handhabte er das Messer beim Ausnehmen. Ein Stück Fleisch aus der Brust wickelte er in ein Stück Tuch und legte es in einen Korb. »Schneid unseren Nachbarn später auch was ab und bring es rüber. Bis zum Abendbrot will ich wieder zurück sein. Ich laufe schnell nach Stolberg und besorge einen jungen Hund. Noch mal sollen uns die Wölfe nicht überraschen. Sollte ich für das Stück Fleisch einen ganzen Wurf bekommen, bring ich alle mit. Die werde ich reißend los.«

»Bist du noch bei Sinnen?«, fragte Frowe entgeistert. »Ich kann ja verstehen, dass du verdrängst, welchen Gast wir gerade unter unserem Dach haben. Aber sobald das bekannt wird, nageln sie uns Bretter vor die Tür und stellen als Warnung eine Strohpuppe davor auf. Keinesfalls darfst du auf einen Marktplatz. Selbst wem wir jetzt Fleisch bringen, der wird uns verfluchen, sobald er weiß, wie es um uns steht.«

Wie vom Donner gerührt erstarrte er. »Das hatte ich ganz vergessen. Haben wir genug Salz, um das Fleisch einzupökeln?«

»Nein«, sagte sie leise. »Wir können uns jetzt satt essen.« Vielleicht zum letzten Mal, wollte sie hinzufügen, schluckte es aber hinunter.

Er griff zum Messer und häutete die Wölfe. Auf einem Holzbrett legte er die Leber ab und schnitt Fleisch von den Beinknochen. Sie mochte nicht länger zusehen, obwohl sie sich im Hungerwinter auf die rohen Innereien gestürzt hätte. Gerade als sie ins Haus wollte, rief die Nachbarin nach ihr.

»Ich hörte Schüsse und Wölfe jaulen. Tatsächlich«, rief sie, als sie die zur Strecke gebrachten Tiere sah. »Die wolltet ihr doch wohl nicht still und heimlich schlachten, ohne uns einzuladen«, fragte sie spitz.

»Nein, Bertha. Tönges wollte euch schon was rüberbringen. Aber ich hab's ihm verboten.«

»Du hast was?« Bertha schaute ungläubig. »Also, falls ihr von der Leber nichts abgeben wollt, ein paar Knochen zum Auskochen werdet ihr doch für uns übrig haben?«

»Wir würden euch auch gern von der Zicke abgeben, die

diese Bestien getötet haben«, warf Tönges ein. »Aber ihr habt doch bestimmt gehört, dass die Pest umgeht?«

Bertha kam ein paar Schritte näher und sagte hinter vorgehaltener Hand: »Bislang ist sie noch im Unterdorf. Wir wollen sie nicht herbeirufen.«

»Ide ist erkrankt«, bekannte Frowe nun offen.

Mehrfach bekreuzigte sich Bertha, ehe sie nach seinem Zustand fragte und sich die geplatzten Beulen beschreiben ließ. »Pimpernell wäre das Beste, leider kann ich damit nicht dienen, aber ich gebe euch Schwefel zum Ausräuchern. Über den Dampf müsst ihr dabei ein Gefäß halten und etwas davon auffangen. Dann kippt ihr das Gefäß, gießt ein Maß Wein hinzu und Salzwasser. Das gebt ihr Ide zu trinken.«

»Wir verabreichen ihm bereits Pimpernell-Tee und haben ebenso Pestwurz aufgehängt«, versicherte Frowe. »Nun muss Gott ihm beistehen.« Sie griff nach dem Korb mit dem Ziegenfleisch. »Also, wenn ihr euch nicht ängstigt, dann nehmt das. Wollt ihr auch von der Leber der Wölfe?«

»Gerne«, erwiderte Bertha ohne Umschweife. »Und die abgeschabten Wolfsknochen da nehme ich auch mit.« Nachdem alles im Korb verstaut war, blieb sie noch immer stehen. »Wie können wir euch helfen? Wie geht es dir selbst, Frowe? Schaffst du das mit der Pflege von Ide allein?«

»Nun is' aber gut«, wehrte Tönges ab. »Ich bin ja wohl auch noch da. Mach, dass du nach Hause kommst, und bleib gesund! Grüß Jost, schließt euch für die nächste Zeit am besten ein, schaut nicht mal mehr mit der Nasenspitze raus!«

»Diesen Rat befolgen wir«, sagte sie. »Aber wenn etwas ist, dann winkt zu meinem Fenster hoch. Ich behalte euch im Auge und wünsche euch alles erdenklich Gute.«

Wie seit Langem nicht mehr strömte verführerischer als jede

Sünde herrlicher Bratengeruch durch das Haus. Am Spieß brutzelten zarte Ziegenstücke über dem Feuer. Daneben köchelte ein Topf mit Ziegenknochen. Im Rauch des Feuers hingen Fleischstücke. Erst wenn sie mit allem anderen fertig war, wollte Frowe die Leber braten. Butter stand bereit, Zwiebelringe hatte sie schon geschnitten.

Volker hielt es nicht länger im Stall. Er hielt Ides Hand und rieb die Stirn an der seinen. »Herrmannimannimanniherrjemine«, sprach er ihre Beschwörungsformel. »Das stehst du durch. Denke an die Zeit im verschütteten Stollen, du hast doch ganz andere Sachen überlebt als das bisschen Beulenpest.«

Dankbar lächelte ihn Ide an. »Oh Mann, wie das hier duftet«, schnupperte er. »Da kann man ja gar nicht sterben.«

Draußen wurde es laut. Da der Vorsteher es vorzog, sich im Dorf vorerst noch nicht wieder blicken zu lassen, und der Schulze diese Aufgabe unter seiner Würde sah, war Max Kehner in seinem Amt als Schöffe ausgesandt worden, die Häuser zu markieren, in die bereits die Pest Einzug gehalten hatte. Bislang war er seit seiner Wahl überhaupt erst einmal zu einer Sitzung gerufen worden, in der es um Holzdiebstahl ging, daher nahm er sich nun sehr wichtig.

»Lebt dieser David aus der Sägemühle eigentlich noch bei dir?«, wollte er von Tönges wissen. Doch ohne ihm überhaupt Zeit für eine Antwort zu lassen, haute er dem Schmied um die Ohren, dass seine Tochter schon kurz vor der Anklage wegen Scortation gestanden habe.

»Weswegen?«, knurrte Tönges.

»Ob commissum stuprum. Würdest du mit dieser Rothaarigen nicht ebenso in Unzucht leben, wobei dir zugutegehalten wird, dass dir deine Frau abhandenkam, wäre deine Tochter längst zu Kirchenbuße verurteilt worden. Dies hätte sie zudem einen Taler und einen Kreuzer gekostet.«

»Pass auf, dass dir nicht gleich was abhandenkommt«, rang Tönges um Fassung.

»Halte deine Zunge im Zaum!«, maßregelte ihn Max. »Ich bin hier von Amts wegen. Also wie viele wohnen jetzt hier, und wie viele sind krank?«

»Im Augenblick wohnen nur noch vier hier, von denen einer krank ist«, versuchte sich Tönges zu fangen.

»Ah ja, einer krank«, notierte der Schöffe eifrig. »Was hast du da Neues eingeschleppt nach deiner Rothaari…«

Weiter kam er nicht. Wie vom Huf eines Pferdes getroffen, schleuderte ihn eine Ohrfeige von der obersten Treppenstufe.

Benommen wollte sich Max aufrappeln, fasste dabei aber in die Fänge eines Wolfskopfes und schrie auf. »Das bereust du, Tönges!«, drohte er.

»Das war nicht Tönges, sondern ich, du Küchenlateiner«, baute sich Frowe über ihm auf. »Hast du Tropf die geringste Vorstellung davon, wenn eine Frau und Mutter verschleppt wird? Kannst du dir nur im Entferntesten vorstellen, deine Tochter würde dasselbe Schicksal erleiden? Und dann würde auch noch dein Sohn im Pestfieber liegen? Und obendrein kommt so ein Ochsenfrosch wie du herbeigekrochen und quakt den Dorfklatsch nach! Solche Frösche klatscht man an die Wand!«

Max rang nach Luft. »Nun seid mal nicht so schnell eingeschnappt, war ja nicht so gemeint.«

»Wie groß muss denn das Leid noch werden, bis ich eingeschnappt sein darf?«, kam Tönges die Treppe herunter.

Max hatte endlich seine Hand aus den Reißzähnen befreit und kam wieder auf die Füße. Wie Feuer brannte seine Wange.

Diese Schmiedefamilie war ihm schon immer unheimlich. Wie konnte er nur glauben, als Schöffe plötzlich über ihr zu stehen, fragte er sich jetzt.

»Weißt du, zu welchem Tier dieser Kopf dort gehört?«, wies Tönges auf die Reste des Wolfes.

»Wohl ein Ysengrimus«, versuchte Max noch einmal, mit seinem nach knapp einem halben Semester abgebrochenen Studium der Jurisprudenz zumindest geistige Überlegenheit zu bewahren.

»Dann bedenke«, sagte ihm Tönges, »dass diese Rothaarige bei den Wölfen ganz gewiss ein Rudel anführen würde, und sie müsste es nicht wie bei den Menschen hinnehmen, sich von ihren dümmsten Artgenossen verletzen zu lassen.«

»Oh, auch als ein Nichtwolf würde ich wohl meinen, dass sie sich nicht beißen lässt«, gab Max zu und trollte sich.

»Heh, Schmied!«, zupfte sie anschließend mit den Zähnen an seinem Ohrläppchen und drückte ihre Lippen auf die seinen. »Du bist der einzige Leitwolf, der mir ebenbürtig ist. Mit dir möchte ich durchs Leben gehen, und nichts ficht uns an. Womöglich war selbst Lenes Entführung ein Glücksfall und rettete sie vor der Pest.«

Doch so viel Glück ließ der große Forstmeister wiederum nicht zu. Noch in derselben Nacht befahl er Ide zu sich. Volker, der seine Hand hielt, spürte deren Kälte, während er selbst im Fieber glühte und erschrocken in seinen Achselhöhlen dicke Schwellungen ertastete.

»Ide«, flehte er. »Du kannst mich doch nicht allein lassen, wo auch schon Lene fort ist. Bleib hier!«

Aber Ide hörte ihn nicht mehr. Der Schwarze Tod hatte ihn in seine Farbe getunkt, die sich über den ganzen Körper zog.

Spurensuche

Durst schnürte ihm die Kehle zu. Fieberfantasien schüttelten ihn. Er rief nach der Mutter. Manchmal erschien ihm der Krebsbach mit dem Spalier wild gestikulierender Baumriesen. Ohne auf sie zu achten, bauten unter ihnen Peter und Jacob Spielzeugmühlen am Ufer. Mit schwerem Schritt kam sein Vater hinzu und zertrat sie. Vergeblich versuchte die Mutter, sich schützend davorzustellen. Wieder rief er nach ihr, sie lächelte immer blasser werdend, bis sie verschwand.

Eine kalte Hundeschnauze fuhr David über das Gesicht. »Wasser!«, verlangte er und fiel in den nächsten Traum. Vor ihm lief Helena. Ihr Haar wallte auf mit jedem Schritt. Immer schneller eilte sie voraus, uneinholbar. Vergeblich flehte er, sie möge doch warten. Schließlich wolle er ihr doch zum Geburtstag gratulieren. Von seiner hocherhobenen Hand ließ er den Halsschmuck gleiten. Sie drehte sich nicht mal nach ihm um.

Mit ihr flohen die Büsche und Bäume am Weg, der bleiern schmolz und alles mit sich riss. Zäh wälzte sich diese Flut bis zu einem endlosen Krater und stürzte dort hinab wie ein Meer am Ende der Welt. David griff in die Finsternis, versuchte, sich an ihr zu halten. Aber selbst sie versank in die bodenlose Unendlichkeit.

Wild mit den Armen rudernd, um den Fall abzubremsen, kam er zu sich. Etwas Fremdes versperrte wie ein Knebel seinen ausgetrockneten Mund. Die Zunge weigerte sich, herauszufinden, was dies war. Sie lag sich selbst im Wege. Er tastete nach Lene neben sich, wollte sie bitten, etwas zu trinken zu holen. Irgendjemand lallte unverständliches Zeugs. Ich träume, dachte er, begriff aber dann doch, dass er es war, der da lallte. Seine Zunge gehorchte ihm noch immer nicht. Er wollte sich erheben, doch drehte sich um ihn herum alles. Ihm wurde übel. Erneut fielen Albträume über ihn her.

Es war bereits Morgen, als sich die wirren Fantasien entknoteten. Die Erinnerung kehrte zurück. Da war doch dieser Bauer, der ihm mit der Sense die Kehle durchschneiden wollte. Instinktiv fasste er nach seinem Hals und beruhigte sich etwas. Als er die Augen aufschlug, erkannte er die Scheune wieder. Durch die Ritzen im Dach pikten sich dünne, winzige Lichtpunkte. Wie lange mag ich hier schon liegen, fragte er sich.

Mühsam rappelte er sich hoch, um nach dem Brunnen zu suchen. Doch als er die Tür zum Hof aufstieß, knickten ihm die Beine ein. Vor ihm öffnete sich eine fremde Welt. Eine tote Welt. Ohne Atem, ohne Gerüche.

Er trat in ein Bild ein, in dem alles stillstand, geronnen zu öligen Pinselstrichen, in denen sämtliche Farben zusammenliefen zu bräunlicher Brühe wie beim Hochwasser des Krebsbaches. Den festgetretenen Boden vor der Tür überzog derselbe Schleier wie das Haus dahinter und anschließend die Hügel, die sich weit weg vom Dorf aufrichteten. Kein Klecks Grün, kein Hauch Rot, kein gelber Schimmer, alles troff lehmig zäh.

Entwichen war jegliches Leben. Kein Gebell, kein Hühnerscharren, kein Tschilpen zankender Spatzen, nicht mal ein vorbeihuschendes Bienensummen. Wie eine Fliege am Leimband schien selbst die Zeit festzukleben. Wolkenlos und dennoch ohne Sonne spannte sich das Himmelszelt, gähnend langweilig, ohne Wechsel von Licht und Schatten, Tag und Nacht.

Eine Zwischenwelt tat sich vor David auf, in der die Erinnerungen verschwammen und langsam abstarben. Ohne Wasser, das fühlte er bis in die Fingerspitzen, sank er ein in dieses werdende Nichts. Wasser, er musste den Brunnen finden! Doch seine Kraft versiegte.

Mühsam drückte er die Beine wieder durch, stakste unsicher zum Eingang des Hauses. Hier muss es hindurch, überlegte er, Eimer für Eimer. Diese Schlepperei muss sich doch eingegraben haben in den Boden. Er tastete ihn ab, folgte auf den Knien rutschend der tiefen Spur, die hinter das Haus führte, bis er am Brunnenrand anstieß. Lechzend, die Zunge weit aus dem Mund herausgestreckt, ließ er an der Kurbel einen Eimer hinunter, aber beim Hochziehen ermatteten die Arme, die Hände rutschten ab. Besinnungslos sank er auf die Erde.

Ein Fußtritt holte ihn zurück. Er stöhnte und bat um Wasser. Drei Landsknechte standen vor ihm und schütteten sich aus vor Lachen: »Liegt vorm Brunnen und will Wasser. Wohl wieder zu viel Branntwein geschluckt, Bäuerchen? Na, macht nichts, wir können dir helfen, dich davon zu befreien. Zeig uns, wo du ihn versteckt hast!«

»Packt euch, ihr Schwedenhunde!«, röchelte David. Fiebernd verfluchte er sie und wünschte sie in den tiefsten Schlund der Hölle.

»Ist der plemplem oder wirklich so tollkühn?«, tippte sich einer der Soldaten mit dem Zeigefinger zwischen die Augen. »Wären wir Schweden, wärst du jetzt tot, mein Bester! Aber die sitzen in Halberstadt, wir sind die Truppen des Kaisers und rücken ihnen auf die Pelle.« Er richtete seine Pistole auf David. »Also hurtig, wo ist dein Branntwein? Schließlich riskieren wir unser Leben, um deine verteufelten Schweden zu verjagen.«

»In meinem goldenen Krug«, lallte David und fantasierte vom Schmiedefeuer, das in ihm brennt. Der Soldat mit der Pistole bückte sich und wollte ihm den Lauf in den Mund schieben. Dabei entdeckte er eine schwarze Beule an Davids Hals. Mit einem Satz sprang er nach hinten. »Die Pest! Die haben in dem Dreckskaff die Pestilenz! Weg von hier, lauft, was ihr könnt!«

Schreiend rannten die drei vom Hof. Sie hatten für sich selbst Wasser geschöpft und den vollen Eimer neben dem Brunnen stehen gelassen. Fast mit dem ganzen Kopf tauchte David hinein, bis er glaubte zu ertrinken. Erneut verließen ihn die Sinne.

Der Eimer war halb leer, als er die Augen öffnete. Aber die Geräusche kehrten in sein Bild zurück. Glucksend schaukelte ein Wassersack unter ihm bei jedem seiner tapsigen Schritte. Er legte seine Hände auf diesen Sack und erkannte, dass es sein eigener Bauch war. Habe ich etwa den halben Eimer ..., fragte er sich und spürte nun Hunger. Im Haus suchte er etwas zu essen, war sich aber sicher, dass die Flüchtenden gewiss alles mitgenommen hatten. Er schleppte sich schließlich zum Hoftor und schaute auf die Straße hinaus. Schon wieder ein Traum, glaubte er zuerst.

Mehrere Tische reihten sich dort aneinander. Auf ihnen türmten sich Brote, Würste, Schinken und Käse, kullerten Äpfel und Möhren. Ein Paradies, aus dem der Ruf »die Pest!« alle Plünderer vertrieben hatte. Auf dem Hof fand David eine Karre, die er mit den Köstlichkeiten belud. Auch den Wassereimer schaffte er damit in die Scheune, wo er ein Festmahl abhielt.

Mitten im Kauen durchfuhr ihn ein Blitz. Die Pest! – Damit hatten sie ihn gemeint, wurde ihm siedend heiß klar. Er streifte seinen Kittel ab und sah an sich hinunter: In den Leisten traten riesige schwärzlich geäderte Beulen hervor, von denen einige bereits ausliefen. Eine saß auch am Hals. »Oh Gott«, betete er und fiel auf die Knie. »Mach mit mir, was du willst, aber lass mich zuvor noch meine Lene retten!«

Wieder drängten sich ihm Erinnerungen an seine Mutter auf. Dieses Mal, wie sie am Bach und an den Waldrändern Kräuter suchte, gegen Husten, Jucken auf der Haut, sogar gegen die Pest. Er schaute hinüber zum Haus, wo er an Schnüren aufgezogene Kräuter gesehen hatte. Aber er wusste nicht im Geringsten, welche er jetzt für sich brauchen könnte und wie sie anzuwenden waren.

Ihn schauderte. Die Pest. Wo konnte er sie herhaben? Vielleicht von dem Hut des Widerlings, der Maria umgebracht hatte? Er hätte ihn doch in den Fluss werfen sollen. Nun war es zu spät. Obwohl ihm der Appetit gründlich vergangen war, zwang er sich dazu, weiter zu essen. Vor allem jedoch stillte er seinen Durst. Völlig erschöpft sank er ins Stroh, deckte sich dick damit zu, als der Schüttelfrost und die Fieberträume nach ihm griffen. »Mach mit mir, was du willst, doch rette Helena!«, murmelte er noch, ehe er in bodenlosen Schlaf fiel.

*

»Brrr«, schüttelte er sich. Wieder war da die kalte Schnauze mitten in seinem Gesicht. Neben dem Hund beugte sich auch die Bäuerin über ihn. »Na, du hast es dir aber gut gehen lassen.« Sie zeigte auf die Karre. »Wo hast du das her?«

David raffte sich auf und hielt Ausschau nach ihrem Mann

und dem Sohn, die ihn umbringen wollten. »Die sind im Haus und können kaum glauben, dass nichts zerstört worden ist«, war sie seinen Blicken gefolgt. »Hab keine Angst, wir tun dir nichts. Schließlich hast du ja unser Haus gut bewacht und sogar für Essen gesorgt. Wir sterben fast vor Hunger.«

»Wie lange wart ihr weg«, wollte David als Erstes wissen.

»Fast eine Woche«, antwortete sie erstaunt. »Hast du etwa die ganze Zeit verschlafen?«

»Ich war krank, fühle mich aber besser.« Das Schreckenswort Pest sprach er natürlich nicht aus. Sie würden ihn sofort vertreiben. Vorsichtig tastete er nach den Beulen, fand aber keine mehr. Erleichtert erhob er sich und griff in den Karren. Heißhunger überfiel ihn. »Das haben mir übrigens die Soldaten dagelassen, mit herzlichen Genesungswünschen vom Kaiser.«

»Du spinnst«, rief sie und fiel aus allen Wolken. »Außerdem waren doch die Schweden und nicht die Kaiserlichen hier.«

»Nein«, widersprach er und schmückte seine Geschichte aus. »Als sie euer Haus anzünden wollten, habe ich sie als Schwedenknechte verflucht. Da gaben sie sich als Soldaten der Liga zu erkennen, dankten mir vielmals als einem Rechtgläubigen und labten mich mit Speis und Trank.«

»Wilhelm«, rief sie nach ihrem Mann. »Unser guter Gast hat unser Heim vor den Flammen gerettet und gibt uns sogar etwas zu essen.« Auch der Sohn kam nun gelaufen. Sprachlos schaute die Familie in den Karren. »Ist er womöglich ein Engel, der uns zur Rettung gesandt wurde?«, suchte sie nach einer Erklärung. David hielt die Gelegenheit für günstig, seine Tasche und die Pistolen zurückzufordern.

»Ha«, rief da Wilhelm. »Seit wann brauchen Engel Pistolen? Scher dich fort!«

»Gib ihm zumindest eine, sei nicht undankbar«, bat seine Frau.

Schon hielt er drohend die Gabel in der Hand und wies stumm zum Hoftor. David fühlte sich viel zu schwach, um dagegenhalten zu können. Grußlos schwankte er hinaus.

Hinter sich auf der Straße hörte er eilige Schritte und drehte sich in Erwartung eines Angriffs um. Die Frau war ihm gefolgt, in den Händen hielt sie seine Umhängetasche. Nicht nur eine Pistole, auch Brot, Äpfel und Würste hatte sie ihm eingepackt. »Falls du doch ein Engel bist, trag ihm seinen Geiz nicht nach«, beschwor sie ihn. »Die Zeiten sind hart.«

»Doch da zeigt sich der wirkliche Glaube«, nahm David die ihm angebotene himmlische Rolle an. »Am Jüngsten Tag liegen seine Taten auf der Waagschale, die offenbart, ob seine Seele dem Fegefeuer entgeht. Aber auch deine guten Taten werden gewogen, meine Schwester.« Würdevoll streifte er den Tragegurt seiner Tasche über die Schulter und zog gemessenen Schrittes von dannen.

»Halt«, machte er nochmals kehrt für eine recht irdische Frage: »Wie komme ich nach Halberstadt?«

An der Nettequelle direkt neben dem Dorf musste er das erste Mal Rast machen. Ihm fehlte einfach die Kraft. Aber nachdem er Lenes Spur endgültig verloren hatte, wusste er nun wieder ein Ziel: In Halberstadt liegen die Schweden. Als dies die Soldaten am Brunnen ganz beiläufig erwähnten, zerstob für einen Moment sein Fieberschleier. Neue Zuversicht wuchs in ihm.

Doch eine ganze Woche war verloren gegangen. Die Waldfischer müssten längst dort sein und den Offizier mit den zwei Fingern an der linken Hand suchen. Beim Gedanken daran, welches Martyrium Lene durchmachte, wurde ihm schwarz vor Augen.

Ächzend erhob er sich und schaute sich nochmals um. Ein idyllischer Ort, dachte er. Hoch hinauf reckten sich die Giebel der Strohdächer. Sie schienen ihm zuzuwinken, schließlich hatte er sie vor weiterer Plünderung und womöglich vor den Flammen bewahrt. Mehrere Teiche spiegelten sich verträumt in der Sonne, umrahmt von Hunderten von Obstbäumen. Fast kreisrund eingezäunt lag vor ihm das dorfeigene Weideland. Der Zaun machte einen sehr stabilen Eindruck. An Überfällen von Wölfen wird es wohl nicht fehlen, überlegte David und blickte zum nahen Gebirge auf.

Schließlich riss er sich los und zwang sich zum Marschieren. Goslar, Harzburg, noch ein weiter Weg lag vor ihm bis Halberstadt. Und ständig musste er auf der Hut sein vor Wegelagerern und umherstreifenden Soldaten.

*

Vor einem Wirtshaus machte er halt. Eine Wurst wollte er abgeben für eine Wanne mit warmem Wasser und die Säuberung seiner Wäsche, die noch von den Ausflüssen der Beulenpest klebte. Angesichts der winkenden Wurst wies die Wirtin sogleich die Magd an, heißes Wasser zu bringen. Auch durfte er eine Nacht im Stroh bleiben, bis seine Kleider wieder trocken waren.

Als er in den Zuber stieg, erschrak er vor dem Knochengerüst, über das sich bläuliche Haut spannte. In solch einem abgemagerten Zustand sah er sich zum ersten Mal. Die Magd brachte ihm ein Leinentuch, in das er sich für die Nacht einwickeln konnte. Umgehend übermannte ihn ein todesähnlicher Schlaf. Fast Mittag war es schon, als er aufwachte. Bang griff er nach seiner Tasche, die unter ihm lag. Erleichtert stellte er fest, nicht bestohlen worden zu sein.

Das Gasthaus platzte inzwischen vor Soldaten fast aus den Nähten. Deren Trossbuben und Pferdeknechte draußen vor der Tür fragte er nach dem Offizier mit den fehlenden Fingern. Sie hörten ihm aber kaum zu und ignorierten ihn. Er spürte, dass es unter ihrer Würde war, sich mit einem Bauern zu unterhalten. Wenn die nicht mal mit mir reden, wer dann, sorgte er sich.

Ein Offizier traf ein mit einem mehrköpfigen Gefolge. David hörte ihn Deutsch reden und nahm seinen ganzen Mut zusammen, ihn anzusprechen. Erstaunt maß ihn der hohe Herr und ließ sich tatsächlich zu einer Antwort herab: »Du bist schon der Zweite, der mich nach dem Schweden mit den fehlenden Fingern fragt. Was hat es mit ihm für eine Bewandtnis, sprich!«

»Er kauft Frauen«, blieb David bei der Wahrheit.

»Und du verkaufst welche?«

»Nein, ich suche meine eigene.«

Glockenhell gluckste die jugendliche Lache des Offiziers, der ihn, ohne ihn auch nur eines weiteren Wortes zu würdigen, einfach stehen ließ. Kurze Zeit später kam aber sein Bursche aus der Wirtsstube und winkte ihn gnädig zu sich. »Mein Herr war neugierig geworden und hat drinnen andere Offiziere nach diesem Schweden gefragt. Aber so einen kennt niemand.« Damit wollte er kehrtmachen, doch David hielt ihn zurück.

»Wann und wo wurde dein Herr das erste Mal nach diesem Mann befragt?«

Der stutzte: »Das liegt mehrere Tage zurück und war in Halberstadt. Ein widerlicher Kerl. Wenn der deine Frau in seiner Gewalt hat, suchst du besser nicht länger nach ihr.« Er wollte schon gehen, wies dann aber auf einen Mann mit einer schrecklichen Narbe über das ganze Gesicht, der gerade wegreiten wollte. »Das ist unser Hurenweibel, der kann dir am ehesten für ein gutes Handgeld zu einer Frau verhelfen.«

Um nicht sogleich erneut die wiedergefundene Spur Helenas zu verlieren, hielt David sich umgehend an das Narbengesicht. Dabei überhörte er die Warnung hinter sich, auf keinen Fall die Anrede zu wählen, die soeben der Offiziersbursche flapsig im Munde führte.

»Hurenweibel, ich suche ein Mädchen mit langem blondem Haar, das Helena heißt.«

Der Mann schluckte und sagte eine Weile gar nichts. Dann griff er nach seinem Degen und hielt ihn vom Pferd herab David vor den Hals. »Nur ein Bauer hat es bislang überlebt, mich so zu nennen. Dir bleibt eine einzige Antwort. Was bist du für einer?«

Sägemüller, lag David auf der Zunge. Doch er besann sich: »Ich bin Schmied.«

»Hoh!«, krächzte der Mann. »Das ist die Antwort, die dir den Hals rettet. Aber ab sofort bist du mein Schmied, verstanden!«

Was blieb ihm jetzt noch anderes übrig? David willigte ein und lief dem Narbigen hinterher.

»Lausche Er«, wies der ihn an. »Im Augenblick geht es bei uns noch drunter und drüber, seit unser Kommandeur tot ist. Sein Nachfolger heißt Lennart Torstensson und stößt mit neuem Sold zu uns. Dann bekommst du auch dein Handgeld.«

In einem Pferdestall vom Tross fand David einen Platz ganz für sich allein. Er stürzte sich auf das Brot und die Wurst in seiner Tasche und aß, so viel er nur konnte. Sicherlich würde man ihm seine Tasche ohnehin bei nächster Gelegenheit wegnehmen. Früh am Abend legte er sich hin. Das Signal zum Wecken ignorierte er noch ganz als Zivilist und ließ sich vom Dämmerschlaf in den Vormittag hineintragen.

Konnte ein Landsknecht-Haufen liederlicher sein als dieser? Boshaftigkeit, Faulheit, Dreck und Gestank hielten ihn zusammen. In die Gesichter hatte sich das Vagabundenleben gekerbt; sie vegetierten vor sich hin, ohne ein festes Dach über dem Kopf, ohne Waschgelegenheiten, ohne geregelte Mahlzeiten, ohne einen Rest von Sitte und Anstand. Das Geld für den Bader wurde versoffen. Nissen verklebten das Haar. Durch die Zähne fraß sich die Fäulnis. Wer den Mund aufmachte, verbreitete Ekel. Die einzige Körperpflege bestand aus Kratzen. Vor Flecken und Schmutz strotzte die Kleidung.

Wehe dem Dorf, über das dieser Abschaum herfällt. Wehe dem Mädchen, das diesem Pack ausgeliefert ist. Was würden die mit meiner Helena machen, schnürte es Davids Hals zusammen. Kreuz und quer lief er durch das Lager und hielt nach ihrem goldenen Schopf Ausschau. Schließlich fragte er die Metzen, wohin die geraubten Frauen kämen.

»Was zahlst du, Bübchen, wenn ich's dir verrate?«, nuschelte eine Zahnlose und drängte sich an ihn.

»Ich habe kein Geld«, hielt sie sich David vom Leib.

»Was willst du dann hier? Schwirr ab und komm wieder, wenn du zahlen kannst!« Verschwörerisch raunte sie ihm dann aber wieder zu: »Ich nehme auch Brot oder Mehl.«

So kam er nicht weiter, gestand er sich ein. Der Singsang eines Hammers auf dem Amboss drang zu ihm. Magisch fühlte sich David angezogen. Doch er widerstrebte. Sobald er sich dort einfand, würde man ihm Arbeiten zuteilen, die ihn vom

Suchen abhielten. Noch konnte er den ganzen Tag allein darauf verwenden, nach seiner Lene zu fragen.

Bei den Pferdejungen ließ sich allerdings rein gar nichts in Erfahrung bringen. Auch die Marketenderinnen zuckten mit den Schultern. Sehr abstrus kam ihnen seine Geschichte vor von einem schwedischen Offizier, der Geld für eine Frau bieten sollte. »Im Tausch für ein Stück Braten von seiner Tafel kann er hier jedes andere Stück Fleisch haben«, meinte eine zerknirscht.

Am Abend lief er von Lagerfeuer zu Lagerfeuer. Seine Geschichte war schneller und eilte ihm schon voraus. Hysterisch kreischten ein paar Frauen auf, kaum dass er sich vorgestellt hatte. »Da is' er, der Paris, der seiner Helena hinterherläuft.«

Enttäuscht wandte er sich ab. Eine Frau folgte ihm jedoch. »Warte!«, rief sie ihm nach. »Du dauerst mich. Ich wollte, dass mal ein Mann mir so die Treue hielte, aber hier suchst du vergeblich. Wende dich direkt nach Halberstadt, da nehmen viele Offiziere in den Bürgerhäusern Quartier. Aber pass auf, dass dich die Wachen nicht erwischen, wenn du einfach von hier abhaust!«

Den Rat nahm sich David zu Herzen und legte sich auf die Lauer, um die Ablösung der Posten zu beobachten. Er tat auch gut daran, denn sie standen tief gestaffelt rund um das Lager. Mit gehörigem Abstand folgte er dem Ablösungstrupp, der alle Aufmerksamkeit auf sich zog. Unbemerkt konnte er auf diese Weise entschlüpfen.

Als er in der Nacht vor dem verschlossenen Stadttor ankam, erinnerte er sich an Lenes Erzählung. Auch er hörte aus der Ferne einen Wolf heulen und nahm es als gutes Omen. Am Morgen schloss er sich ein paar Landleuten an, die schon früh zum Markt wollten, und kam ohne weitere Kontrollen in die

Stadt. Anfangs lief er noch euphorisch von Straße zu Straße, in der Hoffnung, sie zu sehen. Schließlich wimmelte es nur so von Militär.

Vor allen Dingen brauchte er Geld, ohne das er in der Stadt nicht weiterkam. Darum ging er zum Markt zurück, um etwas von seiner Wurst oder seine Pistole zu verkaufen. So einfach ging das jedoch nicht. Mit erhobenem Schwert drohte der riesige Roland herüber und mahnte zum Einhalten der Marktordnung.

Vorsichtig näherte er sich dem Stand eines Metzgers und fragte nach den Preisen. Die nahmen ihm fast den Atem. Ob er denn umgekehrt hier auch Wurst verkaufen könne, ließ er den Metzger in seine Tasche schauen. »Blöder Bauer«, schimpfte der. »Willst mir wohl mit deinem selbst gestopften Bockmist das Geschäft verderben? Aber hier herrscht Ordnung, Fleisch und Zutaten werden von der Aufsicht genau kontrolliert und gewogen. Frag doch mal, ob dir ein Höker oder Buckelkrämer was abnimmt«, höhnte er.

Schon sah David argwöhnische Blicke auf sich gerichtet und verschwand eilig in eine Schankstube am Straßenrand. Dennoch war ihm ein Mann gefolgt und begehrte einen Blick in seine Tasche. Dies verwehrte ihm David, doch der Kerl ließ sich nicht abschütteln. »Du willst doch was verkaufen, Söhnchen«, sprach er mit einer eigenartigen Fistelstimme.

»Was geht's dich an?«, versuchte David, ihn abzuwimmeln.

»Wer wird denn gleich so grob werden«, blieb der beharrlich. »Sei froh, dass du an mich geraten bist, andere hätten schon nach der Wache gerufen und dir alles abnehmen lassen.«

»Also was willst du?«, ließ sich David doch auf ihn ein.

»Ich bin ein Höker, ich nehme alles, was sich weiterverkaufen lässt.«

»Hüte dich vor dem«, raunte ihm die Schankwirtin im Vorbeigehen ins Ohr.

Schnell schaltete David: »Ich will meine Tasche verkaufen, in ihr selbst ist nichts.«

»Das Dreckding?«, empörte sich sein Gegenüber. »Dafür bin ich dir nachgelaufen? Das kannst du dem Henker anbieten!« Sofort sprang er auf und lief wüst schimpfend davon.

»Wie bist du den so schnell losgeworden?«, fand sich umgehend die Wirtin wieder ein und setzte sich sogar zu ihm. Auch sie witterte ein Geschäft.

»Hast du Interesse an einer Pistole?«, ließ David die Katze aus dem Sack.

»Hoppla«, meinte sie. »Du gehst aber ran. Wie alt ist das Ding denn?«

»Jüngeres Suhler Modell einer Reiterpistole, bereits mit Steinschloss«, schnalzte er mit der Zunge. Und als sie ihn verständnislos anschaute, ergänzte er: »Brauchst keine brennende Lunte mehr, und der Zunder wird selbst bei Regen nicht so schnell feucht.«

Kurze Zeit später winkte ihn ihr Mann zu sich in die Küche. »Lass mal sehen!«

»Vorsicht, sie ist geladen!«, warnte ihn David.

Der Wirt schwang die Waffe in der Hand. »Hm, fünfzehn Zoll lang, schönes Ding. Was willst du haben?«

»Zwanzig Gulden«, stieß David hervor.

Kalt lächelnd erklärte der Wirt, für diesen Preis noch den Sattel dazuzubekommen. »Zehn«, presste er schließlich durch die Zähne.

»Achtzehn ist mein letztes Wort«, blieb David hartnäckig, und als darauf keine Reaktion erfolgte, drehte er sich um und wollte gehen.

»Ich sah da noch Würste«, zeigte der Hausherr mit dicken Fingern auf die Tasche. »Leg eine dazu, und wir sind uns einig.«

Für einen Moment zögerte David. Irgendwo musste ein Haken sein. Zu schnell hatte der Wirt nachgegeben. War die Waffe doch viel mehr wert? Aber als er an die Risiken des Marktplatzes und die Aufdringlichkeit des Hökers zurückdachte, schlug er schließlich ein.

Nachdem er das Geld tatsächlich in der Hand hielt – einiges wie gewünscht in kleinen Münzen – und sich die Wirtin an ihm vorbei in die Küche schob, blieb er dicht hinter der Tür stehen und lauschte. »Füll ihn ab, das Geld holen wir uns noch heute Abend zurück«, wurde sie angewiesen.

So läuft das also, schaltete er und nahm schnell wieder Platz, erleichtert darüber, dass man ihn doch nicht übers Ohr gehauen hatte. Mit strahlenden Augen kehrte die Wirtin auch schon mit einem Krug Wein in der Hand zurück. »Unser Bester«, gluckste sie.

Bedauernd schob er den Krug von sich. »Mir wird übel von Wein, bring mir lieber einen Humpen Bier.«

Für einen Moment schaute sie ihn perplex an, war sich dann aber sicher, ihm mit Bier ebenso die Zeche hochschrauben zu können.

»Wenn hier Mädchen verkauft werden, wo kommen die hin?«, fragte er ohne Umschweife, als sie mit dem Bier zurückkehrte.

»Du Schwerenöter«, drohte sie schelmisch mit dem Finger und beschrieb ihm schließlich den Weg zu mehreren Badestuben und verdächtigen Häusern. Ihr Gesicht versteinerte jedoch, als er daraufhin sofort zahlen wollte. Sie fing sich aber rasch und versprach ihm, eine Hübschlerin herbeizuschaffen und auch für ein Zimmer zu sorgen.

Er legte einen Groschen auf den Tisch und winkte ab. Bevor sie weitere Einwände vorbringen konnte, war er schon auf der Straße. Ziemlich weit musste er bis zum ersten genannten Hurenhaus laufen, wobei er sich am nächtlichen Schattenriss der ungleich großen Türme der Martinikirche orientierte.

Das gesuchte Häuschen klebte wie ein Schwalbennest direkt an der Stadtmauer. Obgleich er sich durch die winzigen Sprossenfenster beobachtet fühlte, öffnete niemand. Erst auf sein neuerliches Klopfen schlurfte jemand zur Tür, um zu zischeln, dass er nicht erwünscht sei.

David sah an seinem schäbigen Kittel herunter. So wie er aussah, war von ihm wirklich nichts zu erwarten. Also fasste er in seinen Beutel und ließ einen Gulden im schwachen Mondlicht blinken.

Der Schein des Geldstücks öffnete die Tür sperrangelweit. Mehrfach prüfte der Frauenwirt jedoch zuvor nach beiden Seiten, ob sich womöglich weitere Männer im schwarzblauen Schatten der Häuser verbargen. Dann winkte er den Gast herein.

»Du bist fremd hier«, stellte er sofort fest. »Wer hat mich dir empfohlen?«, beäugte er den Gast.

»Eine Wirtin nahe dem Markt.«

»Sehr gesund siehst du auch nicht gerade aus. Schleppst du mir gar die Französische Krankheit ein?«

David, der nicht wusste, was damit gemeint war, erzählte von einem durchstandenen Fieber, doch sei alles schon wieder gut.

»Soso, Fieber, und zur Genesung begehrst du jetzt ein gelüstiges Fräulein.«

»Eigentlich will ich nur eine Auskunft.« Als David sah, wie sich die Gesichtszüge des Frauenwirts verfinsterten, versicherte er, dafür auch zu bezahlen.

»Nicht mit mir. Hätte ich dich doch bloß draußen stehen lassen. Du warst mir von Anfang an nicht geheuer«, sah sich David zur Tür gestoßen. Doch eine Frau, die nur im Hemd gerade aus dem Bett gesprungen sein musste, mischte sich ein. Sie zerrte David am Arm zurück und schob ihn in ein Kämmerchen. Draußen im Flur stritten die beiden. Nur Wortfetzen fing David auf, wie »Schnüffler des Bischofs« und »Ohr abschneiden«, und er verstand, dass sie ihn aushorchen wollten. Dann wurde es still.

Schließlich kratzte es an der Tür, und katzenhaft huschte ein Mädel herein, die sich sofort an ihn schmiegte. »Bist du die Tochter von den beiden?«, versuchte David, mit ihr ins Gespräch zu kommen und die ihm entglittene Kontrolle zurückzugewinnen.

»Tochter?«, lachte sie schrill. »Nun, wenn du es so nennen willst, bin ich es.« Schon versuchte sie, David zu küssen. Doch der befreite sich aus ihren Umschlingungen.

»Ich will keine Hu…«, erschrocken hielt er mitten im Wort inne und bat sie um Entschuldigung.

»Man wirft mir noch ganz andere Dinge an den Kopf«, ließ sie die Beleidigung an sich abtropfen. »Wenn du keine Hure willst, was dann? Soll ich dir ein Kinderliedchen singen, mein Kleiner?«

»Musst du nicht zuerst deinen Preis sagen und das Geld fordern?«, hielt er sie weiterhin von sich.

»Scheinst dich ja doch ganz gut in meiner Zunft auszukennen. Spielst du nur den Einfältigen?«

»Wahrscheinlich ist es einfältig von mir, hier meine Helena

finden zu wollen«, gab er ihr recht. Schließlich erzählte er ihr seine Geschichte.

Ohne ihn auch nur einmal zu unterbrechen, hörte sie ihm zu. Sie hatte die Knie dicht an ihre Brust gezogen und umschlang die Beine. Er sah sie weinen. »Das ist auch meine Geschichte«, schluchzte sie. »Nur ist mir niemand gefolgt, um mich zurückzuholen, obwohl ich eine Ewigkeit darauf gewartet habe.«

Lange sah sie ihn an. »Bitte halte mich fest«, bat sie und legte ihm ihren Kopf auf die Schulter.

Beide schwiegen sie. »Warum tun die beiden da draußen so geheimnisvoll?«, fragte er sie schließlich.

»Sie müssen vorsichtig sein«, erklärte sie ihm. »Über ihnen schwebt wie ein Damoklesschwert die Verordnung des Kaisers zur tugendsamen Lebensführung. Kupplern drohen hohe Geldstrafen und die Ausweisung, unzüchtigen Frauen das Abschneiden eines Ohrs. Im Wettstreit mit dem Vorgehen der prüden Lutheraner gegen die Bordelle und den Sittenverfall will Wien bezeugen, ebenso auf die Moral zu achten.«

»Der katholische Kaiser kann uns doch wohl gestohlen bleiben«, begehrte David auf und versuchte, mit einem Seitenblick zu erhaschen, ob sie noch beide Ohren hatte.

»Hüte dich!«, widersprach sie ihm. »Du bist hier in Halberstadt. Unser Bischof ist des Kaisers jüngster Sohn. Unser ehrwürdiger Leopold Wilhelm ist übrigens auch Lehnsherr deines Hohnsteiner Grafen und hat voriges Jahr als Oberbefehlshaber des kaiserlichen Heeres die Schweden aus Böhmen vertrieben.«

»Da war er doch wohl auch allergnädigster Kuppler der Huren in seinem Tross, oder? Aber in seinen Landen lässt er dafür Ohren abschneiden.«

»Halte deine Zunge im Zaum«, riet sie ihm nochmals. »Der Arm unseres österreichischen Erzherzogs ist lang und reicht allemal in deine protestantischen Gefilde. – Übrigens«, sie raffte ihr Haar nach hinten, »sind beide noch dran.« Ihr Gelächter schallte bis auf den Flur.

»Wo kann ich meine Lene finden?«, kam er zum eigentlichen Zweck seines Besuchs zurück.

Weit entrückt, blickte sie an ihm vorbei. Er spürte, wie ihr das eigene Schicksal auf der Seele lag. »Da gibt es so viele Möglichkeiten«, sagte sie schließlich. »Ich werde mich umhören nach deiner Helena und auch nach dem blondsüchtigen Schweden, der für sein Rumfingern ja wohl schon einige Male bestraft wurde.« Sie lächelte schelmisch.

»Komm bald wieder! Frag nach mir, ich heiße Elisabeth. Aber nun musst du gehen, die platzen da draußen auf dem Gang bald vor Neugierde und Aufregung. Spiel, wenn du ihnen begegnest, den großen Herrn!«

Wie einem Lakaien drückte David dem Frauenwirt den versprochenen Gulden in die Hand. Hinter sich hörte er die beiden Frauen tuscheln. »Er kleidet sich wie ein Bauer«, flüsterte Elisabeth, »aber hast du den großen Smaragdring an seiner Hand gesehen?«

»Nö«, gestand die Wirtin zerknirscht und nahm sich vor, künftig mehr auf solche wichtigen Dinge zu achten.

»Er ist ein Mann des Bischofs und sucht in dessen Auftrag eine entführte Frau«, fuhr Elisabeth geheimnisvoll fort. »Ruft mich schnell, wenn er wiederkommt! Er weiß ohnehin, was in diesem Haus abläuft, und kann uns jederzeit vor die Stadtmauern werfen lassen.«

»Um Himmels willen«, schlug die Frauenwirtin die Hände über dem Kopf zusammen. Mehr aber hörte David nicht mehr, da stand er schon wieder draußen in der Nacht und überlegte, wo er jetzt noch preiswert unterkommen könnte. Auf jeden Fall musste er den Nachtwächtern ausweichen. Würden sie ihn ergreifen ohne Passierschein und ohne glaubwürdige Erklärung, was er zu so später Stunde noch innerhalb der Stadtmauern trieb, erginge es ihm wie einem Spitzbuben.

In einer Seitengasse zum Domplatz hörte er schließlich Geschrei. »Ihr gemeines Diebesvolk!«, polterte eine tiefe Bassstimme.

»Du Zechpreller!«, kreischte eine Frau. Sie rief nach den Wachen. »Sperrt den Lumpen ein!«

»Das wagt ihr nicht«, tönte der Bass. »Ich bin Trossweibel der schwedischen Armee. Wenn ihr Hand an mich legt, lasse ich euch morgen auspeitschen!«

»Und ich bin der Papst«, setzte die Frau noch eins drauf, »und schicke dich in den Schlund der Hölle, wenn du nicht zahlst wie jeder andere.«

Von seinen Zechkumpanen kam dem Feldwebel jedoch niemand zu Hilfe. Sie hatten sich allesamt verdrückt und wahrscheinlich seine Börse dabei mitgehen lassen. Vier Mann der Stadtwache fanden sich ein und richteten ihre Hellebarden auf den Krakeelenden, der gar nicht wieder fertig wurde über die Demütigung. Sie forderten ihn zum Mitkommen auf. Zur Hälfte hatte der Trossweibel seinen Degen bereits aus der Scheide gezogen, besann sich aber dann doch, ihn abzulegen und fluchend zu übergeben.

»Brauchst du Hilfe, so ruf nach einem Schmied!«, kauzte David mit Geisterstimme aus der Dunkelheit.

Der Narbige stutzte, schnaubte wie ein aufgeregtes Pferd und donnerte dann laut in die Nacht hinein: »Schmieeeed, ich rufe dich!«

»Schon zur Stelle«, japste kurze Zeit darauf David, der rennen musste, um aus genau der entgegengesetzten Richtung aufzutauchen, aus der man ihn zuerst gehört hatte. Erschrocken flogen alle Köpfe zu ihm herum.

»Teufel auch«, staunte der Arrestant. »Du bist doch im Tross, wo kommst du plötzlich her?«

»Er fragt mich, wo ich herkomme?«, schaute ihn David mit Unschuldsmiene an. »Du hast mich doch soeben selbst gerufen, Hurenweibel. Was bist du ihr denn schuldig?«, wies er auf die Wirtin.

»Vier Groschen und drei Heller«, hielt sie sogleich die Hand auf.

»Ich helfe gern, ist aber nur geliehen«, vergewisserte sich David. Stumm nickte der Trossweibel und verlangte dann umgehend von der Wirtin, sein Pferd aus dem Stall zu holen. »Wo ist dein Pferd?«, fragte er schließlich David.

»Auf deinen Hilferuf hin bin ich dir sofort erschienen, aber ein Pferd konnte ich so schnell nicht auch noch auftreiben«, entschuldigte sich David und setzte die Nachtwächter in immer größeres Erstaunen. Einer stieß David ganz vorsichtig mit seiner Hellebarde an, um sich zu überzeugen, wirklich jemanden aus Fleisch und Blut vor sich zu haben. Aber ganz sicher war er sich dennoch nicht. Während David beim Trossweibel mit aufsaß, lief die Wache nochmals die Gasse hinauf, aus der sie diese unheimliche Stimme gehört hatten. Kopfschüttelnd zogen sie sich schließlich zu ihrem Würfelspiel zurück.

Die beiden Reiter hatten gerade das Stadttor passiert, als es hinter ihnen neuen Tumult gab. Diesmal waren sich die Würfelnden in die Haare geraten. Stühle zerbarsten, Fausthiebe klatschten. Laut erscholl der Hilferuf: »Schmieeeed, ich rufe dich!«

Fast wäre der Trossweibel vor Lachen vom Pferd gefallen. »Die dachten wirklich, du bist auf mein Rufen hin vom Himmel herabgestiegen. Ihr Schmiede seid schon ein gewitztes Völkchen, ihr imponiert mir«, gestand er. »Wenngleich ich mich frage, wann ich dir Ausgang in die Stadt erlaubte.«

Flucht in den Turm

Schon wieder elf Augen. Mit rechten Dingen ging das nicht zu. Die drei Schweden nahmen sie aus wie die Weihnachtsgänse. Von vornherein wollte Bodo nicht an den Spieltisch, aber Jeremias lechzte danach. Da die Braunschweiger Truppen nach Banérs Tod in alle Richtungen zerstoben, gab es keine Spielabende im eigenen Tross mehr, und sie mussten zu den Schweden kommen. Von diesen drei da aber wurden sie eindeutig gelinkt.

Sooft Bodo seinem Kumpan unter dem Tisch auch ans Schienbein trat, um ihn zum Aufbruch zu drängen, es nützte nichts. Jeremias ließ nicht locker. Natürlich hatte er längst ebenso bemerkt, dass zwei Würfel wie auf Befehl hohe Augenzahlen brachten. Aber er kam einfach nicht hinter den Taschenspielertrick, wie sie gegen die normalen ausgetauscht wurden, mit denen sie ständig verloren – und das wurmte natürlich jemanden, der überall als Würfelbecher bekannt war.

Zynisch lächelnd verwiesen die Schweden Bodo darauf, dass auch bei ihnen Spielschulden Ehrenschulden seien und er als Kornett dafür hafte. Von seinem Sold hatte er noch über 40 Gulden, aber er dachte nicht daran, sie auszugeben. Wie alle anderen ließ er bei den Wirten und Marketendern anschreiben. Sein Geld aber hielt er tunlichst beisammen. Der Krieg schien vorbei zu sein, da musste jeder zusehen, wovon er weiterleben wollte. Umso mehr verdrossen ihn die Verluste beim Würfeln, die unbeglichen zu lassen, ihm wiederum sein Stolz verbot.

Verärgert griff er jetzt nach diesen beiden Wunderwürfeln, um den Elferwurf zu wiederholen und die Falschspieler damit zu überführen. Bevor er jedoch die Hand ausstrecken konnte, hielt ihn Jeremias am Arm fest und zischte: »Tu's nicht!« Mit den Augen wies er auf die Tischkante gegenüber.

Typisch Würfelbecher, dachte Bodo. Hat er doch genau beobachtet, dass im selben Moment die Hände der Mitspieler unter der Tischplatte verschwanden. Auf ihren Knien lagen also mit Sicherheit Pistolen, obwohl es oberstes Gebot war, vor dem Spielen die Waffen abzugeben. Sie waren dreist, diese Schweden, ärgerte sich Bodo, aber sie hatten sich nun mal unvorsichtigerweise auf sie eingelassen und sich in ihren Machtbereich begeben. Folglich würden sie hier nun auch gerupft.

Zu seiner Beruhigung hörte Bodo seinen Kumpel sagen: »Na schön, gehen wir.« Er pfiff, und sofort stellte sich sein Pferd ein. Mit dem Zeigefinger machte Jeremias eine kreisende Bewegung in der Luft, worauf sich sein Hengst drehte. Die Schweden verharrten reglos und ließen die beiden Deutschen nicht aus den Augen. Das Pferd hinter sich beachteten sie kaum.

Nochmals wendete der Rappe den Kopf und vergewisserte sich, die Handzeichen seines Herrn auch richtig verstanden zu haben. Mit beiden Hinterbeinen keilte er daraufhin aus. In hohem Bogen kamen zwei der Falschspieler über den Tisch geflogen, Bodo musste sich ducken, um nicht getroffen zu werden. Lässig lehnte sich dagegen Jeremias auf seiner Bank zurück und winkte nach dem Profos. Der sammelte – zerknirscht darüber, den Deutschen beistehen zu müssen – die

Pistolen ein, annullierte die Spielschulden und ließ die drei abführen, von denen einer allerdings getragen werden musste.

»Hat doch Spaß gemacht, oder?«, klopfte Jeremias auf Bodos Schulter. »Du bist einfach zu ungeduldig, sonst wäre ich ihnen schon noch auf die Schliche gekommen. Dachtest du wirklich, ich lasse mich von diesen Tölpeln über den Tisch ziehen?« Lachend warf er seinem Begleiter die beiden falschen Würfel zu. »Hast du dir verdient.« Umgehend wollte sie Bodo zurückgeben, schließlich hatte nicht er sie erobert, aber Jeremias hob abwehrend beide Hände. »Nun zier dich nicht so, ich habe genug davon.«

Mit einem Wurf wollte Bodo jetzt auch die Elf auf den Tisch zaubern. Verwundert blickte er auf eine Drei und eine Eins. Nochmals schüttelte er die Würfel in der Hand, brachte jedoch nichts Besseres zustande. Jeremias klaubte sie auf. »Willst du zwei Sechser?« Schon lagen die zwölf Augen auf dem Tisch. »Du musst üben, um das hinzukriegen. Ohne Gefühl für die Gewichtsverteilung im Würfel gelingt dir das nicht. Ich zeig's dir, wenn wir zurück sind.«

An der Wache herrschte Aufregung. »Du verstehst doch die Schweden ganz gut«, wandte sich Bodo an Jeremias. »Was ist los hier?«

»Sie glauben, einen Spion der Kaiserlichen gefasst zu haben. Oh Gott, ich krieg Sodbrennen bei dem Gedanken, wie sie den jetzt zum Reden bringen.«

»Arme Sau«, quittierte Bodo.

»Heh, ihr da, ihr sprecht doch Deutsch«, wandte sich Hilfe suchend der Festgenommene an sie. »Macht denen um Himmels willen klar, dass ich nicht spioniere, sondern einen Offizier suche, der an einer Hand nur noch zwei Finger hat.«

»Dann lass die Schweden mal hübsch antreten und die Pfötchen vorzeigen«, höhnte Jeremias.

»Ich bezahle euch auch, wenn ihr mir helft«, wurden sie angefleht.

»Der Mann hat Geld«, witzelte Jeremias. »Dann kann er wirklich nur ein Kaiserlicher sein. Oder, Bodo, kennst du einen, der bei uns noch Geld hat?« Bodo knurrte ein Nein und dachte an seine vergrabenen Münzen.

Der Aufgegriffene, der bereits all seine Felle davonschwimmen sah, packte nun gänzlich aus. »Für die Frauen, die ich dem Offizier bringe, zahlt er einen Beutel Dukaten. Ich verspreche euch einen Anteil.«

Frauen und Dukaten, das waren gleich zwei Köder für Jeremias. Schon hing er am Haken und ritt zurück zum Profos. Auch der kannte einen solchen Offizier nicht. Bodo sollte nun zum Stabsquartier reiten und nachfragen. »Mach schon!«, wurde er gedrängt. »Als Kornett hast du doch dort Zutritt. Ich passe so lange hier vorn auf, dass sie diesen Vogel noch am Leben lassen.«

Missmutig setzte sich Bodo in Bewegung. »Und womit soll ich im Stab die Suche begründen, etwa mit dem Frauenkauf?«

»Womit hast du denn deinen Auftritt hier erklärt?«, reichte Jeremias die Frage an den Ertappten weiter.

»Mit meinem verstorbenen Onkel, der ein Erbteil diesem Offizier vermacht hat.«

»Genial«, grinste Jeremias. »Schleppt jemandem sein Erbe nach, von dem er nicht mal den Namen kennt. Also diese Ausrede«, rief er Bodo hinterher, »kannst du schon mal streichen. Lass dir was Besseres einfallen.«

Entnervt wollte Bodo schon aufgeben, weil ihn niemand verstand. Schließlich stieß er auf einen Oberstleutnant, dem er erklärte, eine Schuld begleichen zu wollen. Derjenige hätte damals seinen Namen nicht genannt, nur seine Hand mit den zwei Fingern emporgehoben.

»Klingt nach einem Schelmenroman«, meinte der Oberstleutnant und legte den Kopf schräg. »Gefällt mir aber.« Doch auch dessen Nachfragen führten zu nichts. »Mit nur noch einem Arm hätte ich dienen können, auch mit einer Hand, mit zwei verbliebenen Fingern aber nicht.« Damit entließ er Bodo.

Schon von Weitem sah Jeremias dem Zurückkehrenden den Misserfolg an, und in ihm begann es zu arbeiten. »Sag nichts«, ließ er Bodo erst gar nicht zu Wort kommen. Laut ließ er die Schweden wissen, einen mit zwei Fingern zu kennen. Man solle den Festgenommenen mit ihm gehen lassen, der sich offenkundig nur in der Einheit geirrt habe. Erleichtert ließ ihn die Wache ziehen und war damit diesen Fall los, der sie gewiss selbst nach der Ablösung noch beschäftigt und um ihre Ruhepause gebracht hätte.

»Was sind das für Frauen, die einen Beutel Dukaten wert sind?«, bekniete Jeremias den Mann, kaum dass sie außer Hörweite der Schweden waren.

»Wunderschöne Frauen«, versicherte der.

»Und wie soll das Geschäft ablaufen?«

Der Mann beschrieb eine einzeln stehende große Eiche knapp eine Meile vor ihnen. Dort sollten sie sich am nächsten Tag mit dem Offizier und dem Geld einfinden, kurz nach Sonnenuntergang. Jeremias sagte zu, woraufhin sie sich trennten.

Lange ritten Bodo und Jeremias schweigend nebeneinanderher. »Der stammt aus einem Räuberhaufen«, machte Bodo seinem Ärger schließlich Luft. »Glaubst du, den verscheißern zu können?«

»Wieso verscheißern?«, gab sich Jeremias ganz unschuldig. »Ich bin an den Frauen ehrlich interessiert.«

»Willst du anschreiben lassen, oder zauberst du den Beutel besagter Dukaten aus der Nase?«

»Oh, darüber muss ich noch eine Nacht schlafen. Aber ich denke, du leihst mir ab morgen Mittag den verbliebenen Rest unserer Schwadron. Dann werden wir mal schauen, wie viele sich auf der Gegenseite auf die Lauer legen, und nach dem Vergleich entscheiden wir, ob wir anschreiben lassen oder uns weiterhin mit unseren Vetteln begnügen.«

*

Hoch in die Luft stoben die Funken. Krachend zermalmte das Feuer die Äste, schleuderte brennende Borkenteile rundum ins Gras. »Holt neues Holz!«, befahl der Anführer. Niemand erhob sich. Fast belustigt schauten sich die Männer reihum an. »Wen meinst du, Andres?«, fragte provozierend ein untersetzter Dreißigjähriger. »Wenn du schon kommandieren willst, musst du es richtig machen und klar sagen, wer Holz holen soll.«

»Na schön, Curdt«, knurrte der Angesprochene, »dann du, nun aber curtig!«, versuchte er, die aufgeladene Situation zu entschärfen.

»Vergiss es!«, ließ Curdt ihn abblitzen. »Hier spielt keiner mehr den Hauptmann, und die anderen flitzen. Wir verscheuern die Mädels, teilen das Geld, und dann ist sowieso jeder sein eigener Herr. Also such selbst Holz!«

»Hört ihr gottverdammten Hurenböcke endlich mal auf, euch an den Hörnern zu reiben?«, mischte sich der Älteste der Gruppe ein. Er mochte um die 40 sein, hatte kaum noch Haare und lahmte. »Wir sind schon nur noch zu sechst«, hielt er den Kampfhähnen vor. »Viel zu wenig, um ernsthaft mit einem Offizier verhandeln zu können. Was sollen wir denn machen, wenn der die Weibsen einfach so einkassiert und uns anschließend zum Teufel jagt, ohne einen müden Heller rauszurücken?« Damit erhob er sich, um Holz zu sammeln.

»Toll, Humpelbein, dass du schon wieder Salz in meine Wunde streust«, rief ihm Andres nach. »Aber solange wir den Abnehmer noch nicht gefunden haben, brauchen wir uns nicht die Köpfe zu zerbrechen, wie die Übergabe erfolgen soll.«

»Seit Tagen hocken wir auf der Stelle«, schimpfte Curdt. »Was tun wir, wenn wir den Zweifingrigen nicht finden. Womöglich lebt er gar nicht mehr oder verfault im Tross bei einem Feldscher an der Welschen Krankheit.«

»Dann mach doch einen Vorschlag, du Neunmalkluger«, reagierte Andres bissig.

»Wir hätten mit den anderen zum Rhein ziehen sollen«, hielt ihm Curdt entgegen und kaute auf der Unterlippe. »Da wissen wir, wie das abläuft. Hier jagen wir einem Phantom nach. Überall in Halberstadt und den umliegenden Truppenteilen haben wir rumgefragt. Unsere Geschichte mit dem Erbonkel nahm uns ohnehin niemand ab. Es ist gefährlich, was wir hier treiben. Und mit jedem Tag, an dem wir unsere Hühner nicht richtig füttern können, sehen sie dürrer und zerzauster aus. Am Ende taugen sie nicht mal mehr zur Pfennighure.«

Aneinandergebunden hockten die fünf Entführten auf einem umgestürzten trockenen Stamm. »Dafür habt ihr uns hierhergeschleppt, um Pfennighuren aus uns zu machen«, spie Catharina aus, eine siebzehnjährige stämmige Magd.

»Halt den Schnabel, dumme Gans«, brachte sie Andres zum Schweigen.

»Sei bloß still«, warnten sie flüsternd auch die anderen Mädels. Das Gestocher seiner Kumpane hatte Andres schon mehrfach derart in die Enge getrieben, dass er wütend zur Pistole griff und drohte, die Mädchen einfach zu erschießen und ein für alle Mal mit dieser Angelegenheit Schluss zu machen.

Die Mädchen wussten, wie ernst ihre Lage war. Als Catharina nach der Trennung von dem größeren Teil des Trupps am Wegrand einen Fetzen von ihrem Umhängetuch in ein Gebüsch geknotet hatte, war es beinahe um sie geschehen. Im letzten Moment fing Humpelbein mit seinem Degen den Säbelhieb auf, der ihr wahrscheinlich den Kopf gespalten hätte. Wieder brach danach ein heftiger Zank aus über den Wert ihrer Beute.

Während die Bande anfangs noch penibel darauf achtete, möglichst wenig Spuren zu hinterlassen, fürchtete sie nun keine Verfolgung mehr und saß unbekümmert am hell lodernden Feuer. »Ob uns noch irgendwer nachkommt und versucht, uns zu retten?«, raunte Ottilia, die Tochter eines Hintersättlers, bekümmert.

»Ja«, versicherte Helena mit fester Stimme. »Zumindest, bis wir uns von den anderen getrennt haben, war wer hinter uns.«

»Woher willst du das wissen?«, zweifelte Catharina.

»Ich weiß es einfach«, sagte Helena in sich gekehrt. »Ihr würdet mir ja doch nicht glauben, ihr habt mir nie geglaubt.«

Verärgert schaltete sich Cara ein, eine Freundin der Pfarrerstochter Maria. »Nun spann uns nicht auf die Folter. Sag, was du weißt!«

Vorsichtig schaute Helena zu den Männern, ob sie lauschten. »Erinnert ihr euch an den Raben, der am zweiten Tag unserer Entführung im Sturzflug auf uns niederstieß?«

»Das war eine dreiste Krähe. Fast hätten sie die Räuber abgeschossen, sie überschlug sich in der Luft, fing sich dann aber wieder und flog weg«, erinnerte sich Catharina.

»Da habt ihr's, es war eine Krähe«, resignierte Lene.

»Na, wart doch mal«, schlichtete Cara. »Du bist sicher, dass das euer Vogel war und dass ihm jemand folgte?«

»Ganz sicher. Aber nach den Schüssen auf ihn ließ er sich nicht mehr blicken. Vielleicht ist er schwer verletzt oder lebt gar nicht mehr.«

»Also glaubt auch Lene nicht, dass uns noch wer sucht«, kam Catharina zum Schluss.

»Das habe ich nicht gesagt. Gerda und die anderen Frauen wissen, wohin wir gebracht werden sollen. Vielleicht wurden sie ja schon befreit …«

In die Räubertruppe kam Bewegung. Ihr Kundschafter kehrte zurück. Alle drängten sich um ihn, sodass die Mädchen kein einziges Wort aufschnappten. Immer wieder schauten die Männer jedoch zu ihnen mit leuchtenden Augen herüber. Offenbar war ihr Schicksal nun besiegelt.

Am nächsten Morgen rechneten sie mit einem baldigen Aufbruch, aber die Kerle pennten noch den halben Tag. Erst am späten Nachmittag brachen sie zu viert auf. Die beiden Verbliebenen rissen den jungen Frauen die Tücher vom Kopf und befahlen ihnen, sich zu kämmen und hübsch zu machen. Sie waren aufgekratzt und zuweilen fast galant. »Schon heute Abend sitzt ihr an der Tafel eines Offiziers, schlürft Wein und kaut feines Wildbret. Ihr werdet noch dankbar an uns zurückdenken«, priesen sie ihnen heuchlerisch die Zukunft.

»Ich werde wohl eher unter einem stinkenden Dragoner liegen und kann nur hoffen, dass es bei einem bleibt«, sah Catharina die Dinge weit nüchterner. »Wir sollten uns nun Lebewohl sagen«, riet sie. »Sicherlich sehen wir uns in diesem

Leben nicht wieder.« Still fielen sich die fünf Frauen in die Arme. Auch Helena zitterte am ganzen Körper. Ihre Gedanken waren bei der Schmiede und David. Sollte er sie wirklich aufgegeben haben? Sie hatte ihn doch auch gefunden und befreit!

Alle fünf wurden an den Handgelenken an ein Seil gebunden, dessen vorderes und hinteres Ende die beiden Männer hielten. Als eine menschliche Raupe zogen sie davon. Lange mussten sie nicht gehen, dann hatten sie den Waldrand erreicht. Schräg vor ihnen reckte sich eine mächtige Eiche in den Himmel, die Helena an den von Blitzen getroffenen Trauerflorbaum am Bettler erinnerte. Kehre ich etwa wieder in diesen Albtraum zurück?, fragte sie sich.

Weit breitete sich am Waldsaum das Land vor ihnen aus. Es gähnte menschenleer. Wenn sie hier wirklich jemand abholen würde, müssten sie die Reiter doch längst sehen. Die Mädchen reckten die Hälse. Würden sie dann an ihrem Seil in das Truppenlager gezerrt – wie auf einen Sklavenmarkt? Es grauste sie. Hin und her wogte die Hoffnung, ob es besser wäre, dass niemand kommt. Aber dann würden die enttäuschten Wegelagerer wahrscheinlich die Bestie in sich freilassen.

Die beiden Männer knisterten vor Nervosität, weil sie von den anderen das verabredete Zeichen nicht erhielten. Man hatte sie jedoch strengstens dazu vergattert, sich vor dem Abschluss des Geschäfts unter der Eiche nicht blicken zu lassen. Dort zeigte sich aber niemand. Unschlüssig knieten sie im Gebüsch und hielten Ausschau.

Wie ein Geist stand plötzlich ein Soldat vor ihnen. Er lächelte sie an. Dann erhoben sich auch hinter und neben ihnen Soldaten. Ohne mit der Wimper zu zucken, durchbohrten sie mit ihren Säbeln die beiden Räuber. »Wie viele von denen sind jetzt noch da?«, wurde Cara gefragt.

»Vier sind schon vorausgegangen«, beeilte sie sich zu antworten.

»Also waren es insgesamt nur sechs?«, zog der Soldat ungläubig die Stirn in Falten.

»Ja. Nur sechs. Die anderen von der Meute sind zum Rhein gezogen.«

Im Nu waren die Frauen von fast dreißig Soldaten umringt. »Was, für diese Weiber wollten die einen Beutel Dukaten haben«, überschlug sich einer vor Lachen. »Das sind gewöhnliche Bäuerinnen.«

»Spinnst du, Würfelbecher, uns wegen dieser Vogelscheuchen den halben Tag lang hier in Stellung gehen zu lassen«, klang es dann schon weit weniger belustigt.

Der Angesprochene musterte die Frauen. »Na, die Blonde da sieht doch ganz adrett aus.« Er zeigte auf Helena.

»Dieser Hippekritsch?«, dröhnte ein Fettwanst neben ihm. »Die rauche ich doch in der Pfeife. Da habe ich ja größere Titten als die.«

»Mal ernsthaft«, fragte ein anderer. »Was machen wir jetzt mit denen? Im Feldlager lacht man sich krank über uns, wenn wir die anschleppen. Ich dachte wunderlich, was für Edelfräulein wir heute einfangen.«

In Würfelbecher kochte es. »Schade, dass wir den Blödmann schon niedergemacht haben, der sich sicher war, dass seine Mädels mit Gold aufgewogen würden. Oder sind im Wald doch noch andere«, fragte er drohend und packte Helena bei den Haaren.

»Wir sind die Einzigen«, kam ihr sofort Cara zu Hilfe.

»Tut mir leid«, entschuldigte sich Würfelbecher bei der

Schwadron. »Aber mit so viel Blödheit konnte ich nicht rechnen. Schließlich riskierte deren Kundschafter sein Leben, um bei den Schweden einen Käufer zu finden. Dass der seinen Hals hinhielt für die paar Nebelkrähen, begreife ich noch immer nicht.«

»Unser Kornett sah das offenbar voraus«, schimpfte der Fettwanst. »Schließlich hat er sich geweigert, mitzukommen.«

»Das ist bei ihm was anderes«, erklärte Würfelbecher. »Er fürchtet sich vor der Weissagung unserer Gizella, keine weitere Frau mehr ins Unglück stürzen zu dürfen.«

Nochmals musterte Würfelbecher die Frauen. »Woher seid ihr?«

»Aus der Grafschaft Hohnstein«, antwortete Cara.

»Das ist doch gleich hier im Südharz«, wies er auf das Gebirge hinter sich. »Na schön, macht, dass ihr fortkommt, und lasst euch nicht noch mal von solchen Idioten einfangen!«

Sie wurden losgebunden, hielten die Hände vor den aufgerissenen Mund und konnten ihr Glück kaum fassen. »Dich aber, mein schönes Kind«, Würfelbecher wies auf Helena, »nehme ich mit. Ganz umsonst will ich mir nicht den ganzen Tag schon Appetit gemacht haben.«

Verzweifelt drehte sich Helena nach den anderen vier um, die sofort davonstürzten. »Sagt David, wo ich bin«, schrie sie ihnen hinterher. Ein Weinkrampf schüttelte sie, so dicht vor der Rettung ins nächste Martyrium gestürzt zu werden. Schließlich hob man sie auf ein Pferd, und bitter enttäuscht trabte die Schwadron heim.

*

Mit einem schweren Kater wachte David auf. Er hatte mit dem

Trossführer die ganze Nacht durchzecht nach ihrer Rückkehr aus der Stadt. Sein ausgemergelter Körper hielt noch nicht allzu viel aus, aber der Narbige schwor ihm ewige Dankbarkeit und erzählte die wildesten Geschichten über den Schmied Tönges und sein Ende im Kohlefeuer.

Fast hätte sich David als dessen Schwiegersohn zu erkennen gegeben. Doch echote warnend in ihm Frowes Stimme, deren Erzählungen diesen Mann als ein Schwein schilderten. Das kam ihm damals wie aus einer fernen Welt vor. Niemals hätte er damit gerechnet, diesem Schreckgespenst persönlich zu begegnen und sogar dessen Freundschaft zu erringen. Sie konnte ihm nützlich sein, aber durch eine unkluge Erinnerung an Tönges auch gefährlich werden.

Vorerst saß er im Tross fest. Elisabeth musste er zudem Zeit geben. Auf sie baute er jetzt all seine Hoffnungen. Lene war hier irgendwo, geradezu körperlich spürte er das. Finden konnte er sie aber sicherlich nur mithilfe anderer.

Ein Wispern ging durch den Tross. Eine Schwadron sollte einen heimlichen Raubzug unternommen und sich dabei gänzlich blamiert haben. Was kümmert mich das, hörte David weg. Er schaute nur auf, sobald ihm blondes Haar begegnete, und es schauderte ihn jedes Mal, in die früh gealterten, verhärmten Gesichter der Frauen zu sehen, denen er nachlief.

Er arbeitete jetzt täglich in der Schmiede und zeigte sich wissbegierig. Wenn er seiner Lene im Moment auch nicht helfen konnte, wollte er die Zeit doch zumindest nutzen, sein Handwerk zu vervollkommnen. Nach drei Tagen hielt er es jedoch nicht mehr aus. Ohne viel zu fragen, stellte ihm der Trossweibel einen Passierschein aus, mit dem er zurück in die Stadt eilte. Ihm wurde sogar ein Pferd gestellt.

Als hätte man auf ihn gewartet, flog in dem heimlichen Bordell die Tür auf, als er erschien. Mit ausgebreiteten Armen empfing ihn Elisabeth. Sie küsste ihn tröstend auf die Stirn – aber sie hatte nichts erfahren können. Nichts über den verkrüppelten Schweden, nichts über Räuber, die Frauen anboten, nichts über eine fremde Blonde.

Langsam ritt David durch die Straßen, sah in jedes Fenster hinein und wollte gesehen werden. Beständig drehte er sich im Sattel um, ob ihm womöglich irgendein Zeichen winkte. Dabei erhaschte er oft neugierige Blicke, denn seine ärmliche Kleidung und das stattliche Ross boten schließlich einen seltsamen Kontrast. Einmal fiel auch ein Tüchlein vor seine Füße, aber unterschiedlicher konnten die Hoffnungen nicht sein, die aufeinandertrafen.

Als ein Häufchen Elend kehrte er spät am Abend im Dunkeln zurück. Was mache ich falsch, marterte er sein Hirn. Eine Marketenderin empfahl ihm schließlich eine Weissagerin und beschrieb ihm den Weg zu Gizellas Hütte.

Sie verlangte, dass er ihr einen Kreuzer unter den Teppich schob. Obwohl sie scheinbar geistesabwesend mit den Augen ziellos umher irrlichterte, bemerkte er wohl, wie akribisch sie auf die Bezahlung achtgab. Was er von der Gesuchten bei sich habe, solle er in die Schale werfen, die mitten im Raum stand. Bekümmert gestand David, nichts von ihr zu besitzen.

»Oh, dann wird es schwer, sehr schwer«, orakelte die Zigeunerin. Sie legte bunte Steinchen, eine Feder und eine Katzenkralle in die Schale. »Musst ganz fest denken an sie«, forderte Gizella. »Stell sie vor dich hin! Siehst du sie?«

David nickte heftig und beschrieb sie.

»Sehe einen Mann, sehe Würfel.« Völlig entrückt schaute Gizella auf einen imaginären Punkt. »Dir das irgendetwas sagen?«

Er verneinte. Stöhnend fiel sie in sich zusammen. »Mehr kann ich dir nicht bieten. Du wirklich nichts von ihr? Keine Haarsträhne, kein Band, keine Nähnadel?«

Sosehr er auch überlegte, er hatte nichts, nicht mal mehr den zerbrochenen Stein.

»Tut mir leid, Jüngelchen, bin am Ende.« Sie wies ihn hinaus.

Ein Mann und Würfel, dachte er beim Gehen. Das gehört doch hier wohl so zusammen wie Pech und Schwefel. Da hat sie die Zahl der Kerle, die Lene gefangen halten könnten, aber unerhört eingeschränkt. Er war wütend auf sich, dafür Geld ausgegeben zu haben.

Mitten aus dem Schlaf schreckte er hoch. Als Vertrauter des Trossweibels und eines Hurenhauses in der Stadt hatte er es doch zehnmal leichter als die Entführer, nach diesem Schweden zu suchen, besann er sich. Wenn er ihn also nicht fand, wie sollten sie das dann aus dem Wald heraus können? Die Zeit seiner Krankheit mitgerechnet, mussten sie nun schon zwei Wochen hier sein. Und sie wurden nicht wie er im Tross versorgt. Womöglich haben sie längst aufgegeben und sind den anderen zum Rhein gefolgt. Vielleicht ist Lene jetzt schon auf einem Schiff nach Amerika!

Er fand keinen Schlaf mehr und irrte draußen im Dunkeln herum. Dann war ihm, als hörte er sie schreien. Ich werde wahnsinnig, raufte er sich das Haar.

*

Unterwegs besann sich Jeremias, das hübsche Ding Bodo zu schenken. Wenn sie dessen düstere Gedanken an seine Emma verscheuchen könnte und ihn endlich von der Liebe in vollen Zügen trinken ließe, würde der Kornett umgänglicher werden.

Dann könnte er endlich auch einmal Dankbarkeit zeigen und ihn zum zweiten Mann der Schwadron machen. Es wurmte ihn ungemein, dass er sich als alter Haudegen von Flaumbärten herumkommandieren lassen musste. Ihn in der Befehlskette steigen zu lassen, war höchste Zeit.

Gemächlich ließ er sich zurückfallen, bis ihn Helenas Pferd überholte. Hinter ihr reihte er sich wieder ein. Überrascht stellte er fest, dass sie nicht breitbeinig auf dem Pferd saß, sondern wie eine Adlige im Damensitz. Ist sie womöglich sogar mehr als die Tochter eines Ziegenhirten? Als hübsche Kurtisane könnte sie Bodos Ansehen im Offizierskorps befördern und seinen Aufstieg beschleunigen. Als sein Nachrücker würde er selbst dann zum Kornett erhoben, schwelgte Jeremias wonniglich in Zukunftsträumen.

So wie sie aus dem Wald kam, durfte er sie aber nicht anbieten. Man schleppt ja schließlich auch keinen Pilz voller Erde und anhaftendem Myzel in die Küche. Zuerst musste sie zum Bader, und dem werde ich ein wenig zur Hand gehen, leckte sich Jeremias erwartungsfroh die Lippen. Du lieber Himmel, sie wird auch was anderes zum Anziehen brauchen, schoss es ihm durch den Kopf. Er gab seinem Pferd die Sporen, um schleunigst noch ein Kleid aufzutreiben.

»Hat tatsächlich ein Weib das verdorbene Herz unseres Würfelbechers entflammt«, spottete eine der Händlerinnen, als er noch vor dem Absitzen seinen Wunsch verkündete. Erneut gab es ihm einen Stich, mit welcher Geringschätzung man ihn behandelte. Wartet nur, wenn ich erst als Kornett vor euch stehe, triumphierte er innerlich.

»Wann gedenkst du, mal einen Teil deiner Schulden bei mir abzutragen?«, schraubte die Marketenderin den Preis höher.

»Wenn der neue Oberkommandierende mit der vollen

Kriegskasse kommt, eile ich mit meinem Sold zuerst zu dir«, log er.

»Versaufen wirst du ihn, aber hoffentlich tust du zumindest das dann bei mir«, entgegnete sie. »Was hat denn dein Püppchen für eine Größe?«

Er hob die Hand unter die Schulterhöhe. »So ungefähr.«

»Und wie breit ist ihr Hintern?«

»Nicht mal ein Drittel von dir.«

»Du lieber Himmel«, zeterte sie. »Was willst du denn mit so einem Besenstiel anfangen, da reißt du dir ja Splitter in dein wertvollstes Stück!«

»Mach schon!«, drängte er. »Sie trifft gleich ein.«

»Brauchst du nicht auch Unterwäsche?«, hakte sie geschäftstüchtig nach.

»Herrgott«, schalt er. »Es geht doch eh nur ums Ausziehen. Gib her den Kram!«

»Na, wie's bei dir unter der Hose aussieht, will ich lieber nicht wissen«, winkte sie ab.

Als er sein Pferd in den Stall brachte, rieben die Pferdejungen schon die anderen Tiere ab. »Wo ist das Mädchen?«, wollte er von ihnen wissen.

Sie wiesen nach draußen. »Sie kommt grad vom Bader zurück.«

»Heute geht aber auch alles schief«, schalt er. »Zieh das an!«, warf er ihr nach ihrem Eintreffen die Sachen zu. »Und halte dich bereit!«

Bodo war in seiner Hütte. »Na, wie war's«, fragte er und schaute von einem Buch auf, als Jeremias eintrat.

»Lernst du tatsächlich lesen?«, staunte er. »Was hast du da für eine Fibel?«

»Das Neue Testament.«

»Bevor du zum Mönch wirst, habe ich dir noch etwas mitgebracht«, strahlte Jeremias über das ganze Gesicht. »Ansonsten haben wir eine völlige Pleite erlitten. Das Räuberpack verblödet zunehmend. Was sie da als Hübschlerin verkaufen wollten, waren Bauerntrampel. Wir haben sie gleich im Wald gelassen.«

»Ihr habt sie doch nicht etwa umgebracht«, erschrak Bodo.

»Du denkst wirklich immer nur das Schlechteste von mir, dabei sorge ich nun schon für dich wie eine Amme«, zeigte sich Jeremias verletzt. »Sie sind frei. Den Galgenvögeln allerdings haben wir den Gerichtsprozess erspart. – Warte einen Moment!« Und schon war er verschwunden.

Vor sich her schob er Helena. »Bringt sie nicht Glanz in deine Hütte?«, pries er sein Geschenk. »Sie wird dir fortan über deine Trübseligkeit hinweghelfen.«

Bodo hatte es die Sprache verschlagen. Jeremias bezog das auf die Schönheit des Mädchens und war sich bereits des Wohlwollens seines Kommandeurs sicher. Doch der griff nach der Heiligen Schrift und hielt sie schützend vor sich. »Glaubst du, eine Metze kann mich über Emmas Tod hinwegtrösten?!«

»Darf ich dich daran erinnern, dass sie ebenfalls vom Hurenlohn lebte?«, versuchte Jeremias, seinen schönen Plan zu retten.

Empört wies Bodo zur Tür. »Schaff sie fort und komm mir nie wieder mit ihr unter die Augen!« Er drehte sich weg, um sie nicht länger sehen zu müssen. Nie würde er zulassen, dass eine andere an Emmas Platz trat.

Vor Wut schnaubend, zerrte Jeremias Helena hinter sich her. »Dieser Emporkömmling von einem Pferdejungen, dieser Narr! Warum setze ich nur immer auf die Falschen? Dem Trottel bin ich nachgelaufen bis in die wildeste Schlucht des

Harzes, um ihn davon abzuhalten, sich dort hinunterzustürzen. Ohne mich wäre er längst tot. Und wie dankt er es mir?«

Angekommen in seiner Unterkunft, fing er erst richtig an zu toben. Sein Strohsack flog mit einem Fußtritt durch den Raum. Helena verkroch sich in einen Winkel und sah ihr Ende kommen.

Mitten in seinem Anfall verharrte er. »Zieh das aus, was ich dir gegeben habe!«

Schützend hielt sie die Hände vor sich. »Ich habe dir doch nichts getan.«

»Zieh das aus!«, herrschte er sie an.

Aus einem Sattel, der an der Wand hing, ragte eine Pistole heraus. Mit einem Sprung war sie bei ihr, zog die Waffe, richtete sie auf Jeremias und spannte den Hahn. »Lass mich gehen, so wie die anderen auch«, bat sie. »Du siehst doch, dass uns Bäuerinnen hier niemand braucht. Lass mich ziehen, bitte.« Sie kniete sich vor ihn hin: »Bitte.«

Ihm schwand der Boden unter den Füßen. Solch ein Mädchen hatte er noch nie vor sich. Golden floss ihr Haar über die Schultern wie auf den Bildern, die er von Engeln kannte. Magisch angezogen, ging er auf sie zu. Einen Schritt, noch einen. Sie lehnte an der Wand mit der vorgehaltenen Waffe, flehte mit tränenverhangenem Blick und bat nochmals, sie zu verschonen.

Bei seinem nächsten Schritt drückte sie ab.

Infernalisch schrie er auf. »So schnell wandelt sich der Engel zum Satan«, belferte er. »Ha, glaubtest du, bei uns hängen geladene Waffen an der Wand? Du warst also bereit, mich zu töten, und erwartest von mir Gnade?«, tänzelte er vor ihr. »Los jetzt, gib das Kleid her, bevor es schmutzig wird!«

Mit zitternden Händen zog sie es aus.

»Auch das Hemd«, drängte er.

Sie schüttelte den Kopf. »Soll ich hier nackt rumlaufen?«

Mit einem Ruck riss er es ihr vom Körper. Schon stieg die Wut erneut in ihm hoch über das Scheitern seines Traumes und nun auch noch die finanziellen Verluste. Er war drauf und dran, das Kleid ebenso vor ihren Augen zu zerfetzen und ihr damit einen Vorgeschmack zu geben auf die Strafe, die sie erwartete.

Ihre Nacktheit übermannte ihn jedoch. Wie ein von Urtrieben gesteuertes Tier stürzte er sich auf sie. Doch er hatte nicht mit so viel Gegenwehr gerechnet. Derartige Körperkräfte hätte er dieser zarten Fee nie zugetraut. Katzenhaft wich sie ihm aus, vierspurig zog sie ihm Blutstriemen über das Gesicht.

Die Tür flog auf, und alle elf Mann, die noch in diesem Raum schliefen, drängten mit einmal herein. Zuerst nahmen sie perplex die Szene in sich auf, die sich vor ihnen abspielte. Dann grölten sie: »Würfelbecher wird mit dieser kleinen Maus nicht fertig. Sein ganzes Gesicht ist schon zerkratzt, ohne dass er zum Schuss gekommen ist.« Kurzerhand warfen sie ihn hinaus.

»Na, dann wollen wir dir doch mal zeigen, wie das richtige Kerle machen«, lachte der Erste und zog sich die Hose aus.

Ein Orkan fegte durch Helenas Kopf. In ihren Ohren dröhnten das Geschrei und Gejohle der angetrunkenen Landsknechte. Zu spät, schrie es obendrein in ihr. Niemals könnte sie zu David zurückkehren, besudelt und entehrt.

Mitten in dieses Gewirr fielen die Stimmen ein, die sie einst zum Bettler trieben. »Lerne sie zu unterscheiden!«, hatte ihr Agnes geraten.

»Helena«, vernahm sie wie von weit her ihren Namen.

»Gesche?«, wagte sie zu fragen, verscheuchte damit aber

sofort die Stimmen. Ich darf nicht laut mit ihnen reden, wurde ihr sofort klar. Still rief sie um Hilfe, wisperte lautlos »ich bin verloren«.

»Schließ die Augen«, vernahm sie nun ganz klar und fügte sich. Für einen kurzen Moment sah sie wieder die Frau aus Wassertropfen, dann erschienen ihr die Wälle der Ebersburg und der Turm. Vor ihr richtete sich die steile Holztreppe auf, die vom Pallas zum Bergfried führte. »Das ist der einzige Zugang«, sprach sie zu sich selbst. »Bricht man ihn ab, findet man nochmals eine Zuflucht – eine allerletzte.«

Wie im Traum stieg sie die Treppe empor, erst zögerlich Stufe um Stufe, dann rannte sie, bis sie keuchte. In ihrem Kopf hämmerte es: Wer in diesen Turm flüchtet, sitzt dort völlig gefangen. Von dort gibt es kein Entrinnen mehr. Niemals kann ich zurück zu David.

Doch als sie die Augen öffnete, wusste sie, dass sie keine andere Wahl hatte. Helena spürte Hände an sich, immer mehr wurden es und derber und brutaler ihr Griff. Erneut schloss sie die Lider. Erneut erschien ihr die Holztreppe. Ganz oben stand eine Kanne mit Lampenöl und daneben eine brennende Kerze. Sie goss die Kanne aus und sah die Flüssigkeit die Stufen hinunterrinnen. Dann trat sie die Kerze um. Flammenzungen wie aus einem riesigen Drachen stießen in die Tiefe, eine pechschwarze Säule aus Qualm entzog sie den Blicken der Verfolger. Nur noch ein Schritt, und sie war in Sicherheit.

Aber sie verharrte. Sprachlos schaute sie in den Turm hinein. Wo sie bedrückende Enge von Steinquadern erwartete, öffnete sich ein Meer aus Licht. Vogelgezwitscher kam ihr entgegen, und eine uralte Frau schritt in einem wehenden, samtig schwarzen Umhang auf sie zu.

»Schließ die Tür, zögere nicht länger«, hörte sie die geheimnisvolle Frau sagen.

»Hilf mir!«, bat Helena.

Aber die Alte schüttelte unwirsch ihr weißes Haar. »Nur du kannst diese Tür zuschlagen, kein anderer vermag das. Tu es mit all deiner Kraft!«

Helena drehte sich um, öffnete nochmals die Augen und sah verzerrte Gesichter vor sich mit blutgeäderten Augen. Speichel tropfte aus den Mündern. Es stank aus ihnen wie aus einer Kloake. Ihr war, als dränge eine Schlange in ihren Körper.

Mit einem Fußtritt schleuderte sie die Tür krachend ins Schloss.

*

»Um acht sollen alle Offiziere zum Stab kommen.« Bodos Bursche überbrachte ihm den Befehl. Mit einem Nicken quittierte er. Es blieb noch Zeit. Auf dem Rücken liegend, las er weiter in der Schrift. Irgendwo musste es doch auch für ihn eine Lösung geben. Wie er die Schuld für den Tod beider Emmas begleichen durfte und wieder Frieden finden konnte.

»Denn wenn ihr den Menschen ihre Übertretungen vergebt, so wird euch euer himmlischer Vater auch vergeben«, buchstabierte er abgehackt. Schließlich kannte er bislang nicht mal alle Buchstaben, seit ihn der Regimentsschreiber unterrichtete. X und Y erschienen ihm noch wie fremde, mystische Kontinente. »Wenn ihr aber den Menschen nicht vergebt, so wird euer Vater eure Übertretungen auch nicht vergeben«, stolperte er durch das Evangelium nach Matthäus. Lange dachte er darüber nach. Gibt es Menschen, denen er nicht vergab?

Mit einem Schlag fuhr er hoch: dem Schultheißen und dem

Pfarrer von Emmas Dorf! Und obendrein übte er Rache an den Falschen. Ein garstiges, blutiges Ende, für das es in dieser Welt kein Verzeihen mehr gab.

Also konnte auch er niemals mit Vergebung rechnen!

Niemals! Wie der Bolzen einer Armbrust bohrte sich diese stahlharte Erkenntnis in sein Hirn.

Aufgewühlt, mit angezogenen Knien kauerte er Schutz suchend in seinem Feldbett. Auf ihn wälzte sich schwer wie ein Kirchturm eine Last, drückte ihn immer tiefer hinab. Dorthin, wo die Gischt der Höllenfeuer brandet, gierend nach neuen nackten, ängstlich zappelnden Seelen.

Fast hätte er die Offiziersbesprechung verpasst. Schleunigst eilte er zum Stab. Noch immer tief in sich versunken, hörte er wie von weit her, dass sich Torstenssons Ankunft weiterhin verzögerte, und damit auch der Sold. Mit fast achttausend Mann rückte jedoch eine Verstärkung unverdorbener frischer Truppen aus Schweden heran, womit sich der blutleere Balg des Krieges erneut vollsog mit neuem Lebenssaft. Dabei schien alles entschieden, als sich das Heer der Schweden aufzulösen begann. Mit dieser Verstärkung jedoch konnte womöglich der protestantische Norden die Überhand gewinnen über den katholischen Süden.

Folglich sagte sich Marschall Guébriant – den Pariser Befehlen folgend – wiederum von seinen Bündnispflichten los.

Bitterer Hohn entlud sich in den Reihen der Offiziere, als der neuerliche Verrat verlesen wurde. Das Spiel der Großen, sann Bodo auf dem Rückweg nach. Sorgen sie sich jemals um Vergebung? Und wie viele Tote, Gemarterte, Verstümmelte, Entwurzelte, Hungernde säumen ihren Weg? Warum quälte er sich dann damit herum?

Vor dem aufgeschütteten Wall, den an den Außenseiten angespitzte Baumpfähle spickten, leuchtete das Feuer der Schmiede. Ein Mann zog den Blasebalg, ein zweiter hielt ein Eisen in die Glut. Nanu, seit wann sind es denn wieder zwei, überlegte Bodo. Er steuerte auf sie zu, neugierig auf den Nachfolger.

Dürr ist er, fast ein Skelett, stellte Bodo beim Näherkommen fest. Was vermag dieses Gerippe an einem Amboss? Er stellte sich abseits und beobachtete ihn, wie er jetzt mit dem weiß glühenden Eisen umging. Schon nach den ersten Schlägen stellte er fest, dass der Neue sein Handwerk verstand. Obwohl fast kein Muskel an den knochigen Oberarmen hervortrat, ging er nahezu spielerisch mit dem zweipfündigen Schmiedehammer um. Dennoch vermochte dies nicht zu überdecken, wie krank oder zumindest gezeichnet von einer soeben erst überstandenen Krise der Kerl aussah.

Bodo juckte es in den Fingern. »Gib mir mal«, bat er um den Hammer und schaute auf das Werkstück. »Ist das der Zapfen für die Lenkachse dort vor mir?« Der Neue nickte. »Dann muss er ja noch ein ganzes Stück schlanker werden.« Die Funken stoben, als Bodo auf das glühende Eisen einhieb, während der Neue es mit der Zange ständig drehte.

»Es muss wieder ins Feuer«, meinte er schließlich und legte es zurück in die Glut. »Seit wann lernen Offiziere denn schmieden?«, spöttelte er über Bodo.

Der zeigte auf den Amboss: »Genau hier habe ich damit angefangen. Und es wagen nur wenige, an ihm zu arbeiten. Hat man dir die Gruselgeschichten nicht schon erzählt?«

Der Neue winkte ab. »Um jeden Amboss ranken sich irgendwelche Mythen.«

»Bei diesem aber zieht das Kohlefeuer den Schmied und

seine Gesellen durch die Esse. Vor allem an dem Blasebalg da haftet ein Fluch.«

Völlig verstört kauerte sich der Kränkliche hin und flüsterte: »Der Blasebalg da stammt aus der geschändeten Kirche?«

»Du weißt also Bescheid?«, drang Bodo in ihn.

»Oh ja, Tönges hat es mir erzählt.«

Nun kauerte auch Bodo völlig blass am Boden. »Wen nanntest du da? Tönges?! – Er war mein Lehrmeister, aber er ist seit Langem tot«, versicherte er. »Woher kommst du, und wie heißt du?«

David überlegte. Etwas stimmte hier nicht. Wenn Tönges der Lehrmeister des neben ihm Sitzenden war, dann musste er folglich der Trossjunge aus den Erzählungen sein. Neben ihm aber saß ein Offizier. »Tönges' Lehrling damals hieß Bodo, und ihm fehlt mindestens ein Zahn«, stellte er ihn auf die Probe.

Der Offizier sprang auf wie von einer Tarantel gebissen. »Du kommst doch hier allein weiter klar«, fuhr er den Mann am Blasebalg an.

»Musste ich bislang ja auch«, seufzte der.

»Gut, dann entführe ich den jetzt. Komm mit mir!«, packte er David am Arm. »Wir müssen reden.«

Er schleppte ihn in seine Hütte, griff nach der Kanne mit Branntwein, nahm einen tiefen Zug und bot dann David die Kanne an. Der lehnte jedoch ab: »Ich muss erst wieder richtig auf die Beine kommen, ich war krank.«

»Was Ernsthaftes?«

»Kann man so sagen.«

Bodo wünschte gute Besserung. »Aber nun sprich, ich bin Bodo und du?«

»Ich bin David aus Herrmanns Acker, der Sohn vom Schmied.«

»Halt!«, unterbrach Bodo sofort. »Das Erste mag stimmen, aber der Rest ist gelogen. Die Söhne von Tönges sind weit jünger als du.« Drohend funkelte es in seinen Augen.

»Nun, Bodo war auch kein Offizier!«, hielt David dem Blick stand.

»Wir sollten unser Misstrauen begraben«, suchte Bodo nach Trinkbechern und goss jetzt doch für beide ein. »Auf Tönges, den Schmied!«

Nachdem sie angestoßen hatten, erzählte er seine ganze Geschichte, von seiner Familie, aus der er gerissen wurde, der Zeit beim Tross, der Ernennung zum Kornett, auch von Emma und sogar von seiner Rache am vermeintlichen Dorf von ihr. Es war ihm wie eine Lebensbeichte, und sie tat ihm wirklich gut.

Auch David berichtete.

»Der Saufott!«, entfuhr es Bodo, als er von der Verschleierung zu hören bekam, mit der einst der Trossweibel Tönges' Freikauf verheimlichte. Schreckensstarr lauschte er, wie David die Rache des Städtchens beinahe das Leben kostete und ihn die Tochter des Schmieds befreite.

Mit Tränen in den Augen fiel Bodo seinem Gast um den Hals. »Du bist also tatsächlich Tönges' Sohn, sein Schwiegersohn. Wie ich dich beneide um diese Helena! So hätte es mit meiner Emma auch sein können. In wenigen Minuten bist du mir so nahegekommen wie ein Blutsbruder. Wollen wir zusammenhalten? Ich nehme dich auf in meine Einheit.«

»Gieß noch mal ein«, bat David. »Ich muss noch zu Ende erzählen, damit du verstehst, dass ich dein Angebot nicht annehmen kann.« Schließlich beschrieb er Lenes Entführung, seine Suche nach ihr und seinen Kampf mit der Pest. Er bemerkte, dass sein Zuhörer zunehmend abwesender wurde. Wahrscheinlich schockt ihn, mit einem Pestkranken aus derselben Kanne zu trinken, überlegte David.

Bodo vergrub sein Gesicht hinter den Händen. Eine lange Pause entstand. »Eine zarte Nymphe mit langem blonden Haar, das ist deine Lene?«, fragte er schließlich düster.

David nickte.

»Oh, ich Narr!«, stöhnte Bodo. »Helena ist die Dritte in meiner Weissagung, die Tochter des Schmieds. Und ich überließ sie Würfelbecher!«

»W... Würfel...?«, stotterte David aufgeregt, der spürte, auf eine ganz frische Spur gestoßen zu sein.

Mit einem Satz flog Bodo aus seiner Hütte. David konnte ihm kaum folgen. Er raste zur Unterkunft von Jeremias. Doch die war leer. »Richtig, die haben Wache«, fiel ihm ein. Eine von den vorbeikommenden Trossweibern fragte er nach der Neuen.

»Da ist euch Raubfischen ein kleiner Goldfisch in den Teich gefallen, schon spielt ihr alle verrückt. Gerade von dir, Bodo, hatte ich gehofft, dass du einer von den Anständigen bist.«

»Ich habe hier ihren Bräutigam bei mir, wo finde ich sie?«, flehte er sie an.

»Schaut mal da vorn!«

Sie folgten der Richtung ihres Armes und sahen, wie zwischen den Hütten mehrere Frauen ein Mädchen verfolgten, das lediglich ein zerrissenes Hemd auf dem Leib trug und ihnen leichtfüßig immer wieder entwischte. Erst als sie von allen Seiten kamen und ihr den Fluchtweg abschnitten, wurde sie eingefangen. Sofort machten sich die Frauen mit Scheren über sie her und schnitten ihr die Haare ab.

Wutschnaubend trat Bodo hinzu: »Lässt euch eure Eifersucht dieses halbe Kind schänden, weil es noch nicht so schmutzig aussieht wie ihr?«

»Schmutzig«, höhnten sie, »seid nur ihr Kerle. Solches Haar macht euch irre, stimmt's? Darum müssen wir sie vor sich selbst schützen und es ihr abschneiden. Sogar noch, nachdem sie den Verstand verloren hat, wälzten sich diese Eber auf sie. Wieder und immer wieder haben sie die Kleine besprungen, bis ihr das Blut an den Beinen herunterlief.«

»Sie ist nicht verrückt, ich habe sie gestern noch bei völlig klarem Verstand gesehen!«, hielt Bodo dagegen.

»Dann schau sie dir doch an!«, schimpften die Trossfrauen. Und nun bemerkte er es auch. Von Marionettenfäden gezogen, zuckten ihre Arme. Ihr Kopf kullerte beinahe losgelöst wie ein Ball auf den Schultern.

David sank vor ihr auf die Knie: »Helena, ich bin's. Komm wieder zu dir! Endlich habe ich dich gefunden!«

Sie sah durch ihn hindurch, als gäbe es ihn gar nicht, hüpfte durch ihr abgeschnittenes Haar und suchte nach einer weißhaarigen, alten Frau. Mehrfach drehte sie sich im Kreis. Trichterförmig legte sie die Hände an den Mund: »Wo ist der Turm eigentlich zu Ende?«

Die umstehenden Frauen wischten sich mit der flachen Hand über die Stirn. »Mit der ist's vorbei. Sie sieht auch ganz firlefanzig aus mit dem kahlen Schädel. Hoffentlich wird sie nun von diesen geilen Suffköppen in Ruhe gelassen.«

Jeden Versuch, sie in den Arm zu nehmen, wies Helena ab. Sie entzog sich David sofort, ohne ihn auch nur mit einem Wort anzusprechen. Er schien für sie gar nicht da zu sein. Als er sie mit sich nehmen wollte zu Bodos Hütte, kreischte sie wie ein überdrehtes, ungezogenes Kind. Sie trieben sie zu zweit schließlich ratlos vor sich her und hatten Mühe, sie auf

Bodos Feldbett zu setzen. Beständig sprang sie wieder auf und wollte hinaus.

»Konnte ich dich nicht einen Tag früher finden?«, brach aus David all seine Verzweiflung heraus. »Nun habe ich dich schon wieder verloren!«, schrie er.

Angewurzelt stand Bodo daneben und wusste nicht mehr weiter. Rettest du nicht wenigstens die Dritte, holt dich der Scheitan – Gizellas Prophezeiung war eingetreten. Auch die Dritte hatte er nicht gerettet. Nochmals rief er sich den Moment ins Gedächtnis zurück, als am vorigen Abend das Mädchen an derselben Stelle vor ihm stand und ihm dessen Schicksal egal war, während er sich einschloss in seinen alten Liebesschmerz und nur sich selbst bemitleidete. »Was habe ich getan?«, bebte er innerlich.

Auch er konnte jetzt nicht mehr einfach so weiterleben, wurde ihm schlagartig bewusst. Die Schuld ließ sich nicht begleichen. Von nun an wollte er jedoch für sie büßen. Dazu gehörte auch der Canossagang, vor Tönges zu treten, um ihm zu gestehen, seine Tochter im Stich gelassen zu haben. Würde er ihn lassen, so wollte er in der Schmiede fortan wie ein Sklave arbeiten, ohne Lohn.

»Hör zu, David. Ich wollte dir ein Blutsbruder sein. Doch ich bin deiner nicht würdig. Meine Hilfe möchte ich dir dennoch anbieten, denn es wird nicht leicht, Helena heimzubringen. Allein schaffst du das ohnehin nicht. Nimmst du sie an?«

»Du trägst keinerlei Schuld«, presste David unter Tränen hervor. Er verstand nach wie vor nicht die Selbstbezichtigungen des Kornetts. »*Ich* bin zu spät gekommen. Sieh doch!« – Wieder riss sich Lene von ihm los und wollte weglaufen.

»Bist du bereit, mir zumindest so weit zu verzeihen, dass du meine Hilfe annimmst?«, drängte Bodo.

»Ich habe dir nichts vorzuwerfen, folglich auch nichts zu verzeihen«, versicherte David. »Aber Hilfe könnte ich wahrlich gebrauchen.«

»Ich danke dir. Warte auf mich, ich gehe zum Obristen und nehme meinen Abschied. Dreißig Taler, sagtest du, hat der Freikauf von Tönges gekostet?«

David bestätigte: »Dreißig Taler.«

»Für einen Kornett wird man wohl mehr verlangen. Mit vierzig Gulden habe ich auch mehr. Damit müssen sie sich halt begnügen. Beim Trossweibel hast du doch noch keinen Eid geleistet?«

David schüttelte den Kopf.

»Dann kann er auch nichts für dich fordern. Falls er sich querstellt, habe ich ja inzwischen einiges gegen ihn in der Hand. Ein Pferd werde ich sicherlich nicht mitnehmen können, obwohl es am einfachsten wäre, Helena draufzusetzen. Ich bin bald zurück.«

Der Obrist zeigte sich ehrlich gerührt, als ihm Bodo seine Absichten und den Grund dafür vortrug. »Viele sind desertiert und fortgelaufen wie ein Hund«, sagte er traurig. »In dir steckt mehr Adel als in manchem Blaublütigen. Dir schreibe ich gern einen ehrenvollen Entlassungsbrief. Eigentlich steht dir ja noch Sold zu, aber meine Kassen sind leer. Das Pferd ist alles, was ich dir mitgeben kann. Auch für den Schmied und seine Frau stelle ich einen Passierschein aus. Für die Zukunft wünsche ich dir viel Glück. Du wirst es brauchen können.«

Mit bangem Gefühl schied Bodo. Die Armee war ihm schließlich Heimat und Familie zugleich geworden. Fortan war er ein Niemand, schutzlos jedem Würfelbecher dieser Welt ausgeliefert.

Auch von ihm verabschiedete er sich. Grün und blau hatten

sie ihn geschlagen, weil er versucht hatte, zurückzukommen und dem Mädchen die Massenvergewaltigung zu ersparen. Darin lag wohl auch noch die Wut über den gescheiterten Ausritt. »Aus mir wird wohl nie jemand, den sie als ihren Kommandeur akzeptieren könnten.« Er reichte Bodo das zurückgebliebene Kleid. »Damit sie zumindest was anzuziehen hat. Es tut mir leid. Ich hätte sie einfach mit den anderen Frauen laufen lassen können. Aber ich wollte nicht auf mein Spielzeug verzichten.«

»Sie ist ein Mensch«, betonte Bodo.

»Sie ist eine Seele mehr, die mich nun nachts heimsucht.«

Sechstes Kapitel
Zangenkunst

Unwirsch und grimmig kalt entpflichtete sich der Wonnemonat vom Frühjahr. Eimerweise schüttete es tagelang Eisregen vom Himmel. Nicht eine Minute zeigte sich die Sonne. Kühl strich der Wind durch das Tal, und bei jedem Auffrischen ließ er es unter den Bäumen von den Blättern neu regnen. Als träge braune Flut wälzte sich der sonst putzmunter gurgelnde Krebsbach aus dem Gebirge.

»Eigentlich hässlich heute«, lächelte Agnes. »Für mich aber strahlt jeder Tag, wenn ihr mir das Zeichen mit dem Fichtenast gebt.«

Neben ihr schritt Frowe den Weg am Bach entlang. Fröstelnd zog sie ihr Tuch um die Schultern. Gern hätte sie der Mutter gute Kunde von ihrem Sohn gebracht, aber er blieb verschollen. Und so wie ihr heimgekehrter Rabe aussah, konnte es auch um ihn nicht gut stehen. Eine Kugel hatte dem Tier die Federn an der Brust ausgerissen und eine dunkelrote hässliche Blutspur hinterlassen. Er sah erbarmungswürdig aus. Noch mehrere Tage hofften sie vergeblich, dass ihm David und Lene folgten. An der Art, wie Tönges nun manchmal Volker in die Arme schloss, spürte Frowe, dass er den Glauben verlor, sie jemals wiederzusehen.

Auch sein Haar verlor zusehends die Farbe. Dunkelgrau nistete sich zuvor schon die Beisetzung Ides ein. Kein Sargträger fand sich für den letzten Weg. Wer noch gesund war, verbarg sich daheim, schaute voll Schauder auf die Straße, welche Familie als Nächste ihre Toten fortschleppte. Das kurze Stück von der Schmiede zum Kirchhof fuhren sie die Holzkiste auf einer Karre. Volker hatte sich hinten draufgesetzt, noch völlig ausgelaugt von seinem überstandenen Ringen mit der Aschfahlen. Gedankenleer ließ er die Beine herunterhängen. Alles war für ihn leer geworden, ohne Lene, ohne Ide, ohne David.

Gleich mehrere Gräber gähnten schwarzschlündig vor der Kirchhofmauer. An den regenfreien Tagen schuftete der Gemeindediener, um mit der umgehenden Pestilenz Schritt zu halten. Für ihn hatte es sein Gutes, dass vornehmlich die Kinder der heimtückischen Seuche nicht genug Kraft entgegensetzen konnten. Den alten Erfahrungen folgend, hob er zumeist nur kleine Gruben aus und lag damit bei den drei ersten Fällen auch genau richtig.

Trotz der Furcht vor dem Schwarzen Tod, der mit spitzem ausgestrecktem Saugrüssel weitersprang, um neue Opfer anzubohren, sprach die Frau des Gemeindedieners bereits in der Schmiede vor, um den Lohn abzuholen. Fünf Pfennig standen ihrem Mann zu, die ein paar Tage später womöglich schon niemand mehr zahlen konnte.

Auch bei Pfarrer Lahrius, der sich pflichtgetreu zu Ides Beisetzung schleppte, war sie schon gewesen. Kurz zuvor hatte man die Überreste seiner Maria gefunden. Ihm versiegten in Ides Traueransprache die Worte. Umso schwerer ließ er seinen Arm auf Tönges' Schulter fallen, vereint mit ihm im Schmerz. Nur kurz verharrte er noch am Grab, neben dem bereits seine misshandelte älteste Tochter ruhte.

Fast monoton trug Frowe das alles vor. »Diesmal kam sie nur auf der Hacke geritten«, endete sie. »Aus unserem Haus, wie auch den meisten anderen, fuhr sie bereits wieder heraus. Du musst also nicht fürchten, dass sie mir noch im Genick sitzt und sich zum Nächsten weitertragen lässt.«

»Fürchten?«, entgegnete Agnes. »Mein ganzes Leben besteht aus Furcht. Doch sie kennt nur einen Namen: Franz! Von der Pesthexe, von zündelnden Soldaten erwarte ich eher eine Erlösung – so oder so. Was dieser Mann in der abseits liegenden Sägemühle mit mir anstellt, ohne dass ich auf irgendeinen Beistand aus dem Dorf zählen kann, übersteigt alles Erträgliche. Längst wäre ich geflüchtet – und sei es zu einem Militärtross –, gäbe es nicht noch Peter und Jacob.«

Der Bach zwang sie auszuweichen, tiefer in den Wald. In einer Kurve drückten ihn die Wassermassen aus seinem Bett und ließen ihn den Trampelpfad überfluten. »Bitte geh noch nicht zurück«, klammerte sich Agnes an ihre Besucherin. »Du bist mir noch die Geschichte schuldig geblieben, wie du zu einer Zigeunerin wurdest.«

Frowe war froh, sich der bitteren Nachrichten entledigt zu haben, und überhaupt nicht dazu aufgelegt, aus ihrem Leben zu erzählen. Doch brachte sie es nicht übers Herz, die Sägemüllerin abzuweisen, die jede Begegnung mit einem anderen Menschen förmlich in sich aufsog.

»Du weißt ja«, eröffnete sie zögerlich, »dass es mich als Zwölfjährige in ein Wirtshaus verschlug. Dort blieb ich sechs Jahre und bekam vieles mit, wie man so ein Haus führt, mit Brauherren umgeht, mit Händlern und der Kundschaft. Ein oft liederliches Geschäft voller Betrug, Suff und Kotze.«

Als der Krieg erneut Böhmen überschwemmte, riss es sie jedoch mit, erzählte Frowe nun flüssiger. Waldsteins Truppen trieben den in die kaiserlichen Erblande eingebrochenen dänischen Verbündeten Graf Mansfeld bis in die ungarische Steppe vor sich her.

Anfangs erschrak sie sich vor den Furagieren, die kurzerhand den Weinkeller ihres Wirtshauses leer räumten. Deren unbekümmerter Humor ließ sie jedoch in wenigen Stunden weit mehr lachen als in den ganzen Jahren zuvor, in denen es kaum einen Anlass gab. »Folge uns«, lockten sie die lustigen, vogelfreien Burschen. »Lass die Magd hinter dir, die ohne Lohn nur von den wie einem Hund hingeworfenen Knochen lebt! Irgendwann bist du zu alt, um noch wegzukommen.«

Tatsächlich riss sie sich los. Schlimmer konnte es kaum werden, sagte sie sich und wurde Teil des bunt zusammengewürfelten Völkchens, das im Tross des kaiserlichen Generalissimus hauste und von den Kontributionen schmarotzte.

Ein Zigeuner, der Bier und Branntwein ins Lager brachte, suchte eine hübsche Frau, die obendrein genug Mumm in den Knochen hatte, um sich am Schanktisch gegen die Söldner durchzusetzen. Seine Töchter waren dafür zu jung, seine Frau zu sanftmütig. In Frowe erkannte er auf Anhieb die Gesuchte, und so schob er ihr einen Dukaten als Vorschuss über den Tisch.

»Ich lebte auf«, gestand Frowe. »Erstmals war ich frei. Kein Schandrachen folgte mir mehr vom Wecken mit dem ersten Tageslicht bis tief in die Nacht, um mich mit Arbeit einzudecken. Auch die vogelschnellen Hände des Wirts musste ich nicht mehr fürchten, die mir als jungem Mädchen als derbe Maulschellen ins Gesicht flogen und die später zu unberechenbaren Grabschpfoten auswuchsen.«

Tiefsinnig schaute sie zu Agnes hinüber und gestand ihr: »Und die Liebe habe ich kennengelernt.«

Bekümmert stöhnte die Müllerin: »War der Zigeuner wirklich die bessere Wahl gegenüber deinem Wirt?«

Frowe geriet ins Träumen. »Tibo? – Ach wo, der war Familienvater durch und durch. Er nahm mich in seine Sippe auf wie eine Tochter. Darum habe ich bis heute ein schlechtes Gewissen.«

»Ein schlechtes Gewissen? Hast du ihn bestohlen?«, schüttelte Agnes mit dem Kopf.

»Betrogen habe ich ihn.«

»Betrogen?« – Agnes verstand nicht.

Sich auf die Lippen beißend, hielt Frowe inne. Konnte sie Agnes so etwas gestehen? Keinen anderen hatte sie bislang jemals so tief in ihr Herz sehen lassen, auch Tönges nicht.

»Mit seiner Frau habe ich ihn betrogen.«

Agnes riss ihre Augen auf und rang nach Worten. »Mit seiner Frau?!« Mehrmals atmete sie tief durch. Ihr Mund blieb offen stehen. Sie brauchte Zeit, um sich zu fassen. »Von der Sünde, dass es Männer miteinander treiben, habe ich gehört. Noch nie aber von Frauen.«

Die Unterlippe schob sich noch tiefer unter Frowes obere Schneidezähne. Bin ich zu weit gegangen?, sorgte sie sich. Schließlich versuchte sie, sich zu rechtfertigen. »Einen Mann hätte ich überhaupt nicht an mich rangelassen. Ein tief sitzender Reflex aus den Kneipenzeiten. Mala dagegen ließ mich Zärtlichkeit spüren, nach der ich mich so sehnte. Sie wurde mir Mutter und Freundin zugleich. Vieles hat sie mich zudem gelehrt. Die Wirkung von Kräutern, deren Namen ich bis dahin nicht mal kannte. Auch die geheimnisvollen Flüche der Zigeuner.«

In Agnes wirbelte alles durcheinander. Sie spürte, einen Schatz in Händen zu halten. Vor ihren Augen öffnete die weit gereiste Marketenderin soeben ein Buch mit sieben Siegeln über gleich mehrere Lebensbereiche, von denen sie bislang rein gar nichts wusste. »Du kennst ihre Flüche?«, stammelte sie und musste gegen das sich umgehend einstellende heißhungrige Verlangen ankämpfen, zumindest einen davon auszuprobieren …

»Nun, ihr Geheimnis besteht im Wesentlichen darin, manches vorauszusehen«, lächelte Frowe weise. »Sie können also niemanden verwünschen, ihm Fieber oder Auszehrung anhexen. Aber sie erkennen Krankheiten schon, bevor der Betroffene auch nur eine Ahnung von ihnen hat. Während sein Kopf sich noch ignorant verschließt, schüttelt es den Körper bereits, er spürt den schrecklichen Eindringling, der durch seine Poren kriecht. Plötzlich wirkt derjenige aufgekratzt, viel besser drauf als sonst – der letzte Versuch, die Gefahr abzuwehren, sie einfach zu überspielen.

Als es vier Spießgesellen im Lager Waldsteins auf Tibos Einnahmen abgesehen hatten und sie Schutzgeld von ihm erpressten, wusste er genau, wem sein Fluch wirklich gefährlich werden konnte.«

»Und, traf es ein?«, drängte Agnes.

»Ja, auch ich war damals sehr erschrocken«, erzählte Frowe

weiter, »als der Verfluchte kurze Zeit später in Raserei verfiel und starb. Mala klärte mich aber auf, dass auch sie dem Opfer die Ungarische Krankheit bereits angesehen hatte. Niemand wagte sich wieder an uns heran. Später wusste ich das für mich ebenso zu nutzen, nur musste ich mich dazu vorher als Zigeunerin verkleiden.«

»Du sagtest aber, dass du auch ganz praktische Dinge wie Kräuterkunde gelernt hast«, schnappte Agnes nach jedem Wort der Erzählerin.

»Sogar Zähne ziehen«, schmunzelte Frowe.

»Oh, sag das noch mal! Du kannst Zähne ziehen!?«, fragte Agnes und öffnete sogleich weit ihren Mund, um ihre Pein vorzuführen.

Zuerst sah Frowe gar nichts. Den Mund füllten lauter zerkaute Kamilleblätter. Als Agnes sie ausspuckte, schlug Frowe die Hände über dem Kopf zusammen. »Herrje, du musst doch schon wahnsinnige Schmerzen haben. Da eitern ja gleich zwei Zähne, an jedem einzelnen kannst du sterben. Warum hast du nicht längst was gesagt?«

»Weil weit und breit hier nur Tönges Zähne ausreißt und sein letzter Patient dabei draufging. Seither kommt niemand mehr zu ihm. Ich, ehrlich gesagt, spüre ebenso wenig Neigung dazu.«

»Der ging drauf, weil er abgehauen ist, obwohl der Zahn noch nicht vollständig raus war«, ergriff Frowe für den Schmied Partei.

»Wie auch immer«, winkte Agnes ab. »Zu dir hätte ich jedenfalls mehr Vertrauen. Hilfst du mir?«

»Natürlich«, willigte Frowe ein. »Doch da muss ich erst mein Besteck holen. Am besten, du kommst gleich mit.«

»Das traue ich mich nicht. Franz wuselt im Wald herum und

sucht trockene Bäume, die er sich holen darf. Wenn er nach Hause kommt und ich nicht da bin, gerät er außer sich. Besser, ich warte auf dich.«

*

Eilig trennten sie sich. Der Gedanke, womöglich diesem Schinder Franz noch zu begegnen, machte Frowe zusätzlich Beine. Fahrig kramte sie in der Schmiede ihren Besteckkasten hervor, warf Tönges ein paar Worte zu und hastete wieder zurück.

Doch wie immer, wenn man so gar keine Zeit hat, wird man aufgehalten. Anna lief ihr über den Weg und interessierte sich sofort für den Inhalt ihrer Schachtel. »Da kommst du nie drauf«, ließ sich Frowe schließlich auf ihre Neugier ein und öffnete den Deckel.

Anna staunte über das ganze Gesicht. »Das ist ja richtiges Arztbesteck! Kannst du damit umgehen?«

»Nein, ich führe es nur spazieren«, erwiderte Frowe etwas schnippisch und wollte schnell weiter.

Doch die Pfarrersfrau hielt sie am Arm fest und beharrte darauf, sogleich ihren Mann aufzusuchen. »Der ächzt schon seit Tagen«, appellierte sie an Frowes Mitleid. »Anfangs dachte ich, er wälzt sich nachts im Bett herum, weil ihn Marias Anblick nicht mehr loslässt.« Sie bekreuzigte sich. »Bei dem Gedanken tut mir auch sofort alles weh. Ihn aber bringt nun obendrein ein Zahn fast um den Verstand.«

Die Verabredung mit Agnes überhörte Anna einfach und zerrte Frowe hinter sich her, bis sie schließlich nachgab und ihr folgte.

»Ich bringe dir Rettung«, stürmte sie ins Pfarrhaus. Johannes erzählte sogleich, dass er nach einem Bader ein paar Dörfer weiter geschickt habe, der sich ganz gut auf das Zahnausreißen verstehe. Doch kam der Bote mit der traurigen Kunde zurück, dass ihn die Pest abberufen habe. Verstohlen musterte der Pfarrer die Zangen, Haken, Spiegel und Messerchen. »Das sieht im Vergleich zu Tönges' Grobschmiedegerät weit vertrauensseliger aus«, lobte er das Werkzeug, wies mit der Zunge auf den schmerzenden Schneidezahn und überließ sich schließlich stark verkrampft Frowes Händen.

Sie befahl ihn jedoch aus seinem Armsessel heraus auf einen Hocker direkt vorm Fenster. »Ich muss ja was sehen.« Dem ließ sie nach einer ersten Begutachtung ein vielsagendes »na ja« folgen. »Einen Schnaps brauche ich jetzt – aber einen, der richtig dreht.«

Johannes verzog wehleidig das Gesicht. Mit einem Gläschen Selbstgebranntem kam Anna aus der Küche. »Du Liebe«, lachte Frowe. »Nicht für mich. Schütte ihn auf ein Tellerchen, falls ihr so was habt. Ich will meine Lanzette nach dem Ausbrennen über einer Kerze darin vom Ruß reinigen.« An den Pfarrer gewandt, erklärte sie, den Schneidezahn retten zu wollen. »Regt doch sonst zum Schmunzeln an, wenn Sie von der Kanzel die ergreifenden Worte ›Auge um Auge, Zahn um Zahn‹ durch die Lücke lispeln.«

Nach einem Schnitt lief auch schon der Eiter, während aus Johannes die Verkrampfung wich. Mit drei Schritten kehrte er in seinen Armsessel zurück, ließ sich fallen und gestand: »Oh, Schmerz lass nach! – Tut das gut.«

Frowe riet, einen Tee aus Schafgarbe und Kamille zu kochen und lange damit zu gurgeln. »Herrje«, gestand Anna, »beides habe ich nicht im Haus.« Also versprach ihr Frowe, von Agnes auf dem Rückweg Kräuter mitzubringen.

Bei ihrem Namen verzog Johannes sogleich wieder schmerzerfüllt das Gesicht. »Ihre Verwandten im Dorf erzählen schlimme Geschichten und drängen mich beständig, in der Mühle mal nach dem Rechten zu sehen.«

Nach einer kurzen Pause fügte er hinzu: »Das wird in der Schmiede wohl auch notwendig werden. Tönges habe ich schon seit Langem nicht beim Gottesdienst gesehen. Ebenso musste ich feststellen, dass er beim Läuten nicht mehr auf die Knie fällt und betet, sondern einfach weiterarbeitet.«

Auf eine Rechtfertigung wartend, schauten sie beide Frowe an, die jedoch zum Aufbruch drängte. »Zwischen Tür und Angel kann ich das kaum erklären«, wich sie aus.

»Nein, ich will es jetzt hören«, bestand Pfarrer Lahrius auf einer Antwort und drängte Frowe, nochmals Platz zu nehmen.

»Nun«, besann sie sich, »es heißt, zuweilen prüft uns Gott. Tönges zumindest hat dies erlebt – eine harte Prüfung. Da wurde ihm seine Margot genommen. Warum dann aber noch Helena, warum Ide? Das hat doch mit Gotteswerk nichts mehr gemein.«

»Seine Wege sind nun mal unergründlich«, murmelte der Pfarrer. »Das Schicksal meiner Ältesten lässt mich nicht minder leiden.«

»Doch irgendwann zerbricht der Glaube«, fuhr Frowe hoch. »Tönges vermutet, dass Gott sich abgewendet hat, weil ihn die Menschen und ebenso die Kirche verraten haben.«

Johannes schnaufte: »Die Menschen gewiss! – Aber die heilige Mutter Kirche?!«

»Sie vor allem«, sagte Frowe bestimmt. »Zu welchen Gewalttaten lässt sie sich hinreißen im Wahn, an völligen Nebensächlichkeiten die Treue zum Herrn zu messen. Wird er irgendeinen Wert darauf legen, auf welche Art wir das Abendmahl feiern, ob die Priester den Zölibat auf sich nehmen oder mit wie viel Fingern wir uns bekreuzigen? Ist es nicht satanisch, Menschen zu verfolgen, zu foltern, sie totzuschlagen, weil sie es wagen, vom Dogma der Kirchen abzuweichen, wie allein die Heilige Schrift ausgelegt werden darf. Dabei wurde sie doch nur von Menschen geschrieben. Lediglich einen winzigen Teil verfasste Gott selbst. Und wie gehen wir damit um?«

»Du meinst die Gesetzestafeln, die Gott auf dem Berg Sinai an Mose übergab?«, schaltete sich Anna in das Gespräch ein.

»Genau die!«, entgegnete Frowe. »Nach den Geboten, wie seine Geschöpfe ihn als Herrn achten sollen und nach ihm Vater und Mutter als Schöpfer der kommenden Generation, schrieb er als Nächstes: Du sollst nicht töten! Gäbe es diesen Krieg überhaupt, wenn nicht die Priester jedem neuen Gemetzel vorangingen?«

Anna widersprach. Nicht die Priester, sondern die Fürsten und ihre Generäle würden die Schlachten führen.

»So dachte ich bislang auch. Bis mich Tönges mit der Stirn auf etwas stieß, was ich bis dahin für etwas völlig Normales hielt. Bei einem Feldgottesdienst im Tross hatte der Pfarrer seine Stola von den Schultern genommen und über das Rohr einer neuen Feldschlange gelegt. Tönges geriet regelrecht außer sich, als er das sah. Der heilige Mann gab vor, im Auftrag des Herrn ein Mordinstrument zu segnen, mit dem Christen auf Christen schießen. Hunderte, womöglich Tausende würden sterben durch Blei und Eisen aus diesem Schlund. Wie geht das an? Müssten nicht die Männer der Kirche alles Kriegsgerät verdammen, müssten sie nicht jeden ausschließen aus der Christenheit, ihn exkommunizieren, der nach einer Waffe greift? – Du sollst nicht töten! Würden die Kirchen auf die Durchsetzung dieses göttlichen Gesetzes dringen, wäre kein

Krieg mehr möglich. Aber sie segnen die Kanonen und die Soldaten, die sie bedienen!«

»Die Soldaten können doch nicht ohne Beistand bleiben, im Leben und im Sterben«, begehrte Johannes auf.

Frowe schüttelte energisch den Kopf. »Die Hölle muss doch vor Gelächter dröhnen, dass die Kirchen höchstselbst dem gefallenen Engel Tag für Tag neue Seelen zutreiben. Denn es kommt doch wohl jeder ins Fegefeuer, der gegen Gottes Gebot verstößt und tötet – oder?«

Sie erhielt keine Antwort.

»Dann ist das Werk der Kirchen Blendwerk, Götzendienst, Blasphemie. Dann verhöhnen sie Gott in ihrer Gier nach Macht und immer mehr Reichtum und dem ihnen vermachten Erbe ihrer Schäflein, die sie glauben lassen, einen Platz im Paradies erkaufen zu können. Dann sind sie tief verderbt. Schließlich lassen sie nicht nur töten und foltern. Sie tun es selbst, mit eigener Hand. Durch ganz Europa zieht der beizende Rauch ihrer Scheiterhaufen, die an die Stelle des Kreuzes der Römer getreten sind.«

Wieder blieb es stumm in der Stube des Dorfpfarrers.

»Wo gibt der Kirche in der Schrift jemand das Recht, den Zehnten zu fordern? Sprach Jesus je davon? Nein, sie nimmt es mit Gewalt. In ihrer Empörung richteten sich die Bauern im vorigen Jahrhundert doch zuerst gegen die Klöster, die sie aussaugten, ihnen erbarmungslos das Letzte nahmen. Was maßt sich die Kirche noch alles für Abgaben an zur Vergrößerung ihrer weltlichen Herrlichkeit. Während die Mehrheit der Christen in Katen dahinvegetiert, bauen sich Bischöfe und Kardinäle Marmor-Paläste, kleiden sich eitel in golddurchwirkte Seide und verhöhnen die Ärmsten noch, indem sie sich von ihnen die klobigen Edelsteine an ihren Fingern küssen lassen. Hat uns Christus das gelehrt? Wieso erkennen wir dann nicht, warum sich Gott von uns abwendet? Wozu haben wir den Apfel gestohlen vom Baum der Erkenntnis, wenn wir uns weigern, das Einfachste zu sehen?«

»Genug!«, sprang Johannes aus seinem Sessel. »Ich werde mit Tönges reden, und auch mit dir muss ich das tun. Da öffnen sich ja Abgründe, wenn man dich reden lässt. Außerdem bist du zu lange mit den Katholiken rumgezogen und richtest die Vorwürfe gegen ihre Prass- und Prunksucht nun auch gegen uns Lutheraner. Hab aber Dank für deine Hilfe. Am besten, meine Frau begleitet dich, wenn du zur Sägemühle gehst. Sie will dir ohnehin schon seit Langem etwas stecken, was so gar nicht meinen Beifall findet.«

Sogleich brachen die beiden Frauen auf. »Hoffentlich beschert uns die Verzögerung nicht das Zusammentreffen mit dem Sägemüller«, hauchte Frowe.

»Mir wiederum wäre das recht«, lächelte Anna. »Dem Grobian hätte ich einiges zu sagen, und ich kann das anders tun, als es das Amt meinem Mann erlaubt. Dem hast du da übrigens vorhin Dinge an den Kopf geworfen, an denen er wohl noch lange kaut.«

*

Am Steinbruch bückte sich Frowe nach einem Felssplitter. »Mit so einem Ding fing das Getuschel über uns an. David glaubte, das Glitzern von Lenes Augen darauf zu erkennen. Ich muss gestehen, da gar nichts funkeln zu sehen. Das können wohl lediglich frisch Verliebte.«

»Glaube nicht, dass es nur die angebliche Kugelfestigkeit Davids war, die den Dorfklatsch auf euch lenkte«, meinte Anna. »Zwei wilde Ehen unter einem Dach sind nun mal zwei zu viel. Du kamst als Fremde und wagtest, hier Dinge einreißen zu lassen, die sich kein anderer traut. Dann tat es dir Lene gleich, von der viele sagen, ihre Schönheit wüchse ihr über den Kopf und ließe sie von oben herab auf die anderen schauen. Obendrein ging sie als eines der wenigen Mädchen zum Kantor und lernte alles, was er ihr überhaupt bieten konnte. Während die meisten lediglich ihr Gesangbuch vorstotterten, saß sie ganz hinten, um ungestört Rechenaufgaben zu lösen, deren Sinn kein anderer verstand. Für viele ist Malnehmen bereits die Vorstufe zur Hexerei. Wie viel habe ich doch gleich, wenn mir die Zwölf fünf Mal begegnet?«

»Sechzig«, sagte Frowe ganz selbstverständlich.

»Dachte ich mir's doch. Du hext also auch mit Zahlen. Die meisten wären den halben Tag lang mit Hölzchenlegen beschäftigt, um das rauszukriegen, wenn sie überhaupt jemals zum richtigen Ergebnis kommen.«

»Na, höre mal«, empörte sich Frowe. »Ich bin Händlerin. Wäre ich nicht fixer im Kopf als die anderen mit ihren Hölzchen, würde ich dabei arm. Und eine Frau muss in dem Geschäft doppelt so schnell sein, um nicht von den Kerlen übertölpelt zu werden.«

Sie erreichten die Sägemühle. »Klopf du an, du meintest doch, mit dem Franz Lahrmann ganz anders umspringen zu können«, forderte Frowe die Pfarrersfrau auf.

Verwundert schaute Agnes zur Tür hinaus. »Nanu, Anna. Eigentlich erwarte ich schon seit Längerem Frowe. Bist du ihr nicht begegnet?«

»Gewiss doch, da ist sie schon«, lachte Anna. »Tut mir leid, ich habe sie aufgehalten und will euch nun zumindest beistehen.«

Duldsam, ohne zu schreien, ließ sich Agnes den ersten der beiden Übeltäter ziehen. »Für heute reicht das erst mal«, packte Frowe ihre Instrumente zusammen.

»Nichts da«, begehrte Agnes jedoch auf. »Ich bin keiner von deinen wehleidigen Soldaten, die du sonst verarztest, sondern habe bereits fünf Kinder zur Welt gebracht und drei sogar groß gekriegt. Den Zweiten ziehen wir also gleich.«

Bedenklich wiegte Frowe den Kopf. »Morgen wirst du den Mund nicht mehr aufbekommen, so schwillt dir alles an.«

»Na, einen Tag wird Franz wohl auf meine heißen Küsse verzichten können. Er kann das sonst auch. Ran jetzt, noch so eine Nacht wie die vorige will ich nicht durchmachen.«

»Dass sie wirklich besser wird, kann ich dir aber nicht versprechen«, wandte Frowe ein, hielt die Zange jedoch schon hinter dem Rücken. Sie ahnte, dass der zweite Zahn mehr Probleme machen würde. Er brach ab. Sie musste die Reste mit einem Haken herauspolken. Tapfer stand es Agnes durch.

»Danke wirst du mir wohl jetzt nicht mehr sagen wollen«, spaßte Frowe und erntete ein lang gezogenes Auuuhh. »Anna wäre dir aber sehr verbunden, wenn sie ein wenig von deinen Kräutern gegen Entzündungen bekommen könnte.«

Agnes nickte und verschwand in ihre Vorratskammer. »Ihr bleibt doch aber noch«, fragte sie und kehrte obendrein mit einem Krug voll selbst gemachtem Himbeerwein zurück.

»Du kannst davon jetzt aber nichts trinken«, warnte sie Frowe.

»Danach is' mir auch nicht«, lallte Agnes mit bereits anschwellendem Mund und schenkte ein.

»Ich möchte zwar nicht noch in anderen Wunden stochern«, tastete sich Anna vorsichtig vor, »aber da du selbst damit angefangen hast – was ist eigentlich damals mit deinem Erstgeborenen passiert? Irgendwie erinnere ich mich noch daran, dass er ertrunken war.«

Agnes sank in sich zusammen. »Da hast du wirklich auf Anhieb meine schmerzhafteste Wunde getroffen.« Doch hob sie sogleich die Hände, um Anna erst gar nicht zu einer Entschuldigung zu nötigen. »Vielleicht hast du recht, und mir wird besser, wenn ich das einfach mal rauslassen kann. Selbst wenn mir das Sprechen jetzt doppelt schwerfällt.«

Sie setzte sich aufrecht und besann sich, welchen Einstieg sie wählte: »Nur ungern erinnere ich mich an unsere Hochzeit. So wenig, wie ich Franz wollte, mochte er mich. Jeder hatte ein Liebchen in seinem Herzen, das aber unseren Eltern nicht passte. Dann kam Valtin, gleich auf Anhieb ein Stammhalter, und Franz dämpfte seinen Groll gegen mich.«

Nachdenklich blickte sie aus dem Fenster. »Am nächsten Tag nach der Geburt schenkte er mir Blumen. Ein zusammengerupftes Büschel Buntes, so wie er es fand. Vergissmeinnicht mit der Wurzel ausgerissen, der Bachschlamm tropfte daran herunter, Sumpfdotterblumen, Stinkkamille – und wie die stank –, sogar Bimbaumeln ließen schon halb verblüht ihre Köpfchen hängen. Was er mir da anschleppte – als Geschenk für die Mutter seines Erstgeborenen –, offenbarte eigentlich bereits seinen Charakter. Damals freute ich mich jedoch königlich. Zum ersten Mal brachte mir ein Mann Blumen – gleichzeitig auch zum letzten Mal. Lediglich meine Söhne versuchten, das auszugleichen. Gerne erinnere ich mich an ihre Leberblümchen-Sträuße als ersten Frühlingsgruß und an die Maiglöckchen, deren betörender Duft das ganze Haus durchströmte.«

Tief sog sie die Luft durch die Nase, als könnte sie noch immer die Blumen riechen. »Nach Valtin kam David, grad mal ein Jahr später. Ein stiller Frohmut kehrte ein bei uns und hielt auch noch ein knappes Jahr. Bis zu diesem Unglückstag in einem wunderschönen Frühsommer. Zu dritt machten wir es uns draußen auf der Wiese gemütlich. David hatte ich aus dem Körbchen genommen und neben mich gesetzt, er konnte gerade sitzen und Valtin gerade laufen. Mit unsicheren Schritten tapste er durch das Gras. Oft steckte er sein windelbepacktes Hinterteil in die Höhe, während er den Kopf auf die Erde senkte, um an Gänseblümchen zu schnuppern. Ein Anblick, den ich nie vergesse.«

Sie schnäuzte sich. »Doch dann begann es in Davids Bauch zu rumoren, und ein mächtiger Durchfall entlud sich. Einer von der Art, bei dem man noch aus einem Schritt Entfernung in einen Flaschenhals trifft. Ich war gänzlich mit dem Kleinen beschäftigt, hörte aber noch jeden Jauchzer von Valtin, wenn er einen Schmetterling oder eine dicke Hummel entdeckte. Unmöglich hätte ich das Platschen überhören können, wäre er in den Bach gefallen.«

Agnes senkte den Kopf. Dicke Tränen kullerten. Sie ließ sie laufen, ohne sie mit den Händen aufzuhalten. »Er musste gewusst haben, dass er etwas Verbotenes tut, und war ganz leise dabei. Womöglich zog ihn auch eine springende Forelle an. Franz hatte ja extra den Bach angestaut, damit sich die größten Fische hier an der tiefsten Stelle versammelten. Es bringt uns über manche Not, den Ablauf mit einem Weidengeflecht zu versperren und dann am Einlauf des Mühlgrabens das Wasser umzuleiten, bis wir mit einem Korb die Forellen fangen können.«

Erneut schwieg Agnes bekümmert. Bleischwer legte sich die Stille auf die drei Frauen. Weder Frowe noch Anna wagten, sich zu räuspern. »Als ich aufblickte von David, sah ich Valtin nicht mehr und bin sofort voll böser Ahnung zum Ufer gestürzt. Bis ich ihn fand und herausziehen konnte, war es zu spät«, schluchzte sie.

»Damit öffnete sich für mich ein Vorhof zur Hölle. Auf mein Schreien hin kam Franz herbeigelaufen. In seinen Fingern hielt er einen derben Knüppel. Damit schlug er mich halb tot. Ohne mich zu wehren, ließ ich es geschehen. Ich fühlte mich ja so schuldig. Er brüllte mich an: ›Mörderin! Du nichtsnutzige Schlampe hast meinen Sohn auf dem Gewissen!‹ David rettete mir wohl das Leben. Indem er laut zu plärren anfing, riss er Franz aus seinem überschäumenden Jähzorn und erinnerte ihn daran, dass da noch ein Sohn war. Franz hätte mich sonst umgebracht an diesem Tag.«

»Vielleicht siehst du das in zu schwarzen Farben«, suchte Anna zu beschwichtigen. »Dieser Jähzorn lebt in Johannes genauso. Vor allem unsere Töchter litten darunter. Mit Schrecken erinnere ich mich daran, als ich Maria darauf vorbereitete, dass sie nun eine Frau wird und sich bald ihre erste Regel einstellt. Er platzte in dieses Gespräch, fing nur ein paar Wortfetzen auf, die in ihm den Vorwurf unkeuscher Gedanken auslösten, und schlug sie – stellvertretend für mich – mit einer Rute windelweich. Manchmal erscheinen uns solche Gewaltausbrüche wie Totschlag.«

»Das Mädchen, das ich noch bekam, muss ein kluges Kind gewesen sein«, ließ Agnes den Kopf hängen. »Es öffnete nur für einen Moment die Augen und schaute mich fragend an, ob dies denn die rechte Zeit sei, auf diese Welt zu kommen. Dann schloss es die Augen wieder und weigerte sich, hier leben zu wollen. Franz wollte es nicht mal sehen. Er verschwand irgendwohin und ließ sich volllaufen.«

Tief ausatmend, füllte sie die Becher ihrer Gäste wieder

nach. »Da habe ich nun endlich mal Besuch, doch anstatt dass wir gemeinsam lachen, jammere ich euch was vor. Frowe, du hast deine Geschichte von vorhin noch nicht zu Ende erzählt. Entschuldige, dass ich dich mit meinem Zahnweh unterbrochen habe. Nun bin ich wieder ganz Ohr.«

»Zum Lachen ist die auch nicht grade«, versicherte Frowe und holte nochmals aus, um Anna ins Bild zu setzen. Agnes bemerkte aber wohl, dass sie diesmal ihr besonderes Verhältnis zur Zigeunerin Mala aussparte.

»Die fetten Zeiten währten nicht lange im Tross«, fuhr Frowe fort. »Die Verfolgung von Graf Mansfeld sei schließlich über alles Erträgliche hinausgegangen. Waldstein brachte es in Raserei, wie seine Gegner am Wiener Hof über ihn spotteten, dass er mit seiner gewaltigen Übermacht vergeblich einer Maus nachjagte. In der Puszta hungerte und dürstete aber schon die kleine Mansfelder Truppe, die zudem Hilfe erhielt vom siebenbürgischen Fürsten Gàbor Bethlen und den Türken. Für den riesigen Truppenkoloss der Kaiserlichen gab die Steppe rein gar nichts.«

Frowes Gesichtszüge nahmen immer härtere Konturen an. »Im Tross ließen uns die Schüsse zusammenzucken, mit denen der Friedländer seine Regimenter durchsiebte und Befehlsverweigerer und Unwillige massakrierte. Mit eisernem Griff hetzte er die entkräftete Armee gegen die Türken und zwang auch den Siebenbürger in die Knie. Mansfeld gab seine Truppen auf und starb auf der Flucht nach Venedig. Gestorben wurde jedoch am wenigsten in den Kämpfen. Auszehrung, Krankheit, verseuchtes Wasser rafften die meisten dahin. Jeden unserer Wege, über die wir stumpf und teilnahmslos trotteten, säumten die Toten.«

»Beinahe könnte man Mitleid mit euch bekommen«, sagte

Anna sarkastisch und fügte mit kaltem Unterton hinzu: »Aber schön zu hören, dass ihr nicht minder leidet.«

»Ein grauer, vernebelter Herbstvormittag trennte uns. Drei Karren besaßen wir, den ersten steuerte Tibo, den zweiten Mala mit ihren Kindern, den letzten ich. An irgendeiner Kreuzung habe ich sie verloren, was mir anfangs keine Sorgen machte. Am Abend im Lager, so dachte ich, würden wir uns schon wieder vereinen. Doch diese Lager gab es fortan nicht mehr. Jede Einheit blieb für sich, kauerte nachts in der Steppe und zog am Morgen mit neuen Befehlen weiter. Während die Männer im Freien auf der kalten Erde lagerten, schützte mich immerhin noch der Planwagen.«

»Den haben sie dir tatsächlich gelassen?«, rieb sich Anna die Nase.

»Die Furcht kroch in mir hoch, dass sie bald über mich herfallen würden. Zumal der Wahnsinn um sich griff. Nicht nur die Ungarische Krankheit wütete, das Schlimmste war der Durst. Mit hasserfüllten Augen beargwöhnte jeder jeden, ob da noch irgendwer Wasser verbarg. Der geringste Anlass genügte, etwa wenn jemand beim Marsch seinem Vordermann in die Hacken trat, und schon gingen Bestien aufeinander los. Von Malas Sachen lag einiges auf meinem Wagen. Die zog ich an, suchte Schutz in ihnen, den bunten Röcken der Zigeunerin, von der jeder glaubte, dass ihr Mann einen Pakt mit dem Tod hat und ihn mit einem Fingerschnipsen herbeirufen konnte.«

»Und – haben sie dich in Ruhe gelassen?«, eilte Agnes der Erzählung voraus.

»Gefeit ist man als Marketenderin vor Übergriffen natürlich nie«, pflichtete ihr Frowe bei. »Ehernes Gesetz bei der Truppe ist es aber, sich nicht an den Händlern zu vergreifen, ohne deren Versorgung die Landsknechte schließlich aufgeschmissen wären.«

In Anna arbeitete es: »Als du auf Tönges trafst, warst du doch aber gar nicht bei den Kaiserlichen, sondern auf der Gegenseite. Musstest du doch zu den Schweden flüchten?«

»In den folgenden Jahren habe ich mehrfach die Seiten gewechselt«, winkte die Marketenderin ab. »Das konnte ich mir auch nicht aussuchen. Wir bekamen zwar immer Begleitschutz mit, wenn wir über Land zogen, um neue Waren einzukaufen. Doch sobald uns stärkere Kräfte auflauerten und überraschten, führten uns die zu ihrem eigenen Tross und verteilten auch die gefangenen Landsknechte auf ihre Truppen. Was mir aber immer half, war mein Ruf, Zahnschmerzen lindern zu können. Auf einem Schlachtfeld fand ich bei einem getöteten Chirurgus dieses Instrumentenbesteck. Fortan schaute ich mir bei den Wundärzten alles ab, was ich gebrauchen konnte. Und Gelegenheit zum Üben bekam ich in Hülle und Fülle.«

*

Erneut gluckste es in den Bechern. »Kommt doch bitte öfter zu mir«, bat Agnes. »Ich bin hier so allein, dass ich mich schon mit den Fliegen unterhalte.«

Herausfordernd schaute Frowe die Pfarrersfrau an: »Du wolltest mir etwas stecken, verriet mir dein Mann.«

»Wenn das nur für dich bestimmt ist, gehe ich so lange raus«, bot Agnes an und machte bereits Anstalten, aufzustehen.

Anna legte ihr jedoch besänftigend die Hand auf den Arm und wandte sich an Frowe: »Glaubst du, es war ein Zufall, dass du zu uns kamst?«

Was denn sonst?, besagte Frowes Blick.

»Das denke ich nicht, darum habe ich in den Kirchenbüchern geblättert. Den einzigen Anhaltspunkt, den ich dabei hatte, war deine Herkunft aus dem Böhmischen. Deinen Nachnamen Gruber, den du bei uns angegeben hast, fand ich jedenfalls nicht, was mich auch nicht überraschte.«

»Also bist du auf eine Familie Böhme gestoßen?«, ulkte Frowe.

»Quatsch«, meinte Anna verärgert. »Von Agnes hörte ich aber, dass dich irgendwas mit der Burg verbindet. Hier wurde ich fündig.« Gespannt schaute sie die anderen zwei an. Während Agnes' Augen bereits zu leuchten anfingen, blieb Frowe gleichgültig.

»Also«, breitete Anna ihre Erkenntnisse weiter aus, »die Walthers waren die Letzten, die dort lebten und starben. Ihr kennt ja ihr Schicksal. Der Andreas hatte jedoch noch eine Schwester, die nach Stolberg verheiratet wurde. Sie soll ein bildschönes Weib gewesen sein, um die sich die Kerle nur so rissen. Einen Makel hatte sie aber doch. Sie blieb kinderlos, weshalb sich ihr Mann von ihr trennte. Die Mitgift behielt er. Ich fand eine Notiz, dass sie deshalb vor Gericht ging. Dann kam dieses Unheil über die Burg, das dort die gesamte Familie auslöschte. Im selben Jahr zog auch die Schwester fort. Und nun ratet mal, wohin.«

»Ins Böhmische«, fing Agnes sogleich Feuer.

»Richtig«, bestätigte Anna. »Nach Pilsen. Aber das eigentlich Überraschende kommt noch. Mit wem zog sie dorthin?«

»Mit ihrem Mann?«, stocherte Agnes im Nebel.

»Mit ihrer Tochter!«, platzte Anna heraus.

»Blödsinn«, wischte Frowe das alles vom Tisch. »Sie war doch kinderlos. Woher sollte also plötzlich diese Tochter kommen?«

»Das habe ich mich auch gefragt«, bestätigte Anna. »Und es gibt nur eine Lösung: Es war ihre Nichte. Das Mädchen hat es entweder überlebt, als ihre von der Seuche befallene Familie ins Holz getrieben wurde, und ist zu ihrer Tante geflüchtet, oder sie war zu dieser Zeit zu Besuch bei ihr und gar nicht auf der Burg.«

»Warum zogen die beiden dann aber so weit fort?«, fragte sich Agnes.

»Weil niemand daran erinnern sollte, dass die Kleine gar nicht ihre Tochter ist«, fand es Frowe einleuchtend. »Ihr wisst doch, wie verrückt kinderlose Frauen werden können, wenn sich ihnen auf einmal die Möglichkeit bietet, eigenen Nachwuchs zu haben.«

»Da stimme ich voll und ganz zu«, zeigte sich auch Anna überzeugt von dieser Möglichkeit. »Keiner sollte mehr daran rühren, dass dieses Mädchen lediglich ihre Nichte war. Darum gab sie beim Wegzug auch deren Namen nicht an. Es ist nur überliefert, dass sie mit ihrer Tochter wegging. Weit weg, wo sie niemand kennt und lästige Fragen stellt.«

Die Pfarrersfrau tat einen kräftigen Zug aus dem Becher. »Dieses Mädchen«, schaute sie Frowe an, »ist wahrscheinlich deine Großmutter.«

Anna kostete die Wirkung ihrer Worte voll aus. In sich gekehrt, stöberte Frowe in ihren Kindheitserinnerungen. »Nur an die Mutter meines Vaters erinnere ich mich. Die andere Oma wohnte zu weit weg. Nur selten kam sie zu Besuch. Doch hieß sie nicht Walther und wohnte außerdem nicht in Pilsen.«

Anna nickte. »Natürlich nicht. Sie wird wieder geheiratet haben, sie war ja bildschön. Aber über die Linie der Frauen hast du zurückgefunden zur Burg.«

Ganz bleich war Agnes geworden. »Dann wäre die Gesche deine Urgroßmutter.«

»Du glaubst doch wohl nicht den Unsinn von diesen beiden spukenden Frauen, der Gesche und – wie heißt die andere doch gleich?«, überlegte Anna.

»Alke«, flüsterte Agnes. »Ich höre sie oft, alle beide. Sie aber mich nicht. Zumindest reagieren sie auf meine Rufe mit keiner Silbe. Auf dich aber schon«, wies sie auf Frowe. »Erinnerst du dich an den Tag, als du zu uns kamst? Du erzähltest mir, auf dem Weg zur Burg von einer Frau gerufen worden zu sein. Sie führte dich zu Helena ins Moor, die dort bereits am Ertrinken war.«

Und noch einen Ton blasser, fügte sie hinzu: »Besinn dich an das Versteckspiel mit den Kindern, wie erschrocken sie waren, als du völlig überraschend hinter ihnen standest, und es für uns alle unerklärlich blieb, wie du dorthin gelangt bist. Du musst einen Weg gegangen sein, der wahrscheinlich schon seit Langem verschüttet ist, auf dem dich nur deine Urgroßmutter führen konnte, um dir ein Zeichen zu geben.«

Allen dreien war es unheimlich geworden. So erschraken sie heftig, als es draußen polterte. Franz trat ein, hatte schon einen Fluch auf den Lippen, den er sich gerade noch verbiss, als er die Pfarrersfrau in seiner Stube vorfand. Grußlos drehte er sich um und verschwand wieder. Agnes rief ihn zurück. Tatsächlich folgte er. »Will uns der Hausherr nicht einen guten Tag wünschen«, stichelte sie. Er brummte nur etwas. »Hast du trockene Bäume gefunden?«, versuchte Agnes, ihn versöhnlicher zu stimmen.

Er nickte. »Nur weiß ich nicht, wie ich sie zur Mühle schleppen kann«, ließ er sich nun doch auf ein Gespräch ein.

»Kannst du uns mit deinem Pferd helfen, Frowe?«, fragte Agnes und zeigte ihr Organisationstalent.

»Wenn er drum bittet«, drehte sich Frowe ihm zu.

Er nahm seinen Hut ab, knetete die Krempe. »Da bitte ich auch schön drum«, hüstelte er beinahe untertänig.

Doch Frowe hörte deutlich genug den Sarkasmus heraus. »Ist wohl besser, wenn wir uns jetzt verabschieden.« Sie reichte Agnes die Hand. »Sollte noch irgendwas mit deinen Zähnen sein, dann schicke mir Peter oder Jacob!«

Auf dem Weg zurück hakte sich Anna bei ihr ein. »Warum stehen wir nicht immer so zusammen wie jetzt?«, fragte sie. »Wir könnten so stark sein und lassen uns einzeln ständig unterkriegen. Deinen Ruf als gute Zahnfee werde ich jedenfalls weiterverbreiten. Und wenn erst mal das halbe Dorf zu dir gelaufen kommt und dir was vorflennt, wirst du sehen, wie schnell die alten Vorurteile verblassen und du eine von uns wirst.«

»Das möchte ich gern«, gestand Frowe, »aber oft habe ich selbst das Gefühl, überhaupt nicht hierherzupassen.«

Hexenkreis

Einen Spaltbreit öffnete sich die Tür. Jemand schob sich herein und drückte die Klinke sofort wieder ins Schloss. In einem langen, dunklen Mantel stand er in der Schmiede, stützte sich an die Wand, japste nach Luft. Verwundert ließ Tönges den Hammer auf den Amboss sinken, gab aber dem heimlichtuenden Gast Zeit, wieder zu Atem zu kommen.

»Oswald?«, äußerte Volker seinen ersten Verdacht, worauf der Mann seine Kapuze zurückschlug: »Dachtet ihr vielleicht, der Heilige Geist?«

»Du lieber Himmel!«, staunte jetzt Tönges. »Oswald, wie bist du durchgekommen, ist denn die Sperre schon aufgehoben?«

»Nee«, schüttelte Oswald den Kopf. »Eine Woche werden sie wohl noch warten. Das Sterben hat ja aufgehört. Auch bei uns ist es schon Tage her, dass die Pest den Letzten mit sich fortgeschleppt hat. Viel nützt es wohl ohnehin nicht, die Dörfer gegeneinander abzuschotten. Die Aschfahle fliegt sowieso umher, wie sie will.«

»Wie geht es dir?«, erkundigte sich Tönges.

»Ach, eigentlich ganz gut. Euch wage ich ja kaum zu fragen.«

»Genug für heute«, bekam Volker Anweisung, das Feuer zu löschen und aufzuräumen. Die beiden Männer verschwanden währenddessen in das Stübchen.

»Mein Beileid«, raunte Oswald und klopfte, bevor er sich setzte, dem Schmied auf den Oberarm. Der schnaufte kurz und kämpfte mit den Tränen.

»Es kam huckedicke«, stöhnte Tönges. »Dabei weiß ich nicht mal, was uns noch bevorsteht. Von Lene haben wir noch immer nichts gehört. Und der da oben scheint meine Dankbarkeit zu fordern, dass er mir zumindest Volker ließ. Am seidenen Faden hing er ja schon.«

Gedankenverloren schauten beide aus dem Fenster. »Da du es aber auf dich nahmst, durch die Sperren zu schlüpfen, vermute ich, dass noch etwas passiert ist«, schwante Tönges nichts Gutes.

»Vor allem hat es mir keine Ruhe mehr gelassen, nach euch zu schauen«, seufzte der Bergmann. »Eigentlich habe ich gehofft, dass nur die Hälfte wahr ist von dem, was die Runde macht. Doch wie ich nun sehe, trifft alles voll zu.« Bekümmert schaute er sich im Zimmer um. »Womöglich hättet ihr hier nicht wieder einziehen dürfen. Seit das Blut an der Wand klebte, ist dieser Raum vielleicht verwunschen.«

»Draußen im Stall ging es uns auch nicht besser. Dort traf es Helena«, winkte Tönges ab. »Würde ich mich außerdem noch von Verwünschungen und Gespensterglauben leiten lassen, wüsste ich überhaupt nicht mehr, wohin, und müsste mich draußen im Wald in einem Erdloch ...

... da fällt mir ein, hast du im Wald nochmals eine Schmelze versucht?«

»Bereits die fünfte«, wechselte Oswald bereitwillig sofort das Thema. »Dank Davids wasserbetriebenen Blasebälgen kam ich auch allein ganz gut zurecht«, berichtete er. »Aber es wird nichts. Zwar sehe ich das rote Kupfer vor mir, kann es aber nicht bearbeiten. Es bleibt mehrschichtig, brüchig und spröde. Unmöglich, daraus einen Kessel zu hämmern. Es ist zum Verzweifeln. Irgendwas machen wir falsch. Sollte die ganze Plackerei umsonst gewesen sein?«

»Wir sollten nochmals in Ilfeld fragen, dort, wo die Schmelzöfen stehen«, suchte Tönges einen Ausweg.

Betrübt senkte Oswald die Augenlider. »Da war ich schon längst, habe den Schmelzern unsere Prozedur beschrieben und mit ihnen nach Fehlern gesucht. Sie fanden jedoch keinen.«

»Oder sie lassen ihn uns ganz bewusst ständig wiederholen«, mutmaßte Tönges. »Ihre Geheimnisse wollen sie schließlich nicht mit jedem teilen.«

»Es gibt Schriften von einem Georgius Agricola über die Metallkunde. Aber wie kommen wir da ran?«

Mit einem Schlag flog die Tür auf. Jost aus der Nachbarschaft schrie durch die Schmiede: »Schnell, kommt!«

Mit einem Satz war Tönges draußen und erfuhr, dass David

zurück sei. Man habe gesehen, wie er zur Sägemühle ritt mit noch zwei anderen. Volker brachte kein Wort raus vor Freude, auch Frowe kam aus dem Garten gestürzt. Tönges rief Oswald zu, in der Schmiede zu bleiben und sich besser niemandem zu zeigen.

»Was höre ich da?«, fuhr ihn Frowe an. »Oswald ist hier, und du sagst mir keinen Ton.«

»Bin noch nicht dazu gekommen«, rang er nach Luft. »Los jetzt, lass uns zur Sägemühle laufen! Ich kann nicht so lange warten, bis sie mal zu uns zockeln.«

So, wie sie waren, rannten sie los, Frowe in Holzschuhen, die beiden Schmiede barfuß in Lederschürzen. Ihre Herzen schlugen bis zum Hals, barsten fast vor Hoffnung und Sorge. Sie kommen zu dritt, wurde berichtet. Hat David noch eine weitere Frau befreien können? Ist Lene überhaupt dabei, ist sie gesund? So viele Fragen stürzten auf sie ein. Tönges stolperte, fiel hin. Blut lief ihm über das Knie. Er achtete nicht darauf, hastete weiter, als könnte er zu spät kommen und die drei wären bereits wieder verschwunden, bevor er sie erreichte.

Frowe blieb allmählich immer weiter zurück, ließ endlich ihre Holzschuhe einfach stehen, die sie beim Laufen behinderten. Doch in ihr breitete sich eine bange Vorahnung aus. So viel Glück, das Mädchen wohlbehalten zurückzubekommen, konnte sie sich einfach nicht vorstellen. So war diese Welt nun mal nicht eingerichtet.

Am Steinbruch stießen sie aufeinander. Über den zur Sägemühle wieder steil abfallenden Weg erhob sich zuerst das in ein Tuch gehüllte Haupt eines Reiters. Schließlich tauchten ebenso die Köpfe der beiden Begleiter und der Pferderücken auf. »David!«, jubelte Volker schon von Weitem. Der andere steckte in der Tracht der Landsknechte, herausgeputzt wie ein Kommandeur. Weder Volker noch Tönges kannten ihn. War das auf dem Pferd nun Helena? Von der Körpergröße her könnte sie es sein. Doch wussten sie von ihr, dass sie sich wie eine Dame von Stand kerzengrade auf einem Pferd hielt. Hier dagegen hing ein Häufchen Elend im Sattel beinahe wie ein Sack Mehl.

Als Tönges sich nach Frowe umdrehte, sah er sie am Wegrand kauern und sich abwenden. Was hat sie nur?, dachte er und konzentrierte sich auf das von einem Tuch umschlossene Gesicht. Ganz nah war er schon heran, als er endlich die Augen erkannte – Helenas Augen. Sie aber sah an ihm vorbei, völlig gleichgültig. »Lene!«, wies Tönges auf sich. »Ich bin's, dein Vater, freust du dich denn nicht, wieder heimzukommen?«

Sie überhörte ihn, nahm ihn überhaupt nicht wahr. Ihr Kopf schaukelte seltsam, als wäre er an einer falschen Stelle angewachsen und wüsste mit diesem Platz nichts Rechtes anzufangen. Mit beiden Händen stützte sie sich bislang auf den Pferdenacken, die Zügel hielt der Fremde. Jetzt hob sie einen Arm, doch er schien sich ebenso wie der Kopf völlig entfremdet zu haben vom Rumpf. Baumelnd hing er herab, als wären die Sehnen gerissen und der Knochen aufgeweicht. Kein Wort sagte sie, hielt den Mund halb offen, während die Augen ins Leere starrten.

Der Fremde brachte das Pferd zum Stehen, genau auf der Höhe von Tönges, der sich erneut Hilfe suchend nach Frowe umdrehte. Sie aber hatte längst erkannt, was er sich noch weigerte, wahrnehmen zu wollen. Sachte fasste er Helena ans Knie, wollte ihr etwas sagen. Doch ein hysterischer Schrei ließ ihn zusammenfahren und seine Hand zurückschnellen. Im selben Moment fiel Helena in ihre Apathie zurück, als wäre nichts gewesen und sie nicht soeben zu Tode erschrocken über diese Berührung. Erst jetzt drang es vor bis in Tönges' Hirn, wie es um seine Tochter stand. Verzweifelt schlug er die Hände über dem Kopf zusammen, während ihn Volker schluchzend umschlang.

Helena war wieder da, jedoch nicht zurückgekehrt.

Wie oft hatte er sich auf dem Trittstein sitzend diese Heimkehr ausgemalt, in wie vielen Varianten auch schlimme Verletzungen einkalkuliert. Für die grausame Realität jedoch reichte seine Fantasie nicht aus. Kraftlos stützte er sich auf das Pferd, kam dabei wieder an ihr Knie, was sie gellend aufschreien ließ. Erschrocken stieß er sich vom Pferd ab, alles drehte sich um ihn, bis ihn David auffing, der bislang verbissen schwieg und noch kein Wort eines Grußes herausbringen konnte.

Auf ein leichtes Tätscheln des Fremden setzte sich das Pferd wieder in Bewegung und führte den Trauerzug ins Dorf. Neugierige fanden sich ein an der Straße, doch niemand wagte zu sprechen. Die Frauen hielten sich den Mund zu. Nur manchmal hörte man ganz leise die Frage: »Ist das wirklich die Lene – Herrgott, wie mag es da erst den anderen ergangen sein?«

Während der Offizier das Pferd in den Stall brachte, versammelte sich die Familie um den Tisch. Oswald wusste nicht, wohin mit sich, wollte schon stillschweigend gehen. Frowe hielt ihn jedoch zurück; im stummen Einvernehmen setzte er sich auf die äußerste Kante der Bank.

Als Erster raffte sich Volker auf, das Schweigen zu durchbrechen: »Ist sie nur manchmal so?«, bettelte er bei David um Aussicht auf Besserung. »Kann man sich mit ihr noch unterhalten?« Auch Tönges und Frowe klammerten sich an diese Hoffnung und nickten David auffordernd zu. Doch der ließ den Kopf sinken bis auf die Tischplatte und konnte nicht mehr an sich halten, laut loszuheulen.

»Ich habe versagt und bin zu spät gekommen«, stieß er hervor. »Sie sieht mich nicht mal mehr an, redet nicht mit mir. Ich bin Luft für sie.«

Volker drängte sich neben seine Schwester, konnte noch immer nicht glauben, was er sah und hörte. Er legte seine Stirn gegen ihre und wollte sie in den Bann ihrer alten Beschwörungsformel ziehen. »Herrmannimanni…« Weiter kam er nicht. Ihre schrille Abwehr scheuchte ihn fort. Am ganzen Leib zitternd, drängte er sich an Frowe und begriff nun, dass Lene nicht mehr in dem Körper war, der ihm gegenübersaß. Ihr Kopftuch rutschte herunter, gab den Blick frei auf den halb nackten Schädel und das abgefressene, kurze Haar. Schockiert starrten sie alle an. Kaum noch ein Schatten war von Helena geblieben.

»Führt sie rum!«, wies Frowe an. »Irgendwas muss sie doch wiedererkennen. Die Esse, den Amboss, den Garten, den Birnbaum.« Sie besann sich: »Bringt sie in den Stall. In ihr Versteck, aus dem sie gezerrt wurde. Das war ihre letzte Erinnerung vor ihrer Entführung, vielleicht fällt ihr alles wieder ein, und sie kehrt zurück in unsere Welt.«

Mehrfach geleiteten sie Lene durch und um die Schmiede, setzten sie ganz vorsichtig auf den Amboss, den Trittstein, zeigten die Stallungen, die Ziegen, die Billichen. Manchmal trat ein Leuchten in ihre Augen, aber es verschwand sofort. Ratlos fanden sich schließlich alle wieder am Tisch ein.

»Wen hast du da eigentlich angeschleppt?«, lenkte Volker die Aufmerksamkeit nun auf den Fremden, der sich noch immer im Stall bei seinem Pferd aufhielt.

»Habt ihr ihn nicht erkannt?«, fragte David, und zum ersten

Mal umspielte wieder ein Lächeln seinen Mund. Verständnislos schüttelten die anderen mit dem Kopf.

»Hat er mal mit seinen Truppen in unserem Dorf gelegen und uns ausgeplündert?«, zeigte Volker offen seine Ablehnung. »Was will der hier?«

»Ohne ihn hätte ich Lene nie gefunden«, wies ihn David zurecht und stellte sich schützend vor seinen Begleiter. »Womöglich wäre ich sogar an ihr vorbeigelaufen, ohne sie wiederzuerkennen. Schließlich ist sie inzwischen eine ganz andere als die, die ich suchte. Der Kornett da gibt sich an dem ganzen Drama ebenso viel Schuld wie ich mir. Lene war ihm als Hure angeboten worden, als sie noch normal war, aber er wies sie ab. Damit begann erst ihr Martyrium.«

»Sodom und Gomorrha«, murmelte Oswald.

»Nur dank seiner Hilfe konnte ich Lene herbringen. Von allein lief sie nicht; wenn ich sie anfasste, um sie zu führen, schrie sie fürchterlich. Sein Pferd trug sie schließlich, und sein Passierschein öffnete uns alle Wege, die verstopft waren von Militär. Nicht mal allein, ohne Lene, wäre ich da jemals durchgekommen.«

»Willst du uns sagen, er ist eine Art Martin von Tours, ein edler Mann, der zu uns hinabsteigt, um uns Gutes zu tun?«, stellte sich nun auch Frowe auf Volkers Seite.

»Er ist kein Edelmann, sondern ein Schmied und würde wirklich hierbleiben und uns in allem beistehen, so ihr ihn lasst.«

»Er ist vor allem ein Fresser mehr«, brachte es Volker auf den Punkt.

»Wir haben genug unbestelltes Land im Dorf«, hielt David dagegen. »Er hat ein Pferd und Geld, um Saatgut zu kaufen.

Durchfüttern müssten wir ihn nicht, könnten aber fortan auf zwei Fäuste mehr zählen.«

Tönges und Frowe fragten sich mit den Augen wie ein eingespieltes Ehepaar. Sie zuckte leicht mit den Schultern, was hieß, hier nicht mitbestimmen zu wollen; vielmehr erinnerte sie daran, dass sie ebenso als Fremde kam. Der Schmied wollte gerade das Wort ergreifen, als er ein neues Signal Frowes auffing. Mit einem Kopfschnicken forderte sie ihn auf, doch noch mal nachzudenken, und sie stupste mit der Nase in Davids und Lenes Richtung.

Erst jetzt ging ihm ein Licht auf. Natürlich, durchfuhr es ihn. David will seinen Platz räumen und bietet an seiner Stelle einen anderen an. Er geht zurück in seine Mühle, da Lene aufgehört hat, eine Frau zu sein. »Uff«, mit lautem Zischen stieß Tönges den Atem aus. Darum war er also zuerst in die Sägemühle eingekehrt!

Entrüstet musterte der Schmied seinen bisherigen Schwiegersohn, fast feindselig. Der schien diese Stimmung aufzufangen und senkte sie sogleich unter den Gefrierpunkt. »Wo steckt eigentlich Ide?«, fragte er beiläufig. »Ich sah ihn noch gar nicht.«

»Oje«, gestand Frowe. »Wir sollten wohl zuerst der Reihe nach berichten, was inzwischen alles vorgefallen ist. Dennoch glaube ich, dass es Zeit wird, unseren Gast hereinzubitten, der sich rücksichtsvoll im Stall aufhält. – Ich hole ihn«, beschloss sie schließlich.

Als sie mit ihm zurückkam, hatte David die Nachricht von Ides Tod inzwischen ereilt. »Die Pest«, murmelte er niedergeschlagen. Plötzlich sprang er auf. »Mich hatte sie auch am Wickel, ebenso Volker, wie ich nun höre. Zwei haben überlebt, und jetzt bin ich mir sicher: Zwei hätten es nicht. Versteht ihr?!

Lenes Entführung war gleichzeitig ihre Rettung! Nun sehe ich alles in ganz anderem Licht. Was habe ich mich gemartert wegen des mir zugefügten Leids. In Wirklichkeit konnte ich nur so meine Lene behalten!« Er fiel auf die Knie und dankte dem Herrn.

Auch Tönges stieß ein stilles Stoßgebet aus. Was für ein Glück, dachte er sich, dass ich mit meinem Verdacht nicht gleich laut rausgeplatzt bin. Das hätte ich wohl nie wieder gutmachen können bei David. »Oh Herr im Himmel«, rief er nun laut.

Der Fremde vermittelte zwiespältige Gefühle. In seinem Offiziersgeprange erwartete man eigentlich einen Mann, der hochnäsig heruntersah von seinem Stande auf das Landvolk. Jener aber trat ganz verschüchtert an den Tisch und blieb trotz Tönges' nun schon zweifacher Aufforderung, sich zu setzen, unbeholfen stehen.

»Bevor ihr mir eure Gastfreundschaft anbietet«, hob er nun an, »sollt ihr wissen, dass Helenas Schicksal meine Schuld ist. Hätte ich sie bei mir aufgenommen und sie beschützt, als Würfelbecher sie mir brachte, dann …«

Weiter kam er nicht. Tönges sprang senkrecht in die Luft. »Was sagtet Ihr da eben für einen Namen, wer hat sie Euch gebracht?!«

Verwirrt über die hoheitliche Anrede »Euch« und den plötzlichen Gefühlsausbruch des Schmieds, kam der Kornett ins Stottern. »Jeremias Müller hat sie … Ach, richtig«, griff er sich an den Kopf. »Du kennst ihn ja auch noch von damals als Würfelbecher.«

Nun stand Tönges ebenso verwirrt da. »Woher wisst Ihr, dass ich einen Würfelbecher kenne? – Ein wahrliches Stückchen Scheiße.«

David spielte jetzt sein Wissen aus und übernahm die Aufklärung. »Das mit dem angeblich verweigerten Schutz Helenas habe ich ihnen schon erzählt, und niemanden hat es empört«, versicherte er dem Kornett. »Schließlich kann man von dir ja nicht erwarten, dass du ein Heim einrichtest für alle gestrandeten Mädchen, die in eurem Feldlager ankommen. Also setz dich endlich an den Tisch und sei willkommen!« Und an Tönges gewandt, fuhr er fort: »Darf ich vorstellen, das ist Bodo, dein Schmiedelehrling aus dem Tross.«

Bevor Tönges den Mund überhaupt wieder aufbekam, war Frowe zur Stelle: »Niemals im Leben bist du Bodo. Er war ein heruntergekommener Pferdebursche, dürr, dreckig und verlaust, na, wie sie da alle rumliefen. Überleg jetzt genau, was du sagst, bevor du uns neue Lügen auftischst. Mag sein, dass du David täuschen konntest, uns aber nicht«, drohte sie unverhohlen.

»Huh«, erwiderte Bodo nun kesser, nachdem er die schwierigste Klippe seines Geständnisses bereits hinter sich wusste. »Darf ich raten, dass du Margot bist und also wieder heimgefunden hast. Dein Mann hat mir viel von dir erzählt und auch, wie er dich vermisst.«

»Sülz hier nicht rum, sondern sag, wer du bist«, entgegnete Frowe durch die Verwechslung mit Margot noch einen Zahn aufgebrachter. »Das strubblige Bürschchen Bodo kenne ich, du jedenfalls bist es nicht.«

Bodo fand nun aber Spaß an dem Verwirrspiel. »Wieso behauptet sie, auch im Tross gewesen zu sein und mich zu kennen?«, fragte er Tönges. »Du kamst doch damals ganz allein, als dich die Zigeunerin Frowe anschleppte.« Volker gluckste, wurde aber von einem Blick seiner Stiefmutter zum Schweigen gezwungen.

»Was, Tönges, du hattest was mit einer Zigeunerin?«, brachte Frowe noch mehr Schärfe in die Auseinandersetzung.

»Um Gottes willen«, trat Bodo, verdattert über diese Wendung, eilig den Rückzug an. »Er hatte nichts mit dem Drachen. Das war ein Riesenweib, vor dem die Kerle haufenweise ausrissen. Da musst du dir gar keine Gedanken machen.« Tönges schmunzelte über das ganze Gesicht, während es Volker kaum noch aushielt, den ahnungslosen Gast davon abzuhalten, sich noch mehr um Kopf und Kragen zu reden.

»Erzähl mir mehr von dem Riesenweib, vor allem aber, wer du in Wirklichkeit bist«, blieb Frowe hartnäckig.

»Herrje«, besann er sich. »So schlimm sah sie nun auch wieder nicht aus. Wahrscheinlich war sie sogar die ehrlichste Händlerin, wenngleich sie mir ebenso wenig wie alle anderen abgab, nicht mal, wenn ich sie um einen lumpigen sauren Hering anbettelte. Einmal hatte ich ihr wegen ihres Geizes eine alte Gräte an den Kopf geworfen.«

»Du warst das!«, fuhr sie auf. »Nun glaube ich dir tatsächlich, dass du Bodo bist.«

»Ja, ich bin es. Was ist das eigentlich für ein Spiel, das wir hier spielen?«

»Das ist das Spiel, erkenne die Frowe!«, grinste Tönges.

»Moment mal«, begehrte Bodo auf. »Wollt ihr mir einreden, dass da vor mir Frowe sitzen soll, die Zigeunerin?«

»Wer behauptet denn, dass sie eine Zigeunerin ist?«, beendete Tönges schließlich das Ratespiel, und Bodo griff sich an den Kopf. »Was hab ich gesagt, Riesenweib?«

»Und Drachen«, erinnerte sie ihn schonungslos.

Markerschütternd gellte plötzlich ein Schrei Helenas über den Tisch und erinnerte sie schlagartig an ihre Lage. »Entweder sie hat Durst, oder sie muss mal«, erklärte David, der sich inzwischen mit ihren Äußerungen auskannte. »Anfangs sprach sie immerhin noch ein paar Worte, aber inzwischen kann sie nur noch schreien. Ich führe sie schnell zum Mist, sonst gibt's hier ein Malheur.«

Als sie die Tür öffneten, sahen sie Anna draußen stehen mit einigen anderen. »Wir hörten von der Rückkehr Davids und Helenas«, erklärte sie diesen Auftritt. »Zwar wollten wir nicht stören, da ihr ja einiges um die Ohren habt. Doch zittern hier alle vor Aufregung, wo die übrigen Entführten sind.«

»Ja, sind denn die vier Freigelassenen noch nicht wieder hier?«, fragte David.

»Was, vier von ihnen sind frei?« Die Umstehenden mochten es kaum glauben. »Wer sind sie, sag uns ihre Namen!«

»Gerda konnte mir schnell noch zurufen, wer zum Rhein geschleppt wird und wer zu den Schweden. Doch fürchte ich, jetzt auf die Schnelle einiges durcheinanderzubringen«, gestand David. »Damals bin ich dem Wagen sofort nachgelaufen, ohne zu wissen, wer alles drauf saß. Ich müsste mich erst mal sammeln und mir alles in Erinnerung rufen.«

»Am besten, wir treffen uns morgen um neun in der Kirche«, schlug Anna vor. »Dann können wir uns gemeinsam Klarheit verschaffen, ohne dass ein Gerücht das andere durch das Dorf jagt.« Dem folgte Gegrummel, weil jeder sofort alle Neuigkeiten erfahren wollte. Doch nach einem erneuten spitzen Schrei Helenas löste sich die Gruppe eilig auf.

An Schlaf war in der Schmiede noch lange nicht zu denken. Als Erster berichtete David von seinen Erlebnissen. Mitten in seine Erzählung klackte es an die Fensterscheibe. »Da will einer noch vor der morgigen Versammlung etwas in Erfahrung bringen«, vermutete Volker und schaute draußen nach. Zurück kam er mit dem Raben, den er vor David auf den Tisch setzte. »Ihr zwei habt euch sicherlich auch einiges zu erklären«, forderte er ihn auf.

»Und ob«, bestätigte David. »Er hat mich lange geführt und davor bewahrt, von einer Mistgabel durchbohrt zu werden. Oje, er sieht ja schlimm aus. Hast du etwa versucht, Lene allein zu befreien, und sie haben auf dich geschossen?«

Ein lang gedehntes Gekrächz antwortete ihm. Für einen Moment beugte sich Lene zu dem Vogel herüber, und fast schien es, als seien ihre Augen wieder klar. Doch etwas trat dazwischen und ließ sie in ihren Gleichmut zurückfallen. Aber diese plötzliche Regung in ihr nahmen alle am Tisch wahr. »Am liebsten würde ich den Vogel umarmen und herzen«, schaute David zu Frowe.

»Lass das lieber«, empfahl sie. »Das mag er überhaupt nicht. Gib ihm lieber ein Stück Käse.«

Bis dann auch Bodo und schließlich Tönges erzählten, was sich inzwischen zugetragen hatte, war es weit nach Mitternacht. Sie luden Oswald ein, bei ihnen zu schlafen. Er hielt jedoch die Zeit für die beste, um ungesehen wieder nach Hause zu kommen.

*

Am nächsten Morgen füllte sich die Kirche bis auf den letzten Platz. Nicht nur die Angehörigen der Entführten kamen, das ganze Dorf drängte sich zusammen. Wie damals beim Getreidekauf bildete David den Mittelpunkt, und alle hingen mit den Augen an seinen Lippen.

Unruhe kam in die Kirche, als er schilderte, wie die Räuberbande die Mädchen während der Fahrt in hohem Bogen vom Wagen warf. Lieber wurden Verletzungen und Brüche riskiert, als Spuren eines Halts zu hinterlassen. »Darum konnten wir sie also nicht finden«, rechtfertigten die Teilnehmer der Verfolgergruppe ihren Misserfolg.

»Ohne die Führung des Raben«, pflichtete ihnen David bei, »hätte ich sie auch nie wiedergefunden.« Lange hatte er in der Nacht noch gegrübelt, ob er das Tier einbeziehen sollte und damit womöglich dem Getuschel neue Nahrung gab. Da es aber nur dem Raben zu verdanken war, dass sie jetzt überhaupt etwas über das Schicksal ihrer Töchter und Frauen erfuhren, musste doch endlich Vertrauen wachsen, hoffte er.

Beklemmende Stille trat ein, als er auf Maria zu sprechen kam und was sie erdulden musste. Beipflichtend nickten alle mit dem Kopf, dass er die Frauen auf ihrem weiteren Leidensweg zumindest von dem schlimmsten Scheusal befreit hatte.

Doch immer näher rückte der Moment, da er den Stab brechen musste mit der Nennung jener Namen, für die keine Hoffnung mehr bestand. Vor sich sah er Anna, die ihren Kopf schluchzend an die Schulter ihres Mannes legte. Bleischwer richteten sich auf Bodo die Blicke der verzweifelten anderen Mütter, Väter, Männer, Kinder. Ihm schwanden fast die Sinne, nun wie ein Henker zum Vollzug schreiten zu müssen.

»Von den dreizehn Frauen auf dem Wagen, die zum Rhein geschleppt wurden, um sie an die Flößer zu verkaufen, die einen Frauenhandel nach Holland und von dort bis nach Amerika betreiben«, so kämpfte sich David vor, »wurden fünf ausgesiebt, als sich der Räuberhaufen im Streit trennte. Diese fünf wollten sie für viel Geld bei den Schweden loswerden und träumten schon von einem prallen Beutel Dukaten, aber sie verrechneten sich völlig. Eine Reiter-Schwadron entriss ihnen die Frauen gewaltsam. Keiner der Räuber überlebte.«

Beifälliges Gemurmel rollte durch das Kirchenschiff.

»Groß war aber die Enttäuschung der Landsknechte, als sie statt der vermuteten Edelfräulein lediglich Bauerntöchter vorfanden. Die Frauen hatten gewaltiges Glück, nicht ebenso wie die Wegelagerer niedergemetzelt zu werden. Die Reiter ließen sie gnädig laufen. Bis auf Helena, über die sie sich hermachten und die sie für alle büßen ließen.«

Sämtliche Köpfe drehten sich zu ihr. Doch Lene war weit fort in ihrer eigenen Welt, sie nahm nichts wahr von dem, was um sie herum geschah.

Jetzt verlas David die Namen. Er hatte sie aufgeschrieben, um sicherzugehen, in der Aufregung nichts zu verwechseln. Beim ersten schrien einige vor Freude auf, sprangen hoch von ihrer Bank und fielen sich in die Arme – um dann erschrocken innezuhalten, ermahnt vom stillen Vorwurf der Enttäuschten.

Schließlich gab niemand mehr einen Laut von sich, als die letzten drei Namen fielen. Über Davids Rücken schob sich eine Eisschicht beim Klang jeder von den hohen Kirchenwänden zurückgeworfenen Silbe, die auf die sich in der Mitte duckenden Menschen einhieb. So muss es klingen, wenn wir einst vor das Jüngste Gericht gerufen werden, erschauerte er.

Eigentlich wollte sich anschließend Bodo vorstellen, seine ehrenvolle Entlassung aus der Armee vorlegen und seinen Obolus entrichten für das Wohnrecht. Aber in diese Stimmung wagte er nicht einzubrechen, und er tat recht daran.

Dicke Trauben bildeten sich draußen vor der Kirche weiterhin um David. »Wo sind die vier geblieben?«, wollte man nun natürlich wissen. David schaute zu Bodo, auch um ihm Gelegenheit zu geben, sich bekannt zu machen. Er ergriff sogleich die Gelegenheit beim Schopf und schilderte die Gefahren auf den Wegen, seit nach Banérs Tod Teile der schwedischen Armee in Auflösung begriffen waren. Gewiss wäre es also klug von den Frauen, querfeldein durch den Wald zu laufen, auch wenn das viel länger dauere und anstrengender sei. »Wenn ihnen nicht doch noch etwas zugestoßen ist«, so versicherte er, »müssten sie heute oder spätestens morgen auch eintreffen.«

Anna lud David anschließend zu sich ein. Gewiss auch, um mehr über ihre Älteste zu erfahren. Anfangs suchte er nach einer Ausrede, vor allem weil er bislang die schrecklichsten Details von Marias Tod für sich behalten hatte und sie am allerwenigsten ihrer Mutter zumuten konnte. Aber da er umgekehrt auch den Pfarrer um Rat bitten wollte, willigte er schließlich ein.

Beim Betreten der Pfarre nahm ihn Johannes sogleich zur Seite und bat ihn ausdrücklich, seine Frau nicht noch mehr zu erschrecken. »Ich sah Marias Leiche«, flüsterte er und schluckte, »und weiß, was mit ihr passiert ist.«

Also klammerte David die ersten beiden Tage der Verfolgung weitgehend aus und erzählte von seinem Ringen mit der Pest, dem Bauern, der ihn schon umbringen wollte, und wie er Helena fand. »Und nun, da sie wieder da ist, möchte ich fragen, wie wir jetzt mit der ausgefallenen Hochzeit verfahren.«

Johannes schaute Hilfe suchend zu seiner Frau. »Du willst die Hochzeit noch feiern?« Sie riss die Augen auf. »Du weißt doch, wie es um Lene steht. Sie wird dir nie eine Frau sein können, und du musst sie pflegen, dein Lebtag lang. Das mag dir bislang noch einfach erscheinen. Aber so zierlich wie jetzt wird sie nicht bleiben. In kürzester Zeit siehst du sie welken, siechen und fett werden. Du wirst dich vor ihr ekeln, vor ihrer Pisse und ihrem Erbrochenen, und du wirst den Tag verfluchen, an dem du dein junges Leben an sie gekettet hast.«

Anna mochte jedoch argumentieren, soviel sie wollte, David ließ sich nicht abbringen. »Sie hat ihr Leben für meins riskiert, niemals lasse ich sie im Stich. Vielleicht kommt sie ja auch wieder zu sich.«

»Auf keinen Fall werde ich euch verheiraten«, verkündete Johannes seinen Entschluss. Und bevor David etwas einwenden konnte, fragte er ihn: »Willst du von ihr etwa die ehelichen Pflichten einfordern?«

David verschlug es die Sprache. »Siehst du«, sagte der Pfarrer. »Gegen uns beide würde man den Vorwurf erheben, mit einer Verrückten unlautere Dinge zu treiben. Solange sie vor dem Altar nicht für alle hörbar sagen kann, ›ich will‹, erteile ich euch nicht den kirchlichen Segen.«

Völlig verstört kehrte David in die Schmiede zurück und berichtete, dass ihm der Pfarrer die Hochzeit mit Lene nicht mehr erlaubt. »Wir müssen reden«, sagte Tönges und nahm den jungen Sägemüller in den Arm. »Am besten gleich.«

Er gestand ihm, noch am Tag zuvor empört von der Vorstellung gewesen zu sein, dass David sich loslösen wolle. Doch sei ihm in der Nacht klar geworden, dass dies der einzige Ausweg ist. »Wir können dich nicht wie einen Gefangenen bei uns behalten, weil du Lene dein Wort gegeben hast. Sie kann damit nichts mehr anfangen, und wenn du sie nicht loslässt, dann muss ich dich mit Gewalt vor die Tür setzen. Glaube mir, es blutet mir das Herz dabei. Ich liebe dich wie einen Sohn und habe soeben erst einen Sohn verloren. Aber später wirst du mich verstehen und erkennen, dass es nur so geht.«

Um David begann alles zu kreisen. »Was ist dann mit Bodo? Lässt du ihn hier, obwohl er auch nur wegen Lene kam, und schickst mich fort? Das kann nicht dein Ernst sein!«

»Das mit Bodo ist etwas ganz anderes, er kam nicht als

Schwiegersohn. Du musst auch nicht sofort aufbrechen, David. Schließlich gibt es zuvor mit deinem Vater einiges zu klären, wobei ich dir jederzeit beistehe. Und solange ich lebe, steht meine Tür für dich offen, aber als Gast – nicht als Lenes Mann.«

David riss sich los. »Seid ihr jetzt alle verrückt geworden? Ein paar Stunden später hätten wir vor dem Traualtar gestanden. Dann wäre ich an sie gebunden, in guten wie in schlechten Zeiten. Sollen uns die fehlenden Stunden jetzt ein ganzes Leben lang trennen?«

»Ihr standet nun mal nicht vor dem Altar.« Tönges war am Ende mit seinen Kräften. Er schleppte sich in den Stall und verrammelte hinter sich das Tor.

»Frowe, Volker, Bodo, das könnt ihr doch nicht zulassen. Ich denke gar nicht daran, von Lenes Seite zu weichen!«

Die Stirn tief gerunzelt, kam Frowe mit den anderen ins Zimmer. »Er will jetzt reinen Tisch machen mit allem. Mit Lene, mit Margot, mit mir. Auch ich muss mich entscheiden, ob wir Margot für tot erklären lassen und ich ihren Platz einnehme.«

»Na, das willst du doch – oder?«

»Bisher wollte ich, aber nun, da auf einmal alles ganz schnell gehen soll, bin ich unsicher«, gestand sie.

»Und du, Bodo? Was wird mit dir?«, fragte David gereizt.

»Vorerst bleibe ich. Tönges hat voriges Jahr angefangen, mich als Schmiedelehrling auszubilden; heute versprach er mir, es auch zu Ende bringen zu wollen.«

»Schmiedelehrling, natürlich!«, leuchteten Davids Augen auf. »Das bin ich ja ebenso. Dass meine Ausbildung noch nicht abgeschlossen ist, hat er wohl nicht bedacht. Folglich steht er mir gegenüber genauso im Wort, stimmt's, Volker? – Hältst du weiter zu mir?«

Volker schlug sofort ein. »Du bleibst bei uns, das kriegen wir schon hin. Und du, Frowe, wirst mit deinen Kräuterkünsten Lene wiedererwecken.«

»Mit meinen Kräuterkünsten?«, schnappte sie nach Luft. »Du denkst auch, der Mond ist ein Zimtplätzchen. Ach, Kinder, was wird aus uns nur noch werden?«

*

Gedankenverloren saß Bodo auf dem obersten Podest der windschiefen Steintreppe vor dem Haus. Zwei Stufen unter ihm kauerte Lene. Der Träger ihres Kleides war ihr über die rechte Schulter gerutscht, sank Stückchen um Stückchen tiefer. Ob er wollte oder nicht, fesselte ihn diese noch immer verhüllte Freizügigkeit. Sooft er sich auch zwang, den Kopf abzuwenden, fanden seine Augen zurück zur Rundung der strammen, festen Brust und malten sich die im Schatten verschwindende, nach oben ragende Warze aus. Schließlich kam er nicht mehr los davon und gab sich dem inneren Kribbeln gänzlich hin. Zu spät mahnte ihn die alte Kriegsweisheit, dass ein Kundschafter, der sich zu tief in die Aufstellung seines Feindes verguckt, in diesem Moment meist selbst ausgespäht wird.

Bodo versuchte erst gar nicht mehr die Ausflucht. Ohne jemanden gesehen zu haben, bekannte er: »Ja, sie hat schöne Brüste. Dennoch vergesse ich nicht, dass sie David gehören, und wenn schon ihm nicht mehr, dann niemandem.«

»Soso«, säuselte Frowe dicht hinter ihm. »Eigentlich hat sie kleine Brüste. Steht ihr Kerle in Wirklichkeit nicht auf die prallen, vollen?«

Langsam drehte er sich zu ihr um. »Weißt du, das mit den Frauen ist wie mit jedem anderen Rauschmittel auch. Entscheidend ist die Dosis. Davon aber wünscht jedermann eine andere. Manche wollen die volle Dröhnung. Nicht wenige koppeln zu viel Brust jedoch umgehend mit Mama, Milch, Säugling. Solche Männer fliehen vor der Üppigkeit, denn sie erdrückt ihre Fantasie und das Sehnen nach weiblicher Grazie«, seufzte er. »Das Surren um die Blüte, die duftende Verheißung, das vom bunten Baldachin der Blütenblätter abgeschirmte Liebeslager im Grunde des sich verengenden Kelches, über den sich verlockend filigrane Fruchtblätter neigen, das ist allemal sinnlicher, betörender als das mühevolle Heimschleppen des Honigs. Hinzu kommt, dass viele Männer ewige Jünglinge bleiben, die sich nie losreißen können vom Gefühl ihrer ersten Liebe und vom zarten Flaum. Ich glaube, kleine Brüste finden in Wirklichkeit viel mehr Beachtung als die großen, wenngleich um die mehr Tamtam gemacht wird.«

»Dem stimme ich zu«, gab sich der nächste stille Beobachter dieser Szene zu erkennen. »Männer wachsen wie Zwiebeln«, offenbarte Tönges. »Eine Haut schiebt sich über die andere. Der Fünfzehn-, Sechzehn-, Siebzehnjährige bleibt immer in uns und zappelt aufgeregt mit anschwellendem Kamm, sobald eine aufkeimende Jungfer vorüberhuscht. Dann aber drohen die Dreißig-, Fünfunddreißig- und Vierzigjährigen, wehe, ihr Knallerbsen gebt jetzt das Kommando zum Halsverdrehen! Wie stehen wir dann da, wenn die gleichaltrigen Weiber neben uns loskeifen: ›Schaut mal, dieser alte Wüstling, dieser faltige Sack, wie er den kleinen Mädchen nachstiert!‹«

Mit einem Ruck erhob sich Helena. Ohne Unterlass rollte

ihr Kopf. Deprimiert registrierte Frowe, dass sie ihr Kleid nicht ordnete. Der Reflex fehlte, der eine Frau auch völlig im Unterbewusstsein sofort einen herunterrutschenden Träger wieder nach oben schieben lässt. Bevor sie selbst eingreifen konnte, richtete Bodo das Kleid. »Sie wird unruhiger, mit ihr passiert irgendwas.« Er sah fragend zu den anderen hinüber, ob sie seine Beobachtung teilten. »Könnte es sein, dass sie sich aufrappelt, dass ihr Geist wieder nach der Oberhand strebt?«

»Oder dass er sie endgültig verliert, dass er ins Bodenlose sinkt ohne jegliche Aussicht, sich wieder zu befreien«, befürchtete Frowe.

Helena fing an, herumzulaufen in immer enger werdenden, verzweifelt nach Luft schnappenden Kreisen. Zuletzt drehte sie sich auf der Stelle, wurde trunken, schwankte. Bodo stellte sich neben sie, um sie auffangen zu können, falls sie fiel. Doch vermied er jede Berührung mit ihr, die sie nur erschreckte und schreien ließ.

Bislang hatte sie seit ihrer Heimkehr noch kein Wort gesagt, nicht das simpelste, nicht mal ein Aua, wenn sie sich stieß. Jetzt aber öffnete sie den Mund, und es war offensichtlich, dass sie etwas sagen wollte. Die Umstehenden hielten den Atem an. Doch nur ein Röcheln kam über Helenas Lippen. Mit unsicheren Schritten wankte sie zurück zum Trittstein und setzte sich.

»Ich halte das nicht mehr aus«, keuchte Tönges, wandte sich ab und verschwand in die Schmiede. »Bleib bei ihm, Bodo«, riet Frowe, »ich passe auf sie auf.«

David hatte sich völlig zurückgezogen, streifte über die Äcker, ging Tönges aus dem Weg. Der Schmied lehnte es ab, die Ausbildung fortzusetzen, hielt unumstößlich an seinem Entschluss fest. Für David begann das Leben auseinanderzubrechen. Reumütig in der Sägemühle unterzukriechen und sich den Schikanen des Vaters zu unterwerfen, das kam für ihn nicht infrage. In der Schmiede rann gegen ihn die Sanduhr.

Mehrfach hatte er sich schon in Bodos Offizierspatent vertieft; sollte er mit ihm die Rolle tauschen? Als er vorsichtig bei ihm vorfühlte, wie es denn beim Heer so zugehe, riet ihm Bodo dringend ab. Sein Los würde nicht besser werden. Er erzählte von den Seelen, die Würfelbecher im Schlaf verfolgten, von den Verwünschungen, auch vom Fluch, der ihn selbst mit dem Schmied verband. Vom Blut und Schweiß anderer zu leben, könne keinen Platz im Himmel sichern, schloss er und äußerte seine Furcht, den seinen bereits verloren zu haben.

An einem späten Nachmittag vibrierte die Schmiede. Unsichtbar, doch fühlbar griff eine Geisterhand nach ihr. Helena beschwor sie herauf. Mit nur einem einzigen Wort. Es gellte durch die Werkstatt, überschlug sich. Mit fast schon übermenschlicher Stimme, die sich loslöste von Lenes zartem Körper, brüllte sie nach Gesche.

Tönges griff nach Frowes Hand. »Gesche?«, flüsterte er. »Meint sie die Geisterfrau draußen im Gehölz?«

In Frowe gefror das Blut. Sie wagte nicht, Tönges anzusehen. Ihr jagten Bilder durch den Kopf, Stimmen durch das Ohr. Sie lauschte in sich hinein, nach jener Frau, die sie nach Helena im Moor suchen ließ. Sie rief den Gang in ihr Gedächtnis zurück, der sie beim Spiel auf der Burg in den Rücken der Kinder führte. War sie allein damals, oder schritt ihr jemand voraus? Gab es wirklich diese geheimnisvolle Ahnin, die den Kontakt zu ihr herzustellen versuchte? Bin ich selbst eine Hexe?!

Hexe! Das war das Erste, was ihr Helena an den Kopf warf. Hatte das Mädchen recht? Weiß es viel mehr, als es ihr bislang verriet? Kam es womöglich diesem Gespenst in die Quere und zog dessen Zorn auf sich? Wie soll ich das Tönges je erklären, fragte sie sich. Agnes muss helfen! Sie scheint mit diesen Spukgestalten ziemlich vertraut zu sein.

»Morgen«, so fasste sich Frowe ein Herz, »gehe ich zu der Burg. Dorthin, wo mir dieser Spuk wahrscheinlich schon zwei Mal begegnet ist. Ich muss einen Weg finden zu dieser Gesche. Ich bin mir sicher, Lene ist bei ihr.«

»Du bist aber noch bei Trost?«, fragte Tönges und blickte sie scharf an. »Da sitzt Lene vor dir, du findest sie nicht in dem alten Gemäuer der Ruine.«

»Säße sie da, wäre alles gut. Aber sie ist woanders, und sie ist gefangen wie schon einmal im Moor. Damals kam ich gerade noch rechtzeitig, auch jetzt war ihr Schreien ein Hilferuf.« Einen Augenblick überlegte sie. »Ja, sie ruft nach Hilfe, ihre Zeit läuft ab – ich gehe sofort.«

»Allein gehst du nirgendwohin, es wird bald dunkel. Wölfe könnten dich anfallen, und wer weiß, wer noch. Wenn, dann komme ich mit!«

Sie warf sich bereits ein Tuch über und lud ihre Pistole. »Das lässt du schön bleiben. Nie würde sie erscheinen, wenn ich nicht allein komme. Versprich mir, dass du mir nicht doch heimlich folgst. Womöglich hängt das Leben deiner Tochter davon ab.« Schon war sie zur Tür hinaus.

Auf dem Weg zur Burg begegnete sie niemandem. Schwülwarm lud der Juniabend große Käfer zum Stelldichein. Sie ließen die Luft dröhnen mit schwerem Gebrumm und zahlten für ihren Liebesrausch oft genug mit dem Leben. Gleich mehrere Finken stürzten sich auf jeden einzelnen dieser Brummkreisel. Am liebsten hätte Frowe die Vögel verscheucht, waren die Käfer doch doppelt im Nachteil, denn sie konnten weder mit Schnäbeln zurückschlagen noch durch schnelleren Flug fliehen. Trotzdem hasteten die übereifrigen Vögel häufig an ihrem Ziel vorbei, flogen den zweiten und dritten Angriff, fanden schließlich die schwerfällige fette Beute, die sich jahrelang im morschen Holz für diesen kraftraubenden Hochzeitsflug gemästet hatte, im Geäst der Bäume nicht mehr wieder.

Ihr wurde warm, weshalb sie das Tuch ablegte und über dem Unterarm hielt. Schade, zusammen mit Tönges hätte das ein wirklich wunderschöner Spaziergang sein können, dachte sie. Schon jetzt grauste ihr vor dem Rückweg im Finsteren, wenn bei jedem Knacken und Rascheln im Unterholz des Baummeeres die Dämonen aus der Tiefe aufsteigen und das um seine Sehkraft gebrachte Hirn sich verängstigt das medusenhafte Saugen der Tentakel und das Zuschnappen doppelreihiger Fangzähne ausmalt.

Sie drehte sich um, ob ihr auch niemand folgte, und sah, wie sich hinter ihr bereits Schatten über den Weg legten, sich wonniglich rekelten in der Gewissheit, dass der späte Wanderer zurückkehren musste, wenn bereits ihre Vereinigung stattfand mit der Schwärze der Nacht.

Wie Wackersteine drückten sie bei jedem Schritt die Zweifel, ob es nicht völlig irrsinnig sei, die Begegnung mit einem Geist erzwingen zu wollen. Wenn überhaupt, dann erschien er katzenhaft nach eigenem Ermessen, nie wie ein herbeigepfiffener Hund. Noch schwerer würde sie jedoch an den Selbstvorwürfen tragen, den Versuch unterlassen zu haben.

Unter den Baumkronen flockte die Dämmerung, als sie zur Burg aufstieg und sich mit dem Weg um den Berg schraubte. Aufgerissen wie ein riesiges Maul schluckte sie das äußere Tor, schließlich ebenso das innere. Sie drang durch das türlose Portal in den Pallas ein, stieg die Treppe hinauf in die früheren Herrschaftszimmer, durchschritt die lange Flucht verödeter Gelasse, hörte Mörtel knirschen unter ihren Holzlatschen.

Mit den Menschen war jegliche Pracht gewichen, die schmückenden Holzverkleidungen, Teppiche, Gemälde hatte man herausgerissen. Hohl glotzten die Fensteröffnungen hinaus zum Berg, von dem herab dieser Koloss einst das Land unterwarf, viel weiter, als er schauen konnte. Nun sank er hinab zu einer Gruft, verurteilt zum Verfall, zur Rückverwandlung in bloßen Stein und Staub. Fürwahr, ein idealer Ort für Geister, doch würden sie sich auch zeigen?

Erschrocken über ihre eigene Stimme, hörte sie sich nach Gesche rufen. Erst als sie sämtliche Räume durchmessen hatte und sich völlig allein wähnte, stellte sie sich mit ihrem Namen vor, noch immer mit dem gemischten Gefühl im Bauch, wie lächerlich sie wirkte, sollte sie jemand beobachten. »Gesche, ich bin's, Frowe. Wir müssen reden. Du weißt, warum ich hier bin.«

Entrüstet schniefte sie durch die Nase. Wäre wohl auch zu viel des Guten, würde sich nun brav ihr Urgroßmütterlein, so sie es denn überhaupt war, zu ihr gesellen. »Gesche!«, forderte sie dennoch lauthals ihr Erscheinen.

Über sie reckte sich der Burgturm, überhörte ignorant das Wehklagen zu seinen Füßen. An ihm kletterten über die Jahrhunderte so viele Seufzer hoch, angefangen von den Bauern, die ihn in harter Fronarbeit aufschichteten. Umgekehrt bemitleidete ihn auch niemand, wenn sich die Winterstürme gegen ihn warfen, wenn das eingesickerte Wasser gefror und stückweise seine Außenhaut absprengte.

Stein für Stein schwang sich Frowes Blick an ihm empor bis zu der unerreichbaren Tür. Nur noch Bruchstücke der Treppe hinauf in den allerletzten Zufluchtsort bestanden. Ein eigenartiges Gefühl rieselte ihr über den Rücken. »Helena?« – doch auch dieser Ruf verhallte.

Nochmals suchte sie nach dem verborgenen Gang, auf den sie gestoßen war, als Lene noch glockenklar lachen konnte und alle damit ansteckte. Sie folgte ihren eigenen Schritten damals beim Versteckspiel, fand sich mit dem Dunkelwerden aber immer weniger zurecht. »Gesche! Hilf mir!«

Kopfschüttelnd gab sie nach mehreren Runden durch die Burg und entlang der Mauern ihr Vorhaben auf, ließ sich wieder ausspeien vom oberen Tor, legte sich eine Erklärung zurecht für den erwarteten halb vorwurfsvollen, halb ironischen Empfang daheim.

Doch wie angewurzelt blieb sie plötzlich stehen. Oben vom Pallas dröhnten die Posaunen von Jericho. Und sie bliesen ihren Namen: »Frooohooohooowe!«

Zuerst wollte sie fliehen, dann legte sie die Stirn in die Hände, schüttelte sich am ganzen Körper, hob schließlich den Kopf wieder und lauschte in den späten Abend hinein. Halluzinationen, dachte sie. Mein eigener Geist spielt mir vor, was ich erflehe.

»Frooohooohooowe!«

Eiswasser lief ihr den Rücken herunter. Das war keine Sinnestäuschung. Nie und nimmer. Sie spürte, wie ihr die Knie weich wurden, als sie kehrtmachte und zurückwankte.

Viel war nicht mehr zu sehen in den sich mit Düsternis füllenden Räumen. Behutsam tastete sie sich an den Wänden entlang bis zu den Türöffnungen, um ins nächste Zimmer zu gelangen. Trotz fast eulenäugig aufgerissener Pupillen konnte sie nahezu nichts erkennen. Ihre Furcht hielt sich die Waage mit dem inneren Zwang, unbedingt weiterzugehen.

»Klingt toll hier, gelle«, meldete sich schließlich eine Frauenstimme.

»Agnes!«, schalt sie. »Wie konntest du mich so erschrecken!«

»Das wollte ich nicht«, entschuldigte sie sich. »Vor einer Stunde sah ich dich zur Burg hochsteigen. Denke nicht, dass mir hier was entgeht. Wohl habe ich geahnt, was du vorhast. Umso weniger wollte ich dich stören. Sorg dich also nicht, dass ich dein Experiment beeinflusst haben könnte, ich bin erst seit ein paar Minuten hier. Doch mit zunehmender Dunkelheit habe ich gebangt, dass dir da oben was zustößt, während ich unten die Hände in den Schoß lege. Da ich dich nicht finden konnte, bin ich in diesen Schallraum gegangen, der jede Stimme mit dem Getöse einer Kanonenkugel nach außen schleudert.«

»Kanonenkugel«, wisperte Frowe, »ja, das trifft es. Mir hat es vor Schreck fast die Beine unter dem Hintern weggerissen.«

»Versuch es doch nochmals von hier«, ermunterte sie Agnes. »Ich nehme an, du suchst Gesche.«

Zitternd lief der Name des Geistes wie ein mehrstimmiges Tremolo über die Baumwipfel, als Frowe den Rat annahm. Wie weit mag man mich jetzt hören, sorgte sie sich. Aber der Wald schluckte ihren Ruf. Nichts folgte ihm. Kein noch so leises Wispern der Luft, kein Hauch, kein plötzlicher Kältestrahl. Hauchdünn sichelte der Mond durch die Finsternis.

»Lass uns zurückgehen«, mahnte Agnes. »So wird das ohnehin nichts.«

»Wie dann?«, fragte Frowe und folgte ihr bitter enttäuscht.

Mitten im Schritt hielt Agnes inne. »Hättest du dich mir gegenüber nicht geöffnet und von deiner Beziehung zu dieser geheimnisvollen Mala erzählt, würde ich mich niemals so weit vorwagen. Sei es also drum: Wir müssen einen Kreis ziehen und die Mächte anrufen.«

»Einen Hexenkreis?« Frowe erschrak zutiefst.

»Einen Schutzkreis«, schwächte Agnes ab.

»Dafür brauchen wir einen menschlichen Oberschenkelknochen, Hexenwerkzeug – wir verlassen die Christenheit!«, wehrte sich Frowe gegen dieses schreckliche Ansinnen.

»Mädchen«, besänftigte sie Agnes. »Wer hat dir denn diesen Quatsch erzählt? Menschenknochen! So ein Käse. Den Kreis ziehen wir mit einem Athame.«

»Einem was?«

»Einem Messer«, knurrte die Sägemüllerin unwirsch.

Frowe legte ihr die Hand auf die Schulter: »Du meinst doch nicht etwa diese äußerst scharfe, vorn spitz zulaufende kreuzförmige Doppelklinge mit schwarzem, mystisch verziertem Griff – also einen Hexendolch?!«

»Einen Athame, ja. Notwendig sind auch Kelche, Pentakel, Haselnusszweig.«

Stöhnend fasste sich Frowe an die Stirn. »Versuchst du soeben, mit dem unschuldigen Nusszweig einen Zauberstab zu verharmlosen?«

»Komm mir doch nicht immerzu mit deinen ängstlichen Vorurteilen und Abwertungen«, wehrte sich Agnes. »Suchst du Kontakt oder nicht? Entscheide dich!« Sie eilte den Weg hinunter ins Tal. Beinahe schwebte sie, kam nicht ein einziges Mal ins Straucheln, während Frowe alle Mühe hatte, in der Finsternis nicht schon über ihre eigenen Füße zu stolpern. Erst unten am Bach hielt sie inne. »Wie nun weiter, du Sonntagsgeisterjäger?«

Frowe verlangte, mehr zu erfahren, da ja Agnes offensichtlich Erfahrung beim Wandern auf dem äußersten Grat besaß.

Doch gestand die Müllerin, trotz ihrer langjährigen Versuche nie eine wirkliche Erscheinung gehabt zu haben. Mehrere Stellen würde es hier aber geben, die vor Magie strotzten, an denen Blumen blühten, während anderswo noch Schnee lag, wo es regnete, wenn drum herum die Sonne schien.

»Völlig mystisch ist die Quelle, von der wir im Waldversteck das Wasser holen«, erzählte sie. »Dass Lene dort eine Frau erschienen war, wundert mich überhaupt nicht. Einmal fand ich den Abdruck einer zarten Frauenhand, nur diese Finger, keinerlei Fußspur.«

»Kein Wunder«, entgegnete Frowe und setzte umgehend zu einer Erklärung an. »Schließlich sind wir gehalten, über die Steine zu springen und uns durch nichts zu verraten.«

»Zu dieser Zeit war niemand von uns im Versteck«, widersprach Agnes. »Auch fiel mir über die Jahre auf, dass es zwei voneinander getrennte Gebiete sind, in denen Wundersames geschieht, Zuweilen sind sogar Menschen zu Tode gekommen. Eines davon, so scheint es mir, verliert zunehmend an Kraft. So als würde der Geist ein zweites Mal sterben. Ich glaube, dass dies Gesche ist.«

»Welche von beiden hast du bereits gerufen, wie kamst du überhaupt auf diesen Hexen- … auf diesen Schutzkreis?«, verbesserte sich Frowe.

»Muss ich dir wieder mein Leid klagen?«, jammerte Agnes. »Du kannst dir doch wohl vorstellen, dass ich Verbündete gegen Franz und Schutz vor seinen Gewaltausbrüchen suche. Kein Mensch steht mir hier weit und breit bei, also wandte ich mich an die Spukfrauen. Von der Besonderheit des Friedhofes an der Kirchenruine weißt du ebenso. Einst war die Erde geweiht. Somit zog sie Hinterbliebene selbst von weit her an, die keine Erlaubnis erhielten, ihre Verstorbenen bei sich auf dem

Kirchhof beizusetzen. Noch ungetaufte Totgeburten, Selbstmörder, Hingerichtete. Auch die Überreste einer verbrannten Hexe kamen hierher mit ihrem ganzen Hausrat. Die Stelle war mir sehr genau beschrieben worden. Kannst du dir das Ausmaß meiner Leiden vorstellen, die mich trieben, nach ihrem Werkzeug zu graben?«

»Du hast es gefunden?«

»Zu den Füßen dieser Frau – damit sie es auch im Tod nicht mit den Händen greifen konnte – fand ich den Dolch, das Pentakel mit eingeschnittenem Pentagramm, Räuchergefäße und einiges mehr. Fortan spitzte ich die Ohren, um alles aufzufangen über die Hexenkunst. Selbst danach zu fragen, wagte ich als einsam lebende Frau nicht, die schnell in Verdacht gerät.«

Schwer ging Frowes Atem, als sie einwilligte. »Soviel ich aber weiß, geht das zu zweit nicht. Nur allein oder zu dritt oder eine Zahl, die sich durch drei teilen lässt. Anna wäre die Einzige, die ich wagen würde zu fragen. Aber glaubst du, sie lässt sich als Pfarrersfrau auf so was ein?«

»Kluge Frowe«, witzelte Agnes. »Alles kann sie rechnen, nur der riesige Bereich der ersten drei Zahlen bleibt für sie unüberschaubar.« Sie griff ihren Daumen. »Das bin ich.« Dann ihren Zeigefinger. »Das bist du.« Schließlich den Mittelfinger. »Um sie geht es: Helena.«

»Herrje, Helena. Richtig. Wie konnte ich sie nur vergessen.« Dann besann sich Frowe. »Muss sie wirklich dabei sein? Ich habe Angst, sie in Gefahr zu bringen.«

»Glaube mir«, versicherte Agnes. »In größere Gefahren als jene, in denen sie bereits schwebt, stürzen wir sie nicht. Erzähle aber niemandem etwas. Nur durch andere können wir in Verderbnis geraten.«

Sie verabredeten sich für die nächste Nacht, vor Beginn der Geisterstunde.

*

Zu ihrer Überraschung stellte Tönges keine Fragen. Ebenso wenig machte er sich lustig über ihre Geister-Narretei. Inzwischen hatte Helena den Angriff auf diese Gesche eröffnet, machte ihr bittere Vorwürfe, sie betrogen zu haben, versuchte schließlich sogar, sie zu greifen und nach ihr zu schlagen. Fassungslos standen dem die Männer gegenüber; sie schafften es nicht, Helena zu beruhigen. Völlig außer sich, raste das Mädchen im Kreis. Als Frowe vorschlug, sie die nächste Nacht in den Wald mitzunehmen, um ihr gemeinsam mit Agnes das Phantom auszutreiben, stieß sie auf keinerlei Widerspruch.

»Wir bringen euch aber bis zum Bach und bleiben in Rufweite«, sicherte Tönges zu.

Bereits mit der ersten Dämmerung brachen sie auf, in der Zeit, in der sie noch genug auf den Umwegen sahen, die an den Wachposten vorbeiführten. Garantiert hätten sie wissen wollen, was dieser sonderbare Aufzug bedeutete. Helena trugen sie auf einer Decke, die vier Zipfel um die Hand geschlungen. Willenlos ließ sie es geschehen, doch fürchteten sie ihre plötzlichen Schreie.

Beklommen betrat David wieder sein Vaterhaus, als auf Frowes Klopfen die Mutter öffnete. Der Hausherr zeigte sich nicht. Eine Stunde vor Mitternacht griff Agnes nach ihrem Beutel voller Utensilien, nickte Frowe stumm zu und flüsterte Helena etwas ins Ohr, die ihr daraufhin die Hand gab und sich von ihr widerstandslos führen ließ. »Was mag sie ihr gesagt haben?«, raunte Volker David zu. Der zuckte mit den Schultern. Die Männer gingen mit hinaus und setzten sich unter die Linde, bereit, einzugreifen, falls etwas passieren sollte.

»Bis zu der Quelle ist es zu weit«, eröffnete Agnes ihr Vorhaben. »Aber ich kenne auch hier in der Nähe eine Stelle, an der Geister ihr Unwesen treiben.«

»Geisterst du oft nachts hier herum?«, wollte Frowe wissen.

»Jedenfalls häufiger als der Spuk selbst«, bekannte Agnes offen.

»Bist du sicher, dass du dich von ihm noch unterscheidest?«, fragte Frowe ohne jeglichen Spott in der Stimme. »Wieso folgt dir zum Beispiel Lene auf Anhieb, was sie bei uns selten tut?«

»Weil ich sie nicht gezwungen, sondern gebeten habe, zu Gesche mitzukommen.«

Stumm schüttelte Frowe den Kopf. Schließlich konnte sie fragen und bitten, was sie wollte, ohne dass Lene sie überhaupt wahrnahm. Ein Stück noch liefen sie auf der alten Heerstraße. Dann bogen sie ab in eine kleine Schlucht. Diese Frau muss wie ein Uhu die Nacht durchdringen können, staunte Frowe über Agnes' sicheres Ausschreiten, während sie sich lediglich an die beiden vor ihr Gehenden klammern konnte.

Stillschweigend wandten sich die Sterne ab von ihrem Tun, als hätte ihnen der Himmel eine Tarnkappe übergeworfen. Wonach sich die Sägemüllerin orientierte, blieb Frowe schleierhaft. Dabei lief sie lautlos wie ein Reh. Wenn mal ein trockener Ast krachend unter den Füßen zerbarst, dann war es Frowe. Obendrein schimpfte sie mehrfach lauthals, sobald ihr ein Zweig quer über das Gesicht peitschte, den die beiden vor ihr schnippen ließen. »Pass doch besser auf, du nachtblinde Henne!«, wies Agnes jedoch alle Schuld von sich. »Wir sind auf der Lichtung«, erklärte sie schließlich, das Ziel erreicht zu haben.

Mit ihrem Stahl schlug sie an einen kantigen Feuerstein, bis der Zunder in ihrer Hand glomm. Auch getrocknete Birkenrinde hatte sie sofort parat, um ein Feuer zu entfachen. Einmal mehr staunte Frowe. »Das ging aber fix. Was nimmst du für Zunder?«

»Den Baumschwamm, der hier vor allem an den Buchen wuchert. Bevor du ihn trocknen lässt, musst du jedoch ein Pferd oder eine Kuh draufpinkeln lassen. Kannst es auch selbst machen, aber die Wirkung ist dann längst nicht so gut. Frag mich jetzt nicht, was an der Pisse so gut brennt.« Schon knisterten die ersten Flämmchen. Sie entzündete ihre Windlichter daran, die sie in einem großen Kreis um sich aufstellte. In bronzenen Gefäßen brachte sie ebenso Räucherwerk zum Glimmen. Frowe wollte behilflich sein und griff nach einer der Schalen.

»Fass ja nichts an!«, putzte sie Agnes herunter. »Sonst muss ich es erst wieder von den fremden Einflüssen reinigen.« Sie suchte den Boden ab, bis sie einen tief in die Erde eingeritzten Pfeil fand. »Da ist Osten«, erklärte sie, hieb ihren Dolch in die Erde und begann, einen Kreis um sie alle drei zu ziehen.

»Normalerweise verläuft er im Sinn der Uhr. Doch wollen wir Lenes Zeit ja zurückdrehen, als sie noch über alle geistigen Kräfte verfügte.« Sie zog die Rille also entgegengesetzt, bat dabei in demütiger Haltung die Hüter des Ostens und dann aller anderen Himmelsrichtungen um ihren Schutz. Geschäftig stellte sie ein Rauchgefäß in die östliche Richtung, »für das Element Luft«, wie sie betonte. Dem Element Wasser widmete sie gegenüber einen Kelch voll Wein. Nach Norden richtete sie das Pentakel aus, bestreut mit einer Prise Salz zu Ehren der Erde, nach Süden ihr größtes Windlicht zur Huldigung des Feuers.

»Äther, Wasser, Luft«, murmelte sie schließlich vor sich hin, während sie den Drudenfuß aufzeichnete. »Oh Gott, das Hexenpentagramm«, stöhnte Frowe, wobei ihr Blick auf den Griff des Dolches fiel, der gar nicht so schwarz aussah. Ganz im Gegenteil, er wirkte eher weißlich. »Ist der etwa doch aus einem Menschenknochen geschnitzt?«, begehrte sie auf. Mit einer Handbewegung gebot ihr Agnes, still zu sein. Über ihren Gefäßen drehte sie einen mit hölzernen Knoten überzogenen Nussbaumast, unablässig Beschwörungsformeln vor sich hin brummend.

»So«, wandte sie sich schließlich an Frowe. »Um dein Gemüt zu beruhigen, schlage ein Kreuz!« Beide berührten die Stirn, führten dabei auch Lene die Hand. »Dir, oh Gott«, die Finger wiesen auf das Brustbein, »sei das Reich und die Macht und die Herrlichkeit«, wobei die linke und rechte Schulter angetippt wurden, »in Ewigkeit. Amen.« Sie falteten die Hände.

»Wir tun nichts Böses«, beschwichtigte Agnes nochmals.

»Wir würden dafür brennen, falls sie uns erwischen«, hielt ihr Frowe entgegen.

»Weil die Menschen dumm sind«, ließ sich Agnes nicht beirren. »Schließlich wünschen wir niemandem was Arges. Wir wollen lediglich Helenas Seele, die sich bei einer Flucht verirrte, wieder auf den rechten Weg führen und aus ihrer Umnachtung holen.«

Zischend fuhr ein riesiger Nachtfalter mit blutroten Flügeln und schwarzen Rändern in eine der Kerzen. Andere Flieger surrten um sie herum, ließen schattige Gestalten über die Baumstämme huschen. Umgehend luden sie Fledermäuse zum Nachtmahl ein, die lautlos aus den Kronen der nächststehenden hohen Buchen auf ihre Beute herabstießen. Helena verfolgte jede ihrer Bewegungen, breitete die Arme aus zum

Sturzflug. In ihre erloschenen Augen kehrte Glanz zurück. »Gesche?«, flüsterte sie.

»Ja, ruf nach ihr«, unterstützte sie Agnes und forderte ebenso Frowe dazu auf, die sich wunderte, gleichzeitig von ihr den Nacken gekrault zu bekommen. »Ruft sie herbei! Gesche, führ unsere Tochter zurück, hilf ihr!«

Über dem leuchtenden Kreis und dem flammenden Pentagramm kräuselte sich dünner Rauch, formte sich zu Wölkchen, schließlich zu luftigen Körpern, Hasen, deren Löffel bis zu den Baumspitzen wuchsen, Vögeln mit immer weiter ausgreifenden Schwingen.

»Gesche!«, flehte wiederum Agnes um einen Rat für Lenes Heilung. »Gesche, Gesche, Gesche«, griffen die herunterhängenden Zweige die Beschwörungen auf, warfen sie hinauf bis zu den Wipfeln, vervielfältigten sie und trugen sie tiefer in den Wald hinein. Von Baum zu Baum pflanzte sich der Schall fort: »Gesche, Gesche, Gesche.«

Nur einen Moment zog eine Riesenhand den himmlischen Vorhang ein Stück weit auf, ließ am Firmament die Funkelpunkte glitzern und den gelben Mondrand eintauchen in die Wellen der Unendlichkeit. Im spärlichen Lichtschein plusterten sich die Häupter der Bäume auf, entrüstet über die Ruhestörung durch die nochmals auffliegenden Herbeirufungen der geheimnisvollen Frauengestalt.

»Vorbei«, stellte Agnes bedrückt fest. »Längst ist die Geisterstunde vorüber.« Rückwärts schritt sie ihre Linien ab, den Schutzmächten dankend für die Bewahrung der eingekreisten Zwischenwelt, die einer Begegnung der Irdischen mit den körperlosen Wesen dienen sollte.

»Ein bisschen mehr Unterstützung von dir hätte ich schon erwartet.« Sie stieß Frowe an, die völlig versteinert dahockte.

»Was ist mit dir?« Schließlich leuchtete sie mit einem der letzten noch brennenden Lichter in ihr Gesicht – und erschrak beinahe tödlich. Kaum noch wiederzuerkennen, verzogen sich Frowes Züge zu einem stummen Schrei. Sofort leuchtete sie auch Lene an, die summend den Kelch mit dem Wein an ihre Brust drückte und streichelte. Nochmals vergewisserte sie sich, ob ihr bei Frowes Antlitz womöglich nur die Schatten und scharfen Konturen einen Streich gespielt hatten. Doch die Marketenderin saß da wie gelähmt und brachte keinen Ton heraus.

Eilig klaubte Agnes ihr Beschwörungswerkzeug zusammen, griff die beiden Frauen an der Hand. Wie erkläre ich es nur, wenn ich zwei Irrsinnige zurückbringe, malte sie sich die auf sie einschlagenden Vorwürfe der Männer aus. Unterwegs spürte sie, wie in Frowes stockstarre Finger die Wärme zurückkehrte. Vorsichtig massierte sie die Gelenke, streichelte den Handteller.

Auf der Heerstraße hakte sie die beiden unter, schritt aber nur langsam aus, um Frowe Zeit zu lassen, zu sich zurückzufinden. »Was war das?«, ließ die Erstarrte schließlich verlauten, nachdem sie die Kontrolle über ihre Zunge zurückgewonnen hatte. Völlig verunsichert fragte sich Agnes, ob sie ihr den wahren Grund dafür jemals mitteilen konnte. »Wir kommen«, kündigte sie sich stattdessen schon von Weitem bei den Männern an.

Gereizt und fahrig drängte David darauf, Resultate zu hören über eine Besserung. »Kommt erst mal rein, ich habe euch einiges zu erzählen«, beruhigte Agnes und führte die Männer ins Haus.

Sie setzten sich um den Tisch. Franz ließ sich nach wie vor

nicht blicken. »Berichte du zuerst!«, forderte Agnes Frowe auf.

Die schluckte, hatte immer noch Mühe, sich zu fassen und ihre Gedanken zu ordnen. Stumm wies sie auf Agnes und bedeutete ihr, den Anfang zu machen. Agnes hatte sich in die Augen ihres Sohnes vertieft und hielt so lange Zwiesprache mit ihnen, bis David es nicht mehr aushielt und ein Ende der Geheimniskrämerei verlangte.

»Helena bekommt ein Kind«, verkündete Agnes trocken.

Säbeltanz

»Kunnst liete«, brüllte der Müllerlehrling von der Straße herüber. Verdrossen schaute Adam Hebestreit zur Wanduhr. Es war gerade mal zehn Minuten her, dass er es eins schlagen ließ. Ächzend erhob er sich und ging erneut zum Kirchturm hinüber. Mehr und mehr rieb er sich an der Glocke, die ihm die Tage zerhackte. Neben dem Beteläuten früh, mittags und abends war ihm aufgetragen, den ganzen Sommer und Herbst hindurch, wenn das Dorf auf die Felder strömte, und selbstredend auch beim Bestellen im Frühjahr tagsüber jede volle Stunde anzuzeigen.

In vielen Orten tat das eine Turmuhr, für die den Herrmännern jedoch das Geld fehlte. Gern hätten sie dennoch auch nachts gehört, welche Stunde ihnen schlug. Doch die Angst, dadurch unliebsamen Besuch anzulocken und dem Räubergesindel geradezu den Weg zu weisen, überwog. Heute kam das Läuten zum Mahlen hinzu. Eingeteilt nach ihren Gassen, zogen die Getreidekarren zur Buschmühle. Sobald sie abgeliefert hatten, hetzte der Lehrling zum Kantor, um die Nächsten herbeirufen zu lassen. Immerhin brachte das dem Lehrer ein paar Extrapfennige ein.

Nachdem der Klöppel mehrmals angeschlagen hatte, schlurfte er zurück. Er selbst war noch lange nicht an der Reihe, sein bisschen Korn abzuliefern, über das er noch verfügte. Den kümmerlichen Rest vor der nächsten Ernte, jedoch wenigstens genug, um nicht den Hunger über die Schwelle zu lassen – was nach dem Winterquartier des Militärs niemand so erwarten konnte.

Aber die Vorstellung, wie wenig Mehl er zurückbekommen würde, ließ ihn schon jetzt schaudern. So eifrig die Dörfler dem Müller auch auf die Finger sahen, kamen sie nie dahinter, was er sich außer der ihm zustehenden Metze noch in die eigene Tasche schaufelte.

Müller und Lumpen wachsen auf einem Stumpen, ging ihm das böse Sprichwort durch den Kopf. Metze – kein Wunder, dass der Müllerlohn und die Hure aus dem gleichen Wort geschnitzt sind. Sich mit einer Handmühle von diesem ewigen Betrugsverdacht zu befreien, wäre jedoch mit einem solch unerhörten Aufwand verbunden gewesen, als wollte man mit dem Zähneknirschen über das verruchte Treiben jener Zunft sein Korn zerreiben.

Da es zur Mühle nur bergab ging, blieben die Zugtiere in ihren Verstecken. Vor die wenigen Pferdewagen spannten sich die Männer und Jungen. Zumeist reichten einfache Handkarren aus, um das Korn in Körben fortzuschaffen. Die kostbaren Säcke wurden gehütet, um in ihnen später das Mehl zu holen.

Während der nächste Trupp zur Mühle aufbrach, rieselte ein Menschen-Bächlein in die entgegengesetzte Richtung. Das hing ebenso mit dem Mehl zusammen, denn der Abrieb der Mühlsteine rächte sich über die Jahre am Zahnschmelz und fraß sich in ihn hinein. Folglich breitete sich Annas Nachricht über die Künste der Schmiedin wie ein Lauffeuer aus. Allzu gern nahm man der lobpreisenden Pastorenfrau ab, dass selbst Könige keine bessere Behandlung erfahren würden. Was nicht mal übertrieben war, da Frowes ärztliches Besteck tatsächlich auch bei Hofe mithalten konnte.

Nicht genug damit, wusste die Marketenderin ihr Ansehen noch zu verdoppeln, indem sie keinen Preis verlangte, sondern nahm, was man ihr halt geben konnte: von Eiern bis zum Entenschenkel. Im Nu verstummte das Gezische über Ehelosigkeit und Rabenspuk, und mancher versuchte, sich lieb Kind zu machen, indem er seinen Nachbarn anschwärzte, die Zunge gewetzt zu haben.

Vertrieben von den wehklagenden, aufgerissenen Mäulern im Haus, verbarg sich Volker im Hollerbusch. Hier jedoch, wo er auf jedem Ast übermütig lachend Ide und Lene um sich spürte, fiel er in tiefe Traurigkeit. Er malte sich aus, beide zu beschützen, und legte die heimlich nach draußen geschleppte Pistole vor sich in eine Astgabel, um auf alle Widerwärtigkeiten dieser Welt anzulegen: Peng! Schon jagte er die Landsknechte vom Hof. Peng! Auch das Räubergeschmeiß. Peng! Selbst die Pesthexe.

Schräg über den Lauf der Pistole blickte er plötzlich in ein Gesicht. Melchior hatte sich in den Schatten des Holunders geschlichen und beobachtete das Haus. Gestützt auf seine Krücken, troff er vor Glückseligkeit. Was mag den Krüppel so erfreuen, fragte sich Volker und folgte seinen Augen, um erschrocken festzustellen, wie sie sich an Helena weideten, die zum Herzerbarmen geistesabwesend im Fenster hampelte. Im Arm hielt sie ihre Laute. Doch war selbst von Weitem zu erkennen, dass sie nicht auf ihr spielte, sondern die Saiten zerriss.

Geradezu körperlich spürte Volker, wie sie mit jeder Saite auch eine Verbindung in ihr altes Leben durchtrennte.

Wohin war seine Schwester nur entwichen, die ihn immer aufgerichtet hatte, wenn ihn Trübnis befiel? Ein Lachen von ihr, ein zartes Streicheln über den Kopf, ein Kuss auf die Stirn, eine Umarmung – und sein Kummer zerstob. Wie bewunderte er ihren Wortwitz, ihre Schlagfertigkeit, mit der sie auch den Vater immer aufs Neue verblüffte. Sie war sein wie auch Ides Wunschbäumchen, in dessen Geäst sie nur ihr Begehr zu flüstern brauchten, und sie fand Wege, wie sich das erfüllen ließ.

Da im Fenster zappelte von ihr nur noch eine entleerte Hülle, die hinter Volkers Tränen verschwamm. Lange konnte er nicht hinsehen, um nicht von Verzweiflung übermannt zu werden. Alles um ihn entrückte. Sehr wohl hörte er aber noch Melchiors Selbstgespräch.

Es dauerte allerdings, bis dessen Worte durch seine Schwermut drangen: »Hast du deinen Lohn endlich weg, du Hur.« Kaum, dass ihm der Sinn klar geworden war und ihn die Empörung schüttelte, zischelte die Schlangenzunge: »Nun nutzt dir dein gestohlenes Leben auch nichts mehr.«

»Gestohlenes Leben?«, schnaubte Volker. Was erdreistet der sich, so über Lene zu reden! Derweil griente Melchior vor Heimtücke, geilte sich wispernd auf an ihren Schenkeln, ihrer Scham, die fortan nur noch welken und runzeln würden. Eine himmelschreiende Beleidigung jagte die nächste und brachte Volkers Blut zum Sieden: Warum gießt der solche Jauche über die geschundene Schwester?

Leise spannte er den Hahn, wohl wissend, dass die Waffe feuerbereit war. Sein Ziel stand so nah, dass er sich aussuchen konnte, durch welches der hasserfüllten Spanner-Augen er sein Blei fahren ließe. Jede Aufregung wich von ihm. Ruhig, ohne zu zittern, umfasste die Hand den Schaft. Grabeskälte stieg in ihm auf.

Nur noch den Finger brauchte er zu krümmen, um eine Winzigkeit. War es nicht seine Pflicht, das Ansehen der Schwester zu wahren, sie reinzuwaschen vom Sudel und Schimpf dieses erbärmlichen Wichts? Vom Auge wich er ab, richtete die Mündung direkt auf den Mund, der nach wie vor Verwünschungen ausstieß – und wartete, wartete, wartete eine Unendlichkeit.

Gänzlich mit sich im Unreinen, ließ er die Pistole sinken. War er zu schwach, seine Lene zu schützen?

Bestürzt schaute er auf die Waffe. Mein Gott, besann er sich: War ich wirklich bereit zu töten? Ist die Stufe so niedrig, zum Mörder zu werden?

»Drecksau, Schlampe«, zog der auf seinen Krücken forthumpelnde Hintersättler eine Kaskade weiterer wüster Beschimpfungen hinter sich her. In Volkers Hand zuckte es, den Ruf Lenes zu verteidigen, Melchior zumindest auf die Knie zu zwingen und Rechenschaft von ihm zu fordern. Er sprang von seinem Ast und legte erneut an, vermochte es aber wiederum nicht, dem wehrlosen Krüppel Gewalt anzutun.

Mehrfach dröhnte die Glocke, der Aufruf an die nächste Straße.

*

Tönges war keinesfalls der Einzige, der nicht der nächsten Ernte traute, sondern sicherheitshalber Korn als Saatgut zurückhielt. Den Herrmännern widerfuhr es bislang kein einziges Mal, dass ihr Getreide auf den Äckern ausgedroschen und alles, was übrig blieb, zertrampelt oder angezündet wurde. Sie hörten jedoch davon aus anderen Orten. Die Schindmähre des Krieges legte es zunehmend darauf an, den Dörfern das Rückgrat zu brechen und ganze Gegenden zu veröden.

Für den Abend hielten sich die Männer bereit zur Beratung über die Erntetermine, die Fruchtfolgen, die Auswahl des Brachlandes zur Regenerierung, auch zur Verkündung der Strafen für Holzdiebstahl oder Fischfrevel in den gemeindeeigenen Teichen. Erst leise, dann zunehmend lauter huschte ein Gerücht durch die Gassen. Angeblich sei in den Waldspeichern zu viel Korn verfault und von Mäusen gefressen worden. Da erst im Winter Militär im Dorf gelegen habe, alsbald also kein neues zu erwarten sei, solle jeder sein Getreide wieder bei sich daheim einlagern.

»Wer ist denn darauf gekommen?«, fragte Frowe und fasste sich an die Stirn.

Tönges wies von sich, etwas darüber zu wissen. »Egal, was sie beschließen, können wir doch wieder Korn in unserem Erdloch verstecken«, brummte er und zeigte sich nicht weiter daran interessiert; schließlich brach er auf zur Versammlung.

Frowe jedoch ließ die Sorge nicht los, in welche Gefahr sich das Dorf begab. Sie lief zur Nachbarin Bertha, die sie umgehend zu Anna und zu Thea begleitete, der Frau des Ackerbauern. Schließlich formierte sich eine Gruppe von fast zehn beherzten Frauen, die zum Dorfkrug marschierten. Vor der Tür jedoch schwand ihnen der Mut; auch Anna mochte nicht diejenige sein, die als Erste hineinstürmte unter die Augen des versammelten Männerrates. Mehrfach laut Luft holend, setzte sich also Frowe an die Spitze.

Wie erwartet, folgte prompt die Missbilligung. Dorfschulze Caspar Zimmermann polterte lauthals los, was diese Störung denn solle. Schließlich sitze man nicht zusammen, um Spinnstubentratsch auszutauschen. Das Weibervolk solle sich hinscheren, wo es hingehöre, also zu den Kindern und Töpfen.

Schallend brauste eine Lachsalve durch den Raum. Schon machten die ersten Frauen kehrt und bogen den Rücken krumm in Erwartung der Schelte daheim, weil sie ihren Mann blamiert hatten. An die Marketenderin klammerten sich ihre Blicke, doch noch das Wort zu ergreifen. Ausgerechnet ich, die Fremde, dachte Frowe bei sich.

»Stimmt es, dass ihr die gesamte Ernte in blindem Vertrauen auf das gut meinende Schicksal auf den Böden der Scheuern und Häuser lagern wollt?«, stellte sie die Ratsversammlung zur Rede.

Ärgerlich schnaubend, dachte der Schulze gar nicht daran, sich zu einer Antwort herabzulassen, sondern verbarrikadierte sich hinter dem Vorrecht männlicher Entscheidungsbefugnis. »Wollt ihr uns etwa zum Gespött der Nachbargemeinden machen, wenn sich rumspricht, dass bei den Herrmännern die Frauenspersonen das Regiment führen wollen?« Nervöses Räuspern sprang durch die Bankreihen.

»Sind es nicht die Frauenspersonen, von denen ihr verlangt, die Kochtöpfe auch dann noch zu füllen, wenn gar nichts mehr da ist?«, begehrte Frowe auf. »Wenn euch der Magen knurrt, schaut ihr uns vorwurfsvoll an. Dann sind wir auf einmal gefragt, dann sollen wir uns was einfallen lassen. Doch jetzt, da die wichtigen Entscheidungen anstehen, wollt ihr uns mundtot machen! Was fürchtet ihr eigentlich mehr, die Dösköppe aus den Nachbarkäffern oder ausgekochte Birkenrinde auf dem Tisch? Wer von euch«, dabei zielte sie mit der Hand direkt auf den Schulzen, »will es verantworten, bei der nächsten Plünderung mit einem Schlag alles zu verlieren?«

Mucksmäuschenstill war es geworden. Langsam schraubte

sich Dorfvorsteher Knust jetzt in die Höhe, um seinem Amt Nachdruck zu verleihen. Er warf sich in die Brust und verkündete, selbst der einfältigste Feldwebel wisse doch, dass ein leeres Euter keine Milch mehr gibt und dass dies ebenso für ein soeben erst ausgeplündertes Dorf gelte.

Empört stampfte Frowe mit dem Fuß auf und warf der Dorfobrigkeit an den Kopf, dass der einfältigste Feldwebel ganz simpel die Kuh mit dem leeren Euter schlachte. Im Übrigen würden sich nicht mal die Generäle erinnern, welche Dörfer sie soeben erst bluten ließen. Noch weniger hätten die Kaiserlichen den geringsten Schimmer davon, wer kürzlich erst Besuch von den Schweden hatte. »Und selbst wenn sie es wüssten, wäre es ihnen scheißegal«, schmetterte Frowe den Männern entgegen.

»Was kennt ihr denn vom Militär? Hatte schon einer von euch den Kopf eines Obristen auf den Knien, um ihm einen Zahn zu ziehen, füllte einer die Tafel der Offiziere und hörte sie im Suff ihre tiefsten Gedanken ausplaudern? Ihr habt keine Ahnung, wie die ticken! Ich dagegen kenne sie genau, so wie ich auch durchschaue, was plötzlich in euch gefahren ist. Ihr seid trotz aller Widrigkeiten doch noch ganz gut über den Winter gekommen und glaubt jetzt, das klappt immer so. Müßiggang ist aller Laster Anfang. Dabei war der zusätzliche Getreidekauf ein absoluter Glücksfall. Ohne diese Reserven hätte der Hunger viele von uns aufgefressen und die Aschfahle den Entkräfteten den Rest gegeben. Das halbe Dorf läge jetzt auf dem Kirchhof!«

»Wir sollten auf unsere Frauen hören«, stellte sich Tönges auf ihre Seite. »Ich schlage vor, dass wir die Speicher im Wald sogar vergrößern. Für achtundzwanzig Tote seit unserer letzten Versammlung haben wir vorhin unsere Häupter entblößt.

Wir nehmen ihre Äcker mit unter unsere Pflüge. Allein schafft das keiner. Aber wenn wir sie gemeinsam bearbeiten, uns einteilen, dann können wir uns fast des Zehnten entledigen, den wir an die Klöster abführen müssen. Den Vorsprung, den wir einmal durch Glück errungen haben, sollten wir nicht leichtfertig wieder aufgeben.«

»Lasst uns darüber abstimmen!«, sprang ihm umgehend Andreas Bärlauch bei. Caspar ließ er erst gar nicht zu Wort kommen, der wie gewohnt zuerst nach der Zustimmung fragen wollte. »Wer dagegen ist, hebe die Hand!«, änderte er die Prozedur.

Schon gingen sechs, sieben Arme in die Höhe, und die dazugehörigen Köpfe stießen in die Richtung, wo sie Gleichgesinnte wussten. Wo bleibt ihr, mahnten sie energisch. Aber die Angesprochenen schienen das zu übersehen, bis sich die vorschnellen Arme verunsichert wieder senkten.

»Also noch mal«, wiederholte Caspar die Aufforderung. »Wer ist dagegen?«

Niemand meldete sich mehr. Erleichterung und nicht minder eine Prise Stolz durchströmte die Frauen, dass sie erstmals ihren Kopf durchgesetzt hatten.

Nur kurz konnten sie den Triumph auskosten. In ihrem Rücken quietschte die Tür. Herein schaute kein Mensch, sondern ein Gespenst. Moder bedeckte den Kopf. Tief verkrochen sich die Augen in den Höhlen, Schmerz und Hunger entstellten das Gesicht. Zerrissen hing die Kleidung herab.

»Catharina! – Bist du das?«, erzitterte die Frage in der Luft.

Tatsächlich war es Catharina. Als Einzige der entführten Frauen außer Helena hatte sie sich durchschlagen können. Völlig konfus stammelte sie nur, wusste über das Schicksal ihrer drei Begleiterinnen nichts zu sagen. Frowes und Tönges'

Blicke trafen sich: Wäre Lene an ihrer Seite gewesen, falls Würfelbecher auch sie freigelassen hätte? Leise schüttelten beide den Kopf und falteten die Hände. Gedanklich waren sie sich einig, David hatte das Menschenmögliche geleistet.

Wie aber sollte es mit ihm weitergehen? Aufopferungsvoll sorgte er um Helena, fütterte sie, spazierte mit ihr durchs Dorf, zupfte auf den verbliebenen Saiten ihrer Laute, stand nachts mit ihr auf, wenn sie hochschreckte und ihre Kreise lief. Als er Frowe endlich allein antraf, bekniete er sie, ihm doch die wahren Gründe zu nennen, warum er gehen sollte. Doch auch sie konnte sich nur einiges zusammenreimen, Tönges sprach auch mit ihr nicht darüber. »Einmal hörte ich ihn auf Lene einreden«, berichtete sie David. »Ich verstand kaum etwas, denke aber, dass er ihr ein Versprechen gab.«

»Lass dir doch nicht alles aus der Nase ziehen!«, drängte David. »Was für ein Versprechen?«

»Es ist nur eine Vermutung.« Frowe suchte sich zu sammeln. »Es liegt auf der Hand, dass er ihr Schutz zusicherte, dass sie nie wieder ein Mann berührt – auch du nicht. Außerdem fürchte ich, er verzeiht dir nicht, dass du sie allein gelassen hattest.«

Sie hob sogleich ihre Hände vor die Brust, um seinen Protest abzuwehren. »Gewiss, du hättest nichts tun können, und jegliche Gegenwehr wäre euch wahrscheinlich beiden zum Verhängnis geworden. Allerdings ist ebenso möglich, dass sie sich gar nicht verkrochen hätte und mit dir an der Seite aus dem Dorf geflohen wäre.«

»Warum schafft er sie nicht gleich ins Kloster?«, stöhnte David.

»Das wäre wohl die letzte der verbliebenen Möglichkeiten«, versicherte Frowe. »Schließlich kann sie weder arbeiten noch beten. Vor den Toren der Klöster lagern genug beklagenswerte Gestalten. Selbst die aufopferungsvollsten Nonnen können nun mal nicht mit der Rage mithalten, mit der dieser Krieg die Menschen entwurzelt.« Tief seufzend fügte sie hinzu: »Außerdem ist sie ja auch noch in anderen Umständen, ohne verheiratet zu sein.«

»Glaubst du das wirklich?«, meldete sich Tönges aus dem Hintergrund. Überrascht wendeten sie sich ihm zu. Wie lange mochte er ihnen schon zugehört haben? Seinen Vorteil nutzend, konfrontierte er sie mit seinem Verdacht: »Hat sich da Agnes nicht was ausgedacht, um mich zu verwirren? Schließlich kann ich ja nicht den Vater meines Enkels vor die Tür setzen. Was hat sich eigentlich abgespielt in jener Nacht da draußen im Wald?«

»Hast nicht auch du auf Hilfe der geheimnisvollen Mächte gehofft?«, erinnerte ihn Frowe an seine Einwilligung.

»Nein«, sagte er bestimmt. »Ich habe gehofft, dass wir David mit seinem Vater aussöhnen, dass er bleiben kann, wenn er erst einmal wieder an dessen Tisch sitzt.«

Sie schnappte nach Luft. »Das war der Grund, warum du nachts mit uns in die Schneidemühle gezogen bist? Deine Hinterlist unterschätze ich beständig.«

»Haben euch also geheimnisvolle Mächte Lenes Schwangerschaft eröffnet?«, bohrte Tönges weiter. »Ist ein durchsichtiges Mütterlein mit einer Hebammentasche unter dem Arm vor euch getreten wie ein Verkündigungsengel?«, spottete er.

Sie schalt ihn einen Ignoranten. Lene selbst habe es mitgeteilt. Wie aber sollte sie ihm die Bedeutung des Kelches erklären, den Helena im Hexenkreis an sich drückte und wie einen Säugling wiegte. Über das Symbol des Kelches als Born der Schöpfung würde er sich ja doch nur wieder lustig machen.

»Es wird ein Mädchen«, träumte David vor sich hin. »Ich bin mir ganz sicher, es sieht aus wie seine Mutter, dieselben Augen, dasselbe Haar. Und es ist meine Tochter.«

»Da wirst du dir wohl nie sicher sein können«, dämpfte Tönges sogleich das Hochgefühl.

Auch Frowe bereitete ihn sachte darauf vor, besser mit einem rothaarigen, pausbäckigen Jungen zu rechnen, in dem er weder Helena noch sich selbst wiedererkennt. »Wirst du das Kind dann auch noch als dein eigenes akzeptieren?«

»Es wird eine Tochter«, blieb er stur und schwelgte in der Erinnerung an den Ausflug nach Stolberg. Da musste es passiert sein. »Sie soll kein unehelicher Bastard werden. Pfarrer Lahrius muss uns nun trauen.«

»Oje«, nahm Frowe die Antwort des Pfarrers vorweg. »Er kann das nicht tun und wird es auch nicht. Euren vorehelichen Beischlaf toleriert er schon gar nicht, selbst wenn das nur ein paar Tage vor der Trauung war.«

»Warum ist es in der Werkstatt eigentlich so still geworden?«, horchte Tönges auf. »Kaum, dass ich den beiden den Rücken zukehre, hocken sie irgendwo rum. Wie weit seid ihr mit den Radreifen?«, brüllte er zum Amboss hinüber, bekam aber keine Antwort. Ärgerlich schaute er draußen nach, wo er Bodo und Volker mit Agnes reden sah. Mit einem Pfiff befahl er sie zurück. »Schwatzen könnt ihr noch den ganzen Abend. Ran jetzt, es gibt genug zu tun.«

Ziemlich unwirsch forderte Frowe Agnes auf, ins Haus zu kommen. Schwer lastete etwas auf ihrer Seele. Zuerst wurde sie jedoch von Agnes mit Fragen eingedeckt, wie Tönges sich mit der Schwangerschaft abfinde, ob sich an Lenes Zustand etwas ändere und was aus David werde. Einsilbig gab Frowe Auskunft. Wie Katzen schlichen die beiden um den heißen

Brei; sie wussten, dass Unangenehmes bevorstand, das sich nicht länger aufschieben ließ.

»Was ist mit mir in dem Schutzkreis passiert?«, ging Frowe schließlich direkt darauf zu.

Genau diese Antwort wollte ihr Agnes jedoch verweigern. Vielmehr lechzte sie danach zu hören, was der völlig traumatisierten Frowe begegnet war. Der aber wurde klar, dass sie niemals etwas erfahren würde, sobald sie ihr Erlebnis einfach ausplauderte.

»Schluss jetzt mit dem Versteckspiel!«, forderte die Marketenderin. »Du hast doch etwas mit mir gemacht, denn nie zuvor habe ich etwas Ähnliches erlebt. Verfügst du wirklich über Hexenkräfte?«

Agnes sah sich in der Klemme. Unbedingt und zu jedem Preis wollte sie wissen, was ihrer Gefährtin widerfahren war. Also musste sie herausrücken mit ihrem Geheimnis.

»Ich habe nicht die geringsten Kräfte, auf dem Gebiet bin ich ein totaler Versager«, bestritt sie magische Fähigkeiten. »Lediglich eine Salbe ist in meinem Besitz, die ich schon Dutzende Male bei mir selbst probiert habe, ohne nur die geringste Wirkung zu spüren. Egal, wie viel ich davon nahm oder wo ich sie auftrug, es passierte rein gar nichts mit mir.«

»Warte, warte, warte!«, unterbrach sie Frowe. »Du hast mir also diese Salbe aufgetragen?!«

»Den Nacken hab ich dir damit eingerieben.«

»Das war das also!«, besann sich Frowe. »Ich hatte mich schon gewundert, was dich da überkam. Erzähle endlich, wie stellst du diese Salbe her, und was soll sie bewirken!«

Wiederum wand sich Agnes. »Es ist nicht meine Salbe, ich habe keine Ahnung, was sie bewirkt und wie man sie herstellt.«

Frowes Mund blieb offen stehen. »Oh, nein«, fasste sie sich schließlich. »Sag, dass meine Vermutung nicht stimmt …«

»… doch«, gestand Agnes zerknirscht. »Sie stammt aus dem Grab.«

»Nein!«, fuhr Frowe von der Sitzbank hoch. »Das ist doch nicht wahr!«

Still nickte die Sägemüllerin. »Es ist wahr.«

»Wie konntest du mir das antun, ich hab dir vertraut. Es wäre doch wohl das Mindeste, dass du mich fragst, ob ich für solchen Wahnwitz bereit bin.«

»Du warst bereit«, behauptete Agnes. »Schließlich ging es nicht um irgendwelche Versuche, sondern um Helena.«

»Mir ging es um Helena«, geriet Frowe außer sich. »Du jedoch hattest einzig und allein diesen Hokuspokus im Sinn. Du suchst Kontakt zu den Hexen, um deinen Mann loszuwerden!« Sie rannte nach draußen an die frische Luft.

Mit tief, fast bis auf die Tischplatte herabgesunkenem Kopf blieb Agnes zurück. Sie schluchzte, wusste aber keine Gegenwehr. Nur einen Augenblick dauerte es, bis Frowe wieder hereingestürmt kam. »Also noch mal. Warum hast du mich nicht gefragt?«

»Nach allem, was ich bislang mit dieser Salbe ausprobiert habe, glaube ich inzwischen, dass sie nur dann wirkt, wenn der Betroffene nichts von ihr weiß. Darum konnte ich dich also nicht einweihen. Um nicht genauso erfolglos zu bleiben wie bei all meinen anderen Beschwörungen, musste ich etwas riskieren. Lene zuliebe. Ich habe nur an sie dabei gedacht, das schwöre ich.«

Frowe schaffte es nicht mehr bis zur Bank und setzte sich auf die Tischplatte. »Wenn das richtige Hexensalbe ist, dann ist das jenes Zeug, welches Flugkräfte verleiht. Mit einem Besen zwischen den Beinen wäre ich womöglich davongeflogen«, machte sie ihr bittere Vorwürfe.

»Tunlichst hab ich darauf geachtet, dass nichts in der Nähe war, worauf du reiten konntest«, versicherte Agnes.

»Na toll«, nahm Frowe die bisherige Lautstärke zurück. »Du achtetest auf mich. Fast wünschte ich mir, das Spiel einmal mit dir zu treiben. Damit du siehst, wohin du mich geführt hast. Nie wieder möchte ich so was erleben. Es war schrecklich.«

»Erzähl endlich, hast du was gesehen, das uns weiterhilft?«

»Verdient hast du es nicht, auch nur ein Wort zu erfahren.«

»Ja, doch«, war Agnes bereits wieder ganz in ihrem Element. »Vielleicht können wir Lene ja noch helfen, spann mich nicht länger auf die Folter.«

»Klarer und unmissverständlicher kann eine Antwort nicht ausfallen. Sie lautet nein. Definitiv nein.« Frowe schüttelte sich vor Entsetzen allein bei der Erinnerung an diese Schockwelt, in die sie gestoßen worden war.

»Nein?«, schaute sie Agnes fragend an.

Frowe schluckte. »In einem Höllenpfuhl kann es kaum fürchterlicher zugehen. Allem, was tot und abgestorben um uns stand, wuchsen Spinnenbeine, knorrige Arme mit Händen, die bis auf den Boden reichten, faltig leere Hängebrüste, gnomenhafte Gesichter.«

»Hängebrüste?«, wog Agnes den Kopf. »Jetzt nimmst du mich aber auf die Schippe?«

»Nicht im Mindesten«, protestierte Frowe und sprang vom Tisch wieder auf. »Ohrenbetäubend gellten ihre Stimmen, ein Chor, der in den Wahnsinn treibt.«

»Warte«, unterbrach sie Agnes. »Wie nahe kamen sie heran, haben sie dich berührt?«

Innehaltend überlegte Frowe. »Nein, vor den Kerzen machten sie halt.«

Jubelnd klatschte Agnes in die Hände. »Unseren Schutzkreis konnten sie also nicht durchbrechen. Es hat funktioniert«, jubelte Agnes und tanzte im Kreis.

»Freu dich nicht zu früh.« Frowe drückte sie wieder auf die Bank. »Ich bin mir sicher, dass sich das Geschrei gegen dich richtete. Wag es nie wieder, das Ritual zu vollziehen. Es könnte schrecklich für dich ausgehen.«

Erneut riss es die Brettmüllerin vom Sitz, und sie wankte in Frowes Arme: »Das hieße«, und sie schluckte, »das hieße ja, dich wollen sie wiedersehen.«

»Nimmermehr!«, wies Frowe das von sich. »Mit solch satanischem Werk retten wir Helena keinesfalls. Wer weiß, wo wir allesamt enden würden. In der Hölle und zuvor auf dem Scheiterhaufen.«

Mit beiden Händen umfasste sie die Oberarme von Agnes und presste sie wie ein Schraubstock zusammen. »Versprich mir, dass auch du das nicht noch mal versuchst. Schon gar nicht mithilfe dieser Salbe. Beerdige sie wieder wie alles andere, was du auf dem Friedhof gefunden hast. Andernfalls stürzt du dich in tiefes Unheil. Die Halluzinationen, die ich hatte, waren schrecklich. Noch jetzt habe ich Angst, dass mir der Schädel platzt von den gellenden Tiraden im Ohr. Das Gekeife übertraf alle menschliche Vorstellungskraft. Wenn das ein Spuk war, dann schlottern mir die Knochen bei dem Gedanken, ihm womöglich mal direkt zu begegnen.«

*

Erntezeit. Nun galt es, Gottes Gaben heimzubringen. Hatte

er sie bislang weitgehend gehütet vor Hagel, Sturm, Blitzschlag, Trockenheit und Überschwemmung, so lag es nun bei jedem selbst, seinen Ertrag vor Fäulnis, Brand und dem Militär zu bewahren.

Ein Feind allerdings erwies sich schon jetzt als unbezwingbar. So schlimm wie in diesem Jahr hatten die kleinen grauen Nager noch nie zuvor gewütet. Große Teile der Ernte gingen durch die Mäusebäuche. Die Zeit drängte daher, das Korn vom Acker zu bekommen. Dennoch musste es vor allem trocken sein, um nicht zu faulen oder zu keimen. Wehe, es saugte sich nochmals voll mit Regenwasser.

Prüfend hingen alle Augen am Himmel, verfolgten bangend jede dunkle Wolke, die groß und gefährlich werden könnte, sobald sie sich mit anderen zusammenklumpte.

Nicht minder schweiften die Posten seit Tagen weit aus, beobachteten die Wege, lauschten auf Gewieher. Knurrend nahm es Tönges hin, dass Bodo und David abwechselnd das Kommando über die Bewachung der Ernte übertragen wurde. Vor allem Bodo ging ganz in seinem Element auf, Rotten zusammenzustellen, die auf Zuruf oder Flaggensignale vom weit hin sichtbaren Turm der Burg zu Waffen und Sensen greifen sollten, sobald sich Diebe näherten.

Anerkennend klopften ihm die Herrmänner auf die Schulter. Sie fühlten sich verstärkt durch einen kampferprobten Offizier in ihren Reihen. Ihre Achtung wuchs vor der Schmiede, die immer mehr Leute ins Dorf zog, die sich als nützlich erwiesen. Die drei Männer dort und die Frau schürten nicht nur das Schmiedefeuer, sie strahlten trotz eigener heftiger Niederschläge feurige Energie aus, die alle ein wenig mehr aufrichtete.

Während Tönges innerlich lamentierte, ständig auf eine Arbeitskraft verzichten zu müssen, freute sich Volker unbändig darüber. Von ihm fiel eine Last, nicht den Spott der Gleichaltrigen auf sich zu ziehen, die längst schon die Sense schwangen. Dagegen wäre bei drei kräftigen Männern und nur einer Frau im Haus auf ihn an Frowes Seite die Frauenarbeit des Garbenbündelns zugekommen.

Schließlich wollte Volker auch aufsteigen in der Rangfolge. Mit David – das war ihm völlig klar – konnte er keinesfalls mithalten. Doch spekulierte er darauf, den gänzlich mit dem Sensen ungeübten Bodo zu überflügeln. Der spürte die Attacke auf seine Mannbarkeit jedoch nicht mal und stellte sich sehr schnell um von seinem Säbel auf das Bauerngerät. Als er dann noch Frowes und sein eigenes Pferd sattelte, um auf den Stoppeln David im Reiterangriff zu unterrichten, hingen die Augen aller Mädels an diesen beiden Burschen.

Eindruck wollte Bodo nicht schinden. Ihm ging es darum, David die Techniken zu lehren, die ihn zusammen mit Würfelbecher zu gefürchteten Angreifern gemacht hatten. Die aufgestellten Strohpuppen eigneten sich wunderbar, die plötzlichen Richtungswechsel kurz vor dem Zusammentreffen mit dem Feind zu üben. Sie zwangen den Gegner, den Säbel in der Rechten über den Rücken des Pferdes zu führen und dadurch mit viel kürzerer Reichweite die eigene linke Seite zu decken. Offensiv konnte derjenige auf diese Weise nicht mehr zuschlagen. Genau in diesem Moment kam auf den Zweiten die Aufgabe zu, den Gegner überraschend in die Mitte zu nehmen und ihm die ungeschützte rechte Bauchseite aufzuschlitzen.

Bodo riet, immer auf den Bauch zu zielen, da viele ihre Brust mit Lederkollern, Amuletten oder Tabaksdosen in den Taschen schützten. »Sich zu zweit im Kampf Mann gegen Mann immer nur auf einen zu stürzen, machte uns haushoch überlegen«, schwärmte Bodo von seinen Scharmützeln. »Unsere Außenseiten schützten wir lediglich defensiv, aber wen wir in die Mitte nahmen, der war verloren. So hieben wir regelrechte Breschen in die gegnerischen Reihen.«

Nicht sonderlich amüsiert schauten Frowe und Tönges den Übungen der beiden zu. »Zu was soll das nütze sein?«, schüttelte der Schmied den Kopf. »Die beiden allein wären verloren bei einem wirklichen Angriff.« Übersatt von dem Säbelgeprotze der Landsknechte wollte ihm Frowe zustimmen, als ihr Blick den Burgturm streifte. »Alarm!«, schrillte ihre Stimme über die Felder. »Die Fahne zeigt in Richtung Westen. Schnell, formiert euch!«

Bis ins Mark drang die heranschleichende Gefahr. Im Nu wandelte sich das von Bodo aufgeputschte Bienenvolk zu einer giftstachligen Streitmacht. Gefasst und entschlossen, nicht länger willenlos ihr Hab und Gut dem Raub zu überlassen, eilten die Männer zu ihren Waffen. Wer keine besaß, warf seine Sense über die Schulter. Man wollte ihnen die Ernte nehmen, die Tröpfe hatten gewartet, bis sie fast fertig waren mit der Mahd, um sich nun ungeniert bedienen zu können.

Angetrieben vom Gespenst des Hungerwinters, rannten die Männer den beiden Reitern hinterher. Vor ihnen stoben kleine Rauchfahnen auf, denen kurz danach der Knall von Pistolen folgte. Der Überlebenskampf war bereits im Gange.

Bodo und David sprangen von ihren Pferden, als sie Bernhard Bärlauch blutend hinter einer Strohpuppe kauern sahen. »Nicht so schlimm«, winkte er ab, »nur ein Streifschuss an der Schulter. Die anderen von uns sind dort oben auf dem Hügel.«

Von da wurde ihnen bereits hektisch zugewinkt. Sie sollten geduckt kommen und sich nicht zeigen. David hielt die Pferde, während Bodo zu den anderen Männern schlich. Nach kurzer

Lagebesprechung sprang er den Hang wieder herab und war ganz außer Puste, als er David ins Bild setzte.

Es stand ernst um sie. An die fünfzig Vagabunden streiften auf Beutezug durchs Land. Sie führten viele Fuhrwerke mit sich, darauf aus, gnadenlos alles Korn zu rauben. Doch rechneten sie nicht mit Gegenwehr. Als hinter den aufgestellten Strohpuppen überraschend Pistolenfeuer aufbrandete, überschlugen sie sich in heilloser Flucht.

Nach dem ersten Schrecken erkannten sie jedoch, wie schlecht dieser Hinterhalt genutzt worden war, sodass trotz des großen Überraschungsmoments lediglich ein Einziger von ihnen auf der Strecke blieb. Zu ängstlich und überhastet hatten die Bauern aus viel zu großer Entfernung geschossen. Entschlossen sammelte der Anführer des Räuberhaufens daher seine Leute und war gerade dabei, einen Angriff von einem Dutzend Reiter zu formieren. »Sie haben ebenso das Signal vom Burgturm gesehen und wollen den Hügel stürmen, bevor Verstärkung eintrifft«, kam Bodo zum Schluss.

»Das heißt, sie nahmen sich nicht die Zeit, ihre Pistolen neu zu laden«, vermutete David.

»Wir werden es gleich herausfinden. Nun gilt es, David. Bist du bereit?«

Er nickte.

»Also gut. Genau wie wir es geübt haben. Wir halten auf die Mitte zu, dort nehmen wir uns als Ersten ihren Anführer vor und teilen damit die Meute. Dann schwenken wir um zu ihrem rechten Flügel. Falls sie schießen, duck dich hinter den Pferdehals. Bewahre aber deine Kugeln. Die brauchen wir, sobald sie kapiert haben, dass wir lediglich zu zweit sind und sich dann alle auf uns stürzen. Und schieß um Himmels willen nicht beide Pistolen gleichzeitig ab, das geht meist daneben.

Ziele sorgfältig mit jeder einzeln und konzentriere dich auf die Schritte deines Pferdes!«

Sie galoppierten hinter dem Hügel hervor. Umgehend drängten sich die Gegner zu einer Traube zusammen, in der jeder den ersten Hieb führen wollte. Doch ihr Anführer behielt kühlen Kopf und vermutete eine Finte. Er wies auf die andere Seite des Hügels, von woher er den eigentlichen Gegenangriff kommen sah, und zog seine Formation wieder auseinander.

Nach einem kurzen Blickkontakt mit David schwenkte Bodo scharf. Doch die Reaktion des Räuberhauptmanns jagte David einen Schauer über den Rücken. Der alte Haudegen dachte gar nicht daran, seine rechte Hand umständlich über das Pferd zu führen, sondern ergriff den Säbel mit der Linken. Als hätte er den ganzen Trick bereits durchschaut, ließ er seine Waffe mehrmals geschickt kreisen. Feuerbögen hinter sich herziehend, zerschnitt die Schneide die Sonnenstrahlen. Offensichtlich war der Kerl darin geübt, rechts wie links auszuteilen.

Fast hätte David den Anschluss verpasst. Hastig schwenkte nun auch er ein, dicht an Bodo heran. Als der Anführer zum wuchtigen Hieb gegen Bodo ausholte, tauchte er aus dem Sattel, hörte den Schwertstreich über sich hinwegsausen, den ihm sein direktes Gegenüber zugedacht hatte, während Davids Säbel tief in die Bauchseite des Räuberhauptmanns eindrang.

Bei den Übungen zuvor begleitete ihn ein ständiger Ekel, in die Strohpuppen hineinzustechen, und eine hohe Barriere hatte sich vor ihm aufgerichtet, sie sich als lebendige Menschen vorzustellen. Innerlich zutiefst erschrocken, entdeckte er jetzt, wie leicht ihm das Töten fiel, ja, welches Wonnegefühl ihn durchströmte, als ihn der Stahl mit dem Innersten des

Feindes verband, da er durch Muskelfleisch, Niere, Darm und Kot glitt.

Entjungfert, überzogen von einem Bluthauch, richtete er das Schwert vor sich auf, stieß es, begleitet von einem Triumphgeheul, in die Luft.

Unwirsch gab ihm Bodo jedoch Zeichen, sich sofort auf den Nächsten zu stürzen, dem Gegner keine Zeit zu lassen, sich vom ersten Schrecken zu erholen. Bevor David heranreiten konnte, hob er den Zweiten aus dem Sattel mit einem überraschend von unten geführten Schlag, der unter dem Arm eindrang und fast bis zur Schulter hinaufführte. Den vor Panik fast gelähmten Dritten traf ein Hieb wie beim Baumfällen mit einer Axt. Den Vierten nahmen sie wieder in die Mitte und ebenso den Fünften.

Eine Übermacht von sieben Reitern stand ihnen jedoch noch gegenüber. Sie hatten haltgemacht, sammelten sich. Ein neuer Anführer fand sich, trieb seine Leute an, die Schmach vor den Augen der gesamten Bande wieder wettzumachen. Eng nebeneinander sprengten sie heran, ließen keine Lücke, um einen Einzelnen nicht dem tödlichen Zangenangriff auszusetzen.

Nervös wollte David seinem Pferd die Sporen geben, ihnen mit aller Wucht begegnen. Aber Bodo hielt ihn zurück. »Warum sollen wir uns anstrengen? Lass sie nur kommen.« Im Stand warteten sie ab.

Auf dem Hügel traf inzwischen die Verstärkung ein. Nicht nur die Männer. Geführt von Frowe, die ihre Pistolen trug, kamen viele Frauen mit Sensen und Gabeln. Sie wollten nicht länger abwarten, wie das Schicksal über sie entscheidet, und deckten ihren Männern den Rücken. Bodo und David jedoch waren zu weit entfernt, um ihnen beistehen zu können. Mit

Tränen in den Augen sahen die Herrmänner den Ausgang voraus. Grauen erfüllte sie. Noch immer sieben gegen zwei. Die zwei schlugen sich bislang heldenhaft und hatten wohl auch Glück. Jetzt aber würde die Übermacht entscheiden. Das ist nicht zu schaffen, dachten sie alle.

Gegenüber nahmen bereits die Fußtruppen der Waldfischer Aufstellung, schrien sich Mut zu, die paar Bauern doch wohl über den Haufen zu rennen. Ein Blutbad stand bevor.

»Nicht auf den Äußeren!«, befahl Bodo und griff nach seinen beiden Pistolen. »Nimm dir den Zweiten und Dritten vor. Sie werden sich abducken, ziele dicht über den Sattel, da können sie nicht ausweichen!« Sein erster Schuss warf einen der Reiter vom Pferd, auch der zweite traf.

David dagegen fand kein Ziel. Die Räuber waren abgetaucht seitwärts neben den Pferderücken. Erst unmittelbar vor ihm erhoben sie sich, holten bereits aus mit ihren Säbeln. Für einzelne Schüsse blieb keine Zeit mehr. Er feuerte gleichzeitig, dafür jedoch aus nächster Nähe. Die herrenlosen Pferde versperrten den anderen den Weg und trennten sie. »Zuerst die zwei rechts von uns«, hielt Bodo bereits auf den Äußeren zu, wehrte dessen Säbel mit dem Pistolenlauf ab und traf mit seinem eigenen den Hals. Entsetzen erfasste die letzten beiden, doch bevor sie wenden und fliehen konnten, wurden sie bereits nacheinander in die Mitte genommen.

Jubel lief über den Hügel, die Herrmänner lagen sich in den Armen. Wie betäubt saß David im Sattel, konnte noch gar nicht fassen, was passiert war. »Lade deine Pistolen!«, knurrte Bodo und wies mit einer weit ausholenden Armbewegung die anderen an, vorzurücken.

Sie fingen sich zwei Pferde ein. Das Leben seines Braunen wollte Bodo nicht länger riskieren, ebenso wenig Frowes

Pferd. »Du hast gesehen, wie die versuchten, unseren Schüssen auszuweichen. So werden wir das jetzt auch tun«, blieb Bodo weiterhin kaltblütig. »Während unsere Leute von vorn angreifen, schlagen wir einen Bogen und packen sie im Rücken hinter ihrem rechten Flügel. Den rollen wir auf und zeigen den Sandlatschern, was es bedeutet, sich mit der Kavallerie anzulegen.«

Mit ihren Pistolen im Anschlag rückte Frowe in die vorderste Linie auf und überragte dort die meisten Männer. Ihr Tuch hatte sie abgelegt und ließ ihr flammendes Haar über die Schultern fluten. »Wir müssen nicht wie die Söldner in der Schlacht stehend auf den Tod warten«, brüllte sie. »Werft euch sofort auf den Boden, sobald ihr es da drüben aufblitzen seht!«

Martialisch richtete sich hinter der Linie des Räuberhaufens ein Degen in die Luft, und Frowe sah von den Lippen das Kommando »Feuer«. Noch bevor der Degen nach unten sauste, befahl sie: »Hinlegen!«

Zischend surrte das Blei über die Herrmänner hinweg. Sie rappelten sich auf, stürmten sofort auf den Gegner zu, um ihm keine Gelegenheit zum Nachladen zu geben. Dafür trafen aber jetzt ihre eigenen Schüsse. Als die Schnapphähne obendrein die Reiter plötzlich hinter sich sahen, breitete sich Verwirrung aus. Die ersten flohen, rissen weitere mit sich.

In kürzester Zeit löste sich die tödliche Gefahr für das Dorf wie ein Spuk im Sonnenlicht auf. Doch zogen sich immer noch genug so weit geordnet zurück, dass es ihnen gelang, fast alle ihre Fuhrwerke mitzuführen. Lediglich dort, wo David und Bodo einhieben, gab es kein Halten mehr.

»War das ein Sieg, oder kommen die morgen mit zweihundert Mann zurück?«, schüttelte Caspar Zimmermann noch ungläubig den Kopf.

»Vorerst haben sie jedenfalls den Schwanz eingezogen«, triumphierte Kantor Hebestreit. »Über zwanzig Tote ließen sie zurück und ihre Reitpferde. So schnell wollen die von unserer kochenden Milch nicht noch mal schlecken«, war er sich sicher und rief fröhlich: »Da kommen die beiden!«

Die Schmiedemänner führten mehrere eroberte Gespanne mit sich und hatten auch bereits die meisten Reitpferde eingefangen. Ohne sie, das war jedem klar, wäre mit Gewissheit eine Katastrophe über den Ort hereingebrochen. »Lasst uns, da wir hier schon mal rumstehen, die Ernte von hier draußen gleich aufladen und näher am Dorf trocknen«, schlug David vor, der bereits wieder ganz pragmatisch dachte.

»Der hat Nerven«, klatschte eine Frau begeistert in die Hände. »Auch wenn kein Sonntag ist, heute Abend feiern wir.«

Noch immer trunken vor Glück, aber auch mit besorgten Blicken in Richtung der abgezogenen Wegelagerer, durchmaßen die Herrmänner das Schlachtfeld, sammelten die erbeuteten Waffen ein und trugen die Toten zusammen. Sie konnten es kaum glauben, dass es bei ihnen selbst nur ein paar Verletzte gab; am schlimmsten traf es einen Hintersättler und das nicht mal im Kampf, sondern weil ihn eines der gefangenen Pferde abwarf.

»Gott hält die Hand über uns«, sprach Pfarrer Lahrius und blickte zum Himmel auf. Im selben Moment läuteten die Glocken, da die Nachricht vom Sieg im Dorf eintraf. Sie fielen auf die Knie und beteten. Beglückt lauschte Kantor Hebestreit dem zarten Geläut, das er sonst nur als gewaltiges Dröhnen in den Ohren kannte.

Als sie sich erhoben, sah David die beste Gelegenheit gekommen, reinen Tisch zu machen. »Meiner Lene habe ich geschworen, zu ihr zu halten«, stellte er sich vor den Schmied. »Nichts sollte uns trennen, keine Krankheit, nicht der Wille unserer Väter, nicht der Krieg. Wäre sie nur zwei Tage später, nach der Trauung entführt worden, würdet ihr mich alle anspucken, wenn ich sie wegen ihrer Verwirrung verließe. Noch dazu, da sie ein Kind erwartet.«

»Ein Kind?« – Gequält stöhnten die umstehenden Frauen auf.

»Das Kind soll, wenn es schon weitgehend auf die Mutter verzichten muss, zumindest einen Vater haben. Wer hat also einen Einwand, dass wir vor den Altar treten und ich fortan meine christliche Treue halte?«

Johannes Lahrius legte ihm die Hand auf den Kopf. »Trauen kann ich Helena nicht mehr, nicht in ihrem Zustand, das habe ich dir bereits nachdrücklich gesagt.« Er schaute Tönges an und musste seine Frage nicht laut stellen. Der Schmied verstand und nickte zum Einverständnis, den Sägemüllersohn als Vater seines Enkels weiterhin bei sich aufzunehmen. Schließlich fragte der Pfarrer in die Runde: »Wer etwas dagegen einzuwenden hat, dass die beiden unter einem Dach wohnen, der spreche jetzt oder nimmermehr.«

Weihevoll breitete sich Stille aus, ebenso feierlich wie vor dem Altar. Helena wurde herbeigeführt. »David Lahrmann«, sprach Johannes Lahrius mit gehobener Stimme, »und Helena Tannberg, ich segne euch beide und euer Kind. Haltet zueinander«, er machte eine Pause, »solange es eure Kräfte zulassen. Gott schütze euch.«

Geheime Zutat

Über die Weidenzäune flogen Begrüßungen. Freudig flatterten Hände. Durch das Dorf zog Kavallerie, martialisch hingen Säbel und Reiterpistolen am Sattel. Erstmals freute man sich über so eine Truppe. Es war die eigene, bislang unbesiegte. Hinten ritten David und Bodo. Sie hatten mit ein paar anderen Burschen ihre Attacken geübt und waren schon so gut aufeinander eingespielt, dass sie es zumindest mit Räuberhaufen aufnehmen konnten.

Mädchen und Frauen liefen vor die Tür und genossen den Anblick, der ihnen erstmals seit der Entführung wieder ein Gefühl von Sicherheit gab. Natürlich versuchten sie auch, einen Blick zu erhaschen auf den zu ihnen übergelaufenen jungen Kornett mit seinem prächtigen Federhut – ein Märchenprinz in diesem abgeschiedenen Walddorf, das noch immer vor Freude schäumte über den völlig unerwarteten grandiosen Sieg.

Im Zentrum dieses Glückstaumels – in der Schmiede – schlichen jedoch Schatten durch die Räume, nisteten Zweifel und tiefe Betrübnis. Ja, Lenes Bauch wuchs. Mutterglück stellte sich dennoch nicht ein. Über eine Schlange in ihrem Bauch fauchte die Schwangere; es war das Einzige, das man verstehen konnte. Sonst sprach sie nichts. Ihre Versuche nahmen zu, diese Natter aus dem Körper zu treiben. Urplötzlich begann sie wie eine Rasende, auf ihren Leib einzuschlagen, sprang von oben vom Trittstein herab, um das Untier herauszuschleudern.

Behutsam versuchte David, sie zu besänftigen; er bekam dafür Tritte, Kratzspuren zogen sich durch sein Gesicht. Sie fand sich nicht ab mit seiner Nähe, seiner vorsichtigen Zärtlichkeit. In Tönges wuchs gleichsam die Unruhe, weil er sein Versprechen an seine Tochter brach, nie wieder einen Mann an sie heranzulassen.

Manchmal hielt er Zwiesprache mit Ide, suchte seinen Beistand, teilte ihm seine Ängste mit, das Kind könnte so verrückt werden wie die Mutter. Als Frowe erstmals diesen Monolog hörte, draußen im Stall, war ihr, als ob in ihr etwas zerbrach. – Um ihren Rat bat er nicht.

Sie flüchtete in die Pfarre, in die Schneidemühle. Im Dreierbund der Frauen fand sie Trost. Wenngleich Agnes nach wie vor stumm flehte, es doch nochmals mit der Gesche zu versuchen.

Auch diesmal empfing die Schmiede sie bei ihrer Heimkehr unterkühlt. Frowe empfand, dass deren Gemäuer das heiße Kohlefeuer hasste, sich nach Winterkälte sehnte und die Wärme schnellstens durch Türen, Fenster und Esse hinaustrieb. Oft fror sie so heftig wie jetzt.

Was auch daran lag, dass ein Band gerissen war. Während sie die gemeinsame Suche nach dem Kupfer vereint hatte, schleppte nun jeder den Misserfolg allein mit sich herum. In ihrer Waldschlucht stapelten sich die Platten aus rohem Kupferstein.

Unablässig hatten sie weiter experimentiert, mal die Hitze gesenkt, mal die Blasebälge selbst betrieben mit all der Kraft, die ihre Arme hergaben. Schlackeschicht um Schlackeschicht hoben sie ab von der Schmelze, begannen aufs Neue mit dem Rösten. Doch bei jedem Hammerschlag, der das Metall in die Breite treiben und anschmiegen lassen sollte an die hölzernen Kesselformen, riss es. Sie mochten ändern, was sie wollten. Ihr Lohn blieb ihnen verwehrt.

Unschlüssig stand Frowe in der Türöffnung und musterte den kargen Raum wie eine Fremde. Eine Nachricht hatte man ihr nicht hinterlassen, wahrscheinlich führten sie Lene aus.

Schon vor Wochen gab Tönges auf. Dabei hatte er sich nach Ides Tod nochmals verbissen in die Arbeit gekniet. Ihm wollte er das erste Stück brauchbaren Kupfer ins Grab geben als Beweis, dass sein Einsatz und die ausgestandenen Ängste in dem verschütteten Stollen nicht umsonst waren. Tönges kapitulieren zu sehen, fraß sich in Frowe. Verzweifelt klammerte sie sich an Oswald, dessen bergmännische Zähigkeit endlos schien. Unzählige Nächte verbrachte sie mit ihm weiterhin am Schmelzofen, bis auch seine Kraft versiegte.

Dennoch, Frowe wartete.

Die Zeichen waren eindeutig. Blitz und Donnerschlag hatten ihr den Partner für ihr Abenteuer bestimmt. Das Schicksal musste doch lechzen vor Neugier, wie die Geschichte ausgeht, und ihr einen Schubs geben in die richtige Richtung. Wozu sollte denn sonst alles gewesen sein?

Aber ihr Warten trocknete ein. Manchmal kehrte sie noch mit Volker zurück in das Tal, schaute nach den Büschen, die sie um die Röststellen und den Schmelzofen gepflanzt hatten. Von der Staumauer am Bächlein kündeten lediglich Schutthügel. Nur noch die herumliegenden zersägten Holzstämme und auch die Erzhaufen könnten den zufälligen Wanderer stutzig machen, der sich hierher verirrte.

Ein Traum wuchs einfach zu, starb wie ein halbwüchsiges Kind. Mit ihm spürte Frowe schwinden, was sie mit Tönges verband, was sie überhaupt die ganze Zeit in diesem Nest gehalten hatte. Verstohlen musterte sie sich selbst. Was wollte sie eigentlich vom Leben?

Kinder waren ihr nicht vergönnt. So wie sie sich jahrelang vor ihnen hütete, vor jeder Verliebtheit wegen der drohenden Folgen floh, wurde sie nun von ihnen gemieden. Tönges verdross es keinesfalls, den Hausstand nicht weiter zu vermehren und Risse durch die Familie zu bekommen zwischen altansässigem Nachwuchs und Nachzüglern.

War es womöglich ihr zugedacht, Lenes Kind die Mutter zu ersetzen? Sie sah die Tage hinter sich abbröckeln. Eintönig, stupid, ereignisreich nur im Kampf ums nackte Überleben. Gab es etwas, worauf sie sich noch freuen konnte, wovon sich zehren ließ?

*

Eine Pflugwut brach aus. Alles wurde unter die Schar genommen. Zuerst die abgeernteten Äcker, dann die Brache, schließlich auch die seit Jahren völlig verwilderten Felder, an deren Bearbeitung niemand mehr glaubte. Tönges bekam zu tun wie seit Langem nicht mehr. Was wie ein Pflug aussah, wurde zum Schmied geschleppt, um es wieder herrichten zu lassen.

Berauscht von sechzehn zusätzlichen Pferden im Dorf, schäumten selbst die Knechte über vor bäurischem Stolz, ein Stück Land bebauen zu dürfen. So viele Pferdestärken gab es seit Jahrzehnten hier nicht mehr, und alle konnten sich ihrer bedienen. Keine Bettelei, keine Verpflichtung, die Zugkraft der Tiere mit der Menschenkraft der Familie über Monate bei den Pferdebauern abzustottern.

Wie schon in den Waldverstecken verschwammen die harten Grenzen der Gesindeordnung. Im Dorfkrug setzten sich Knechte zu Schäfern und Handwerkern, Tagelöhner zu den Hintersättlern, ohne dass es Spott von den angestammten Plätzen der Ackermänner hagelte. Man rechnete, verteilte Arbeiten, musterte skeptisch den Wert des gegebenen Wortes aus den Reihen der Dorfarmut.

Nochmals wollte man nicht den Fehler wie bei den beiden erbeuteten Dragonerpferden im Vorjahr machen, die unter der Kuratel des Schulzen standen und damit faktisch inzwischen seiner Sippe gehörten. Drei Pferde glaubten die Besitzlosen durchfüttern zu können. Alle Gräben wollten sie mähen, Heu machen, wo es nur ging. Vom Verkaufserlös der anderen Tiere begehrten sie ihren Anteil, um sich mit Hafer eindecken zu können, und genug Saatgut, um fortan Landwirtschaft zu betreiben.

»Herrmanns Acker wird wohl wieder wachsen«, schmunzelte Stellmacher Hölzer. »Denn bald müssen unsere Knechte selbst Tagelöhner bei sich einstellen, weil ihnen die Arbeit über den Kopf wächst. Herumziehende Hungerleider, die alles tun für eine Mahlzeit und ein Dach über dem Kopf, gibt es schließlich genug.«

Auch Franz sprach vor, um Anspruch auf ein Pferd zu erheben, das er zum Bäumeschleppen dringend brauchte. Hier schaltete sich Tönges ein, dies doch mit seinem Sohn zu klären, dem man schließlich die Pferde verdanke. Es lag ihm viel daran, die beiden zu versöhnen. Doch würgte es in Franz schon bei dem Gedanken an solch einen Kniefall. Auf der Stelle machte er kehrt und schwankte gramgebeugt davon.

Vergnügt strich Caspar Zimmermann auch von Bodo fünfzehn Kreuzer für Leibzins und Grundzins ein, der gleichfalls ein Stück Land gekauft hatte. Es sah gut aus dieses Jahr, beim Amt die erwarteten Abgaben entrichten zu können. Man würde ihn nicht wieder behandeln wie den letzten Dreck. Dennoch wollte er die Zahlungen stunden, um niemanden aufhorchen zu lassen, wieso es der Gemeinde auf einmal so gut ging.

Einzeln und so unauffällig wie möglich führten die Herrmänner ihre überschüssigen Pferde auf die Märkte und kauften erneut Saatgut zu, das sie über alle ihre Verstecke verteilten. Doppelte Wachen behielten sie bei. Nochmals würden die Waldfischer nicht wie ein paar Ausflügler unbekümmert herangezogen kommen, in tiefster Gewissheit, dass sich ihnen alle Tore schier von allein öffneten. Je länger ein erneuter Angriff ausblieb, desto sicherer wurden sich alle, dass er erfolgt. »Die Halunken warten, bis wir sorglos werden«, mahnte Johannes in der Sonntagspredigt. »Wehe uns, wenn es ihnen gelingt, uns zu überraschen.«

Die Männer zimmerten Hindernisse, die sie schnell vor die ins Dorf führenden Zugänge ziehen konnten. Mit militärischem Drill ließ Bodo die einzelnen Rotten zusammenwachsen. Sie stellten den Raub der Frauen nach, musterten Schwachpunkte und bauten Bastionen aus, von denen sie sich künftig besser schützen konnten. Am meisten Sorgen bereitete Bodo der Mangel an Pulver und Blei. Nach ein paar Schüssen nutzten ihnen ihre Pistolen und Musketen nichts mehr. Längerer Widerstand erschien ihm nicht möglich. Das jedoch behielt er tunlichst für sich.

*

Frowe maß den Abstand zum Horizont, vor sich wie hinter sich. Wenn sie wegwollte, musste sie sich jetzt entscheiden. Dem Winter in die Arme zu laufen, wäre ein tödlicher Fehler. Doch fand sie keinen Ansatz, darüber mit dem Schmied ins Gespräch zu kommen. Wann immer sie anhub mit Fangfragen wie: liebst du mich eigentlich noch, schlüpfte er ihr durch die Maschen.

Schließlich ging er selbst auf sie zu. »Du willst uns wieder verlassen?«, schleuderte er ihr unvermittelt vom Amboss herüber an den Kopf.

Beinahe wäre Volker der Hammer entglitten. »Was redet ihr da?«, warf er sich dazwischen. Auch David fuhr der Schreck in die Glieder, ohne Frowe Lenes Niederkunft auf sich zukommen zu sehen. Er wollte etwas einwenden, schwieg jedoch betroffen.

Ihr ging es nicht besser. So abrupt wollte sie die Brücken nicht abreißen, schließlich schwankte sie ja noch. »Ich habe euch nur Kummer gebracht«, testete sie die Reaktionen. »Meine Idee, Kupfer zu Gold zu machen, scheiterte so kläglich wie der tölpelhafteste Versuch des einfältigsten Adepten. Welche Mühen verlangte ich euch ab, und mit welchem Resultat?«

»Wahrlich«, erwiderte Tönges. »Du hast uns auf Wege geführt, die wir uns bis dahin nicht mal im Traum ausgemalt haben. Bis auf den Grund uralter, ausgetrockneter Meere. Etwas Spannenderes als mit dir habe ich zuvor mit noch niemandem erlebt. Die meisten Männer rühren zusammen mit ihrer Frau nicht mal Möhrensuppe. Wir kochten nachts unter freiem Himmel Kupfer, ließen Landsknechte für uns Holz fällen. Was kann denn mehr zusammenschmieden?«

Er wartete auf ihre Zustimmung. Sie biss sich jedoch auf die Lippe und schwieg.

»Gewiss«, beeilte er sich, die entstandene Pause nicht zu groß werden zu lassen, »bin ich nicht der ideale Gefährte. Nach Ides Tod und Lenes Wahnsinn hab ich mich wieder zurückgezogen in mein Schneckenhaus, in dem ich mich nach Margots Entführung schon verborgen hatte. Dich habe ich kaum mehr gesehen, deine Wohltaten als Selbstverständlichkeit hingenommen. Das ist wahr. Aber wenn du mehr anfangen willst mit deinem Leben, als herumzumarketendern, Leichen zu fleddern oder Kupferkessel zu verhökern, dann biete ich dir meine Hand und mein Herz. Ich bitte dich, meine Frau zu werden, um die ich besser sorgen werde als bisher. Das schwöre ich feierlich auf meinen Amboss.«

Frowes Blick verschleierte sich. »Wie kommst du denn darauf, dass ich gehen wollte?«, schluchzte sie.

»Lügnerin«, liebkoste er sie und drückte sie fest an sich.

Sie schlang ihre Arme um seinen Hals und fühlte eine Last von sich abfallen, nun, da sie ihre Entscheidung gefällt hatte. »Ja, ich will«, sagte sie laut genug für alle und sah noch überglücklich das erleichterte Aufatmen, mit dem sich David und Volker wortlos verständigten, bis sie unter Tönges' Küssen wonniglich die Augen schloss.

Nun war es an Volker, Wein von der Schenke zu holen, um auf die Verlobung anzustoßen. Bodo kam gerade von seinem Manöver, als er ihn nach dem Anlass für Wein mitten in der Woche fragte.

»Was, nur einen Krug?«, hielt er Volker umgehend auf. »Warte vor der Tür, bis ich mit einem zweiten zurück bin«, befahl er und sprang davon.

Bei seiner Rückkehr sah er Tönges die Bänke nach draußen schleppen und unter dem Birnbaum aufstellen. Oswalds Warnung vor dem Blut an den Wänden seiner Stube hallte in ihm nach. Er wollte das Unglück nicht provozieren. »Morgen räumen wir oben unter dem Dach die Zimmer um. Eins für uns und eins für Lene, David und den Enkel.«

Wie vom Schlag getroffen, sprang David in die Höhe und rannte davon. »Was hat er?«, sorgte sich Bodo.

»Mein mitfühlender Göttergatte«, spottete Frowe, »waltete wieder einmal mit dem Hammer in der Gefühlswelt. Er vergaß, wie Lene vor Freude außer sich war, als er ihr das Zimmer versprach. Sie wird es David erzählt haben damals, als sie noch konnte.«

Verstohlen schauten alle zu Helena herüber. Sie fixierte jedoch ihren Bauch und stach mit hasserfüllten Blicken unbarmherzig in ihn hinein.

Vertrieben vom Wein, wichen die schwermütigen Gedanken. Angestachelt durch Bodo, übte man sich am Tisch an Trinksprüchen. »So soll euer Glück nicht so brüchig sein wie aus Erz gewonnenes Kupfer«, löste der Alkohol bei Volker die Zunge und das über dieses Thema verhängte strenge Tabu. Verärgert zog Tönges wegen der Unvorsichtigkeit die Brauen zusammen. Zumal ihm einfiel, dass sie Bodo bislang noch nicht in ihr Familiengeheimnis eingeweiht hatten und er ahnungslos solche Wortfetzen weitertragen könnte.

Tatsächlich stieg Bodo umgehend ein und belehrte Volker, ein Flussmittel einsetzen zu müssen. »Flussmittel«, lallte Volker. »Meinst du da das Wasser aus dem Fluss oder die Fische?«

Nun befreite sich auch David aus seiner Lethargie. »Erinnert euch doch an Oswalds Abdrücke. Womöglich sind Fische das richtige Mittel, dieses Erz zu erweichen«, spaßte er. »Man muss nur aufpassen, später keine Gräte statt eines Henkels in der Hand zu halten.«

»Darauf, dass auf eurem Birnbaum keine Bimbaumeln wachsen«, wechselte Bodo, leicht verärgert über die Verballhornung seines Wissens über das Kupferschmelzen, das Thema und brachte, an den Stamm des Obstbaumes gelehnt, den nächsten Trinkspruch aus. Johlendes Gelächter erfüllte den Garten. Lange hatten sie nicht mehr so ausgelassen beieinandergesessen.

*

Als Erste war Frowe am nächsten Morgen auf den Beinen. Es zog sie unter den Birnbaum, wo noch der Frohsinn ihrer Feier über den Bänken schwebte. Sachte strich sie darüber. Die Sonne hatte den Frühtau jedoch schon weggeleckt. Sie setzte sich, blinzelte nach oben, ließ sich von den Strahlen kitzeln, die hin und wieder durch das vom letzten Sturm ziemlich gelichtete Blätterwerk huschten. War sie mit sich nun wirklich im Reinen?

Vieles hatte sie gefunden. Wohlig streckte sie ihre Beine aus, maß sie kritisch, rollte den Rock hoch und ließ dann ihre Hände über sie gleiten. Sie sahen nicht nur gut aus, sondern fühlten sich auch immer noch schlank an, fest und muskulös. Langsam zog sie ihre Hände höher über die Oberschenkel. Streicheleinheiten fehlten ihr, gestand sie sich. Vor allem aber ein Platz, der ihr die innere Sicherheit gab, so wie früher ihr Markttisch, von dem aus sie selbst die Männerwelt dominierte und den Preis bestimmte.

Zwei weitere Hände mischten sich ein, kaum spürbar, flaumhärchenhoch über der Haut. Das, genau das hatte sie gemeint mit den Streicheleinheiten. Über sie huschte ein Schauer von Schmetterlingsflügeln. Sie ließ den Kopf in den Nacken fallen, gab Tönges, der sich über sie beugte, einen Kuss. »Na, Geliebter«, konnte sie sich dann doch ihren Schabernack nicht verkneifen, »wie ist das eigentlich mit den ehelichen Pflichten, gelten die nur für die Frauen gegenüber ihren Männern?«

»Wohl sank ich dahin in süßen Schlummer, voll Wein und nicht voll Liebeskummer«, knüpfte er an ihre Reime und Wortspiele des vergangenen Abends. »Doch ist die Nacht erst dann vollbracht, wenn ich mein Weiblein froh gemacht«, hob er sie von der Bank und trug sie in den Stall.

»Von wegen süßer Schlummer«, begehrte sie auf, »eine Raubritterburg könntest du zum Einsturz bringen. Auf dein

Schnarchen reimt sich rein gar nichts mehr, höchstens Erdbeben.« Er grunzte schweinigelnd und bettete sie aufs Stroh.

Als sich die Mahnungen der drei Jungmänner, wo denn hier das Essen bleibe, nicht länger überhören ließen, krochen sie albern wie Sechzehnjährige aus dem Stall. Aufgekratzt spotteten sie über alles, vornehmlich die hungrigen Herrschaften.

»Wir werden wohl selbst kochen müssen, weil noch rein gar nichts vorbereitet ist. Hier hab ich den Beweis«, rief David und zog aus Frowes rotem Haar einen gelben Strohhalm.

»Lass das!« Lachend gab sie ihm eins auf die Pfoten. »Das trägt man auf dem Land jetzt so.«

»Aber nur die Strohdoofen«, meckerte Volker wie ein Ziegenbock. »Flechte dir doch besser eine Fischgräte ins Haar«, griff auch er die Flachsereien des Umtrunks auf, »das überdeckt alle anderen Gerüche und zeichnet dich obendrein noch als Teichmüllerin aus.« Umgehend suchte Volker in Erwartung eines Klapses der derberen Sorte an den Hinterkopf das Weite. Zu seiner Überraschung erntete er jedoch keinerlei Missfallen, sondern sogar Zustimmung.

»Ich Strohdoofe, ich Blöde!« Frowe griff sich an den Kopf. »Ich warte ständig auf ein Zeichen und überhöre es. – Der Fisch!«

Sprachlos starrten die anderen sie an.

»Na, hast du denn gestern nicht zugehört?«, fragte sie Tönges und packte ihn am Oberarm. »Bodo, was meintest du mit dem Flussmittel im Kupfer?«

»Na, Spat oder Quarz«, kratzte er sich hinterm Ohr.

Wie ein kleines Mädchen begann Frowe, auf der Stelle zu hüpfen, und klatschte vor Freude in die Hände. »Das ist die geheime Zutat, die uns fehlt«, jubelte sie. »Los, auf, wir laufen zu Oswald und fragen, was er davon hält.«

Sie riss die anderen mit sich, die sofort Feuer und Flamme waren. Unterwegs weihten sie Bodo in ihre Schmelzversuche ein.

Der war völlig baff. »Das könnt ihr mir nicht einreden, ihr wollt mich veräppeln!«, zeigte er sich ungläubig. »Ihr habt tatsächlich einen Stollen gegraben und Erz gefördert? Ihr habt sogar einen eigenen Schmelzofen gebaut?« Er taumelte hinterdrein. »Das gibt's doch gar nicht.«

Noch einer taumelte. Jedoch vor reinem Glück. Spontan hatte David Lene an die Hand genommen und mit sich gezogen. Ohne aufzuschreien oder sich zu wehren, ließ sie es geschehen und folgte ihm. Er schob ihr die Hände unter das wieder voller werdende Haar. »Lenchen, erkennst du mich jetzt?« Doch sie schaute wie durch Glas, war ganz weit weg.

Oswald kränkelte. Bis zu den Augen zog er die Decke hoch und krümmte sich auf dem Strohsack. »Opa, was ist mit dir?«, sorgte sich Volker, der als Erster in die Kate stürmte. In Oswalds Augen kehrte leuchtend blaues Leben zurück. »Wie hast du mich eben genannt? Opa?« Er streckte die Arme nach Volker aus und umarmte ihn. »Dass ich so was noch mal hören darf. Opa!! Du glaubst gar nicht, wie glücklich du mich in diesem verlorenen Moment der Einsamkeit gemacht hast.«

Er rappelte sich auf trotz seiner Schmerzen im Bauch, über die er nicht reden wollte. Um Jahre gealtert sah er aus seit der Zeit, da sie im Stollen nach ihrem Glück gruben. Frowe spürte sofort, dass auch ihm die zerstörte Hoffnung zusetzte. Von einem zum anderen schauend, stellte er schließlich fest: »Ihr seht aus wie erleuchtet.«

»Das trifft es«, pflichtete ihm Tönges bei. »Wir wissen endlich, was unserem Kupfer fehlt: ein Flussmittel.«

»Flussmittel?«, raunte er in seinen zottligen Bart. – »Wartet!«, wehrte er mit vorgehaltenen Händen weitere Erklärungen ab. »Irgendeiner von den Ilfelder Schmelzern brabbelte mal so was. Er war besoffen, hackentüten zu. Quarz müsse in den Ofen, sabberte er. Ja, Quarz. Ich konnte das nicht glauben, so hart, wie der ist. Den klein zu stampfen, um ihn mit dem Erz schmelzen zu können, falls er überhaupt schmilzt, ist selbst in einem Pochwerk kaum möglich. Als ich die anderen fragte, ob sie tatsächlich Quarz zermahlen, haben sie mir einen Vogel gezeigt. Schließlich hielt ich das Ganze für absoluten Humbug.«

»Spat geht auch«, meinte Bodo, der es nun für angebracht hielt, sich als Quelle der Neuigkeiten in Position zu bringen.

»Spat? – Du lieber Himmel, wo bekommen wir so was her?«

Vielsagend lächelnd verwies Bodo auf die stärksten Pochwerke, die es gibt. »Von denen beziehen wir es.«

»Und was kostet das?«, riss Oswald die Augen auf.

»Ein stilles Gebet und einen Dank an den lieben Gott«, zwinkerte ihm Bodo zu.

Nach Luft schnappend bat der Bergmann um Gnade: »Nun spann mich nicht ewig auf die Folter! Also woher?«

»Aus den Flüssen oder Bächen«, eröffnete der Kornett. »Flusssand ist fast reiner Quarz, und noch feiner kannst du den kaum pochen.«

»Woher willst du das wissen, lernt man so was neuerdings beim Militär?«

Versonnen kehrte Bodo zurück zu den Abenden an den Lagerfeuern. »Scientiae in Circulis nannten wir unseren Kreis der Wissenschaften. Mehrfach in der Woche trafen sich dort Offiziere, einstige Professoren, Lehrer, Studenten, Ärzte, Theologen, Baumeister – kurzum alle, die Wissen weitergeben und sich selbst wappnen wollten für die Zeit nach dem Krieg.«

»Was hast du denn dort anbieten können?«, hielt Oswald an seinem Zweifel fest.

»Eigentlich glaubte ich, über das Schmieden erzählen zu können, die unterschiedlichen Stahlarten, Schmelztemperaturen, also das, was mich Tönges gelehrt hatte. Am meisten interessiert waren sie jedoch daran, was ich über das Angeln wusste, die Schnüre, Köder, Fischarten und speziellen Fangtechniken. Mein Vater hat mir da viel beigebracht. Umgekehrt faszinierten mich wiederum vor allem die Vorträge eines Schmelzmeisters über die Gewinnung von Eisen, Kupfer, Silber und Legierungen. Auch wenn ich den anderen auf den Nerv ging, ließ ich nicht locker, ihm Löcher in den Bauch zu fragen. Darum bin ich jetzt auch richtig heiß drauf, das in der Praxis mit euch zu testen.«

Nach dem Quarz mussten sie nicht suchen. Noch am selben Tag schleppten sie von den Sandbänken des weiter unten schon ziemlich angeschwollenen Krebsbaches eimerweise Flussmittel in ihre Schlucht, während David den Stau neu errichtete, um die Blasebälge zu betreiben.

Begeistert visitierte Bodo die Anlagen, runzelte dann aber die Stirn: »Fürchtet ihr nicht, entdeckt zu werden durch die Feuer und das Hämmern?« Mit ihrer Antwort, dass es bislang gut gegangen sei, gab er sich nicht zufrieden. Sofort lief er vor bis zum Waldrand, um zu hören, wie weit ein Schlag auf den Amboss nach draußen drang. Höchst unzufrieden kehrte er zurück. »Wir bauen Schallwände«, entschied er. Mehrere Laubhütten errichteten sie übereinander. In der kleinsten ließ sich zwar nur noch gebückt oder kniend arbeiten, aber sie fingen sowohl den Lichtschein als auch das höchst verdächtige metallische Gehämmer ein.

Verwundert schauten sie dem weiteren Treiben Bodos zu,

der junge Birken fällte, sie entrindete und mit Steinen beschwert im Stau versenkte. Noch in der gleichen Nacht wollten sie beginnen, stießen aber zu ihrer Überraschung auf Bodos Einspruch. Er empfahl, noch mehrere Tage zu warten, was mit seinen Bäumchen zusammenhing. Außerdem forderte er einige Umbauten am Ofen, die Oswald übernahm.

Wie Kinder sich ihren Geburtstag herbeisehnen, so fieberten sie der nächsten Schmelze entgegen. In den vergangenen Monaten verkam der Reiz, sich nachts aus dem Haus zu stehlen, zu alltäglicher Banalität. Lustlos, ohne rechte Hoffnung zogen sie oft los. Jetzt zündete die Begeisterung neu, schlugen ihre Herzen schneller. Dieser Funke sprang auch auf Helena über, die sich nicht wie gewohnt schlafen legte, sondern auf den Aufbruch wartete.

Gewohnterweise war Oswald längst zugange. Im Ofen brodelte es. Eine Handvoll Sand hatte er bereits hinzugegeben. Wie von Geisterhand bliesen die Blasebälge ihren Atem ein. Lange mussten sie nicht warten, galt es doch nur, ihr bereits gewonnenes Kupfer nochmals zu verflüssigen. Wiederum zogen sie durch das Schlackenloch die oberste Haut der Schmelze ab in die seitlichen Sandformen.

Nun galt es. Mit zittrigen Händen entnahm Oswald die erste Probe, die Tönges nach dem Abkühlen mit dem Hammer breit schlug. Seine ersten Schläge begleitete ein Aufstöhnen. Wieder die Risse. Das kannten sie. War es das nun endgültig? »Vielleicht eine weitere Handvoll Sand?«, machte sich Volker neuen Mut.

»Noch nicht«, lehnte Bodo ab. »Das können wir später regulieren. Erst mal gehen wir die nächsten Schritte durch.«

»Was denn noch für Schritte?«, horchte Oswald auf.

Bodo hatte sich alles genau gemerkt, was der Schmelzer

sagte. »So viel Kupfer, wie jetzt drin ist, so viel Holzkohle füllen wir nochmals nach, machen volle Hitze. Dazu geben wir ein paar erstarrte Schichten von der alten Schlacke, die aber nicht wieder völlig flüssig werden darf. Bevor das passiert, müssen wir sie rausziehen in die Sandformen. Die Schlacke saugt in dieser Phase irgendetwas auf, was da nicht reingehört. Fragt mich jetzt nicht, was.«

Bodo war ganz in seinem Element. »Reicht mir die Birkenstämme, schnell!« Volker wollte das Wasser abtropfen lassen. »Bist du närrisch!«, wurde er angeherrscht. »Auf das Wasser kommt es gerade an. Aber es muss gebunden sein in der Polstange, in unserem Fall also in dem Birkenholz.«

Die Gesichter glühten vom Widerschein der durch die Ofenlöcher dringenden Höllenhitze. Kaum, dass Bodo die Birken durch die zusätzlich eingeschlagenen Öffnungen in die Schmelze schob, wallte sie auf, kochte an den seitlich hineingestellten Schlackeschichten hoch. »So muss es sein«, brummte Bodo zufrieden. »Genau so hat er es beschrieben. Wie lange das jetzt wallen muss, lässt sich aber nicht bestimmen. Zu kurz ist ebenso schlecht wie zu lang. Los, nächste Probe!«

Sie schöpften eine Kelle voll ab und ließen sie auslaufen zu einem dünnen Blech, das schnell erstarrte. Dreimal spuckte Tönges auf seinen Hammer, hieb fast zärtlich auf das Kupfer ein und trieb es aus, breiter und breiter, bis es fast so dünn wurde, wie die Wand eines Kupferkessels sein muss. Wütend schleuderte er den Hammer durch die Laubwände. Wieder riss das Metall.

»Alles noch völlig normal«, beruhigte ihn Bodo. »Gleich die nächste Probe. Es kommt jetzt auf den richtigen Zeitpunkt an.«

Über einer Holzmulde begannen sie bereits, ein im Wasserbad geschocktes Blech aufzutiefen. Mit jedem Schlag des Kugelhammers beulte sich das Metall weiter aus, drückte sich beinahe wie Wachs unter den spiralförmigen Hieben in den Hohlraum. Sie hielten die Luft an. Waren sie am Ziel?

Noch immer nicht. Wieder ließ die Bindekraft im Metall nach wie bei trocknendem Holz.

»Nächste Probe«, drängte Oswald, der sah, wie sie Schritt für Schritt vorankamen.

»Abstich!«, schrie er. Und dieses Mal blieb das Metall geschmeidig. Sie wussten, dass sie spätestens nach dem zweiten Durchhämmern das Kupfer neu zum Glühen bringen mussten, um dadurch die dünn geschlagenen Stellen wieder auszugleichen. Das konnten sie jetzt nicht. Noch viele Arbeitsschritte standen ihnen bevor. Aber sie sahen das Ziel vor sich.

»Hammergar!«, ließ der Schmied sein lautes Triumphgeheul ertönen und schlug auf seinen Amboss. Volker und David bogen bereits schwungvolle Henkel, um sie später mit kupfernen Nieten an den Gefäßen anzuschlagen.

»Schnell jetzt«, kamen sie in Rage, »rangeklotzt, wir haben viel aufzuholen!«

Noch mehrere Schmelzen schafften sie in dieser Nacht. Die Bleche begannen sich zu stapeln. Mit dem Karren schafften sie ihre Ausbeute heim, um in der Werkstatt unter besseren Bedingungen als hier draußen die Bleche perfekt zuschneiden und treiben zu können. Auch einen der Blasebälge nahmen sie wieder mit. Auf dem Weg schmiegte sich Frowe an und flüsterte leise: »Oh Schmied, du hast noch heiße Stunden vor dir, ich bin jetzt auch hammergar.«

Oswald und Bodo blieben zurück. »Wer weiß, was alles dazwischenkommen kann«, unkten sie. »Wir schmelzen jetzt, bis wir umfallen. Kommt zwischendurch mit der Karre immer mal wieder vorbei, um schnell alles in Sicherheit bringen zu können. Lass uns aber nicht verhungern, Frowe!«

»Wie wäre es mit einer wunderschönen, von goldgelben Fettaugen überzogenen Hühnersuppe?«, strahlte sie.

»Oh ja«, ächzte Oswald, »das würde mein Glück vollkommen machen.«

*

Kreischend rannte Helena aus der Schmiede, sofort verfolgt von David. Er fing sie ein, doch ließ sie sich nicht beruhigen, schlug mit der Faust auf ihren Bauch. Behutsam schob David seine Hände dazwischen, schirmte ihren Leib ab vor den wütenden Hieben. Erschrocken zuckte aber auch er jetzt zusammen. Aus Lenes Bauch heraus wölbte sich etwas, streckte Beinchen und Ärmchen aus. »Lenchen«, zitterte seine Stimme, »unsere Tochter hat mir soeben ihre Hand gegeben, sie hat mich begrüßt.« Doch Helena stöhnte wie ein gequältes Tier.

Vorsichtig führte er sie zurück in die Stube. Volker geriet völlig außer sich, als er seiner Schwester über den Bauch streichelte und gleichsam das neue Leben spürte. Es drängte Frowe, dieses Erlebnis zu teilen. Aber ihr Arm versteifte sich, weigerte sich, bei einer anderen zu fühlen, was ihr selbst nicht vergönnt war.

In Tönges wuchs neues Schutzbedürfnis. »Das habe ich doch völlig vergessen«, rief er, »ich wollte doch einen Hund besorgen.«

»Kann ich mitkommen?«, war sofort auch Volker ganz bei der Sache. Gleich am nächsten Morgen brachen sie auf nach Stolberg. Zu dritt. Frowe wollte plötzlich ebenso mit. Tönges freute sich auf den gemeinsamen Marsch durch den Wald, durchschaute dann aber ihren Hintergedanken, als sie vorschlug, als wunderbares Transportmittel für den Welpen doch einen der kleinen Kupferkessel mitzunehmen.

»Dein Händlerblut kannst du wahrlich nie verleugnen«, zeigte er sich entwaffnet. »In Wirklichkeit geht es dir darum, auf dem Markt probeweise einen Kessel vorzuführen und schon mal um den Preis zu feilschen.«

»Interessiert dich das nicht auch?«, umgarnte sie ihn. »Schließlich will ich mich nicht über den Tisch ziehen lassen, wenn mir der Großhändler ein Angebot macht. Denn selbst verkaufen können wir sie hier nicht, ohne aufzufallen und Fragen der Obrigkeit zu provozieren, woher die Ware stammt.«

»Mach nur«, bestärkte er sie. »Doch würde ich dann unsere zwei Größen schon mal durchprobieren wollen. Wenn jeder von uns einen größeren nimmt und einen kleineren hineinstellt, können wir bereits sechs anbieten.«

Volker maulte: »Wenn wir die nicht loswerden, müssen wir sie wieder zurückschleppen.«

»Wenn wir die nicht loswerden«, beugte sich Frowe zu ihm hinunter, »war alles umsonst, und wir haben den Dachboden voller kupferner Ladenhüter, die du dann umschmelzen kannst zu Türklinken oder Kuhglocken.«

»Dann laufe ich lieber gleich mehrmals nach Stolberg damit«, bekannte er. Sie deckten Tücher über ihre Kessel, um nicht schon bei der Stadtwache auf Schwierigkeiten zu stoßen wegen der fehlenden Handelsgenehmigung. Der Posten aber zeigte sich völlig desinteressiert und stierte gelangweilt auf das Mauerwerk. »Da könnten sie genauso gut einen Besenstiel hinstellen«, feixte Volker, kaum dass sie die Kontrolle passiert hatten.

Frowe hörte kaum hin, sie barst vor Erwartung. Bei jedem Schritt ein wenig scheppernd, baumelte über dem Unterarm der über Jahre gereifte, nun endlich erfüllte Traum. Sie sandte ihre Gedanken aus bis zu dessen Geburt bei ihren Streifzügen zwischen den Abraumhalden des Mansfelder Bergbaureviers. Wie einfach erschien ihr damals alles. Hätte ich mich darauf eingelassen, fragte sie sich, mit auch nur einer blassen Ahnung, wie weit weg von den gewohnten Wegen sie das führte? Bis auf den Grund uralter Meere mussten sie tauchen, hatte Tönges gescherzt.

Sie schickte einen Stoßseufzer zum Himmel und hielt es nicht mehr aus, noch bis zum Markt zu warten. Kurzerhand riss sie das Tuch von ihren Gefäßen, schwenkte sie verwegen und sandte kupferrote Verlockungen durch die Rittergasse.

Schon flog ein Fenster vor ihr auf. »Woher habt ihr die schönen Kessel?«, beugte sich eine Städterin heraus. Ein Jubelschrei schoss durch Frowe. Genauso sah das aus vor ihrem inneren Auge, wenn sie ihr Geschirr feilbietet und sich eine aufgeregt schnatternde Kundschaft um sie drängt, voller Lob über die auserlesen gute Ware.

»Zwei Gulden habe ich dafür bezahlt«, warf die Marketenderin einen Köder aus.

»Was, für beide?«, hängte sich die Frau noch weiter aus dem Fenster.

So unschuldig wie möglich zeigte Frowe auf ihren kleineren Kessel: »Nur für den.«

»Der Teufel hole dieses Krämerpack«, spie die Bürgersfrau Gift und Galle. »Die werden immer unverschämter. Der große mag ja noch angehen, aber für den kleinen ist das zu viel«, flog das Fenster zu.

Tönges schnappte nach Luft. »Das klang für den Anfang

schon mal nicht schlecht.« Kaum hundert Schritte weiter weckten sie neue Begehrlichkeiten. Umgehend war sich Frowe handelseinig geworden und ließ einen Gulden und zehn Groschen in ihren Beutel fallen. Kaum, dass sie ihn wieder unter ihren Röcken verstaut hatte, stand die nächste Kundin zahlungsbereit vor ihr, war dann aber enttäuscht, dass sie auf dem kurzen Weg die Treppe herunter schon zu spät für das kleine Gefäß kam. Abschätzend wog sie das große in der Hand. »Das ist mir zu teuer«, meinte sie, fragte erst gar nicht nach dem Preis und trollte sich.

Auf dem Markt entzog Frowe ihr nächstes Probestück vorerst den Blicken und schaute sich selbst um, vor allem, um die rumschleichenden Kontrolleure spitzzukriegen. Als sie sich unbeobachtet fühlte, stellte sie ganz zufällig zwischen zwei Ständen ihren Kessel ab und war sofort umringt. Um das scheinbar einzige Stück begann ein verbissenes Bieten. Beim erreichten Stand von drei Gulden wurde ihr himmelangst vor ihrem verbotenen Treiben. Schnell willigte sie ein und beeilte sich, fortzukommen. An einer anderen Marktecke ging sie schließlich aufs Ganze. Zuerst riss man ihr erneut die kleinen Kessel aus der Hand. Sie wurde schon ungeduldig, bis sie auch die verbliebenen unter die Leute brachte.

Volker und Tönges, die unbeteiligt taten, aber zum sofortigen Eingreifen bereitstanden, sollte Frowe jemand auf den Leib rücken, zogen ihre Schlüsse. »Die kleinen gehen viel besser«, waren sie sich einig, »wohl weil sie preiswerter und bei Plünderungen leichter zu verstecken sind. Also werden wir hauptsächlich nur noch die kleineren herstellen.«

Auf Anhieb fanden sie ihren Hund. Bei einem Besenbinder rekelten sich mehrere Welpen in den Reiserbündeln, der aktivste kam schnüffelnd auf sie zu. Wie bei Waldmann ließ sich keine Rasse bestimmen. Volker bat, den Namen beizubehalten. Sie mochten um ihn nicht feilschen und zahlten anstandslos die geforderten fünf Groschen, worüber der Besenbinder so erfreut war, dass er ihnen ein Körbchen mit Deckel dazugab, um den Hund wohlbehalten nach Hause tragen zu können.

Das Körbchen rettete Waldmann das Leben. Ängstlich fiepte er unterwegs, doch nicht wegen der ungewohnten Umgebung und der Fremden um ihn, wie die drei dachten. Er roch etwas anderes.

An einer engen Wegstelle erfolgte der Angriff. Sie hatten es auf den Hund abgesehen. Der erste Wolf stürzte sich auf Volker, der den Korb trug. Er konnte ihn gerade noch nach oben reißen, um sich mit ihm zu verteidigen. Ein zweiter stürzte sich direkt auf den Hund, doch die Weidenruten hielten den Reißzähnen stand. Frowes Schuss traf den Wolf direkt ins Genick und löste eine wilde Flucht um sie herum aus. Ein ganzes Rudel musste sie eingekreist haben, ohne dass sie von der Gefahr etwas bemerkt hatten. »Die Viecher werden immer dreister, jetzt greifen sie schon am helllichten Tag an«, grollte Tönges noch ganz erschrocken.

»Sie vermehren sich ja wie die Karnickel, ohne dass sie noch jemand jagt«, verwies Frowe auf die Folgen des ewigen Kriegszustandes.

»Dann werden wir Waldmann mal scharf auf sie machen und ihn mit Wolfsfleisch füttern«, schlug Tönges vor und machte sich mit dem Messer über das getötete Tier her.

Wie besessen stürzte sich der Hund am Abend auf die zugeschnittenen Häppchen. »Präg dir Geruch und Geschmack gut ein«, ermahnte ihn Volker, während er ihm über den Rücken streichelte, »und jage das Pack, wo immer du es antriffst.«

*

Die Äcker waren vorbereitet, die Wintersaat aufzunehmen. Als würden sie sich ihrer Nacktheit schämen, zogen sie Laken aus Wassertröpfchen über ihre Blöße. Seit Tagen waberten Nebelschwaden durch die Täler, verpackten alles in Watte, verwandelten Weidenstubben in Schreckgespenster, die mit Hexenbesen über der Schulter in den Dunstbänken schwankten. Jeder Laut erstickte. In absoluter Stille vollzog sich die Prozession der schwebenden Wasentücher.

Wer ebenfalls ungesehen bleiben wollte, war eingeladen, mitzuziehen.

Früh um zwei gab ein Posten Alarm. Lawinenartig rollte die Warnung durch die Gassen. Noch während sich die Rotten formierten, erfolgte von der entgegengesetzten Seite des Dorfes das nächste Gefahrensignal. Vielsagend musterten die Rottenführer einander bei der Besprechung. »Die Sache liegt auf der Hand«, glaubte Kantor Hebestreit, die Lage erkannt zu haben. »Aus Richtung Neustadt kommend, wurden fünf Mann gesehen. Weit mehr rücken dagegen von der Buschmühle vor. Die fünf sollen uns durch einen Scheinangriff zu sich locken, während uns der Hauptschlag in den Rücken trifft.«

»Auf den ersten Blick sieht das so aus«, bestätigte Bodo. »Wenn sie aber mit allen Wassern gewaschen sind, lassen sie uns glauben, ihre Finte durchschaut zu haben, und greifen in Wirklichkeit von Buchholz her an. Besser, wir teilen uns auf«, entschied er. »Zwanzig Mann bleiben als Reserve an der Kirche, fünf halten die Truppe in Schach aus Richtung Neustadt. Alle anderen ziehen gen Osten.« Das leuchtete jedem ein.

Fünf Schüsse hallten vom Westen herüber. Der Pulverknall in tiefster Nacht, der die Dörfler in Schrecken und Panik versetzen sollte, ließ jedoch die Augen der Herrmänner leuchten. Furchtlos nickten sie einander zu, denn es lief wie erwartet. Sie waren bestens vorbereitet und marschierten lautlos in die entgegengesetzte Richtung, weg von den Schüssen.

Während rundum die Hindernisse in die Gassen gezogen wurden und sich das Dorf einigelte, ließ Bodo Schnüre, an die bunte Tücher geknotet waren, vor dem Dorf über die Kronen der Obstbäume werfen. Da sie nun mal zu wenig Pulver hatten, sollte der Gegner seines sinnlos verschießen. Sein Plan lautete, die zappelnden Tücher blitzschnell in das Laub hochzuziehen, sobald darauf gefeuert wurde. Den Gegner sollte es völlig verunsichern, dass sich die Getroffenen förmlich in Luft auflösten. Somit machten die Herrmänner den Nebel, aus dem heraus die Waldfischer angriffen, zu ihrem eigenen Verbündeten.

Einen Steinwurf voneinander entfernt, rückten die Räuber in zwei Stoßgruppierungen vor. Das Spiel mit den Tüchern begann. Sich zum Dorf zurückziehend, ließen die Verteidiger neben den Baumstämmen ihre Schießscheiben aufsteigen. Wie erwartet, zogen sie ein höllisches Feuer auf sich. Sobald die Baumreihen jedoch erobert waren und die Angreifer nach den Toten oder zumindest Verletzten suchten, hingen die Attrappen unsichtbar oben im Geäst.

»Halt, ladet erst wieder die Pistolen!«, drang der Befehl zu ihnen herüber. Diese Einladung nahm Bodo sofort an. Mit seinen Männern stürzte er auf die Banditen zu. Unmittelbar vor ihnen gaben sie Feuer, stachen außerhalb der Säbelreichweite mit langen Spießen jeden nieder, der noch stand, und verschwanden umgehend wieder im Nebel. Keiner von den Wegelagerern, die sich neu sammelten, konnte beschreiben, was eigentlich geschehen war. Fassungslos sahen sie nur ihre eigenen Leute blutend im Gras liegen. Kleinlaut rieten die Ersten, schleunigst abzuhauen, das ginge doch hier nicht mehr mit rechten Dingen zu.

Bei den Herrmännern schlugen die Herzen höher, womöglich schon alles überstanden zu haben. Dann aber polterte eine Stimme los, dass sie bald alle verhungern würden, wenn sie nicht mal mehr mit ein paar Bauern fertig würden. Erneut schossen die Räuber, jedoch wiederum ins Leere. Ohne ihre weitreichenden Waffen standen sie hilflos den langen Spießen gegenüber. Zahlenmäßig inzwischen hoffnungslos unterlegen, wollten sich die Letzten ergeben.

Gefangene aber gab es in diesem Überlebenskampf nun mal nicht. Bis auf den letzten Mann wurde die Bande niedergemacht. Auch die fünf, die den Scheinangriff führten, sahen sich plötzlich umzingelt.

Im Triumph des Sieges forderte jemand, das schutzlos gewordene Lager der Bande zu suchen und zu plündern. »Was glaubt ihr, da zu finden?«, hielt Frowe entgegen, die wiederum kampfentschlossen mit den Männern gezogen war. »Gold und Edelstein etwa? – Ich sage euch, worauf ihr stoßt: die hungernden Weiber und Kinder dieser Kerle. Sie werden eure Beine umklammern und euch herzzerreißend anflehen, sie nicht qualvoll in den Wäldern krepieren zu lassen. Was wollt ihr mit ihnen machen, sie durchfüttern oder sie erschlagen?«

David setzte umgehend der Debatte ein Ende. »Los jetzt, wir müssen das Pulver der Toten einsammeln, bevor es im Gras und Nebel nass wird!«

Über ein stattliches Arsenal verfügten die Herrmänner inzwischen. David, der noch vor kurzer Zeit mit einer Holzforke in sein erstes Gefecht geraten war, zählte überglücklich die Waffen. Nein, vor der Gewalt würden sie sich fortan nicht mehr demütig beugen und auf die Knie fallen. Sie hatten ihre Kraft gespürt und konnten stolz sein auf sich.

Siebentes Kapitel
Bestohlen

Tönges flüchtete aus seinem Haus. Immer wieder hatte er es hinausgezögert, Margots Zimmer auszuräumen, ihr Nähzeug, ihre Wäsche – er ertrug es nicht. Verunsichert stand Frowe nun allein vor dem Nachlass ihrer Vorgängerin. Wie sollte sie damit umgehen? Obwohl sie am liebsten ein für alle Mal alles aus dem Haus entfernt und im Dorf verteilt hätte, wagte sie das nicht. »Oh Lene, wie du mir fehlst«, seufzte sie. Die Tochter wusste schließlich genau, was Tönges für unverzichtbar hielt. Frowe kannte ihn so weit, dass er sich verschließen und kein Wort darüber verlieren würde, hätte sie etwas weggeworfen, woran sein Herz hing. Noch lange würde jedoch die in ihm aufgerissene Wunde bluten.

Aus ihrem Beutel klaubte sie ein paar Groschen und ging zu Falk Hölzer. »Was eine einfache Holzkiste kostet?«, er winkte ab. »Hab bei euch eh noch Schulden für geschmiedete Beschläge, werde das verrechnen. In zwei Stunden bringt sie dir einer von meinen Söhnen vorbei.«

»Da ich einmal hier bin«, überlegte Frowe. »Wie sieht es denn mit einer Wiege aus?«

»Wird aber Zeit, dass du danach fragst«, lächelte Falk. »Dachte schon, du bestellst sie bei einem anderen. Ich zeig sie dir, schließlich wartet sie schon seit Wochen auf die Abholung.«

Zwei in die Rückwand geschnitzte Pferdeköpfe ragten über die Wiege hinaus, sogar bunt angemalt hatte er sie. Im ersten Moment erschrak Frowe, da sie gar nicht unbedingt an Stellmacher Holzer wegen der Wiege gedacht hatte. Oje, wie hätte sie ihn enttäuscht. Umso mehr lobte sie nun seine Arbeit und spürte, wie geschmeichelt er sich fühlte.

»Eigentlich wollte ich für das Schmiedekind ja zwei Hämmer über der Wiege thronen lassen«, kramte er in seinen Gedanken. »Das war mir dann aber doch zu derb, vor allem, wenn es ein Mädchen wird.«

»Was machst du dann erst bei einem Metzger?«, lachte sie.

Verlegen fasste er sich an die Nase. »Gefallen dir die Pferde auch wirklich?«

Nochmals bestätigte sie, wie gut ihm das alles gelungen sei. Nach längerem Zögern konnte sie aber die Frage nicht länger unterdrücken, wieso er denn wusste, dass sie eine neue Hotze brauchten. Schelmisch verzog er die Mundwinkel und bekannte, Buch über seine Kundschaft zu führen. Darin stand Margots Eingeständnis, dass Ide nun aber wirklich das letzte Schmiedekind war, das in diesem schon völlig wurmstichigen Vehikel gehotzt wurde.

»Oh ja«, bestätigte Frowe. »Ich sah das alte Ding auf dem Boden stehen. Darin hecken nur noch die Mäuse. Lässt du mir zusammen mit der Kiste das schöne Stück gleich mitbringen? Ich bin gerade beim Einrichten der Zimmer unter dem Dach.

Lene wird das leider nicht erfreuen. Wir werden sie erst wieder langsam an den neuen Raum gewöhnen müssen. Aber David kommt gewiss heute noch bei dir vorbei, um sich zu bedanken und zu bezahlen. Denn ich war ja nur auf einen Holzkasten aus und habe so viel jetzt gar nicht bei mir.«

»Ich könnte jedes Mal heulen, wenn ich sehe, was sie mit dem Mädchen gemacht haben«, murmelte Falk. »Die Wiege ist mein Geschenk an sie. Es ist das Mindeste, was ich für sie tun kann.«

Dankend legte sie ihm die Hand auf die Schulter.

Als Tönges heimkam, reumütig eine Entschuldigung nuschelnd, weil er sie mit der Arbeit allein gelassen hatte, führte sie ihn nach oben. Lange musterte er die Dachkammer, streichelte mit den Augen den Stuhl und das Tischchen, die bislang noch immer auf ihrem Wagen gestanden hatten. Schmückend breitete sich in einer Kanne auf ihrer Truhe, die Bodo und David hierhergewuchtet hatten, ein großer Strauß Astern aus. Wohlgeordnet lagen die Schlafsäcke an eine Wand gestapelt.

Tönges' Augen glitten suchend über den Fußboden und an den Wänden entlang. »Ich habe mir von Franz eine Kiste geholt und Margots Sachen darin verstaut«, beruhigte sie ihn. »Die Kiste steht hinten auf dem Boden.« Erleichtert nahm er sie in die Arme.

Wie angewurzelt verharrte er auf der Schwelle zu dem anderen Raum und begutachtete die Wiege. »Woher hast du sie?«, fragte er schließlich und drehte sich zu ihr um.

»Auch von Falk, er schenkt sie Lene.«

Am nächsten Morgen wirbelten wieder Hammertänze durch die Schmiede. Einander ständig abwechselnd, tieften sie die rund geschnittenen Kupferbleche zu Kesseln auf. Volker nahm sich der oberen Ränder an und bördelte sie. Frowe führte mit einem Holzhammer die Polierarbeit aus und rieb mit in Salzwasser getauchtem Sägemehl das Kupfer blitzblank. Nach und nach füllte sich der Dachboden, fast hundert Kessel stapelten sich bereits.

Im Dorf wunderte man sich über die Betriebsamkeit. Es wurde gemunkelt, dass sie die eroberten Säbel schärfen.

Frowe schrieb Handelshäuser in Leipzig, Frankfurt und Hannover an, um ihre Produkte feilzubieten. Einhundertfünfzig Stück bei der ersten Lieferung, einhundertzwanzig zu jeweils zwei Maß, die anderen dreißig fassten fast das Doppelte. Zweihundert Gulden lautete ihre Forderung, bei der ihr natürlich klar war, dass man sie herunterhandeln würde.

Zu ihrer Überraschung klinkte sich Oswald komplett aus. »Wie willst du deinen Anteil denn an den Mann bringen?«, fragte sie vorsichtig und zupfte verlegen an seinem Hemd.

Er wiegte bedenklich den Kopf und erinnerte sie an ihre eigene Warnung, die Ernte nicht an einem einzigen Ort zu lagern. »Erst mal schaue ich mir das an, wie deine Verbindungen funktionieren und ob deine Partner auch wirklich ehrlich sind. Dann kann ich immer noch einsteigen.«

Tönges bestärkte ihn, sich die fertigen Kessel abzuholen und bei sich selbst zu verstecken, auch wenn das erst mal deutlich mehr sein würden als das vereinbarte Drittel. »Ehrlich gesagt, ist mir nicht wohl, so viel Zeug im Haus zu haben«, zeigte er sich gegenüber Frowe sogar erleichtert, als der Bergmann in einer Nacht ihre gesamte bisherige Produktion zu sich holte. »Nun können wir mit reinem Gewissen sagen, dass fortan jeder neue Kessel unser eigener ist und wir nicht Verantwortung für fremdes Eigentum tragen«, atmete Tönges auf.

Noch ehe Frowe die erste Antwort erreichte, häuften sich auf dem Boden wieder die Kupfergefäße.

Doch die Korrespondenz enttäuschte sie maßlos. Da man für Transport und Verkauf in den wirren Zeiten das Risiko trage, wollte man ihr nicht mal die Hälfte zahlen von dem, was sie erwartete. Zerknirscht schrieb sie andere Adressen an in Göttingen und Hamburg. Am Resultat jedoch änderte dies nichts.

»Wir liegen tatsächlich weit entfernt von ihren Handelswegen, und es muss ihnen als höchst gefährlich erscheinen, den beschwerlichen Weg bis zu uns hinauf an den Rand des Gebirges zu kommen«, gab David zu bedenken. »Vielleicht sollten wir ihnen entgegenkommen und einen Treffpunkt ausmachen?«

»Das klappt nie«, winkte Frowe resigniert ab. »Bei jeder Gefahr, von der sie unterwegs hören, schwenken sie sofort von ihrer geplanten Route ab. Es würde ewig dauern, bis wir uns wirklich mal treffen.«

Bodo riet, den Weg auf andere Weise zu verkürzen und Handelshäuser in der Nähe anzuschreiben: Nordhausen, Mühlhausen, Erfurt. Lange zögerte Frowe, fürchtete sie doch, es könnte sich schnell in der Gegend rumsprechen, woher die Kessel stammen. Dann müssten sie zittern, vom Stolberger Berghauptmann gefragt zu werden, wie sie zu dem Kupfer kamen. Nordhausen, aus dem viele Bürger wegen der ständigen Einquartierungen und Drangsale ins benachbarte und ruhigere Stolberg geflüchtet waren, mied sie daher auch weiterhin.

Ihr Fleiß füllte das Warenlager. Schon warteten einhundertfünfzig Kessel ineinandergestapelt auf ihre neuen Besitzer. Die Gefäße verströmten jedoch Unruhe. Vor allem Frowe litt unter dem Druck, ausgerechnet auf dem Feld, wo sie ihre größten

Stärken wusste, nicht voranzukommen. Verbissen korrespondierte sie weiter.

Eines Abends, sie wollten schon schlafen gehen, ließ sie ein Klopfen an ihre Tür zusammenfahren. Es war nicht das Pochen, wie man es hier gewohnt ist. Die Höflichkeit darin fehlte, die vorsichtige Frage, ist überhaupt jemand da, und komme ich etwa ungelegen? Forsch und fest hämmerte da jemand gegen das Holz – eindeutig ein Fremder. Besorgt schauten alle sofort zur Decke, wo sie ihren Schatz wussten. Die Männer griffen nach ihren Hämmern, Frowe zu den Pistolen.

»Wer da?«, donnerte Tönges Achtung gebietend.

»Nun lasst mich doch endlich rein, ich komme in Frieden«, antwortete jemand von draußen.

Den Fuß dicht an die Tür gelehnt, um sie notfalls mit aller Kraft wieder zustoßen zu können, öffnete Tönges einen Spaltbreit. Auf dem Trittstein erkannte er einen einzelnen Mann mit hochgestelltem Kragen. Doch auf dem Hof sah er weitere Männer. »Was wollt ihr?«, blieb Tönges abweisend.

»Die Frage lautet doch eher, was ihr wollt, schließlich habt ihr mir geschrieben und einen Handel vorgeschlagen«, krächzte der Fremde.

Seine aufschäumende Freude verbergend, öffnete der Schmied und bat den Mann herein. Auch der wahrte den Abstand und drängte darauf, alle Förmlichkeiten beiseitelassend, umgehend die Kessel zu sehen.

»Die haben wir nicht hier im Haus.« Geistesgegenwärtig vermied es Frowe, ihr Warenlager preiszugeben.

»Aber ein paar Probestücke werdet ihr mir doch wohl zeigen können, oder bin ich umsonst bis zu euch in die Berge gekommen?«, brummte der Mann gar nicht zum Scherzen aufgelegt. Volker huschte nach oben, schnappte sich so viel Kessel, wie er tragen konnte, und schleppte sie nach unten.

Der Mann nahm jetzt doch die Einladung an, mit ins Stübchen zu kommen, wo ihm auf dem Tisch die Kessel präsentiert wurden. Für einen Moment huschte ein fröhliches Lächeln über sein Gesicht, und Tönges war sich sicher, dass sich nunmehr sein Gast bemühen würde, vor dem Feilschen um den Preis die überschäumende Freude nicht zu zeigen. Immerhin gestand er, ein zugkräftiges Produkt zu suchen, das die Leute zu seinen Ständen trieb. Besonders gut liefen seine Geschäfte in letzter Zeit nicht mehr.

Vorerst wollte er aber nur eine Probe mitnehmen, nicht mehr, als auf dem Tisch stand. »Ich nehme an, der dort auf dem Herd stammt aus derselben Serie?«, fragte er, stand auf und beklopfte den Kessel, der bereits die Flammenprobe hinter sich hatte. Zufrieden zahlte er zwölf Gulden und versprach, sich alsbald zu melden, wenn seine Kunden Gefallen an der Ware fänden. Sie vereinbarten für diesen Fall die Lieferung von einhundertfünfzig Stück für einhundertfünfzig Gulden. Damit schied er und verschwand vor der Tür fast wie ein Spuk vor ihren Augen.

»Woher kam der eigentlich, und wie hieß er?«, schaute Volker zu Frowe hoch.

Verblüfft gab sie zu, das gar nicht gefragt zu haben. Wonniglich strich sie jedoch das Geld ein. Immerhin hatte er sofort bezahlt. Dies war ihr mehr wert als feierliche Versprechen mit verschnörkelten unlesbaren Unterschriften. Sollte das Geschäft über die Bühne gehen, hätten sie schon einen Anfang gemacht, um für David und Lene eine Werkstatt zu kaufen. Ob es wohl je dazu kommen würde, dass sie eine eigene Familie gründeten?

Volker riss sie aus ihren Überlegungen: »Wenn es aber ein Späher des Grafen war, dem es lediglich darum ging, einen Beweis unseres Diebstahls in die Hand zu bekommen?«

»Der hätte uns keinen Pfennig bezahlt«, schmunzelte Tönges über die Vorsicht seines Sohnes. »Aber dauerhaft können wir hier bei verschlossenen Türen nicht mehr wie die Besessenen so weiterarbeiten, ohne dass man sich im Dorf erklären kann, was wir eigentlich tun«, gab er zu bedenken. »Entweder, uns fällt eine gute Ausrede ein, oder wir verlegen unsere Arbeit wieder in die Laubhütten.«

Dagegen erhob jedoch David Einspruch. »An unserem Schmelzofen sollten wir uns so wenig wie nur möglich aufhalten. Wenn der auffliegt, verlieren wir zugleich das dort gelagerte Erz, das Holz und überhaupt einen idealen Platz in der Nähe des Stollens. Können wir nicht erzählen, dass Bodo vom Heer eine Verbesserung der Hufeisen wusste und wir nun unseren gesamten Bestand umarbeiten, zum Beispiel den Abstand zwischen den Nägeln vergrößern? Damit ließe sich auch erklären, warum wir trotz der vielen Arbeit nicht mehr eingenommen haben, folglich also auch nicht mehr Abgaben entrichten können.«

Das hielten alle für den besten Vorschlag.

Jede freie Minute, die Volker sonst mit seinen Geschwistern gespielt hatte, beschäftigte er sich jetzt mit Waldmann. Den Hund musste er nicht mal mehr rufen. Er gehorchte auf Handzeichen, gab keinen Mucks mehr von sich, sobald Volker Daumen und Zeigefinger zusammenklappte, stürzte sich auf jeden Fremden, wenn er mit der Faust in dessen Richtung stieß. Niemanden ließ er mehr über die Schwelle der Schmiede. Wer etwas wollte, rief von draußen und erhielt nur Zutritt, wenn er hereingebeten wurde. So mussten sie sich nicht sorgen, beim

Hantieren mit dem Kupfer überrascht zu werden, und ersparten sich das verdächtige Abschließen der Tür.

Am Sonntag nach der Predigt baten Tönges und Frowe um ein Gespräch beim Pfarrer. »Ach, ihr Lieben«, ächzte Johannes. »Erst macht ihr mir Kummer, so lange in wilder Ehe zu leben, und nun wieder Druck, schnellstens vor den Altar treten zu wollen. Es dauert nun mal, bis der Antrag, Margot für tot erklären zu lassen, alle Instanzen passiert. Eher kann ich das Aufgebot aber nicht verkünden.«

Sie einigten sich schließlich, die Hochzeit im kommenden Frühjahr zu halten, wenn es warm genug war, um draußen im Freien unter ihrem Birnbaum zu feiern. Mit einem Blick auf Frowes flachen Bauch meinte Johannes, dass es wohl noch nicht pressiert, und gab den beiden seinen Segen auf den Weg.

Die zarte Lene platzte dagegen fast aus den Nähten. Manchmal erschien es David, als würde sie aus ihrer fernen Welt zurückkehren wollen, als suche sie Hilfe. Sofort trat er vor sie, um ihr zu zeigen, da bin ich, du brauchst nur den Arm auszustrecken, nur ein Wort zu sagen. Doch jedes Mal riss der sich anbahnende Kontakt ab. Dann verkroch sie sich möglichst weit nach oben, in ihr neues Zimmer unter dem Dach oder die Leiter hinauf zum Heuboden im Stall.

Nach Gesche rief sie nimmermehr. Dafür lief sie nach wie vor häufig im Kreis herum, während ihr Kopf dabei auf den Schultern rollte. In diesen Momenten war es David danach, in das Zimmer oder auf den Heuboden zu flüchten. Unverkennbar bewegte sie sich genau so, wie sie die Verrückte gespielt hatte, um ihn damals zu befreien. Rächte sich der Fluch an ihr, hatte sie ihn herausgefordert mit ihrer List?, marterte sich David.

Tönges und Frowe suchten, ihn zu besänftigen, dass die

Vergewaltigung schuld sei. Wenn dieser Fluch wirklich noch wirkt, versicherte der Schmied, würde er sich an ihn halten und nicht an seine unbeteiligte Tochter. Doch David glaubte ihm nicht, wurde Tönges durch Lenes Leid doch viel härter getroffen, als wenn sich die Strafe gegen ihn selbst gerichtet hätte.

Sein eigener Vater fiel ihm wieder ein und dessen durch Frowe vermittelter Wunsch, kranke und trockene Bäume zur Brettmühle zu schaffen. Am nächsten Tag brach er zusammen mit Bodo und beiden Pferden auf. Peter zeigte ihm die Bäume, um die es dem Vater ging, der sich selbst nicht blicken ließ.

Den ganzen Tag schleppten sie die Stämme zusammen, entästeten und entrindeten sie und legten sie ein ins Sägegatter, um Balken und Bretter zu schneiden. Angeblich wollten die Petersdörfer Bauholz für eine notdürftige Reparatur ihrer Kirche. Auch Agnes wusste aber nicht mit Bestimmtheit, ob es einen solchen Auftrag wirklich gab. David sicherte jedoch zu, auch für den Transport sorgen zu wollen, falls an der Sache etwas dran war.

Am Abend saßen sie noch ein Weilchen gemütlich unter der Linde. Es gab Himbeerwein zu trinken. Aufgekratzt trug Agnes alles zur Bewirtung zusammen, was sie aufbieten konnte. Ihre Kinder so beieinander zu sehen, machte sie überglücklich. Verstohlen musterte sie Bodo. Nach Franz schaute sie sich nicht um. Sie war sich sicher, dass er wegbleiben würde, solange sein Ältester da ist.

Doch sie erfasste damit nur einen Teil der Gedankenwirrnis ihres Mannes. Ebenso wie durch seinen Sohn wurde Franz durch den kräftigen fremden Burschen verschreckt, der sich mit David verbrüdert hatte. Wunderdinge erzählte man sich von ihm. Auf dem Pferd sei er unbesiegbar und hätte schon aufseiten der Schweden ganze Kompanien in die Flucht geschlagen.

Zahn um Zahn fraß sich in den Holzmüller die Vorstellung, die beiden unter seinem eigenen Dach haben zu können. Wie würde er dastehen als Gebieter solcher Helden. Tief zöge man den Hut vor ihm. Im Dorfkrug würden die Ackermänner darum wetteifern, ihn zu sich an den Tisch einladen zu dürfen.

Und wie stand es um ihn? Er wagte sich gar nicht mehr hin in die Schenke, wo er die Verachtung spürte, weil er seinen Sohn verstoßen hatte, den sie ehrten.

Tag für Tag brannte sich der Hass auf diese Schmiedetochter tiefer in ihn ein, die ihn um alles betrog. Immer enger kreisten die Gedanken um seine Opferrolle. Sie nahmen ihm die Luft, pressten ihm die Brust zusammen, räderten ihn in den Nächten. Anstatt unter der Linde als Hausherr zu walten, musste er sich zwergenhaft verkriechen. So weit hatte ihn die Hexe gebracht, die selbst in ihrem Irrsinn gleich zwei junge, blühende Männer noch an sich band und sie einfach nicht wieder losließ. Mit rechten Dingen konnte das doch wahrlich nicht zugehen. Dahinter musste Zauberei stecken.

Wie könnte seine Mühle aufleben, legte er versonnen den Kopf in die Hände. Was die beiden an einem Tag schafften, vermochte er in Wochen nicht. Er dürfte sich ausruhen, endlich.

*

Energisch schlug Waldmann an, verstummte dann aber ebenso plötzlich. Da ist ihm wohl ein Fuchs oder ein Marder in die Quere gekommen, dachte Tönges noch, als jemand wuchtig an die Tür schlug und »Aufmachen« forderte. Der Kaufmann ist zurück, malten sich alle bereits die Vollendung ihres Kessel-Handels aus. »Wie gelang es ihm nur, an dem Hund vorbeizukommen«, wunderte sich Volker und sprang als Erster zur Tür.

Draußen dämmerte es bereits, doch erkannte er mehrere Bewaffnete. Hilflos zappelte Waldmann in einem Sack, den sie an einen Planwagen gehängt hatten. »Räuber!«, schrie Volker nach innen und schlug die Tür sofort wieder zu. Erschrocken machten sich die Männer kampfbereit. Hatten die Posten schon wieder geschlafen, weil sie sich nach dem letzten Sieg zu sicher fühlten?

»Wie viele hast du gesehen?«, flüsterte Bodo.

»Fünf oder sechs mit Degen, einer hatte eine Pistole hinter dem Gürtel stecken«, besann sich Volker. »Einen Pferdewagen haben sie dabei.«

»Mit denen müssten wir doch wohl fertig werden«, zeigte sich David entschlossen.

»Frowe, bring bitte Lene nach oben und beschütze sie notfalls«, bat Tönges und verkeilte einen Balken hinter der Tür. »Passt hinten auf das Fenster auf!«, rief er den anderen zu.

Draußen blieb es still. »Es ist verdächtig ruhig«, meinte Bodo. »Warum greifen die nicht an, oder zündeln die etwa schon?«

Wieder schlug jemand von außen an die Tür. »Wir kommen im Auftrag Eurer gräflichen Durchlaucht. Wenn ihr nicht sofort öffnet, lasse ich durch den Amtsschützen die Türe aufbrechen!«

David ließ sich aber nicht ins Bockshorn jagen: »Wir hatten schon mehrfach Raubgesindel im Dorf«, suchte er Zeit zu gewinnen. »Wer seid ihr, und was wollt ihr?«

»Ihr habt es hier mit dem Vertreter der Amtskammer zu tun,

und ich empfehle euch, nicht länger Widerstand gegen die Obrigkeit zu leisten.«

»Das kann jeder behaupten«, gab David nicht nach. »Kommt herüber zur anderen Seite und zeigt euch vor dem Fenster!«

Kräftige Fußtritte gegen die Tür verhießen, dass es mit der Verhandlungsbereitschaft nun jedoch vorbei war. Tönges zeigte sich dennoch wenig beeindruckt. »Da brechen sie sich eher die Beine, als dass diese Tür nachgibt.«

»Versteckt eure Waffen und macht auf!«, rief Frowe herunter. »Von den Fenstern oben sah ich wirklich nur sechs Mann. Die sehen nicht aus wie Schnapphähne und benehmen sich auch nicht so. Ich würde sagen, es sind ein Schreiber und fünf Stolberger Büttel.«

Die Widerstandskraft der Tür überzeugte inzwischen auch die Eindringlinge, dass sie so nicht weiterkamen. Draußen wurde es wieder still. Als Tönges sich entschloss, tatsächlich zu öffnen, stellte er erstaunt fest, dass niemand mehr da war. Sie liefen mehrmals ums Haus, schauten auch in den Ställen nach. Keiner da. Ratlos sahen sie sich an. »Sind die abgehauen?«, tippte sich Volker an die Stirn. Doch die anderen blieben skeptisch. »Noch sind wir die nicht los«, war sich Bodo sicher.

Er behielt recht. Nach kurzer Zeit hielt der Trupp mit seinem Wagen wieder auf die Schmiede zu. Mit sich schleppten sie den Dorfschulzen. Ganz außer Atem rief er schon von Weitem, um Himmels willen keine Sperenzchen zu machen. Der Herr Kammerschreiber käme wirklich aus Stolberg mit gräflicher Order.

Nachdem er seinen Part geleistet hatte, wurde er jedoch wieder fortgeschickt. »Er kann sich empfehlen«, winkte ihm der Kanzleiangestellte mit schnöseliger Geste zu. Obwohl

Caspar Zimmermann vor Neugier fast platzte, trollte er sich, ging aber, so langsam er nur konnte, wobei er ständig seinen Kopf nach hinten drehte.

Ohne die Tannbergs noch eines Blickes zu würdigen, drang der gräfliche Bedienstete in das Haus ein und wies sein Gefolge an, alles zu durchsuchen. Nach kurzer Zeit splitterte oben die Tür zum Speicher, und es ertönte ein Aufschrei: »Wir haben es gefunden!«

Zerknirscht warfen sich die Tannbergs bange Blicke zu. Sie waren also auf ihre Kupferkessel gestoßen. Und so wie es aussah, hatten sie genau danach gesucht. Jemand musste sie verraten haben. Offenbar waren sie doch heimlich beobachtet worden. Oder lag Volker etwa richtig, als er in dem Kaufmann einen gräflichen Spitzel vermutete?

Ihnen blutete das Herz, als sie zusehen mussten, wie ihr gesamtes Warenlager, in dem so viele Monate harter Arbeit und Entbehrungen steckten, achtlos in hohem Bogen auf den Wagen geworfen wurde. Ihre ganze Selbstbeherrschung musste Frowe aufbringen, um nicht zu ihren Pistolen zu stürzen.

»War's das«, fragte der Kammerschreiber kurz, als die letzten Kessel verladen wurden.

»Das war's«, wurde freudvoll bestätigt. »Und wohin nun damit, wirklich zu jenem Gutshaus in …«

»Schweig Er wohl!«, fuhr der Schreiber dazwischen.

»Ach!«, fauchte Frowe. »Wir haben es hier also mit einem ganz gemeinen Dieb zu tun, der seine Beute gar nicht zur Amtsstube, sondern zu einem abgelegenen Gute bringt!?«

»Was erdreistet Sie sich!«, schlug der Bezichtigte zurück. »Dieb wagt Sie mich zu nennen? Mich, den Menschenfreund, der Sie von der gefährlichen Hehlerware befreit und alle Last auf sich selbst nimmt?«

Auf den Ballen wippend, kam er auf sie zu. »Oder ist das etwa gar keine Hehlerware, die ich hier beschlagnahme? Liege ich richtig, dass ihr das Kupfer selbst geschürft habt in den Stollen des gräflichen Bergbaus?«

»Hoh!«, rief er nach einer dramatisch lang gezogenen Pause. »Dann allerdings habe *ich* hier lauter Diebe vor mir. Wünscht Sie tatsächlich, dass ich den Dienstweg einhalte, euch alle mitnehme zum Verhör, bis die Beweise erbracht sind? Das hätte wohl zur Folge, dass euch die Schmiede entzogen wird, ihr im Verlies landet oder bestenfalls des Landes verwiesen werdet. Wobei euch die Amtsbriefe vorauseilen, dass es jedermann bei Strafe untersagt sei, dem Diebesgesindel Hilfe oder gar Logier zu gewähren.«

Vor Wut zitternd, ballte Frowe die Fäuste.

»Hayo?« Plötzlich stand David vor ihm.

Erschrocken fuhren dessen Begleiter herum, und die Sorge stand ihnen ins Gesicht geschrieben, erkannt worden zu sein. Auch Hayo schrumpfte im Moment zusammen, nun, da dem anonymen Staatsdiener ein Name zugeordnet werden konnte. Doch er fing sich schnell. »So trifft man sich wieder, David. Hätte nicht erwartet, dir noch mal zu begegnen.«

»Du lieber Himmel«, griff er sich schließlich an den Kopf. »Dann war die trächtige Irre, die ich da oben antraf, etwa deine Helena?«

Wieder entstand eine Pause. »Blödes Bauernpack!«, schimpfte Hayo. »Aber so seid ihr nun mal. Selbst wenn ihr einen Schatz in Händen haltet, zerrinnt er euch zwischen den Fingern. Hättest du sie doch mir überlassen, deine Schöne. Dann dürftest du uns sogar weiter besuchen und könntest dich an ihr weiden, so wie ich mich verzehrt habe. Was hast du mit ihr angestellt?«

»Das war nicht ich«, sagte David dumpf. »Eine ganze Rotte Soldaten fiel über sie her.«

Seufzend ließ sich Hayo auf die Bank in ihrem Stübchen fallen. »Tut mir leid, dass es dich schon wieder trifft«, gestand er. »Aber wie ich schon sagte. Ihr seid einfach zu blöde, einen Schatz zu bewahren, selbst wenn er euch in den Schoß fällt.«

»Und Er meint«, zischte Frowe, all ihre Selbstbeherrschung aufbietend, »schlau genug zu sein, die Ware zu Geld machen zu können?«

Hell lachte er auf. »Sie glaubt doch tatsächlich, mich derart provozieren zu können, dass ich ihr auf die Nase binde, was ich damit vorhabe.«

»Dann verratet zumindest«, verlangte Frowe, »wieso es zur Durchsuchung unseres Hauses kam.«

»Ihr ward zu unvorsichtig«, zuckte Hayo gleichgültig mit den Schultern. »Könnt ihr euch nicht vorstellen, welches Lauffeuer durch Stolberg eilte, nachdem ihr vom Stadttor bis zum Markt die Hausfrauen verrückt machtet mit euren nagelneuen, glänzenden Kesseln? Nie hätte ich euch gefunden, wäre ein unscheinbares Mütterchen mit grauem Kopftuch die Verkäuferin gewesen. Aber eine Riesin mit roten Locken, die von der Westseite durch den Wald zu uns kam, musste doch aufzuspüren sein. So schrieb ich die Schulzen der benachbarten Dörfer an, nach ihr zu fahnden, auch den von Herrmanns Acker. Und nun ratet mal, wie viel Antworten ich erhielt?«

»Eine«, war David überzeugt. »Von unserem braven Caspar Zimmermann, der uns dienstbeflissen preisgab.«

»Genau«, lächelte Hayo schmallippig und war wieder ganz obenauf. Der zweite Sekretär der Amtsschreibstube hatte es nun aber eilig, sich aus dem Staub zu machen.

»Sollten wir sie nicht besser erschlagen, damit sie uns nicht an höherer Stelle anschwärzen können?«, raunte ihm einer seiner Spießgesellen zu.

»Man erschlägt doch kein Huhn, das Eier legt«, flüsterte er zurück. »Garantiert versuchen die es wieder. Wir lassen sie beobachten. Und so dumm, uns anzuzeigen und sich damit selbst zu bezichtigen, sind sie nun auch wieder nicht. – Auf geht's!«, befahl er jetzt laut. Sie warfen den Sack mit Waldmann ab, und der Wagen mit all den geheimen Hoffnungen der Tannbergs rollte davon.

»Alles war umsonst!«, rutschte Volker auf der Bank zusammen. »Die ganze Plackerei, alles für die Katz. Nur damit dieser Lackaffe in Stolberg mit unserem Geld um sich werfen kann. Ich könnte heulen wie ein Schlosshund.«

Schnaubend setzte sich sein Vater zu ihm. »Dagegen sind wir machtlos. Hätten wir doch bloß die Kessel nicht nach Stolberg geschleppt, genau unter die Nase der Amtsleute. Ohrfeigen könnte ich mich.«

Bodo dagegen behielt die Nerven und meinte, der Bande inzwischen genug Vorsprung gelassen zu haben. »Wir setzen ihnen doch nach und nehmen ihnen alles wieder ab?«, fragte er, und es klang bei ihm mehr nach einem Beschluss als nach einer Frage.

»Wie stellst du dir das vor?«, hielt ihn Frowe zurück. »Einen Tag später würden uns die Feldjäger umstellen und wie Kaninchen aus dem Bau zerren.«

»Aber nur, wenn einer überlebt, der sie herführt. Ich versichere euch, dass niemand nach den Feldjägern rufen wird«, ließ Bodo kampfeslustig seinen Degen im Handgelenk kreisen.

»Von der Sache wissen schon zu viel«, war auch Tönges überzeugt. »Sollte der Wagen nicht an dem vereinbarten Ort eintreffen, werden sie nach uns fahnden. Dann geht es nicht mehr um Diebstahl aus den abgesoffenen gräflichen Bergwerken, sondern um Mord. Mördern werden die Knochen mit dem Rad zerschlagen. Anschließend flicht man sie darauf und wirft sie den Krähen zum Fraß vor. Das ist es nicht wert.«

Doch Bodo wollte dennoch nicht so schnell aufgeben. »Natürlich lassen wir den Wagen an dem vereinbarten Ort eintreffen. Dann sehen wir genau, wie viele es insgesamt sind. Und glaubt mir, allzu viele können es nicht sein. Schon durch sechs teilen zu müssen, lässt für den Einzelnen wenig übrig. Daher möchte ich wetten, dass kein Einziger mehr dazukommt.«

Feuer und Flamme, rief Volker: »Dann los, folgen wir ihnen, unterwegs können wir uns immer noch überlegen, was wir wirklich machen.«

»Sie sind zu sechst, mindestens«, gab Tönges zu bedenken. »Wollen wir wirklich Kopf und Kragen riskieren?«

»Haben wir das im Stollen nicht auch«, wischte David den Einwand vom Tisch. »Für Ide!«, streckte er verwegen einen Säbel bis unter die Zimmerdecke.

»Für Ide!«, tat es ihm Bodo gleich, allerdings mit dem Degen, und er erklärte fachmännisch, dass im Dunkeln der Degen nun mal die handlichere und schnellere Waffe sei. Nach den Pistolenschüssen, die sie gleichzeitig abgeben könnten, blieben eh nur ein paar von den Dieben übrig.

»Oje«, besann sich David und schaute zum Schmied. »Lene in ihrem Zustand allein mit Volker zurückzulassen, das wage ich nicht.«

»Ich bin ja auch noch da«, sprang Frowe ein.

Abenteuerlustig warf sich Volker, dem es soeben die Sprache verschlagen hatte, allein mit seiner Schwester zurückbleiben zu sollen, die Harzkappe über. »Dann kann ich also mit?«

Missbilligend wollte ihn sein Vater zurückhalten. »Im Dunkeln wie im Nebel sehe ich mehr als ihr alle zusammen«, warb Volker für sich und überzeugte sie schließlich damit.

Über die Richtung, die sie nun laufen wollten, wurden sie sich schnell einig. Bestimmt würde der Wagen nicht weiter nach Westen fahren, weg von Stolberg, sondern nur über Buchholz einen Haken schlagen. Also nahmen sie ihre Abkürzung über die Felder, die ihnen aus den Schmelznächten bestens vertraut war.

Über ihre Köpfe glitt eine Eule hinweg, als sie die Straße erreichten. Nur einen Moment nahmen sie ihren Schatten wahr, den sie im Licht des Halbmondes warf. Wie ein klagendes Kind rief von weit her ein Käuzchen in die Stille der Nacht. Kein Windhauch regte sich. »Sind sie etwa schon durch?«, befürchtete Volker, zu spät gekommen zu sein. Ein Zischen forderte ihn zur Ruhe auf. Sie kauerten sich an den Straßenrand und lauschten.

Nichts tat sich. Sie warteten und warteten. »Haben sie etwa doch die andere Richtung genommen?«, fragte David, und nun wuchsen auch bei ihm Zweifel.

»Hab Geduld!«, mahnte ihn Bodo. »An deren Stelle würde ich das Gleiche tun. Mich hinter irgendeinem Busch verbergen und beobachten, ob mir jemand folgt.«

Sie zuckten zusammen. Nur ein paar Schritte weiter schnaubte ein Pferd durch die Nüstern. »Tatsächlich«, wurde Bodo gelobt. »Da hinter dem Gebüsch stecken sie.« Bald hörten sie auch Schritte, und eine Stimme suchte leise: »Wo seid ihr?«

»Psst«, zischte es aus dem Gebüsch. »Und, hast du was bemerkt?«

»Nein. Mehr als einen Büchsenschuss bin ich zurückgelaufen, immer neben der Straße, damit mich niemand sieht. Uns folgt garantiert niemand«, wurde versichert.

Volker kicherte in sich hinein: »Weil wir ja schon vor euch sind.«

»So soll es auch bleiben«, flüsterte Tönges. Sie erhoben sich. Mit genügend Abstand zur Straße, um nicht durch einen knackenden Ast Verdacht zu erregen, liefen sie voraus. Es dauerte nicht lange, bis ihnen der Wagen folgte. Zwei saßen oben auf dem Kutschbock, die anderen hinten bei der Ladung.

»Wenn wir die zwei runterschießen, sitzen die anderen hinten in der Falle«, machte Bodo einen neuen Vorschlag.

Doch Tönges lehnte ab: »Ich will nicht, dass Blut an unseren Kesseln klebt.«

Verständnislos schaute ihn sein Sohn an. »Da ist doch die Plane dazwischen, so weit kann das gar nicht spritzen.«

»Das war nur bildlich gemeint«, lachte ihn David aus. »Aber wir müssen sie ja nicht umbringen. Wir können sie in den Arm schießen und unerkannt in die Flucht treiben«, schloss er sich Bodo an. »Es sind nun mal viele Räuber auf den Straßen.«

»Habt ihr schon wieder vergessen, dass wir erst sehen wollten, wer noch alles mit Hayo unter einer Decke steckt?«, erinnerte Tönges an ihre Übereinkunft.

Das nächste Dorf kam heran. Sie mussten damit rechnen, auf Wachtposten zu treffen. Doch wenn sie den Ort weit umgingen und Hayo dort seinen Schlupfwinkel aufsuchte, würden sie ihn verlieren. Zum Glück fand aber Volker schnell eine Lösung. »Gut, dass ihr mich mitgenommen habt. Ich schleiche mich seitlich an den Wagen heran und klammere mich unter ihn. Das habe ich schon oft gemacht. Sollten sie halten, weiß ich, wo er steht, und führe euch hin. Wir treffen uns am anderen Dorfausgang.«

Schon war er weg. Aus sicherer Entfernung beobachteten sie, wie er geschickt zwischen den Rädern hindurch unter den Wagen glitt. Als das nächtliche Fahrzeug angerufen und aufgefordert wurde, einen Passierschein vorzuweisen, beeilten sie sich, zum gegenüberliegenden Dorfausgang zu kommen.

Zeitgleich mit dem Fuhrwerk trafen sie dort ein. Doch Volker kam nicht wieder unter dem Wagen hervor. Ratlos verharrten sie. »Ich gehe zurück ins Dorf und suche nach ihm«, entschied schließlich Tönges. »Folgt ihr dem Wagen, macht aber nichts Unüberlegtes! Sollten sie Volker in ihrer Gewalt haben, sind sie gewarnt.«

Wortlos verschwanden die beiden ins Dunkel und überholten den Wagen wieder, bis sie gerade noch das Knirschen der Räder hinter sich hörten. Stoisch folgte ihnen das Gefährt, immer im selben Trott. »Wenn sie glauben, verfolgt zu werden, würden sie ihr Pferd doch jetzt hetzen«, stieß Bodo seinen Gefährten an.

»Wo aber steckt Volker, wenn er nicht bei ihnen ist?«, blieb David verunsichert. Schon näherte sich das nächste Dorf. »Wir hätten die beiden an den Zügeln wegputzen sollen«, trauerte er der vergebenen Möglichkeit nach. »Jetzt wird das immer komplizierter. Im Ort vor uns gabelt sich die Straße. Wohin wenden wir uns?«

»In Richtung Stolberg«, war sich Bodo sicher. »Hayo wird seine Beute so nahe wie möglich bei sich haben wollen.«

So schnell sie in der Finsternis laufen konnten, rannten sie in Richtung Norden um das Dorf herum und warteten nahe der Straße. Nicht lange, und sie vernahmen das Schnauben des Pferdes. Bodo bekam einen Klaps auf den Rücken als Anerkennung für seinen guten Riecher. Sie marschierten wieder vornweg, bemerkten dann jedoch, dass ihnen der Wagen gar nicht mehr folgte.

Hastig rannten sie nun sogar mitten auf der Straße zurück – bis zum Dorf. Hayo und seine Mannen aber hatte die Dunkelheit geschluckt. Irgendwo mussten sie abgebogen sein. Mit ihnen war auch der Mond verschwunden. Die Hand ließ sich kaum noch vor Augen erkennen.

»Verfluchter Mist«, schimpfte David. »Wir haben sie verloren.«

Bodo lauschte in die Nacht. »Irgendwas müssten wir hören, ein knarrendes Scheunentor, ein Klirren des Geschirrs beim Ausspannen. Ich wette, die liegen wieder auf der Lauer und beobachten, ob ihnen doch noch jemand folgt. Wir müssen Geduld haben und uns ruhig verhalten.«

Eine Kirchturmuhr schlug zwölf. Die Geisterstunde brach an. Nichts regte sich. Zugedeckt mit Schwärze, hielt das Land erstarrt inne. Aus unendlicher Ferne funkelte hin und wieder ein Stern durch den Flickenteppich der Wolken, spendete aber nicht mal einen Tropfen Licht. Zäh rann die Zeit dahin, als würde sie nachts viel langsamer vergehen.

Plötzlich jedoch erglühte ein auf die Erde gestürzter Meteor, gleich darauf ein zweiter. »Sie haben Fackeln angezündet und laden wahrscheinlich ab«, wies David in die Richtung des Feuerscheins. Erleichtert tasteten sie sich voran, fielen aber dennoch in einen Abzugsgraben.

Als sie den entlegenen, bereits völlig verfallenen Bauernhof erreichten, waren die Männer schon fertig. Einer klatschte in die Hände. »Geschafft«, rief er, »einen trinken wir doch aber noch.«

»Worauf du einen lassen kannst«, antwortete ihm Hayo.

»Mann, hatte ich mich erschrocken, als wir in den Dörfern plötzlich auf Militär trafen.«

»Ein Glück, dass die schon zu müde waren, um uns zu kontrollieren«, erwiderte der andere. »Wahrscheinlich hat uns aber dein Pass als gräflicher Sekretarius die Wege geöffnet, sonst hätten sie uns alles abgenommen, einschließlich des Pferdewagens.« Damit verschwanden sie ins Haus.

Wo sind die anderen vier, fragten sich Bodo und David. Vorsichtig schlichen sie unter eine Fensteröffnung dieser Ruine.

Drinnen hörten sie, wie ein Pfropfen aus einer Flasche gezogen wurde und es in den Gläsern gluckste. »Sorgst du dich nicht, die Büttel zurückzuschicken und nur mit einem Eimer Wein abzuspeisen. Wenn sie über den Wert unserer Fuhre nachdenken, werden sie sich bald betrogen vorkommen und ...«

»... und wenn wir ihnen mehr geben«, fiel Hayos Stimme ein, »nehmen ihre Forderungen nie ein Ende. Nichts da, mehr bekommen sie nicht.«

»Sie könnten uns aber erpressen.«

»Das wagen sie nicht«, brauste Hayo auf. »Von einem Tag auf den anderen kann ich ihre Entlassung durchsetzen. Dann müssen sie betteln gehen. Sie wissen, dass es von mir abhängt, ob sie Lohn beziehen. Und ob sie auch dann etwas bekommen, wenn die gräfliche Schatulle den meisten gar nichts auszahlen kann, weil sie leer ist – also in ihrem Dauerzustand.«

»Den vollen Sold bekommst du doch auch nur selten«, lachte die zweite Stimme im Raum.

»Eben«, knurrte Hayo. »Darum habe ich auch nicht im Geringsten ein schlechtes Gewissen, mir ein Zubrot zu organisieren.«

»Wofür mein heruntergebranntes Gut, in dem niemand mehr etwas zu finden hofft, ein hervorragendes Versteck abgibt – prost, auf weitere Zusammenarbeit«, stieß der andere an.

David und Bodo hatten genug gehört. Sie krochen in die eingestürzte Scheune und holten ihre Kupferkessel wieder heraus. Nur wussten sie nun nicht, wohin damit. Der Weg zurück mit dem Wagen durch die vom Militär besetzten Dörfer kam nicht infrage. Aber ohne Fahrzeug konnten sie die schweren Metallgefäße niemals wegschleppen.

Vorerst lagerten sie die zurückeroberte Beute in einem Brennnesselverhau neben dem Wagen. Dass es Brennnesseln waren, daran zweifelten sie auch im Dunkeln nicht. Worauf sie nun aber warteten, wussten sie selbst nicht so recht. Ihre Gedanken kreisten um Volker. Der Schreiber und seine Büttel hatten ihn wohl keinesfalls zu sehen bekommen, sonst würden die sich im Haus kaum so sicher fühlen. Haben ihn die Landsknechte erschreckt, und er ist abgesprungen?

Bereits derb schwankend erschien Hayos Kumpan mit einer Kerze draußen und torkelte zur Scheune. Im Vorgefühl eines prallen Beutels wollte er nochmals die leichte Eroberung ins Auge fassen. Gespenstisch sprang sein Schatten hinter dem Wachslicht über das eingefallene Gehöft. Irgendetwas trällerte er vergnügt vor sich hin.

Jäh erstarb sein Lied, als er in das Versteck leuchtete. Erschrocken drehte er sich um und suchte, die Dunkelheit zu durchdringen. Mit einem markerschütternden Schrei warf er die Kerze fort und rannte ins Haus zurück.

Die Kerze blakte im Liegen weiter. David hob sie umgehend auf und setzte in der einstigen Scheune trockenes Gestrüpp und Stroh in Brand. Lichterloh züngelte sofort das Feuer, hungrig auf das vom vorigen Brand bereits angekohlte Gebälk. »Nun sollen sie mal nach ihrem Diebesgut suchen«, meinte er höhnisch. »Im Handumdrehen werden die Leute vom Dorf hierhereilen, um zu gucken, was da brennt. Fortan wird dieser Raffke denken, dass sie alles mitgehen ließen. Nie wird er darauf kommen, dass wir dahinterstecken.«

Hayo war vom Branntwein bereits völlig benommen. Je lauter ihn sein Kumpan anschrie, bestohlen worden zu sein, desto weniger verstand er. Als sie schließlich beide durch die offene Türöffnung krochen, zuckten die Flammen bereits gespenstisch über den Scheunentrümmern. Knisternd stob ein Funkenregen auf das einstige Gut. Rote und gelbe Farbreflexe hetzten über das verfallene Mauerwerk.

Mit aufgerissenen Augen starrten sie auf ihren lodernden Schlupfwinkel. »Hast du etwa mit der Kerze darin rumgekokelt«, reimte sich Hayo die Ursache für ihr Verhängnis zusammen. »Du selten dämlicher Trottel!«, schrie er und stieß ihn wutentbrannt vom Trittstein.

Umgehend wurde im nahen Dorf Feueralarm ausgelöst. Noch vor den Soldaten trafen die Bauern ein. »Da sind die Brandstifter!«, wies einer auf die zwei Angetrunkenen. »Schlagt sie tot, bevor sie uns allen Unheil bringen!«

Nun gänzlich nüchtern, schrie Hayo seinem Kumpan zu: »Lauf um dein Leben!« In verschiedene Richtungen stoben die beiden davon, um die Verfolger zu trennen.

Mit lautem Gewieher bäumte sich das Pferd auf. Durch die Flammen und die schreienden Menschen in Panik versetzt, ging es durch und raste ebenfalls davon. Der Wagen dahinter sprang über Äste und Steine, was das Tier noch mehr antrieb. Sehnsüchtig schauten die Bauern hinterher. »Das finden wir heute Nacht nicht mehr«, sprach einer aus, was alle dachten.

»Hier zu löschen, lohnt ebenso wenig.« Womit die Bauern und auch die Landsknechte, die inzwischen neugierig herbeiströmten, den Rückzug antraten und wieder ins Dorf verschwanden.

Rot atmete noch die Glut, als Bodo und David sich wieder einfanden. Sicherlich würden die beiden anderen ebenfalls bald zurückkehren, um nachzuschauen, was zu retten sei. Bis dahin müssten sie ihre Kessel weiter weggeschleppt haben. Bodos vorsichtig in das Brennnesselfeld vorgestreckter Fuß stieß jedoch auf nichts. Im Zickzack lief er schließlich durch das Unkraut, ohne etwas zu finden. »Bin ich denn blöd«, sprach er mehr zu sich selbst, entzündete schließlich einen trockenen Ast in einem der verbliebenen Glutnester, um mehr sehen zu können.

»Das ist doch Hexerei«, suchte er bei David um Rat, der sich aber ebenso wenig erklären konnte, wohin ihr Kupfer schon wieder verschwunden war. »Unmöglich könnten wir es übersehen haben, wenn es die Bauern gefunden und an uns vorbeigeschleppt hätten. Hayo und sein Depp waren schon gar nicht dazu in der Lage. Die trieb ein ganz anderes Problem.«

»Es muss noch alles hier sein«, überlegte Bodo. »Lass uns warten, bis es hell wird, dann können wir besser sehen und werden uns wundern, an welcher Stelle wir bislang gesucht haben.« Im Unterholz des nahen Waldes verkrochen sie sich und schliefen erschöpft ein.

Mit dem ersten Dämmern des Tages erwachten sie. Im Dorf rührte sich bislang nichts. Als sie das Gut erreichten, kreiselte noch immer eine dünne Rauchfahne über den verkohlten Trümmern. Fassungslos mussten sie sich jedoch eingestehen, nichts im Dunkeln übersehen zu haben.

Ihre Kessel hatten sich förmlich in Luft aufgelöst. Ein böser

Zauber. Es sollte wohl nicht sein. Nochmals suchten sie penibel das ganze Gelände ab, die Brandstelle, das Haus, den verwilderten Hof. Keinen einzigen fanden sie, ebenso wenig eine Erklärung dafür.

»Wir hatten sie doch in der Hand«, rekapitulierte David nochmals die Nacht, »und stellten sie hier in dieses Unkraut, wohin die Bauern und Landsknechte gar nicht kamen. Die blieben alle da vorn stehen«, wies er auf den Hof. »Das Pferd lief in die andere Richtung, es kann sie also auch nicht mitgerissen haben. Es ist zum Haareausraufen.«

Den ganzen Vormittag durchkämmten sie das angrenzende Gebiet und zermarterten sich das Hirn, was sie übersehen haben könnten. So viel hatten sie schon dafür gewagt, um nun nicht einfach aufzugeben.

Aber es half nichts. Ihre Kessel ließen sich nicht wieder herbeischaffen. Verzweifelt traten sie den Rückweg an, quer durch den Wald. Sie hingen ihren Gedanken nach. Der Hals war wie zugeschnürt. Kein Wort brachten sie mehr heraus, das ihre Enttäuschung beschreiben konnte.

Nacht im Steinbruch

Ringe von graukappigen Schwämmen tanzten Reigen durch den Forst. Dazwischen drückten sich schuppige, honiggelbe Hüte vor allem um Baumstümpfe, kletterten an ihnen hoch, als wollten sie vom Rednerpult ganz oben den Nekrolog auf das scheidende Jahr halten.

Zu einem endlosen Teppich breitete sich das gefallene Laub aus. Mehrere Schichten überlagerten sich, dämpften jeden Schritt. Aus allem quoll Wasser. Es tropfte von den zuweilen schon fast kahlköpfigen Bäumen, dem sich zu erdigen Braungrün verfärbenden Unterholz und dampfte waschküchenartig im gesamten Wald.

Tief ließ David den Brodem der Harzlandschaft in sich einströmen, spürte sich als Teil davon. Als Myzel, als Rinde, als platzende Buchecker inmitten dieser in den Urleib zurückkriechenden Natur, die starb, um im Frühjahr neu zu erstehen.

Ohne Übergang wechselte die Baumwelt in die Ackerlandschaft mit dem eingebetteten kleinen Harzdorf. Wieder einmal entzog es sich den Blicken des hungrigen Militärs – zumindest noch. Während die anderen Siedlungen schon ächzten unter der Last der dreisten Gäste, gackerten hier friedlich Hühner, bekrähten Hähne aus vollem Hals die ländliche Idylle. Unvermittelt blieb David stehen, lehnte sich an einen Stamm, stöhnte fast wollüstig.

Spöttisch tat es ihm Bodo gleich: »Schon allen Schmerz wieder vergessen? Öffnet sie dein Herz, diese Romantik aus Kuhbläke und Lämmerschwanz?«

Verärgert sah sich David aus seiner Verzückung gerissen: »Dein Hirn überschlägt freilich nur, wie viel Fuhren Getreide und wie viel Fässer Bier sich aus diesen Häusern wringen ließen für die nächste Fressorgie der Schwadron.«

»Oh, là, là, der Herr fühlen sich getroffen«, versuchte Bodo zu parieren.

Am Ortseingang sahen sie sich sofort umringt. Die Schreckensnachricht vom herankriechenden Marschband der Landsknechte hatte sie schon überholt. Überzeugt davon, dass ihre beiden wichtigsten Verteidiger umgehend auf Erkundung gegangen waren, überschütteten die Herrmänner sie sogleich mit Fragen, und die Hoffnung glomm in ihren Augen, dass die beiden bereits einen Ausweg wüssten, um der Gefahr zu entgehen.

Ein wenig erschrocken waren Bodo und David schon über dieses ins Grenzenlose gewachsene Vertrauen in sie. Beklommen gestanden sie sich ein, ja nichts anderes als ihren Eigennutz verfolgt zu haben. Und das auch noch höchst erfolglos. Immerhin konnten sie die Namen der Dörfer nennen, die in der Nachbarschaft bereits litten. Zu ihrer Überraschung war dies aber längst bekannt. Ungewissheit herrschte lediglich darüber, ob es Schweden oder Kaiserliche sind.

Was David jedoch als belanglos abtat: »Können wir von einer Kriegspartei mehr Nachsicht oder Gnade erwarten als von der anderen? Es ist doch völlig gleich, wer uns ausrauben kommt.«

Waldmann nahm sie in Empfang, gewohnt still und ohne Gekläff. Sein über den Boden peitschender Schweif verriet aber die Freude über das Wiedersehen. Sie konnten nicht anders, als sich zu ihm hinabzubeugen und ihm zärtlich den Rücken zu kraulen, womit sie ihm ebenso ihre Zuneigung zeigten.

Lässig auf dem Trittstein an die Außentür gelehnt, begrüßte sie Volker: »Na, ihr Schlafmützen, auch schon da.«

Die Freude, ihn so wohlbehalten wiederzusehen, und die Entrüstung über diese Dreistigkeit verschlugen ihnen die Sprache. Sie brauchten eine Weile, um sich zu fassen. »Wo zum Teufel hast du gesteckt, bist du vom Wagen gefallen?«, fuhr David ihn an und konnte sich dabei einen gewissen Vorwurf nicht verkneifen.

Tönges' Kopf schaute durch die Tür. »Ah, unsere Helden finden heim«, griff er Volkers Ironie auf. »Aber wie ich sehe, kommen sie mit leeren Händen.«

»Was daran liegt«, verschaffte sich David Luft, »dass wir die

Kessel schnell noch zum Vergolden gebracht haben und sie erst am Nachmittag abholen können.«

Frowes herzliches Lachen drang nach draußen. »Dann kommt rein, ihr Goldigen, ihr müsst doch zum Umfallen Hunger haben. Viel haben wir allerdings nicht mehr im Haus. Den ganzen Vormittag schon hat das Dorf nach unserem Alarm alles in Sicherheit gebracht.«

David verstand diese freudige Aufgekratztheit nicht. »Viel macht es euch ja nicht aus, dass wir in einer Nacht alles verloren haben, wofür wir so lange schufteten.«

Im selben Moment platzte Oswald herein, dem Waldmann inzwischen freien Zutritt gewährte. »Mein Gott«, schlug er die Hände zusammen. »Ich habe gehört, dass ihr gestern unliebsamen Besuch von einem Kanzlisten aus Stolberg hattet, und nun vernehme ich, alles ist verloren. Woher wusste der von unserem Geheimnis?«

Von oben bis unten maß ihn Frowe. »Hast du hier jemanden auf der Lauer liegen? Wieso weißt du immer so schnell Bescheid?«

»Bergleute müssen nun mal ihre Ohren überall an den Wänden haben, um schon weg zu sein, wenn die Decke anfängt zu knistern«, grinste er verschmitzt. »Aber nun mal im Ernst, sind wir aufgeflogen? Droht uns am Ende noch Strafe wegen Diebstahls?«

»Wieso uns?«, wollte ihn Tönges beruhigen. »Von dir wissen sie nichts. Auch droht keine Strafe, weil der feine Herr selbst ein Gauner ist.« Schließlich erzählte Tönges die ganze Geschichte, angefangen von ihrem Testverkauf in Stolberg bis zur Verfolgung während der vorigen Nacht.

Erleichtert atmete Oswald auf. »Dann ist das ja alles nicht

ganz so schlimm. Nur gut, dass ich meinen Anteil zuvor in Sicherheit gebracht habe.«

»Da bin ich auch froh«, gestand Tönges. »Es würde mich wirklich sehr grämen, wenn du durch unsere Unvorsichtigkeit auch noch leer ausgehen würdest.«

»Eben«, meinte Oswald. »Und darum teilen wir neu auf, wie vereinbart eins zu drei.«

»Nein«, stemmte sich der Schmied dagegen. »Das ist deins, du musst nicht für unseren Verlust haften.«

»Ach«, erwiderte der Bergmann trocken und wandte sich an Volker: »Dann gilt das wohl nicht mehr mit dem Opa?«

»Natürlich gilt das«, stotterte Volker, völlig überrascht von dieser Frage.

»Nun, wenn ich also kein bloßer Kumpan für euch bin, sondern quasi ein enger Verwandter«, betonte Oswald jedes Wort, »dann beleidigt ihr mich jetzt aber. Es wird geteilt, und damit basta.«

Sie fielen sich in die Arme. »Du bist der beste Opa der Welt«, schluchzte Volker. »Aber du musst wirklich nichts wieder hergeben.«

»Genug jetzt«, fuhr ihm Oswald über den Mund.

»Nein, wirklich nicht«, betonte Volker und strahlte stolz über das ganze Gesicht: »Weil wir uns alles zurückgeholt haben, jeden einzelnen Kessel.«

Die Bank bog sich unter der Last der plötzlich auf sie plumpsenden Körper. Bodo und David knickten gleichzeitig die Beine ein. »Ihr habt sie?! Wie war das möglich?«

»Erzähl schon«, forderte Tönges seinen Sohn auf. »Du bist schließlich der Held jener Nacht.«

»Ganz so war's ja nun auch wieder nicht«, begann Volker und wurde etwas kleinlauter. »Als der Wagen, unter dem ich hing, plötzlich von Soldaten umringt wurde, standen mir die Haare zu Berge. Mehrere Bestiefelte hörte ich durcheinanderschreien, dass dieses Gespann beschlagnahmt sei. Darum ließ ich mich fallen und schlich zwischen den Beinen hindurch in die Nacht. Gott sei Dank klebten alle Augen gierig auf der Plane und barsten vor Neugier, was darunter stecken könnte, sodass mich auf der Erde keiner mitbekam«, erzählte Volker vor Aufregung japsend.

»Als unsere Diebe sich aber mit ihrem hoheitlichen Passierschein Respekt verschafften und freie Weiterfahrt, war es zu spät für mich, um wieder unter den Wagen schlüpfen zu können. Ich musste mir erst einen Weg suchen, aus dem Dorf zu kommen, denn an der Straße entlang hockte ein Landsknecht neben dem anderen. Fast hätte ich den Vater verpasst, der schon ins Dorf wollte, um nach mir zu suchen. Im letzten Moment hörte er mich rufen.«

»Wie habt ihr uns aber dann gefunden, ihr konntet doch gar nicht wissen, in welche Richtung es weiterging«, hielt es David nicht länger aus, den Grund seines Scheiterns zu erfahren.

»Ich war mir sicher«, wollte Tönges seinen Anteil am Gelingen nicht unter den Tisch fallen lassen, »dass die Bande ihr Versteck nicht weit von Stolberg entfernt hat, also liefen wir nach Norden weiter.«

Vielsagend schaute Bodo zu David. »Hatte er also den gleichen Gedanken.«

»Dann sahen wir ein Feuer und Leute, die zum Löschen zusammenströmten«, griff Volker den Faden wieder auf. »Ich ging allein hin. Ein Halbwüchsiger fällt nicht weiter auf. Der Schmied von Herrmanns Acker dagegen hätte sich, sobald ihn jemand erkannt hätte, viele Fragen gefallen lassen müssen, was er hier mit dem Brand zu tun hat«, meinte er und lächelte seinen Vater an.

»Der Hof vor der lodernden Scheune war zugewuchert mit Gestrüpp und Unkraut. Vor allem um die hohen Brennnesseln machten alle einen großen Bogen, weshalb ich mich dort versteckte.« Stolz zeigte er wie Kampfwunden seine von Bläschen überzogenen Handrücken.

»Und dort bist du über unsere Kessel gestolpert«, stöhnte Bodo.

»Woher weißt du das?«, staunte Volker.

»Weil wir sie aus der Scheune geschleppt und dort versteckt hatten!« Bodo konnte es noch immer nicht fassen. »Wir haben uns die Dinger gegenseitig wieder abgenommen!«

»Habt ihr dann etwa die Scheune angesteckt?«, fragte Frowe mit gemischten Gefühlen.

»Es blieb nichts anderes übrig, da uns Hayos Begleiter auf die Schliche gekommen war«, rechtfertigte sich David. »Außerdem bestand die Scheune nur noch aus verkohlten Trümmern, wir gaben ihr lediglich den Rest.«

Aufgeregt trat Volker von einem Bein auf das andere, endlich weitererzählen zu können: »Da unmittelbar daneben das noch nicht einmal ausgespannte Pferd stand, lud ich also alles wieder auf den Wagen. Und als durch einen Luftstoß die Flammen emporwirbelten, sprang ich seitwärts auf das Pferd, so wie ihr das bei den Attacken immer geübt habt, mit nur einem Bein über dem Rücken an der Flanke festgeklammert. Ohne dass mich jemand sehen konnte, ließ ich das Pferd aufsteigen, als würde es durchgehen, und sprengte davon. Das war ein Heidenspaß.« Vor Stolz schwoll ihm die Brust.

»Und wir haben die halbe Nacht und den folgenden Vormittag alles verzweifelt abgesucht, weil wir uns nicht erklären konnten, wohin das Zeugs verschwunden war«, konnte es Bodo nach wie vor nicht fassen. »Wo habt ihr die Gefäße denn nun versteckt?«

»Mit dem Fuhrwerk querfeldein durch den Wald kamen wir nicht allzu weit, so deckten wir provisorisch alles mit Ästen und Laub zu«, antwortete Tönges. »Wir müssen uns noch nach einem besseren Versteck umsehen. Es wird Zeit, dass wir endlich zum Verkauf kommen. Sonst setzt das noch Grünspan an.«

Sie überlegten die nächsten Schritte. Vor allem, was sich mit dem Gespann anfangen ließ, ohne das gesamte Dorf damit in Gefahr zu bringen. David war sich völlig sicher, dass der Kanzlist kein Pferd besaß. Seine vom Bier gelöste Zunge hatte ihm und Helena damals einen völlig mittellosen Bediensteten geschildert. »Also kann er sich Pferd und Wagen nur geborgt haben«, schloss er daraus.

»Dann wird man ihm wohl jetzt enorm zusetzen, Entschädigung leisten zu müssen. Und da er das nicht kann, droht ihm Anzeige«, folgerte Bodo. »Ebenso werden ihm die Stadtbüttel nicht abnehmen, dass sich die Beute plötzlich in Luft aufgelöst haben soll, sondern sie werden ihm unterstellen, dass er sie um ihren Anteil betrügen will. Jener Hayo sitzt arg in der Patsche und wird diese ganze Geschichte verfluchen. Vor allem wird er uns verfluchen, weil wir ihn in Versuchung geführt haben. Er kann gemeingefährlich werden, Bücher fälschen, uns sonst was anhängen, wogegen wir uns niemals wehren können.«

»Womit du wieder bereust, dass wir ihn nicht umgebracht hatten, als wir die Gelegenheit dazu besaßen«, warf David ein.

Bodo nickte. »Ein für alle Mal wären wir ihn los gewesen. Bei der Untersuchung des Falls hätten die Soldaten die Tat auf die Bauern geschoben, und die wiederum würden jeden Eid auf ihre Unschuld schwören und auf die Soldaten zeigen. Nie käme jemand auf uns.«

»Wenn eure Vermutungen stimmen, dass er jetzt in Schulden ertrinkt, wird er kaum Lust auf eine Wiederholung dieses Unternehmens bekommen«, folgerte Frowe. »Und mit dem Schulzen müssen wir mal ein Wörtchen reden, ob er sich lieb Kind in Stolberg machen oder lieber in Frieden mit seinen Leuten hier leben will.«

»Das übernehme ich«, entschied Tönges. »Dringend brauchen wir jetzt aber eine Lösung für das Gespann. Es ist nur eine Frage der Zeit, bis jemand auf das wiehernd im Wald angebundene Pferd stößt.«

»Lange kann es nicht mehr dauern, bis die Requirierungen beginnen«, überlegte Bodo. »Von den Soldaten habe ich gestern Nacht den Namen eines Offiziers gehört, der in unserer Gegend damit betraut wurde. Wir machen es mal umgekehrt – lamentieren nicht, sondern stellen gleich alles bereit zum Mitnehmen. Einschließlich Pferd und Wagen. Das wäre zwar weniger, als sie fordern werden, aber sie könnten, ohne warten zu müssen, sofort weiterziehen.«

Da wie aus dem Nichts das Fuhrwerk zugesichert wurde, ließen sich auch der Schulze, der Vorsteher und die Ackermänner schnell von dem Plan einnehmen, umgehend mit dem Beladen zu beginnen. Vorher war es jedoch für die Schmiedemänner eine Knochenarbeit, Pferd und Wagen zu viert durch den Wald herbeizuholen.

»Woher, sagtest du, nehmen wir das Gespann?«, wollte es Ackerbauer Thurecht dann doch noch mal genau erklärt haben.

Ohne die Rolle der Tannbergs zu erwähnen, fuhr ihm der Schulze jedoch über den Mund, und Tönges nickte ihm beipflichtend zu. »Frag nicht so viel dummes Zeug«, schalt Caspar Zimmermann. »Sagen wir mal, es lief uns einfach zu – oder willst du lieber dein eigenes Pferd opfern?«

»N-Nein«, stotterte Thurecht.

Als die Kirchenglocke das Herannahen des Militärs ankündigte, waren alle Vorbereitungen getroffen.

Bodo begleitete den am ganzen Körper zitternden Caspar Zimmermann, nachdem er herbeigerufen wurde, die Forderungen zu vernehmen. Bevor ihm die Liste der verlangten Bereitstellung von Stroh, Hafer, Korn und Brot zu Ende verlesen werden konnte, unterbrach Bodo den Regimentsschreiber in einem Ton, der sofort alle aufhorchen ließ. »Ist euer Kommandeur der Capitain von Motteln?« Ohne auf eine Antwort zu warten, hängte er sogleich an: »Ein fürwahr ehrenhafter Mann. Keiner von denen, deren Namen wir hier in schlechter Erinnerung tragen.«

Der neben dem Schreiber sitzende Offizier glaubte, seinen Ohren nicht zu trauen. »Was erdreistet sich der Kerl?«, schnappte er nach Luft. »Soll ich ihm die Zunge ans nächste Hoftor nageln lassen?!«

»Das steht Euch frei, jetzt, da Ihr noch über genügend Soldaten befehligt«, ließ sich Bodo nicht im Geringsten einschüchtern. »Doch bedenkt«, sagte er jetzt so leise, dass ihn nur noch der Capitain und sein Schreiber verstanden, »irgendwann kommt der Tag, da Ihr Euren Truppen den Abschied geben müsst. Dann sitzt Ihr schutzlos wieder allein auf Eurem Gut, und es werden in einer rauen Nacht Männer kommen, die Rechenschaft und Genugtuung fordern für das, was Ihr jetzt tut. Wollt Ihr Eurer Zunge und Eurem Eigentum das zumuten?«

»Woher wisst Ihr von meinem Gut?«, raunte von Motteln um einen Ton blasser.

Dass er vom »Kerl« zur Anrede in der zweiten Person wechselte, verriet Bodo, welchen Eindruck er bereits gemacht hatte. Ganz vertrauensvoll, wie von Edelmann zu Edelmann, unterbreitete Bodo nun sein Angebot. Sofort, ohne noch stundenlang warten und drohen zu müssen, könne der Capitain mit einer Fuhre Getreide von dannen ziehen, und man vertraue seinem Ehrenwort, damit quitt zu sein.

Der Handel gefiel dem Eintreiber. »Ihr seid ein verständiger Mann, wie ich sehe«, klopfte er Bodo auf den Rücken. »Gewiss kein Bauer. Eher ein abgedankter Korporal«, mutmaßte er weiter. »Wohl von den Schweden, was!«, drohte er scherzhaft mit dem Zeigefinger. »Sei's drum. Aber auch wenn Ihr wisst, wie sehr mir dieses Requirieren verleidet ist und mir Eure Abkürzung gelegen kommt, könnt Ihr kaum so naiv sein, das Fuhrwerk wieder zurückzuerwarten.«

»Verfügt darüber, wie Ihr wollt«, lächelte Bodo, froh darüber, das Stolberger Pferd schnellstens bei der Armee zu wissen. »Doch eine Bedingung hätten wir noch.«

»Oh, eine Bedingung«, wiederholte der Schreiber fast belustigt.

»Wir wünschen eine Salva Guardia.«

»Eine Salva Guardia«, kugelte sich der Schreiber vor Lachen. »Was glaubt ihr, was ihr seid, eine freie Reichsstadt oder das Kloster eines Bischofs?«

Erhaben überhörte Bodo den Spott und schaute dem Capitain fest in die Augen. »Ein Schreiben mit Eurer Unterschrift, das uns Schutz gewährt, sagen wir mal, bis zum Ende des Jahres, wäre doch eine schickliche Gegenleistung für unsere prompte Getreidelieferung.«

»Dürfen wir noch eine Kompanie zur Absicherung des Schutzbriefes abkommandieren?«, höhnte der Schreiber weiter.

»Seit wann geben Soldaten Sicherheit?«, zahlte es ihm Bodo umgehend heim. »Mit Sicherheit würden sie uns lediglich alles wegfressen und sofort türmen, wenn es ernst wird. Nein, wir vertrauen gänzlich dem Wort des Herrn von Motteln.«

Von Motteln beschlich das unwohle Gefühl, einem Eulenspiegel auf den Leim gegangen zu sein. Doch hatte er sich schon zu weit auf dieses Spiel eingelassen, um jetzt noch den Schwanz einziehen zu können. Also wies er dem Schreiber die Ausfertigung dieses Papiers an.

»Nach welchem Kalender?«, spöttelte der Schreiber jedoch noch immer. »Dem gregorianischen oder dem julianischen?«

Bodo ließ sich nicht aus der Fassung bringen. »Darauf musst du dich nicht festlegen, schreibe einfach bis zum 31. Dezember 1641.«

»Wissen die hier überhaupt, wovon ich rede?«, wandte sich der Schreiber überheblich grinsend an seinen Kommandeur. »Die leben doch völlig hinter dem Mond und verstehen die Anweisung von Papst Gregor bis heute nicht.«

»Die sind weit schlauer, als du glaubst«, sann von Motteln noch immer darüber nach, was man mit ihm hier trieb. »Als Protestanten können sie sich schließlich darauf berufen, dass der neue päpstliche Kalender bei ihnen noch nicht eingeführt ist. Folglich gilt die Urkunde dann für sie sogar bis zum zehnten Januar.«

*

Helenas Geschrei gellte durch die Schmiede, so hysterisch wie in den ersten Tagen nach ihrer Heimkehr. Sie presste sich förmlich die Seele aus dem Leib, fast ohne Pause zum Luftholen. Durch das Fensterchen ihrer Dachkammer sah sie die Soldaten. Sofort spürte sie wieder deren derbe Hände und versuchte, sie von sich abzustreifen. So weit sie nur konnte, wendete sie den Kopf, um dem stinkenden, keuchenden Atem zu entgehen. Sie wollte fortrennen, raus auf die Straße. Nur weg, weg, weg von diesen Bestien.

Ihr Vater hielt sie fest, drückte ihr sanft die Hand auf den Mund, damit sie nicht die Landsknechte herbeibrüllte. Aber sie ließ sich nicht beruhigen, steigerte sich noch mehr in ihre Ängste. »Wir müssen sie aus dem Dorf schaffen, sofort«, entschied Frowe. »Sonst droht eine Fehlgeburt, oder sie stürzt sich selbst in ihr Verderben.«

»Und wenn im Wald auf einmal die Wehen einsetzen?«, sorgte sich David. »Es ist November und nachts schon bitterkalt.«

»Füll die Wassereimer und lade sie auf den Handwagen, auch die Kessel, die Tücher, die Lammfelle, die ich schon beiseitegelegt habe«, wies Frowe an. »Vergiss die Waffen nicht. Schnell, wir müssen weg sein, bevor Soldaten ins Haus kommen, das würde zu einer Katastrophe führen.«

Sie drückte Helena an sich, achtete sorgsam darauf, dass sie nicht an ihr vorbei zu den Landsknechten schauen konnte, während sie nach draußen gingen. Beide setzten sie sich auf den Wagen. David und Tönges zogen sie schnell hinaus aufs Feld, liefen einen großen Bogen um das Dorf herum und gelangten schließlich hinüber zum Waldrand. Volker hatten sie gebeten, zurückzubleiben und zusammen mit Bodo die Schmiede zu hüten.

Kaum, dass sie am Steinbruch vorbei waren, kreischte Lene

erneut. Erschrocken drehte sich David um, ob sie etwa schon wieder Soldaten sah.

»Das sind jetzt die Wehen«, flüsterte Frowe betroffen. »Ich hatte so gehofft, es zumindest noch bis zu Agnes zu schaffen. David, laufe zu ihr, hole sie her«, bat sie. »Tönges, bereite ihr ein Lager hier im Steinbruch. Wir müssen sehen, wie wir uns behelfen. Mach ein Feuer an, wir brauchen zumindest warmes Wasser.«

Lene röchelte. Alle paar Minuten schüttelte sie ein neuer Krampf. Doch sosehr Frowe auch versuchte, sie zu beruhigen, sie war nicht auf diese Schmerzen gefasst und peitschte mit ihrem Körper wie eine Raupe, die Schlupfwespenlarven von innen auffressen. Das Mädchen wurde panisch und geriet völlig außer sich. So sanft wie möglich drückten sie Tönges und Frowe auf das Lammfelllager, spürten jedoch, dass ihre Griffe alles nur verschlimmerten.

»Sie stirbt, wenn wir sie nicht irgendwie beruhigen können«, sprach Frowe schließlich aus, was sie beide dachten. Kalter Schweiß stand ihr auf der Stirn. »Ich weiß mir nicht mehr zu helfen. Dabei stehen uns die eigentlichen Presswehen noch bevor.«

Tönges bebten die Lippen: »Meinst du, ich soll sie bewusstlos schlagen, damit sie sich nicht mehr so schrecklich dagegen wehrt?« Ratlos schauten sie sich an.

»Womöglich unterbrechen wir damit die Wehen, und das Kind erstickt«, warnte Frowe und schüttelte den Kopf. Wenn doch zumindest Agnes endlich käme! Allein durch ihre eigenen Geburten hat sie zehnmal mehr Erfahrung als ich.«

Gellend schwangen sich gleich aufgescheuchten Vogelschwärmen Lenes Schreie durch den Wald. Sie fuhren David durch Mark und Bein, als er allein zurückkehrte. »Dieser Satan hat meine Mutter zurück ins Haus gezerrt und ihr gedroht, sie zu erschlagen, wenn sie es zu verlassen wagt.« Er brachte es kaum über die Lippen und zitterte gleich Lene am ganzen Körper.

»Gott, steh uns bei«, betete Frowe. »Bloß jetzt nicht auch noch eine Steißgeburt!« Lenes nächstes Wehklagen brach sich an den Wänden des Steinbruchs, der zunehmend düsterer wurde mit dem schwindenden Tageslicht. »Verräter«, rief Frowe hinterher. »Verlasst mich doch alle nur. – Oh Gott, steh uns bei!«

Finsternis umstellte das Feuer, als Lenes Leib zu bersten drohte. Presswehen setzten ein. Mitten in den Höhepunkt der Qualen der inzwischen gänzlich entmenschlicht brüllenden Schmiedetochter ließen sich feenhaft schwebende, zarte Kristalle vom Himmel fallen, setzten sich schmelzend auf Lenes feuerglühende Stirn, tauchten alles in einen weißen, unschuldigen Schimmer.

»Auch das noch«, seufzte Tönges. Doch kam der einsetzende Winter nicht allein, sondern obendrein in Begleitung. Lenes Kreißen hatte weitere Stimmen tief im Wald geweckt. Erst weit weg, dann aber plötzlich ganz nah erhob sich schreckliches Geheul. »Ein ganzes Rudel«, flüsterte der Schmied mehr zu sich selbst.

»Glaubst du, sie greifen uns an?«, schaute Frowe erschrocken zu ihm herüber.

Er nickte: »Sie wittern die Geburt, das hilflose Kitz, die geschwächte Mutter – leichte Beute. Wir müssen uns vorbereiten.«

Gemeinsam betteten sie Helena direkt vor die Steinwand. Zumindest den Rücken wollten sie frei haben. Prüfend schaute Tönges an der Wand nach oben. David folgte seinen Augen.

»Aus dieser Höhe traut sich keiner, auf uns runterzuspringen, das sind fast fünf Klafter.«

»Die Viecher könnten sich auf Lene fallen lassen«, hielt Tönges dies dennoch für möglich. »Für solche Heldentaten rücken sie in der Rangfolge des Rudels auf. Du glaubst gar nicht, was Wölfe zu diesem Zweck alles anstellen.«

Er schleppte lange Äste herbei, die eigentlich für das Feuer bestimmt waren, und legte sie auf einen Steinblock neben Lene, sodass sie über ihr ein schützendes Schrägdach bildeten. Dann griff er sich mehrere brennende Zweige und einen Säbel. »Ich decke dich. Solange sie uns noch lassen, sammelst du Holz«, kommandierte er David. »Wir brauchen viel, dies wird eine lange Nacht.«

Ihre Pistolen neben sich, blieb Frowe zurück und streichelte Lenes zuckende Hände.

Soviel er nur konnte, schleppte David zusammen. Trockenes Geäst, selbst schwere morsche Stämme. Ihr Platz war gut gewählt, denn nur ein enges natürliches Tor bildete einen Zugang zum Steinbruch. Ihn verschlossen sie weitgehend, indem sie Teile von heruntergebrochenen Baumkronen hineinzerrten. »Wenn es ganz schlimm kommt, können wir die obendrein noch anstecken«, rief Tönges zu Frowe herüber, die Einsprüche gegen diese Verteidigung erhob.

»Sie werden von den Seitenwänden zu uns herunterspringen, sitzen dann aber in der Falle, weil sie nicht fliehen können«, gab sie zu bedenken. »Wölfe werden gemeingefährlich in solch einer Bedrängnis – und unsere beiden Pistolen können wir nur dreimal nachladen.«

Späne flogen. Mit dem Säbel spitzte Tönges lange Stangen an. »Wenn du gut triffst, erledigst du dennoch das halbe Rudel«, besänftigte er sie. »Das dürfte den Blutrausch der restlichen abkühlen.«

Mitten in eine Wehe hinein erfolgte die Kampfansage. Genau über Helena, vom höchsten Punkt der Steinbruchwand, meldete sich der Leitwolf. Aus den Geästbarrieren am Eingang lösten sich schwarze Schatten.

»Sie sind doch durchgekrochen!«, warnte Frowe und gab frühzeitig – in der Hoffnung, durch den lauten Knall womöglich den gesamten Spuk verscheuchen zu können – den ersten Schuss ab. Er verfehlte das Ziel. Ebenso stieß Tönges mit seinem angespitzten Spieß daneben. Schon sprang ihn das Raubtier an, doch mitten im Flug stieß ihm David den Säbel in die Flanke. Gleichzeitig durchbohrte er mit seinem Spieß einen weiteren Angreifer. Ein Dritter, der sich auf sie stürzte, brach von Frowe getroffen zusammen. Den nächsten konnte Tönges zumindest verletzen. Sie hörten ihn in der Dunkelheit klagen, in die er sich zurückrettete.

»Jammere du nur!«, rief ihm Tönges nach. »Pflanze deinen Gefährten schlotternde Angst ein!«

Sie entzündeten vor sich einen zweiten Holzhaufen, um mehr sehen zu können und um den Wölfen nur schmale Gassen für den Angriff zu lassen. »Es ist erschreckend, wie wenig sie das Feuer noch fürchten«, stellte Tönges fest. »Durch ihre ständige Nähe zu den Dörfern haben sie sich weitgehend daran gewöhnt.«

»Das Köpfchen guckt bereits«, rief Frowe enthusiastisch. »Gleich hast du es geschafft!« David eilte hinzu, kroch unter das Ästedach und streichelte Helena die Stirn. Doch sie schlug nach seiner Hand und schrie aus Leibeskräften.

»Scher dich fort hier«, drängte ihn Frowe hinaus.

Bedrückt setzte er sich neben eines der Feuer, das die Funken hoch aufwarf in den Himmel. Allmählich beruhigte ihn das Spiel der Flammen. Das Auf und Ab roter, gelber und bläulicher Zungen, die schmatzend über die Hölzer leckten, nahm ihn schließlich ganz gefangen. Krachend zerplatzten einige Äste, warfen Lichtpünktchenschauer um sich. Für einen Moment wusste er nicht mehr, wo er war. Müdigkeit kroch die Beine hoch, kribbelte über den Nacken, machte die Arme schwer, zog die Lider sachte nach unten.

Ein Schuss ließ ihn so stark zusammenzucken, dass er mit einem Ruck stand. Von der Seite sprangen sie in den Steinbruch. »Haltet mir diese Bestien vom Leib!«, brüllte Frowe. »Das Kind kommt.« Mit einem brennenden Knüppel schlug sie wild um sich, während Tönges gleich mehrere Wölfe umkreisten und ihn hinderten, zu Hilfe zu eilen.

Da David bewegungslos dagehockt hatte, galt ihm selbst kein Angriff. Er warf einen der Spieße und durchbohrte damit den hinteren Lauf eines Wolfes. Jaulend drehte er sich im Kreis und versuchte, den Speer mit den Zähnen zu zermalmen. Tönges hatte es nun nur noch mit zwei Raubtieren zu tun und nickte David dankend zu.

Mit einem Ruck packte ein Wolf jedoch Helena am Schuh und zerrte sie unter ihrem Holzverhau hervor. Davids Säbelhieb wich er geschickt aus, ohne von seinem Opfer abzulassen. Mit einem Satz war er über ihr, warf David aus schrägen, gelben Augen einen triumphierenden Blick zu und öffnete die Fänge, um ihren Hals zu durchbeißen. Ein Blitzstrahl kam ihm zuvor. Das geladene gehackte Blei riss den halben Kopf weg. Schon zog Frowe die Gebärende wieder zurück. »Das Köpfchen guckt, aber es geht nicht weiter«, stöhnte sie, den Lauf der Pistole erneut füllend.

In wildem Jähzorn stürzte sich David mit Säbel und Spieß

auf die Wölfe, warf brennende Scheite in das Geäst am Eingang, das sofort Feuer fing.

Von den Flammen völlig umzingelt, drückten sich die Wölfe Schutz suchend an die Wände. »Zur Abwechslung machen wir jetzt mal Jagd auf euch«, bellte Tönges kampfeslüstern. Mit ihren Holzstangen hielten sie sich die Reißzähne weit vom Leib und trieben sich einen Wolf nach dem anderen gegenseitig zu, um ihn aufzuspießen.

»Es ist da«, jauchzte Frowe, durchtrennte die Nabelschnur und schob das Knüppeldach zur Seite. Eingehüllt in wärmende Tücher, schaute ein kleines schrumpliges Etwas in die grausige Welt, die es nun betrat.

»Ein Junge oder ein Mädchen?«, lachte Tönges befreit.

Erschrocken wickelte Frowe die Tücher auf. »Oje, da habe ich noch gar nicht nachgeschaut.«

Die beiden Männer hielten den Atem an. »Ein Mädchen«, flüsterte David leise seinen Herzenswunsch.

»Wie soll sie eigentlich heißen?«, beendete Frowe ihre Untersuchung.

Jubelnd riss David die Arme hoch. »Wie ich euch sagte, das wird mein Mädchen, ebenso schön wie die Mutter, und wenn ich neun Monate zurückrechne, wird auch klar, dass die Vergewaltigung nichts mit ihr zu tun hat.«

Beinahe wäre Frowe der Einwand entschlüpft, dass dieses Mädchen sehr klein und wohl eher kein Neunmonatskind ist. Gerade noch fiel ihr die Frage nach dem Namen wieder ein, und aus Davids Freudengesängen meinte sie den Namen Anna herausgehört zu haben. »Anna?«, schwang der Unglaube in ihrer Stimme mit. »Wirklich Anna? – Wollt ihr euch in der Pfarrersfamilie einkratzen?«

»Anna? – Nie!«, schallte es von der Steinbruchwand wider.

»Wer hat das gesagt«, fuhr Frowe erschrocken herum.

»Das war Lene«, riefen die beiden Männer wie aus einem Mund. »Schnell, leg ihr das Kind auf die Brust! Sie kommt wieder zu sich!«

Frowe stürzte auf Helena zu und tat, wie ihr geheißen. Doch Lenes Blick blieb ausdruckslos. Erst als das Neugeborene zappelte und nach ihrer Brust griff, reagierte sie. Allerdings gänzlich anders als erwartet. Heftig stieß sie das Mädchen von sich. Jetzt bloß nicht nachlassen, dachte sich Frowe und drückte ihr das Kind erneut in die Arme.

Gellend erbrach sich ihr Schrei in den Tunnel der Nacht. Helena sprang auf und versuchte, nach dem Kind zu treten. Eiligst brachte es Frowe in Sicherheit. Schluchzend sank sie auf einen der Steinblöcke und lehnte sich an Tönges' Schulter, der zu ihr geeilt war. »Was habe ich gebetet und gefleht, dass mit diesem Kind auch Helena zu uns zurückkehrt. Beinahe war ich mir schon völlig sicher, dass es anders gar nicht sein kann. Die Anstrengung der Geburt, die einströmenden Muttergefühle müssten sie doch aus ihrem Wahnsinn reißen.« Tränen liefen über ihr Gesicht.

David zwang Lene, sich wieder hinzulegen. Beruhigend redete er auf sie ein, aber sie blieb unerreichbar für ihn. Schließlich fiel alles von ihm ab, herzzerreißend heulte er los, während sie ihn keines Blickes würdigte. »Ich kann nicht mehr«, raunte er und stützte den Kopf auf die Hände.

Das Neugeborene riss ihn aus seiner Verzweiflung. Es quäkte so laut, wie es das kleine Stimmchen hergab. David setzte sich zu den anderen beiden und verlangte, es in die Arme gelegt zu bekommen.

»Halte schön das Köpfchen hoch«, belehrte ihn Frowe umgehend. Er suchte nach Lenes Augen, aber die Kleine hielt sie fest verschlossen. Umso weiter riss sie ihre Schallluke auf, um ihr tiefes Missvergnügen über diese kristallkalt klirrende Welt außerhalb von Lenes warmem, behaglichem Bauch mitzuteilen.

»Anna also nie, habt ihr das auch so verstanden?« Frowe versuchte, sich auf den Schrei zurückzubesinnen.

Verwundert schauten Tönges und David sie an. »Das war doch eindeutig«, zeigten sich beide felsenfest überzeugt. »Annelie, hat sie gesagt.«

»Annelie, seid ihr da sicher?«

»Vater und Opa sind sich völlig sicher«, bestätigte Tönges.

»Aber das ist doch ein ganz anderer Name als die bisher besprochenen«, beharrte Frowe auf ihrem Zweifel.

»Sprich bloß keinen davon aus!«, warnte sie David. »Das bringt sonst Unglück. Annelie lautet der Wunsch der Mutter. So soll es sein.« Summend wiegte er sie in den Armen, tatsächlich schlief sie ein.

»Und wie nun weiter?«, wollte David wissen. »Was machen wir, wenn Lene nicht stillt? Hier draußen im Wald finden wir doch keine Amme.«

Ein tiefer Seufzer entrang sich Frowe. »Ich weiß es auch nicht«, gestand sie.

»Wir warten erst mal, bis es hell wird«, legte Tönges den nächsten Schritt fest. »Dann schaue ich im Dorf nach, ob die Soldaten noch da sind. Wenn ich es recht verstanden habe, waren das doch Furiere und keine Einquartierung. Sollten sie noch da sein, gehen wir zu deiner Mutter, und wenn sich Franz querstellt, muss ich ihn zur Vernunft bringen. Schließlich geht es ja auch um seine Enkelin.«

»Du blutest ja«, stellte Frowe erschrocken fest und wies auf Tönges' linken Arm.

Er schaute an seinem Arm herunter. »Ja, einer von diesen Hurensöhnen hat mich erwischt. Gerade noch so konnte ich mit dem Arm meinen Hals schützen, sonst wäre es um mich geschehen.«

Frowe schlang ihre Arme um ihn. »Wir haben es geschafft, aber versprich mir, nicht noch so eine Nacht erleben zu müssen.« Mit heißem Wasser wusch sie ihm die Wunde aus und verband sie. »Die Narbe wird uns wohl ewig an unseren ersten Enkel erinnern«, sinnierte sie und fiel in tiefe Traurigkeit, schon von Enkeln zu reden, ohne je einen Sohn oder eine Tochter geboren zu haben.

Mit kühnem Schwung warf David die letzten Holzreserven in die Feuer. So glücklich er war über seine Annelie, so sehr enttäuschte ihn die getrogene Hoffnung auf Helenas Heilung. Erstmals gestand er sich ein, wohl niemals in diesem Leben mit ihr wieder reden, mit ihr schmusen und lachen zu können. Woran mochte er seine Wünsche noch knüpfen? Da war nichts mehr. Die Schwangerschaft bot die letzte Möglichkeit, das Leben in Lene zurückfließen zu lassen.

*

Novemberniesel zerstob über den Äckern, kroch jedem, der sich hinauswagte, in die Poren, legte sich schwer auf das Gemüt und drückte jeden fröhlichen Gedanken zu Boden. Dickbäuchig quälten sich schwarz aufgeblähte Regenlasten über das Land, ließen sich tief hinabsinken voll Wasserschwere, tropften wie durch morschen Tüll.

Weitgehend entleert hatte sich der faltendurchfurchte Griesgram-Himmel vom Geflatter und Gezwitscher. Geflohen waren viele der guten Flieger und Sänger, die Schwalbe, der Mauersegler, der Kiebitz, die Singdrossel, die Feldlerche, der Kranich, der Storch – hol's der Kuckuck.

Grußlos stahl sich das scheidende Jahr davon, drehte sich nicht mal winkend und Hoffnung machend um für die bevorstehende schwere Zeit. Seit Wochen schon wendete sich die Sonne ab, wollte nichts mehr sehen von dieser Tristesse.

Jeder Monatsname ächzt fortan. Dem Windmond folgen der Dustermond, die frostklirrenden Hartung und Hornung, schließlich der Lenzing und der Launing. Bis das Grün in die Felder und Wälder zurückfindet, reift kein Ähre mehr, keine Rübe, kein Apfel, nichts. Entsagung herrscht, ausharren mit dem, was noch da ist.

Dennoch stülpte sich der lederne Magen des Heeres über die gesamte Region, verdaute ungeniert laut rülpsend, was das Immenvolk den ganzen Sommer und Herbst fleißig für die Notzeit einsammelte.

Einzig die Herrmänner suchten die Proviantmacher bislang kein weiteres Mal auf. Eisern hielten sie den Mund, wenn Besuch aus den Nachbardörfern wehklagte, und ließen nichts verlauten von ihrem Dusel. Noch währte der von Bodo ausgehandelte Aufschub. Aber wann immer Frowes Rabe Kreise über der Schmiede zog, stießen die Finger in den Himmel, und aufs Höchste besorgt, flirrte die Frage durch die Gassen, ob schon jemand wisse, welche Nachricht er gebracht habe.

Als eines Abends von draußen Waldmanns drohendes Knurren in die Stube drang, dachten alle sofort, nun ist es so weit. Bodo, dem die Aufbewahrung des Schutzbriefes oblag, erhob sich schweren Herzens. Wusste er doch zu genau, wie wenig Kraft von diesem Papier ausging. Volker stürzte nach draußen, um den Hund zurückzupfeifen, bevor ihn die Landsknechte erschossen. Fremde Männer standen auf dem Hof und schauten sich unschlüssig um. Kaum, dass sie Volker erblickten, fragten sie nach dem Schmied und verlangten, ihn zu sprechen.

Ahnungsschwer stellte sich Tönges den Männern. »Was wünscht ihr von mir, das Schmiedefeuer ist längst aus. Um eure Rösser neu beschlagen zu lassen, müsst ihr morgen wiederkommen«, versuchte er, sich auf die Normen des Alltagsverkehrs zu berufen. Fest damit rechnend, dass sein Besuch allein auf das Recht des Stärkeren pochte, schaute er vorwurfsvoll zum Kirchturm hinüber, wo der Ausguck wieder mal nichts mitbekommen hatte. In der hereinbrechenden Nacht hätte womöglich aber nicht mal ein Uhu die schwarzen Reiter ausgemacht.

»Wir sind wegen der Kessel da.« Das Ansinnen der Fremden ließ Tönges noch heftiger zusammenfahren. War ihnen Hayo also doch auf die Spur gekommen! Als Erstes werden sie das Gespann zurückfordern, besann er sich. Du lieber Himmel! Jetzt wird es ernst.

Er zwang sich zur Selbstbeherrschung. Womöglich wissen sie gar nichts und stochern nur im Nebel. »Was für Kessel?«, wich er also aus.

Lachend kam ein Mann auf ihn zu. »Schon gut«, beschwichtigte er. »Einhundertfünfzig Stück wolltet ihr liefern. Da ihr dem Kaufmann schon beim vorigen Besuch erklärtet, dass ihr sie irgendwo versteckt habt, kam er mit dem Wagen erst gar nicht her.«

David und Bodo trugen bereits ihre Pistolen unter der Harzkappe, als sie Tönges verstohlen eine weitere zusteckten. »Wir sind bereit. Wie soll es jetzt aber weitergehen? Ihr erwartet doch nicht etwa, dass wir euren Pferden nachlaufen?«

»Keine Sorge, einen Büchsenschuss entfernt werdet ihr erwartet. Wir reiten voran.« Schon verschwanden sie in die Nacht.

»Die sind mir unheimlich«, flüsterte David. »Nicht einen Hufschlag kann ich hören.«

»Sie haben die Hufe mit Lappen umwickelt«, war Bodo überzeugt. »Ihre Vorsicht lob ich mir.«

Vor der Wagenkolonne erkannten sie den Kaufmann wieder. Erst jetzt machte sich eine gewisse Erleichterung breit. Zumindest bis sie der starken Bedeckung gewärtig wurden, die er mit sich führte. Vielsagend schauten sich die drei an. Sie wussten nicht, mit wem sie es überhaupt zu tun hatten. Gefährlich blieb dieses Geschäft allemal.

»Mit dieser Karawane kommen wir aber nicht in den Wald hinein«, versuchte Tönges sogleich, die Truppe zu verkleinern.

»Das dachte ich mir schon«, ging der Kaufmann darauf ein. »Gelangen wir zumindest mit einem Pferdewagen bis ran?«

»Nicht ganz«, bestätigte Tönges die Vermutung.

»Auch wenn ihr fürchten müsst, dass ich euch übers Ohr haue«, nahm der Kaufmann ihre Sorgen vorweg, »könnt ihr aber nicht verlangen, dass ich allein den Wagen belade. Ein paar Männer mitzunehmen, müsst ihr mir schon gestatten.«

»Aber nicht mehr als zwei«, bezifferte Bodo das Höchstmaß für ihr Einverständnis. Zu sechst setzten sie also die Fahrt fort bis nahe an ein Karstloch heran, das inzwischen als Versteck diente. Die Hand am Pistolengriff, ließen Bodo und David ihre Begleitung nicht aus den Augen. Mit Pechfackeln leuchteten sie in den Höhleneingang, brachten eine künstliche Steinwand zum Einsturz und stießen schließlich auf kupferroten Glanz.

Prüfend machten sich die drei ans Werk, schauten nach den vernieteten Henkeln, den Formen. »Gute Arbeit«, winkten sie sich erleichtert gegenseitig zu. »Da hat sich der gefährliche

Weg durchaus gelohnt.« Während sie die Ware zählten und einluden, zückte der Kaufmann seine Börse. »Einhundertfünfzig Gulden, wie vereinbart. Eure Schmiedeprodukte wurden mir förmlich aus der Hand gerissen«, berichtete er freudestrahlend. »Wer hat nach den vielen Plünderungen schon noch ein solches Gefäß! Sie werden kaum mehr hergestellt. Ich freu mich richtig auf den Verkauf. Wann seid ihr mit der nächsten Ladung so weit?«

»Tönges wog den Beutel abschätzend in der Hand. »Wenn ihr weitere hundert Gulden zahlen könnt, sofort.«

Für einen Moment verschlug es dem Kaufmann die Sprache. »Sofort?«, stammelte er. »Donnerwetter, ihr seid aber fix. Liegt die Ware auch hier versteckt?«

»Nein«, erklärte Tönges. »Da müssen wir erst zurück ins Nachbardorf und einen anderen fragen.«

»Schaffen wir das in den nächsten zwei Stunden?«, wollte der Kaufmann wissen.

»Gewiss«, versicherte Tönges.

»Dann los«, entschied ihr Handelspartner.

Auf dem Rückweg nagte die Neugier an Tönges, und schließlich hielt er es nicht länger aus und fragte den Kaufmann: »Wie könnt ihr es wagen, mit so viel Geld umherzufahren, wo doch die Straßen gerade mal wieder nur so von Militär wimmeln?« Gerade das wollte sich sein Gegenüber aber nicht aus der Nase ziehen lassen. Schließlich verheimliche er seinen Namen nicht umsonst. Jede Kriegspartei sollte glauben, dass er lediglich nur ihr diene. Doch würden sich die besten Geschäfte nun mal nur dann machen, wenn man bei der einen Seite kaufen könne, was die andere gerade entbehre, ließ er sich schließlich doch ein wenig in die Karten schauen.

*

Oswald glaubte zuerst an einen Überfall, als sie ihn mitten in der Nacht weckten. Volker musste ihm mit der Hand den Mund zuhalten, weil er Anstalten machte, die Nachbarschaft herbeizurufen. »Wir sind's, die Tannbergs«, zischte Tönges und ließ dem Bergmann den prallen Geldbeutel auf die Brust fallen. »Genügt dir das als Beweis, dass Frowes Handel funktioniert? Dieses Jahr wird der Kaufmann aber wahrscheinlich nicht noch mal zu uns heraufkommen. Wenn du deinen Anteil zu Geld machen willst, ist das womöglich die letzte Gelegenheit, vor dem Winter ein dickes Ruhepolster anzulegen. Also, wie ist es, willst du?«

In der Hand wog Oswald den Beutel. »Kupfermünzen«, meinte er verächtlich, griff dann aber hinein, um den Inhalt zu ertasten. »Oh«, entfuhr ihm ein Überraschungslaut. »Gulden.«

Mit einem Ruck war er auf den Beinen, stopfte sich das Hemd in die Hose, warf seinen Kittel über und sprang in die Holzschuhe. David entzündete inzwischen ein Talglicht. In seinem Schein zeigte sich kurz der Kaufmann. »Ist das Gesuchte hier in der Nähe«, fragte er besorgt, weil er noch im Schutz der Nacht aus dem Dorf wollte.

»Tut mir zwar leid, das Holz neu hochstapeln zu müssen«, bedauerte Oswald. »Aber ich hab ja den ganzen Winter Zeit.« Damit brachte er seinen wie einen Meiler hochgeschichteten Brennholzvorrat zum Einsturz, der aus seiner Mitte das begehrte Gut freigab. Sicherheitshalber nahm der Kaufmann ein paar willkürlich herausgezogene Exemplare nach drinnen, um sie bei Kerzenlicht genauer zu begutachten. »Sie stammen aus derselben Produktionsserie«, beruhigte ihn Tönges. »Alle aus dem gleichen Material.«

»Soso«, quittierte der Kaufmann. »Woher habt ihr dieses Material eigentlich? – Nein«, zog er seine Frage umgehend zurück. »Es ist wohl besser, wenn ich das gar nicht weiß.«

»Ist besser so«, bestätigte Tönges.

Hundert Gulden zählte der Kaufmann nochmals auf der Tischkante vor, und Oswalds Augen wuchsen mit jedem neuen Stapel auf Münzengröße. »Wie sieht es aus im Frühjahr, sagen wir mal, Ende April?«, kündigte der Kaufmann seine Rückkehr an.

Oswald und die Tannbergs wechselten Blicke und nickten sich zu. »Das schaffen wir, jetzt wo wir eingearbeitet sind. Noch mal derselbe Umfang?«

»Kann auch doppelt so viel sein«, witterte der Fremde bereits klingende Kasse und den Ausbau seines Handels. Mit Handschlag verabschiedeten sie sich. »Ich wollte, alle meine Partner wären so verlässlich und unkompliziert wie ihr«, machte ihnen der Kaufmann noch ein Kompliment. Seine Leute schleppten derweil sackweise auf dem Rücken die Kupferware aus dem Dorf.

»Wie bei ihren Pferden – nicht ein Laut«, raunte David und lauschte in die Dunkelheit. »Haben die auch Lappen um die Füße?«, scherzte er.

»Ich glaube, die räumen selbst einem König den Thronsaal aus, ohne dass er und seine Wachen davon irgendetwas mitkriegen«, pflichtete ihm Bodo bei.

»Dabei habe ich mich früher immer gefragt, woher ein Händler eigentlich all das hat, was er verkauft.« Vielsagend kratzte sich David am Kinn. »Ich glaube, allmählich steig ich dahinter.«

Auf Messers Schneide

Mehrere Tage arbeiteten sie durch, ließen das restliche Metall zu Kesseln gerinnen. Fast drei Dutzend ergab es nochmals, nachdem sie auch die verschnittenen Blechteile wieder eingeschmolzen hatten. Volker bördelte am vorerst letzten den oberen Rand. Sein metallischer Gesang füllte die Schmiede aus. Alle waren zusammengekommen, auch Oswald lehnte an einer Wand. Ihre Gedanken schweiften zurück, in den Schacht, zum Zerkleinern und Waschen des Erzes, zur lange erfolglosen Schmelze. Oft schauten sie dabei zu Bodo. Ohne ihn wäre alles umsonst geblieben, er war ihr Glücksfall.

»Wie nun weiter?«, unterbrach Frowe die Besinnung. »Schaffen wir mit dem Einsetzen der Fröste neues Erz zum Schmelzplatz?« Ihre Augen ruhten auf Oswald. Schließlich sahen ihn alle an.

»Ach, Kinder«, lächelte er. »Dem Kaufmann haben wir die neue Ladung schließlich schon versprochen. Natürlich lockt mich auch das Geld. Aber ich fühle mich ausgelaugt. Das Erz zu fördern und zu schmelzen, geht bereits über die Kräfte eines alten Mannes. Auch sehe ich meinen Traum inzwischen erfüllt.«

Lange sann er nach, bis er weitersprach: »Mein Leben lang habe ich im Schacht geschuftet. Für Pfenniglöhne, für einen Nasenpopel, für nichts. Einmal wollte ich Herr sein über meine Geschicke, einmal sehen, was meine Arbeit wirklich wert ist. Das ist erreicht. Damit habt ihr mich glücklich gemacht. Gern wiederhole ich die ganze Prozedur nochmals mit euch.

Nun, da wir wissen, wie es geht, wird vieles einfacher. Aber ich denke, es ist das letzte Jahr, in dem ich dabei bin. Wir sollten es zudem nicht übertreiben. Noch so ein Sekretarius, und wir sind geliefert. Dann geht es uns schlechter als je zuvor, dann verlieren wir alles.«

»Bodo, wie sehen deine weiteren Pläne aus?«, richtete Frowe an ihn das Wort.

Weit entrückt schaute er in das Schmiedefeuer und ließ sich seine Antwort durch den Kopf gehen. »Gekommen bin ich in der Hoffnung, meine Schuld gegenüber Helena abtragen zu können«, sagte er stockend. »Das ist mir nicht gelungen. Dennoch habt ihr mich aufgenommen wie einen Sohn. Wenn ihr mich lasst«, er sah Tönges dabei an, »würde ich gern noch so lange bei euch bleiben, bis ich mich Schmied nennen kann.«

»Da wirst du wohl noch ein Jährchen brauchen«, schmunzelte Tönges.

»Wohin willst du dann aber nach einem Jahr? Du hast doch kein Zuhause«, gab Frowe zu bedenken.

»Ich werde losziehen und mein Glück suchen«, vertiefte sich Bodo wieder in die glühenden Holzkohlen.

Knarrend öffnete sich die Tür, ganz langsam, Stückchen für Stückchen. Diffus, fast konturenlos wie ein Geist, schwebte Helena herein. Ihr Kopf rollte, ebenso ihre Augen. Halblang hing ihr volles Haar wieder fast bis auf die Schultern. Sie strahlte etwas Erhabenes aus, etwas Unerreichbares.

Ihr Vater räusperte sich: »Stillt sie noch?«

Fast unmerklich nickte Frowe. »Aber sie lässt es nur über sich ergehen, bekommt gar nicht mit, wer da an ihr nuckelt. Viel Milch hat sie auch nicht. Wir bringen Annelie fast jeden Tag noch zusätzlich zur Magd bei den Bärlauchs. Die weiß im

Gegensetz zu Lene nicht, wohin mit ihrer vielen Muttermilch, und freut sich schon richtig, wenn wir kommen.«

»Zu dieser Freude dürfte wohl auch der Gulden beigetragen haben, den du ihr gestern zugesteckt hast«, flocht Volker zwischen seinen Hammerschlägen ein. Er hatte deren Tempo gewechselt und ließ seinen Hammer nach zwei dumpfen Hieben auf den umgebogenen Rand des Kupferkessels immer einmal stahlklingend auf den Amboss fallen. Es schien, als würden sich diesem Takt alle Herzen anpassen.

Poch, poch, ping. Poch, poch, ping. Wie von Flügelstößen eines großen Nachtfalters getragen, erhob sich die Melodie und schwebte durch den Raum, weckte das alte Gemäuer aus seinem Dämmerschlaf, ließ es tanzlustig auf dem Fundament wippen. Poch, poch, ping. Poch, poch, ping. Darf ich bitten, lud der Amboss die in ihrer Glut errötende Esse ein. Kichernd klirrten die Zangen an der Wand, lockten sämtliche guten Geister der verrußten Werkstatt herbei, ließen sie unsichtbar, doch für jeden spürbar, knollennasig schniefend über den steinernen Fußboden hüpfen.

Sich aufreckend, buckelte katzenartig das Dach. Poch, poch, ping, brachte Volker die Ziegel wonnetrunken schunkelnd zum Klappern. Uralte Mystik des Schmiedehandwerks, der sich verformenden, wachsweich biegsamen Metalle schwang in der Luft. Dutzende kleine Feuerkobolde bliesen der Holzkohle ihr weißes Aschehaar aus dem Gesicht, brachten sie zum jugendlich feurigen Aufleuchten. Knisternd bemächtigte sich die Magie der erschauernden Familie.

Mit unsicheren Schritten strebte Helena der Glut zu, atmete tief ein und nahm die Wärme in sich auf. Ihr Kopf wie auch ihre Augen kamen zur Ruhe. Stolpernd fand sie Halt am Amboss, lehnte sich mit der Hüfte an ihn. Beruhigende Kühle strahlte aus dem Stahl, während die unter der Esse hervorquellende Hitze den Leinenstoff über ihrem Bauch sachte dampfen ließ.

Poch, poch, ping. Vor allem dieser dritte glockenhelle Ton der zusammenschlagenden Energien geschmolzenen Eisenerzes aus dem Inneren der Erde drang tief unter die Haut, und zugleich spürte Volker sich vereint mit der am Amboss lehnenden Schwester.

Ping, ping, poch, verstärkte er die Wirkung seines Hammergesangs. »Herrmannimannimanniherrjemine«, flüsterte er dabei beschwörend, machte Platz auf dem Amboss für ihre Hand, die über die glatte Fläche glitt, als würde sie nach etwas suchen. Tastend schob sie ihre Finger immer weiter vor. Volker begriff, dass sie etwas greifen musste, hob einen zweiten, allerdings sehr schweren Hammer vom Boden auf und schob ihn vorsichtig an ihre Hand heran, bis sie ihn berührte.

Sie zuckte zusammen, als ihr Mittelfinger an ihn stieß. Ihr ganzer Körper straffte sich. Alle in der Schmiede traten instinktiv nach vorn, bildeten einen Kreis um den Amboss. Einen Schutzkreis! Nur diesmal nicht mit dem Athame gezogen, sondern von eng miteinander verbundenen Menschen, von denen einer für den anderen bedingungslos einstand. Schwer atmend schaute sich Frowe um und begriff diesen Zauber.

Fest packte Helena inzwischen nach dem Stiel, bis ihre Fingerknochen weiß hervortraten. Urwüchsige Kraft steckte in dem Hammer. Generationen hatten ihn schon vor ihr geschwungen und Metall damit verformt. Von einer Hand war er auf die andere übergegangen, nahm immer etwas von ihnen mit. Ihre Brüder, der Vater, der Großvater, der Urgroßvater hielten sie in diesem Moment, strömten in sie ein. Sie spürte sie in ihre Adern fließen und in sich aufsteigen. Heiß kribbelte das Blut bis hoch in die Haarwurzeln.

Aber das Werkzeug war zu schwer. Sie konnte es nicht anheben, setzte ein ums andere Mal wieder an und ließ verzweifelt los. Volker versuchte, den Hammer gegen einen leichteren auszutauschen. Doch sofort trat Frowe dazwischen. »Tu das nicht«, raunte sie. »Du unterbrichst sonst den Kontakt. Irgendetwas passiert hier, da bin ich mir ganz sicher. Sie muss es schaffen, sie ganz allein. Auf dem Weg zurück kann ihr niemand helfen.«

Erneut umspannten ihre Finger den Hammergriff, hoben ihn an. Das Eisen jedoch schien mit dem Amboss verschmolzen zu sein und klammerte sich so fest, dass sie es nicht mal um die Breite einer Wimper bewegen konnte. Gequält stöhnte sie, ließ den Griff wieder fahren. Ping, ping, poch forderte sie die Melodie der Stähle auf, nicht nachzulassen.

Mit einem Ruck drehte sie sich vollends um zum Amboss, griff nun mit beiden Händen nach dem Stiel, schrie aus Leibeskräften, riss den Hammer nach oben und ließ ihn zurückfallen. Der Schlag übertönte Volkers Vorgaben, wurde von den Wänden aufgefangen, hallte durch die Werkstatt. Wieder wuchtete sie den Hammer nach oben und schlug mit ihm zu, einmal, zweimal, dreimal. Sie hörte gar nicht wieder auf, horchte versessen auf ihren Schlagwirbel, der ihr in den Ohren dröhnte, konnte nicht genug davon bekommen.

Vor sich sah sie wieder die vor Geilheit strotzenden Gesichter, vor denen sie in den Turm geflohen war. Doch jetzt schlug sie nicht die Tür zu, sondern sie holte aus mit dem Hammer, hieb um sich, bis der Spuk zerstob.

Verwundert schaute sie die Treppe vor dem Burgfried hinab. Sie sah Gesichter, die sie kannte.

»Papa«, sagte sie ganz sanft und fiel ihm schluchzend um den Hals. »Papa, bist du das wirklich?« Sie umfasste seine Schultern. »Wo warst du so lange? Ich hab dich so vermisst.«

Mit Tränen in den Augen schüttelte er den Kopf. »Ich war immer da.« Dann versagte ihm die Stimme. Er presste sie an sich. »Meine Lene, liebste Lene«, stieß er schließlich hervor. »Oh Gott, wie danke ich dir, dass du mir meine Lene wiedergibst.«

Sie spürte, wie sich ein dritter Arm um sie legte, und fuhr herum. »Volker!«

»Herrmannimannimanniherrjemine«, stupsten sie ihre Nasen gegeneinander. »Wo ist Ide?«, schaute sie sich suchend um und fand David. Für einen Moment erstarrte sie. Ihr selbst erschien die Stimme fremd, mit der sie ihn brüskierte: »Was tust du hier? Du hast mich doch verlassen.«

Erschüttert sank er auf die Knie. »Lene, meine Lene«, beschwor er sie. »Wie kannst du so was sagen?«

Kühl erwiderte sie: »Wir wollten heiraten, aber du warst weg. Ich stand allein vor dem Altar, verheult mit roten Augen und habe gewartet und gewartet. Vergebens gewartet.«

»Oswald!«, begrüßte sie nun liebevoll den Bergmann und schaute verwundert zu Bodo hinüber. »Wo ist Ide?«, wollte sie erneut wissen. »Und was ist mit Frowe?«

Sie trat im selben Moment hinzu mit Annelie auf dem Arm. Lene riss den Mund auf. »Du hast – ein Kind!? – So lange war ich fort!« Nach Luft schnappend, eilte sie auf Frowe zu. »Darf ich es tragen? Was ist es, ein Junge oder ein Mädchen?«

Ergriffen packte sie Tönges an den Oberarmen. »Lene, das ist dein …«

»Pssst«, unterbrach ihn Frowe. »Nicht gleich alles auf einmal, wie soll sie das verdauen?«

Heftig schüttelte Helena mit dem Kopf. »Was wollt ihr mir da beibringen – etwa, dass es mein …«

Sie schluckte. »Wollt ihr mir sagen, ich bin …«

Nickend kam Frowe auf sie zu. »Das ist Annelie. Du hast ihr das Leben geschenkt und ihr diesen Namen gegeben.«

»Annelie?«

Lene griff nach ihr, zog sie ganz vorsichtig an sich. Ebenso vorsichtig hielt Frowe weiterhin ihre Hände unter das Kind, in banger Erinnerung, wie es die Mutter bislang ständig von sich stieß.

»Annelie?«, schaute sich Lene völlig verstört in der Runde um, trat auf Bodo zu. »Bist du der Vater?«

»Nein!«, stöhnte David. »Ich bin der Vater! Ich habe dich befreit aus der Hand der Landsknechte, du warst doch entführt worden«, rang er verzweifelt nach Worten. »Ich habe dich nie verlassen!«

Tief entrüstet musterte sie ihn. »So, nie verlassen?« Wieder betrachtete sie Bodo. »Und wer bist du?«

»Einer der Landsknechte, von denen dich dein David befreite«, kam er ihm zu Hilfe.

»Einer der Landsknechte«, wiederholte sie. »Wollt ihr mich alle verkohlen, oder bin ich verrückt?«

»Du warst es, fast ein Jahr lang hast du niemanden mehr erkannt«, fuhr sie David zutiefst enttäuscht über ihre haarsträubende Ungerechtigkeit an.

Ihr drehte sich alles.

Sofort schnappte Frowe nach Annelie und führte Lene in die Stube hinüber, damit sie sich auf eine der Bänke setzen konnte. David brachte ihr einen Becher Wasser.

Sie trank hastig einen Schluck und wollte dann wissen, was passiert sei. Doch sie wichen aus, wollten sie nicht sogleich konfrontieren mit den Ereignissen, die sie in den Schlund des Vergessens gestürzt hatten.

David setzte sich neben sie, griff nach ihrer Hand. »Lenchen, du warst vollkommen weggetreten, wir mussten dich beaufsichtigen wie ein Kleinkind. Nicht mal von unserer Tochter bekamst du etwas mit. Auch hast du nicht allein vor dem Altar gestanden. Noch vor unserem Polterabend haben dich Waldfischer entführt, sie wollten dich an die Soldaten verkaufen. In einem Lager bei Halberstadt habe ich dich wiedergefunden. Da warst du schon nicht mehr bei Sinnen. Bodo half mir, dich zurückzubringen, ohne sein Pferd wäre mir das nie gelungen.«

Lange musterte sie ihn, versuchte, sich zu erinnern. Doch nichts ließ sich greifen, alle Erinnerungen an die jüngste Zeit verschwammen.

»Kannst du uns sagen, wo du warst? Du bist ständig im Kreis gelaufen und hast deinen Kopf kullern lassen, dass ich manchmal Angst hatte, er würde dir von den Schultern rollen«, fragte Volker.

Erschrocken schaute sie David an: »Das erinnert mich daran, wie ich die Verrückte gespielt hatte bei deiner Befreiung. Hat mich der Fluch eingeholt?«

Er besänftigte sie. »Mit dem Fluch hat das alles nichts zu tun. Landsknechte haben dich misshandelt, dabei verlorst du den Verstand.«

Nach und nach erzählten sie ihr, was sich alles zugetragen hatte im vergangenen Dreivierteljahr. Auf ihren Knien ließ Helena dabei ihre Tochter wippen, schaute nur manchmal von ihr auf, wenn sie eine neue Frage bestürmte, konnte es überhaupt noch nicht fassen, plötzlich zu einem Kind gekommen zu sein.

»So muss sich Maria gefühlt haben«, lächelte sie und fasste sich dabei ins Haar. »Was ist damit eigentlich geschehen?«, wies sie auf die kurzen Strähnen. Bodo erklärte ihr, dass die Huren im Tross sie kahl geschoren hätten, damit die Kerle endlich von ihr abließen.

»Hast du mich auch vergewaltigt?«, fixierte sie ihn unvermittelt. Traurig wechselte er einen Blick mit David, der bitter anmerkte, dass sie ausgerechnet jene beschimpfte, die zu ihr standen.

»Nun beruhigt euch mal«, verlangte Frowe. »Sie braucht Zeit, sich wieder zurechtzufinden. Stellt euch doch mal vor, ihr könntet euch nicht mehr besinnen an so viele Monate.«

Schluchzend bat Helena um Verzeihung. »Ich wollte euch nicht wehtun. Dir schon gar nicht, David. Aber bei mir im Kopf geht alles durcheinander. Ich sehe Bilder, auf die ich mir keinen Reim machen kann, bei denen ich nicht mal weiß, ob ich das selbst erlebt habe ober ob es mir nur jemand erzählte. – Bin ich wirklich wieder normal oder immer noch irre?«

»Rede dir um Himmels willen nicht so was ein«, mahnte Tönges. David forderte er auf, sich mit ihr hinzulegen. »Sie braucht jetzt Schlaf und muss sich erholen«, verlangte er. »Erzähl ihr auch keine Geschichten mehr. Das reicht für heute.«

Im Hinausgehen streichelte sie die Türpfosten. Plötzlich drehte sie sich nochmals um. »Wo ist Ide?«

»Schluss für heute, habe ich gesagt«, bestand Tönges auf seiner Weisung. »Glaube mir, wir haben dir noch so viel zu erzählen, dass auch der morgige Tag dafür nicht ausreicht.«

Vor dem Schlafengehen gab sie Annelie die Brust, strahlte über das ganze Gesicht dabei. »Wir haben also ein Kind und sind noch nicht getraut?« Sie legte David eine Hand aufs Knie.

»Das Dorf wird über uns lästern, dass wir uns kaum noch auf der Straße zeigen können.«

Er winkte ab. »Darüber musst du dir nun wirklich keine Gedanken machen. Was habe ich Johannes in den Ohren gelegen, uns zu vermählen. Aber er hat sich geweigert, weil du nicht Ja sagen konntest. – Sagst du nun endlich Ja?«

»Das muss ich mir erst überlegen.« Ihr Kuss erstickte seinen Protest.

Am nächsten Morgen fand er sich allein auf den Heusäcken. Annelie schlummerte in ihrer Wiege unter den Pferdeköpfen. Mit einem Satz sprang er hoch in der bohrenden alten Besorgnis, nicht richtig auf Lene aufgepasst zu haben. Als Erstes schaute er aus dem Dachfensterchen, ob er sie womöglich gleich entdeckte, und ein Stich fuhr ihm ins Herz.

Mit angezogenen Knien saß sie auf dem Gottesacker vor dem Grab Ides. Er sah, wie ihr Leib bebte vor Weinkrämpfen. Sie hatte es wohl gestern schon geahnt, als sie hingehalten wurde, und wollte sich gleich heute früh Gewissheit verschaffen.

Polternd raste David die Treppe herunter, aufs Höchste besorgt, Lene könnte in ihren alten Zustand zurückfallen. Von Weitem schon rief er ihren Namen. »Helena, hörst du mich?«

Sie schaute durch ihn hindurch, so wie die ganze letzte Zeit. »Lene, nein!«, flehte er sie an. »Sag etwas zu mir!«

»Ich bin so traurig«, erwiderte sie und verstand erst gar nicht, wie er so fröhlich darüber sein konnte und versuchte, sie abzuküssen. Sie stieß ihn von sich, doch das bemerkte er gar nicht vor Glückseligkeit, dass sie noch bei Sinnen war.

»Woran ist er gestorben?«, würgte sie mühsam hervor.

»Die Aschfahle nahm ihn mit sich«, sagte er bleich. »Auch mich hatte sie schon gepackt, ebenso Volker. Du würdest womöglich auch bereits hier liegen, wenn dich nicht zuvor das Raubgesindel fortgeführt hätte.«

»Du hattest ebenso die Pest?«, blickte sie ihn erschrocken an. »Und auch Volker?«

Langsam erhob sie sich, legte ihm die Arme um den Hals und weinte bitterlich. Seit Langem aufgestaute Verzweiflung quoll aus ihr heraus, die sie fast erstickte.

*

In der Luft hing Gestank von Schweinemist. Ein Bretterverschlag im Stall umschloss das Zuhause der Magd Catharina. Anfangs, nachdem sie als Einzige das Los der Entführten zu schildern vermochte, durfte sie ins Haus der Ackerbauern, um allen zu berichten. Über viele Abende fand sie Zuhörer, bildete den Mittelpunkt des Dorfes. Doch als sie alles abgespult hatte, was sie zu sagen wusste, schwand das Interesse an ihr, und sie sah sich zurückgeworfen in den Kot ihres alten Lebens.

Traurig saß sie nun vor Helena und sagte ihr, wie oft sie versucht hatte, sie zu erwecken, indem sie ihr Episoden ihrer Entführung erzählte. Aber alles sei von ihr abgeprallt. »Kannst du mir nicht zumindest einen Groschen zustecken?«, bat sie nun in der zu spät gewonnenen Einsicht, rein gar nichts herausgeschlagen zu haben aus ihrem Kapital, so vielen betroffenen Familien das Schicksal der Verschleppten erzählen zu können.

Helena, die natürlich auch kein Geld bei sich hatte, versprach es ihr.

Bereits geübt in ihrem Vortrag, ging Catharina chronistisch vor, näherte sich dabei vorsichtig dem Schicksal Marias. Beständig vergewisserte sie sich, dass sie Helena nicht zu viel zumutete, achtete auf jede ihrer Regungen. Doch sie hörte emotionslos zu, schaute mit leerem Blick durch alles hindurch.

An nichts davon konnte sich Helena erinnern, auch nicht an ihre Trennung, als sie als Einzige ins Lager der Landsknechte gebracht wurde. »Habt ihr mich da zumindest bemitleidet?«, hob sie den Kopf. Catharina stutzte, überging dann die Frage einfach. Aber Lene ließ nicht locker. »Was habt ihr dazu gesagt, dass es ausgerechnet mich traf?«

»Was sollten wir sagen?«, versuchte Catharina, Zeit für Ausflüchte zu schinden. »Irgendwie war es ja auch vorauszusehen«, fügte sie dann mit harter Stimme an. »Vor allem ging es immer nur um dich, mit dir wollten sie das große Geld machen, wir waren nur Beiwerk. So meinten einige, dass du dich sicherlich finden wirst in die Rolle eines Soldatenliebchens oder vielleicht sogar einer Offiziers-Mätresse.«

Betroffen schwiegen beide. »Und du, was dachtest du?«, hakte Helena nochmals nach.

Ihre Blicke trafen sich, Catharina hielt aber nicht stand und wich aus. »Ehrlich gesagt, hab ich mir viel mehr Sorgen um mich selbst gemacht. Du schwammst bislang immer wie ein Korken oben, warst der Liebling aller, ob beim Kantor oder den Pfarrerstöchtern, während ich hier seit jeher tief durch die Jauche bade. Also würdest du auch bei den Soldaten wieder obenauf sein, dachte ich.«

Stumm nickte Helena mit dem Kopf. Beklommene Stille trat ein, unterbrochen nur durch das Grunzen der Schweine. »Was wurde aus den anderen drei?«, bat sie um die Fortsetzung der Erzählung.

»Mitten im Wald trafen wir auf Holzfäller und dachten, nun gerettet zu sein. Anfangs waren die auch nett, gaben uns sogar etwas zu essen, während wir ihnen berichteten, was uns widerfahren war. Sie wollten wissen, ob uns denn noch jemand suchen würde, von daheim oder von den Soldaten. Blöderweise haben wir das verneint und gar nicht kapiert, worauf sie hinauswollten. Als denen klar wurde, dass wir Freiwild sind, fielen sie über uns her wie die Tiere. Ich ließ es über mich ergehen, bin es hier ja auch gewohnt, dass die Bauernsöhne mich nehmen, sobald sie mich allein erwischen. Die anderen drei aber wehrten sich verbissen mit aller Kraft, traten und kratzten. Ich hörte, wie die Äxte zuschlugen.«

Mit tränenerstickter Stimme rang Catharina um Worte. »Ja, was für euch entsetzlich ist, wobei ihr den Verstand verliert, das ist für mich Alltag ...«

Heulend rannte sie hinaus.

*

»Hier war es«, zärtlich strich David über den Felsblock, auf dem das Ästedach während der Geburt auflag.

»Oh Gott«, stöhnte Helena und versuchte, mit einem Stock einen der noch herumliegenden Wolfskadaver umzudrehen. »Hier brachte ich Annelie zur Welt?« Sie schüttelte sich. »Was muten wir der Kleinen da nur zu?«

Sie setzte sich zu David auf den Stein und schmiegte sich an ihn. »Bitte verzeih mir, dass ich so hart gegen dich war. Doch dachte ich wirklich, dass du mich verraten hast.«

Er versank in ihre Vergissmeinnicht-Augen. »So unrecht hast du nicht. Ich hatte dich allein gelassen und nach deinem Vater gesucht, als sie dich wegschleppten. Das hat sich tief in dich eingebrannt.«

Sie drückte ihre Lippen auf die seinen, versuchte wieder, ihre Haare über ihn zu werfen, doch dafür waren sie noch zu kurz.

Fest presste sie sich an ihn, wollte ihn an ihrem ganzen Körper gleichzeitig spüren, an den Wangen, den Brüsten, dem Schoß. Leise stöhnte sie vor Wonne, während er sie zärtlich liebkoste.

»Du bist mir gefolgt bis ins Hauptlager der Schweden«, sann sie nach. »Nicht mal die Pest konnte dich aufhalten«, umklammerte sie ihn. »Klingt es da albern, wenn ich dich frage, ob du mich auch jetzt noch so liebst?«

»Höchst albern«, blinzelte er sie an. »Zumal du mich nunmehr mit einer zweiten Frau teilen musst, die ich genauso liebe.«

»Was?«, stammelte sie.

»Mit Annelie, Dummchen«, lachte er.

»Mann, musst du mich immer hoppnehmen, wenn es mir ganz ernst ist«, schalt sie.

Er zog sie wieder an sich. »Wie kannst du nur immer wieder an mir zweifeln? Ich liebe dich und werde dich immer lieben! Dir würde ich in die Hölle folgen.« Beide Hände legte er ihr um den Hals und band etwas um sie.

»Was tust du da?« Sie griff danach und spürte eine Kette.

»Noch nachträglich alles Gute zu deinem sechzehnten Geburtstag«, raunte er ihr ins Ohr. »Damals wollte ich dich damit am Abend überraschen, als die ganze Familie zur Gratulation zusammen sein sollte. Doch wurde sie auseinandergerissen.«

Nachdenklich legte sie ihren Kopf auf seine Brust, genoss seine Wärme. »Selbst als ich irre war, bliebst du bei mir«, zählte sie weiter auf und schloss die Augen. »Nicht mal mein Vater, der fürchtete, bei deinem heißen Blut könnte ich in meinem bedauernswerten Zustand obendrein auch noch schwanger werden, vermochte dich zu vertreiben. Er wusste ja nicht, dass ich's schon war.« Sie sah zu ihm auf. »Ich glaube nicht, dass ein Mann noch mehr Beweise für seine Treue erbringen kann. Auf dich könnte ich eine Burg bauen.«

»Eine feste Burg ist dein David«, scherzte er, obwohl er innerlich höchst ergriffen war von ihren Worten. »Lass es uns schwören«, bat er sie, »dass wir nie wieder an uns und unserer Liebe zweifeln, dass wir zusammenhalten bis in den Tod.«

Sie streckte ihre Schwurfinger aus und sagte feierlich: »Ich schwöre, bei dir zu bleiben und dich zu lieben bis zu meinem letzten Atemzug. Nie werde ich vergessen, wie du um mich gekämpft und mir und Annelie das Leben bewahrt hast.«

Er legte seine Finger auf ihre. »Unser Bund gilt ewig, nichts kann uns trennen, keine Krankheit, kein Krieg, nicht der Wille unserer ...«

In ihrem Kuss drehte sich die ganze Welt. Sie waren wieder vereint.

Und wiederum blieb ihnen auch diesmal nur ein Augenaufschlag, um ihr Glück zu speichern für die schweren Tage, die ihrer harrten. Aus dem Tal läutete die Glocke Sturm.

*

»Als das Lamm das zweite Siegel öffnete, hörte ich das zweite Lebewesen rufen: Komm! Da erschien ein anderes Pferd; das war feuerrot. Und der, der auf ihm saß, wurde ermächtigt, der Erde den Frieden zu nehmen, damit die Menschen sich gegenseitig abschlachteten. Und es wurde ihm ein großes Schwert gegeben.«

Komm!, rief der letzte Tag des Windmonds das feuerrote Pferd aus der Offenbarung herbei. Geritten wurde der Fuchs von einem blutjungen Leutnant. An der Spitze seiner Leute bohrte er sich in das Dorf. Anmaßend, herrschsüchtig.

Demutsvoll schritten ihnen der Schulze Caspar und Bodo entgegen. Ihr Funken Hoffnung glomm in dem von einem Capitain gezeichneten Dokument. Weihevoll rollten sie es auf und erbaten die Bestätigung des gewährten Schutzes bis in das neue Jahr. Für den Moment perplex, rutschte der Leutnant vom Sattel, musterte staunend die Urkunde und fragte – wie so viele seiner Waffenzunft des Lesens unkundig –, was sie bedeute.

Sich räuspernd, bedeutete der Schulze dem jungen Offizier, eine Salva Guardia in Händen zu halten, ein kaiserliches Schutzversprechen. Er reichte es weiter an seinen Schreiber, der aber tat, als würde er an der Handschrift verzweifeln. Kurzerhand umging er die Blamage des holpernden Vorlesens mit der Behauptung, dass dieser Schrieb nichts wert sei.

»So, Betrüger seid ihr also«, bekam der Leutnant sogleich wieder Oberwasser. »Treibt Schabernack mit dem Namen des Kaisers. Den notwendigen Respekt vor der Majestät kann ich euch wohl lehren. Gebt ihm die Peitsche!«, ließ er den Schulzen abführen. »Und was will Er noch?«, herrschte er Bodo an, der sich im selben Augenblick eingestand, nun nichts mehr aufhalten zu können.

»Ich bitte um Eure gnädige Nachsicht«, verbeugte er sich. »Es war nicht unsere Absicht, Euch zu täuschen. Wir setzten unser Vertrauen auf dieses Dokument des Capitains von Motteln, das er uns als Anerkennung für die bereits geleistete Kontribution ausstellte.«

»Von Motteln«, knirschte der Leutnant mit den Zähnen, und ihn schüttelte der Abscheu über die Schulden beim Würfeln mit ihm. »Da habt ihr euch ja den richtigen Bündnispartner gesucht. – Los, macht das Dorf link! Wir wollen doch mal sehen, was sie dem alten Motteln alles vorenthalten haben.«

Begeistert preschte die Meute los. Die Herrmänner zogen die Köpfe ein, versanken aber nicht wie früher in ohnmächtige Furcht, sondern zählten aufmerksam, dass sie es mit nicht mehr als drei Dutzend Landsknechten zu tun hatten. Mehrfach sah sich Bodo mit heftigem Kopfnicken konfrontiert, das ihm die Bereitschaft signalisieren sollte, es mit diesem Haufen doch wohl aufnehmen zu können.

Der Kornett jedoch war sich des Unterschieds zwischen einer Truppe Wegelagerer und regulärer Armee völlig bewusst. Beschwichtigend stieß er die abgespreizten Hände nach unten, was Abwarten bedeutete. Denn selbst wenn sie siegen sollten, würde sie die folgende Strafexpedition verheerend treffen.

Nur kurz brauchte die Führung des Dorfes, um sich zu verständigen. Da sich der Leutnant ins Blaue treiben ließ, ohne konkrete Viktualien zu verlangen, handelten die Landsknechte offenkundig auf eigene Faust. So wurde entschieden, das Häuflein gewähren zu lassen. Die paar verbliebenen Hühner und Schweine, die sie wegschleppten, ließen sich verschmerzen.

Sicherheitshalber begleiteten die einzelnen Rotten des Dorfes unbemerkt die Marodeure, um notfalls derbe Übergriffe zumindest abzuschwächen. Gewalt, die lediglich neue Gegengewalt provozieren würde, sollte tunlichst vermieden werden. Aber wenn die Soldaten, die in Grüppchen von nur fünf oder sechs Mann unterwegs waren, sich bei irgendwelchen Ausschreitungen plötzlich doppelt so vielen Dörflern gegenübersahen – so wurde gehofft –, kühlte es vielleicht schon deren Mütchen.

Wie Treiber bei der Hasenjagd fühlten sich die Eindringlinge völlig sicher. Dreist liefen sie durch die Häuser, zerschlugen Geschirr und irdene Töpfe, forderten Geld. An Geflügel und

Vieh schleppten sie schließlich so viel zusammen, dass sie es unmöglich mitnehmen konnten. Das brachte sie in Harnisch. Sie verlangten Pferd und Wagen.

»Pferde?«, entgegneten die Bauern bitter. »Die laufen längst in euren Schwadronen, unsere Wagen reihen sich in eurem Tross.«

»Sooo«, dehnte ein Korporal seine versoffene Stimme. »Da werden wir wohl noch mal etwas genauer nachschauen müssen.« Schon rumorten die Soldaten erneut in den Ställen und Scheunen. Was sie suchten, fanden sie nicht. Aber hinter einer Strohaufschüttung stieß einer der Suchtrupps auf ein verschrecktes Mädel, und schon troff die Gier aus ihren Mündern. Es machte ihnen Spaß, sie in die Enge zu treiben. Heftig atmend drückte sie sich an eine Wand und hielt schützend die Hände vor ihr Gesicht.

»Bist du so hässlich, dass du dich uns nicht zeigen willst?«, grölte einer der Kerle. »Du wirst uns gleich alles zeigen, was du hast. Los, heb deinen Rock hoch, wir wollen deine Beine sehen!« Lüstern musterten sie das Mädchen. »Die hat mächtige Möpse«, maß der Schreihals ihre Wölbungen unter dem Hemd. »Runter mit den Klamotten!« Er riss ihr das Hemd in Fetzen und den Rock herunter. Splitternackt stand sie vor ihnen, versuchte nun mit den Händen, ihre Blöße zu bedecken, und wisperte um Gnade.

Zwei der Soldaten hatten sich bereits ihrer Pluderhosen entledigt. Im selben Moment, als sie nach ihr greifen wollten, spürten sie die scharfen Schneiden von Sensen im Schritt.

»Ein kleines Schnittchen, und die Pein eurer Lenden quält euch nimmermehr«, höhnte Stellmacher Falk. Die anderen drei Soldaten fuhren herum, griffen nach den Pistolen unter den Gürteln. Auch sie fühlten aber sogleich, wie sich Sensenblätter um ihren Hals legten. »Suchtet ihr nicht nach Pferden? Könnt ihr ein Mädel wohl noch von einer Stute unterscheiden, ihr Deppen?«, zischte Falk.

»Was machen wir jetzt mit ihnen?«, fragten die anderen.

»Was wollt ihr, das wir mit euch machen?«, richtete Falk die Frage an die Soldaten weiter. »Zieht ihr in Frieden von dannen, wenn wir euch laufen lassen?«

Bei der Mutter Maria schworen die Landsknechte, niemandem ein Härchen krümmen zu wollen, auch keine Frau jemals wieder vergewaltigen zu wollen, wenn man sie jetzt verschont.

Kaum aber standen sie draußen auf der Gasse, schrien sie nach Rache und brüllten aus vollem Hals nach ihren Kumpanen. »Euch füllen wir mit Jauche voll, bis euch die Därme platzen«, heulten sie vor Wut. Da sie aber niemand hörte, feuerten sie ihre Pistolen ab. Noch immer begriffen sie nicht, dass vorerst nur sie selbst in höchster Gefahr schwebten.

Mit den langen Spießen, deren Reichweite sich schon gegen die Degen der Wegelagerer bewährt hatte, umstellten die Herrmänner sie. »Ihr meineidigen Hunde wollt Blut sehen?«, empörte sich Falk. »Wie wär's dann mal mit eurem eigenen?«

Ohne mit ihren Degen etwas ausrichten zu können, wurden sie aufgespießt, einer nach dem anderen. Ihre Leichen schleppten die Herrmänner auf den Scheunenboden und ließen die Leitern verschwinden. Gerade, als sie mit Spreu die Blutlachen abdeckten, hallten Pistolenschüsse vom anderen Ende des Dorfes herüber.

Sie hasteten dorthin, wurden aber unterwegs abgefangen. »Geht da nicht hin«, riet man ihnen. »Bei Bärlauchs auf dem Hof ist es eskaliert. Sie wollten Thea die Finger mit dem Beil abhacken, wenn sie nicht sofort ein Gespann herbeischaffte.

Wir haben gefleht, das zu lassen, aber sie hörten nicht auf. Was blieb uns da anderes übrig, als sie niederzumachen?«

»Oje«, entgegnete Falk. »Bei uns lief es nicht besser. Jetzt haben wir wohl keine andere Wahl mehr, als allen den Rückweg zu verlegen.«

Zwischen Kirche und Schmiede, wo sie ihr gestohlenes Vieh zusammengetrieben hatten, verschanzten sich inzwischen die überlebenden Landsknechte. Noch konnten sie fliehen, doch schätzten auch sie ihre Lage völlig falsch ein und hielten ihre Beute für wichtiger. Überzeugt von der Überlegenheit ihrer Schusswaffen, fühlten sie sich unangreifbar, während sich der Ring um sie schloss und sie im Nu eingekreist waren.

Keine Gegenstimme gab es im Rat. Auch Pfarrer Lahrius sah keinen anderen Ausweg. Niemand durfte entkommen, um mit neuen Truppen Unheil anzurichten. Der Tod der Marodeure war beschlossen.

Nicht einen der Schützen bekamen sie zu Gesicht, als die erste Salve die Hälfte von ihnen zu Boden streckte. Versteckt hinter Dachluken, Torpfeilern und Obstbäumen, boten die Herrmänner selbst kein Ziel. Erst jetzt erkannten die Söldner, dass sie verloren waren. Wankend ließen sie ihre Waffen fallen und baten um Pardon. »Quartier«, versuchten einige, Verhandlungen aufzunehmen, und streckten die Hände voller Münzen vor. »Gebt uns euer Wort, uns zu verschonen«, baten sie.

»Reicht es euch, wenn unser Wort so viel wert ist wie eures?«, zeigte sich Falk ihnen. Verständnislos schauten sie ihn an, begriffen nichts. Eifrig nickten sie: »Das reicht.«

Auch Bodo kam hervor, da er den Schreiber unter den Verbliebenen erkannte. Nochmals zeigte er ihm die Salva Guardia. »Lies laut!«, forderte er ihn auf. Doch wiederum konnte er nichts entziffern. »Liegt das womöglich daran, dass du gar nicht lesen kannst?«, stellte ihn Bodo zur Rede. Verschüchtert bestätigte er diesen Verdacht.

»Blödsinn!«, herrschte ihn ein Soldat von der Seite an. »Seit einem halben Jahr schreibst du doch schon meine Briefe, wofür ich dich auch gut bezahle.«

Süffisant fragte ihn Bodo, ob er denn jemals Antwort auf einen seiner Briefe erhalten habe. Erstaunt verneinte er. »Na, siehst du«, meinte Bodo trocken. »Hätte wenigstens einer von euch lesen gelernt und hättet ihr euer eigenes Dokument anerkannt, wäre dies alles hier nicht passiert. Habgier gepaart mit Dummheit ist zu viel der Sünden. Ihr könntet noch leben – und wir schwebten von jetzt an nicht in dieser schrecklichen Gefahr.«

Das war das letzte Wort an die Landsknechte.

Was fortan aber passieren würde, war nicht mehr absehbar. Sie hatten den Rubikon überschritten ohne jeglichen Plan für das Überleben.

Pferdegewieher ließ sie zusammenfahren. Entsetzt schauten sie als Erstes zum Kirchturm hoch. Doch den wieder mit einem Wachposten zu besetzen, hatten sie in der Aufregung vergessen. Jeden Moment mussten die Reiter am Dorfeingang erscheinen. Sie wussten nicht, wie viele es waren, ob Widerstand nur alles noch schlimmer machen würde. Um die Leichen schnell verschwinden zu lassen, war es zu spät. Also stellten sie sich in dichten Reihen vor sie, damit den Ankömmlingen nicht auf den ersten Blick offenbar wurde, was hier geschehen war.

Die aber ließen sich Zeit. Unruhig schauten sich die Herrmänner an, ob sie nicht doch noch die Toten wegschaffen sollten. Minuten verrannen. Jetzt aber hörten sie Wagenräder knarren. Ein erstes Pferd zeigte sich, blieb jedoch stehen, ohne dass der Wagenlenker erkennbar wurde. Neben den Schimmel schob sich ein zweites Pferd und verharrte ebenso. Aufgeregte Rufe drangen herüber, waren aber nicht zu verstehen.

Unruhig scharrten die Tiere, Furcht einflößend schnaubten sie. Die Pferde der Apokalypse. So muss es aussehen, das nahende Ende. Den Herrmännern gefror das Blut. Was kam jetzt auf sie zu?

Ein »Hüh« trieb die Wagen an. Knirschend zermalmten die Räder kleine Steinchen. Auf dem ersten Wagen, der um die Kurve bog und sich nun zeigte, saßen Frauen und Trossjungen. Den zweiten füllte bis zum Bersten Beutegut – Truhen, Hausrat, Wäsche, Kaninchen und Hühner in Käfigen.

Beide Wagen hielten auf die Menschenansammlung zu, stoppten vor ihr. Wie gebannt beobachteten die Herrmänner die Kurve, verbargen die Waffen hinter ihrem Rücken. Wer folgte diesen beiden Karren noch?

Die Frau, die am ersten Wagen die Zügel führte, erhob sich. Herrisch maß sie die Menschen vor sich von oben herab, erkannte aber sogleich deren Aufsässigkeit in den Mienen und überlegte sich ihre Worte sorgsam. Von den Männern, die sie zu ihrem Empfang erwartete, ließ sich kein Einziger blicken. Sie sah nach hinten, zum Wagen mit dem Diebesgut, und ein ungutes Gefühl beschlich sie. Sehr wohl war sie sich im Klaren, welches Bild sie vor den Landleuten abgab und welchen Hass sie weckte.

Auf ein Zeichen von ihr hoben die anderen Frauen ihre Pistolen über den Rand des Kastenwagens, richteten sie aber auf niemanden. Sie hielten es für klüger, keinen Angriff zu provozieren, sondern lediglich ihre Stacheln zu zeigen. Nach allen Seiten schauten sie sich Hilfe suchend um, sichtbar kroch die Angst nun auch in ihnen hoch.

»Wie viele von euch kommen noch?«, durchbrach Tönges das Schweigen. Die Frauen antworteten nicht, sondern versuchten, Zeit zu gewinnen. Mehrere Männer liefen die Straße hinauf, um sich selbst zu überzeugen. Sie winkten Entwarnung. Auch vom Kirchturm wurde nun heruntergerufen, dass die Straße menschenleer sei und keiner mehr folgte.

Jetzt zeigten die Dörfler ihre Waffen, traten auseinander und gaben den Blick frei auf die Stapel der Getöteten. »Ihr Wahnsinnigen«, entfuhr es der an den Zügeln Stehenden. »Ihr habt euer Kaff dem Untergang geweiht.«

»Viel Freude werdet ihr aber nicht daran haben, ihr zumindest geht mit uns unter.« Mit einer Bewegung seines Säbels bedeutete Bodo den Plünderern, die Waffen niederzulegen und abzusteigen.

Sie zögerten. »Was habt ihr mit uns vor, wollt ihr uns auch töten?« Sie hielten ihre Pistolen weiter im Anschlag.

»Das hängt von euch ab«, maß sie der von Peitschenstriemen überzogene Caspar Zimmermann verächtlich. »Gewöhnlich töten wir keine Frauen und Kinder, ihr aber seid Geschmeiß, widerliche Leichenfledderer, der letzte Dreck. Vor lauter Stehlen habt ihr sogar den Anschluss an eure Männer verpasst.«

Flüsternd verständigten sich die Frauen. Die meisten hatten noch Hoffnung. So reichten sie ihre Waffen vom Wagen herunter und ergaben sich.

»Sollte eine von euch versuchen auszureißen, so sollte sie wissen, dass sie euch damit auf der Stelle alle tötet«, herrschte Caspar sie an. »In unserer Lage müssten wir uns ganz und gar auf die Suche nach der Geflohenen konzentrieren und könnten es uns nicht leisten, obendrein auch noch einen Haufen Flöhe zu bewachen. – Ist euch das klar?«

Gefasst hielt die Anführerin dem Blick des Schulzen stand. »Wir wollen leben«, sagte sie mit einem rauen Unterton. »Freiwillig sind die wenigsten von uns zum Tross gekommen. Als Verschleppte mussten wir uns anpassen, Soldaten heiraten, um nicht auf die unterste Stufe der Vetteln abzusinken.«

»Mir kommen gleich die Tränen«, machte Thea, die soeben durch das beherzte Eingreifen der Männer knapp der Verstümmelung entronnen war, ihrer Empörung Luft.

»Auch jede von euch hätte es treffen können, entführt zu werden, dann wäret ihr jetzt an unserer Stelle«, traf die Anführerin jedoch einen empfindlichen Nerv der Herrmänner. Sie wurden vorerst in eine Scheune gesperrt. Es gab jetzt wichtigere Dinge zu erledigen.

*

Zuerst wollten sie die Toten auf dem Friedhof beerdigen. Schließlich waren es ja Christen. Doch sobald man sie suchen würde und dabei auf die frischen Gräber stieße, läge der Fall klar auf der Hand. Also karrten sie die Leichen zur Vockenröder Kirchenruine und hoben eine große Grube aus. Nach dem Zuschütten schleppten sie die überschüssige Erde weit weg und deckten alles mit der zuvor ausgestochenen Grasnarbe zu.

Zur Beratung, wie es nun weitergehen sollte, fand sich das ganze Dorf zusammen. Niemand zweifelte, dass womöglich im nächsten Moment, spätestens aber am nächsten Tag weitere Truppen auf der Suche nach den Verschollenen die Gegend durchkämmen. »Wenn herauskommt, dass wir sie umgebracht haben, dann gnade uns Gott«, jammerte eine Frau und faltete die Hände. Eine andere pflichtete ihr bei. »Wir können nur noch fliehen und müssen uns in die Waldverstecke retten.«

Nun flogen viele Stimmen durcheinander: »Sie werden das Dorf niederreißen und abfackeln. Kein Stein bleibt auf dem anderen. Und morgen beginnt der Dustermond, die Winterfröste stehen bevor.«

»Lieber frieren als qualvoll sterben«, hielten andere entgegen, denen sofort erneut widersprochen wurde: »Die Verstecke nutzen uns nur bei durchziehenden Truppen. Wenn sie uns wirklich finden wollen, jagen sie ihre Hunde so lange durchs Gehölz, bis sie uns haben.«

»Also bleiben wir in unseren Häusern und versichern, dass seit Mottelns Landsknechten keine anderen mehr bei uns waren. Wir können uns ja auf die Salva Guardia berufen, noch bis Ende des Jahres unter besonderem Schutz zu stehen.« Der Vorschlag des Schöffen Max Kehner fand große Zustimmung. »Was könnten wir auch sonst tun«, wurde sein Rat gelobt.

Bodo trat vor, und alle wendeten sich nun ihm zu. »Sie überführen uns sofort«, war er sich sicher, »denn wir können nichts mehr daran ändern, dass die Spur der Toten nun mal bei uns endet. In allen anderen Dörfern wird man sich in keinerlei Widerspruch verstricken, kann die Gesuchten genau beschreiben und sagen, wann sie wohin weitergezogen sind. Niemand wird uns also abnehmen, dass sie zwischen Buchholz und uns auf einmal die Erde schluckte.«

»Sollen wir uns selbst ans Messer liefern und demnach zugeben, dass sie hier waren?«, brüllte jemand aus der Menge.

»Darin sollten wir uns von den anderen Dörfern auf dem Herweg dieser Meute nicht unterscheiden«, bestätigte Bodo. »Am besten, wir schlagen noch ein paar Türen und Fenster ein, um zu demonstrieren, dass sie hier ganz Herr der Lage und wir nur die üblichen Opfer waren. Dann gilt es, ihre Spur weiter zu ziehen durch verlorene Federn der geraubten Gänse, zerschlagene Krüge mit Resten des ausgesoffenen Biers. Weit in den Wald hinein muss die Fährte noch verfolgbar sein, dort kann sie sich dann verlieren – im Machtbereich der Harzschützen …«

Ein Raunen ging durch die Versammlung. »Genau so machen wir's«, pflichtete man ihm schließlich bei. »Aber unser Federvieh und die Schweine müssen wir schleunigst wegschaffen, damit wir auch überzeugend wie die gerupften Hühner dastehen.« Schon strömten Frauen und Kinder davon, sogleich ans Werk zu gehen. Jeden Moment konnte schließlich das Militär auftauchen.

»Halt«, rief ihnen Tönges hinterher. »So falsch war der Gedanke nicht, in unsere Fluchtburgen zu verschwinden. Da wir uns gegen die nun heranrückende Übermacht ohnehin nicht mehr verteidigen können, sollten sich die meisten von uns retten. Es reicht völlig aus, wenn von jedem zweiten Haus noch jemand hierbleibt. Dass wir nur noch so wenig sind, können wir mit der jüngsten Pest erklären. Vielleicht treibt es sie ja schon vom Acker, wenn wir ihnen berichten, wie wild die Aschfahle hier kürzlich gewütet hat und wie nahe sie womöglich noch ist.«

In größter Eile wurde zusammengerafft, was für das Überleben im Winterwald unentbehrlich war. Frauen schrien ihre Männer an, warum ausgerechnet sie sich zum Bleiben verpflichteten. Das könnten doch andere tun. Tränen flossen. Schließlich blieb nicht mal ein Viertel der Herrmänner zurück, die Haus und Hof beschützen wollten oder die wie der Pfarrer, der Schulze, der Vorsteher und die Schöffen von Amts wegen in der Pflicht standen.

Beim Abzug sorgte man sich diesmal nicht wegen der hinterlassenen Spuren. Es sollte ja so aussehen, als sei ihr Vieh fortgetrieben worden ins Gebirge. Noch ein gutes Stück liefen sie auf dem alten Heerweg, von dem sich schließlich Grüppchen um Grüppchen vorsichtig absetzte. Ihren Gefangenen wiesen sie mit ein paar Mann Bewachung gleich im Holz hinter der Sägemühle einen Platz zu. Sie sollten sich vorerst selbst mit Notunterkünften behelfen. Auch ein paar Hühner aus ihrer Beute gab man ihnen.

Bis zuletzt ging es in der Schmiede hoch her. Frowe weigerte sich stur, ohne ihren Tönges fortzugehen. Da auch David als einer der militärischen Anführer seinen Platz im Dorf sah, krallte sich ebenso Helena an ihn. »Wir haben uns geschworen, uns nie wieder allein zu lassen«, schluchzte sie. »Also setze ich keinen Schritt von hier fort, solange du hierbleibst.«

Ungehalten schnappte sich ihr Vater sie und Annelie und übergab sie in die Hände von Volker. »Bring sie weg von hier«, verlangte er. Doch Volker kam nicht weit, da riss sie sich los und rannte mit ihrem Kind im Arm zurück. Hilflos rief er ihr hinterher. Helena stürzte auf ihren David zu: »Nichts soll uns trennen, hast du das schon wieder vergessen?«

Schnaufend packte sie Tönges von hinten am Hals. »Lene, du musst jetzt an deine Tochter denken«, schimpfte er. »Auch andere Familien trennen sich, du bist nicht die Einzige, die das schmerzt.«

Sie aber ließ David nicht los. »Eher sterbe ich, als ihn alleinzulassen. Frowe bleibt ja auch an deiner Seite.«

»Schluss jetzt mit den Kindereien«, rang Tönges um Fassung. »Ich befehle dir, sofort mit Volker von hier zu verschwinden. Schon im nächsten Moment kann es zu spät sein. Und eher sterbe ich, als dass ich dich nochmals einer Gefahr aussetze.« Damit griff er sie und zerrte sie zu Volker hinüber, der inzwischen auch wieder zurückgekehrt war. Doch Lene kreischte derart panisch, dass er sie erschrocken losließ.

»David!«, stieß Bodo ihn zu Helena. »Du bringst die beiden jetzt weg, aber sofort. Und auch du spielst nicht länger die Heldin«, ging er Frowe an. »Dass Tönges und ich hierbleiben, reicht voll und ganz. Viel mehr brauchen dich Lene und ihre Kleine. Husch!«, scheuchte er sie mit ausgebreiteten Armen wie einen Schwarm Enten vor sich her.

Heulend holte Frowe ihr Felleisen und verabschiedete sich mit einem Kuss vom Schmied. »Pass ja auf dich auf«, raunte sie ihm zu und griff ihm dabei ins Haar. Schnell eilten die fünf den letzten Abziehenden nach, um den Anschluss nicht zu verpassen. Helena misstraute David und spürte sein schlechtes Gewissen gegenüber ihrem Vater und Bodo. Immer wieder drehte er sich um. Schließlich drückte sie ihm Annelie an die Brust. Nun musste er ihr folgen.

An den Steinbrüchen hörten sie die Glocke Alarm schlagen. Sie begannen zu rennen. Die Sägemühle lag verbarrikadiert. Auf Davids Klopfen blieb es still. Hoffentlich sind sie weg, dachte er im Weiterlaufen und musterte die Spuren ihres Viehtriebs. Noch folgte ihnen niemand. Berittene könnten sie aber schnell einholen. Alle paar Schritte warfen die Flüchtenden verängstigt die Köpfe herum, um sich notfalls sofort in die Büsche zu schlagen. Deren blätterlose Nacktheit gab jedoch wenig Deckung.

Über die eigene Angst breitete sich die Sorge um die Zurückgebliebenen. Was geschieht jetzt mit ihnen? Würden sie das Dorf überhaupt so wiedersehen, wie sie es gerade verließen? Sie keuchten den Weg bergauf, während ihnen die Furcht die Kehle zuschnürte. Ein wenig erleichtert waren sie erst, als die Letzten im Versteck eintrafen, ohne Soldaten gesehen zu haben.

Vielleicht hatten sie ja Glück, und der Kelch ginge an ihnen vorüber. Wie lange aber mochte das noch gut gehen? Von immer mehr Dörfern aus ihrer Grafschaft hörten sie, die einfach ausgelöscht worden waren: Immenrode, Scherßheim, Stockhausen, Lauchstedt, Rotteroda, Klübingen, Flachdiendorf, Schelmenrode. War ihr eigenes Schicksal inzwischen auch schon beschieden?

Als die Posten aufzogen, verwirbelten sich erste Rauchfähnchen in den Wipfeln. In ihrem Erdloch schmiegten sich Helena, David und Annelie eng aneinander, während Frowe und Volker die Speisekammer inspizierten.

»Nichts kann uns trennen«, flüsterte Lene ihren Schwur nach und schaute von David zu ihrer Tochter. Sie erhob sich, um nach draußen zu gehen. Durch die Spinnenbeine der aus dem Boden gerissenen Baumwurzeln über ihrem Notquartier verlor sich ihr Blick in die Unendlichkeit.

»Vater, begegnen wir uns je wieder?«

Teufel gegen Beelzebub

Beinebaumelnd saßen sie auf dem Trittstein. »Was hat uns eigentlich aneinandergekettet?«, sprach Bodo, und es klang eher nach einem inneren Monolog. »Das Zähneziehen? Die Verderbnis der lodernden Kirchentür?«

»Warum riskierst du dein Leben und gehst nicht mit in die Wälder?«, entgegnete Tönges und versank in seine eigenen Gedanken.

»Das Schicksal soll uns über solch riesige Umwege zusammengeführt haben, nur damit wir heute vor deiner Schmiede sterben? Es hat etwas anderes mit uns vor. Schon darum konnte ich dich jetzt nicht alleinlassen.«

Nachdenklich musterte Tönges den Jungen. »Deinen Optimismus wünschte ich mir.«

Laut lachte Bodo daraufhin los. »Meinen Optimismus? Das sagt ausgerechnet jemand, der tief unter die Erde kriecht, um aus dem ausgebuddelten Erz Kupferkessel zu schmieden. Vor deiner Zuversicht erschaure ich voller Ehrfurcht, davon wünschte ich mir wiederum einen Teil.«

»Wünsch dir besser was anderes«, erwiderte Tönges. »Es geht los, sie kommen.« Damit wies er auf den großen Schatten über dem Hof. Flügelschlagend landete Frowes Rabe vor ihnen. »Tut mir leid, alter Freund«, hob Tönges bedauernd die Arme. »Nicht mal ein Stück Käse kann ich dir anbieten, um dir für deine Warnung zu danken.« Als hätte er es verstanden, hob er sogleich wieder ab und flog davon.

Auch vom Kirchturm war der Vogel gesehen worden. Fragend schaute der Posten zur Schmiede herüber, ob er Alarm geben soll. »Es ist so weit«, rief Tönges ihm zu. Dröhnend hallte daraufhin die bronzene Donnerstimme über das Land. Klagelaute mischten sich in ihr Geläut, als spürte sie, dass dies womöglich ihr letztes war.

Warten kann schrecklich sein.

Wie wird es auftreten, dieses Gerippe mit der im Krieg schon schartig gewordenen Sense? Brutal, grausam oder gar sanft? Geht es womöglich nur vorbei, zeigt die Macht, allein mit seinem modrigen Atem Bäume verdorren zu lassen?

Jeder Windstoß verhieß nun Unheil, jeder Vogelruf verbreitete Schrecken. Jede Minute genoss es, sich als Unendlichkeit aufzuspielen und im Sekundentakt Säure in die Seele zu träufeln.

Das Warten wurde von der Nacht eingeholt. Gnädig gewährte die sinkende Sonne noch einen Aufschub bis zum ersten Tag des Dustermondes.

*

Von einem Moment zum anderen schlug am Morgen die Flut von allen Seiten gleichzeitig auf das Dörfchen ein. Führungslos, wild aufschäumend brandete sie an die Hauswände, schoss durch die Gassen. Tierische Urlaute drangen aus den Menschenhaufen. Menschen? Waren sie das wirklich noch? Oder hatte sie der Satan längst umgeformt zu seinen Spießgesellen, Rippe für Rippe, Arm für Arm, nur noch fähig zu Zerstörung und Mord?

Nein, Skrupel kannten sie nicht. Ganz im Gegenteil fühlten sie sich in tiefstem Recht. Dies war schließlich das letzte Dorf vor dem Gebirge. Weiter konnten ihre vermissten Spießgesellen nicht gekommen sein. Hier nun war Rache zu nehmen.

Denn ihre Welt drohte zusammenzubrechen, wenn Hasen es auf einmal wagten, den Wolf zu töten.

Die äußeren Häuser, die den ersten Wutausbruch auffingen, waren verlassen. Fenster splitterten, Türen und Öfen gingen zu Bruch, Hühnerställe, Holztreppen. Heftiger als in jeder Schlacht schlugen die Landsknechte um sich. Dass ihr Feind unsichtbar blieb, steigerte ihre Rage. »Das hinterlistige Bauernpack hat sich verkrochen«, schäumten sie.

Erst in der Kirche stießen sie auf die ersten Einwohner. Gnadenlos hieben sie auf sie ein, selbst auf die alten im Dorf verbliebenen Frauen, die nicht die Strapazen des Waldlagers auf sich nehmen wollten. Mit Musketen droschen die Soldaten um sich, mit dem Griff des Säbels, mit den Fäusten.

»Ihr feigen Säue«, spuckte sie der Stellmacher Holzer in ungebrochenem Stolz an. »Euch an Wehrlosen vergreifen, das könnt ihr!« Sie hieben ihm den Kopf ab, spießten ihn auf und pflanzten grölend die Lanze vor den Eingang zum Kirchturm. Wahllos wüteten sie weiter, wateten im Blutrausch.

Von den in das Gotteshaus Geflüchteten lag schon die Hälfte reglos am Boden, als sich erstmals ein Offizier bemerkbar machte. »Haltet ein«, befahl er. »Sonst können wir die Schuldigen nicht mehr finden und richten. Holt mir zuerst den Schulzen und den Pfaffen.«

Man rief nach ihnen durch die Gassen, und todesmutig stellten sie sich. Im schwarzen Talar und weißen Beffchen schritt wuchtig und würdevoll Pfarrer Lahrius herbei. Ebenso vertrat Caspar Zimmermann respektierlich sein Amt in Stulpenstiefeln, schwarzem Wams und schwungvollen Fasanenfedern am Hut.

Pikiert trat ihnen pfauenhaft der Obrist gegenüber, von oben bis unten mit teurer Spitze überzogen. Sie prangte auf den über den Knien gebundenen und aufgeplusterten Hosen, dem Ärmelwams und dem darüber gezogenen Koller sowie dem weit herabfallenden weißen Leinenkragen. Gekünstelt stützte er sich auf einen mit Silber beschlagenen Stock, der ebenso im Licht gleißte wie sein kunstvoller Degenknauf.

Von weit oben herab maß er das Pack vom Lande vor sich. Zeit wollte er mit den Bauern nicht verlieren: »Ihr habt unseren Furagiertrupp überfallen und heimtückisch umgebracht«, stellte er die Schuld von vornherein fest.

»Was beliebt Ihr da für Zeugnis abzulegen? Wer hat ihn dann ausgepeitscht?«, wies Pfarrer Lahrius zornbebend auf den Schulzen. »Die heimtückisch Umgebrachten etwa? Haben Tote auch unser letztes Vieh weggeschleppt? – Es waren Eure Furagiere und ein ganzer Wagen voll wilder Weiber.«

»Also bestreitet ihr nicht, dass unsere Leute hier waren?«, hakte der Oberst nach und sah sich einen entscheidenden Schritt weiter.

»Wie sollten wir, nach allem, was sie angerichtet haben«, stöhnte Johannes.

Sich über das Doppelkinn streichend, meinte der Vernehmer, bereits die finale Frage zu stellen. »Wohin sind sie dann aber?«, lächelte er zynisch. »Und wohin luden sie euer angeblich weggeschlepptes Vieh, da ihr Wagen, wie uns die Buchholzer versicherten, schon bei ihnen übervoll war?« Beifall heischend sah er sich um, weil er glaubte, am Ziel zu sein.

»Sagt Ihr uns vielleicht, woher Ihr kommt und wohin Ihr wollt«, parierte Johannes. »Zum Verladen unserer letzten Hühner und Habseligkeiten ließen sie einfach die Frauen von ihrem Wagen absteigen und zu Fuß hinterherlaufen. Dort den Berg sind sie hinauf«, wies er zum nahen Wald. »Sie hatten jemanden bei sich, der sie führte. Weiß der Teu...« Johannes verbesserte sich. »Wer weiß schon, was sie noch vorhatten.«

Verdutzt sah sich der Kommandeur zurückgeworfen. »Aufsitzen!«, gab er einer Reitergruppe das Kommando. »Schaut, ob ihr Spuren findet.«

Erleichtert registrierten die inzwischen aus dem ganzen Dorf zusammengetriebenen Herrmänner diese Wendung. Ein Licht fiel auf sie. Dankbar schauten sie hinauf zum Himmel.

So schnell, wie die Reiter abzogen, kehrten sie jedoch zurück und straften den Pfarrer Lügen.

Wie kann das sein, überlegte Bodo. Unmöglich können sie die Wagenspuren und das Getrappel des abgezogenen halben

Dorfes übersehen haben. Schlagartig wurde ihm klar: Dieser Leutnant hat Markierungen an jedem Eingang und Ausgang eines Dorfes gesetzt, um den Nachfolgenden den Weg zu weisen. Da das Zeichen fehlte, machte die Patrouille sofort kehrt.

Er fasste sich ein Herz und sprach dreist unaufgefordert den Oberst an: »Habt Ihr eine Vorstellung, welchen Aufstand die Weiber machten, als sie absteigen und laufen sollten? Wie sie keiften und zeterten?« Schallendes Gelächter der Soldaten bestätigte ihm, dass seine Geschichte sofort geschluckt wurde. »Mit großen Schritten eilten die Soldaten davon, versuchten schleunigst, außer Reichweite der Schimpfkanonaden zu kommen.« Schmunzelnd nickten die Zuhörer, völlig überzeugt, dass dieser Bursche die Wahrheit berichtete.

Bodos gefaltete Hände verkrampften sich. Jetzt riskierte er nicht nur sein eigenes Leben, wenn seine Vermutung falsch war. »Dabei haben sie vergessen«, fuhr er fort, »das Zeichen, das sie beim Ankommen machten, auch beim Gehen zu hinterlassen. Wir hatten uns deswegen schon gesorgt und befürchtet, dass die Nachfolgenden ohne diesen Wegweiser die Orientierung verlieren könnten. Ich wollte ihn sogar nachmachen, damit die Truppen des Kaisers durch das Versäumnis ihrer Vorhut keineswegs aufgehalten werden«, log er drauflos, während den Mund des Obristen ein nervöses Zucken umspielte. »Aber das haben wir uns dann doch nicht getraut.«

Schweißnass presste Bodo die Hände noch fester aneinander. Mit offenen Mündern starrten ihn die Soldaten an. »So blöd, wie ich dachte, sind die Bauern gar nicht«, staunte einer. »Die kriegen sogar mit, wie wir uns verständigen.«

Darüber erschrak auch der Obrist. Die können uns ja völlig in die Irre schicken, ging es ihm durch den Kopf. Obwohl er sich im Angesicht der hochtürmenden Bergwelt vor sich fest vorgenommen hatte, nicht länger herumzusuchen und an diesem Dorf endlich das Exempel zu statuieren, befahl er, den Spuren nun konsequent zu folgen. Ihn beschlich eine Ahnung, hier womöglich eine Gefahr zu entdecken, von der man im Heer noch gar keine Vorstellung hatte.

Finster musterten die Reiter Bodo, der ihr Verlangen nach einer Pause und einem Humpen Bier durchkreuzte. Nur zu gut kannte er diesen Ausdruck in ihren Augen und wusste, dass sich diese Kerle, sobald sie außer Sichtweite waren, einfach unter die nächsten Bäume legten und pennten.

Nach einer Stunde trudelten sie wieder ein und versicherten, absolut nichts gefunden zu haben. »Dann liegt der Fall klar«, besann sich der Oberst auf seinen ersten Plan. »Packt Stroh in die Häuser, wir fackeln das Verbrechernest ab!« Gleichzeitig ließ er auf zwei Stützen einen Balken querlegen und Stricke an ihn knoten.

»Wie steht es nun um unser Schicksal, Bodo?«, wandte sich Tönges ihm zu. Doch Bodo wahrte die Fassung und lächelte vielsagend: »Waren wir nicht schon mehrfach in dieser Lage?«

*

Fiebernd beobachteten die Posten der Geflüchteten die Vorgänge im Dorf. Ihre Meldungen hasteten durch den Wald zu den Verstecken: »Sie errichten Galgen und legen Lunten in die Häuser!«

»Wollen sie alle umbringen?!«, raufte sich Anna die Haare. Ratlos umstanden sie die anderen.

»Wir können doch nicht einfach zusehen«, bäumte sich Frowe auf. »Die töten unsere Männer.« Erzürnt schaute sie sich um. »Wir haben Pistolen und Musketen, wenn wir sie überraschen ...«

»... hängen wir noch heute alle am selben Galgen«, stieß sie auf Ablehnung. »Wenn du aber wirklich etwas tun willst«, riss Agnes das Wort an sich, »dann rufe Gesche um Hilfe. Sie ist die Einzige, die unser Dorf noch retten könnte.«

Erschrocken starrten alle zu Agnes herüber. »Gesche?«, flüsterte eine Frau neben ihr. »Bist du von Sinnen? Willst du den Spuk herbeirufen, der schon so viele in den Wäldern umkommen ließ?«

Doch nach dem ersten Schreck über diesen unerhörten Vorschlag redeten die Frauen aufgeregt auf Agnes ein, sich näher zu erklären. »Hast du die dunklen Frauen etwa schon mal gesehen? Warum Gesche und nicht Alke? Lassen sie sich wirklich rufen?«

»Von mir nicht«, wies Agnes sie ab. »Aber von ihr.« Sie zeigte mit dem Finger auf Frowe.

»Geht das jetzt schon wieder los mit dem Hexenquark?«, schimpfte die Schmiedenachbarin Bertha. »Was ist in dich gefahren, Agnes? Wirst du in deiner einsamen Mühle langsam närrisch?!«

Doch viele klammerten sich bereits an diesen letzten Ausweg: »Frowe, rufst du sie?«

Die Hünin erstarrte zur Salzsäule. Zutiefst empört über diesen Verrat, wäre sie am liebsten über Agnes hergefallen. »Wie kannst du nur so lügen?«, sprach sie und ließ damit bei den Umstehenden die keimende Hoffnung sogleich wieder erlöschen.

Zur Überraschung aller pflichtete aber noch jemand Agnes bei: die Frau des Pfarrers.

»Es ist wahr«, sagte sie und nahm Frowe bei der Hand.

»Wahrscheinlich entstammt sie der letzten Familie, die auf der Burg lebte. Damit wäre sie eine Nachfahrin von der, die ihr Gesche nennt. Ich glaube nicht, dass unsere Frowe einfach nur der Zufall hergeführt hat.«

Anna schluckte; ihr grauste bei der Vorstellung, was ihrem Mann unten im Dorf vielleicht schon widerfuhr. Sie nahm ihre Bibel unter dem Arm hervor und legte ihre Schwurfinger darauf. »Wenn du uns hilfst, Frowe, egal wie du es anstellst, dann schwöre ich bei allem, was mir heilig ist, immer zu dir zu stehen.«

Sie reichte die Bibel in die Mitte, und schon drängten alle zusammen und taten es ihr nach. »Wenn du die Teufel aus unseren Häusern vertreiben kannst, dann ist das ein christliches Werk«, beteuerten sie. »Wir werden jedem die Augen auskratzen, der es noch einmal wagt, dich eine Hexe zu nennen.«

»Da ist es doch heraus!«, fuhr Frowe dazwischen. »Natürlich wäre ich eine Hexe, wenn ich euren Wunsch erfüllen könnte.«

Heftig widersprachen sie. Mit ihren Ahnen würden viele von ihnen sprechen, sie um Rat fragen, um ihre Hilfe bitten. Daran hätte nicht mal die heilige Inquisition etwas auszusetzen. »Frowe«, flehte Anna, »wir haben jetzt keine Zeit mehr für Dispute. Sie fangen an, unser Dorf zu vernichten. Wenn du es retten kannst, tu es!«

Agnes zerrte die widerstrebende Marketenderin hinter sich her. »Wir müssen uns beeilen«, drängte sie. »Sonst krepiert auch dein Tönges.«

»Was hast du da in deinem Säckel?«, fragte Frowe und verlangsamte ihren Schritt.

Giftig zischte Agnes, dass sie das wohl schon wüsste. Damit packte sie Frowe am Unterarm und zog sie weiter. Bis zu der

Quelle, an der Helena die Begegnung hatte. »Schnell jetzt! Beim Schutzkreis ziehen helfe ich dir noch. Dann beuge ich mich deiner Beobachtung, dass mich die Geister nicht sehen wollen.«

»Das hast du also alles ernst genommen?«, flüsterte Frowe. Innerlich zerrissen, wusste sie mittlerweile überhaupt nicht mehr weiter.

»Todernst«, versicherte die Mühlenfrau und zog schon mit dem Athame einen halben Kreis, füllte Kelch und Räucherschale. Dann ging sie, streifte beim Abschied wie zufällig Frowes Handrücken.

»Die Salbe!«, durchzuckte es die Schmiedin.

»Vergiss nicht, den Kreis zu schließen!«, rief Agnes im Fortgehen.

Glimmender Weihrauch stieg Frowe in die Nase, auch die Kerzen im Pentagramm brannten bereits. Sie schloss den Kreis, bat die Wächter der Himmelsrichtungen um ihren Beistand, kniete aber nicht demütig, sondern blieb aufrecht stehen.

»Gesche?«, flüsterte sie. »Ist das wirklich dein Name?«

Ein Wespenstich ließ sie nach ihrem Handrücken schlagen. Doch da war kein Insekt, obwohl ihr der Schmerz bis ins Hirn fuhr.

»Also ein anderer Name.«

Sie lauschte, hörte aber nichts. Stumm schauten die blattlosen Wipfel auf sie hinab. Der erste Tag des Wintermonats war angebrochen. Schütteres Licht fiel vom Himmel, kündete baldigen Schnee an.

Leise plätscherte die Quelle. Drei Töne hörte Frowe heraus, summte sie langsam mit. »U-lu-la, u-lu-la, ulula.

Ursula?!«, schreckte sie plötzlich auf.

»Ursula«, rief sie den Quellbach hinunter, »wer immer du auch bist, wenn du es gut mit uns meinst, dann brauchen wir dich jetzt. Blut fließt, gleich brennt das Dorf. Dann bleibt nichts mehr von uns.«

»Hilf!«

Der Stich hörte auf zu schmerzen. Ein Kribbeln durchrieselte sie, stieg im Arm immer höher. Ganz und gar gab sie sich diesem sonderbaren Gefühl hin. In sich hörte sie ein Brummen, erst aus weiter Ferne, dann immer näher kommend. Wie von einer Hummel, dachte sie.

Unsinn, schalt sie sich selbst. Wir haben bald Winter. Doch das Brummen umkreiste sie. Zugleich fuhren ihr winzige kleine Greifarme in das Haar, prickelten in der Kopfhaut, die sich wonniglich unter den zarten Reizen zusammenzog. »Hummelchen«, flüsterte sie ihr Kosewort, sah ihre Eltern vor sich und dann eine weißhaarige Greisin.

Das Brummen jedoch schwoll an, ging über in schrilles, unerträgliches Kreischen wie bei der Anrufung mit Agnes. »Nein«, wehrte sich Frowe. »Ich bin allein, niemanden habe ich mitgebracht.«

Ein heftiger Stoß warf sie zu Boden. Mit dem Kopf schlug sie gegen einen der verlegten Steine und verlor die Besinnung.

*

Kaltes Wasser weckte sie. Agnes schüttete es ihr aus ihren zusammengelegten Händen ins Gesicht. Am Boden war bereits alles nass. Sie musste es wohl schon längere Zeit versucht haben und traf auch nicht immer. »Endlich«, zeigte sich Agnes erleichtert. »Solange du den Kreis nicht öffnest, wage ich mich da nicht rein. Bring erst die Zeremonie zu Ende!«

Aufgeregt trippelte sie auf und ab. Ihr war anzusehen, dass sie es kaum noch aushielt. »Hast du sie erreicht?«, fiel sie auch sogleich über Frowe her, als sie den Kreis verließ.

Noch benommen vom Schlag gegen den Kopf, konnte sich Frowe zuerst an gar nichts erinnern. Ungeduldig drang Agnes in sie. Nach und nach sammelte sich die Schmiedin. »Wenn da überhaupt etwas war, dann hast du es mit deiner schrecklichen Neugier verdorben«, warf sie ihr schließlich vor. »Sie hat dich bemerkt. Wie beim letzten Mal endete alles in diesem fürchterlichen Schreikonzert. Dann schleuderte mich ein Blitz zur Seite, und mir wurde schwarz vor Augen.«

»Das war kein Blitz«, sagte Agnes trocken.

»Du hast also zugesehen! Das Dorf ist weniger wichtig für dich, ich fasse es nicht.« Entrüstet wandte sich Frowe ab.

»Jetzt wirst du ungerecht.« Den Tränen nah, berichtete die Sägemüllerin von einem Mann, der im Eilschritt durch das Holz brach. Er muss durch deinen Kreis gelaufen sein und hat dich wahrscheinlich umgestoßen. Erst da habe ich nach dir geschaut und sah dich ohnmächtig am Boden liegen.«

»Oh Gott«, stöhnte Frowe. »Dann muss er das Pentagramm gesehen haben und weiß also Bescheid.«

»Nicht nur das.« Betreten senkte Agnes die Augen. »Er nahm auch einen Beweis mit. Der Hexendolch ist fort.«

Zutiefst erschrocken suchte Frowe den Boden ab. »Zeigt er mich an und legt den Athame vor, bin ich verloren. – Hast du den Mann erkannt?«

»Er war weit weg«, heulte Agnes los. »Aber seinen Gang kenne ich. Ich bin mir sicher, es ist Franz.«

Nun drängte Frowe zur Eile. »Wir müssen zurück. Vielleicht finden wir ihn ja noch und können ihm den Dolch wieder abschwatzen. Ohne den kann er erzählen, was er will, wenn Anna und die anderen wirklich zu ihrem Eid stehen.« Sie liefen, so schnell sie konnten.

Atemlos erwarteten sie die Frauen im Waldversteck. Ihre Fragen überschlugen sich. Bedrückt schaute Frowe in die Runde. Mit zitternder Stimme berichtete sie, von einem Mann angegriffen worden zu sein, der sie hinterrücks zu Boden warf.

»Den hat die Gesche geschickt«, vermuteten die Frauen sofort. Doch Agnes widersprach. »Ich glaube, es war mein Mann.«

»Der ist schon lange nicht mehr richtig im Kopf«, brauste Bertha auf. »Allein wenn ich dran denke, wie er mit seiner Familie umgeht. Was mischt der sich hier ein?«

»Wie die ganze Schmiede hasst er auch mich«, flüsterte Frowe. »Er wird mich anzeigen wegen Hexerei. Er hat das Pentagramm gesehen, von dem aus ich den Geist rief.«

Für einen Moment waren die Zuhörerinnen sprachlos. »Ein Pentagramm, ein Hexensymbol?«, wisperten sie. »Hast du das gezeichnet?« Stumm nickte Frowe.

»Stimmt nicht«, stellte sich Agnes vor Frowe. »Das war ich.«

»Egal jetzt«, übernahm Anna das Wort. »Wir haben geschworen, dich zu beschützen. Ich werde mit meinem Mann reden, Zeugnis für dich abzulegen, dass du eine gute Christin und jeden Sonntag in der Kirche bist. Aber ich würde dir raten, schnellstens in den heiligen Stand der Ehe zu treten. Sag aber nun endlich, hast du was bewirken können?«

Die Frauen klebten förmlich an Frowes Mund, hielten die Luft an. »Da bin ich mir nicht sicher«, überlegte Frowe. »Ich glaube fast, dass da etwas war, als ich nach ihr mit einem anderen Namen rief. Steht Gesche denn im Kirchenbuch?«

Hier wusste Anna genau, dass nur der Name der Familie geschrieben stand, ihr Vorname aber nicht.

Frowe fasste sich ein Herz und beschloss, auch den Verlust des Hexendolches mitzuteilen. Wenn schon, dann sollten die Mitwisserinnen alle Einzelheiten kennen. Doch dazu kam sie nicht mehr. Durch die Fluchtburg gellte der Ruf: »Die Schweden! Die Schweden kommen!«

Benommen drückten sich die Frauen zusammen, wie eine Herde, wenn es donnert. In einer der Laubhütten greinte ein Kind, und eine Mutter sang:

»Bet, Kindlein, bet,
morgen kommt der Schwed'
morgen kommt der Oxenstjern'
der wird dem Kindlein 's Beten lehr'n
bet, Kindlein, bet.«

Für einen Moment schloss Anna die Augen. Dann griff sie die Hände der Schmiedin. Feierlich sprach sie: »Frowe, du hast uns gerettet!«

Versteinert, völlig fassungslos schauten die anderen. »Ja, versteht ihr denn nicht?«, rief sie ihnen zu. »Das kann kein Zufall sein, noch nie sind sich Kaiserliche und Schweden bei uns begegnet. Frowe hat die Schweden herbeigerufen. Das ist das einzige Mittel, das uns noch helfen kann: den Teufel mit dem Beelzebub austreiben!«

*

Unter dem Galgengerüst glühte Holzkohle. Die Landsknechte hatten sie aus der Schmiede herbeigeschafft. »Geht euch der Arsch jetzt auf Grundeis?«, machten sie sich über ihre Opfer lustig. »Wenn eure Fußsohlen gar sind, wird es aus euch nur so heraussprudeln, was ihr mit unseren Leuten gemacht habt. Ihr werdet sogar darum betteln, es uns erzählen zu dürfen.« Vor allem aber ging es ihnen um die Kornverstecke und das verbliebene Vieh. Mit der Verlockung eines Ochsen am Spieß hielt der Oberst schließlich seine Truppe bei Laune, die geradezu versessen darauf war, mit der Tortur endlich zu beginnen.

»Lasst uns sie als Erstes zwicken«, drängte sich ein Landsknecht vor. »Meine Pistole hat schon lange kein Blut mehr gesehen.«

»Meine auch nicht«, fielen andere ein. »Zwicken wir sie!« Schon hatten sie einen Knecht vor sich zu Boden geworfen und knieten auf ihm. Sie lockerten die Pistolenschrauben und entnahmen die Feuersteine. Statt ihrer klemmten sie von jeder Hand des Knechtes den Zeigefinger ein.

»Es hat schon geknackt«, rief einer der Folterer wonniglich, als die Gelenkkapsel zerbrach. Noch biss sich der Knecht auf die Lippen. Doch als sie ihm den Finger vor die Augen hielten, um ihm zu zeigen, wie sich der Nagel löste und schließlich die blutgefüllte Kuppe zerplatzte, brüllte er seinen Schmerz heraus.

Die Gassen nahmen seine Schreie auf, reichten sie weiter durch das Dorf. Verzagt sanken die Herrmänner auf die Knie.

Nein, sanft würde er nicht sein, der Gevatter. Zuvor wollte er ihnen noch den letzten Blutstropfen auspressen und das Mark aus den Knochen löffeln.

Bleich schauten sie auf zu den Soldaten. Keine Gnade fanden sie in deren Augen. In ihnen leuchtete bereits die Lohe brennender Straßen. Nicht nur ein einzelnes Haus, sondern ein ganzes Dorf im Flammenmeer versinken zu sehen, das erfüllte sie mit unbändiger Vorfreude. Sie schlugen eine Schlacht, in der nur sie die Schlünde speien ließen. Krieg als Bühnenspiel, danach war ihnen der Sinn. Sie wollten gaffen und sich weiden am Unglück der anderen.

Mit bangen Gesichtern nahmen die Opfer voneinander Abschied. Es war vorbei. Rauch und aufstiebende Asche ist alles, was sich von ihnen in den nächsten Tag retten könnte. Jetzt zählte allein noch die Reihenfolge, in der sie das Schicksal aufrief.

Herankommen sah ihn niemand. Doch plötzlich stand er mitten unter ihnen und verschaffte sich Respekt durch einen Stoß in sein Horn. Was der Späher ausrief, steigerte die Erwartungen der Landsknechte ins Unermessliche. Freudentänze führten sie auf, quiekten wie die Schweine vor der Fütterung. In Windeseile verbreitete sich die Nachricht, dass auf sie ein Tross der Schweden zuhalte. Die schienen sich völlig sicher zu sein, hier oben in den Bergen auf keinen Gegner zu stoßen, und marschierten unbekümmert in ihr Verderben.

Somit musste kein Ochse mehr mühevoll zubereitet werden. Das Fleisch kam bereits fertig gebraten zu ihnen, zusammen mit frisch gebackenem Brot und Fässern voller Bier und Wein. Und noch etwas setzte die Männer in höchste Erregung. Sie würden die nächste Nacht Weiber haben können, soviel sie nur wollten.

Auf keinen Fall durfte ihnen dieser Tross entgehen. Darum schlossen sie die vorerst völlig nebensächlich gewordenen Bauern weg und legten sich allesamt in den Hinterhalt. »Na, die werden Augen machen«, leckten sie sich wonniglich die Mäuler.

Im Handstreich nahmen sie die Wagenkolonne. Gegenwehr gab es keine gegen die plötzliche Übermacht. Sich die Bäuche reibend, führten die Soldaten des Kaisers die Fahrzeuge ins

Dorf und ließen abspannen. Sie platzten vor Neugierde und steckten sofort ihre Köpfe überall unter die Planen auf der Suche nach Beute. Kreischend wurden die ersten Huren und nicht minder die Soldatenfrauen in die Häuser gezerrt.

Der Obrist wurde unruhig und befürchtete, seine Mannen könnten ihm zuvorkommen und die Kriegskasse finden. Überall ließ er nach dem Trossweibel ausrufen, der sofort in sein Quartier gebracht werden sollte. Als man den Hinkefuß fand, begleiteten ihn scheele Blicke. Nur zu gern hätte man ihm selbst das Geld abgenommen, bevor er alles ihrem nimmersatten Kommandeur in den Rachen kippte.

Aus dessen Zimmer quoll jedoch der Krach bis auf die Straße. Die lauschenden Soldaten bekamen mit, dass der Feldwebel das Versteck nicht preisgab oder womöglich gar kein Geld hatte. »Das werden wir gleich sehen«, tobte der Oberst. »Bringt ihn raus zum Galgen!«

An den zusammengebundenen Armen zogen sie den Gefangenen hoch. Die Glut unter ihm war jedoch schon weitgehend erloschen. »Schafft mir die Leute aus der Schmiede her«, wetterte der Offizier weiter. »Wir brauchen neue Holzkohle.« Bevor Tönges und Bodo herbeigeschleppt werden konnten, wurde aber neue Kohle gefunden und bereits zum Glühen gebracht.

Mit schmerzverzerrtem Gesicht baumelte der Trossweibel am Strick und zog die Beine an, um den Abstand zur Glut zu vergrößern. »Wirst du jetzt gesprächiger?«, lächelten süffisant seine Peiniger. Er aber flehte, ihm Quartier zu gewähren. Er hätte wirklich kein Geld.

Als Tönges und Bodo vor ihn hingeschoben wurden, hing er mit dem Gesicht gerade in die entgegengesetzte Richtung und fing fürchterlich an zu schreien. »Sprich, du Narr!«, fuhr ihn der Oberst an. »Du kannst deine Wagen ohnehin nicht zu Torstensson zurückschaffen und damit glänzen, die Kasse gerettet zu haben. Es ist vorbei. Warum lässt du dich quälen?«

»Weil ich nichts habe«, zeterte der Trossweibel.

»Dreht ihn wieder zu mir um«, verlangte der Oberst. »Ich will sein verlogenes Narbengesicht sehen, wenn ich mit ihm rede!«

Die Soldaten folgten der Weisung, drehten den Mann mit einem Säbel über dem Feuer. Die Haut platzte auf an seinen Füßen. Er schrie aus vollem Hals.

Mit einem Mal aber hielt er inne, richtete wie von Sinnen sein noch verbliebenes Auge auf die Schmiedeleute. »Du, Tönges?!«, krächzte er. »Und den kleinen Hessen hast du ebenso bei dir! Satan, steh mir bei!«

Auch die beiden erkannten jetzt den Hurenweibel wieder. »Du lieber Himmel«, riet ihm Bodo, »sag schnell, wo das Geld ist.«

»Als ginge es hier um Geld«, japste der Gefolterte und brüllte aus Leibeskräften, sodass sogar der Oberst erschrocken zusammenfuhr: »Der Fluch! Ich höre ihn, wie damals vor der Kirche! Wir werden brennen! In der Hölle und zuvor schon auf Erden!«

Eine rot glühende Fontäne stieg auf, Hose und Joppe entzündeten sich gleichzeitig. Lichterloh wie eine Fackel stand der Trossweibel in Flammen, strampelte verzweifelt mit den Beinen und reichte kreischend den Fluch weiter an seine Mörder: »Ihr sollt genauso brennen wie ich, ihr verdammten Bastarde!«

Erschrocken ließ ihn der Oberst vom Strick schneiden. Aber es dauerte zu lange, bis sich einer der Umstehenden nahe genug an den Brennenden heranwagte. »Ihr Hornochsen«, tobte der Kommandeur. »Ihr solltet ihn verhören und nicht umbringen!«

Auf der Stelle machte er kehrt und ging mit großen staksigen Schritten zu seinem Stabsquartier. Plötzlich aber hielt er inne, kam wieder zurück. »Ihr zwei da, wieso kannte euch der Trossweibel sogar mit Namen? Und von welchem Fluch redete er?«

»Fluch?«, wich Bodo aus. »Der Mann war doch schon nicht mehr bei Sinnen.«

»Soso, nicht mehr bei Sinnen«, zerpflückte der Oberst die Worte. »Da werde ich euren Rat wohl annehmen müssen und bei euch sorgfältiger vorgehen, sodass ihr länger bei Sinnen bleibt.« An seine Soldaten gewandt, forderte er, die zwei für das nächste Verhör bereitzuhalten. Er rieb sich die Hände. »Jetzt aber wird erst mal getafelt.«

»Bon appétit«, quittierte Bodo, worauf dem Obristen die Luft wegblieb ob dieser Kaltschnäuzigkeit. Er wollte etwas erwidern und mit seinem Esprit diese Bauern in den Schatten stellen. Nur fiel ihm nichts Geistreiches ein. Resigniert winkte er ab und stelzte davon.

»Nun weißt du also, was das Schicksal mit uns vorhat«, versank Tönges in die flimmernden Luftsäulen über dem Hitze speienden Holzkohlehaufen. »Gemeinsam mit diesem Hurenweibel braten wir in der ewigen Verdammnis. Tatsächlich erfüllt sich der Fluch und hat uns nun alle vereint.«

Neben ihnen qualmte die Leiche nahezu unkenntlich mit verkohltem Gesicht. Die Hitze hatte die Narbe aufplatzen lassen.

Bodo konnte nicht länger hinsehen. Er schwieg, presste die Zähne aufeinander, dass es schmerzte. Ein solches Ende hatte er wahrlich nicht erwartet. Sein Aufstieg zum Kornett ließ ihn ahnen, dass er zu Größerem berufen war. Im dichtesten Kugel- und Schrapnellhagel spannte sich vor ihn immer ein Schutz. Da sich Gizellas Prophezeiung erfüllte und mit Helena die Dritte gerettet worden ist, sah er sich im wahrsten Sinne des Wortes als seines Glückes Schmied. Das alles zerrann jetzt vor ihm. Schreckliche Angst stieg in ihm hoch. Womit hatte er diesen Tod verdient?

Mit einem Mal fühlte er sich zurückversetzt, schweißnass in sein Bett gedrückt. Auf sich die Heilige Schrift: »Wenn ihr aber den Menschen nicht vergebt, so wird euer Vater eure Übertretungen auch nicht vergeben.« – Da hatte sich ihm bereits sein Schicksal offenbart, das ihn nun endgültig einholte.

Ihre Bewacher befiel zunehmende Unruhe. Um sie herum ging das große Fressen und Saufen los, und niemand sagte ihnen, wann sie abgelöst werden sollten. In Bodo und Tönges keimte neue Hoffnung. Wortlos verständigten sie sich, sofort zu fliehen, sobald sich die geringste Möglichkeit bot.

Aber sie warteten vergebens. In ihren Ohren gellte die Stimme des Obristen. »Haben wir uns inzwischen besonnen, über meine vermissten Soldaten zu reden?«

»Da den Berg hinauf sind sie verschwunden«, blieben Tönges und Bodo bei dem, was abgesprochen war. Von einem Geständnis konnten sie ohnehin keinen gnädigeren Tod erwarten. Die Rache der Landsknechte, Hand gegen ihre Furagiere erhoben zu haben, würde noch weit grausamer ausfallen als die Folter beim Verhör.

»Dann lasst es ihnen mal wärmer unter den Füßen werden«, wies der Obrist an. »Aber schön vorsichtig, nicht dass sie sich vorschnell hinüberretten.« Hilflos beschimpften sich die Landsknechte gegenseitig, keinen Strick mehr zu haben. Angetrieben vom Obristen, entknoteten sie das Seil vom Hurenweibel und zerrten als Ersten Bodo damit hoch. Ein letztes Mal schaute er zu Tönges herüber, um sich zu verabschieden. Dann drehte er sich mit den Beinen rudernd ab. Seine von Schmerzen entstellte Grimasse sollte niemand sehen.

Emmas Gesicht erschien ihm, blickte ihn todtraurig an, und er klammerte sich an den Gedanken, bald bei ihr zu sein. Gern hätte er jetzt die zwei verbliebenen Dukaten von ihr an sich gepresst, die er noch immer um den Hals trug. Abgetastet hatte ihn niemand, suchten die Soldaten doch nach vergrabenen Geldtöpfen und rechneten überhaupt nicht damit, dass jemand Goldstücke einfach auf dem Leib trug. Gewiss würden sie nun mit ihm unter die Erde kommen. Damit wäre immerhin der Wunsch erfüllt, dass sie nicht in andere Frauenhände gelangten.

Länger vermochte er jedoch nicht, sich mit Gedanken an Emma abzulenken. Unerträglich nahm die Hitze unter ihm zu. Verzweifelt bäumte er sich auf und versuchte, von dem Feuer wegzuschaukeln. Dabei riss das angekohlte Seil, und Bodo fiel genau vor die Füße des Obristen. Dessen Wutgeheul über die neuerliche Blamage blieb ihm jedoch im Hals stecken.

»Alarm!«, gellte es vom Kirchturm.

»Zu den Waffen!«, befahl der Kommandeur und rannte los, um sich selbst vom Ausguck ein Bild zu machen. Wachsbleich wankte er wieder herunter und flüsterte von einem Danaergeschenk, das ihm mit dem Tross in die Hände gefallen sei.

Schlagartig leerte sich das Dorf von Soldaten. Lediglich eine kleine Bewachung für die gefangenen Trossknechte blieb zurück, während die Herrmänner allesamt in die Kirche gesperrt wurden.

Sehr nahe mussten die Schweden schon gewesen sein. Keine halbe Stunde verging, bis der Lärm des Gefechtes anschwoll.

Erstmals schlug auf die Bauern das Krachen von Kanonensalven ein. Das war etwas anderes als ihr Geplänkel mit den Waldfischern. Verstört schauten sie zu Bodo und verstanden ihn nun mit der letzten Faser, sich zwar gegen Wegelagerer wehren zu können, niemals aber gegen das Militär.

Zum zweiten Mal an diesem Tag fluteten die Kaiserlichen ins Dorf. Diesmal schmiegten sie sich an die Häuser, die sie noch am Morgen verwüstet hatten, nutzten jede Deckung, die sie ihnen boten. Dennoch hielten sie der Übermacht nicht stand. In die peitschenden Schüsse mischten sich die Schreie der Verwundeten und verzweifelte Befehle, die Schweden ums Verrecken nicht ins Dorf zu lassen.

»Sie werden sie doch hoffentlich aufhalten können«, barmte einer der Knechte in der Kirche und zuckte bei jedem Schusswechsel zusammen. »Bodo, was wird mit uns, wenn wir den Schweden in die Hände fallen?«

»Das kann ich euch nicht sagen«, betupfte er seine brennenden Füße. »Aber auf keinen Fall überleben wir, sollten sie unterliegen.«

Die Stille kam plötzlich. Der Pfau in der teuren Spitze ergriff erleichtert das Angebot, die Waffen zu strecken. Eine ehrenvolle Kapitulation behagte den Schweden in der Gewissheit ihrer zahlenmäßigen Stärke überhaupt nicht, doch im Häuserkampf wären ihre Verluste ebenso hoch geworden wie beim Feind.

Gereizt musterten die eintreffenden Sieger die Reste des Festmahls. Übergriffe blieben nicht aus. Wütend wegen der Ausplünderung ihres Trosses, erschlugen sie Gefangene. Die Offiziere riefen nach dem Trossweibel, um Meldung zu bekommen über die Verluste und den Verbleib ihrer Kriegskasse.

Man führte sie zum Folterplatz. Vor dem Leichnam salutierten sie.

In gebrochenem Deutsch forderte ein Rittmeister von den herbeigeschleiften Folterknechten, Rechenschaft abzulegen. Jene behaupteten natürlich, nichts von alldem zu wissen. Bodo konnte sich inzwischen verständigen und wurde hinzugezogen. Er sah keinen Grund, seine Peiniger zu schonen, und setzte seiner Fantasie keine Grenzen, den Heldenmut des um die Kriegskasse kämpfenden Trossweibels zu schildern und die Qualen, die man ihm deswegen zufügte.

Finster hörten die Schweden zu. Kurz berieten sie und ließen den Obristen kommen. Sie wiesen auf den toten Feldwebel und fragten, ob das sein Werk sei. Er tat höchst erstaunt, entschuldigte sich, seine Augen doch nicht auf alles haben zu können, was seine Truppen taten, und schwor bei seiner Ehre, die Folterung unterbunden zu haben, wenn er denn davon erfahren hätte.

»Du Lügner!«, fuhr ihn Tönges an.

Knallrot angelaufen, verlangte der Oberst daraufhin von den Schweden, den Bauern zu erschlagen, der es wagte, am Wort eines Adligen zu zweifeln. Da niemand Anstalten dazu machte, zog er blitzschnell selbst seinen Degen und stieß ihn in die Brust des lästigen Zeugen. Unschlüssig ließen ihn die Schweden gewähren.

Fassungslos forderte Bodo ein Offiziersgericht. Laut lachend wandten sich die Schweden ab. Doch Bodo beharrte darauf, sein Patent als Kornett vorweisen zu dürfen.

Sie erlaubten es. Mit dem Patent und seiner Abschiedsurkunde hinkte er auf den brennenden Fußsohlen zurück.

Achtungsvoll wurde er als einstiger Verbündeter begrüßt,

doch wollte man nun wissen, was er verbrochen habe, da ihm ja offensichtlich die Hinrichtung bevorstand.

Natürlich konnte er mit der Wahrheit nicht herausrücken. Obwohl es Soldaten des Gegners waren, die er getötet hatte, würden es die Schweden ebenso wenig für gut befinden, dass sich Zivilisten bewaffnen. Also erklärte er, diesen Trossweibel aus seiner Dienstzeit gut gekannt und ihm beigestanden zu haben, da er gefoltert werden sollte.

Beeindruckt lobten die Schweden seinen Mut. Den Obristen ließen sie entwaffnen und abführen. »Na warte, Bube«, raunte er Bodo ins Ohr. »Wir sehen uns noch. Dann wirst du dir wünschen, es wäre heute schon mit dir zu Ende gegangen. Mein Ehrenwort darauf.«

Nur mit halbem Ohr hörte es Bodo, der auf die Offiziere einredete, Tönges schnellstens zu einem Wundarzt zu schaffen. Als man ihn wegtrug, winkte er Bodo kurz zu. »Alles halb so schlimm«, flüsterte er, die Schmerzen verbergend.

Da von den Gefangenen nichts zu holen war, forderten die neuen Sieger Ersatz vom Dorf für ihren geplünderten Tross. Dem Schulzen schickten sie eine Auflistung. Den Einwand, dass dies die Kaiserlichen zuvor schon alles weggeschleppt hätten, ließen sie nicht gelten. Aufbrausend drohten sie gleichfalls, die Häuser anzuzünden.

Auch das Grab für den Trossweibel sollten die Herrmänner eiligst ausheben. Bodo wurde damit beauftragt, da er dem Toten ja so verbunden sei. Als der notdürftig gezimmerte Sarg in die Grube gesenkt wurde, legte sich eine Hand auf Bodos Schulter.

»Würfelbecher!«, fuhr er herum und wusste nicht, ob ihn die Begegnung freute oder verdross.

»Würfelbecher«, verzog der Angesprochene säuerlich das Gesicht. »Waren wir nicht bei Jeremias?«

»Gewiss«, umfasste Bodo dessen Oberarm. »Wieso bist du nicht mehr bei unserer alten Schwadron?«

»Immer gleich aufs Schlimme«, grunzte Jeremias. »So is' er, der Kumpel Bodo. – Was soll ich sagen? Ich hab es einfach nicht mehr ausgehalten, als die nächste Beförderungswelle wieder an mir vorbeiging. Da bin ich weg. – Und wie geht es dir?«, wechselte er umgehend das Thema. »Lebt dein Goldköpfchen, und ist sie noch immer so durch den Wind?«

Da Bodo tief Luft holte, ließ er ihn erst gar nicht zu Wort kommen. »Jaja«, wehrte Jeremias ab. »Ist ja alles meine Schuld. Ich weiß.«

»Sie ist wieder bei vollem Verstand«, strahlte Bodo. »Aber hier im Dorf wirst du sie jetzt nicht finden.«

»Dann ist ja alles bei dir im Lot«, zeigte sich Würfelbecher ehrlich erleichtert. »Willst du nicht wieder bei uns aufsitzen?«

Entschlossen schüttelte Bodo den Kopf. »Für mein Leben habe ich genug Blut gesehen. Aber sag mal, hast du eigentlich mitbekommen, was mit ihm passiert ist?«, wies er hinter sich in das Grab. »Unser alter Trossweibel wurde gefoltert und verbrannte bei lebendigem Leib. Genau wie im Fluch vorhergesagt«, flüsterte er erschauernd.

»Bleib mir vom Hals mit diesen Geschichten«, wehrte Jeremias ab. »Nur wer daran glaubt, dem passiert so was auch. Wie ich sah, lebt ja der Schmied auch noch, der angeblich in seiner Esse verbrannte.« Er winkte ab. »Willst du deinen Gast nicht langsam zu einem Branntwein einladen, um unseren guten alten Hurenweibel letztmals hochleben zu lassen?«

Traurig maß Bodo seinen früheren hassgeliebten Kumpan. »Was glaubst du, was nach den Plünderungen noch da ist?

Mensch, hier ist alles leer gefressen, und obendrein wollten die mich eben genauso über dem Feuer rösten! Es ging nur noch um das nackte Leben!«

Entgeistert klappte Jeremias den Mund auf. »Die Säue wollten dich sengen, warum?«

»Ein paar Mann ihrer Vorhut sind ihnen abhandengekommen, und sie meinten, ich wüsste, wo sie sind«, blieb Bodo bei der Wahrheit. »Der gefangene Obrist übrigens versicherte mir, nachdem er bereits den Schmied niederstach, die ›Unterhaltung‹ darüber noch fortzuführen.«

»Der hat den Schmied niedergestochen!?«, fasste sich Würfelbecher an den Kopf. »Nun, auf jeden Fall muss der Schmied weiterleben, der in der Reihenfolge des Fluchs wohl noch vor mir stehen dürfte.«

»Du glaubst also doch dran!«, platzte es aus Bodo heraus.

Nur kurz schaute Jeremias auf. »Man weiß ja nie«, presste er durch die Zähne, ergriff Bodo am Arm und hielt auf das Quartier des kaiserlichen Offiziers zu.

»Wisst ihr überhaupt, was für einen Unhold ihr hier habt?«, begann Jeremias, die Wachen aufzuhetzen. »Der hat unseren Trossweibel gefoltert, um unseren Sold zu stehlen.«

»Halt«, stellte sich ein Gefreiter in den Weg. »Ich habe Befehl, über sein Leben zu wachen, ganz gleich, was er getan hat.«

»Jüngelchen«, schob ihn Würfelbecher zur Seite. »Wie musst du handeln, wenn er zu fliehen versucht?«

»Das muss ich verhindern«, überlegte der Wachmann und setzte hinzu: »Mit allen Mitteln.«

»Siehst du wohl«, feixte Jeremias.

»Wie sollte er fliehen, er ist doch eingesperrt?«, widersetzte sich der Gefreite weiterhin, obwohl er sah, dass auch seine Kameraden längst auf der Seite des anderen standen.

»Mann, bist du schwer von Begriff«, wettere Jeremias. »Mit einem Zweitschlüssel.« Von einer anderen Tür zog er einen Schlüssel ab und gab ihn dem Gefreiten. »Jetzt rück deinen raus! Kein Mensch wird auf die Idee kommen zu probieren, ob der Schlüssel, den du dann noch vorweisen kannst, auch wirklich passt.«

»Hallo«, rief Würfelbecher sehr aufgeräumt, als er zusammen mit Bodo das Zimmer des Obristen betrat. Der deutete die Situation völlig falsch und strahlte über das ganze Gesicht, da man ihm nun auch den anderen Zeugen auslieferte. »Hier drin nicht«, wies er Jeremias an, den Kerl draußen vor seinem Fenster abzustechen.

Erst als er sah, dass Jeremias seinen Säbel an Bodo aushändigte, begriff er und schrie aus Leibeskräften um Hilfe. Mit einem Tritt in den Allerwertesten beförderte ihn Jeremias zur Tür hinaus, wo die aufgeputschte Wache schon auf ihn wartete. Eiskalt lächelnd hießen sie ihn, zu ihrem Stab zu gehen, um sich beschweren zu können.

Triumphierend drehte er sich zu Bodo um und glaubte sich gerettet. Da richteten sich jedoch schon mehrere Pistolen auf ihn. Noch einmal rief er um Hilfe, bevor die Schüsse krachten.

»Vor dem hast du jetzt Ruhe«, quittierte Jeremias seinen Freundschaftsdienst. »Lass gleich ein zweites Grab ausheben. Doch würde ich dir raten, tunlichst geheim zu halten, wer da liegt. Sonst stellt dessen Sippe hier gefährliche Nachforschungen an.«

»Seine Einheit bekommt doch mit, wo wir ihn beerdigen«, hielt Bodo entgegen.

»Die haben wir schon weggeführt«, versicherte Jeremias. »Was ihrem Kommandeur widerfuhr, werden sie nie erfahren.«

Ein kläglicher Trompetenstoß quälte sich durch das Dorf.

»Was war das?«, horchte Bodo auf.

»Unser Signal zum Aufbruch«, stöhnte Jeremias. »Unsere Trompeter könnten ebenso gut zu den Köchen wechseln, oder umgekehrt. Es schmeckt und klingt alles gleich.«

»So richtig vor Begeisterung quillst du aber auch nicht mehr über«, spottete Bodo. »Willst du nicht lieber bei uns siedeln und ein Stück Land bebauen, anstatt ewig nur als Landplage plündern zu gehen?«

»Arbeiten?«, schwang sich Bodo auf sein Pferd. »Da sei Gott vor. Den ganzen Tag über die Äcker kreuchen für ein paar Handvoll Graupen und einen Schluck Ziegenmilch und zusehen müssen, wie mir die vollgefressenen Mönche und die Herren von Stande gleich das meiste wieder abnehmen – dazu habe ich im Leben keine Lust mehr. Grüß dein Goldköpfchen von mir! Man sieht sich.« Seinen Hut schwenkend, lief er davon.

Die verbliebene Nachhut trieb zur Eile. Aus ihren Verstecken schleppten die Herrmänner Getreide herbei, um das schwedische Ultimatum zu erfüllen. Dennoch schwirrten die Landsknechte wie Wespen durch die Gegend, in der Hoffnung, Verstecke voller Gänse- oder Hammelbraten zu entdecken. Vor allem die Burgruine hatte es ihnen angetan. Sie waren sich sicher, dass unter den alten Wirtschaftsgebäuden verborgene Kellergewölbe existierten. Überall klopften sie herum auf der Suche nach Hohlräumen.

Mit den Händen auf die Hüften gestützt, sah ihnen Agnes amüsiert zu. »Da könnt ihr lange suchen. Hier findet ihr höchstens noch das Burggespenst.«

»Eben«, meinten die Suchenden. »Und die Hexe aus eurer Schmiede.«

So schnell sie ihre Füße tragen konnten, eilte Agnes zum

Dorf, um Frowe zu warnen, die gerade mit allen anderen aus den Waldverstecken wieder zurückgekehrt war. Unterwegs hörte sie schon die Gerüchteküche brodeln. »Ja, denkt doch«, schnappte sie auf, »wir haben eine Hexe im Dorf. Der Schneidemüller brachte den eindeutigen Beweis. Noch fiel kein Name. Die Schweden stellen aber bereits alles auf den Kopf, um sie zu ergreifen.«

Als sie an der Pfarre vorbeilief, winkte sie Anna zu sich herein. Bei ihr standen aufgelöst mehrere Frauen, denen jetzt die Tragweite ihres Schwurs bewusst wurde. Folter und Scheiterhaufen drohten schließlich jeder, die im Bann einer Hexe stand und für deren Unschuld bürgte. Durcheinanderschreiend, verlangten sie von Anna die Entbindung von dem Eid. Keine Ahnung hätten sie gehabt von dem Hexenwerk und einzig der Anrufung einer Ahnin zugestimmt.

Beschämt schüttelte Anna den Kopf. »Zählt es denn gar nicht, dass Frowe uns alle vor dem sicheren Untergang bewahrte? Lasst ihr sie schon fallen, bevor auch nur eine Anklage erhoben wurde? Ich kann euch nicht freisprechen von eurem Gelübde«, zürnte sie und schickte sie heim.

Doch nicht alle verzagten sofort. Ein Grüppchen blieb bei Anna. »Können wir wirklich standhalten?«, versicherte sich die Pfarrersfrau dieser Verschwörung. Noch behielt sie tunlichst für sich, dass sie Frowe in der Kirche versteckte.

»Wir wären alle tot ohne Frowes Künste«, blieb die Schmiedenachbarin Bertha felsenfest. »Eine Hexe hätte uns niemals gerettet, sondern ihren Spaß gehabt an unserem Untergang.«

»Wenn wir das als Gegenbeweis anführen«, schaute Anna in die Runde, »sind wir aber schon verloren. Allein das Wort ›Künste‹ aus unserem Mund würde ausreichen.«

Auf der Gasse gab es Tumult. Jemand rief etwas laut und

brachte damit die Leute auf. Erneut wurde gerufen, und diesmal verstanden es alle: »Endlich geht es der Schmiede-Hexe an den Kragen. Holt sie euch, bevor sie fliehen kann!«

Selbst Anna schwand jetzt der Mut. Sie konnte sich die Hexenjagd ausmalen, die bald ausbrechen würde. Mit Garstigkeit und Steinen würde man sie alle bewerfen. Bevor das Gericht seine erste Frage stellte, wären sie bereits vorverurteilt, Frowe genauso wie ihre Gefährtinnen.

Neues Gekreisch schwoll in der Gasse an. »›Holt sie euch‹ – wer hat dies soeben verlangt?«, überschlug sich eine Frauenstimme. Die Frauen schauten durch die Fensterchen der Pastorenstube. »Das da draußen ist Catharina«, erkannte Bertha sie als Erste. »Macht doch mal die Luke auf, damit wir sie besser verstehen.«

»Wer hat ›holt sie euch‹ gerufen?«, hörten sie Catharina ein zweites Mal. »Das ist derjenige, der uns damals an die Räuber verriet. Ich erkenne die Stimme wieder. Wer war das?«, fuchtelte sie wild mit den Armen.

Schließlich zeigte jemand auf Melchior. »Der war's.«

Schon kochte das Menschenknäuel, das ihn umstand: »Du giftige Kröte hast unsere Mädels an die Wegelagerer verkauft. Wie viel Silberlinge hast du dafür bekommen, Judas?!« Immer spitzer hieben die Vorwürfe auf ihn ein. Als ihm Catharina schallend eine Ohrfeige verpasste, begann sich die Wut aller zu entladen.

»Haltet ein!«, sprang Anna dazwischen. »Womöglich irrt Catharina ja auch. Wir können ihn nicht schon verdammen, bevor wir ihn angehört haben.«

»Dann sperrt ihn in den Dorfkrug, bis alle zusammen sind. Vor allem diejenigen, die damals vom Wagen fliehen konnten«, verlangte die Magd. »Ich bin mir sicher, nicht die Einzige zu sein, die den Verräter wiedererkennt.«

Nach und nach strömte das Dorf zusammen. Fast war die Hexe vergessen. Durch die Luft schwirrte der Name Melchior Hahn. Rachegelüste kochten hoch. Jene, die ihre Frauen, Töchter, Schwestern in den Händen von Zuhältern vermuteten, weiterverkauft an Matrosen, Soldaten, Farmer, Strolche und Säufer, forderten den Tod. »Aufhängen«, gellte es durch die Kneipe. »Nichts da«, widersprachen die Frauen. »Was würde uns passieren, wenn wir uns eines Vergewaltigungsbalges entledigen. Eingenäht in einen Sack, versenkt man uns dann im Teich. Ertränkt die Ratte!«, verlangten sie.

Vergeblich versuchte der Schöffe Max Kehner, die Aufgebrachten zu beschwichtigen. »Solch ein Gericht dürfen wir nicht halten, schon gar nicht das Urteil vollstrecken. Dann machen wir uns selbst schuldig«, barmte er.

Heftig wurde ihm widersprochen: »Wenn wir den Verräter an so einen Perücken-Heini ausliefern, was wird dann? Was droht denn wegen des Verkaufs von ein paar Hintersättlerinnen und Mägden? Ein Tag am Pranger oder gar zwei?«

»Überleg doch mal«, forderte Bernhard Bärlauch den Schöffen auf, »was wir mit demjenigen machen, der zum Beispiel ein Kornversteck preisgibt. Bringen wir den vielleicht vor Gericht?«

»Das fehlte noch«, wurde ihm beigepflichtet. »Den pflügen wir unter, lebendig.«

Damit war das Stichwort gefallen. »Eingraben!«, riefen alle durcheinander. »Los. Lasst uns abstimmen!«

Mit äußerster Kraftanstrengung gebot Caspar Ruhe. Als auch die Letzten ihre Streitereien einstellten, forderte er ein klares Vorgehen. »Wollt ihr nicht wissen, wer womöglich noch mit dem Hahn unter einer Decke steckt?« Folglich schlug er sich selbst und einen seiner Schöffen als Gericht vor. Zerknirscht registrierte Max, übergangen worden zu sein.

Natürlich spekulierte Caspar auf die wachsende Autorität, falls er die Entführung komplett aufklären konnte. Während er bereits über sein Vorgehen nachsann, gab die Versammlung murrend durch Handzeichen ihr Einverständnis.

»Dann führt den Delinquenten vor«, gebot er Achtung erheischend, bemerkte aber bereits den ersten Fehler, da niemand seine Weisung befolgte. Sich räuspernd, bestimmte er eiligst einen Gerichtsdiener aus dem Kreis der Knechte, der sogleich beflissen in den Nachbarraum lief. Doch kehrte er allein zurück.

»Zu spät«, kostete er seine kurze Rolle zumindest noch aus. »Er hat sich selbst gerichtet. Da baumelt er«, wies er mit dem Daumen hinter sich.

Vor der Tür entstand Gedränge und Geschubse. Knuffend begehrte jeder einen Blick auf den Erhängten. Lediglich Helena ließ man gewähren, die lange zu ihm aufschaute, seine heraushängende Zunge maß, die so viel Unheil über sie gebracht hatte. Ihre Gedanken waren jedoch schon ganz woanders: Sie wusste weder, ob ihr Vater lebte, noch, wohin ihn die Schweden geschleppt hatten. Ebenso wenig sah sie einen Ausweg für Frowe.

Erneut konspirierten die Frauen in der Nacht bei Anna, diesmal mit Frowe in ihrer Mitte. »Bevor ihr nach dem Beweis fragt, über den bereits alle spekulieren«, ergriff Agnes das Wort, »es ist ein Athame.«

»Ein was?« Sie schaute in verständnislose Gesichter. Lediglich Anna stöhnte wissend auf.

»Man nennt ihn auch Hexendolch«, erklärte Agnes und

senkte den Kopf. »Aber ich versichere euch, dass er nicht Frowe gehört, sondern mir. Ich war es auch, die damit den Schutzkreis gezeichnet hat, aus dem Frowe die Gesche herbeirief. Franz ist durch diesen Kreis getapst in seiner unendlich großen Dummheit. Seither habe ich ihn noch nicht wiedergesehen.«

»Warum erzählst du das«, fiel Frowe mit harter Stimme ein. »Es ehrt euch, euch alle«, drehte sie sich im Kreis und sah eine jede an, »dass ihr zu mir halten wollt. Aber wenn ich euch hier zuhöre, kenne ich bereits das Urteil. Sie werden uns nicht mal die Foltergeräte zeigen müssen, um uns in Widersprüche zu verwickeln. Dann geht es nur noch darum, wer die Anführerin ist, die in die Buhlschaft mit dem Satan die anderen mit hineinzog. Ebenso werden sie wissen wollen, wo sie überall Elben heckte, die in den Körpern der Christen selbst nach dem Tod der Oberhexe ihr Unwesen treiben.«

Ermattet ließ sich Frowe auf einen Schemel fallen. »Es hat keinen Sinn, dass wir alle brennen. Der einzige Ausweg ist meine Flucht. Damit bekenne ich mich schuldig, und sie werden mich jagen, aber es müssen nicht noch mehr sterben.«

Heftig schüttelte Agnes den Kopf. »Die Oberhexe bin ich. Gegen deinen Willen hab ich dich in den Kreis gezogen, ich habe das Hexen-Werkzeug aus dem Vockenröder Friedhof gegraben ... Ja, schaut mich nur entsetzt an. Das traut ihr mir wohl nicht zu. Mir, dem kriechenden Wurm unter der Schuhsohle von Franz. Hätte ich hexen können, bei Gott, ich hätte es getan und meinen Gatten in einen Krebs auf dem Bachgrund verwandelt. Nur auf mich hörten die Geister nicht. Sie hatten wohl eher ihren Spaß an meiner Pein und den täglichen Drangsalen. Dafür hörte die Gesche auf die Marketenderin, die nie jemandem etwas Böses wollte, sondern allen nur helfen.«

Schluchzend sank Helena mit ihrem Gesicht in Frowes

Schoß. Fast geistesabwesend, so als ginge sie das alles nichts mehr an, streichelte ihr die Stiefmutter über das Haar. Gefasst erhob sie sich zu ihrer vollen Größe. Fast stieß sie an die Decke, als sie entschlossen ihr rotes Haar zurückwarf. »Erfüllt mir die Bitte, auf das Grab des erschossenen Obristen meinen Namen zu setzen. Vielleicht sucht dann keiner mehr nach mir. Und sagt Tönges, von dem ich nur hoffen kann, dass er bald wieder hier ist, dass ich nicht vor der Ehe mit ihm geflohen bin, sondern ihn lieben werde bis zum ...« Weiter kam sie nicht. Mit tränenerstickter Stimme nahm sie eiligst Abschied und wollte zur Tür hinaus.

»Kommt nicht infrage«, protestierten die Frauen und verstellten ihr den Weg. »Du rennst hier nicht Hals über Kopf weg, sondern bleibst vorerst in der Kirche. Niemand sucht dort nach einer Hexe.«

Als sich Helena am nächsten Morgen mit einem Bündel der wichtigsten Sachen für Frowe zum Pfarrhaus schleichen wollte, stürzte ihr Anna freudig winkend entgegen. »Die Schweden sind fort. Eben ritten die Letzten zum Dorf hinaus. Sie hatten es auf einmal so eilig, dass sie nicht mal das ganze geforderte Getreide wegschleppten.«

»Dann kann Frowe ja jetzt heim«, rief Lene aufatmend.

»Wartet noch«, hielt es Anna für klüger, »wie die Stimmung im Dorf ist und was sich von den Vorwürfen überhaupt aufrechterhalten lässt.«

Schon der nächste Tag brachte Gewissheit. Aufgespießt fand man Franz in einer Fallgrube eines der anderen Waldverstecke. Flüsternd sah Agnes vom Grubenrand hinab, nachdem sie sich die Binde von den Augen abgewickelt hatte, mit der man sie hingeführt hatte.

Mit bebenden Lippen rechnete sie ab mit ihrem Mann und

zählte ihm die Jahre vor, die sich an seiner Seite in ihren Rücken und in ihr Herz gekerbt hatten. Schließlich seufzte sie erleichtert, wenngleich sie nicht wusste, wie sie nun allein mit den zwei Jungs durchkommen sollte. Davids Nähe beruhigte sie jedoch und die von Frowe, die sofort aller Sorgen ledig wäre, würde sie jetzt auch den Dolch finden. Gründlich suchte sie auf allen vieren das ganze Umfeld ab. Der Athame aber blieb verschwunden.

Mit Tränen in den Augen fanden sich die Verschwörerinnen zusammen. Von ihnen fiel die Angst. Niemand konnte mehr vor Gericht bezeugen, Hexenwerk gesehen zu haben. Mit hocherhobenem Haupt schritten sie durch die Gassen. Kleinlaut entschuldigte man sich bei ihnen dafür, an Frowe gezweifelt zu haben.

Kaum, dass aus der Schmiede wieder Rauch aufstieg, fand sich Oswald ein. Er quoll förmlich über vor Glück, dass nun alles überstanden sei. Gequält ließen sie ihn gewähren. Keiner wollte den Bergmann gleich wieder bedrücken wegen Tönges' ungewissem Schicksal.

»Ihr wisst es wohl noch nicht?«, jubelte er und blickte strahlend in die betrübten Gesichter. »Was wärt ihr ohne meine offenen Ohren? Frisch auf! Zieht euch warm an! Wir wollen Tönges besuchen, den die Schweden drei Dörfer weiter bei einem Bader zurückließen.«

Erschöpft sank Frowe auf der Sitzbank zusammen und konnte im ersten Moment gar nicht einstimmen in die Jubelgesänge.

*

Mit großem Sicherheitsabstand zum abziehenden Militär meldete sich die gräfliche Aufsicht zurück. Auf das Huhn genau wollte das Amt in Stolberg wissen, was die Armee weggeschleppt habe. Murrend klagten die Bauern, dass ihr gnädigster Landesherr, der sie wieder einmal nicht beschützen konnte, auch nichts davon ersetzen würde. Eifrig alles notierend, nahm der ausgesandte Sekretarius akribisch die Schäden auf. Immer wieder fragte er dabei nach der Schmiede, bis er schließlich wissen wollte, was sie denn wert sei.

Keineswegs hatte Caspar Zimmermann vergessen, dass ihn dieser Herr Hayo Schäfer als Spitzel missbrauchen wollte. Das heißt, eigentlich hatte ihm das erst Tönges eingeschärft. Vorsichtig schätzte er Werkstatt, Wirtschaftsgebäude und zugehöriges Ackerland auf mindestens zweitausend Gulden, um den Schreiber aus der Reserve zu locken. Der lächelte hintersinnig, konnte sich aber dann doch nicht die Bemerkung verkneifen, dass ihr Wert bald ins Bodenlose fallen würde, sobald erst die Nordhäuser kämen.

Caspar konnte sich darauf rein gar nichts zusammenreimen. Als Frowe, die das auch nicht verstand, Anna fragte, wurde die Pfarrersfrau blass. »Der Teufel«, schnappte sie nach Luft, »verfolgt uns über seinen Tod hinaus. Nicht nur zu den Schweden ist er mit dem Athame gelaufen, sondern auch nach Stolberg. Dort aber gibt es keine Gerichtsbarkeit für Hexen. Dafür ist Nordhausen zuständig, wo seit bald hundert Jahren die Prozesse stattfinden. Die Bitte um Amtshilfe wird bereits ergangen sein«, resignierte sie. »Viel Zeit bleibt nicht mehr.«

Nicht mal die Gelegenheit, sich von allen verabschieden zu können, blieb Frowe noch. Vom Kirchturm wurden mehrere Bewaffnete gemeldet mit der Nordhäuser Standarte und einem geschlossenen Wagen. »Bring dich in Sicherheit bei den versteckten Pferden«, umarmte Lene ihre Stiefmutter. »Ich komme sofort nach, sobald ich weiß, was die wirklich wollen. Jetzt müssen wir hier schleunigst Vorbereitungen treffen.«

Johannes schoben sie in die Scheune, als er sich weigerte zu lügen. »Keinen Mucks«, forderte seine Frau von ihm. Caspar sollte statt seiner die Häscher wieder heimschicken mit der Versicherung, dass sich ihr Anliegen bereits erledigt habe.

Dem Schulzen gefiel die Aussicht über alle Maßen, dem gefährlichen Grab des kaiserlichen Offiziers einen realen anderen Namen geben zu können und damit gleich zwei seiner Sorgen ledig zu sein. Er selbst, Kantor Adam Hebestreit und Ackerbauer Bernhard Bärlauch nahmen es auf ihren Eid, dass die gesuchte Frau von einem schwedischen Landsknecht erschossen und am 2. Dezember 1641 begraben wurde. Damit zogen die Nordhäuser wieder ab.

Als die Schmiedefamilie Frowe bei den versteckten Pferden antraf, nahm sie bereits Abschied von ihrem Hengst. »Versprecht mir, lieb zu ihm zu sein und ihn keinem Raubein zu geben, der ihn vor dem Pflug auch noch schlägt.«

Lene schluckte und fand keine Worte. Entgeistert fragte Bodo: »Du willst ihn nicht mit dir nehmen und wieder vor deinen Planwagen spannen? So weit sind doch die Schweden noch nicht weg, und der Hurenweibel, der dich hasste, lebt nicht mehr.«

»Nein«, sagte sie bestimmt. »Das Trossleben ist für mich vorbei. Und allein mit Pferd und Wagen komme ich nicht weit. Als unbeachtete Bettlerin kann ich mich leichter durchschlagen.«

»Nun, betteln musst du nicht.« Volker überreichte ihr als Vertreter des Herrn im Hause einen Beutel mit fünfundsiebzig Gulden. »Wir teilen«, zitterte ihm nun doch vor Großmut die Stimme.

Unwirsch lehnte Frowe ab. »Was denkt ihr von mir. Das Geld ist für den Aufbau von Davids und Lenes Schmiede. Das ist lieb von dir gemeint, Volker. Aber steck in Gottes Namen den Beutel wieder ein.«

Lene beugte sich daraufhin vor und flüsterte ihr etwas ins Ohr. Verwirrt schaute Frowe sie an. »Woher weißt du das? Irgendwas Hexenhaftes steckt auch in dir!« Damit nahm sie den Beutel schließlich doch.

»Was soll ich unserem Vater sagen, wohin du gehst?«, schmiegte sich Lene an sie.

»Sage nichts«, entgegnete sie. »Er soll nicht auch noch leiden müssen. Das habe ich allein vergeigt.«

»Hast du nicht«, konnte Helena die Tränen nicht länger unterdrücken. »Du hast es meinetwegen getan, und um uns alle vorm Tod zu bewahren. Du bist mir«, sie verbesserte sich, »du bist uns eine gute Mutter geworden. Ich will, dass wir die neue Schmiede dort errichten, wohin es dich verschlägt. Wir folgen dir.«

»Das könnt ihr nicht«, war sich Frowe sicher.

Lange blickten sie einander an, wischten verstohlen die Tropfen von den Wangen. »Frowe, bitte«, flehte Helena. »Ich verspreche dir feierlich, dass ich nichts sagen werde, wenn er dich nicht suchen will. Aber wenn ihn nichts mehr hält und er alles stehen und liegen lässt, dann mach es ihm nicht doppelt schwer, bitte!«

Nun beugte sich Frowe zu Lenes Ohr und flüsterte. »Genug der Flennerei«, schloss sie. »Der Herr hat es wohl so gewollt.« Plötzlich stutzte sie. »Ihr habt Annelie doch nicht etwa allein zu Hause gelassen?«

Empört wies das Lene zurück. »Denkst du, ich bin eine Rabenmutter? Sie ist bei Bertha. Und von ihr, wie von allen anderen, soll ich dich herzlich drücken. Sie entschuldigen sich nochmals, dass du es anfangs so schwer bei uns hattest. Und sie wissen, wie tief sie in deiner Schuld stehen. Und wie du ihnen Mut gemacht hast, nicht länger alles zu erdulden, sondern sich zu wehren. Nicht nur gegen Soldaten und Räuber, auch gegen die eigenen Männer«, zwinkerte sie Frowe zu.

»Ach, und noch was«, beinahe hätte es Lene vergessen. »Ich hatte den Eindruck, dass auch Annelie etwas zum Abschied sagen wollte. Es klang wirklich, als wollte sie schon anfangen zu sprechen. Nur konnte ich ihr Gebrabbel nicht verstehen.«

Versteinert stand Frowe vor ihr. »U-la-la, u-la-la. Klang es so?«

Fassungslos fuhr sich Lene mit der Hand durchs Haar: »Genau so. Woher weißt du das?«

»Wann bist du jener Frau an der Quelle begegnet?«, drang Frowe in Lene. »Das wollte ich dich schon längst unbedingt fragen.«

Lene erinnerte sich sofort: »Das war der Morgen, nachdem du meinen Vater mit dir genommen hast.«

»Dann war es der Morgen, als sich Tönges in mich verliebte und er, wie er mir später sagte, in meinen schwarzen Augen ertrank. Dann war es der Morgen, an dem unsere beiden Familien zusammenschmolzen.« Benommen musste sich Frowe setzen. »Sie hat sich dir daraufhin gezeigt, und du hast sie als Hexe verflucht.«

Auch Helena sank neben sie. »Darum wollte sie mich im Moor ertränken.«

»Nein«, schüttelte Frowe energisch den Kopf. »Sie ließ mich dir das Leben retten. Niemals hättest du mich sonst an Stelle deiner Mutter akzeptiert.«

»Habe ich nicht nach Gesche geschrien im Wahnsinn? Warum sperrte sie mich in ihren Turm?«

Frowe schüttelte den Kopf. »Erneut wurdest du gerettet, sonst hättest du die Vergewaltigungen nicht überlebt. Dann gab sie dich wieder frei. Sie ist tief in dir und nun auch in Annelie. U-la-la, sprach die Quelle, als ich nach Gesches richtigem Namen fragte. Sie heißt Ursula. Merke dir diesen Namen. Falls ihr jemals ihre Hilfe braucht, wird sie euch beistehen. Immer.«

Sie erhoben sich und fielen sich nacheinander stumm um den Hals. »Wo ist eigentlich der Rabe?«, fiel David plötzlich sein Gefährte ein.

Frowes Miene verdüsterte sich. »Seit sie auf ihn geschossen haben, wurde er immer misstrauischer, auch mir gegenüber. Ich sah ihn kaum noch. Vielleicht folgt er mir, vielleicht auch nicht. Menschen und Raben sind wohl ein zu ungleiches Paar.«

Das Haar unter einem schmutzig grauen Kopftuch verborgen, weit nach vorn gebeugt mit krummem Buckel, fast wie eine Greisin, schlüpfte die Marketenderin in ihre neue Rolle. Nur einmal noch drehte sie sich kurz um und winkte, dann verschwand sie für immer.

*

Drei Tage später setzte Schneefall ein. Heulend hetzte der Sturm seine Himmelhunde durch Baumwipfel und über Dachfirste. Heulend näherten sich die Wölfe wieder den Dörfern. Mit Annelie auf den Knien saß Lene vor dem Fenster, summte ihr ein Lied vor und war doch ganz weit weg. »Wie mag es ihr jetzt ergehen?«, griff Volker ihre Gedanken auf.

»Sie hat Geld für eine warme Stube, wir müssen uns nicht

sorgen«, beruhigte sie ihn. Nur kurz fiepte Waldmann. Doch horchten sie sofort auf. Gleichzeitig sprangen sie zur Tür. »Vater!« Als er sich ans Feuer setzte, bestürmten ihn die Kinder. »Du solltest doch noch liegen bleiben und dich schonen!«

Lene legte Annelie in seine Arme und kuschelte sich ebenso an ihn. »Rückt endlich damit heraus«, forderte er. »Ich erfuhr nur seltsame Andeutungen. Was ist mit Frowe?«

Dumpf antwortete Helena: »Sie ist fort.« Er wollte aufspringen, sank mit der Enkelin auf den Armen jedoch wieder zurück. Zusätzlich legten sich Lenes und Volkers Arme um ihn. »Sie kann nie mehr zurück. Obwohl sie lebt, ist sie hier fortan eine Tote. Ihr Name steht bereits auf einem Holzkreuz.«

Aufgewühlt ließ sich Tönges die ganze Geschichte erzählen. Noch enger schmiegte sich Lene an ihn. Sie wollte ihn halten. Sie wusste, dass jetzt seine Entscheidung fiel, doch war sie sich sicher, ihn nicht halten zu können.

Er reichte Annelie zu Volker weiter, sprang nun doch auf und begann, in der Stube auf und ab zu laufen. »Ihr habt ihr doch hoffentlich genug Geld mitgegeben, sodass sie nicht draußen frieren muss«, hielt er inne.

»Wir gaben ihr die Hälfte mit. Wenn man es ihr nicht stiehlt, braucht sie den Winter nicht zu fürchten.«

»Die Hälfte?«, überlegte er. »Und das hat sie angenommen? – Dann habt ihr mir noch nicht alles erzählt. Also los«, forderte er sie auf und setzte sich wieder.

Nun hielt es Helena nicht mehr auf dem Sitz. Hektisch ging sie hin und her. »Eigentlich wollte ich es dir nicht sagen«, heulte sie. »Ja, das ist eigensinnig!«, wedelte sie hilflos mit den Händen. »Wir wollen, dass du bleibst und uns nicht allein lässt!« Lauernd schaute sie ihn an. »Aber umgekehrt würde ich dich hassen, wenn du mir so etwas verschwiegen hättest.«

Sie setzte sich auf seine Knie. »Sie ist schwanger.«

Wieder wollte er hoch, schaffte das mit Lene aber nicht. Sie wollen mich halten, fest auf die Bank drücken, am liebsten anbinden, schoss es ihm durch den Kopf.

»Woher weißt du das? Wieso hat sie es dir früher gesagt als mir.«

Lene drehte sich zu ihm herum, küsste ihn auf die Stirn und presste sich an ihn. »Sie hat mir nichts gesagt. Doch ich sah, wie versonnen sie ihren Bauch liebkoste, als sie Annelie auf den Knien schaukelte. Da wusste ich es.«

»Um Gottes willen!«, riss er sich los. »In diesem Zustand ist sie jetzt allein da draußen! Ich muss hinterher, ihr beistehen. Das versteht ihr doch?!« Fragend musterte er seine Kinder.

Stumm nickten sie, umklammerten sich nun selbst. Es kam, wie es kommen musste.

Eilig packte Tönges erneut sein Felleisen. »Ruft die anderen beiden!«, verlangte er.

Sie standen schon draußen vor der Tür. »Bodo, du kennst dich doch aus mit den Schweden. Wo könnten sie jetzt sein?«

»Sie ging nicht zu den Schweden«, durchkreuzte Helena diesen Gedanken. »Pferd und Wagen ließ sie zurück, Marketenderin will sie nie wieder werden.«

Resigniert hob er die Hände. »Wie soll ich sie dann finden, hat sie euch wirklich nichts gesagt?«

Helena verschränkte die Arme vor der Brust, schaute aus dem Fenster in die Schneewüste. »Deine Verwundung ist noch längst nicht auskuriert. Du kannst da nicht raus.«

Ungehalten wies ihr Vater sie nun zurecht. »Hättest du David und Annelie allein gelassen und hier im Stübchen seelenruhig das Frühjahr abgewartet?«

Lene stürzte auf ihren Vater zu und warf sich ihm an die Brust. Fast schwarz wirkten ihre himmelblauen Augen jetzt. »Sie will nach Basel gehen, dorthin, wo kein Krieg herrscht und man in ihr keine Hexe sieht.«

Zärtlich streichelte Tönges ihr über den Kopf. Bodo bat er, den Pfarrer und den Schulzen zu holen. »Einiges müssen wir noch schriftlich regeln, und dafür brauchen wir Zeugen«, erklärte er und griff sich als Ersten David. »Ich denke, nach dem Tod deines Vaters – nimm es mir nicht übel, wenn ich dir kein Beileid ausspreche für diesen …«, Tönges winkte ab. »Also, du wirst dich um die Mühle kümmern müssen und kannst deine Mutter mit deinen jüngeren Brüdern nicht im Stich lassen.«

»Ich werde die Mühle abreißen«, versicherte David.

»Du wirst was?«, schrien Tönges und Helena entsetzt.

»Ihr habt schon richtig gehört«, versicherte er. »Mit der Bretterschneiderei wird das einfach nichts mehr. Mein Vater glaubte, versagt zu haben, und wurde darüber immer verbitterter, gegen sich selbst und gegen uns. Dabei hätte jeder andere ebenso wenig ausrichten können. Was aber sofort wieder floriert, sobald die Straßen sicherer werden, ist der Transport von Brennholz. Die Nordhäuser Kornbrennereien lechzen danach. Über die Ilfelder Strecke werden sie kaum was bekommen, sobald dort die Kupferöfen erneut brennen und ihren gewaltigen Eigenbedarf anmelden.«

»Willst du Brennholz kutschieren?«, fragte Lene und konnte es noch immer nicht fassen.

Er schloss sie in die Arme. »Du wirst Schankwirtin«, eröffnete er ihr. »Wir holen die Mühle vom Bach und der ständigen

Hochwassergefahr weg und bauen sie weiter vorn direkt am Nordhäuser Weg oben am Hang wieder auf, an der Stelle, wo die Schwester unserer alten Linde steht. Fortan wird auf dem Hof umgespannt. Ich hab doch noch immer die Klagen der Fuhrleute aus den ruhigeren Zeiten im Ohr, dass ihre Tiere unbedingt gewechselt werden müssten nach den anstrengenden Wegen im Harz. Und was ist unverzichtbar beim Umspannen …?«

»… es wird einer eingeschenkt«, jubelten Tönges und Lene im Chor.

»Genau!«, nickte David. »Und davon werden selbst unsere Urenkel noch leben können, da bin ich mir völlig sicher. ›Gasthaus zur Sägemühle‹ soll unser Refugium künftig heißen.«

Erleichtert über diese unerwartete Aussicht, wendete sich Tönges seinem Sohn zu. »Volker, dir vermache ich die Schmiede. Wenn ihr weiter so zusammenhaltet wie bisher, kann euch nichts passieren.«

»Gern hätte ich dich noch zum Altar geführt«, liebkoste er seine Tochter. »Aber der Franz hat es nun mal von Anfang an nicht gewollt. Gott mag seiner schwarzen Seele gnädig sein.«

»Du schreibst uns aber«, blickte Helena zu ihm auf. »Wir werden uns doch besuchen?«

»Wohl eher nicht«, sprach er die bittere Wahrheit aus. »Wenn von irgendwoher durchsickert, dass die Hexe noch lebt, kennt die heilige Mutter Kirche ebenso wenig Gnade wie die Obrigkeit. Sie werden keine Ruhe geben, bis die Hexe brennt. Und Postillione sind geschwätziger als Waschweiber. Jeder Brief könnte uns verraten. Doch irgendein Zeichen werde ich euch geben, das verspreche ich.«

Nachdem Johannes und Caspar den Letzten Willen des Schmiedemeisters bezeugten, überschrieb Bodo gleichfalls sein gekauftes Land an Volker. Eigentlich wollte er es Helena vermachen, für die der Weg künftig vom Gasthaus bis zu diesem Acker aber zu weit geworden wäre. Kaum dass sich der Schulze und der Pfarrer herzlich verabschiedeten, packte auch Bodo sein Zeug zusammen. »Du wolltest mir nicht glauben, als ich dir sagte, dass die Fügung noch etwas vorhat mit uns«, rief er Tönges zu. »Die Eidgenossenschaft also ist für uns bestimmt.«

Völlig entwaffnet fragte Tönges zurück, ob er denn tatsächlich mit ihm bis nach Basel laufen wolle.

»Laufen?«, lachte Bodo. »Du mit deiner Verletzung? Und seit wann läuft denn die Kavallerie?« Als Tönges ihn noch immer verwundert anstarrte, klatschte er in die Hände. »Was glaubst du, warum sie Pferd und Wagen zurückließ, etwa damit wir ihr zu Fuß hinterdreinwatscheln und sie erst nach Wochen einholen?« Er prüfte seine Pistolen. »Natürlich nehmen wir meinen Braunen. Ihren Klepper lassen wir zum Pflügen hier. Außerdem gibt es ja bald wieder jede Menge Erz zu karren. Der Mühlenumbau kostet …«

Bodos Augen glänzten abenteuerlustig. Als Einziger weinte er nicht.

»Du wirst spätestens nächsten Sommer zurückkehren und uns alles berichten«, versicherte ihm David.

»Das meinst du nicht im Ernst«, wehrte Bodo ab.

»Und ob ich das meine.« David ließ nicht locker. »Denn ich kenne den Teil in deinem Leben, den du noch nicht kennst.«

Verunsichert lachte Bodo.

»Ich kenne Emmas Zwillingsschwester.«

Fast zu Tode erschrocken zuckte der Kornett bei diesem Namen zusammen. »Sie hat eine Zwillingsschwester, und du kennst sie!?«, dabei dehnte er jedes Wort. »Wieso sagst du mir das erst jetzt? Wo kann ich sie finden?«

»Mitten im Wald, nicht weit von deiner Rosstrappe entfernt. Ich führe dich zu ihr. Sie wartet schon lange auf einen Prinzen wie dich. Und glaube mir, du musst nicht lange um sie balzen. Wenn sie sich für dich entscheidet, tut sie das sofort. Außerdem ist sie noch hübscher als die von dir geschilderte Emma.«

Ungläubig verharrte Bodo, und David sah zufrieden, dass es bei ihm nicht nur gezündet hatte, sondern dass er lichterloh in Flammen stand. »Sie hat wirklich eine Schwester?«

»Nicht so direkt«, wich David listig aus. »Aber im Geiste – du wirst kommen und von ihr begeistert sein!«

Draußen reckte sich ein weiß gekleideter Riese bis in den grauen Schneehimmel. Konturenlos verschmolzen Gebirge und Wolkendecke. Es schien, als stürzte das Himmelreich ein, löschte alles unter sich aus. Weiß, nichts als weiß. So musste die Welt vor ihrer Erschaffung ausgesehen haben, nachdem das Licht die Dunkelheit vertrieben hatte. So begann alles neu.

Über dieses blasse, unendliche Laken hüpften flohgleich schwarze, winzige Pünktchen. Das Gebirge im Rücken, zockelte einer von ihnen gen Süden.

Die anderen verharrten lange beieinander, bewegungslos, starr …

*

Gar nicht mal am Rande, im Schatten der Kirchmauer, sondern mitten auf dem Gottesacker überdauerte ein Grabstein alle anderen. Längst war die Schrift verwittert, und auch die Ältesten im Dorf wussten nichts über den Toten darunter.

Geschichten kamen auf, dass angeblich eine Hexe hier ruhe,

die mit ihren Zauberkräften einst das Dorf vor der Vernichtung bewahrt habe und darum in geweihter Erde liegen durfte. Andere behaupteten, dass ein hoher Offizier hier heimlich bestattet wurde nach einem verbotenen Duell.

Es blieb ein ungeschriebenes Gesetz, diesen Grabstein nicht niederzulegen. Angeblich hing das Glück des Dorfes von ihm ab. Oft wunderten sich die Leute, woher die frischen Blumen kamen. Die ersten Leberblümchen, Maiglöckchen, Vergissmeinnicht, die letzten Asternblüten vor dem Frost schmückten das Grab. Manche wollten gesehen haben, dass die Schmiedefamilie dies heimlich tue, Genaueres aber wusste niemand.

Dann jedoch kam der Tag, an dem der Friedhof an den Rand des Dorfes ausweichen musste. Als man sich später des Steines erinnerte, war er verschollen. Vergeblich wurde nach ihm gesucht, der Schulze befragte die Gemeindearbeiter, die den alten Gottesacker planierten. Doch der Stein fand sich nicht mehr.

Als gegenüber der Schmiede eine Schule entstand, wurde ein Schulgarten angelegt. Und immer wieder staunten Lehrer und Schüler über die verwunschene Stelle, an der die gesäten Radieschen und gesteckten Zwiebeln nie etwas wurden.

Aber grellbunt leuchtende wilde Stiefmütterchen, deren Samen der Wind ausstreute, blühten dort immerzu.

Glossar

Agricola, Georgius (1494–1555)
Deutscher Wissenschaftler, der seinen bürgerlichen Namen Georg Pawer latinisierte; neben großen Leistungen als Universalgelehrter in der Medizin, der Geschichte und der Philosophie schrieb er nach vielen Reisen in sächsische und böhmische Bergbaureviere sein Hauptwerk über die Metallkunde: De re metallica libri XII.

Anderthalbhänder
Spätmittelalterliches Langschwert mit einer Klingenlänge bis zu einem Meter.

Banér, Johan (1596–1641)
Schwedischer Feldmarschall und Oberbefehlshaber der schwedischen Truppen im Dreißigjährigen Krieg.

Batzen
4 Kreuzer.

Bernhard Herzog von Sachsen-Weimar (1604–1639)
Einer der berühmtesten Feldherrn des Dreißigjährigen Kriegs. Seine kriegerische Laufbahn begann 1622 nach Ausbruch des böhmischen Kriegs unter Ernst II. von Mansfeld; nicht bestätigt ist der Verdacht, dass er womöglich auf Richelieus Befehl durch Gift gestorben ist.

Bethlen, Gàbor (1580–1629)
Fürst von Siebenbürgen, Anführer eines anti-habsburgischen Aufstands im Königlichen Ungarn.

Bimbaumel
Löwenzahn, regional auch Kuhblume, Pusteblume, Silbutze, Bettnässer, Pisser (wegen der harntreibenden Wirkung) genannt.

Brinkkötter
Besitzer einer Kate mit kleinem Anwesen, Viertelbauer.

Büdner
Katenbesitzer, Fünftelbauer.

Capitain
Im 17. und 18. Jahrhundert wurde die Entlehnung der französischen Bezeichnung »Capitaine« für den Hauptmann auch im deutschen Sprachraum gebräuchlich, da Französisch ohnehin die Verkehrssprache im Militär war und das französische Heerwesen hohes Ansehen genoss.

Dragoner
Ursprünglich berittene Fußsoldaten, die ihre Pferde ausschließlich für den Transport benutzten und die im Gefecht abstiegen; erst im 18. Jahrhundert Bestandteil der Kavallerie. Dragon ist wahrscheinlich die Bezeichnung für eine Handfeuerwaffe.

Dukaten
Goldmünze, 1559 zur Reichsmünze erklärt.

Ebersburg
Im 12. Jahrhundert entstandene Burganlage, deren Verfall im 16. Jahrhundert einsetzte.

Eimer

Als Flüssigkeitsmaß 60 bis 70 Liter.

Einläufiger
Dorfbewohner mit wenig oder keinem Landbesitz.

Elben
Vor allem im Harzraum vorkommender Vorwurf an Hexen, gemeinsam mit dem Teufel Spukgestalten zu zeugen, die in andere Menschen eindringen und Schadenzauber treiben.

Elle
Abstand zwischen Ellbogen und Mittelfingerspitze, misst ca. 50 bis 85 cm.

Englischer Schweiß
Geheimnisumwitterte, nie aufgeklärte Krankheit, die in mehreren Seuchenwellen von England auf das Festland herüberkam, sehr ansteckend war und meist tödlich verlief. Typisches Symptom waren starke Schweißausbrüche.

Eppich
Zusammenfassung verschiedener Pflanzenarten, darunter Sellerie, Petersilie, Liebstöckel.

Fähnlein
Unterformation eines Regiments; es bestand aus etwa 400 Soldaten und wurde von einem Offizier, zumeist Hauptmann oder Kapitän, befehligt.

Feldschlange
Kanone mit kleinem Kaliber zwischen 6 und 8 Zentimetern, aber

mit einem bis zu 3 Meter langen Lauf; diese Konstruktion ermöglichte eine große Reichweite und Treffgenauigkeit.

Ferdinand III. (1608–1657)
Aus dem Hause Habsburg; von 1637 bis zu seinem Tode römisch-deutscher Kaiser, zudem seit 1625 bzw. 1627 König von Ungarn, Kroatien und Böhmen; büßte von dem geerbten kaiserlichen Machtanspruch vieles ein, konnte dafür aber die Macht in seinen österreichischen Erblanden stärken; ebnete schließlich den Weg zum Westfälischen Frieden.

»Fils d'un paysan«
»Sohn eines Bauern«.

Fliete
Messerähnliches Werkzeug zum Aderlassen.

Französische Krankheit
Syphilis.

Friedrich V. (1596–1632)
Kurfürst von der Pfalz sowie als Friedrich I. von 1619 bis 1620 König von Böhmen. Er wollte die Kurpfalz als protestantische Macht im Reich ausbauen und nahm die Königskrone von Böhmen an, womit er sich gegen den Kaiser stellte und zur Auslösung des Dreißigjährigen Krieges beitrug. Nach der Niederlage in der Schlacht am Weißen Berg bei Prag im Jahr 1620 ging er wegen seiner kurzen Regierungszeit als »Winterkönig« in die Geschichte ein. Er verlor sowohl die Krone als auch die Kurwürde.

Garkoch

Stümperhafter, unsauberer Koch beim Tross, auch als Sudler bezeichnet.

Gebhard Truchsess von Waldburg-Trauchburg (1547–1601)
Kurfürst und Erzbischof von Köln. Er trat zum Protestantismus über, heiratete seine Herzensdame Agnes von Mansfeld-Eisleben und wollte das Erzstift säkularisieren. Damit stieß er auf den Widerstand der Mehrheit des Kölner Domkapitels. Beide Seiten, unterstützt von auswärtigen Verbündeten, kämpften gegeneinander im Kölnischen Krieg, den Gebhard schließlich verlor. Papst Gregor XIII. belegte den Abtrünnigen mit dem Kirchenbann.

Georg von Sachsen (1471–1539)
Herzog des albertinischen Sachsens und von Sagan, genannt Georg der Bärtige, war ein Gegner Martin Luthers, dessen Bibeln er in seinem Land verbieten ließ. Vereint mit Landgraf Philipp von Hessen und Herzog Heinrich von Braunschweig, schlug er das Heer der aufständischen Bauern im Mai 1525 bei Frankenhausen.

Graf Tilly, Johann T'Serclaes (1559–1632)
Oberbefehlshaber der Katholischen Liga. Neben Waldstein und Gustav Adolf gilt Tilly als der bedeutendste militärische Führer des Dreißigjährigen Krieges.

Graf von Mansfeld, Peter Ernst II. (1580–1626)
Unehelicher Sohn des königlich-spanischen Statthalters von Luxemburg, Peter Ernst I., der sich mit wenig Aussicht auf das väterliche Erbe zu einem bedeutenden Söldner- und Heerführer entwickelte.

Graf zu Pappenheim, Gottfried Heinrich (1594–1632)

General im Dreißigjährigen Krieg und Kommandeur eines der bekanntesten Reiterregimenter der Katholischen Liga; sein Geschlecht stammt aus dem mittelfränkischen Ort Pappenheim; wurde in der Schlacht bei Lützen tödlich verwundet.

Graf zu Stolberg, Botho (1467–1538)
Genannt der Glückselige, herrschte über die Grafschaften Stolberg, Wernigerode und Hohnstein.

Graf zu Stolberg, Johann Martin (1594–1669)
Stifter der jüngeren Linie des Hauses Stolberg, nachdem er mit seinem älteren Bruder Heinrich Ernst zu Stolberg am 31. Mai 1645 das väterliche Erbe geteilt hatte.

Gräfin Mansfeld-Eisleben, Agnes von (1551–1637)
Die Gräfin von Mansfeld wird auch die schöne Mansfelderin genannt. Aus Liebe zu ihr konvertierte der Kölner Erzbischof Gebhard I. von Waldburg-Trauchberg zum Calvinismus und heiratete sie; fortan waren sie auf der Flucht.

Gregorianischer Kalender
Der julianische Kalender des römischen Feldherrn und Staatsmannes Gaius Julius Caesar enthielt einen Fehler, der sich im 16. Jahrhundert bereits auf zehn Tage addierte. Papst Gregor XIII. führte darum eine neue Handhabung des Schaltjahres ein und ließ am 4. Oktober 1582 zehn Tage ausfallen und unmittelbar den 15. Oktober folgen. Die meisten katholischen Staaten und Regionen Europas übernahmen diese Anweisung, nicht aber die protestantischen. Erst im Laufe des 17. Jahrhunderts wagten einige evangelische Gebiete diesen Schritt. Über hundert Jahre rech-

neten die Deutschen mit zwei unterschiedlichen Kalendern, was zu vielen Verwirrungen führte.

Grenadier
Infanterist mit speziellen Aufgaben, anfänglich mit den Vorläufern der Handgranate ausgerüstet.

Guébriant, Jean Baptiste Budes de (1602–1643)
Marschall von Frankreich, starb an Wundbrand, nachdem ihm eine Kugel den rechten Ellbogen zertrümmert hatte und der Arm amputiert werden musste.

Harnischwaschen
Nach der Abdankung eines Regiments zählte es zum Kriegsbrauch, mit denjenigen abzurechnen, die ihre Befehlsgewalt oder ihre besondere Stellung im Heer nach Meinung der Soldaten missbraucht hatten.

Harzschützen
Zeitweise bis zu 600 Mann starke Widerstandsbewegung der Dorfbevölkerung in der Region von Stolberg, Thale, Blankenburg. Die Harzschützen führten einen Kleinkrieg gegen schwächere Söldnereinheiten, überfielen aber auch benachbarte Siedlungen und sogar Städte.

Hufen
Altes Flächenmaß, je nach Gegend von unterschiedlicher Größe, meist zwischen 30 und 80 Morgen, das heißt zwischen 7,5 und 20 Hektar.

Husaren

Leichte Reiterei, erst im 18. Jahrhundert Bestandteil der Kavallerie.

»Je demande de satisfaction, dit ton nom.«
»Ich verlange Genugtuung, nennen Sie Ihren Namen!«

Joch
Zugstange, mit der Ochsen vor einen Wagen oder Pflug gespannt werden.

Kartaune
Mit Eisenkugeln von 12 bis 20 kg Gewicht geladenes Vorderladergeschütz. Doppelkartaunen mit Geschossen bis zu 40 Kilogramm dienten als Belagerungsgeschütze, Halbkartaunen wurden mit Geschossen von 7 bis 14 Kilogramm geladen.

Katzbalger
Weitverbreitete Nahkampfwaffe der Landsknechte mit verhältnismäßig kurzer, bis zu 55 cm langer Klinge.

Kerbholz
Ein aus zwei gleichen Teilen bestehendes Holzstück, in das Schulddaten eingekerbt wurden. Nebeneinandergelegt, war damit immer ein Vergleich alter Forderungen möglich.

Klafter
Das Maß, das ein erwachsener Mann mit ausgestreckten Armen umfassen kann, etwa 1,80 Meter; diente oft auch als Holzmaß.

Leopold Wilhelm von Österreich (1614–1662)
Jüngster Sohn von Kaiser Ferdinand II., Hochmeister des Deut-

schen Ordens, Förderer der Jesuiten, Bischof von Halberstadt, Magdeburg, Ölmütz, Passau, Breslau und Straßburg, zwei Mal Oberbefehlshaber des kaiserlichen Heeres.

Luther, Martin (1483–1546)
Mitglied des Augustiner-Ordens, Professor für Theologie und theologischer Urheber der Reformation; veränderte mit seinen Predigten, Schriften und seiner Bibelübersetzung die von der römisch-katholischen Kirche dominierte Gesellschaft, und es kam entgegen seiner Absicht zur Kirchenspaltung.

Marketender
Händler, die das Heer versorgten. Marketenderinnen waren oft Ehefrauen oder Konkubinen der Offiziere und Soldaten, sie kochten auch für die Einheiten und pflegten die Verwundeten, ebenso fledderten sie auf den Schlachtfeldern die Leichen.

Maß
0,92 Liter.

Meile
Bei den Römern Wegmaß von 1000 Schritt, etwa 1,4 Kilometer; in den deutschen Ländern sehr unterschiedlich ausgelegt, beispielsweise betrug die sächsische Postmeile 7,5 Kilometer.

Metze
Ein Sechzehntel von einem Scheffel, etwa drei Liter.

Müntzer, Thomas (um 1489–1525)
Geboren in Stolberg im Harz, hingerichtet vor Mühlhausen; war

evangelischer Theologe, Reformator, Revolutionär und einer der Führer im Bauernkrieg.

Musketier
Schwer bewaffneter Fußsoldat, benannt nach seiner Muskete.

ob commissum stuprum
Wegen begangener Unzucht.

»Omnia ad majorem Dei gloriam«
»Alles zur höheren Ehre Gottes«, Wahlspruch der Jesuiten.

Oxenstierna af Södermöre, Axel Gustafsson (1583–1654)
Kanzler des schwedischen Königs Gustav Adolf, der nach dessen Tod in der Schlacht bei Lützen 1632 die politische Kriegsführung der Schweden übernahm.

Passauer Kunst
Neidhart Kaspar, Henker von Passau, verkaufte Schriftzeichen, die jeden, der sie bei sich trug, vor Verwundung schützen sollten.

Piccolomini, Octavio, Herzog von Amalfi (1599–1656)
Als General Waldsteins und Kommandeur seiner Leibgarde war der Fürst schließlich auch an dessen Ermordung beteiligt. Für seine Verdienste wurde ihm der Orden vom Goldenen Vlies verliehen, er erhielt als Feldmarschall den Oberbefehl über das kaiserliche Heer.

Podagra
Gicht.

Profos
Ein als Regimentspolizei agierender Militärbeamter.

Reichstaler
Eine im ganzen Heiligen Römischen Reich Deutscher Nation einheitliche und überall kursfähige silberne Großmünze mit einem Feinsilbergehalt von 25,98 Gramm.

Retirieren
Sich zurückziehen.

Richelieu, Armand-Jean I. du Plessis de (1585–1642)
Vor allem Kardinal Richelieu genannt, französischer Aristokrat, Kirchenfürst und Staatsmann. Er war maßgeblicher Berater und Minister Ludwigs XIII. Seine wichtigsten Ziele waren die Umgestaltung Frankreichs in einen absolutistischen Staat und die Überwindung der habsburgischen Vormachtstellung in Europa.

Rotte
Unterformation eines Fähnleins, sie bestand aus acht bis zwölf Landsknechten.

Salva Guardia
Schutzbrief, durch den der Empfänger mit all seiner Habe unter den Schirm des Kaisers gestellt wurde. Auch wenn dieser Schutzbrief jede Zuwiderhandlung mit Ungnade und Strafe bedrohte, bewirkte er im Dreißigjährigen Krieg zumeist nicht viel. Zur Unterstützung dieses Papiers wurden auch Wachsoldaten abgestellt, die allerdings verköstigt werden mussten und im Ernstfall schnell die Seiten wechselten. Passierscheine an Kaufleute zwischen den

Frontlinien wurden zuweilen ebenfalls unter diesem Namen ausgestellt.

Scortation
Nichteheliche fleischliche Vermischung, Unzucht.

Schmerbel
Auch Wilder Spinat genannt, ist eine Pflanzenart aus der Gattung Gänsefüße.

Seldner
Kleinbauer, der ein Haus besitzt, jedoch kaum über Land verfügt.

Torstensson, Lennart (1603–1651)
Schwedischer Feldherr, bekannt für seine außerordentlich schnellen Truppenbewegungen, während er selbst wegen seiner Gicht auf Tragen transportiert werden musste; revolutionierte die Artillerie und das Pionierwesen.

Treibschnüre
Peitschen-Enden, die zu Folterzwecken mit Knoten versehen waren.

Ungarische Krankheit
Wahrscheinlich Fleckfieber, im Dreißigjährigen Krieg auch als Lagersucht bezeichnet, äußerte sich in heftigen Kopfschmerzen, die zu Raserei, Angstattacken und Delirium führten, war begleitet von heftigem Fieber und endete oft tödlich. Da erstmals deutsche Soldaten bei Feldzügen in Ungarn daran erkrankten, entstand der Name Ungarische Krankheit.

Vitzthum von Eckstädt, Christian (1586–1652)
Stand als Obristleutnant und später als Obrist in kaiserlichen Diensten.

Vockenrode
Wüstung, 1437 bei einer Fehde um die Ebersburg zwischen Bischof Burckhardt von Halberstadt und den Grafen von Hohnstein, Stolberg und Schwarzburg verwüstetes Dorf.

Waldfischer
Kleine Räubergruppen.

Waldstein, von Albrecht Wenzel Eusebius, Herzog von Friedland (1583–1634)
Zweimal Oberbefehlshaber der Katholischen Liga, von kaisertreuen Offizieren in Eger ermordet. Friedrich Schiller änderte den Namen Ende des 18. Jahrhunderts in seinem gleichnamigen Drama um in Wallenstein.

Welsch
Französisch.

Wipper und Kipper
Betreiber einer Währungsmanipulation, bei der vollwertige Münzen mit einer Waage aussortiert wurden, die wegen ihres vollhaltigen Edelmetallgewichts die Waage zum Kippen brachten. Diese Münzen wurden in der Folge zusammen mit unedlen Metallen neu geschmolzen oder an den Rändern beschnitten, sodass sie dann auf der Waage nach oben wippten.

Ysengrimus

Wolf im lateinischen Tierepos des Mittelalters.

Zoll
2,6 Zentimeter.

Umrechnung einzelner Münzwerte:
1 Pfennig = 2 Heller
1 Kreuzer = 4 Pfennige
1 Batzen = 4 Kreuzer = 16 Pfennige
1 Groschen = 12 Pfennige
1 Gulden (fl) = 60 Kreuzer, fl = Floren
1 Reichstaler = 68 Kreuzer (1582) = 72 Kreuzer (1600) = 124 Kreuzer (1620)
1 Goldgulden = 2–3 Gulden
1 Dukaten = 4 Gulden
5 Silbergroschen = 1 Gulden